xx

BASTEI
LÜBBE
TASCHENBUCH

Weitere Titel der Autorin:

Im Land des Korallenbaums

Titel in der Regel auch als Hörbuch und E-Book erhältlich

Sofia Caspari

DIE LAGUNE DER FLAMINGOS

Roman

BASTEI LÜBBE
TASCHENBUCH

BASTEI LÜBBE TASCHENBUCH
Band 16 759

1. Auflage: Januar 2013

Dieser Titel ist auch als Hörbuch und E-Book erschienen

Originalausgabe

Dieses Werk wurde vermittelt durch
die Literarische Agentur Thomas Schlück GmbH, 30827 Garbsen.

Lektorat: Melanie Blank-Schröder
Landkarte: Reinhard Borner
Titelillustration: © getty-images/Nikki Bidgood;
© Demurez Cover Arts/Rene de Brunn; © Royal Asiatic Society,
London, UK/The Bridgeman Art Library; © shutterstock/javarman
Umschlaggestaltung: Kirstin Osenau
Satz: Urban SatzKonzept, Düsseldorf
Gesetzt aus der Garamond
Druck und Verarbeitung: GGP Media GmbH, Pößneck
Printed in Germany
ISBN 978-3-404-16759-3

Julian und Tobias –
für alles!

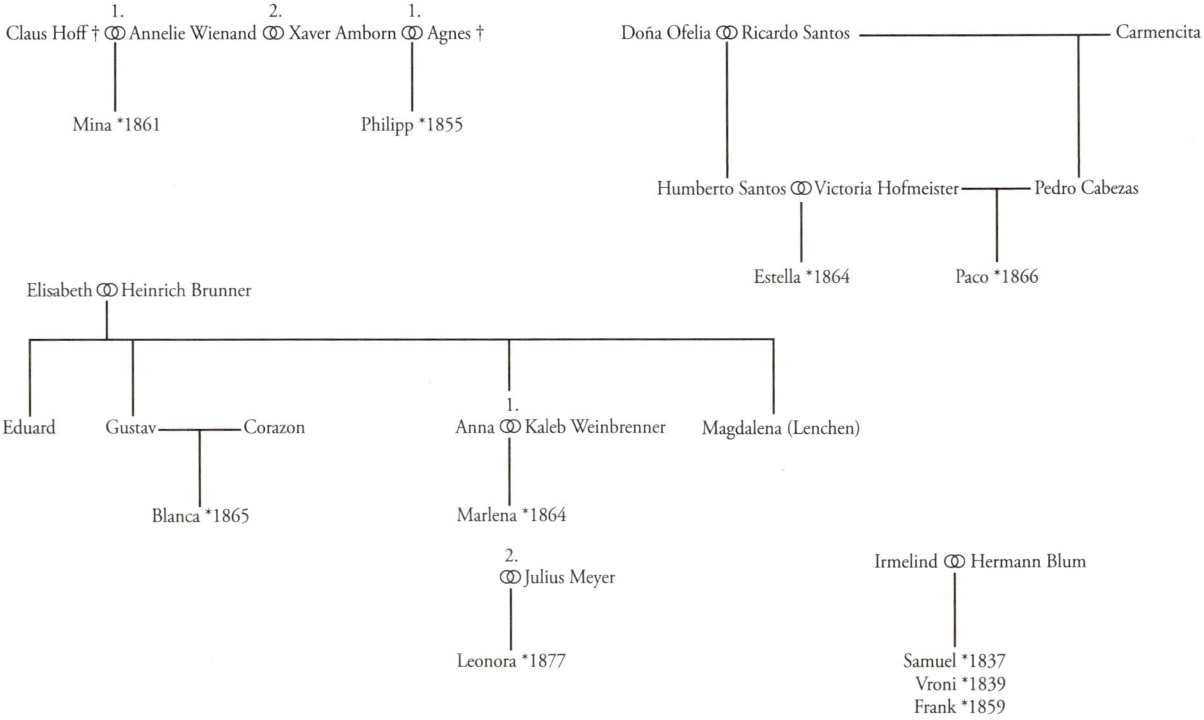
1.
Claus Hoff † ⚭ Annelie Wienand
2.
⚭ Xaver Amborn
1.
⚭ Agnes †
Mina *1861
Philipp *1855
Doña Ofelia ⚭ Ricardo Santos
Carmencita
Humberto Santos ⚭ Victoria Hofmeister
Pedro Cabezas
Estella *1864
Paco *1866
Elisabeth ⚭ Heinrich Brunner
Eduard
Gustav
Corazon
1.
Anna ⚭ Kaleb Weinbrenner
Magdalena (Lenchen)
Blanca *1865
Marlena *1864
2.
⚭ Julius Meyer
Leonora *1877
Irmelind ⚭ Hermann Blum
Samuel *1837
Vroni *1839
Frank *1859

In der unendlichen Weite, die es nicht erlaubt,
den Punkt zu bestimmen, wo die Welt zu Ende ist und
wo der Himmel anfängt ...

Domingo Faustino Sarmiento
(Wirtschaftspionier und Staatsmann)

Der Plan, den der damalige Kriegsminister und jetzige
Präsident der Nation, General Julio A. Roca, 1879 so
erfolg- und ruhmreich durchzuführen begonnen hat,
muss überall zu Ende geführt werden.
Es darf keine Grenzen mehr (...) innerhalb des
argentinischen Hoheitsgebietes geben; die Pfeile wilder Indios
sollen uns nicht mehr behindern. Das argentinische Volk will
frei von den Schatten solcher Barbarei sein.

(Aus einem Bericht des Kriegsministeriums, 1881)

Erster Teil

Esperanza – Hoffnung

Esperanza, Santa Celia, San Lorenzo,
Genua, Tres Lomas, Chaco

1876 bis 1878

Erstes Kapitel

Stocksteif stand Mina in ihrem Versteck. Durch den schmalen Spalt, den die Tür ihr ließ, konnte sie genauestens beobachten, was in der Küche vor sich ging. Der Fünfzehnjährigen stockte der Atem. Philipp, ihr Stiefbruder, war eben von draußen hereingekommen. Gerade noch rechtzeitig hatte sie ihn bemerkt. Im letzten Moment war sie in die kleine Vorratskammer geschlüpft. Die Blutspritzer auf seinem Gesicht und sein blutbeflecktes Hemd hinterließen ein flaues Gefühl in ihrem Magen. Gespenstisch beleuchtete die Öllampe auf dem Tisch Philipps gleichfalls blutverschmierte Finger. Kurz betrachtete er sie mit einem zufriedenen Gesichtsausdruck, dann griff er nach seinem Rock, der über einer Stuhllehne hing, und zog eine goldene Uhr aus der Tasche. Er lächelte breit, während die Uhr an der Kette sanft hin- und herpendelte. Entschlossen steckte er sie wieder weg und entblößte seinen breiten, muskulösen Oberkörper, indem er sein Hemd auszog. Das Lächeln auf seinem Gesicht verlor sich nicht, als er nun an den Eimer mit Frischwasser herantrat und prustend begann, sich Gesicht und Hände zu waschen. Mina sah, dass sich das getrocknete Blut löste und ihm, mit dem Wasser vermischt, in rötlichen Schlieren über Gesicht, Handrücken und Arme lief, bevor es auf den Boden tropfte. Mit Mühe unterdrückte das junge Mädchen einen Anflug von Übelkeit.

Hoffentlich entdeckt er mich nicht, fuhr es heiß durch sie hindurch, hoffentlich entdeckt er mich nicht.

Sicherlich hatte der Stiefbruder wieder einmal einen Unschuldigen verprügelt, jemanden, der neu in der Gegend war und keine Verbündeten hatte. Jemanden, dem deshalb niemand helfen würde. Mit Philipp Amborn oder seinem Vater Xaver legte sich niemand an.

»Mein Philipp«, so pflegte Xaver Amborn zu sagen, »hat einen kurzen Zündfaden. Jeder weiß das und beherzigt den Rat, ihn besser nicht zu reizen. So ist er eben, aber im Kern ist er ein guter Junge ... Das war er immer. Mir war er stets treu.«

Die Hand auf den Mund gepresst unterdrückte Mina ein Stöhnen.

Er darf mich nicht sehen, bitte, lieber Gott, er darf mich nicht sehen.

Es war nicht das erste Mal, dass sie Philipp so nach Hause kommen sah. Neu war allerdings, dass er dieses Mal eine goldene Uhr in seinem Rock versteckt hielt. Heute, dachte Mina, ist er einen Schritt zu weit gegangen. Er hat gestohlen. Würde er ihr glauben, dass sie nichts gesehen hatte, nichts wusste und nichts sagen würde? Er darf mich hier nicht entdecken, schoss es ihr erneut durch den Kopf, er darf mich hier nicht sehen.

Sie wusste ja auch nicht, welcher Laune er war. Manchmal war es gar nicht nötig, ihn zu reizen. Dann schlug der Stiefbruder zu, weil er Spaß daran hatte, weil er gern sah, wenn andere Schmerzen litten. Das hatte sie als Erstes gelernt, kurz nachdem ihre Mutter Annelie und sie vor nunmehr fünf Jahren nach Esperanza gekommen waren. Philipps Äußeres, das dunkle kräftige Haar, das markante Gesicht, sein einnehmendes Lachen, die funkelnden Augen und der muskulöse Körper, täuschte nur zu leicht darüber hinweg, welcher Teufel in seinem Inneren schlummerte.

Der Stiefbruder betrachtete jetzt erneut seine Hände, schaute dann an sich hinunter. Offenbar schien er zufrieden mit dem, was er sah, denn im nächsten Moment griff er nach einem Tuch und rieb sich Gesicht und Oberkörper trocken. Dann überprüfte er sein Hemd, warf es endlich mit einem Seufzer zur Seite. Ganz offenbar war das Blut nicht das des Stiefbruders. Philipp war nicht verletzt, so viel konnte Mina aus ihrem Versteck erkennen.

Ein plötzliches Knarren ließ das junge Mädchen zusammenzucken. Die Haustür wurde aufgestoßen, und der Stiefvater trat ein. Er schien überrascht, seinen Sohn zu sehen, denn er blieb abrupt stehen.

»Du bist schon zurück?«

»Es gab einen Unfall«, beschied Philipp ihn knapp.

So, wie die beiden Männer dort standen, kamen sie Mina mit einem Mal vor wie Strauchdiebe, Renegaten, *desperados*. Aber warum erkannte das niemand? Warum waren Xaver und sein einundzwanzigjähriger Sohn immer noch angesehene Männer der Gemeinschaft? Warum galt ihr Wort in jedem Fall mehr als das Minas oder das ihrer Mutter? Warum war es nach fünf Jahren immer noch so, als seien sie gerade erst angekommen? Warum gab sich niemand die Mühe, hinter die Fassade zu schauen?

Mina sah, wie ihr Stiefvater die Stirn runzelte.

»So?«

»Meine Freunde und ich wurden angegriffen.«

Er lügt, dachte Mina und presste die Lippen aufeinander, er lügt.

Angesichts des ganzen Blutes wagte sie es kaum, sich vorzustellen, was mit dem Unglücklichen geschehen war, der Philipp heute begegnet war.

»Ist Mina schon zurück?«, fragte der Stiefbruder jetzt.

»Wieso?« Misstrauen schlich sich in Xavers Stimme.

»Hab sie heute mit Frank Blum gesehen.«

Philipps Stimme klang unbekümmert, doch Mina wusste genau, dass er eben einen seiner Giftpfeile gesetzt hatte.

»Hölle und Teufel, ich habe ihr doch streng verboten, sich noch einmal mit diesem nichtsnutzigen Lumpen abzugeben. Ich glaube, ich muss dem widerspenstigen Weib wieder einmal eine Lektion erteilen.«

Mina erschrak bei seinen harschen Worten so sehr, dass sie den Halt verlor und gegen die Tür der Vorratskammer stolperte. Die knarrte leise ob der unbeabsichtigten Bewegung. Wie auf ein Wort sahen Vater und Sohn in Minas Richtung, dann wechselten sie einen kurzen Blick miteinander.

»Mina, Süße«, rief Philipp, ein maliziöses Grinsen auf dem Gesicht, »bist du etwa da drin?«

* * *

Einige Wochen zuvor

Das Abendlicht goss seinen rotgoldenen Honig über die weite Ebene aus und verwandelte die Landschaft in ein Meer aus Gras, dessen Wellen in der Ferne gegen die hohen Berge schlugen.

»Bleib stehen, du verdammtes Balg!«, donnerte die Stimme ihres Stiefvaters hinter Mina her, doch das junge Mädchen rannte einfach weiter.

Rennend hatte Mina das Haus verlassen, und sie würde rennen, bis sie Xavers verhasste Stimme nicht mehr hörte. Wenn man sie in diesem Moment gefragt hätte, ob sie keine Angst vor ihrem Stiefvater habe, hätte Mina nur die Achseln gezuckt. Man konnte kein Leben führen, in dem man ständig

Angst vor irgendetwas hatte, das sah sie an ihrer Mutter. Annelie Amborn, geborene Wienand, verwitwete Hoff, hatte viel zu viel Angst. Mina wollte keinesfalls werden wie sie. Später, wenn sie nach Hause zurückkehrte, würde Xaver sie selbstverständlich verprügeln, doch das kümmerte sie jetzt nicht. In diesem Augenblick, hier draußen, war sie frei wie ein Vogel. Das war alles, was zählte.

Als Mina weit genug gelaufen war, blieb sie stehen, breitete die Arme aus und lachte laut. Es war ein starkes, kräftiges Lachen. Manchen hätte es gewiss verwundert, denn es wollte so gar nicht zu ihrer zierlichen Gestalt passen. Doch sie hatte schon auf dem Schiff so manchen getäuscht. Mina hatte keine Angst gehabt – sie war auch bei starkem Wind an Deck geblieben. Sie hatte nie unter Seekrankheit gelitten, und sie hatte auch nie daran gezweifelt, dass sie ankommen würden, so wie mancher Mitreisende, der seine Zeit an Bord heulend und betend verbracht hatte.

Mina ließ die immer noch weit ausgebreiteten Arme sinken und rannte weiter. Manchmal, dachte sie, wünschte ich mir wirklich, einfach meine Flügel ausbreiten zu können und davonzufliegen. Aber sie war ein Mensch, dazu bestimmt, auf der Erde zu leben.

Abrupt verzögerte sie ihren Lauf und schaute sich um. Sie hatte ihren Treffpunkt, eine in der endlosen Weite kaum merkliche Vertiefung, erreicht. Frank, ihr bester Freund, war allerdings noch nicht da. Mit einem kleinen Seufzer ließ Mina sich auf dem Boden nieder. Sie war froh, dass ihr Stiefvater stets zu faul war, ihr mehr als ein paar Meter zu folgen. Ab und an hetzte er ihren Stiefbruder auf sie, doch der war an diesem Tag noch nicht zu Hause gewesen. Sie selbst hatte ihn mittags mit einem Mädchen tändeln sehen. Mina war sich sicher, dass es spät werden würde, bis er zurückkam. Sicherlich würde er sich im Laufe des Abends betrinken. Ja, sie hatte heute wirklich Glück, und sie wusste das zu schätzen.

Wieder blickte Mina auf die untergehende Sonne, die sich, einem Feuerball gleich, stetig dem Horizont näherte. Ein wenig Zeit würde Frank und ihr noch bleiben, bis es ganz dunkel wurde, nicht viel allerdings. Sie hoffte sehr, dass er bald kam.

Für einen Moment horchte sie in die Weite hinaus. Nicht wenige fürchteten sich davor, das Dorf um diese Uhrzeit noch zu verlassen. Manchmal durchstreiften Indios die Gegend – Tobas aus der weiter im Norden gelegenen Provinz Chaco beispielsweise –, stahlen Vieh oder entführten Frauen und Kinder. In besonders nah an den Indianergebieten liegenden Ortschaften standen die Häuser deshalb dicht beieinander und waren von einem soliden Palisadenzaun umgeben. Die Siedler dort trugen stets Waffen bei sich, auch bei der Feldarbeit. Jedes Jahr fand eine Strafexpedition in den Chaco statt. Dann zerstörte man ein paar *tolderías*, wie die Indianerdörfer genannt wurden, tötete ein paar Indios und machte Gefangene, die sich bald darauf im Dienste reicher Städter wiederfanden oder auf den Zuckerrohrfeldern rund um Tucumán.

An den Strafexpeditionen nahmen stets auch Minas Stiefvater und Stiefbruder teil, obwohl sie selbst noch niemals Opfer eines *malón*, eines Indianerüberfalls, geworden waren. Ihnen bereitete der Krieg Vergnügen. Sie liebten es, zu töten. Einmal hatte Mina zu fragen gewagt, wie man sich denn für ein Leid rächen könne, das einem gar nicht widerfahren sei. Die Antwort ihres Stiefvaters hatte sich noch Tage danach in Form einer erst rot, dann bläulich, später gelbgrün verfärbten Wange gezeigt. Den Nachbarn hatte sie sagen müssen, sie sei die Treppe hinuntergestürzt. Mina fröstelte unwillkürlich, zog unter dem Rock die Beine an und umklammerte ihre Knie mit den Armen.

»Wartest du schon lange?«, riss sie gleich darauf eine tiefe, warme Stimme aus ihren Gedanken.

Das junge Mädchen warf den Kopf herum und sprang auf. »Frank, endlich!«

»Du warst aber heute gar nicht vorsichtig. Was gibt es denn so angestrengt zu denken?«

»Ach, dies und das.«

Mina sah den Freund liebevoll an. Er war seit fünf Jahren, seit ihren ersten Tagen in diesem Land, ihr steter Begleiter gewesen, ihre einzige Hoffnung. Manchmal fragte sie sich, wo seine Kinderstimme geblieben war. Aber natürlich war Frank mit seinen siebzehn Jahren längst ein Mann, von dem man erwartete, dass er schwere Arbeit leistete. Kurz musste sie jetzt den Blick senken. Da war plötzlich wieder einer dieser seltsamen Gedanken, die sie neuerdings bei seinem Anblick überfielen, ein Bedürfnis, ihn anzufassen, seine warme Haut zu spüren, seinen so vertrauten Geruch einzuatmen.

Ich will ihn festhalten und nie wieder loslassen.

Es kostete Mina Kraft, den Kopf zu heben und Frank anzusehen. Sie wollte keinesfalls, dass er merkte, wie verwirrt sie war. Es machte sie unsicher.

»Wie war es heute?«

»Du meinst die Arbeit mit deinem Vater?«

»Nenn ihn nicht so!«, beschwerte Mina sich ärgerlich.

Frank zuckte die Achseln. »Entschuldige.« Er seufzte tief. »Na ja, die Arbeit war wie immer«, erwiderte er dann knapp.

Mina nickte verstehend. Sie sah, dass Franks einfache Kleidung staubbedeckt war. Auch sein Gesicht war schmutzig, doch seine fast schwarzen Augen funkelten übermütig. Diese Augen waren es gewesen, die ihr bei ihrer ersten Begegnung als Erstes aufgefallen waren. In einem Moment waren sie unergründlich, im nächsten schien der Übermut förmlich aus ihnen zu sprühen. Es waren Augen, in denen sie versinken wollte. Augen, die sie vor sich sah, wenn sie nicht schlafen konnte. Niemand hatte solche Augen, nur Frank.

Einen kurzen Moment später saßen sie nebeneinander in ihrer Senke, in ihrem Versteck. Franks Hand suchte Minas und umschloss sie. Eine Weile hockten sie schweigend da. Neuerdings mussten sie nicht immer sprechen, es genügte ihnen, einander nahe zu sein.

»Es wird bald sehr dunkel werden«, bemerkte Mina endlich. »Es war gerade Neumond.«

»Ich habe eine Laterne dabei«, erwiderte Frank ruhig und zeigte auf einen Beutel, den er achtlos neben sich auf den Boden gelegt hatte.

»Gestohlen?«

Mina sah den Freund prüfend von der Seite an. Franks dichtes dunkelblondes Haar hing ihm wieder einmal wirr ins Gesicht. Es erschien ihr immer, als wollte es sich nicht zähmen lassen. Jetzt strich er es mit einer Hand zurück. Seine dunklen Augen blitzten herausfordernd, als er ihren Blick erwiderte.

»Geliehen.« Er grinste.

»Von wem?«

Mina bemerkte, wie sich fast wie von selbst eine Falte zwischen ihren Augenbrauen bildete, während ihre hellbraunen Augen schmal wurden, wie die einer Katze kurz vor dem Sprung.

Frank runzelte die Stirn. Mit einer Hand schob er eine

Strähne ihres kastanienbraunen Haars über ihre Schulter zurück.

»Ach, verdammt, Mina, ich will nicht immer buckeln, und ich will auch nicht immer vorsichtig sein. Ich habe niemandem etwas getan, ich habe niemandem Schaden zugefügt. Morgen ist die Laterne wieder an ihrem Platz. Versprochen. Niemand wird es bemerken.«

Mina schluckte die Warnungen hinunter, die ihr auf der Zunge brannten. Ein Frösteln überlief sie. Dann, nur einen Augenblick später, fühlte sie Franks Arm auf ihren Schultern. Sie erstarrte. Als Kinder hatten sie einander kennengelernt und waren gemeinsam erwachsen geworden. Berührungen dieser Art hatten sie bislang nie ausgetauscht, doch im nächsten Moment schon schmiegte Mina sich zum ersten Mal an Frank und überließ sich seiner Umarmung. Sie lauschte seinen ruhigen Atemzügen, genoss das Gefühl, das seine raue Hand, die sanft über ihren Oberarm streifte, auf ihrer Haut hinterließ.

Ich möchte ihn küssen, dachte sie.

»Küss mich«, flüsterte sie im nächsten Moment schon.

Erst zögerte er. Dann kam er ihrer Bitte nach. Der erste Versuch geriet ungelenk. Ihre Münder verfehlten einander, doch dann war es, als hätten sie nie etwas anderes getan. Sie schmeckten einander, tranken den Atem des anderen, suchten, berührten und erforschten einander mit den Lippen.

Ich liebe ihn, dachte Mina, als sie sich endlich voneinander lösten. Jetzt weiß ich es endlich, jetzt bin ich mir sicher.

Erneut saßen sie schweigend nebeneinander, hingen beide dem eben Erlebten nach. Gedankenverloren strich Mina sich mit einem Zeigefinger über den Mund.

»Sobald es uns möglich ist, gehen wir hier weg«, schnitt

Frank ein Thema an, über das sie auch vorher und besonders in letzter Zeit häufiger gesprochen hatten.

Mina nickte, antwortete aber nicht. Wie oft schon hatten sie sich ausgemalt, diesen Ort hinter sich zu lassen, anderswo ein neues, ein eigenes Leben zu beginnen. Über eine Sache war Mina sich dabei allerdings noch nicht im Klaren. Auch jetzt wieder fuhr ihr dieser Gedanke durch den Kopf: Wie sage ich es Mutter? Sie muss mitkommen, ich kann nicht ohne sie gehen. Ich kann sie nicht allein bei diesen Teufeln zurücklassen.

Ich stürze von einem Elend ins andere, dachte Annelie Amborn nicht zum ersten Mal in ihrem neununddreißig Jahre währenden Leben, von einer Hölle in die nächste. Tränen schossen ihr in die Augen. Ihr Mann Xaver hatte sie beim Handgelenk gepackt und drückte jetzt unbarmherzig zu, so wie er es gern tat. Sie hatte sehr bald in ihrer Beziehung erkennen müssen, dass er es genoss, ihr Schmerz zuzufügen. Das erste Mal hatte sie das wenige Tage nach ihrer Hochzeit erfahren. Annelie richtete den Blick auf das Licht der Öllampe auf dem Tisch, als könne sie so entfliehen, konzentrierte sich auf die kleine Flamme, um den Schmerz und die Angst nicht zu spüren.

»Sag schon, wo ist das Luder? Ich finde es ja doch heraus. Du lässt ihr zu viel durchgehen, Annelie. Mina ist nicht mehr in dem Alter, in dem man sie umherstreifen lassen kann wie eine Wilde. Sie muss ihre Arbeit leisten, hier und jetzt, wie jeder, der etwas zu beißen will. Einen unnützen Esser können wir nicht gebrauchen. Einen unnützen Esser setzt man vor die Tür.«

Xaver wies mit der freien Hand auf das schmutzige Geschirr, das sich neben dem Spülstein stapelte. Fliegen umschwirrten einen abgenagten Knochen, an dem noch Fleischreste hingen. Vater und Sohn waren erst kurze Zeit zu Hause, und bereits jetzt sah es aus, als hätten Mina und sie den ganzen Tag lang die Hände in den Schoß gelegt. Obwohl Annelie das Abendessen noch nicht aufgetischt hatte, hatten sich beide schon vorab etwas zu essen genommen und bereits nach kurzer Zeit eine Spur der Verwüstung hinterlassen. Dabei waren Mina und sie seit dem Sonnenaufgang auf den Beinen. Sie hatten geputzt, im Garten gearbeitet, die Milchkühe versorgt und zur Weide gebracht, Wasser geholt.

Und ich wollte doch nur, dass meine geliebte Mina wieder das Leben führen kann, das sie verdient.

Annelie zwang sich, nicht zu ihrem Stiefsohn hinüberzusehen, um ihn nicht unnötig zu reizen. Philipp saß in seinem Stuhl, zurückgelehnt. Die langen Beine hatte er so in den Raum gestreckt, dass man unweigerlich darüber zu stolpern drohte, wenn man an ihm vorbeimusste. Sein schwarzes Haar hing ihm bis auf die Schultern herab und hätte einen ordentlichen Schnitt verdient. Ein stoppliger Bart bedeckte sein kantiges Kinn. Auf eine verdorbene Art sah er sehr gut aus. Annelie wusste, dass schon viele Frauen darauf hereingefallen waren.

Seine Mutter, überlegte sie, muss sehr schön gewesen sein. Sie war vier Jahre vor ihrer und Minas Ankunft gestorben. Bei einem Sturz, hieß es.

»Wirst du mir schwören, ab jetzt besser auf dein Balg aufzupassen?«, knurrte Xaver sie noch einmal an und drückte die Finger nochmals zusammen.

Annelie nickte, während sie sich zitternd von ihrem Mann zu lösen suchte. Er bemerkte ihre zaghaften Versuche und hielt sie grinsend fester, bis er sie dann doch sehr plötzlich losließ. Ein letzter Stoß brachte sie ins Straucheln. Gerade noch konnte sie sich am Tisch festhalten.

Wie habe ich nur einmal denken können, für mich und Mina einen neuen Beschützer in ihm zu finden? Wie habe ich ihm nur unser Leben anvertrauen können?

Sie hatte alles falsch gemacht. Wie immer. Sie war eben dumm. Ihr Vater hatte Recht gehabt.

»So, und jetzt tisch endlich auf, Weib, und hör auf, Trübsal zu blasen, das ist ja nicht zum Aushalten. Los, los, mein Sohn und ich haben Hunger.«

Annelie beeilte sich, zum Herd zu kommen. Es gab Kartoffelklöße und großzügige Mengen an Fleisch. Sie gab den beiden Männern auf, nahm sich dann selbst etwas und wartete auf Xavers Tischgebet. Kaum war das Amen verklungen, stopfte sich Philipp auch schon den Mund voll. Fett triefte ihm über das Kinn, hier und da bekam auch sein Hemd etwas ab.

Warum nur, fuhr es Annelie durch den Kopf, habe ich die Anzeige damals gelesen? Warum nur bin ich hergekommen? Ich habe mein Leben ruiniert, aber noch unverzeihlicher ist, dass ich Minas Aussicht auf ein gutes Leben zerstört habe. Das werde ich nie wiedergutmachen können.

Ihre Mutter hatte sie noch gewarnt, hatte sie gemahnt, keine solch weitreichende Entscheidung zu treffen. Annelie erinnerte sich, wie sie nachmittags in Mainz bei ihren Eltern beim Kaffee gesessen hatte – bei echtem Bohnenkaffee, wie ihre Mutter immer betonte. Die Mutter hatte meist geschwiegen. Der Vater hatte, wie es sich vielleicht für einen Arzt gehörte, das Leben seiner Tochter schonungslos seziert.

»Nun«, hatte er irgendwann mit seiner Ehrfurcht gebietenden Stimme gefragt, »du bist jetzt drei Jahre Witwe, was gedenkst du zu tun, um deinen alten Eltern nicht weiter auf der Tasche zu liegen?«

Während ihr Vater so gesprochen hatte, hatte die Mutter angelegentlich an dem Spitzendeckchen, das auf dem Tisch lag, gezupft. Mina hatte still in einer Ecke gesessen und in einem Buch geblättert. Sie war schon früh ein sehr selbstständiges Kind gewesen.

Weil ich es nicht bin, dachte Annelie, weil ich nicht selbstständig bin, ist sie es. Ich bin ein armes, schwaches Weib und zu nichts nütze.

An dem Abend hatte sie die Anzeige gelesen, sie erinnerte sich genau: *Ehefrau und Mutter gesucht. Einsamer Witwer …*

Sie hatte sich sofort mit diesem fremden Mann verbunden gefühlt. Er war Witwer. Er war einsam … Das war sie doch auch. Sie war einsam. Sie hatte ihren Mann verloren. Sie hatte gefühlt, nein, sie hatte sich eingebildet, dass sie etwas mit diesem Mann gemeinsam hatte. Ihre Eltern waren gegen ihre Pläne gewesen, wie immer. Zum ersten Mal hatte sie sich gegen sie gestellt. Für Mina.

Ein Jahr und kaum zwei Briefe später waren Mina und sie auf dem Weg nach Argentinien gewesen. Die Reise war beschwerlich gewesen, aber der Gedanke an das Ziel hatte sie aufrecht gehalten. Es hatte sie die Übelkeit und die Angst ertragen lassen, die Angst vor der Schiffsreise genauso wie die vor der Fremde. Nach Wochen waren sie schließlich in Buenos Aires angekommen. Von dort aus waren sie auf dem Río Paraná weitergereist bis nach Rosario, und dann nach Santa Fe und dann …

»Was starrst du denn so? Hast du noch nie einen Mann essen sehen?«

Annelie senkte rasch den Blick, nicht ohne Philipps Grinsen zu bemerken. Aus irgendwelchen Gründen hatte sie sich ein niedliches kleines Kind vorgestellt, als sie die Anzeige gelesen hatte. Aber Philipp war bei ihrer Ankunft ein fast erwachsener Mann gewesen, mit strahlend blauen Augen, dunklem Haar und einem schon damals kräftigen, muskulösen Körper. Annelie schauderte, wenn sie an die Blicke dachte, die er neuerdings ihrer Tochter zuwarf.

»Der Junge lässt nichts anbrennen«, hatte sein Vater kürzlich stolz bemerkt, als Philipp von seiner neuesten Eroberung berichtete.

Auch Mina war gewachsen, seit sie angekommen waren. Das Mädchen verwandelte sich unaufhaltsam in eine junge Frau. Zwar war sie zierlich, aber ihre Formen, ihr Gang, ihr Betragen waren weiblicher geworden.

Ich muss sie besser beschützen, fuhr es Annelie durch den Kopf, ich muss sie besser beschützen, doch ich weiß einfach nicht wie.

Sie hatte zu viel Angst. Sie hatte schon immer zu viel Angst gehabt.

Frank hielt den Pflug in der Spur, während sein Vater vorn die Ochsen führte. Heiß brannte die Frühjahrssonne auf sie nieder. Auf der anderen Seite der Welt, das hatte ihm seine Mutter Irmelind erzählt, begann im März der Frühling, im Juni fing der Sommer an, der Herbst im September und der Winter im Dezember. Hier, in Argentinien, lagen die Jahreszeiten genau entgegengesetzt. Der Frühling begann im September, der Sommer im Dezember, der März war ein Herbstmonat, der Juni gehörte zum Winter.

Sie hatten die Felder der Familie Dalberg inzwischen fast alle gepflügt. Wenn sie sich noch etwas beeilten, würden sie am kommenden Tag endlich Zeit für den eigenen kleinen Acker finden.

Frank seufzte. Er tat diese Arbeit, seit er ein kleiner Junge war. Manchmal meinte er, er habe sie schon getan, bevor er sprechen gelernt hatte. Früher waren ihm die Ackerfurchen in jedem Fall höher erschienen. Mindestens alle zehn Schritte hatten sie ihn zum Stolpern gebracht. Weil er keine Hand frei hatte, blinzelte Frank einen Schweißtropfen beiseite. Der Schweiß lief ihm längst in Strömen über den Körper. Hemd und Hose klebten an seiner Haut. Der Gedanke an ein erfrischendes Bad im Fluss ließ ihn lächeln. Sein Vater lockte die Tiere mit einem Wechsel aus Brummen und Schnalzen voran. Von irgendwo hinter ihnen näherte sich Hufgetrappel.

Frank musste sich nicht umdrehen, um zu wissen, dass sich Xaver Amborn, der Vorarbeiter, näherte. Er hatte am Morgen schon nach dem Rechten gesehen und machte nun seine zweite Runde. Frank hoffte nur, dass Philipp ihn nicht begleitete.

Er spannte die Muskeln an und drückte den Pflug tiefer in den Ackerboden. Das Hufgetrappel wurde langsamer. Im nächsten Moment ritt der Reiter im Schritt an Frank vorbei, um das Pferd dann neben seinem Vater Hermann zum Stehen zu bringen. Frank hob den Kopf.

Er hatte Glück. Xaver war tatsächlich allein. Im nächsten Moment hörte Frank auch schon seine Stimme. Er kannte niemanden, der eine solch unangenehme, blecherne Stimme hatte. Flüchtig trafen Xavers Augen die seinen.

»Dein Sohn stellt meiner Tochter nach, Blum«, sagte Xaver jetzt und lächelte dabei, doch Frank hörte die unterschwellige Drohung wohl genauso heraus, wie es sein Vater tat. Der hielt die Ochsen an.

»Ich werde mit ihm sprechen, Herr Amborn«, antwortete

er und nickte so unterwürfig, als wolle er sich vor dem Vorarbeiter verbeugen.

»Ich stelle Mina nicht nach«, fuhr Frank noch im gleichen Moment und ohne zu überlegen dazwischen. »Wir kennen uns schon lange. Wir sind befreundet.«

Langsam, als hätte er nicht ganz richtig gehört, drehte sich Xaver zu Frank und schenkte ihm ein halbes Lächeln.

»Freunde? Freundschaft zwischen einem Burschen wie dir und meiner Tochter? Du treibst dich Abende lang mit Mina herum, und das soll mir recht sein? Wir sind eine ordentliche Familie.«

»Wir sind befreundet«, wiederholte Frank. Ohne recht zu wissen, warum, senkte er den Kopf und sah zu Boden.

»Befreundet, ja?«, war wieder Xavers unangenehme Stimme zu hören. »Dir dürfte doch aufgefallen sein, dass meine Tochter kein kleines Kind mehr ist. Sie wird langsam eine recht ansehnliche junge Frau, nicht wahr? Tja, wer hätte das von der kleinen, mageren Kratzbürste gedacht?«

Frank schwieg. Für einen flüchtigen Moment erschien Mina vor seinem inneren Auge: ihre schlanke Gestalt, an der sich an den rechten Stellen Kurven auszuprägen begannen, ihr dichtes Haar, die unverwechselbar hellbraunen Augen.

»Wir werden einmal heiraten«, fuhr er leiser fort.

Xaver Amborn lachte laut auf. »Humor hat er, dein Sohn«, sagte er an Hermann gewandt, um sein Pferd gleich darauf dicht an den jüngeren Mann heranzuführen. »Und wer sagt dir, dass ich das erlaube? Ein Habenichts, wie du es bist? Nichts gegen dich, Hermann, aber du musst zugeben, dass ihr es nicht ganz so gut getroffen habt mit eurem bisschen Land.« Er schaute wieder zu Frank. »Tod und Teufel sage ich dir also, Frank«, Xaver spuckte aus. »Du und meine Tochter? Niemals!«

Frank ließ den Pflug los und trat instinktiv zwei Schritte zurück, doch Xaver drängte sein Pferd weiter vor, sodass der junge Mann nach einigen weiteren stolpernden Schritten zu Boden stürzte. Nur sehr knapp neben seiner Hand kamen die riesigen Hufe von Xavers Rappen zum Stehen.

»Ich rate dir noch einmal, lass die Finger von meiner Tochter, du dreckiger Hund, oder es wird dir schlecht ergehen.«

Frank antwortete nicht. Seine Finger gruben sich in den weichen, frisch gepflügten Boden. Am Rand, dort, wo der Weg verlief, wirbelte ein schwacher Windstoß Staub auf. Frank warf einen kurzen Blick in Richtung seines Vaters, doch der beschäftigte sich mit den Ochsen und tat, als sehe und höre er nichts.

Warum hilft er mir nicht?, dachte Frank. Warum verteidigt er mich nicht? Es war nicht das erste Mal, dass sich sein Vater nicht für ihn einsetzte, aber es schmerzte dennoch.

Xaver lenkte sein Pferd auf den Weg zurück. »Pflügt weiter, Männer«, rief er und trieb seinen Rappen an.

Frank starrte ihm hinterher. Die Wut, die plötzlich in ihm hochkochte, ließ ihn die Zähne fest aufeinanderbeißen.

»Hast du nicht gehört?«, blaffte Hermann. »Weiterarbeiten.«

Nicht zum ersten Mal fragte sich Frank, ob ihn sein Vater tatsächlich so sehr verachtete, wie es in diesem Moment den Anschein hatte.

Am nächsten Sonntag liefen Mina und Frank direkt nach dem Kirchgang getrennt voneinander davon, um sich an ihrem geheimen Platz zu treffen. Frank wirkte nachdenklich. Schon seit geraumer Zeit lag er nun schweigend auf dem Rücken und beschattete die Augen gegen die Sonne. Mit einem

Seufzer ließ Mina sich ebenfalls zurücksinken. Dann rollte sie sich auf die Seite, stützte sich auf einen Ellenbogen und musterte Frank.

Spähte sie über seine Schulter hinweg, konnte sie einen der Tümpel sehen, die der Gegend um Esperanza ihren Namen gegeben hatten. Großes Wasserloch, so hatten die Indios der Pampa dieses Gebiet einst genannt. Stieg das Grundwasser an, dann wuchs sich die mit vielen einzelnen Wasserstellen durchsetzte Ebene zu einer riesigen zusammenhängenden Wasserfläche aus, und die landwirtschaftlichen Schäden waren immens.

Es ist sicher nicht leicht gewesen für die ersten Siedler, überlegte Mina.

Etwa zweihundert Familien, unter ihnen Franks Eltern, waren Anfang des Jahres 1856 in der Gegend eingetroffen. In Ermangelung anderer Materialien in der baumlosen Steppe hatten die ersten Kolonisten ihre einfachen Hütten aus in der Sonne getrockneten Erdschollen, *adobes,* errichten müssen. Sie hatten Wassergräben in den harten Pampaboden gezogen und von Hand Äcker angelegt.

Frank, der Nachzügler, war drei Jahre nach der Ankunft seiner Eltern in Argentinien geboren worden. Anders als Mina hatte er das deutsche Heimatland von Hermann und Irmelind Blum also nie kennengelernt. Wohl deshalb ließ Frank sich manchmal von Mina über die alte Heimat berichten. Und manchmal erzählte er ihr, was er von der beschwerlichen Reise seiner Eltern wusste. Auch wenn Mina und Frank an diesem Tag nicht lange in ihrem Versteck bleiben konnten – obgleich es Sonntag war, warteten auf sie beide zu Hause Aufgaben –, gab ihnen die gemeinsame Zeit Kraft. Schließlich verabschiedeten sie sich mit einem langen, zärtlichen Kuss voneinander.

»Vergiss mich nicht, ja?«, sagte Mina unvermittelt. »Vergiss mich nie.«

Frank zeigte sich nicht überrascht.

»Niemals«, antwortete er ernst.

In Gedanken versunken, die Hände vom Brotbacken teigverklebt, starrte Irmelind Blum durch das Fenster ihres kleinen Hauses nach draußen. Auch nach zwanzig Jahren in diesem Land konnten sie sich nichts Besseres leisten, doch ihr war das ohnehin gleich. Ein Teil von Irmelind war schon vor Jahren gestorben, wenige Tage bevor sie hier, in der sogenannten feuchten Pampa, eingetroffen waren. Nach besonders heftigen Regengüssen, wenn die Flüsse Paraná und Salado über ihre Ufer traten, wurde die Ebene überflutet. Davon hatte man ihnen vor der Abreise zu Hause allerdings nichts erzählt. In Argentinien gebe es gutes Land, war allenthalben gesagt worden, steppenartiges, fast baumloses Grasland, das zur landwirtschaftlichen Nutzung ebenso wie zur Viehwirtschaft einlade. Im Westen der Region gebe es niedrige Gebirge, *sierras* genannt, das Klima sei feucht, aber gemäßigt warm. Regen falle zu allen Jahreszeiten. Es hatte gut geklungen.

In der deutschen Heimat hatte es damals ja viel Gerede über die Auswanderung nach Südamerika gegeben. Die Verhältnisse waren schlecht gewesen, kaum einer hatte noch sein Auskommen gehabt. Also war ihr Mann Hermann nach Frankfurt gereist, zur Auskunftsstelle. Er hatte einen Vertrag mit einem Vertreter jenes Aaron Castellanos unterzeichnet, der den Anstoß für die Besiedlung des Nordens der Provinz Santa Fe gegeben hatte. Endlich hatte sich die Familie auf den Weg gemacht.

Castellanos ... Irmelind würde diesen Namen nie vergessen.

Sein Angebot hatte verlockend geklungen: Zwanzig Hektar Staatsland hatte man jeder Familie versprochen, ein Häuschen, Saatgut, Vorräte, zwei Pferde, zwei Ochsen, sieben Milchkühe und einen Stier. Sogar ein Teil der Reisekosten war übernommen worden. Um den Rest bezahlen zu können, hatten die Blums eine Versteigerung organisiert. Das Haus mit Grundstück wurde gut verkauft. Nach der Anschaffung verschiedener Reiseutensilien und der Begleichung der Kosten für die Überfahrt war sogar etwas übrig geblieben.

Bis dahin, fuhr es Irmelind durch den Kopf, ist alles so glatt verlaufen, dass ich ganz misstrauisch wurde.

Und sie sollte Recht behalten mit ihren düsteren Vorausahnungen. In Dünkirchen hatten sie die *Mármora*, einen Dreimaster, bestiegen. Und da hatte das Unglück seinen Lauf genommen. Die Schiffspassage dauerte sechzig Tage. Es gab mehrere heftige Stürme. Vier Familien verloren dabei Kinder, die Blums selbst waren verschont worden. Doch das ungute Gefühl war geblieben.

In Buenos Aires hatten schließlich die Behörden die Landung nicht erlaubt, wegen des Krieges, der damals zwischen der Konföderation, also den zur Republik vereinigten Provinzen Argentiniens, und Buenos Aires, jener Provinz, die dabei nicht mitwirken wollte, tobte. Die *Mármora* musste zurück nach Montevideo. Von dort aus waren die Auswanderer zum Ort Martín García gebracht worden, und ab da ging es mit einem Flussdampfer weiter. Während dieser Fahrt, auf der sie in dem engen Schiffsraum wie Heringe zusammengepfercht waren, waren noch zwei junge Mädchen gestorben. Ein kleines Kind war über Bord gefallen und ertrunken. Mit Mühe nur hatte man die Mutter davon abhalten können, sich hinterherzuwerfen. Irmelind hatte der Anblick schier das Herz zerrissen.

Irmelind schloss für einen Moment die Augen.

Ich darf nicht daran denken, ich darf es nicht.

Zwanzig Jahre lebten sie nun schon in Argentinien, und doch erinnerte sie sich an den Tag der Ankunft, als sei es erst gestern gewesen. Wie fremd war ihr alles vorgekommen: die Landschaft, der Boden, die Pflanzen, der Himmel, die unendliche Weite und die große Anzahl fremdartiger, oft dunkelhäutiger Gestalten, die auf dem höhergelegenen Ufer hockten, um sie willkommen zu heißen.

Das sind unsere neuen Nachbarn, hatte sie immer wieder tonlos zu sich gesagt, unsere neuen Nachbarn, wie einen Rosenkranz hatte sie es wiederholt, den man auch immer und immer wieder betete.

Bald waren Reiter mit großen Karren herbeigekommen. Die Pferde, das hatte sie damals zum ersten Mal gesehen, waren direkt an der Deichsel mittels des Sattelgurts befestigt. Seltsam war ihr das vorgekommen, wenn nicht wie Tierquälerei. Auch das Verladen war auf ungewohnte Art vor sich gegangen. Planken waren zu ihrem Dampfer gelegt worden, dann hatten Einheimische über das bereitstehende Gepäck Lassos geworfen und es so an Land gezogen. In diesen ersten Augenblicken war Irmelind aus dem Staunen nicht herausgekommen.

Und dann war das Furchtbare passiert, das Unaussprechliche … und Claudius Liebkind trug daran die Schuld.

Nochmals wischte Irmelind sich mit dem Ärmel über die Augen. Obwohl sie sich auf der Reise angefreundet hatten, legten die Liebkinds und die Blums die weitere Strecke nach Esperanza getrennt voneinander zurück. Auf dem Weg waren zahlreiche Bewohner der am Wegesrand liegenden *ranchos*, wie man die kleinen Bauernhöfe in der Landessprache nannte, aufgetaucht. Frauen hatten frische Milch in ausgehöhlten Kürbissen, sogenannten Kalebassen, gereicht. Die kleinen Kinder unter den neuen Kolonisten waren vor den seltsamen Gefäßen zurückgeschreckt. Irmelind hatte dem kaum Beachtung schenken können. Sie hatte sich wie erstarrt gefühlt.

Auch während der ersten arbeitsamen Wochen und Monate hatte sie kaum Gelegenheit gehabt, über das Geschehene nachzudenken, sich ihrem Schmerz hinzugeben. Das neue Leben hatte sie alle vollkommen in Beschlag genommen. Kaum einer konnte auf die Gefühle des anderen achten. Sehr bald zeigte sich beispielsweise, dass das Vieh nicht so zahm war wie das in Europa. Band man die Tiere nicht fest, kehrten Kühe und Stiere einfach auf die Estancia zurück, auf der sie aufgewachsen waren, und mussten mühsam wieder eingefangen werden.

Doch im Laufe der Zeit spielte sich die Arbeit ein. Nach dem Frühstück wurden die Ochsen aufgejocht oder die Pferde angeschirrt und vor den Pflug gespannt. Wenn ein zweiter Mann fehlte, mussten auch die kleinsten Kinder ran. Irmelind hatte Fünfjährige die Pferde führen sehen, während sich der Vater angestrengt mühte, den Pflug in der Furche zu halten.

Damals hatte es viel Maisbrei gegeben, morgens, mittags und abends. Jeden Abend war für den nächsten Tag mühevoll neuer Mais zerstoßen worden. Danach hatte man beim Kohlenfeuer noch ein wenig geplaudert und war früh zu Bett gegangen. Für Lampenöl fehlte das Geld.

Auch an eine bislang ungewohnte Gefahr gewöhnte man sich zwangsläufig: Freie, noch auf die alte Art lebende Indianer durchstreiften die Gegend, sodass die Kolonisten sich gezwungen sahen, stets mit umgehängten Gewehren zu pflügen. Bei der Anlage der Behausungen achteten die Siedler darauf, je vier Häuser dicht beieinander zu errichten. Nachts stellten sie Wachen zum Schutz auf.

Doch mit den alteingesessenen argentinischen Nachbarn lief es ebenfalls nicht immer glatt. Das freundliche Willkommen wich bald Beschwerden über die Großzügigkeit, mit der die Regierung Ausländern Geschenke machte. Die Ansiedlung von Fremden in geschlossenen Kolonien führe zu einer gefährlichen Überfremdung des Landes, verlautete aus einer Debatte des argentinischen Senats. Der Beschluss erging, die Kolonisten zu trennen und auf verschiedene Dörfer zu verteilen. Die allerdings hielten aus und weigerten sich erfolgreich, als Pächter oder Tagelöhner fremdes Land zu bestellen oder sich auf andere Dörfer verteilen zu lassen. Nach diesem Erfolg waren bald weitere Familien aus Deutschland eingetroffen, unter den ersten die Amborns.

Irmelind runzelte die Stirn. Von Nachbarn hatte sie gehört, dass Frank neuerdings Probleme mit Xaver Amborn hatte. Aus irgendeinem Grund hatte Hermann es ihr nicht erzählt. Sie musste Frank unbedingt zur Vorsicht ermahnen. Mit den Amborns, das wussten alle, war nicht gut Kirschen essen. Schneller als alle anderen hatten sie ihren Weg gemacht. Man munkelte, das sei nicht mit rechten Dingen zugegangen. Während Irmelinds Familie nach Jahren immer noch in dem kleinen Häuschen, das sie gleich zu Anfang gebaut hatten, lebte, hatte Xaver es schon kurz nach seiner Ankunft zum Vorarbeiter bei den wohlhabenden Dalbergs gebracht. Sehr bald hatte er auch ein größeres Haus bauen können.

In all den Jahren hatte Irmelind selten mit Xaver Amborn gesprochen, häufiger mit Agnes, seiner ersten hübschen, netten und sehr fleißigen Frau, die nun schon über fünf Jahre tot war. Irmelind seufzte. Manchmal war ihr noch heute, als sehe sie Agnes in ihrem Garten. Immer hatte sie irgendeine Arbeit verrichtet. Den Garten und ihre Blumen hatte sie besonders geliebt. Wenn Irmelind und Agnes miteinander geredet hatten, war es Irmelind erschienen, als wolle Agnes ihr etwas anvertrauen, könne sich aber nicht dazu durchringen, es zu tun. Und dann hatte es eines Tages geheißen, sie habe sich bei einem Sturz das Genick gebrochen. Es gab einige, die sagten, auch das sei nicht mit rechten Dingen zugegangen. Nicht laut natürlich. Man sagte so etwas nicht laut über die Amborns.

Irmelind trat vom Fenster zurück, ging zum Tisch und beugte sich wieder über den Brotteig, den sie bald mit aller Kraft walkte und knetete. Am Morgen war Cäcilie Liebkind nach langer Zeit wieder einmal bei ihr gewesen. Irmelind konnte sich nicht erinnern, wann Cäcilie sie das letzte Mal besucht hatte. In jedem Fall war es sehr, sehr lange her gewesen.

»Claudius kommt zurück, Irmelind«, hatte sie aufgeregt hervorgebracht.

Irmelind hatte Cäcilie angestarrt. Für einen Moment war es, als stünde die Zeit still. Sie konnte sich einfach nicht rühren.

»Vielleicht will er euch sehen«, sagte Cäcilie vorsichtig. »Vielleicht möchte er sich entschuldigen. Es ist so lange her, vielleicht könnten wir einander …«

Cäcilie brach ab.

Weil sie das Wort nicht aussprechen kann, dachte Irmelind, weil sie weiß, dass sie es nicht aussprechen darf. Verzeihen kann nur ich, und ich will es nicht. Ich will ihn nicht sehen, und ich will ihm nicht verzeihen.

Ich verzeihe nichts, wollte Irmelind ausrufen, doch sie biss sich auf die Lippen, als sie den flehenden Ausdruck auf Cäcilies Gesicht sah.

»Er muss …«, begann sie also stattdessen und musste neu ansetzen, weil ihr Mund so trocken war, »… Claudius muss jetzt schon vierzig Jahre alt sein.«

»Ja.« Cäcilie senkte den Kopf.

»Habt ihr ihn manchmal besucht in letzter Zeit? Er hat wieder geheiratet, oder? Geht … geht es ihm gut? Er hat keine Kinder, oder?«

»Ja, er … Nein … Ach, Irmelind, ich …«

»Du musst nichts sagen, wir wollten das alle nicht. Es war ein Unfall oder etwa nicht? So etwas passiert. Gott gibt, Gott nimmt.« Irmelind trat zurück, bis sie im Türrahmen stand, streckte eine Hand aus und hielt sich dann an der Tür fest. »Würdest du mich jetzt bitte allein lassen, Cäcilie?«

Die Reise hatte Claudius Liebkind erschöpft. Er war es nicht mehr gewöhnt, so lange zu reiten. Bevor er sich zu seinen Eltern aufmachte, suchte er sein Hotel auf. Er nahm ein Bad, zog sich frische Kleidung an und aß eine Kleinigkeit. Antoinette, seine junge zweite Frau, die er bald nach dem Tod seiner ersten Frau Betty nur zwei Jahre zuvor geheiratet hatte, sagte neuerdings öfter, er müsse auf seine Linie achten. Dabei war es ihre gute Küche, die ihn hatte rundlich werden lassen. Er liebte ihre salzigen und süßen Leckereien. Und er hoffte darauf, dass sie ihr gemeinsames Glück bald mit einem Kind besiegeln konnten. Vor seiner Abreise hatte Antoinette Andeutungen gemacht. Vielleicht war sie endlich guter Hoffnung. Er wünschte es sich so sehr. Er hatte Kinder immer gemocht, hatte sich stets auch einen Bruder gewünscht und war doch der Einzige geblieben.

Claudius trat noch einmal vor den Spiegel. Sein Haar war dunkel vor Feuchtigkeit, sein Gesicht leicht gerötet, aber nicht mehr vor Anstrengung verzogen. Das Bad hatte ihm gutgetan. Er fühlte sich entspannt. Der Rücken und der Steiß schmerzten nicht mehr so stark.

Nach kurzem Überlegen entschied er sich, noch einen Spaziergang zu machen. Claudius verließ sein Zimmer, ging die Treppe zum Empfang hinunter, grüßte den Portier und trat auf die Straße hinaus. Nachdem er sich davon überzeugt hatte, dass sein Pferd gut versorgt war, machte er sich daran, sich ein wenig im Ort umzusehen. Er war lange nicht mehr in Esperanza gewesen. Nach dem furchtbaren Unfall vor zwanzig Jahren hatten ihm seine Eltern geholfen, andernorts sein Auskommen zu finden. Die Trennung war für sie alle schrecklich gewesen, denn sie hatten sich immer sehr nahegestanden. Danach war er noch ab und an zurückgekehrt, doch stets in großer Heimlichkeit und nur für kurze Zeit. Zu seiner zweiten Hochzeit hatte ihn seine Mutter zum letzten Mal besucht, der Vater hatte auf dem Hof bleiben müssen, auf dem es immer zu viel zu tun gab.

Claudius stellte fest, dass Esperanza weiter gewachsen war. Gut gekleidete Menschen flanierten auf den Straßen der Stadt. Größere und kleinere Kutschen fuhren an ihm vorüber, Reiter sprengten vorbei. Claudius sah Mütter mit ihren Töchtern, Söhne, die Schabernack trieben, junge Männer und Frauen, die einander verstohlen zulächelten. Er überlegte, ob er irgendwo einkehren sollte, um etwas zu trinken. Eigentlich war es ohnehin zu spät, um zu den Eltern zu reiten. Vater und Mutter arbeiteten auch in ihrem Alter noch hart und gingen gewöhnlich früh zu Bett. Ich werde sie besser morgen aufsuchen, überlegte er. Dann würde er auch zu Irmelind und Hermann Blum gehen. Er würde versuchen, endlich etwas von dem gutzumachen, was er in einem Moment jugendlichen Leichtsinns zerstört hatte.

Claudius blieb stehen und hing für einen Moment seinen Gedanken nach. Wie oft hatte er sich schon gewünscht, er könnte diesen einen elenden Augenblick in seinem Leben ungeschehen machen? Aber was geschehen war, war geschehen. Er hatte eine falsche Entscheidung getroffen und den Tod eines Menschen verschuldet. Vronis Tod.

Ein Schauder überlief Claudius, dann blickte er sich um. In Gedanken versunken hatte er nicht auf seinen Weg geachtet. Jetzt befand er sich in einer weniger schönen Gegend der Stadt. Hier flanierten keine Spaziergänger mehr, keine Jugendlichen liebäugelten miteinander, keine Matrone achtete mit Argusaugen auf das Benehmen ihres Schützlings. Ein unguter, fauliger Geruch lag in der Luft. In der Gosse schlief ein Indio in Lumpen seinen Rausch aus. An eine Hauswand gelehnt wartete eine Prostituierte auf Kundschaft. Eben stolperten ein paar Männer aus einer wenig einladend aussehenden *pulpería*, jener typischen Gaststätte, in der auch Lebensmittel verkauft wurden. Vor einem Haus, das offensichtlich ein Bordell beherbergte, hielt ein schwarzhaariger, kräftiger junger Mann zwei grell gekleidete und ebenso grell geschminkte Frauen im Arm, küsste mal die eine, mal die andere, während ihn seine Kumpane anfeuerten.

»He, was glotzt du denn so?«, knurrte plötzlich jemand.

Claudius fuhr zusammen, verstand erst jetzt, dass man ihn meinte, und wandte den Blick rasch ab, doch es war zu spät. Der junge Mann, der sich eben noch mit den beiden Frauen vergnügt hatte, schob die beiden nun in die Arme seiner Begleiter. Breitbeinig und mit drohender Miene kam er auf Claudius zu.

»He, ich rede mit dir, alter fetter Mann, was glotzt du so?«

»Entschuldigen Sie bitte, mein Herr, ich wollte Sie gewiss nicht stören.«

Claudius machte einen Schritt zurück, war sich jedoch unsicher, was er tun sollte. Er zögerte erneut.

Der junge Mann drehte sich derweil zu seinen Kumpanen hin und begann zu lachen. »Wollte mich nicht stören! Der Herr wollte mich nicht stören.« Sein Lachen klang falsch, dann nahm er Claudius auch schon wieder drohend in den Blick. »Bin ich es also nicht wert, dass man mit mir spricht?«

»Doch, ich ...«

»Ja, was denn nun?«

Claudius wurde unbehaglich zumute. Er wich weiter zurück, doch nun tauchte einer der anderen Männer hinter ihm auf. Der zweite blockierte ihn seitlich. Der Wortführer stand direkt vor ihm. Die beiden jungen Frauen waren wie auf einen geheimen Wink hin verschwunden.

Vielleicht holen sie Hilfe, versuchte Claudius sich zu beruhigen, doch er wusste, dass er vergeblich hoffte.

Der erste Schlag traf ihn mitten ins Gesicht und ließ seine Nase knackend brechen. Der gleich darauffolgende schleuderte ihn in den Dreck. Ein Gemisch aus Blut und Rotz lief ihm in den Rachen, Blut tropfte aus Mund und Nase auf sein Hemd. Claudius versuchte aufzustehen, doch ein brutaler Tritt mit metallverstärkten Stiefeln warf ihn zurück auf den Boden. Er schrie auf. »Hilfe, so helft mir doch!« Doch ringsum blieb alles still. Niemand rührte sich. Noch einmal rief er um Hilfe.

»Maul halten!«, brüllte der junge Mann.

Dann trafen ihn weitere Tritte und Schläge. Anfangs versuchte Claudius noch, sich zu schützen, doch bald verließen ihn die Kräfte. Längst war sein ganzer Körper ein einziger pochender Schmerz.

»Hilfe«, gurgelte er kaum hörbar, »Hilfe! Will mir denn niemand helfen? Hilfe, Hi …«

Mina war an diesem Tag lange umhergestreift. Die meisten hielten ein solches Verhalten für zu gefährlich, doch das junge Mädchen konnte sich nichts Besseres vorstellen, als entführt zu werden. Kein Leben konnte schlimmer sein als die Hölle, in der sie lebte – noch nicht einmal die Aussicht, bei den Pampaindianern zu landen, von denen sie nur Schlechtes gehört hatte. Dieser südlich von Buenos Aires lebende Stamm, hieß es, gehöre zu den grausamsten aller Indianerstämme. Angeblich hielten sie ihre Frauen wie Sklaven und ließen sie schmutzige Lumpen tragen. Wenn sie nicht gerade auf der Jagd oder auf Raubzug waren, verbrachten die Männer ihre Zeit mit trinken, Glücksspiel und schlafen. Ein bitteres Lächeln malte sich auf Minas Lippen: Ganz offenbar gehörten der Stiefvater und ihr Stiefbruder zu den berüchtigten Pampaindianern.

Vorsichtig näherte sie sich nun ihrem Zuhause. Sie hatte ein Fenster eines der wenig genutzten Räume offen gelassen, das sie nun behutsam aufdrückte. Geschmeidig wie eine Katze kletterte sie hindurch und kam samtweich auf dem Boden auf. Sie hatte lange geübt, sich beinahe unhörbar zu bewegen und diese Kunst im Laufe der Zeit zur Perfektion gebracht. So schnell bemerkte sie keiner, wenn Mina es nicht wünschte.

Einen Moment lang blieb sie zur Sicherheit horchend in den Schatten stehen, doch alles blieb still. Fast schien es ihr, als sei das Haus leer. Als sie aus dem Zimmer trat, horchte sie erneut. Immer noch nichts. Die Küche lag bereits im Dämmerlicht, beleuchtet nur vom glutroten Schein aus dem Ofen. Im oberen Stockwerk waren jetzt Schritte zu hören, dann die Stimme ihrer Mutter.

»Mina, bist du das?«

»Ja, alles in Ordnung, ich wollte nur etwas trinken.«

Mina huschte in die Küche, trat zum Wasserkrug und schenkte sich einen Becher voll. Dann lehnte sie sich gegen den Spülstein und starrte Philipps Rock an, den dieser nachlässig über die Lehne eines Stuhls geworfen hatte. Durch das Fenster erspähte sie sein Pferd noch gesattelt und aufgezäumt im Hof. Offenbar war auch er gerade erst nach Hause gekommen.

Mina wandte sich wieder dem Rock zu. Sie hatte das Kleidungsstück an der leicht schiefen Naht erkannt, mit der sie einen Riss gestopft hatte. Philipp hatte ihr dafür die Lippen blutig geschlagen. Doch etwas weckte ihre Aufmerksamkeit, etwas schimmerte golden aus einer der Taschen hervor.

Mina stellte ihren Becher ab, ohne zu trinken, nahm den Rock ihres Stiefbruders hoch und zog den Gegenstand aus der Tasche.

Eine goldene Uhr! Sie riss die Augen auf. Das konnte nicht Philipps Uhr sein. Ihr Stiefbruder war stets in Geldnot. Niemals hätte er sich eine solche Uhr leisten können. Auch Xaver hatte ihm, bei aller Liebe zu seinem Sohn, bislang keine gekauft. Hatte er sie jemandem gestohlen? Philipp *musste* sie jemandem gestohlen haben!

Die Uhr in der Hand, drehte Mina sich um, trat an den Ofen heran und untersuchte im Feuerschein, ob auf der Rückseite etwas eingraviert war. CL, entzifferte sie mit einiger Mühe – ein verschnörkeltes C, das L schlang sich darum.

Von draußen näherten sich Schritte. Mina fuhr zusammen, stopfte die Uhr zurück in die Tasche. Gerade noch konnte sie den Rock wieder über die Stuhllehne werfen und in die Vorratskammer schlüpfen, da wurde auch schon die Tür aufgestoßen.

»Verdammt!«

Philipp stand in der Küche über den Vorratseimer mit Frischwasser gebeugt und spritzte sich prustend Wasser ins Gesicht. Seine Handknöchel schmerzten von den Schlägen, die er ausgeteilt hatte. Die Haut war aufgeschürft. Sein Hemd war voller Blut. Das Blut des Fremden, nicht seines. Der Fremde hatte geblutet wie ein abgestochenes Schwein. Philipp sah auf seine Stiefel. Auch die hatten etwas abbekommen. Er nahm sein Halstuch und wischte die hässlichen braunroten Flecken weg. Immer und immer wieder hatte er zugetreten. Während der Fremde anfangs noch geschrien hatte, hatte er später nur noch gewimmert und schließlich nichts mehr von sich gegeben. Er, Philipp, war wie in einem Rausch gewesen, aber es hatte ihm keine Erleichterung verschafft. Irgendwann war er von einem seiner Freunde zurückgerissen worden. Philipp, du bringst ihn ja um!, hatte der gerufen.

Da erst hatte er widerstrebend von seinem Opfer abgelassen, aber es war zu spät gewesen. Der gut gekleidete fremde Mann, der ohne Vorwarnung in sein Leben eingedrungen war, war längst tot. Keiner von ihnen hatte es bemerkt. Er war gestorben, einfach so. Was sollte man da machen …?

Er und seine Freunde hatten den Fremden im Dreck liegen lassen und sich davongemacht. Er würde nicht der Erste sein, den man tot in einer Gasse fand. Morgen würden sie sich wieder zum Kartenspiel treffen. Gesehen hatte sie niemand, und wer sie gesehen hatte, würde sicher nicht wagen, das Maul aufzureißen.

Ein neuerlicher Gedanke ließ Philipp grinsen, während er zusah, wie das Blut des Fremden von ihm heruntertropfte. Draußen waren schwere Schritte zu hören, dann wurde die Tür aufgestoßen, und sein Vater kam herein.

»Du bist schon zurück?«

»Es gab einen Unfall«, beschied Philipp ihn knapp.

»So?«

»Meine Freunde und ich wurden angegriffen.«

Xaver antwortete nicht.

»Ist Mina schon zurück?«, fragte Philipp dann.

»Wieso?« Wie er erwartet hatte, schlich sich Misstrauen in Xavers Stimme. Auf seine Weise war der Vater doch sehr vorhersehbar.

»Hab sie heute mit Frank Blum gesehen«, hieb Philipp genüsslich in dieselbe Kerbe.

»Hölle und Teufel, ich habe ihr doch streng verboten, sich noch einmal mit diesem nichtsnutzigen Lumpen abzugeben. Ich glaube, ich muss diesem widerspenstigen Weib eine Lektion erteilen.«

Ein Laut ließ Xaver und Philipp in Richtung der kleinen Vorratskammer schauen, dann wechselten Vater und Sohn einen kurzen Blick.

»Mina, Süße«, rief Philipp, »bist du etwa da drin?«

Sie hätten Wichtigeres zu klären, hatte er seinem Vater zugeraunt, deshalb hatte Xaver seine Stieftochter lediglich heftig geohrfeigt, nachdem sie Mina in der Vorratskammer ertappt hatten, und sie in die Scheune gesperrt. Dann waren sie beide ins Haus zurückgekehrt, saßen einander nun am Küchentisch gegenüber, eine Flasche Caña, Zuckerrohrschnaps, zwischen sich.

Philipp zögerte. Wie sollte er es dem Vater sagen? Es gab einen, der sich in letzter Zeit zu viel herausgenommen hatte, das wussten sie beide. Und dass Xaver nicht gut auf Frank zu sprechen war, war eben nur wieder zu deutlich geworden. Wenn er es gut anstellte, konnte er also zwei Fliegen mit einer Klappe schlagen.

Kurze Zeit später hatte er dem Vater sein Vorhaben erklärt. Xaver nickte und lächelte dann breit.

»Du bist mein Sohn«, sagte er, »wirklich und wahrhaftig mein Sohn.«

Etwas drang in Franks Unterbewusstsein, etwas Unangenehmes, das er zuerst nicht einordnen konnte: Schritte auf dem Holzboden, laute Stimmen, dann Geschrei, das Weinen seiner Mutter, die hilflose Stimme seines Vaters. Er fuhr hoch.

Das war kein Traum, das war die Wirklichkeit. Eben gerade waren Männer ins Haus seiner Eltern eingedrungen. Er konnte Xavers und Philipps Stimmen erkennen und die von einigen ihrer Handlanger und Stiefellecker.

»Geh aus dem Weg, Weib, wir müssen deinen Sohn mitnehmen«, war jetzt Xavers Stimme zu hören.

»Aber er hat nichts getan, Herr Amborn, Frank ist ein guter Junge. Er hat nichts getan. Er war den ganzen Abend hier.«

»Geh mir aus dem Weg, Irmelind, ich sag's nicht noch einmal. Frank war mitnichten hier, das können meine Männer bezeugen, und jetzt nimm dir ein Beispiel an deinem Mann und mach Platz.«

»Komm, Irmelind«, war jetzt die Stimme des Vaters zu hören, »mach keinen Ärger.«

»Aber was wollt ihr denn von meinen Jungen?«

Offenbar war seine Mutter nicht so leicht bereit aufzugeben. Leise, ganz leise verließ Frank das Bett, zog rasch seine Hose an und schlich dann zur Tür, um durch den Spalt zu spähen. Sein älterer Bruder Samuel, der für ein paar Tage bei ihnen weilte, war jetzt ebenfalls aufgewacht und starrte ihn erstaunt an. Frank legte den Finger auf die Lippen. Die Stimmen wurden lauter.

»Frank hat einen Mann umgebracht, Irmelind. Es gibt Zeugen.«

»Das kann nicht sein. Er war hier, mein Frank war hier.«

»Doch, es ist die Wahrheit.« Durch den Spalt konnte Frank sehen, wie Philipp auf Irmelind zutrat und ein blutverschmiertes Hemd in die Höhe hielt. »Das haben wir draußen gefunden. Es ist Franks Hemd, wir haben uns erkundigt.«

Frank warf den Kopf herum. Wo war sein Hemd, wo …? Und dann fiel es ihm ein: Er hatte es nach der Feldarbeit gewaschen und zum Trocknen aufgehängt. Das dort konnte also tatsächlich *sein* Hemd sein.

»Aber …« Irmelind brach ab. »Glaubt mir doch, Frank würde keiner Fliege etwas zuleide tun. Er ist so ein guter Junge. So ein Hemd tragen hier doch viele, ich …«

Jetzt mischte sich Hermann ein. »Wen soll er denn getötet haben? Jemanden, den wir kennen?«

»Nun …« Xavers Gestalt verdeckte für einen Moment die seines Sohnes. »Claudius Liebkind ist offenbar heute in Esperanza eingetroffen und liegt nun erschlagen auf der Polizeiwache.«

Frank hörte, wie seine Mutter einen Schrei ausstieß. Philipp trat hinter dem Rücken seines Vaters hervor.

»Du wusstest davon, Irmelind, nicht wahr? Du hast es ihm gesagt, ja? Cäcilie hat dir erzählt, dass Claudius kommen wollte, um sich mit euch zu versöhnen …«

Irmelind stieß einen neuerlichen gequälten Schrei aus.

»N… nein«, stotterte sie dann, »ich habe, ich habe nichts und niemandem …«

Frank hatte genug gehört. Lautlos stahl er sich an seinem verwirrten Bruder vorbei zum Fenster, öffnete es vorsichtig und stieg ebenso lautlos hinaus. Gott sei Dank hatte offenbar keiner der Trottel daran gedacht, die Umgebung des Hauses zu bewachen. Unbehelligt konnte er sich davonmachen. Wenig später hatte ihn die Weite des Landes geschluckt.

Mina blinzelte ins graue Morgenlicht, als der Stiefvater die Tür zum Schuppen am nächsten Tag öffnete. Sie hatte Philipp und ihn am Vorabend zurückkehren hören, offenbar stockbetrunken, und sofort gewusst, dass man sie an diesem Abend nicht mehr befreien würde. Auf ihre Mutter zu hoffen war ebenfalls vergebens. Annelie liebte ihre Tochter, aber sie hatte zu viel Angst, um ihrem Mann zuwiderzuhandeln. Es war nicht die erste Nacht, die Mina in der Scheune verbrachte. Sie hatte sich daran gewöhnt. Ein Rascheln, ein Fiepen oder ein anderes, nicht einzuordnendes Geräusch schreckten sie gewiss nicht mehr.

»Na, Töchterchen, gut geschlafen?« Xaver lachte blechern auf.

Ich bin nicht deine Tochter, wollte Mina ausspucken, doch sie beherrschte sich im letzten Moment. Im Schatten seines Vaters trat Philipp durch die Tür. Der Stiefbruder grinste sie so anzüglich an, dass ihr mit einem Mal angst und bange wurde. Xaver klopfte seinem Sohn auf die Schulter.

»Ich muss los, Junge, wird ein langer Tag.«

»Ja, Vater, ich komme auch gleich.«

Philipp sah Xaver einen Moment nach. Dann sah er Mina an. Wieder grinste er. Im nächsten Moment schon stand er ganz dicht bei ihr. Er nahm eine Strähne ihres Haars und wickelte sie sich um die Handfläche, bis Mina vor Schmerz die Zähne aufeinanderbeißen musste. Doch niemals würde sie ihm die Genugtuung geben, in seiner Gegenwart Angst oder Schmerz zu zeigen.

»Mina, kleine Mina, weißt du es schon? Dein Bock hat sich aus dem Staub gemacht.«

»Wer?« Mina blinzelte die verräterischen Tränen weg.

»Frank. Frank Blum hat einen Menschen getötet und ist vor dem Arm des Gesetzes geflohen.«

Der Schrecken fuhr wie ein heißer Strahl durch Mina hindurch, und doch gelang es ihr, ihre Gefühle weiterhin nicht zu zeigen.

»Frank hat niemanden getötet«, widersprach sie mit fester Stimme.

»Frag seine Eltern, liebste Mina, er ist fort. Würde ein Unschuldiger fliehen? In jedem Fall bist du jetzt allein. Jetzt bin nur noch ich da, um dir Lust zu verschaffen, meine Süße.«

Mina überlief ein Schauder. Mit einem Mal erinnerte sie sich der Blicke, die ihr Philipp seit geraumer Zeit zuwarf.

»Du bist schön«, sagte er, immer noch grinsend.

»Lass mich los!«, zischte sie ihn an.

Philipp lockerte seinen Griff ein wenig. Dann packte er Mina plötzlich beim Nacken. Er zwang ihr Gesicht nahe an seines heran.

»Wie war das?«

»Lass mich los!«

»Küss mich.«

»Niemals.«

»Wir sind Bruder und Schwester. Komm, gib mir einen schwesterlichen Kuss, Kleine.«

Mina versuchte, ihr Gesicht zur Seite zu drehen. Es wollte ihr nicht gelingen. Philipps Mund näherte sich. Seine Lippen berührten die ihren, seine fordernde Zunge drängte sich in ihren Mund. Sie wollte am liebsten ausspucken, als er endlich von ihr abließ, doch er drückte ihr den Kiefer so zusammen, dass sie den Mund nicht öffnen konnte.

»War das nicht schön, mein Täubchen? Denk daran, dein Bock ist weg. Du hast jetzt nur noch mich, und ich bin ohnehin die bessere Wahl.«

Philipp ließ sie unvermittelt los.

Mina stolperte von ihm weg. »Verschwinde, du Scheusal!«

»Immerhin bin ich kein flüchtiger Mörder.«

»Frank ist kein Mörder.«

»Er ist geflohen, Kleine. Er ist geflohen, nachdem er den Mörder seiner Schwester getötet hat. Rachemord nennt man das, es wäre nicht der erste auf dieser Welt, liebste Mina.«

Mina schüttelte sich innerlich. Hatte Philipp etwa Recht? Hatte Frank tatsächlich einen Mord begangen? Aber er hatte seine Schwester doch nie kennengelernt, er kannte die Geschichte nur von seinen Eltern. Konnte ihr Frank ...?

»Gewöhn dich an den Gedanken, ab jetzt bist du allein.«

Mina zuckte unwillkürlich zusammen, sie konnte nichts dagegen tun. Mit einem Mal war ihr eiskalt.

Claudius ist tot.

Auf einen Schlag waren alle Erinnerungen zurück, als wäre das Schreckliche eben erst geschehen. Bilder von der Ankunft in der Fremde, von dem höhergelegenen Flussufer, von den dunkelhäutigen Gestalten, von den Lassos, die wie Schlangen über den wolkenlosen tiefblauen Himmel flogen. Bilder von Vroni, ihrer einzigen Tochter, die gemeinsam mit dem zwei Jahre älteren Claudius auf der Laufplanke stand und kicherte. Und mit den Bildern kamen auch die Gefühle wieder – das eigene Unwohlsein, die Angst um das Kind, die einen nie verließ.

Es ist nur ein Spaß, hatte sie sich wiederholt zu beruhigen versucht, nur ein Spaß. Es wird nichts passieren.

Ihre achtzehnjährige Tochter Vroni und Claudius, der Sohn der Liebkinds, hatten schon häufig miteinander gelacht. Vielleicht hatten sie sogar Gefallen aneinander gefunden.

Irmelind hatte versucht zu lächeln. Dann war auch schon der Schrei ertönt. Wie aus einem Mund. Fast zeitgleich folgte der Sturz der beiden jungen Leute tief hinein ins schmutzig braune Wasser. Für den Bruchteil einer Sekunde war ihr Herz stehen geblieben.

Irmelind drückte unwillkürlich beide Hände gegen die linke Brustseite. Sie stand allein in ihrer Küche und hörte doch die panischen Schreie von damals und die eigene, sich überschlagende Stimme: »Wo sind sie? Wo sind sie? Helft ihnen doch, so helft ihnen doch. Wo ist meine Tochter? O Gott, sie kann nicht schwimmen, meine Vroni kann nicht schwimmen. So helft ihr doch.«

Dann war Claudius' Kopf durch die Wasseroberfläche gebrochen. Der junge Mann hatte nach Luft geschnappt und wild mit den Armen gerudert, während sie, Irmelind, nur dagestanden und auf das Wasser gestarrt hatte, das allem inneren Flehen zum Trotz nicht noch einmal aufreißen wollte.

Erst Tage später hatten sie Vroni gefunden. Bei der Nachricht war Irmelind in Ohnmacht gefallen. Als sie kurz darauf erwachte und die tote Tochter noch einmal sehen wollte, war ihr das nicht erlaubt worden.

»Behalte sie in Erinnerung, wie du sie gekannt hast«, hatte Hermann zu ihr gesagt. »Behalte sie genau so in Erinnerung.«

»Claudius Liebkind«, flüsterte Irmelind. »Claudius Liebkind.«

Sie würde seinen Namen nie vergessen. Kaum zwei Wochen nach der Ankunft hatte er sein Elternhaus bei Nacht und Nebel verlassen. Seitdem hatte sie ihn nicht mehr gesehen. Auch Cäcilie, Claudius' Mutter, hatte sie, bis zu jenem Besuch kürzlich, nur noch ein-, zweimal aufgesucht. Nein, Irmelind hatte ihr niemals Vorwürfe gemacht, aber sie war reserviert geblieben. Nie, niemals wieder hatten sie gemeinsam so lachen können wie auf der Reise, die doch auch nicht leicht gewesen war. Aber da hatte Vroni noch gelebt, ihre einzige Tochter.

»Vroni«, flüsterte Irmelind. »Vroni.«

Es tat immer noch so weh. Tränen traten in ihre Augen. Sie wischte sich mit dem Handrücken darüber. Heute, genau an diesem Tag, wäre Vroni achtunddreißig Jahre alt geworden. Sicherlich wäre sie mittlerweile verheiratet, und es hätten sich noch mehr Kinder zu Irmelinds und Hermanns Enkelschar hinzugesellt. Vronis zwei Jahre älterer Bruder hatte schon lange Nachwuchs, zwei Jungen und ein Mädchen. Es freute Irmelind, sie zu sehen, aber auch der Anblick der Kleinen konnte ihr nicht über Vronis Tod hinweghelfen. Sie hatte sich manchmal gefragt, warum der Schmerz so schwer wog, aber Vroni und sie hatten immer eine tiefere Beziehung zueinander gehabt. Sie hatten immer gewusst, was der andere fühlte, ohne dass sie es aussprechen mussten. Sie hatten einander von ihren Träumen erzählt. Sie hatten zusammen gelacht. Sie waren mehr gewesen als nur Mutter und Tochter.

Seit Vronis Verlust erledigte Irmelind ihre täglichen Pflichten, aber sie lebte nicht mehr richtig. Vielleicht war es nicht gerecht der Familie gegenüber, doch etwas in ihr war damals für immer gestorben.

Mina saß mit ihrer Mutter auf der Veranda vor dem kleinen Haus und flickte die Kleidung der Amborn-Männer. Ihre Gedanken schweiften wie immer, wenn sie ein wenig zur Ruhe kam, zu Frank. In den vergangenen Wochen war er an keinem der Orte aufgetaucht, an denen Mina und er sich heimlich getroffen hatten, obwohl sie so sehr darauf hoffte. Er kann doch nicht einfach verschwinden, sagte sie sich immer wieder, nicht, ohne mir Lebewohl zu sagen, nicht, ohne mir zu sagen, wo wir einander wiedersehen.

Bald brodelte die Gerüchteküche schier über. Es gab die, für die Frank zweifelsohne ein Mörder war, und andere, die so etwas für vollkommen abwegig hielten.

»Doch nicht Frank«, sagten sie, »Frank ist ein guter Junge. Niemals hätte Frank einen anderen zu Tode geprügelt.«

»Und was ist mit dem Hemd und den Blutflecken darauf?«, fragten die anderen.

Niemand wusste bisher allerdings von der Uhr, die Mina in Philipps Rock gefunden hatte und die sie, seit jenem Tag, an dem Philipp sie beinahe erwischt hatte, vergeblich suchte. Ein furchtbarer Verdacht quälte sie: Was, wenn Philipp etwas mit dem Mord zu tun hatte? Was, wenn er sogar der Mörder war? Zuzutrauen war es ihm. Aber wie sollte sie das beweisen?

Claudius Liebkind, der nie gemeinsam mit seinen Eltern

auf deren kleinem Bauernhof bei Esperanza gelebt hatte, fand indes seine letzte Ruhe auf dem Friedhof der Stadt. Danach kehrte das Leben in seine normale Bahn zurück. Mina jedoch fühlte sich unendlich verlassen. Der Einzige, mit dem sie hatte reden können, der, der ihre Zukunftspläne geteilt hatte, der sie in den Arm genommen, dem sie etwas bedeutet hatte, war aus ihrem Leben verschwunden.

Frank.

Wie soll ich es nur aushalten ohne Frank? Wie soll ich allein hierbleiben, ohne wahnsinnig zu werden? Wer wird mich vor Philipp schützen?

In den Wochen nach Franks Flucht hatte Mina bereits einen Eindruck des Lebens bekommen, das nun vor ihr lag. Am Morgen danach schon hatte sie etwas in den Augen des Stiefbruders gelesen, das sie zutiefst beunruhigte. Und dann hatte er sie brutal geküsst. In der darauffolgenden Zeit stellte Philipp ihr täglich nach. Er griff nach ihrem Gesäß, küsste ihr Dekolleté, riss an ihren Haaren, wenn sie versuchte, sich ihm zu entziehen.

»Du wirst mich nicht los«, drohte er ihr stets mit einem Grinsen, »du wirst mich niemals mehr loswerden.«

Mina bemühte sich nach Kräften, ihrem Stiefbruder so selten wie möglich allein zu begegnen. Sie wusste, dass er sich nahm, was ihm nicht freiwillig gegeben wurde. Sie wusste, dass er sich eines Tages alles nehmen würde.

»Ich muss hier fort«, sagte Mina unvermittelt zu ihrer Mutter und schluckte nicht zum ersten Mal die Tränen herunter, die ihr in die Augen stiegen.

»Ich weiß.« Annelie hob den Kopf nicht, während sie ihrer Tochter antwortete. »Du könntest in Esperanza in Stellung gehen«, fuhr sie dann fort, »zumindest, bis sich die ganze Sache aufklärt.«

»Du glaubst auch nicht, dass er es war?«

»Nein.« Annelie hob den Kopf und schaute ihre Tochter aus ihren hübschen graublauen Augen an. »Niemals. Frank nicht. Frank ist ein guter Kerl. Der schlägt keinen tot.«

Mina zögerte. »Ich habe etwas … gesehen, an jenem Tag«, setzte sie dann zögerlich an. »Bei Philipp.«

Ihre Mutter senkte ihren Kopf wieder und ließ Nadel und Faden geschickt durch den brüchigen Stoff huschen.

»Eine goldene Uhr«, fuhr Mina fort. »Ich bin mir nicht sicher, aber ich meine, es waren die Buchstaben C und L eingraviert.«

Annelie antwortete nicht.

»Verstehst du, Mama? C und L, Claudius Liebkind.«

»Hast du die Uhr denn in letzter Zeit noch einmal bei ihm gesehen?«, fragte Annelie, während sie vorgeblich konzentriert weiterstichelte.

Mina zupfte das Hemd in ihrem Schoß zurecht, das sie gerade flickte. »Nein.«

»Aber du bräuchtest diese Uhr, um Frank zu helfen«, erklärte Annelie.

»Ja, ich …«

»Ich weiß, wie dir zumute ist, aber verlange bitte nicht von mir, dass ich dich in diesem Vorhaben unterstütze«, fuhr Annelie rasch fort. Der Ausdruck in ihrem Gesicht schwankte zwischen Angst und Unbehagen. Sie hatte immer nur das Beste für ihre Tochter gewollt und war doch so schrecklich gescheitert. Mina tat ihre Mutter leid. Das Leben war nicht einfach, aber immerhin hatten sie noch einander.

Annelie sah ihre Tochter eindringlich an. »Mina, das hier ist mein Leben. Wenn du in Stellung gehen willst, helfe ich dir, aber die Sache mit der … der Uhr … Das kann ich nicht.

Ich kann mich nicht gegen meinen Mann stellen. Ich habe einfach zu viel Angst. Wenn du fortwillst, helfe ich dir, aber das andere … das andere, das kann ich nicht. So leid es mir tut.«

Zweites Kapitel

An jenem Morgen, als sie sich bei den Dalbergs vorstellen sollte, stand Mina länger vor dem Spiegel und musterte sich aufmerksamer, als sie es gewöhnlich tat. Annelie hatte ihr lockiges Haar gebürstet und zu einem solch straffen Zopf geflochten, dass der Haaransatz schmerzte. Zu ihrem besten graublauen Leinenkleid, das bis auf ihre schwarzen, auf Hochglanz polierten Sonntagsschuhe hinabreichte, trug Mina eine weiße, selbst genähte Schürze und ein Sonntagshäubchen.

»Hermann wird dich in die Stadt mitnehmen«, sagte Annelie und strich ihrer Tochter sanft über den Arm.

Flüchtig berührte Mina ihren schmerzenden Haaransatz. Sie hatte den Eindruck, ihr Gesicht nicht mehr richtig bewegen zu können.

»Ich wünsche dir Glück«, fügte ihre Mutter hinzu.

Mina nickte. Das anstehende Vorstellungsgespräch im Haushalt der Dalbergs hatte sie in der Nacht häufiger aus dem ohnehin unruhigen Schlaf fahren lassen, und auch an etwas anderes hatte sie denken müssen: Wie viele Tage habe ich jetzt schon nichts von Frank gehört?

Noch immer wusste sie nicht, wie sie dem Freund helfen könnte, aber sie wusste, dass sie ihm helfen musste. Die goldene Uhr hatte sie bisher vergebens gesucht. Sollte sie sich mit dem, was sie wusste, vielleicht an irgendjemanden wenden?

Aber Mina vermochte nicht zu sagen, wer Stiefvater und Stiefbruder noch freund war. Und was, wenn die beiden einfach bezahlten, um lästige Nachforschungen zu verhindern? Wer sollte ihr überhaupt glauben? Sicherlich würde es ihrem Stiefvater mit Leichtigkeit gelingen, sie als fantasiebegabte dumme Göre hinzustellen – und dann? Sie musste eine andere Lösung finden, doch welche?

Kurz schaute Mina ihre Mutter über den Spiegel hinweg an. Dann lächelten sie beide, wie auf ein geheimes Wort hin, doch das Lächeln geriet zaghaft wie so oft und verlor sich bald.

Ich will hier fort, dachte Mina im nächsten Moment, ich will weg. Ohne Frank hat es ohnehin keinen Sinn, zu bleiben.

Wenn Frank nicht von dem schrecklichen Vorwurf freigesprochen würde, könnten sie beide nicht heiraten und sich niemals ein gemeinsames Leben aufbauen. Sie hatte so gehofft, dass er noch einmal zurückkommen würde. Sie hatte gehofft, dass sie wenigsten erführe, wo er hingegangen war, um ihm folgen zu können. Nichts. Bisher hatte sie keine einzige Nachricht erreicht.

Mina unterdrückte einen tiefen Seufzer. Sie konnte nicht sagen, wie es ihr bislang gelungen war, Philipps Nachstellungen zu entgehen. Seit geraumer Zeit schlief sie mit einem Messer unter dem Kopfkissen. Sie hatte ihren Stiefbruder auch schon einmal damit bedroht, beeindruckt hatte sie ihn sicher nicht. Ein paar Tage später hatte er sie jedenfalls überraschend beiseitegenommen, die kräftige Hand mit einem Mal so fest an ihrem Hals, dass sie kaum Luft bekommen hatte.

»Glaub nicht, dass du mir Angst einjagst, süße Mina. An dir ist einfach noch zu wenig dran, um sich wirklich vergnügen zu können. Ich kann warten.«

Sie hatte sich nur schwer beherrschen können, ihm nicht ins Gesicht zu spucken.

Was würde geschehen, wenn ihr Körper weiter reifte, wenn er ihre Weiblichkeit noch stärker verriet?

Mina wagte nicht, sich das auszumalen. Längst war sie dazu übergegangen, ihre Brust mit einem festen Leinenband zurückzubinden. Fieberhaft hatte sie überlegt, wie sie Philipp auch in Zukunft am besten aus dem Weg gehen konnte, bis ihre Mutter ihr vorgeschlagen hatte, bei den Dalbergs, für die auch der Stiefvater arbeitete, in Stellung zu gehen. Annelie und sie hatten beide befürchtet, Xaver Amborn könnte das Vorhaben ablehnen, aber der Gedanke an mehr Geld hatte den Mann recht schnell überzeugt.

»Lass sie nur arbeiten, wird Zeit, dass das Gör nicht nur frisst, sondern auch was einbringt«, hatte er schließlich geknurrt.

»Ich freue mich auf die Sonntage«, hatte Philipp Mina mit einem anzüglichen Grinsen zugeflüstert, als sie später einen Moment allein gewesen waren, »ich freue mich darauf zu sehen, wie du zur Frau heranreifst. Wenn ich dich seltener vor Augen habe, wird mir der Unterschied viel deutlicher werden.« Er hatte sich kurz wohlig grunzend zwischen die Beine gegriffen.

Darüber, hatte Mina danach immer und immer wieder bei sich wiederholt, denke ich jetzt nicht nach. Wenn alles gut lief, würde sie die Woche über im Haus ihrer Dienstherrin zubringen. Dort hatte sie wenigstens Ruhe.

»Wir sind da«, sagte Hermann Blum, der eben seinen Karren vor dem Dalberg'schen Stadthaus zum Stehen gebracht hatte. »Viel Glück, Mina!«

»Danke.«

Mina kletterte vom Wagen herunter, das mulmige Gefühl in ihrem Magen verstärkte sich. Sie atmete dreimal tief durch, um ihr nunmehr wild klopfendes Herz zu beruhigen. Dann bediente sie entschlossen den Türklopfer. Eine streng aussehende Haushälterin geleitete sie nach einem kurzen, jedoch wortreichen Vortrag in einen leeren Salon. Mina blieb in der Nähe eines Tisches stehen, der so blankpoliert war, dass sie sich darin spiegelte. Eines der Fenster stand weit offen. Lange seidene Vorhänge bewegten sich im sanften Morgenwind. Helles Licht fiel herein und hinterließ eine Lichtpfütze auf dem Parkett zwischen dem Fenster und einem dicken orientalischen Teppich. Neben dem Fenster stand die Holzskulptur eines Mohren, der ein Tablett hielt. Ein Stuhl stand etwas davon entfernt, als hätte eben noch jemand dort gesessen und wäre gerade erst aufgestanden.

Mina trat neugierig näher an den Mohren heran und betrachtete ihn eingehend, wagte sogar, seine Konturen mit der Hand nachzufahren. Das Holz fühlte sich sehr glatt an, als hätten es schon sehr viele Hände berührt.

Als sich die Tür nach geraumer Zeit öffnete, zuckte sie, trotz aller Bemühungen, sich zu beherrschen, zusammen. Eine grauhaarige Dame, einen Gehstock in der rechten Hand, ein Monokel auf dem linken Auge, kam auf sie zu und betrachtete sie prüfend.

»Das ist ein *guéridon*«, sagte sie knapp und wies mit dem Kopf auf das Mohrentischchen.

Mina nickte, weil sie sicher war, ohnehin kein Wort herauszubekommen.

»Frau Vahlens hat mit dir gesprochen?«, fuhr die ältere Dame, die Frau Dalberg sein musste, fort.

Mina nickte wieder und versuchte, sich an die barschen Fragen zu erinnern, die die Haushälterin ihr gestellt hatte, ohne jedoch eine Antwort abzuwarten.

»Du weißt, was wir erwarten?«

Erneutes Nicken.

Frau Dalberg runzelte die Stirn. »Hm, kannst du sprechen?«

»J... ja«, stotterte Mina.

»Nun, offenbar neigst du nicht zur Geschwätzigkeit, das mag von Vorteil sein. Stell dich einmal dorthin«, Frau Dalberg wies auf die Raummitte, »und dreh dich.«

Mina tat wie ihr geheißen. Frau Dalberg betrachtete sie noch einmal eingehend.

»In Ordnung«, sagte sie endlich, »gesund siehst du aus, verständig scheinst du auch zu sein. Kleidung wirst du von Frau Vahlens erhalten. Bevor ich dich zum Nähen einsetze«, Frau Dalberg wies kopfschüttelnd auf Minas selbst genähte Schürze, »musst du aber noch kräftig üben.«

Mina errötete beschämt.

»Deine Dienstkleidung wirst du vom Lohn abgezogen bekommen, damit du pfleglich damit umgehst, ebenso dein Essen. Du isst hier ohnehin besser, als du es gewohnt bist. Gezahlt wird zum Ende der Woche, der Sonntag ist frei. Alles Weitere besprichst du mit Frau Vahlens.«

Frau Dalberg nickte ihr noch einmal zu. Und damit war Mina entlassen.

In den nächsten Tagen lernte Mina, sich in einem weit größeren Haushalt zurechtzufinden, als sie ihn bislang kennengelernt hatte. Die Familie Dalberg hatte damals auch zu den ersten Einwanderern gehört und bewohnte heute ein schönes Haus im alten spanischen Kolonialstil. Über eine von Säulen gesäumte Veranda gelangte man in eine großzügige Halle, an die sich der erste Patio anschloss. Rund um den Innenhof zog sich ein zweistöckiges Gebäude mit vielen, im oberen Stockwerk gelegenen Gästezimmern und größeren und kleineren

Salons und Empfangsräumen im Erdgeschoss. Wer nicht zur Familie gehörte, das erfuhr Mina bald, lernte nie mehr als diesen ersten Patio kennen, und auch hierher wurden nur die engsten Freunde gebeten. Ein weiterer Patio schloss sich an, auch dieser von einem zweistöckigen Gebäude umgeben. Hier lagen die Schlafzimmer der Familie, von denen man einen schönen Ausblick hatte, denn dieser Hof war mit Topfpflanzen und Bäumen bestanden, ein zierlicher Springbrunnen befand sich in der Mitte. Bei gutem Wetter wurde hier gegessen. Unter einem der Bäume stand ein Ensemble aus schmiedeeisernen Bänken und Stühlen, auf denen weiche Kissen lagen. Hier verbrachte Frau Dalberg einen Teil ihres Tages. Weit hinten, am Ende eines dritten Patios, lagen die Behausungen der Dienerschaft. Dort schlief Mina nun unter der Woche – so gut wie lange nicht mehr. Hier fand sich auch ein Vorratsraum mit Holz und Kohle sowie ein Badezimmer mit einem riesigen Zuber.

Vorerst gehörte es zu Minas Aufgaben, beim Einkauf und bei der Zubereitung der Speisen zu helfen, zu spülen und zu putzen, nach Kräften all das zu tun, was ihr aufgetragen wurde. Damit sie ein Mindestmaß an Bildung erfahre, wie Frau Dalberg sagte, nahm diese sie außerdem zuweilen zu ihren Bibelnachmittagen mit. Mina fiel auf, dass sie schon lange verlernt hatte, zu beten, doch davon musste niemand erfahren. Als am Ende der ersten Woche ihr Lohn ausgezahlt wurde, zögerte sie. Frau Dalberg schaute sie prüfend an.

»Was ist, Mina, gibt es etwas, was dir missfällt? Du bekommst so viel wie alle meine Mädchen, genauso viel sogar wie die, die schon länger hier sind.«

Mina schüttelte den Kopf. Ihr war da ein Gedanke gekommen, noch wagte sie es kaum, ihn auszusprechen, um nicht ungehorsam zu erscheinen.

»Nein, das ist es nicht, Frau Dalberg«, flüsterte sie heiser.

»Nun, was ist es dann?« Frau Dalberg schien bereits die Geduld zu verlieren.

Mina nahm allen Mut zusammen. »Würden Sie ... würden Sie ein paar Pesos zurückbehalten und für mich sparen?«

Frau Dalberg hob eine ihrer kunstvoll nachgezogenen Augenbrauen. »Willst du etwa deinen Vater betrügen, Mina?«

»N... nein«, stammelte Mina, »nein, n... natürlich nicht ... Das ist es nicht, das ist es wirklich nicht.«

Frau Dalbergs Blick machte Mina darauf aufmerksam, dass sie eben dabei war, ihre Schürze zu ruinieren, so sehr krampften sich ihre Hände um den Stoff. Betreten ließ sie sie sinken. Wie konnte sie dieser Frau nur ihr Anliegen erklären? Wie konnte sie ihr verständlich machen, was sie sich überlegt hatte, ohne einen falschen Eindruck zu erwecken?

»Und wie willst du das sonst nennen?«, brach Frau Dalbergs Stimme unerbittlich in ihre Gedanken.

Mina holte tief Luft. Vielleicht sollte ich einfach die Wahrheit sagen, überlegte sie, vielleicht hilft mir das.

»Kennen Sie meinen Vater?«, fragte sie also leise und dieses Mal, ohne zu stottern.

Etwas, das sie nicht erwartet hatte, geschah nun. Ein Lächeln erhellte Frau Dalbergs eben noch hartes Gesicht. »O ja, ich kenne ihn«, jetzt lachte sie sogar laut, »und weißt du was, Mina, ich begrüße deinen Vorschlag. Er zeugt von Weitsicht.«

Mina starrte ihre Arbeitgeberin verblüfft an.

»Wir alle kennen Xaver Amborn, nicht wahr?«, fuhr Frau Dalberg fort, und zum ersten Mal zeigte sich etwas wie Abscheu auf ihrem sonst zumeist unbewegten Gesicht. »Wer mit ihm zusammenwohnt, muss sicher Weitsicht zeigen, und glaub mir, Mina ...«, jetzt beugte sich Frau Dalberg sogar vor und tätschelte ihre Hand, »die Männer müssen auch nicht alles wissen, was wir tun. Mein Mann tut das gewiss nicht.«

Mina war, als fiele ihr ein Stein vom Herzen. Ihr Gefühl schwankte indes zwischen Erstaunen, Erleichterung und Unverständnis.

Aber Xaver Amborn ist doch auch Frau Dalbergs Vorarbeiter, fuhr es ihr durch den Kopf, warum beschäftigt sie jemanden, von dem sie charakterlich so wenig hält?

Doch sie fragte nicht. Es ging sie ja auch nichts an. Was zählte, war der erste Schritt, den sie getan hatte. Jetzt wusste sie, dass sie eines Tages aus Esperanza entkommen konnte, aus der Stadt, der man den Namen Hoffnung gegeben hatte und die für ihre Mutter und sie nichts anderes als die Hölle auf Erden war.

»Glaubst du, Frank wird zu uns zurückkommen?«

Irmelind stand dicht hinter ihrem Mann und legte ihm nun eine Hand auf die Schulter. Hermann rührte sich nicht. Schon geraume Zeit beobachtete er die Schatten, die über den kleinen Platz vor ihrem Häuschen huschten. Seit Frank fort war, wohnte ihr ältester Sohn Samuel bei ihnen, der doch auch eine Familie hatte, um die er sich kümmern musste, aber Irmelind hatte ihn angefleht, noch ein wenig zu bleiben, und er war geblieben.

Hermann wusste, wie verzweifelt Irmelind über Franks Flucht war und über die Vorwürfe, die man gegen ihn erhob. Er selbst hatte sich dagegen schon öfter gefragt, warum er so ruhig blieb. Sie hatten schwere Zeiten erlebt vor Franks Geburt. Irmelind hatte still, aber heftig um Vroni getrauert und ihn, in ihrem Schmerz erstarrt, kaum noch an sich herangelassen. Die wenigen Male, die er ihr beigelegen hatte, war sie steif wie ein Brett gewesen, hatte sich danach sofort zur Seite gedreht und ihm den Rücken zugekehrt. Seit Vronis Tod hatte er nicht mehr den Eindruck, eine Ehefrau an seiner Seite zu haben.

Hermann zuckte die Schultern, schob dann Irmelinds Hand weg und trat zur Seite. Die Frage war plötzlich in seinem Kopf, und er wusste auch, dass er sie schon immer hatte stellen wollen. Niemals hatte er die gleiche Beziehung zu Frank gehabt wie zu seinen anderen Kindern. Frank war ihm von Anfang an fremd geblieben. Nach seiner Geburt hatte Hermann ihn pflichtschuldig in den Arm genommen, doch er hatte nichts gespürt. Zuerst hatte er sich gesagt, dass es an den Anstrengungen lag, an dem Leben, das auch in der Neuen Welt nicht einfacher geworden war, aber inzwischen wusste er, dass das nicht der Grund war.

»Ist er mein Sohn?«, fragte er abrupt.

»Wie bitte?« Irmelind klang vollkommen überrascht.

»Ist die Frage wirklich so schwer zu verstehen? Ich frage dich, ob Frank mein Sohn ist?«

Hermann drehte sich zu Irmelind und schaute seine Frau genau an, damit ihm auch ja keine Regung in ihrem Gesicht entging.

»Aber natürlich, warum fragst du?«

»Weil er mir nicht ähnlich sieht, vielleicht?«

Weil er schwarze Augen hat, fügte er im Stillen hinzu.

»Wegen seiner Augen?«, fragte Irmelind fast im gleichen Moment. »Aber du weißt doch, wir hatten Franzosen in der Familie. Meine Mutter hieß Noyer, bitte, das kannst du nicht ernst meinen ... Natürlich ist Frank dein Sohn. Alle sagen, dass er deine Nase hat, deine Art zu lachen, deinen ...«

Hermann presste die Lippen aufeinander, und Irmelind brach unvermittelt ab. Sie sah jetzt unglücklich aus, fassungslos über das, was er geäußert hatte. Aber er konnte nicht anders. Er dachte an den Knecht, der ihn in jenem Jahr unterstützt hatte, das Franks Geburt vorausgegangen war – ein Italiener mit samtschwarzen Augen. Franks Augen.

»Hermann«, Irmelind berührte ihn erneut, »du musst mir glauben. Frank ist dein Sohn. Bitte hilf mir, ihn von diesem Verdacht zu befreien. Bitte hilf mir, dass er zu uns zurückkehren kann. Bitte …«

»Ich muss gar nichts, Irmelind. Ich muss auch niemandem helfen, dir nicht und *deinem* Sohn auch nicht«, unterbrach er sie, drehte sich um und ging mit langen Schritten davon.

Drittes Kapitel

Der Stein durchschlug die Scheibe und landete polternd vor dem Tisch im Salon. Für einen Moment wie erstarrt stand Viktoria da. Es war nicht das erste Fenster des großen Hauses der Estancia Santa Celia, das zu Bruch ging, seit Pedro, sie und die Kinder hierher zurückgekehrt waren. Ihr gemeinsames Leben auf Santa Celia hatte nur wenige friedliche Wochen angedauert, dann hatte man Viktoria Santos, der »Hure«, und Pedro Cabezas, dem Mestizenbastard, den Krieg erklärt. Auch wenn Pedro einen weißen Vater hatte, galt er den Weißen doch als »dreckiger Indio-Bastard«. Dass Viktoria ihren Ehemann Humberto Santos verlassen hatte, verbesserte die Lage auch nicht gerade, obwohl sie gute Gründe gehabt hatte. Es ist verpönt, wenn sich weiße Frauen mit Indios einlassen. Da gilt kein leben und leben lassen – das hätte ich bedenken müssen, dachte sie bitter.

Langsam bückte Viktoria sich nach dem Stein. Mechanisch löste sie das Papier, das ihn umwickelte. Eigentlich hätte sie das nicht tun müssen, wusste sie doch ohnehin schon, was darauf stand: *puta.* Hure. Einfallsreicher waren ihre Widersacher bislang nicht gewesen.

Wut verdrängte mit einem Mal Viktorias Angst. Mit wenigen entschlossenen Schritten war sie beim Kamin und warf das Papier hinein. Zufrieden sah sie zu, wie es ein Raub der Flammen wurde. Ich werde mich nicht unterkriegen lassen, dachte sie, ich werde mich gewiss nicht unterkriegen lassen.

Die Familie Sanchez, Angehörige ihrer verstorbenen Schwiegermutter Doña Ofelia, kämpften nun seit gut zwei Jahren um die Wiederherstellung der Ehre ihrer Verwandten und um das rechtmäßige Erbe ihres Sohnes Humberto, zu dem auch die Estancia Santa Celia bei Salta gehörte. Humberto selbst hatte vorerst das Saltenser Stadthaus der Santos bezogen – nur ein weiteres von vielen Anwesen, die sich im Besitz der Familie befanden. Obwohl er Pedro bis aufs Blut hasste – der gemeinsame Vater, Ricardo Santos, hatte Pedro seinem Halbbruder immer vorgezogen –, hielt Humberto selbst sich bislang bedeckt, was Viktorias Beziehung zu Pedro und die Ereignisse der nahen Vergangenheit anging. Auch dass Ricardo Santos Pedros Mutter, eine Indio-Frau, wahrhaft geliebt hatte, während er Humbertos Mutter, Doña Ofelia, letztlich nur des gesellschaftlichen Aufstiegs wegen geheiratet hatte, musste ein Dorn in Humbertos Fleisch sein, aber bisher war von seiner Seite auch darüber kaum etwas zu hören gewesen.

Kann ich mich also sicher fühlen? Habe ich genügend in der Hand gegen Humberto? Und wenn ich mich irre? Was, wenn ich mich zu sicher fühle?

Viktoria runzelte die Stirn. Leider waren die Sanchez mächtig, ihr Wort galt viel in dieser Gegend. Wer sollte da Viktorias Geschichte glauben, wenn es hart auf hart kam? Wer sollte letztlich einer Frau glauben, die ihren rechtmäßig angetrauten Ehemann mit einem »dreckigen Mestizen« betrog? Wer sollte ihr glauben, wenn sie erzählte, dass ihre Schwiegermutter Doña Ofelia die eigene Enkeltochter entführt und mit dem Tode bedroht hatte? Wer sollte ihr glauben, wenn sie erzählte, warum und auf welche Art und Weise Doña Ofelia wirklich zu Tode gekommen war? Rückblickend erschien es ihr doch selbst unglaublich. In den höheren Kreisen Saltas hatten die Sanchez jedenfalls verbreiten lassen, Doña Ofelia sei unglücklich durch die Hand eines Renegaten während eines Überfalls gestorben. Sie hatten nichts darüber verlauten lassen, dass der »Überfall« von Viktoria organisiert worden war, um ihre Tochter aus den Händen der Schwiegermutter zu befreien.

Himmel, als ich Humberto damals in Paris traf, diesen kultivierten, exotischen Mann, da hätte ich mir doch nicht träumen lassen, was hinter seiner Fassade lauert.

Es hatte eine Zeit gedauert, bis Viktoria verstand, dass die Santos das Gesetz gern zu ihren Gunsten auslegten. Da hatte es beispielsweise die Sache mit dem Silberschmuggel gegeben, in den Ricardo Santos verwickelt gewesen war. Aus gutem Silber hatte man schlechte Pesos mit niedrigem Silbergehalt hergestellt – sogenannte *pesos febles* –, um diese dann gegen gute Waren zu tauschen, aber dieses Wissen hatte ihr schlussendlich nichts gebracht: Freunde, Verwandte und Geschäftspartner hatten sich wie ein Schutzwall um die Santos geschart. Kein Regierungsbeamter hatte sich der Sache je angenommen – ob Geld geflossen war oder ob sie einfach nicht davon erfahren hatten, wusste Viktoria nicht. Immerhin waren Humberto und seine Mutter nicht mit dem Überfall auf Viktoria und ihre Kinder durchgekommen: Mord und Entführung einer Weißen billigte auch die gute Saltenser Gesellschaft nicht.

Auf ein Knarren in ihrem Rücken hin zuckte Viktoria zusammen. Sofort drehte sie sich um, zögerte nur einen Lidschlag, bevor sie mit einem leisen Seufzer auf den Lippen auf Pedro zueilte.

»Endlich!«

»Hast du mich vermisst?«

Viktoria nickte heftig. »Das tue ich immer.«

Er lächelte. Manchmal konnte sie einfach nicht verstehen,

warum er stets den Eindruck machte, als drohe keine Gefahr. Ihr war längst nur zu bewusst, dass ihren Feinden Steine eines Tages nicht mehr genügen würden. Wie leicht war ein Mörder angeheuert! Manchmal wollte sie Pedro sagen, dass er nicht bleiben könne, dass gerade er sich in Sicherheit bringen müsse. Ihm, das wusste sie, würden sie als Erstes nach dem Leben trachten.

»Aber du weißt doch, ich bin vorsichtig«, flüsterte er in ihr Ohr, als könne er ihre Gedanken lesen.

Eng umschlungen blieben sie in den Schatten des Raumes stehen, dort, wo Beleuchtung und Kaminfeuer nicht hinreichten. Dort, wo sie niemand sehen konnte. Sie wussten nicht, ob draußen nicht doch noch jemand wartete.

Öffentlich zeigten sie sich selbstverständlich nicht als Paar. Pedro Cabezas war offiziell immer noch einer der zwei Vorarbeiter auf Santa Celia. Erstaunlich sanft strich er ihr jetzt über die Wange, streifte dann eine Haarsträhne zurück, die sich aus Viktorias Frisur gelöst hatte. Im nächsten Moment wanderte sein Blick zu der zerborstenen Scheibe, vor der sich die Vorhänge im Abendwind bewegten. Viktoria sah, wie sich sein Ausdruck verdüsterte.

»Haben sie dich verletzt?«

»Nein, nein, es geht mir gut.«

»Und die Kinder?«

»Sie schlafen schon.« Viktoria lächelte zaghaft. »Ich bin froh, dass sie es dieses Mal nicht mitbekommen haben. Estella und Paco sind beim letzten Mal furchtbar erschrocken.«

Pedro schwieg. Unschlüssig ließ Viktoria ihn los.

»Vielleicht sollten wir ...«, sprach sie zum ersten Mal laut das an, was sie nun schon einige Wochen umtrieb, »... vielleicht sollten wir doch von hier fortgehen?«

»Fortgehen?« Pedro runzelte die Stirn.

»Vielleicht war es falsch zurückzukommen …«

»Du willst dich von diesen Verbrechern verjagen lassen?«

»Denk an die Kinder.«

Langsam schüttelte Pedro den Kopf. »Aber ich denke an die Kinder, sei dir gewiss, ich denke an sie. Vergiss nicht, Estella ist auch Humbertos Tochter. Sie ist seine *Erbin*. Nein, wir laufen nicht weg wie geprügelte Hunde.«

Viktoria wollte noch etwas sagen, schloss dann jedoch den Mund. Wortlos schmiegte sie sich erneut in Pedros Umarmung.

Es würde nicht leicht sein, ihn umzustimmen.

Der nächste Morgen war einer der schönsten der letzten Wochen. Anstatt viel zu früh aufzuwachen und sich schlaflos in den Kissen zu wälzen, erwachte Viktoria erst, als die Sonne schon in ihr Zimmer schien. Gleich darauf waren ihre Kinder unter jubelnden Schreien zu ihr ins Bett gesprungen. Wenig später brachte Marisol, eines der Dienstmädchen, eine Kanne heißen Kakao. Estella, Paco und Viktoria taten sich gütlich daran und an den weichen, süßen Brötchen und der *dulce de leche*. Durch die geöffneten Fenster hörten sie die Stimmen von Pedro und Jonás Vasquez, dem zweiten Vorarbeiter. Beide waren gute Arbeiter, und Viktoria war mehr als froh, die Männer an ihrer Seite zu wissen. All die Geräusche und Stimmen, das Lachen und der Gesang vereinigten sich zu einem wohlig warmen Gefühl in Viktoria, das ihr für diesen Moment Sicherheit verhieß.

Trotz aller Widrigkeiten, dachte sie, ist Santa Celia heute ein fröhlicheres Haus. Trotz aller Schwierigkeiten ist es uns allen über die Jahre zur Heimat geworden. Wer hätte das gedacht?

Viktoria atmete tief durch. Sie hatte die Estancia während ihres langen Aufenthalts in Buenos Aires wirklich vermisst. Sie hatte die Weite der Puna, der Hochebene, vermisst, die Berge, die Ausritte auf ihrer Schimmelstute Dulcinea, die sie nach ihrer Rückkehr freudig wiehernd begrüßt hatte. Santa Celia war ihr wirklich ans Herz gewachsen: das alte und das neue Haus, der Patio mit dem Korallenbaum, der üppige Garten.

Am späten Vormittag schritt sie das Gelände gemeinsam mit Jonás Vasquez ab, um sich vom Fortgang einiger Arbeiten in Kenntnis setzen zu lassen. Vor der Mühle, die ihr und ihren Kindern als Versteck gedient hatte, als sie von Santa Celia hatten fliehen müssen, verweilte Viktoria länger. Bevor Jonás wieder seiner Arbeit nachging, hatte er sie gefragt, ob sie daran denke, die alte Seifensiederei, die einst neben der Mühle der Estancia ihre Dienste geleistet hatte, wieder in Betrieb zu nehmen. Ansonsten, schlug er vor, könne man das alte Gebäude abreißen und an der Stelle vielleicht neue, bessere Unterkünfte für die Knechte und Mägde Santa Celias bauen.

Für einen kurzen Moment fächelte Viktoria sich Luft zu und ließ ihre Gedanken schweifen. Die ersten Vorboten des Sommers legten sich drückend auf ihre Sinne. Von etwas weiter entfernt hörte sie jetzt Estellas befehlende Stimme. Paco protestierte. Die zwölfjährige Estella hatte ihren zwei Jahre jüngeren Halbbruder gut im Griff. Auch wenn sie unterschiedliche Väter hatten, denn Paco entstammte der Beziehung mit Pedro, hatten sich die Kinder stets gut verstanden. Offiziell entstammten ohnehin beide Kinder aus Viktorias Ehe mit Humberto. Humberto hatte dem Jungen seinen Nachnamen Santos nie entzogen.

Seit Kurzem gab Pedro den beiden Kindern Reitstunden. Paco bewunderte seinen leiblichen Vater aus tiefstem Herzen und sprach bereits davon, später ebenfalls die Rechte der Indios zur verteidigen.

Wieder war Estellas energische Stimme zu hören. Viktoria unterdrückte ein Schmunzeln. Ganz sicher lernte Estella bei Pedro nichts über die richtige Haltung einer Dame zu Pferde, ebenso sicher konnte Viktoria sich aber auch sein, dass die Kinder nach diesen Lehrstunden jedem Angreifer, den sie früh genug bemerkten, entkommen konnten.

Und was zählte mehr? Viktoria seufzte.

Ach, verdammt, ich liebe diesen Ort. Nur deshalb bin ich, nach all dem Schrecklichen, was hier geschehen ist, zurückgekehrt.

Für einen kurzen Moment stiegen Erinnerungen in ihr hoch, die sie sich sonst versagte – an ihr Leben, das sie hier als Teil der Familie Santos einmal geführt hatte, die seltsame, letztendlich krankhafte Liebe ihrer Schwiegermutter zu ihrem Sohn und Viktorias Ehemann, die Viktoria und ihre Kinder in große Gefahr gebracht hatte.

Heute ist alles besser, dachte sie, aber sie musste auch zugeben, dass die Unbill nicht gebannt war. Es drohten neue Gefahren, die sie einfach nicht mehr ignorieren konnte.

Viktoria schüttelte die Gedanken ab. Nach dem gestrigen Gespräch mit Pedro hatte sie sich in der Nacht wieder lange hin und her gewälzt. Wie sollte sie entscheiden? Sollte sie bleiben oder darauf bestehen, zu gehen? Wie lange sollte sie abwarten, wann war es zu spät? Immerhin ging es hier um Santa Celia, eine gut gehende Estancia, und damit, wie Pedro ganz richtig bemerkt hatte, auch um Estellas rechtmäßiges Erbe. War es nicht ihre Pflicht, darum zu kämpfen?

Alljährlich in den Sommermonaten, zur Zeit der schlimmsten Regengüsse, Epidemien und anderer Plagen zogen sich die wohlhabenden Familien Saltas aus der Stadt zurück, um die Zeit bis März an angenehmeren Orten zu verbringen. Das höher gelegene San Lorenzo, wo auch die Sanchez ihr Sommerhaus hatten, war berühmt für die Schönheit seiner Landschaft und seine mineralischen Quellen. In diesem Jahr hatten die Sanchez Humberto eingeladen, die Familie dorthin zu begleiten. So hatte Humberto sein Stadthaus verlassen und wohnte den Sommer über bei seinen Verwandten, die sich bemüßigt fühlten, sich um ihr unglückseliges Familienmitglied zu kümmern.

Bittsteller, ging Humberto durch den Kopf, vom Besitzer mehrerer Estancias zu einem elenden Bittsteller degradiert.

In seinem Gästezimmer drehte er sich vor dem Spiegel hin und her. Seit jenen schrecklichen Ereignissen Mitte des Jahres, seit dem Tod seiner Mutter, hatte er stark abgenommen. Er war einst ein stattlicher Mann gewesen, jetzt schlotterte ihm seine Kleidung am Körper. Eigentlich hätte Humberto sich ein paar neue Sachen schneidern lassen müssen, doch dafür hätte er seine Frau Viktoria um Geld bitten müssen. In einem Moment der Schwäche – er hatte sich schuldig und erpressbar gefühlt – hatte er ihr als Einziger Zugang zu Vermögen und Besitz der Santos eingeräumt. Sie nutzte ihre Position zwar wahrlich nicht aus, trotzdem stieg nicht zum ersten Mal leise Wut in ihm auf. Verdammt, er war Don Humberto, Besitzer von Santa Celia, La Dulce, Tres Lomas und, Gott wusste, wie vielen anderen Estancias. Er war Teilhaber bolivianischer Silberminen, direkter Nachkomme der Konquistadoren, angesehenes Mitglied der Saltenser Gesellschaft.

Mit einem Seufzer befestigte Humberto seine Hosenträger, schlüpfte in die Weste, zog zu guter Letzt noch den Rock über und knöpfte ihn zu. So konnte es gehen, wenn man nicht zu genau hinsah. Mit allen zehn Fingern streifte er sich durch das dunkle Haar. Seit er nach Salta zurückgekehrt war, ließ er sich einen Schnurrbart stehen. Wenigstens der sah wirklich prächtig aus.

Wenig später betrat Humberto den Salon. Alberto Navarro, Euphemio Sanchez' Neffe, wartete schon. Gerüchteweise hatte Humberto gehört, dass dieser Lackaffe einmal um Viktorias Gunst gebuhlt hatte. Die beiden Männer nickten einander nur knapp zu und nahmen dann in den Sesseln Platz, die links und rechts eines zierlichen kleinen Tisches standen. Nach einer Weile nahm Humberto sich eine Zigarre aus dem bereitstehenden Kästchen, entzündete sie und begann zu rauchen.

»Es ist gut, dieses feuchte Loch Salta hinter sich zu lassen, nicht wahr?«, sagte Alberto endlich.

Will er jetzt mit mir über das Wetter reden?, fragte sich Humberto. Während der sommerlichen Regenperiode war das Leben in Salta tatsächlich kaum auszuhalten. Außerhalb des Stadtzentrums konnte man sich nicht bewegen, ohne im Schlamm zu versinken, weder zu Fuß noch zu Pferde oder mit einem Karren. Er war heilfroh, die Stadt hinter sich gelassen zu haben.

Alberto nahm sich ebenfalls eine Zigarre. »Nun, Don Humberto ...«, fuhr er dann fort.

Wenigstens weiß er, wie er mich anzusprechen hat, dachte Humberto.

»... natürlich sind wir nicht hier, um über das Wetter zu reden.«

Humberto nickte. Er war neugierig darauf, was Alberto mit ihm zu besprechen hatte.

»Einige von uns«, sprach der junge Mann auch sofort weiter, »sind ganz und gar nicht einverstanden mit den Vorgängen auf Santa Celia.«

Humberto schwieg, doch Alberto zögerte trotzdem nicht, sofort auf den Punkt zu kommen.

»Mein Onkel Euphemio«, sagte er, »will, dass Recht und Ordnung wiederhergestellt werden.«

»Hm«, sagte Humberto endlich.

»Bisher«, Alberto lächelte, und Humberto fragte sich mit einem Mal, was die wirklichen Beweggründe des jungen Mannes sein mochten, »mögen nur Scheiben zu Bruch gegangen sein, aber offenbar genügt das nicht, um diese Fremde zu vertreiben.«

Humberto nickte. Viktoria eine Fremde zu nennen, nachdem sie gut dreizehn Jahre in diesem Land verbracht hatte, schien absurd, aber er widersprach nicht. Ist Alberto vielleicht eifersüchtig, überlegte er weiter, weil sie ihm damals den Laufpass gegeben hat?

Humberto unterdrückte das Bedürfnis zu grinsen. »Meiner Tochter«, sagte er dann, »meiner Tochter Estella darf aber kein Haar gekrümmt werden.«

Alberto zuckte die Achseln. »Es geht uns eher um den Mestizen Pedro Cabezas und seinen Bastard Paco.« Er spuckte die Namen förmlich aus. »Und Onkel Euphemio will, dass man der Hure eine Lektion erteilt.«

Humberto überlief ein Frösteln. Für einen Moment schmauchte er heftiger an seiner Zigarre. Was mochten die Sanchez wohl vorhaben?

Die Arbeit des Tages war anstrengend gewesen, doch Viktoria liebte die Beschäftigung, hielt sie sie doch von zu viel Grübelei ab. Als sie nun aber allein in ihrem stillen Schlafzimmer stand, schauderte sie doch. Am Morgen war plötzlich Pacos Pony verschwunden. Nach längerem Suchen hatten sie das Tier gefunden, lebendig, aber eine Schlinge um den Hals mit einem Knoten, wie man ihn zum Hängen nutzte. Die Drohungen wurden deutlicher, und Viktoria war sich gewiss: Sie richteten sich weniger gegen das Tier als gegen ihren Sohn Paco – und seinen Vater. Für einen Moment drückte ihr die Angst die Kehle zu.

Wir sollten uns auf eine der anderen Estancias der Familie Santos zurückziehen, überlegte sie. Die Santos waren reich, es gab so viele Möglichkeiten.

Aber waren sie anderswo überhaupt sicherer, solange sie Estellas Anspruch auf einen Teil des Besitzes verteidigten? Waren sie sicher – dieser Gedanke war ihr erst kürzlich gekommen –, da sie doch von der unrühmlichen Vergangenheit Doña Ofelias und Don Humbertos berichten konnten? Und was, wenn ihnen dieses Wissen keinen Schutz mehr bot? Aber sie konnten auch nicht einfach fortgehen. Wovon sollten sie dann leben?

Nein, Viktoria schüttelte den Kopf, das ging nicht. Weder ließ sie sich einschüchtern, noch würde sie wie ein kopfloses Huhn fliehen. Sie würde sich genau überlegen, was sie tat.

Vor den Kindern ließ sie sich selbstverständlich nichts anmerken. Eben hatte sie sich mit Küssen von den beiden zur Nacht verabschiedet, die Estella erwidert und die Paco stoisch über sich hatte ergehen lassen.

»Mama«, hatte er gesagt, »ich bin doch ein Mann.«

Viktoria seufzte. Rosalia, die alte Kinderfrau, brachte die beiden jetzt zu Bett. Eben sang sie ihnen ein altes spanisches Schlaflied.

Sie hatten bei ihrer Rückkehr wieder die alten Zimmer bezogen, nur Don Ricardos und Doña Ofelias Räume blieben unbenutzt. Auch nach langem Putzen hatte sich der Blutfleck, der von Don Ricardos tragischem Tod zeugte, nicht vollkommen entfernen lassen.

Seufzend setzte Viktoria sich an ihren Frisiertisch, löste ihr Haar und bürstete es nachdenklich aus. In diesem Jahr würde sie sechsunddreißig Jahre alt werden. Erste, noch kaum wahrnehmbare Fältchen zeigten sich in ihrem Gesicht. Es hatte sich verändert, war nicht mehr so kindlich wie zu Beginn ihres Lebens in der Neuen Welt. Seit mehr als dreizehn Jahren hatte sie ihre Eltern, die immer noch in Hamburg lebten, nun nicht mehr gesehen. Immer noch schrieb sie sich regelmäßig mit Vater und Mutter, wählte ihre Worte jedoch stets mit Bedacht, denn sie wollte nicht, dass die beiden sich Sorgen machten.

Was soll ich nur tun?, bohrte die Stimme in ihrem Kopf von Neuem, was ist das Beste für meine Kinder? Was ist das Beste für Pedro und mich? Sie hatte ihn so lange gesucht, war durch die Wildnis geritten und hatte sich großen Gefahren ausgesetzt. Sie wollte glauben, dass nun alles gut war, aber das war es nicht.

Plötzlich nahm Viktoria eine Bewegung an der Tür wahr, die aus ihrem Zimmer über die Veranda direkt in den Garten führte. Schon einen Moment später schob sich Pedro geschmeidig durch den schmalen Türspalt. Offenbar hatte er frisch gebadet, denn sein dunkles Haar, das ihm bis auf die Schultern fiel, war noch feucht. Das Hemd hing über den Hosenbund, seine Füße steckten nicht mehr in Reitstiefeln, sondern in einfachen indianischen Sandalen.

Viktoria sprang auf und fiel ihm um den Hals. Auch wenn sie jeweils nur für einige Stunden getrennt waren, erleichterte es sie ungemein, ihn lebend wiederzusehen. Als fürchtete ich die ganze Zeit, er könnte mir genommen werden, fuhr es ihr durch den Kopf. Sie reckte ihm ihr Gesicht entgegen, um einen Kuss einzufordern, und Pedro ließ sich nicht lange bitten.

»Ich habe kein gutes Gefühl damit, dass dein Schlafzimmer immer noch hier unten liegt«, sagte er dann, aber Viktoria ignorierte seine Worte.

Pedros Kuss hatte ein Feuerwerk der Gefühle in ihrem Körper entfacht, das sie für einen Augenblick alles andere vergessen ließ. Ein warmer Schauer lief ihr vom Nacken das Rückgrat hinunter bis zu ihrer Scham. Viktoria unterdrückte ein Stöhnen, und sie bemerkte, wie auch Pedro zu reagieren begann. Worte, die er noch hatte sagen wollen, wurden von ihren Küssen erstickt. Er begann, ihren Hals und ihr Dekolleté zu liebkosen, zerrte endlich genauso ungeduldig an ihrem Hauskleid wie sie an seinem Hemd.

Sie nahmen sich nicht die Zeit, zum Bett zu gelangen, sondern ließen sich auf den Boden nieder, gerade dort, wo sie standen, wie zwei, die viel zu lange hatten warten müssen. Viktoria glaubte, die wohlige Begierde nicht mehr aushalten zu können, als Pedros Hände von ihren Brüsten weiter hinunterwanderten zu ihrer Lust. Sie griff nach der seidenweichen Haut seines Geschlechts und streichelte ihn. Und endlich, endlich drang er in sie ein, fand sich tief und warm in ihr wieder. Gemeinsam lockten sie einander zum Höhepunkt, sanken dann erschöpft zusammen.

Ich liebe ihn, dachte Viktoria, ich liebe ihn so sehr, und ich werde sterben, wenn ich ihn jemals verlieren sollte. Dann gab sie sich erneut seinen Liebkosungen hin.

Bald erreichte der Sommer mit seinen heftigen Regenfällen seinen Höhepunkt. Die Hitze war bisweilen kaum auszuhalten. Und der Ring der Bedrohung und Feindseligkeit zog sich immer enger um Santa Celia zusammen. Im hinteren Obstgarten wurden einige Pfirsichbäume umgeschlagen, eine Dienstbotenunterkunft, in der sich zu dieser Zeit Gott sei Dank keiner befunden hatte, ging in Flammen auf. Immer wieder gingen Scheiben zu Bruch. Das Dienstmädchen Marisol wurde von einem Fremden in den Ställen bedrängt, doch Jonás Vasquez verhinderte Schlimmeres. Jonás war immer da, wenn man ihn brauchte. Er war einer der ehrlichsten und verlässlichsten Menschen, die Viktoria kannte. Sie war dankbar, dass er ihrer Familie zur Seite stand.

Immerhin macht der Glaser ein gutes Geschäft, scherzte Viktoria stumm bei sich. Doch sie fühlte inzwischen auch zunehmend Bitterkeit in sich aufsteigen – Bitterkeit darüber, dass man sie ihr Leben nicht einfach leben ließ. Nur gut, dass bisher niemand zu Schaden gekommen war. Außerdem habe ich meine Kinder bei mir, mahnte sie sich, wenn die Grübeleien zu düster wurden. Und Pedro ist da ... Ich sollte zufriedener sein.

An diesem frühen Abend, kurz nach der Siesta, saßen Estella, Paco und Viktoria im großen Salon zusammen. Konzentriert lösten die Geschwister eine Rechenaufgabe, die ihre Mutter ihnen gestellt hatte. Viktoria hatte sich heute recht spontan dazu entschlossen, ihren Kindern Unterricht zu geben. Sie war damals nach ihrer Ankunft in Argentinien entsetzt gewesen über das Unwissen der Menschen in dieser Gegend, insbesondere über die Ignoranz und Dummheit der Frauen, deren Leben sich zwischen Kirche, der Organisation des Haushalts und träger Langeweile abspielte. Viktoria selbst war zwar nie eine besonders gute Schülerin gewesen und hatte viele andere Interessen gehabt, aber Estella sollte gewiss kein Püppchen werden, das sich nur für Klatsch und Kleidung interessierte.

Vielleicht sollte ich sie auf ein Internat in Buenos Aires schicken, überlegte Viktoria. Hatte Anna nicht kürzlich von der Schule ihrer Tochter geschrieben? Ein Fräulein … Ach Gott, wie hieß sie noch? Fräulein Pfister? Ja, genau, jetzt erinnerte sie sich wieder. Eine Else Pfister betrieb seit 1865 eine höhere Mädchenschule mit angeschlossenem Internat in der Calle Piedras, die auch Marlena nach dem Sommer besuchen sollte. Was, wenn Estella …?

»Verflixt«, entfuhr es ihr.

Estella schaute irritiert auf. »Mama, was hast du?«

Auch Paco sah seine Mutter fragend an. Doch Viktoria kam nicht dazu, den beiden zu antworten. Draußen war mit einem Mal aufgeregtes Stimmengewirr zu hören, kurz darauf angstvolles Geschrei.

»Feuer«, rief jemand, »Feuer! Es brennt!«

Ohne einen Moment zu überlegen, stürzte Viktoria nach draußen, folgte im Hof Knechten und Mägden, die alle in die gleiche Richtung rannten. Wenig später hatten sie das Ziel erreicht. Die alte Mühle brannte. Dicke Rauchschwaden lagen bereits über dem Gebäude. Flammen schlugen meterhoch aus dem Dach. Die Menschen, die sich vor dem Gebäude versammelt hatten, schrien wild durcheinander. Doch noch ein anderes Geräusch lag in der Luft, ein angstvolles Blöken, das Viktoria schier das Herz zerreißen wollte. Offenbar waren einige Schafe in der Mühle eingesperrt. Sie konnte ihre hellen Felle durch die Spalten in der Holzwand sehen. Voller Panik versuchten die Tiere, nach draußen zu drängen, doch es wollte ihnen nicht gelingen. Der Fluchtweg war versperrt. Sie würden elend verbrennen und ersticken. Viktoria schossen die Tränen in die Augen. Im nächsten Moment spürte sie, wie sich ihre Kinder an sie drückten.

»Mama, Mama«, rief Paco, »wer hat das getan?«

Viktoria presste die Lippen aufeinander. Ihr Sohn verstand sofort, dass das Feuer nicht auf natürliche Weise ausgebrochen war. Die eben noch im Entsetzen gefangene Menge vor der Scheune begann sich jetzt zu organisieren, dann waren auch schon Pedros und Jonás Vasquez' entschlossene Stimmen zu hören: »Los, los, los, Wasser marsch.«

In erstaunlich kurzer Zeit bildete sich eine Eimerkette. Bald wurde der erste Schwung Wasser in die Flammen geschüttet, doch kaum eine Wirkung zeigte sich. Das Feuer hatte sich wohl bereits zu sehr ausgebreitet, die Mühle und die Tiere waren verloren. Während Estella starr vor Schreck bei Viktoria stehen blieb, riss sich Paco bald los und rannte zu seinem Vater. Dann brach die Hölle los.

Viktoria verstand erst, dass geschossen wurde, als ein Knecht getroffen vor ihren Augen zusammenbrach. Mit einem Aufschrei riss sie im nächsten Moment Estella zu Boden und warf sich über ihre Tochter. Aus den Augenwinkeln sah sie, wie einige schwarz vermummte Gestalten ihre Pferde johlend im Kreis galoppierend um die Menschenmenge herumtrieben, immer wieder fielen Schüsse. Entsetzte Schreie zerrissen die Luft. Kreischend suchten die Menschen zu fliehen, stießen panisch gegeneinander. Etliche stolperten und gingen zu Boden. Sie versuchten, eilig wegzukriechen, wurden aber von anderen Fliehenden überrannt. Entsetzt sah Viktoria, wie eine der schwarz vermummten Gestalten Juanita, eines ihrer Dienstmädchen, an ihrem langen Zopf mit sich riss.

Voller Sorge suchten ihre Augen Paco. Er war offenbar von seinem Vater getrennt worden. Viktoria sah ihn, vom roten Feuerschein der lichterloh brennenden Mühle beschienen, weinend und die Augen vor Angst aufgerissen, mitten auf dem Platz stehen. Einer der schwarz gekleideten Angreifer hielt eben auf ihn zu. Von der anderen Seite rannten Pedro und Jonás Vasquez herbei. Viktoria wollte schreien, doch sie brachte keinen Ton heraus. Im nächsten Moment verdeckte ihr das Pferd des Angreifers die Sicht. Dann knallte ein Schuss, und Paco stürzte zu Boden. Mit einem gellenden Schrei brach Viktoria zusammen. Dann war alles um sie herum dunkel.

Wieder und wieder spielte sich die furchtbare Szene in Viktorias Kopf ab. Sie lag wie erstarrt neben ihren beiden Kindern auf dem Bett, roch den Rauch in ihren Haaren und an ihrer Haut, hörte das leise Schluchzen ihres Sohnes, wusste, dass ihre Tochter wie sie stumm vor Fassungslosigkeit war. Einige schreckliche Momente lang hatte sie geglaubt, Paco sei tot. Doch Paco hatte sich kurz vor dem Schuss fallen lassen, vor dem Schuss, der Jonás Vasquez das Leben gekostet hatte.

Wir müssen doch fort, dachte Viktoria, jetzt sind sie zu weit gegangen. Sie werden uns hier nicht leben lassen. Heute haben sie begonnen zu töten, und sie werden es wieder tun. Jetzt sind alle Schranken gefallen.

Für einen Moment presste sich Viktoria eine Faust gegen die Stirn. Sie war eine Gefahr für die Menschen, die sie liebte und für die, die auf der Estancia für sie arbeiteten. Aber vielleicht würde man ihre Familie und sie leben lassen, wenn sie vorerst von Santa Celia fortgingen?

Bei allem Schmerz musste sie jetzt gut nachdenken, das war sie ihrer Familie schuldig. In keinem Fall wollte Viktoria den Santos-Besitz ganz aufgeben. Estella hatte Anspruch auf einen Teil des Erbes, und Viktoria würde gewiss nicht zulassen, dass man ihn ihrer Tochter nahm.

Trotzdem beschloss sie, gleich nachher die Unterlagen noch einmal durchzusehen, die sie vor Tagen schon herausgesucht hatte. Sie würde eine andere Estancia finden, die im Besitz der Santos war und erst einmal dorthin gehen. Wenn wir weit genug wegziehen, suchte Viktoria sich Mut zuzusprechen, wird uns sicherlich niemand folgen.

Santa Celia war immer der Hauptsitz der Santos gewesen. Humberto hatte stets betont, wie viel ihm gerade an dieser Estancia lag. Er würde ihr nicht folgen, wenn Santa Celia wieder sein war, dazu war er zu träge. Außerdem konnte er nicht wissen, ob sie an einem anderen Ort als Salta ihr Wissen über das, was er getan hatte, nicht besser nutzen konnte. Sie hatte Freunde in Buenos Aires, das wusste er. Seine Freunde und Verwandten waren in Salta ... Viktoria seufzte. In Tucumán hatte es ihr gefallen. Man spezialisierte sich dort unter anderem auf den Anbau von Zuckerrohr. Wenn sie sich recht erinnerte, hieß die Estancia dort Tres Lomas – die drei Hügel ...

Aber warum kann ich jetzt nur daran denken?, schalt sie sich im nächsten Augenblick mit schlechtem Gewissen. Sie löste sich aus ihrer Starre und begann, ihren Sohn, dessen Schluchzer leiser geworden waren, zum Trost zu streicheln.

Es sind Menschen gestorben. Menschen, die mir etwas bedeutet haben. Aber ich muss auch an meine Familie denken, ich muss ...

Wieder sah sie die Szene vor sich, die sich vor ihren Augen abgespielt hatte, bevor ihr die Sinne geschwunden waren. Sie hörte den Schuss knallen, sah Paco stürzen. Doch es war Jonás Vasquez gewesen, den die Angreifer getroffen hatten. Eine Kugel hatte ihm den Schädel durchbohrt. Er war sofort tot.

Ach, Jonás ...

Ein leises Klopfen war jetzt an der Tür zu hören, dann trat Pedro mit einem Tablett ein.

»Rosalia hat uns einen Tee gemacht.«

Viktoria richtet sich auf. »Danke.«

Sie sah zu, wie Pedro vier Tassen vollschenkte und selbst einen kräftigen Schluck nahm. Für einen Moment hielt sie ihre Tasse nur mit beiden Händen umklammert, ohne zu trinken.

»Hat man Juanita gefunden?«

»Sie hat ihrem Angreifer in die Hand gebissen, sie konnte sich retten.«

Unter anderen Umständen hätte Viktoria jetzt gelacht, doch sie sah Pedro nur ernst an. »Und der Knecht?«

»José geht es gut. Ein glatter Armdurchschuss. Ansonsten ...«, sie wusste, warum er zögerte, »... gibt es keine Verletzten.«

O Gott, wir haben Jonás verloren.

Viktoria spürte, wie sie ein Schauder überlief. »Pedro«, setzte sie dann an, »wir müssen fort von hier. Es geht nicht mehr. Das war erst der Anfang, du weißt das. Jetzt haben sie jede Zurückhaltung verloren. Wirst du ...«, Viktoria hielt einen Moment inne, »... wirst du mit uns kommen, wo immer wir hingehen?«

Es war nicht das erste Mal, dass Viktoria und die ihren Santa Celia verlassen mussten.

Viktoria seufzte. Damals, bei ihrer Flucht vor Ofelia, hatte sie ein junger Mann mit dem Namen Miguel begleitet, der noch eine Rechnung mit den Sanchez offen hatte. Heute war Pedro an ihrer Seite. Doch dieses Mal würden sie zumindest nicht fortlaufen wie geprügelte Hunde, das verbot ihnen der Stolz. Sie würden Santa Celia hoch erhobenen Hauptes verlassen – mit dem festen Wissen, dass sie irgendwann wieder zurückkehren würden.

Hoffentlich kommen wir gut durch.

Viktoria runzelte die Stirn. Schließlich war Sommer, da

konnte es starke Regenfälle und heftige Gewitter geben. Manchmal schwollen die Flüsse an, wurden unpassierbar, und man war gezwungen, längere Umwege zu machen.

Du grübelst zu viel, das tut dir nicht gut.

Um sich auf andere Gedanken zu bringen, lief Viktoria noch einmal um die beiden Wagen herum, auf die sie ihre Habseligkeiten hatte laden lassen. Paco und Estella warteten schon ungeduldig im zweiten Wagen. Pedro stand an ihrer Seite und ließ die beiden nicht aus den Augen, als könne man sie ihm jetzt noch nehmen.

»Damals mussten wir uns fortschleichen wie Diebe ...«, sagte Paco plötzlich mit nachdenklicher Stimme.

Viktoria schaute ihren Sohn an. Sie hatte gehofft, dass er nicht daran dachte. Es tat ihm offenbar weh, dass sie sich seiner Meinung nach geschlagen geben mussten. Viktoria nahm alle Kraft zusammen und lächelte Paco aufmunternd zu.

»Dieses Mal schleichen wir uns nicht fort«, sagte sie mit einem Lächeln. »Wir werden uns auch nicht verstecken, nicht wahr, Pedro? Vor nichts und niemandem.«

»Nein.« Pedro klopfte seinem Sohn auf die Schultern. »Wir sammeln unsere Kräfte, Paco. Auch der stärkste Mann muss einmal seine Kräfte sammeln.«

Viktoria sah, wie ihr Sohn die Stirn runzelte, sich dann aber wohl zufriedengab. Wenig später brachen sie auf. Als die Karren durch das Tor von Santa Celia rumpelten, sah Viktoria über ihre Schulter zurück.

Wann werde ich dich wiedersehen, Santa Celia? Werde ich dich je wiedersehen?

Viertes Kapitel

Die *Nordamerika* sollte gegen sieben Uhr abends ablegen. Etwa zweitausend Menschen hatten sich dazu auf der Mole von Genua versammelt. Die Stadt lag in Annas Rücken, die Sonne begann eben zu sinken, während die Passagiere teils ungeduldig, teils verzagt darauf warteten, an Bord gehen zu dürfen. Anna bemerkte erst, dass sie zitterte, als Julius den Arm um sie legte.

»Traurig?«, flüsterte er ihr ins Ohr.

Anna zuckte die Achseln. Wie in einem wilden Wirbel strömten die Bilder der letzten Monate auf sie ein. Die Reise von Buenos Aires nach Europa, das Wiedersehen mit Freunden, vor allem mit ihrer Freundin Gustl, die erste Begegnung mit Julius' Familie. Obwohl sie mittlerweile eine gestandene Frau von siebenunddreißig Jahren war, musste sie zugeben, dass sie sich vor seinem Vater gefürchtet hatte. César Meyer war ein Patriarch, und Anna wusste nicht, ob er Julius den eigenmächtigen Fortgang aus der Heimat und die ebenso eigenmächtige Heirat jemals verzeihen würde.

Ihre Tochter, die jetzt fünf Monate alte Leonora, war es gewesen, die schließlich das Eis brach, indem sie ihrem Großvater ein breites Lächeln schenkte. Danach war César sehr viel zurückhaltender gewesen und hatte wohl auch die eine oder andere scharfe Bemerkung heruntergeschluckt. Julius' Mutter Ottilie dagegen war eine herzensgute Frau, und Anna erkannte viel von Julius in ihr. Die beiden lachten heimlich darüber, dass es Ottilie gewesen war, die dem Sohn den Weg in die Neue Welt geebnet hatte. Über den Erfolg, den Julius dort hatte, konnte allerdings auch César seinen Stolz nicht verhehlen. Dennoch war die Beziehung zwischen Vater und Sohn stets ein wenig angespannt. Ein Abend war Anna besonders in Erinnerung geblieben. Sie konnte sich ein Lächeln nicht verkneifen, als sie jetzt daran zurückdachte.

»Himmel«, Julius hatte die Augen verdreht und gestöhnt, während sie sich für das Abendessen mit seinen Eltern umzogen. »Mein Herr Vater schafft es doch tatsächlich immer wieder, mich zu einem Fünfzehnjährigen zu machen!«

Anna hatte ihrem Mann liebevoll über den Arm gestrichen. Seit sie die Schwangerschaft glücklich hinter sich gebracht hatte, fühlte sie sich ungewöhnlich stark. Allerdings empfand auch sie ein Abendessen ohne Julius' Vater als weitaus unterhaltsamer.

»Müssen wir wirklich hinuntergehen?«, fragte sie deshalb nun mit einem ähnlich schiefen Grinsen wie dem, das sich auf Julius' Gesicht zeigte.

Der zuckte die Achseln. »Ich fürchte, ja. Mein Vater hat heute sogar jemanden eingeladen.«

»Ach, ja?«

Anna überprüfte unweigerlich noch einmal ihre Frisur im Spiegel. Ottilie hatte ihr ein Mädchen zur Verfügung gestellt, das ihr einen Zopf geflochten und ihn zu einem wirklich hübschen Knoten hochgesteckt hatte. Die grauen Strähnen, die sich schon früh in Annas Haar geschlichen hatten, bildeten einen interessanten Kontrast zu ihrem noch recht jungen Gesicht. Sie schaute wieder zu Julius.

»Wen denn?«

Julius schien sich mit einem Mal unbehaglich zu fühlen. Ohne Antwort zu geben, erhob er sich und ging zu der Wiege hinüber, in der die kleine Leonora friedlich schlummerte.

Ottilie hatte sie ihnen ins Zimmer gestellt. Schon Julius hatte darin gelegen.

»Sophie Knox.«

»Wen?« Anna konnte sich nicht daran erinnern, den Namen vorher schon einmal gehört zu haben.

»Meine ehemalige Verlobte«, murmelte Julius.

»Oh.«

»Mein Vater wirft mir vor, ich hätte sie damals sitzen lassen.« Der Ausdruck auf Julius' Gesicht war jetzt flehend. »Aber ich schwöre dir, Anna, sie war informiert und hat mich von allen Pflichten entbunden. Wir haben einander nie geliebt.« Julius' Augen weiteten sich, während er in die Ferne blickte. »Ich weiß ohnehin nicht, ob man jemanden heiraten kann, der wettet, dass er mehr Regenwürmer als man selbst in den Mund nehmen kann.«

Anna riss überrascht die Augen auf. »Hat sie das?«

»Ja.« Julius sah seine Frau an.

»Und sie hat gewonnen?«, wollte Anna wissen.

»Ja, sie hatte fünf im Mund, ich nur vier.«

»Wie alt wart ihr da?«

»Sechs oder sieben.«

Anna runzelte die Stirn. Nach allem, was sie jetzt gehört hatte, schien Sophie Knox eine unkomplizierte Frau zu sein. Trotzdem konnte sie sich eines mulmigen Gefühls nicht erwehren.

Beim Essen hatte Julius' Vater sich dann wieder von seiner besten Seite gezeigt.

»Und?« César Meyer hatte den Löffel in die Suppe getaucht, aber im Folgenden keine Anstalten gemacht, ihn an die Lippen zu führen. »Waren Sie heute schon bei Ihrem Pfaffen, liebste Schwiegertochter? Es gab doch gewiss irgendeine Nichtigkeit zu beichten, seit Sie hier eingetroffen sind, oder nicht? Ihresgleichen kann doch keinen Schritt tun, ohne beim Pfäfflein um Erlaubnis zu bitten.«

Julius' Löffel fiel polternd in den Teller. »Anna ist Lutheranerin, Vater.«

César zog die buschigen Augenbrauen hoch. »So? Ist sie das? Seit wann?«

»Seit der Hochzeit, Herr Meyer.«

Anna hatte ihren Kontrahenten fest angesehen und den Löffel mit sicherer Hand zum Mund geführt. Dankbar hatte sie ein unterstützendes Lächeln von Julius' Mutter geerntet.

»Ich finde den Katholizismus eigentlich recht praktisch«, mischte sich nun Sophie ein.

Anna war unwohl bei dem Gedanken gewesen, Julius' ehemaliger Verlobten zu begegnen, aber die ersten Minuten mit dieser Frau hatten sie rasch eines Besseren belehrt. Sophie war nicht ganz schlank, hatte ein rundes, freundliches Gesicht mit hübschen, großen braunen Augen und krauses, dunkles Haar, das sich sicherlich nur schwer bändigen ließ. Ihre Stimme klang für eine Frau etwas zu tief und irgendwie frech. In jedem Fall war sie nicht zu überhören. Ottilie hatte Anna zugeflüstert, dass Sophie sich dem Kampf um die Frauenrechte verschrieben hatte und als Gast gefürchtet war, da sie kein Blatt vor den Mund nahm. Alle Augen wandten sich nun ihr zu.

»Es ist ja so, dass wir Lutheraner eher die Katze im Sack kaufen müssen, oder wie sehen das die anderen hier? Wer weiß schon, wer von uns erwählt ist?«

»Das Himmelreich steht uns offen, wenn wir gottgefällig leben, Frau Knox. Der, der erwählt ist, wird ganz zweifelsohne gottgefällig leben, da braucht man keine Unterstützung durch den Pfaffen. Im Übrigen sollte der Glaube eine Sache zwischen Gott und dem Gläubigen sein«, beschied César sie knapp.

Julius überlegte offenbar, sich ebenfalls einzumischen, schloss aber den Mund wieder, als er das Lächeln sah, das sich in Sophies Mundwinkeln versteckte.

Ottilie tupfte sich mit einer Serviette den Mund ab. »Nun, wir wissen alle, dass es so einfach nicht ist, nicht wahr, Sophie?«, wandte sie sich an ihren Gast.

Die beiden Frauen lächelten einander an. Auch nach so vielen Jahren verstanden sie sich noch gut, obwohl Ottilie damals sehr enttäuscht gewesen war, als die Hochzeit ihres Sohnes mit Sophie geplatzt war – wenn auch aus anderen Gründen als ihr Mann.

»Ich verstehe immer noch nicht, wie Ihr Mann Sie heiraten konnte«, mischte der sich jetzt wieder wenig charmant ein.

»Das versteht er sicherlich manchmal selbst nicht«, gab Sophie mit einem Schmunzeln zurück.

Im Verlauf des Abends hatte Julius Anna erzählt, dass Sophie einen britischen Weltreisenden, Schriftsteller und Gelehrten geheiratet hatte, von dem man Skandalöses munkelte. Bald wollten die beiden erneut in die Welt aufbrechen, in die Tiefe Afrikas hinein, nach Indien, wo Sophies Mann Verwandtschaft hatte, oder in die Höhen Nepals.

Anna erinnerte sich, dass sie bei dem Gedanken geschaudert hatte, sich in ein Land wie Afrika zu begeben mit nichts als dem Ziel, Erfahrungen zu sammeln.

Sie brauchte einen Augenblick, um wieder in die Wirklichkeit zurückzukehren. Lächelnd betrachtete sie jetzt den friedlich schlafenden Säugling in ihren Armen. Leonora war von jeher ein pflegeleichtes Kind gewesen, ein kleiner Mensch, der sich, anders als ihre ältere Tochter Marlena damals, offenbar in jedem Augenblick den Umständen seines Daseins anpasste. Leonora ähnelte ihrer Großmutter Elisabeth, Annas Mutter, die die Kleine nie kennengelernt hatte. Sie hatte ihre grünen

Augen und die gleiche Gesichtsform. Niemand sah Elisabeth so ähnlich, noch nicht einmal Lenchen, Annas Schwester. Lediglich das rotbraune Haar hatte Leonora von ihrem Großvater mütterlicherseits geerbt, Heinrich Brunner. Auch Anna selbst und ihre Brüder Gustav und Eduard hatten das typische Brunner-Haar, wie sie es nannten, wenn sie unter sich waren.

Anna seufzte. Marlena stand etwas von ihnen entfernt, den Blick auf das Meer gerichtet. Sie hielt sich sehr gerade, doch das änderte nichts daran, dass der Wind unablässig an ihrem Kleid und an dem Häubchen zerrte.

Sie ist schon so eigenständig, dachte Anna mit leiser Wehmut, aber sie hat ja auch schon eine Menge mitgemacht in ihrem kurzen Leben. Marlenas Vater Kaleb Weinbrenner war zwei Wochen vor ihrer Geburt an der Schwindsucht gestorben, und Anna hatte sich mit der Kleinen allein durchschlagen müssen. Marlena musste in ihrem frühen Leben oft zurückstehen, und manchmal plagte Anna deswegen auch heute noch das schlechte Gewissen. Zum Glück schien es ihrer Tochter nicht geschadet zu haben.

Marlenas Augen, erinnerte Anna sich jetzt unvermittelt, hatten aufgeleuchtet, als Sophie von ihren Reisen erzählt hatte. Anna war das unverständlich. Sie konnte dem Reisen um des Reisens willen wenig abgewinnen – und Marlena war doch noch so jung …

Sie schreckte aus ihren Gedanken auf, als sie spürte, wie Julius sie noch fester an sich drückte.

»Ja, vielleicht«, flüsterte sie jetzt, auf seine Frage antwortend. »Vielleicht bin ich traurig.«

Julius löste den Arm von Annas Schulter und zupfte Leonoras Mützchen zurecht.

»Die Reise ist nicht mehr so schwierig. Wir werden gewiss

noch einmal zurückkehren«, suchte er sie zu beruhigen. »Es muss nicht mehr für *immer* sein.« Er zwinkerte ihr zu.

Anna nickte. Damals, als sie in der Neuen Welt angekommen war, hatte sie tatsächlich geglaubt, die alte Heimat nie wiederzusehen. Aber die Entwicklungen der letzten Jahre zeigten, dass sie sich geirrt hatte. Neue Schifffahrtslinien waren eingerichtet worden. Schnellere Schiffe bedienten die Routen. 1872 war unter der schwarz-weiß-roten Reichsflagge das erste Schiff der Hamburg-Südamerikanischen Dampfschifffahrtsgesellschaft, die *Bahía*, im Hafen von Buenos Aires eingelaufen. Im darauffolgenden Jahr hatte die *Kosmos*-Linie ihren Dienst noch ausgedehnt, und seit 1876 wurden die ersten Hapag-Dampfer nach Argentinien eingesetzt.

»Nein, das ist es nicht«, langsam drehte Anna ihrem Mann den Kopf zu. »Weißt du, ich dachte immer, wenn ich einmal wieder in Europa bin, werde ich spüren, dass das mein Zuhause ist, werde ich mich nicht mehr hin- und hergerissen fühlen, aber …«

»… aber das ist nicht so«, beendete Julius ihren Satz mit einem erneuten Lächeln.

»Nein«, bestätigte Anna, während neben ihnen eine Gruppe von Herren und Damen in stürmisches Gelächter ausbrach. Anna wartete einen Moment und sprach dann weiter. »Jetzt ist es so«, sagte sie dann, »dass ich es kaum noch erwarten kann, wieder drüben anzukommen. Ich kann es nicht erwarten, Maria in ihrer Konditorei zu besuchen, Lenchen in die Arme zu schließen und mir ihre neuesten Entwürfe anzusehen, mein Büro zu betreten und mich in die Geschäftspapiere zu vertiefen. Ich frage mich, ob der Jacaranda schon blüht. Ich werde mich sogar darüber freuen, meinen Vater zu sehen, auch wenn ich es hasse, wenn er in meinem Hof sitzt, sich betrinkt und Maulaffen feilhält.«

Anna lachte kopfschüttelnd. Die Beziehung zu ihrem Vater war stets und besonders in den letzten Jahren ein ständiges Auf und Ab gewesen.

»Und das beunruhigt dich?« Julius lachte nun ebenfalls.

Auch in der Gruppe in ihrer Nähe brach erneut Heiterkeit aus. Während Anna zuerst etwas irritiert davon gewesen war, so bemerkte sie jetzt doch einen Unterton in den fröhlichen italienischen Stimmen, der Angst verhieß. Die Fröhlichkeit sollte wohl die Trauer überspielen.

»Na ja ...« Anna zuckte die Schultern.

Jetzt geriet Bewegung in die wartende Menge, vielleicht war irgendwo ein Signal ertönt.

»Marlena«, rief Anna ihre bald dreizehnjährige Tochter zu sich.

Das Mädchen wandte sich vom Meer ab und kam zu ihnen herüber. Unter dem Häubchen, das mit einer großen grünen Schleife befestigt war, lockte sich ihr dunkles, kaum zu bändigendes Haar. Zum ersten Mal fiel Anna ein Ausdruck im Gesicht ihrer Tochter auf, der von kommenden Veränderungen zeugte, auch wenn der Körper noch so kindlich war.

Marlena hatte die Reise sehr genossen. Von Hamburg aus waren sie gemeinsam nach Köln gereist und hatten sich den Dom angeschaut. Mit einem Schiff voller englischer Touristen waren sie danach durch das romantische Rheintal, an der Loreley und unzähligen Burgen vorbei bis nach Bingen gefahren, wo Anna Gustl besucht hatte. Trotz der langen Trennung hatte es keinen Moment gegeben, in dem die Freundinnen einander fremd gewesen waren. Gustl hatte auch nach Annas Bruder Eduard gefragt, dem einmal ihr Herz gehört hatte. Sie war nun jedoch glücklich mit ihrem Mann und ihrer sechsköpfigen Schar kleiner Blondschöpfe, die für Leben im Haus sorgten. Von Bingen aus waren sie schließlich in die Schweiz aufgebrochen. Danach ging es weiter nach Italien. Und jetzt waren sie schon auf der letzten Etappe der Reise.

Nach dem Sommer würde Viktorias Tochter Estella ebenfalls auf Else Pfisters höhere Mädchenschule in Buenos Aires gehen, die Marlena schon seit einiger Zeit besuchte. Viktoria, die, nach einigen schlimmen Vorfällen in Salta, inzwischen in Tucumán wohnte, hatte Anna die Entscheidung noch vor der Abreise telegrafiert. Estella sollte für die Zeit des Schulbesuchs bei den Meyer-Weinbrenners wohnen. Anna wusste, dass sich die Mädchen schon darauf freuten, und hoffte, dass sie nicht nur Schabernack ausheckten. Nachdenklich zog sie nun ihre ältere Tochter mit dem freien Arm an sich und drückte sie.

»Ich bin so froh, dass es dich gibt.«

»Ja, Mama«, erwiderte Marlena ernst und machte sich wieder los.

Das italienische Grüppchen lachte und scherzte derweil immer lauter, bis die lustige Stimmung mit einem Mal kippte und man einander unter Tränen in die Arme sank.

Ich hatte damals auch Angst, dachte Anna. Ach, wie lange war das jetzt her, und wie viel hatte geschehen müssen, bevor Julius und sie ihr gemeinsames Glück gefunden hatten! Sie waren allerdings mit einem Segelschiff gekommen, während sie sich heute an Bord eines Dampfschiffes begeben würden.

»Es ist Zeit«, sagte Julius just in diesem Moment.

Kaum waren alle Passagiere an Bord, wurden die Anker auch schon gelichtet, ein Kanonenschuss ertönte, und die Dampfpfeife gab ihren schrillen Ton von sich. Von der Mole her riefen jetzt Hunderte von Menschen Abschiedsgrüße, von der *Nordamerika* scholl es tausendfach zurück. Anna und ihre kleine Familie standen schweigend an der Brüstung auf dem oberen Deck. Anna sah nach unten. Ein Ruck, und kleine Wirbel bildeten sich zu beiden Seiten des Schiffes in der dunklen Flut. Schaumperlen flogen auf und warfen die Farbtöne des Abendhimmels in blitzenden Strahlen zurück. Zwei breite Furchen entstanden auf dem ruhigen Wasserspiegel und breiteten sich bald wie ein Riesenfächer aus.

Anna hob jetzt doch den Kopf und sah wie die meisten anderen unverwandt zum Land. Irgendwann war von Genua nichts mehr zu sehen. Minute um Minute trug die *Nordamerika* sie weiter in die Unendlichkeit des Meeres hinaus.

Fünftes Kapitel

Die Größe des Schiffes gab Marlena ausreichend Gelegenheit, ihre Freiheit zu genießen. Vom Aufstehen bis zur Schlafenszeit war sie auf den Beinen, um Eindrücke zu sammeln und die unterschiedlichen Gruppen von Reisenden, die sich auf einem solchen Schiff immer einfanden, zu beobachten. Fräulein Brand, die ihre Lieblingslehrerin an der höheren Mädchenschule war, hatte sie vor der Abreise dazu ermutigt, Zeichnungen anzufertigen und unterhaltsame Berichte über die Reise zu schreiben. Als Marlena sie gefragt hatte, ob so etwas denn auch ein Beruf sein könne, hatte sie geantwortet: Ja, das nennt man Journalist oder Schriftsteller.

»Und das könnte ich später einmal werden?«, hatte sich Marlena aufgeregt versichert.

Fräulein Brand hatte genickt. »Du kannst viele berufliche Wege einschlagen, Marlena, lass dir von niemandem etwas verbieten oder verderben. Aber bedenke auch, dass es einsam machen kann, wenn der Weg, den man gewählt hat, ein außergewöhnlicher ist.«

Marlena hatte sofort verstanden, wovon die Lehrerin sprach. Fräulein Brand, so sie auch nicht unansehnlich war, galt als eigensinnig und war, obgleich sie das fünfunddreißigste Lebensjahr überschritten hatte, immer noch unverheiratet. Dennoch hatte Marlena in diesem Moment beschlossen, dass sie eines Tages Journalistin oder Schriftstellerin werden würde, vielleicht sogar beides. Die Reisezeit wollte sie dazu nutzen, ihren ersten großen Bericht zu schreiben. Die Begegnung mit

Sophie Knox hatte sie in ihrem Entschluss nur noch bestärkt.

Jeden Abend las sie ihrem Stiefvater Julius und ihrer Mutter nun in der gemeinsamen großzügigen Kajüte aus ihren Aufzeichnungen vor. Meist saß Anna dabei auf dem recht breiten Bett, während Julius am Tisch Platz nahm. Leonora schlief in den Armen ihrer Mutter oder im Bett ihrer Eltern. Von Marlenas beruflichen Plänen wussten allerdings weiterhin beide nichts, noch nicht einmal Anna, mit der Marlena bisher all ihre Zukunftsträume geteilt hatte. Ein Gedanke schoss Marlena durch den Kopf, während sie ihren Skizzenblock an sich drückte. Ich möchte nicht in Mamas Fuhrgeschäft einsteigen. Ich möchte sehr lange auf der Schule bleiben, viel lernen und später auf Reisen gehen und schreiben.

Wie sollte sie das nur ihrer Mutter erklären?

Es wird ihr nicht recht sein, dachte Marlena, während sie ihrer Mutter einen kurzen Blick zuwarf, es wird ihr nicht recht sein. Für Mama muss immer alles handfest sein.

Mit einem Seufzer stand die Dreizehnjährige auf.

»Ich gehe noch ein wenig an Deck, Mama.«

»Ja, gut. Das Wetter ist wirklich schön.«

Marlena warf der Mutter und ihrer jüngeren Schwester einen letzten kurzen Blick zu, bevor sie die Kajüte verließ. Irgendwann würde sie mit ihrer Mutter reden müssen. Sie hatte den Eindruck, ohnehin den Weg, den sie eingeschlagen hatte, nicht mehr verlassen zu können. Sie wollte die Welt kennenlernen, ihren Erfahrungsschatz erweitern und alles festhalten, was für sie von Bedeutung war …

Als sich die Tür hinter Marlena schloss, wartete Anna noch einen Augenblick, bevor sie die schlafende Leonora in die

Wiege legte. Dann griff sie entschlossen nach der Ledermappe, die ihre ältere Tochter auf dem kleinen Tisch hatte liegen lassen. Behutsam öffnete sie sie und betrachtete die Zeichnungen, die Marlena angefertigt hatte. Ihre Tochter war künstlerisch begabt, beobachtete präzise und schrieb auch unterhaltsame Texte, das wusste Anna bereits. Sie hoffte, dass Marlena dieses Können auch hilfreich sein würde, wenn sie das Fuhrunternehmen Meyer-Weinbrenner & Co eines Tages übernahm.

Sie wird auch das gut machen, sagte sich Anna. Sie ist klug.

Mit einem leisen Seufzer schob sie die Papiere in die Mappe zurück. Himmel, durchfuhr es sie im nächsten Moment, was machst du dir darum schon Gedanken? Marlena ist erst dreizehn, es vergehen noch einige Jahre, bevor sie die volle Verantwortung übernehmen muss. Jetzt galt es erst einmal, nach der langen Reise selbst wieder die Arbeit im Geschäft aufzunehmen. Anna konnte es kaum erwarten. Sie legte die Ledermappe zurück an ihren Platz und dachte an die Ankunft in Buenos Aires. Aber sosehr sie sich darum bemühte, sie schaffte es nicht, ihre Gedanken um Marlenas Zukunft zu verdrängen.

Warum bin ich nur so unruhig?, überlegte sie. Es macht Marlena Spaß, zu zeichnen und zu schreiben. Warum soll sie keinen Spaß haben?

Aber sie, Anna, hatte einfach zu lange für ihr Geschäft gekämpft, sie konnte die Sache nicht ruhig angehen. In schlimmen Zeiten hatte sie sogar Dinge für das Geschäft getan, die vielleicht nicht unrecht, ganz sicher aber auch nicht recht gewesen waren.

Der Gedanke, dass Marlena ihr Erbe womöglich nicht würde antreten wollen, stimmte Anna mehr als unbehaglich.

Es befanden sich viele Menschen an Bord, und Marlena war eine gute Beobachterin. Es gab Ärzte, Ingenieure, ausgediente Offiziere sowie ein paar Herren, die zu ihrem früheren Beruf keine rechten Angaben machten. Einige junge Argentinier kehrten von einer Studien- oder Vergnügungsreise zurück. Auch eine Gruppe neureicher, italienisch-argentinischer Wursthändler, deren Finger mit unzähligen protzigen Ringen geschmückt waren, befand sich auf dem Schiff. Hinzu kamen Sängerinnen von der Mailänder Scala auf ihrer alljährlichen Tournee nach Südamerika. Man vertrieb sich die Zeit damit, sich zu unterhalten, Karten zu spielen, zu schlafen, viel zu essen, zu lesen und sich die Zukunft auszumalen. Von Genua aus steuerte die *Nordamerika*, der Mittelmeerküste folgend, an Marseille vorbei, passierte Barcelona, Valencia und dann die Straße von Gibraltar. Kurze Aufregung gab es im spanischen Cádiz, wo weitere Passagiere an Bord kamen, als ein Mitreisender von der dortigen *policía* abgeholt wurde. Zum Abendessen wussten einige zu berichten, dass er zu einer der immer weiter verbreiteten europäischen Betrügerbanden gehörte.

Zur Tafel begab sich die erste Klasse gemeinsam in den großen, vortrefflich eingerichteten Salon des Schiffes hinunter, wo es dann stets noch mehr zu beobachten gab. Am faszinierendsten fand Marlena jedoch die Gegensätze, die beim gemeinsamen Aufenthalt an Deck offenbar wurden. Auch auf diesem Schiff gab es unter der ungeheuren Zahl der Auswanderer viele, die sich, wie auch Marlenas Mutter Anna bei ihrer ersten Reise, nur das Zwischendeck leisten konnten. In aller Frühe strömten diese Mitreisenden an Deck, in Kleidungsstücken, die selbst Marlena, die Armut in den ersten Jahren ihres Lebens doch am eigenen Leib erfahren hatte, jedes Mal aufs Neue erstaunten. Einer trug eine Hose, notdürftig aus grobem Sackleinen gefertigt, das noch nach gedörrten Pflaumen oder halb verfaulten Orangen roch, eine Frau hatte eine zerfetzte, spitzenbesetzte Brokatrobe an, dazu einen zerschlissenen Rock. Durch die fadenscheinige Hose eines anderen Mitreisenden schimmerte nackte Haut hindurch. Marlenas Bleistift flog nur so über das Papier. Skizze um Skizze entstand, manche nur grob ausgeführt, um später zu Hause beendet zu werden.

Das Schönste aber, so befand Marlena, waren die Nächte. Hunderte von Reisenden, zumeist Italiener, bevölkerten dann das Deck. Männer und Frauen lagen nebeneinander auf ihren Mänteln, oder was immer sonst ihnen als Unterlage diente, ausgestreckt, irgendein Bündel als Kissenersatz unter den Kopf geschoben. Halblautes Geplauder tränkte die warme Luft. Manchmal weinte ein Kind und wurde durch Flüsterworte besänftigt. Da und dort stiegen die getragenen Rhythmen eines Liedes auf, und wenn man am Bootsrand stand und auf das Wasser hinuntersah, glaubte man, die Sterne, die das Mondlicht widerspiegelte, darin schwimmen zu sehen.

Marlena war unter den Ersten gewesen, die sich an der Reling einfanden, als nach weiteren acht Tagen Fahrt von Cádiz aus die Insel São Vicente gemeldet wurde, wo die *Nordamerika* wieder anlegen würde, um Kohlen zu fassen. Wie ein zarter Nebelstreif war das Land zuerst nur am Horizont sichtbar gewesen. Je näher sie gekommen waren, desto massiger traten die Konturen hervor, und bald drängten sich alle – sogar die Seekranken – an Deck und verschlangen mit ihren Blicken die sich nähernde Insel. Als das Schiff anlegte, gingen einige Reisende, unter ihnen auch Julius und Anna, an Land. Sosehr sie sich auch bemühten, gestaltete sich das Leben an

Bord doch wenig abwechslungsreich, und die meisten Reisenden waren froh über die Unterbrechung des Einerlei. Zwei warfen sich sogar in die Fluten, um zu baden, blieben jedoch in Ufernähe der Haie wegen.

Marlena hatte sich mit ihrem Skizzenblock an der Reling platziert und ließ den Bleistift über das Papier huschen, um ja nichts zu verpassen. Die zwei Schwimmer schienen großen Spaß zu haben, und einen Moment lang beneidete Marlena die Männer um ihre Freimütigkeit. Es war natürlich ganz und gar unmöglich für eine Dame, es ihnen gleichzutun, sosehr diese auch unter der Sonne leiden mochte. Wie war es wohl, im Meer zu schwimmen?

Neckende und ängstliche Rufe begleiteten die beiden Männer vom Land her. Ein paar andere schienen noch zu überlegen, ob sie sich den mutigen Schwimmern anschließen sollten, doch konnte sich offenbar keiner dazu durchringen.

Von Julius wusste Marlena, dass São Vicente zur Kapverdischen Inselgruppe an der Westküste Afrikas gehörte. Das Eiland war nahezu ohne Vegetation, die meisten Bewohner afrikanischer Herkunft. Die recht saubere Hafenstadt Mindelo war von kahlen, merkwürdig geformten Bergen umgeben. São Vicente war eine wichtige Versorgungsstation für die Dampfschiffe, die den Atlantik durchquerten. Obgleich sich die Insel formal immer noch in portugiesischer Hand befand – die behördlichen Organe trugen auch alle portugiesische Amtsmützen –, floss das Geld, das von den Dampfern hier zurückgelassen wurde, in englische Taschen, denn die Kohle wurde von zwei britischen Gesellschaften geliefert.

Wenig später lehnte Marlena an anderer Stelle an der Reling und beobachtete, dieses Mal sehr nachdenklich, ein Schauspiel, das zwischen der *Nordamerika* und einem weiteren wartenden Dampfer stattfand. Dort hatte sich nämlich mittlerweile eine Anzahl kleiner Boote gesammelt, Nussschalen eher, aus wenigen Brettern behelfsmäßig zusammengezimmert. Sehr junge, dunkelhäutige Burschen saßen darin und schienen auf irgendetwas zu warten.

Während Marlena sich noch fragte, worauf wohl, flog von der *Nordamerika* auch schon eine Münze ins Wasser. Der erste Bursche warf sich kopfüber in die Fluten und kehrte bald triumphierend grinsend mit seiner Beute an die Oberfläche zurück. Immer und immer wieder setzte sich darauf das Schauspiel fort, manchmal, wenn sich ein Hai näherte, von warnenden Rufen unterbrochen. Die Jungen brachten sich dann geschickt auf ihren Nussschalen in Sicherheit, während sich die Reisenden auf den Dampfern sensationslüstern an der Reling drängten.

An diesem Abend brauchte Marlena länger, um ihre Eindrücke zu formulieren. Wie hatten die einen nur zusehen können, wie die anderen ihr Leben aufs Spiel setzten? Und wie hatten die anderen ihr Leben für solch kleine, wertlose Münzen riskieren können? Das begeisterte Johlen und Kreischen hallte noch beim Einschlafen in Marlenas Kopf wider. Manchem Mitreisenden ging sie in den nächsten Tagen stoisch aus dem Weg.

Die *Nordamerika* legte am kommenden Morgen wieder ab und nahm schnell Fahrt auf. Irgendwann winkte bereits Brasiliens Küste herüber mit den imposanten Städten Salvador, Vitória und Rio de Janeiro und blieb die übrigen Tage die stete Begleiterin. Gesprächen entnahm Marlena Fantastereien über das, was die Menschen drüben glaubten zu erwarten. Fröhliches Lachen mischte sich mit Erzählungen von feuchten tiefgrünen Dschungelwäldern, bunten Vögeln und gefährlichen Wildkatzen. Da sich nun, nach langen Wochen auf See, die Reise ihrem Ziel näherte, begann die Besatzung mit einer intensiven Reinigung des Schiffes. Bald füllte sich die Luft mit dem Geruch von ätzender Seife, Lauge und verdunstendem Salzwasser.

Nach drei Wochen Fahrt über den weiten Atlantik wurden schließlich auch die Koffer wieder hervorgeholt und erfüllten die Kajüte der Familie Meyer-Weinbrenner mit ihrem dumpfen, modrigen Geruch. Bald stolperte man bei jedem Schritt fluchend über irgendeinen Gegenstand.

In Montevideo, bei schönem Wetter, gingen die ersten Reisenden von Bord. Vom Wasser aus bot die Stadt einen prachtvollen Anblick. Links der Bucht befand sich der zu Beginn des Jahrhunderts erbaute, fast hundertfünfzig Meter hohe Leuchtturm, unterhalb lagen eine Festung und andere imposante weiße Gebäude und Fabriken. An der rechten Seite, auf einer Landzunge, erhob sich, terrassenartig auf einem Hügel erbaut, die eigentliche Stadt mit ihren vielen Kirchen, Türmen und Villen. Auf dem Wasser herrschte allenthalben reges Leben. Viele Segel- und Dampfschiffe, von kleinen Booten umgeben, empfingen und löschten ihre Ladung. Unzählige Fischerboote, Schleppdampfer und Ruderboote bewegten sich zwischen ihnen hindurch.

Ein neuer Sonnenaufgang fand die *Nordamerika* auf dem Río de la Plata, dem Silberfluss, wie man den über zweihundert Kilometer breiten Mündungstrichter des Río Paraná und des Río Uruguay nannte, wieder. Hinter ihnen verblasste die Küstenlinie immer mehr. Marlena fand, dass es beinahe so aussah, als weile man immer noch auf dem Meer, so ungeheuer groß war diese Flussmündung. Allerdings stiegen die Wellen nur noch leicht an und glitten dann in trägerem Fall zurück. Das tiefe, satte Grün des Ozeans war über Nacht von einem seltsam silbern schimmernden Lichtgrau abgelöst worden. Wolkenfetzen jagten über den strahlend blauen Himmel.

Noch lag die argentinische Küste in weiter Ferne, doch bald schon kündete ein Salutschuss das Ende der Fahrt an. Die *Nordamerika* hielt auf der Reede von Buenos Aires, einige Seemeilen vom Land entfernt, da der La Plata zu seicht für Schiffe mit größerem Tiefgang war. Dann legte der kleine Dampfer mit den Beamten der Hafensanitätskommission backbord an, um das Patent der *Nordamerika* zu überprüfen. Da jedoch keine Krankheiten an Bord aufgetreten waren, drohte auch keine Quarantäne. Und so begann kurz darauf bereits die lästige Prozedur der Frachtüberladung und Passagierausschiffung.

»Es wird wirklich Zeit, dass Buenos Aires einen richtigen Hafen bekommt«, brummte ein älterer Herr.

Julius stimmte ihm zu. Anna jedoch dachte an nichts anderes mehr als daran, endlich ihre Schwester Lenchen, Maria und alle anderen wiederzusehen, die sie so lange vermisst hatte.

Sechstes Kapitel

Gedankenverloren stand Irmelind in ihrer Küche am Ofen und bereitete das Essen vor. Sie schreckte auf, als sich draußen Schritte näherten. Wer mochte das sein? Sie erwartete niemanden. Irmelind lief zur Tür und öffnete sie.

»Ach, du bist es, Mina. Entschuldige, dass ich so überrascht bin, ich sehe dich ja nur noch selten, seit ...«, Franks Mutter stockte unvermittelt, »... seit du in der Stadt arbeitest«, beendete sie dann ihren Satz.

Doch Mina hatte verstanden. »Ich vermisse Frank auch«, sagte sie leise und fügte dann noch leiser hinzu: »Hast du ... hast du noch einmal etwas von ihm gehört, seit ... seit ...?«

Irmelind schüttelte müde den Kopf. Dann winkte sie Mina, hereinzukommen. Auf dem Ofen köchelte Maisbrei in einem größeren Topf, in einem kleinen Topf daneben brodelte eine dünne Fleischsuppe.

»Setz dich doch«, sagte Irmelind und deutete auf einen der grob gezimmerten Schemel.

Am Morgen, vor Tagesanbruch noch, hatte Irmelind den Maisschrot gestampft und den Brei aufgesetzt, obwohl sie nicht recht wusste, wofür es sich lohnte, überhaupt noch etwas zu tun. Über ein Jahr war Frank nun verschwunden. Auch Samuel war längst wieder zu seiner Familie zurückgekehrt.

Hermann und sie hatten gefrühstückt, wieder ohne ein Wort zu wechseln, dann war ihr Mann aufs Feld gegangen. Gleich würde auch sie hinausgehen, denn allein konnte er den Pflug nicht gut führen. Zum Mittag gab es wieder Maisbrei und dazu etwas Fleischsuppe. Dann arbeiteten sie beide weiter bis in die Nacht hinein, tagein, tagaus. Und zum Abendmahl stand wieder der Maistopf auf dem Tisch. Aber sie wollte nicht klagen, es war ihr ohnehin alles einerlei.

Irmelind goss Mina einen Becher Mate-Tee ein und setzte sich zu ihr an den Tisch. Eine Weile sprachen die beiden Frauen über dies und das. Mina erzählte von ihrer Arbeit und dass sie froh war, Stiefvater und Stiefbruder nicht mehr so oft zu sehen.

»Nur um die Mutter tut es mir leid, aber ...«, Mina zögerte, bevor sie weitersprach, und nahm einen großen Schluck von dem wohltuenden Getränk, »... aber sie sagt auch, sie sei ruhiger, wenn ich aus dem Haus bin.«

»Die Amborns sind Unmenschen«, bestätigte Irmelind, »Männer ohne Charakter.«

Mina nickte, während sie die Teetasse zwischen ihren Händen drehte.

»Wirst du Frank sagen, dass ich ihn sprechen muss?«, fragte sie dann. »Ich meine, falls er zurückkommt?«

»Ich glaube«, zum ersten Mal lächelte Irmelind, »das werde ich ihm nicht sagen müssen, Mina. Ich weiß doch, wie viel ihm an dir liegt.«

Das Lächeln verschwand, so schnell, wie es gekommen war. Mina saß noch einige Augenblicke schweigend da und verabschiedete sich dann. Es lohnte nicht, das Nachhausekommen weiter aufzuschieben.

Xaver Amborn hatte bislang keinen Verdacht geschöpft, doch er war auch nicht erfreut über die seiner Meinung nach viel zu geringe Bezahlung der Dalbergs. Als Mina ihm ihren ersten

Lohn überreicht hatte, hatte er sich jedoch nicht bei den Dalbergs beschwert, sondern sofort zugeschlagen. Auch dieses Mal kam die Ohrfeige ohne Umschweife. Nur mit Mühe hielt Mina sich auf den Beinen.

»Immer noch so wenig?«, brüllte ihr Stiefvater. »Was denkt sich diese hochnäsige Schlampe eigentlich?«

Xaver hielt das Bündel Pesos hoch und ließ die Scheine dann auf den schmutzigen Küchenboden flattern. Mina ahnte bereits, was sie an diesem Tag würde tun müssen. Seit sie unter der Woche im Haus der Dalbergs blieb, hausten Stiefvater und Stiefbruder, wie es ihr schien, wie die Schweine, und die Mutter kam mit dem Putzen nicht hinterher.

»Die feine Frau Dalberg glaubt«, war wieder Xavers Stimme zu hören, »dass sie dich nicht ordentlich bezahlen muss, was?« Ein Ausdruck beängstigender Wut malte sich mit einem Mal auf seine Gesichtszüge, dann krallten sich seine Finger wie Schraubstöcke um Minas Arme. »Oder bist vielleicht doch du es, die mich betrügt? Wo ist das Geld, du Miststück?«

»Das ist alles, was ich habe.«

»Wirklich?«

Ihr Stiefvater zerrte Mina näher zu sich hin, stieß sie dann in Philipps Arme, der die ganze Zeit geduldig wie ein Raubtier auf Beutezug gewartet hatte. Nun tastete er sie rasch ab, wobei seine Hände länger als nötig auf ihrem Gesäß und ihren Brüsten blieben. Sie hörte ihn leise schnalzen.

»Ich glaube langsam, es hat sich gelohnt zu warten, Süße. O Mann, wie hab ich dich vermisst«, raunte er ihr zu.

Mina musste sich beherrschen, nicht vor Ekel auszuspucken.

Zu seinem Vater gewandt, schüttelte Philipp den Kopf. »Tatsächlich nichts.«

An diesem Abend setzte sich Mina in den Bottich mit dem nur noch lauen Wasser, in dem sich, wie jeden Sonntag, erst Stiefvater, Stiefbruder, ihre Mutter und dann sie selbst wuschen. Mit Frank war sie früher oft im Fluss baden gewesen, doch allein war das zu gefährlich. Wenigstens waren Xaver und Philipp außer Haus. Die versoffen gerade Minas Lohn in der nächstgelegenen *pulpería*.

Endlich fand Mina Zeit, an Frank zu denken. Immer wieder ging ihr die goldene Uhr, die sie in Philipps Rock gefunden hatte, durch den Kopf. Was hatte das alles zu bedeuten? Dann musste sie daran denken, was Stiefvater und Stiefbruder erwähnt hatten, bevor sie zur Gaststätte aufgebrochen waren: In ein paar Tagen würde es wieder einmal auf Strafexpedition gegen die Indios gehen.

Eigentlich, überlegte Mina, während sie sich einseifte, ist das eine gute Zeit, um zu fliehen. Allerdings, wie sollte Frank dann je erfahren, wo sie zu finden war? Nun, sie hatten einmal davon gesprochen, dass sie sich, falls sie sich eines Tages aus den Augen verlieren würden, zu den Unabhängigkeitsfeiern an der Siegessäule auf der Plaza de la Victoria in Buenos Aires wiederfinden wollten. In diesem Jahr im Mai war es ihr unmöglich gewesen, nach Buenos Aires zu gelangen, aber im nächsten Jahr … Ob er sich noch daran erinnerte? Und würde er noch einmal kommen, wenn er sie dieses Jahr nicht angetroffen hatte?

Ich könnte es Irmelind sagen, fuhr es Mina durch den Kopf. Irmelind würde es an Frank weitergeben. Ich könnte sagen: Bitte erinnere ihn nächstes Jahr an den 25. Mai, Plaza de la Victoria, Buenos Aires.

Aber wie sollte sie nur nach Buenos Aires gelangen?

Siebtes Kapitel

Tucumán lag anderthalb *leguas*, also etwa neun Kilometer, vom Gebirge entfernt, inmitten einer Ebene, in der man Zuckerrohr, Reis, Mais und Tabak anbaute sowie etwas Viehzucht betrieb. Die Ansiedlung war verhältnismäßig groß, weil die meisten Gebäude von *quintas*, Gärten mit hohen Lehmmauern, umgeben waren, hatte aber vergleichsweise wenige Einwohner. An der zentralen Plaza mit ihren prächtigen Orangenalleen lagen zwei Hauptkirchen, das Stadthaus, mehrere Kaffeehäuser und einige ansehnliche Wohnhäuser. Dreimal in der Woche und samstags wurden hier Konzerte abgehalten. Dann promenierte die feine Gesellschaft Tucumáns in ihrer elegantesten und geschmackvollsten Kleidung.

Nachdenklich blickte Viktoria aus der Kutsche, in der sie auf Pedro wartete, auf die Straße hinaus. Er gab eben einen Brief an Anna für sie auf. Breit und gerade waren die Straßen hier, am Tage noch dazu öde und verlassen. Allenfalls Dienstboten erblickte man dann und einige wenige Geschäftsleute. Die Sommer in Tucumán, das hatte Viktoria bereits erlebt, waren warm und feucht wie in Salta. Die Stadt war dann wie ausgestorben, da fast alle Familien ins Gebirge oder auf ihre Estancias zogen. Von November bis Februar gab es fast täglich Gewitter mit wolkenbruchartigen Regengüssen, welche die abschüssigen Straßen der Stadt rasch in reißende Gießbäche verwandelten und den Verkehr lahmlegten. Die Luft war während dieser Monate feuchtheiß und furchtbar drückend, was nur der Vegetation zugutekam.

Schon einige hundert Meter höher allerdings, an den bewaldeten Berghängen, wurde es angenehm frisch, noch weiter oben war es oft regelrecht kalt und sehr windig. Häufig kam es wegen starken Regens zu Erdrutschen.

In der Ansiedlung selbst blieb in diesen Monaten der Hitze wegen ohnehin jeder anständige Mensch im Haus. Erst mit Anbruch der Dämmerung ging man hinaus. Dann liefen die Frauen in ihren *mantos*, jenen schwarzen Umhängen, oder in traditionellen indianischen Gewändern mit ihren Kindern als Erstes eifrig zur Kathedrale, einem neoklassizistischen Sakralbau, der zwischen 1847 und 1856 entstanden war und ein einfaches Holzkreuz als Symbol der Stadtgründung barg. Für Viktoria war dies anfangs befremdlich gewesen, so wie jener Anblick, den die schwarz verhüllten Frauengestalten boten, wenn sie wie ein riesiger Krähenschwarm nach der Messe wieder aus der Kathedrale hinausdrängten.

Die Frömmigkeit der Bewohner dieser Gegend war Viktoria gleich aufgefallen – und die Armut. Von Pedro hatte sie erfahren, dass sich die Mehrzahl der Einwohner Tucumáns und seiner Provinz ausschließlich von Mais, Reis, Kürbis, Orangen und Zuckerrohr ernährte. Außer Karren gab es kaum andere Fuhrwerke.

Wie auch Buenos Aires war Tucumán mehrfach gegründet worden, das zweite Mal 1685, als Zentrum des bereits im frühen 17. Jahrhundert von den Jesuiten eingeführten Zuckerrohranbaus. Zwar waren die Jesuiten 1767 des Landes verwiesen worden, doch noch immer waren die Niederungen der Region von Süßgrashalmen überzogen und die Tucumanos führten die Arbeit der Jesuiten fort. Das Zuckerrohr der großen Estancias wuchs auf von Kaktushecken umgebenen und mit Berieselungsanlagen versehenen Feldern. Einmal gepflanzt, wuchs das Rohr vier- bis fünfmal nach, dann mussten neue Triebe gesetzt werden. Teils wurde schon Anfang Mai, wenn die ersten Nachtfröste einsetzten, mit der Ernte begonnen. Spätestens im Winter wurde das Zuckerrohr dann aber ganz sicher eingebracht. In dieser Zeit erhöhte sich die Anzahl der Arbeiter auf den Estancias deutlich durch Wanderarbeiter aus den benachbarten Provinzen Santiago del Estero, Salta und Jujuy.

Inzwischen dehnte sich die Zuckerindustrie mit jedem Jahr stärker aus. Zu einem Klima, das dem Anbau von Zuckerrohr dienlich war, vergrößerte sich die Landfläche, die man der Pflanze zur Verfügung stellte, stetig. Auch in Tucumán waren es privilegierte Familien, die das zur Verfügung stehende Land kontrollierten. Und diese Familien nutzten ihre politische und ökonomische Macht natürlich, um die Industrie zu dominieren. Es waren Familien, die – wie auch die Sanchez aus Salta – keinen Spaß verstanden, wenn es um ihre Besitzstände ging.

Das hatten Viktoria und Pedro schon in den ersten Monaten ihres Aufenthalts erfahren. Während sie sich beide mit dem Anbau von Zuckerrohr und den Abläufen auf der Estancia Tres Lomas vertraut machten, hatte man sie sehr bald darüber in Kenntnis gesetzt, welchen Gepflogenheiten man in Tucumán huldigte. Die erste Beschwerde hatte den Umstand betroffen, dass die Neuen auf Tres Lomas ihre Arbeiter zu gut behandelten. Im Laufe der Monate sorgte dieser Umstand immer wieder aufs Neue für Unmut.

Hört das denn nie auf, überlegte Viktoria nicht zum ersten Mal, was mache ich jetzt nur? Ziehe ich den Ärger irgendwie an? Ich wollte doch nur ein ruhiges Leben für uns.

Sollten Pedro und sie sich also doch in die Art und Weise hineinreden lassen, wie sie die Estancia führten? Nun, vielleicht würde der Abend etwas Neues bringen. Sie waren bei

Don Laurentio eingeladen, dem Besitzer von Los Aboreros und einem der einflussreichsten Estancieros der Gegend.

»Doña Viktoria! Wie schön, Sie doch einmal in meinen bescheidenen vier Wänden hier begrüßen zu dürfen.« Laurentio Zuñiga kam Viktoria mit ausgebreiteten Armen entgegen und küsste sie auf beide Wangen. »Es tut mir sehr leid, dass wir einander erst jetzt persönlich kennenlernen. Sie haben sich weiterhin gut eingelebt, ja? Keine Probleme mit den Dienstboten? Meine liebe Frau beschwert sich immer, dass sie hier in Tucumán ausgesprochen unsauber und uneinsichtig sind. Sie war vollkommen entsetzt, als sie bemerkte, dass die Mädchen mit dem Wasser spülten, mit dem sie sich vorher gewaschen hatten.«

»Nein, es ist alles zu meiner Zufriedenheit.«

»Ach, da ist ja auch der berühmte Señor Cabezas.« Don Laurentio sah an Viktoria vorbei auf Pedro, der einen halben Schritt hinter ihr wartete. »Ich habe gehört, er ist ein guter Mann ... Passen Sie auf, sonst werbe ich ihn noch ab.«

»Ich hoffe, das ist in Ordnung«, sagte Viktoria mit einem Lächeln. »Man sagte mir, es treiben sich Diebe in der Gegend herum. Ich wollte einfach nicht allein unterwegs sein«, log sie, ohne mit der Wimper zu zucken.

»Vollkommen in Ordnung, vollkommen in Ordnung. Guten Tag, Señor Cabezas. Ich freue mich, Sie wieder einmal zu sehen.«

»Don Laurentio.«

Don Laurentio wandte sich wieder an Viktoria. »Dürfte ich Ihnen Ihren Landsmann Señor Merkwitz vorstellen, der die Schwester des hiesigen Gouverneurs geheiratet hat? Er besitzt übrigens große Zuckerrohrpflanzungen in Famaillá ...«

Don Laurentio machte eine Handbewegung, und Viktoria folgte ihm. Pedro schloss sich ihnen mit einem kaum merklichen sardonischen Lächeln auf den Lippen an. Während der nächsten halben Stunde sprach man über das salzhaltige, höchst ungesunde Wasser von Tucumán und über die unzähligen Latrinen, die jahrelang gegraben und später einfach wieder zugeworfen worden waren. Stolz berichtete Don Laurentio von seiner neuen Zisterne.

»Im kommenden Jahr«, sagte er dann, »wenn es im Sommer wieder so heiß ist, Doña Viktoria, dann begleiten Sie meine Frau und mich einfach einmal zu unserem Sommerhaus in die Berge. Man kann dort übrigens herrliche Ausritte durch die Lorbeerwälder machen. Das dürfen Sie sich nicht entgehen lassen.«

»Ja, die Einladung nehme ich gern an.«

»Wie verläuft denn Ihre Zuckerrohrernte?«, wandte sich jetzt Merkwitz an sie.

Viktoria lächelte. »Insoweit ganz gut. Wir müssen eben noch einiges lernen.«

»In der Tat«, ließ sich wieder Don Laurentio hören. »Leider habe ich wohl zu spät daran gedacht, Ihnen anzubieten, einmal bei uns zuzuschauen.«

»Das Zuckerrohr wird gewiss bald noch mehr an Bedeutung gewinnen«, mischte sich erneut Merkwitz ein. »Eine Fabrik nach der anderen wird eröffnet, auch wenn die wenigsten Ahnung von der Verarbeitung der Pflanze haben. In jedem Fall lassen sich die europäischen Facharbeiter und Ingenieure teuer bezahlen. Es heißt, es gebe bereits einige unter den neuen Estancieros, die der Nationalbank enorme Summen schulden.«

Pedro, der sich immer noch im Hintergrund hielt, bemerkte, wie Don Laurentio nachdenklich in die Ferne blickte.

»Man muss eben sehen, wo man Geld einsparen kann«, sagte er dann. »Ist das nicht so, Señor Merkwitz?«

Merkwitz antwortete nicht.

»Nun«, mischte sich jetzt Pedro ein, der wohl plötzlich nicht mehr schweigen wollte. »Es heißt sogar, einige würden das Geldproblem lösen, indem sie auf Sklavenarbeit zurückgriffen.«

»Aber die Sklaverei ist in Argentinien verboten«, entgegnete Merkwitz.

»Wen kümmert's?«, erwiderte Pedro, und Viktoria entdeckte mit einem Mal ein herausforderndes Leuchten in seinen Augen, das sie unbehaglich stimmte. »Werden nicht jedes Jahr sogenannte Strafexpeditionen gegen die Indianer im Chaco unternommen? Die Gefangenen, Männer, Frauen und Kinder, werden an Interessierte in Tucumán und Corrientes zur ›Zivilisierung‹ übergeben. Dort betrachtet man sie dann als Eigentum und lässt sie gegen Kleidung und Nahrung arbeiten.«

»Nun, Señor Cabezas«, sagte Don Laurentio, »dabei handelt es sich, wie von Ihnen selbst schon gesagt, um Strafexpeditionen.«

»Wirklich? Ist es nicht eher so, dass es gern auch einmal irgendein korrupter *comisario de policía* ist, der durch seine Leute einige Hundert Stück Hornvieh wegtreiben und jenseits des Paraná verkaufen lässt? Eine notwendige Untersuchung wird schnell unterdrückt – es heißt einfach, Indios hätten diese Räubereien begangen. Man zerstört also einige ihrer Dörfer, tötet einige von ihnen und schickt den Rest zur ›Zivilisierung‹.«

»Was bringt Sie denn auf solch abenteuerliche Ideen, Cabezas?« Merkwitz schüttelte den Kopf.

Die Stimmung war mit einem Mal deutlich angespannt.

Viktoria konnte kaum an sich halten, Pedro zu bitten, endlich den Mund zu halten.

»Nun«, mischte sich Don Laurentio ein, »wenn wir schon über unschöne Dinge sprechen, und ich hatte sehr gehofft, damit nicht bei unserem heutigen Treffen herausplatzen zu müssen, sollte ich sagen, dass einige Estancieros und auch ich immer noch der Meinung sind, dass Sie Ihren Arbeitern zu viel zahlen, Doña Viktoria.«

Viktoria hob eine Augenbraue. »Tue ich das?«

»In der Tat, und das macht den Wettbewerb kaputt. Manche Estancias finden kaum noch Arbeiter für die Erntearbeit.«

»Interessant«, Viktoria konnte ein hochmütiges Lächeln nicht unterdrücken. »Wäre es da nicht das Einfachste, wenn Sie und all die anderen Estancieros den Arbeitern ebenfalls mehr bezahlten, Don Laurentio?«

»Ach, verdammt«, brach es aus Viktoria heraus, als Pedro und sie sich später auf dem Heimweg befanden. »Ich hatte so darauf gehofft, mich heute in keine Auseinandersetzungen verwickeln zu lassen. Meinst du, Don Laurentio ist jetzt unser Feind?«

»Es tut mir leid«, sagte Pedro, die Zügel in der einen Hand, die andere auf dem Sattelknauf.

Viktorias Schimmelstute Dulcinea schnaubte. Flüchtig fuhr Viktoria durch den Kopf, dass sie sich bald ein neues Reittier zulegen musste. Dulcinea war nun schon eine recht betagte Pferdedame.

Viktoria seufzte. »Don Laurentio könnte seinen Arbeitern wirklich mehr bezahlen.«

Pedro warf Viktoria einen knappen Seitenblick zu. »Es

heißt, er habe sich mit der letzten Investition in eine Fabrik schwer verschuldet«, sagte er.

»Aha«, antwortete Viktoria.

Das machte die Sache bestimmt nicht einfacher. Ein Don Laurentio mit Schulden, so fürchtete sie, war gewiss wie ein verletztes Raubtier, jederzeit bereit, um sich zu beißen.

Achtes Kapitel

Philipp genoss die alljährlichen Strafexpeditionen gegen die Chaco-Indianer. Mittlerweile fieberte er ihnen entgegen, wie er als Kind Weihnachten entgegengefiebert hatte. Zum einen gehörten diese gottlosen Wilden bestraft – in diesem Jahr hatten sie während eines Raubzugs bei einem Schweizer Kolonisten fast dreißig Pferde gestohlen –, zum anderen fühlte er sich während der Kämpfe lebendig wie nie. Wenn er einen dieser Hunde tödlich getroffen hatte, hätte er sogar schreien können vor Glück. Zu töten gab ihm eine solch tiefe Befriedigung, dass er sich mit jedem Jahr mehr fragte, wie er es aushalten sollte, danach monatelang darauf zu warten, dass sie endlich wieder loszogen.

Er wusste, dass es seinem Vater genauso ging. Manchmal gingen sie gemeinsam auf die Jagd, um ihren Blutdurst zu stillen, aber ein Tier zur Strecke zu bringen war nur halb so erfüllend, wie einen Menschen zu töten. Noch einmal jemanden totzuschlagen, wie er es mit Claudius Liebkind getan hatte, musste er sich leider versagen, wollte er keinen Verdacht auf sich lenken. Er konnte ja nicht damit rechnen, wieder so ein elendes Glück zu haben wie mit Frank Blum, diesem Trottel.

Wenigstens blieben ihm die Strafexpeditionen, auch wenn ihre Opfer ja keine richtigen zivilisierten Menschen waren, sondern Wilde – verdammte dreckige Diebe und Mordbrenner, die das Land besetzten, mit dem sie ohnehin nichts anzufangen wussten.

Geführt wurde die Expedition in diesem Jahr von drei in

Romang lebenden Indios. Elendes Pack, dachte Philipp nicht zum ersten Mal verächtlich. Ging es nach ihm, dann würden sie diese drei gegen Ende der Expedition aufknüpfen. War es nicht so, dass man Verräter aufknüpfte?

Er legte eine Hand auf den Sattelknauf und hielt mit der anderen seine Zügel fest. In einer langen Reihe ritten, neben ihren drei Führern, etwa zehn Männer vor ihm her, hinter ihm folgten weitere.

Philipp musste plötzlich an Mina denken. Wenn er zurückkehrte, so war er fest entschlossen, würde er sie nicht mehr so einfach davonkommen lassen. Sie war in der letzten Zeit zu einer hübschen Frau herangereift und nicht mehr so elend mager. Im Haus hatte er sie nicht nehmen wollen, draußen war sie ihm aber stets entwischt, und unter der Woche arbeitete sie bei den Dalbergs. Hatte es mal eine Gelegenheit gegeben, so war immer jemand da gewesen, der ihn störte. Er schnalzte ärgerlich mit der Zunge. Vielleicht musste er diese dummen Vorbehalte aufgeben und sie einfach nachts in ihrem Zimmer aufsuchen.

Genüsslich malte er sich jetzt aus, wie er sich hineinschlich, wie er die Hand auf ihren Mund presste und sie ihn aus vor Angst geweiteten Augen anblickte. Der Gedanke verschaffte ihm ein solches Wohlbefinden, dass sein Penis steif wurde.

Mit einem erneuten Zungenschnalzen trieb er sein Pferd, wie es die anderen jetzt auch taten, zu einer schnelleren Gangart an.

Neun Tage brauchten sie, um das Lager der Indianer zu erreichen. Die Sicht war klar, sodass die Indios sie zu früh bemerkten. Während sie sich zur Flucht oder zum Kampf bereit machten, schlugen die Angreifer ein rascheres Tempo an.

Philipp, das Pferd bald nur noch mit den Schenkeln lenkend, hielt die Pistolen bereit. Jeder Muskel seines Körpers war angespannt vor Erregung. Der scharfe Geruch von Pulver und das Knallen der Schüsse zeigten ihm, dass auch dieses Mal mit Munition nicht gespart wurde.

Die Indios stoben nach allen Himmelsrichtungen auseinander, die meisten flüchteten ins Schilf und ins Wasser der nahen Lagune. Gleich beim ersten Zusammenprall waren einige von ihnen erschossen worden, nun suchten sie, den Moment zu nutzen, in dem nachgeladen wurde, und griffen selbst an.

Im selben Augenblick sah Philipp, wie sein Vater gerade noch einem Paar *boleadoras* auswich. Die lederumhüllten Wurfkugeln legten sich gewöhnlich wie ein Lasso um die Beine des Gejagten und machten ihn so kampfunfähig. Philipp nahm den Indianer, der Xaver angegriffen hatte, ins Visier und fühlte eine Welle der Genugtuung, als der Mann getroffen zu Boden ging. Schon riss er sein Pferd wieder herum und stürmte auf den nächsten los.

Töte, sang es in ihm, töte, töte, töte!

Die Männer waren schon über zwei Wochen unterwegs, als Mina es wagte, Annelie von ihrem Plan zu erzählen. Die junge Frau ging jetzt abends nach der Arbeit bei den Dalbergs nach Hause, weil sie ihre Mutter nicht allein lassen wollte. Das hatte sie auch Frau Dalberg erklärt, die dafür vollstes Verständnis zeigte.

Mina hatte lange überlegt, wie sie ihre Mutter ansprechen sollte. Sie hatte sich Worte zurechtgelegt und sie wieder verworfen. Einmal hatte sie den Mund schon geöffnet und ihn dann schnell wieder geschlossen, als Annelie sie wegen irgendetwas um Hilfe gebeten hatte. Doch jetzt musste es sein. Mit jedem Tag wuchs die Gefahr, dass Xaver und Philipp zurückkehrten. Dann würde es schwerer sein, zu fliehen, und Mina wollte unbedingt fort aus Esperanza. Nichts mehr hielt sie hier ohne Frank, der ja ohnehin nicht mehr zurückkehren konnte, denn es würde ihr niemals gelingen zu beweisen, dass Philipp in Claudius' Tod verwickelt war.

Trotzdem hatte sie Irmelind gesagt, wo Frank sie finden würde, sollte er doch zurückkommen.

»Ich werde jedes Jahr am 25. Mai ab dem Vormittag auf der Plaza de la Victoria in Buenos Aires sein, Irmelind, bis wir uns wiedersehen. Er soll das nicht vergessen. Sagst du ihm das bitte?«

Irmelind hatte genickt.

An diesem Abend saßen Annelie und Mina auf der kleinen wackligen Veranda und genossen die Ruhe, während die untergehende Sonne ihre Umgebung in tiefes Rot tauchte.

»Das ist unsere Gelegenheit, Mama«, sagte Mina unvermittelt mit rauer Stimme.

Fragend schaute Annelie sie an. »Welche Gelegenheit?«

»Lass uns von hier fortgehen, Mama, lass uns fliehen!«

»Aber es ... es ist Herbst ...«, stotterte Annelie und rang die Hände. »Wohin sollen wir gehen? Mit welchem Geld? Und wer soll uns aufnehmen? Wir kennen doch niemanden in diesem Land.«

»Wir müssen es eben allein wagen.« Mina presste kurz die Lippen aufeinander. »Wir können nicht hierbleiben, Mama, wir dürfen nicht hierbleiben. Er schlägt dich jeden Tag.« Sehr sanft berührte sie eine Stelle unter Annelies linkem Auge, an der man noch einen gelblichen, von dunklen Verfärbungen durchsetzten Fleck erkennen konnte. »Und irgendwann wird dieses Ungeheuer dich umbringen, Mama. Ich will nicht mehr zusehen müssen, wie er dich schlägt. Ich will fort von hier. Alles wird besser sein als das hier.«

»Fort von hier? Auf uns allein gestellt?« Annelie schüttelte wieder den Kopf. »Das geht nicht, Mina, ich kann das nicht. Herrgott, wir sind Frauen, wir können hier nicht mal allein durch die Wildnis reisen.« Mit diesen Worten sprang sie auf, drehte sich um und ging ins Haus.

Wie vom Donner gerührt blieb Mina zurück. Drei Tage später waren Philipp und sein Vater wieder da.

Mina erwachte von dem schrecklichen Gefühl, zu ersticken. Etwas hielt ihren Mund verschlossen. Eine fremde Hand? Panik stieg in ihr auf. Sie zappelte, bemühte sich verzweifelt, sich zu befreien, doch der Griff war eisern und drückte sie in die Kissen. Vor ihren Augen ragte eine riesige dunkle Gestalt im Halbdunkel des Raumes auf.

Der Teufel, schoss es Mina durch den Kopf ... nein, es war Philipp ... Sie wusste, dass es Philipp war. Sie hatte sich schon lange gegen einen solchen Übergriff gewappnet. Wenn sie nur an seine Blicke dachte, an die Gelegenheiten, zu denen er sie berührt, sie lüstern angelacht und sich dabei über die Lippen geleckt hatte.

Es ist ein Fehler gewesen, nicht zu gehen, dachte sie, während sie nicht mehr tun konnte, als ihn anzustarren. Ich hätte Mama zwingen müssen, mich zu begleiten, oder ohne sie aufbrechen.

Wenn Mina daran dachte, wie Philipp und sein Vater am Abend zuvor prahlerisch über den brutalen Überfall auf das Indio-Dorf geredet hatten, wurde ihr schlecht. Mit zusammengepressten Lippen bekämpfte sie den Würgereiz. Je besser sich ihre Augen an das Dämmerlicht im Zimmer gewöhnten, desto genauer erkannte sie bald ihren Stiefbruder. Auch wenn sie es von Anfang an gewusst hatte. Sie erkannte ihn zudem am Geruch, und auch der widerte sie an. Philipp beugte sich jetzt näher zu ihr hin, sodass sie seine Lippen beim Sprechen auf ihrer Haut fühlte.

»Hast du mich vermisst? Ich habe oft an dich gedacht, meine kleine Mina.«

Er kann dir nichts tun, dachte Mina, er kann nichts tun, was dich berührt, du darfst es einfach nicht zulassen. Sagen konnte sie ohnehin nichts, weil seine Finger ihren Kiefer wie ein Schraubstock umklammerten. Als er im nächsten Moment mit der freien Hand die Decke von ihrem Körper riss und dann ihr Nachthemd nach oben schob, spürte sie plötzlich Wut in sich aufsteigen.

Es war diese Wut, die ihr die Kraft zum Handeln gab.

Mina zog die Beine an und trat dem Stiefbruder mit aller Kraft in den Unterleib.

Stöhnend brach Philipp vor ihrem Bett zusammen. Mina wartete nicht. Mit einem Satz sprang sie aus dem Bett und rannte aus dem Zimmer. Mit wenigen Sprüngen hatte sie die schmale Stiege nach unten bewältigt, die Haustür aufgerissen und den Hof überquert. Erst im Schatten der kleinen Scheune blieb sie stehen und sah nach Luft ringend zu ihrem Fenster hinauf. Sie konnte Licht hinter der kleinen Scheibe sehen und Philipps immer noch gekrümmten Schatten.

Was, durchfuhr es sie plötzlich, wenn Frank hier vor seiner Flucht gestanden hat, darauf wartend, dass ich noch einmal herauskomme? Bei dem Gedanken traten ihr die Tränen in die Augen. Was, wenn sie einander doch nie wiedersähen? War das nicht wahrscheinlicher als alle Träume, die sie sich ausmalte? War das nicht ein dummer Traum, ihn auf der

Plaza de la Victoria treffen zu wollen, ein Traum, den Kinder träumten, bevor sie erwachsen wurden?

Hinter dem kleinen Fenster tauchte nun Philipps Kopf auf. Er stieß das Fenster auf, dann hörte Mina ihn fluchen. In dieser Nacht würde sie nicht mehr ins Haus zurückkehren. Sie würde irgendwo in eine Scheune kriechen. Am nächsten Morgen wäre es noch früh genug, Philipp gegenüberzutreten.

Neuntes Kapitel

Mina wusste längst nicht mehr, wie oft sie sich schon die Lippe oder einen anderen Teil ihres Gesichts gekühlt hatte. Seit sie Philipp an jenem Abend entkommen war, verprügelte er sie brutal an jedem Tag, den sie zu Hause verbrachte, während sich Xaver an ihrer Mutter schadlos hielt. Manchmal genügte ein Abendessen, das nicht ganz nach seinem Geschmack gewesen war. Annelie suchte die Verletzungen vor Mina, die neuerdings wieder öfter unter der Woche nach Hause kam, um ihrer Mutter beizustehen, zu verbergen, doch der entging nichts. Nun saßen Mutter und Tochter einander in Minas kleiner Kammer gegenüber.

»Mama«, sagte Mina. »Willst du warten, bis er dich endgültig totschlägt?«

Annelie schüttelte den Kopf. »Aber Mina, wir haben doch so oft darüber geredet. Wir sind Frauen, wir haben kein Geld. Wovon sollen wir leben? Sag mir das.«

Mina biss sich auf die Lippen, dann nahm sie die abgearbeiteten Hände ihrer Mutter zwischen die ihren. »Ich habe Geld.«

»Was?« Annelies Augen weiteten sich. »Wo ... Ach nein, sag es mir nicht. Es ist besser, wenn ich es nicht weiß.«

Mina nickte. Dann schwiegen sie einen Moment.

»Verstehst du«, fuhr Mina endlich fort, »wir können fort, wenn wir wollen.«

Annelie nickte nachdenklich. »Aber wir müssen uns das gut überlegen«, sagte sie leise. »Wir müssen uns das sehr gut überlegen.«

Annelie hatte darauf gehofft, den Gedanken an eine Flucht verdrängen zu können, doch abends, wenn sie im Bett lag, musste sie unablässig daran denken. Es ist, überlegte sie, als wäre das Saatkorn, das Mina seit Wochen in mir zum Wachsen zu bringen versucht, endlich aufgegangen.

Lange hatte es gedauert, doch sie verstand jetzt endlich, wie Recht Mina hatte. Sie mussten fliehen. Sie, Annelie, durfte keine Angst davor haben, denn hier in Esperanza wartete früher oder später nur der Tod auf sie. Sie wollte nicht von Xavers Hand sterben. Sie hatte munkeln hören, dass er seine erste Frau getötet hatte. Wenn sie es auch anfangs nicht hatte glauben wollen, so war sie mittlerweile überzeugt, dass die Geschichte stimmte. Agnes Amborn war gewiss nicht einfach so die Treppe hinuntergestürzt.

Keine Angst, sprach sie sich in Gedanken Mut zu, du musst keine Angst mehr haben. Aber sie dürfen uns nicht so schnell folgen.

Es war dieser Gedanke, der Annelie in den nächsten Tagen mehr als alles andere beschäftigte.

An ihrem Leben änderte sich vorerst dennoch nichts. Annelie stand früh am Morgen auf, um das Frühstück zuzubereiten und Ordnung zu schaffen. Wenn sie Glück hatte, bekam sie keine Prügel, bevor sie hinaus in den Garten ging oder sich daran machte, die Wäsche zu waschen, die Hühner und Ziegen zu füttern, das Mittagessen zu kochen. Wenn sie Glück hatte, bekam sie überhaupt keine Prügel. Nachdem Mina eine Weile fast jeden Abend nach Hause gekommen war, verbrachte sie die Woche nun wieder in der Stadt. Sehnlich erwartete Annelie an jedem Samstagabend ihre Rückkehr. Sonntags gingen sie dann gemeinsam in die Kirche.

Nun war wieder Samstag, doch hinsichtlich der Planung ihrer Flucht war Annelie noch keinen Schritt weitergekommen. Mina wollte einfach davonlaufen, aber Annelie wusste, dass das nicht genügte. Es würde notwendig sein, die beiden Männer an der Verfolgung zu hindern. Annelie hatte überlegt, ob sie genügend Mut und Kraft besäße, den Männern einen Prügel über den Schädel zu ziehen, dies jedoch rasch verworfen. Und wenn sie es schaffte, den einen zu betäuben, so würde der andere womöglich aufmerksam. In der vergangenen Woche hatte sie Erna Pohlmann getroffen, die sich gut mit Kräutern auskannte. Sie hatte aufgehorcht, als diese ihr etwas über betäubende Mittel erzählt hatte, doch auch das schien für sie keine Lösung zu sein.

Nun stand Annelie wieder einmal in der Scheune, in der noch die Reste der Ernte vom letzten Jahr lagen und in die bald neues Erntegut eingelagert werden würde. Abwesend sah sie den hin und her flitzenden Mäusen und Ratten zu. Dieses Ungeziefer war immer eine Plage, und sie ekelte sich davor, doch jetzt durchfuhr Annelie ein Gedanke: Ich könnte den Männern Rattengift geben. Mit Rattengift kann ich umgehen.

Zyankali war eines der ersten Mittel gewesen, deren Benutzung sie von Xaver gelernt hatte. Es diente zur Beseitigung von Ungeziefer aller Art. Xaver hatte damals sichtlich Genugtuung empfunden, als Annelie die toten Kreaturen, hin- und hergerissen zwischen Ekel und Mitleid, zusammengesammelt und draußen in einem großen Feuer verbrannt hatte.

Nach einer Weile trat Annelie wieder nach draußen, schloss die Scheunentür und kehrte zurück ins Haus. Am Abend konnte sie Mina endlich sagen, dass sie bereit war. Am Sonntag würde sie der Tochter ein kleines Päckchen mit ihren wichtigsten Habseligkeiten mitgeben. Dann würde sie ihre Vorbereitungen treffen, und am nächsten Sonntag wäre es dann so weit. Sie würde Bier auftischen und einen Teil davon mit Rattengift versetzen. Wenn Xaver und Philipp nur genügend davon tranken, würde ihnen auch ein etwaiger seltsamer Geschmack nicht auffallen. Vermissen würde man sie erst am nächsten Tag in der Kirche, ganz sicher aber später in der *pulpería*.

In jedem Fall aber sollte Mina nicht erfahren, wie sie bei ihrer Flucht vorgehen wollte. Mina war ihr Engel. Sie musste nichts wissen von dem Bösen, das in dieser Welt war.

Zehntes Kapitel

Frank drehte den Kopf. Ganz in der Nähe waren jetzt laute Männerstimmen zu hören, hektische Warnrufe erklangen. Darauf folgte der charakteristische Laut, jenes Knacken und Bersten von Holz, jenes Rauschen wie von einem plötzlich aufkommenden heftigen Wind, mit dem ein gefällter Baum zu Boden stürzte. Frank hatte sich nur für einen Augenblick am Waldrand hingehockt, um eine kurze Rast zu machen und einen Zigarillo zu rauchen. Wie üblich war er schon lange vor Sonnenaufgang aufgestanden. Er war kein guter Schläfer mehr, seit er Esperanza verlassen hatte. Er hatte sich notdürftig gewaschen, etwas, worauf nicht jeder hier Wert legte. Dann hatte er den Maisbrei hinuntergeschlungen, die Axt geschultert und war wie jeden Tag, seit er hier im nördlichen Chaco lebte, mit der Holzfällerkolonne in den Wald aufgebrochen.

In den letzten Wochen hatten sie eine Schneise in den Wald geschlagen, die sich wie eine tiefe schwärende Wunde in der sonst unberührten, wilden Natur ausnahm. Der Boden war überall zertrampelt und von Ästen, Holzspänen und Sägemehl bedeckt. Es war in erster Linie der Holzreichtum des Chaco, der Unternehmer in diese Gegend lockte. Von den am Río Paraguay gelegenen Orten Resistencia und Formosa aus drangen immer mehr Holzschlägerkolonnen landeinwärts vor. Im Chaco-Wald fand sich, neben wertvollen Bauhölzern, der Quebracho Colorado, dessen Rinde und Holz einen in Gerbereien auf der ganzen Welt begehrten Extrakt lieferte. Auf den Quebracho mit seinen gefiederten, stark riechenden

Blättern hatten es unter anderem auch die Männer seiner Kolonne abgesehen. Mancher hielt bei längerer Berührung der Blätter Blasen auf der Haut zurück. Das Holz des Quebracho war sehr hart, jedoch leicht spaltbar.

Seit Stunden schon fällten sie Bäume, einen nach dem anderen. Zuerst war das abwechselnde Tocktock der Axtschläge zu hören, dann, wenn ein Baum zu fallen drohte, brach kurz Hektik aus, und alle brachten sich in Sicherheit. Manchmal gab es Unfälle, manchmal wich der Baum von der Richtung ab, in die er hatte fallen sollen. Zwei Männern hatte das den Tod gebracht, seit Frank bei der Kolonne arbeitete. Sie lagen draußen auf dem kleinen Friedhof unter traurigen, schiefen Holzkreuzen. Frank stellte sich vor, dass die Gräber wieder überwucherten, wenn die Holzfäller nicht mehr da waren. Niemand würde ahnen, dass hier Männer ums Leben gekommen waren. Manchmal fragte sich Frank, ob wohl irgendjemand irgendwo vergeblich auf die Rückkehr der beiden wartete.

Neben solch tragischen Ereignissen gab es beinahe täglich Quetschungen, blutende Risse, Beulen und hier und da einen ausgeschlagenen Zahn. Abends, wenn die Männer zu sehr dem Caña zusprachen, ging man auch mal mit dem Messer oder der Axt aufeinander los. Erstaunlicherweise war dabei noch nichts wirklich Tragisches passiert. Sonntags gingen einige der Männer zur Messe ins nächste Dorf. Später am Tag, wenn ein Hahnen- oder Hundekampf angesetzt war, der Abwechslung in die Einöde brachte, versammelten sich fast alle vor ihren provisorischen Hütten, die rasch aufgebaut wurden und ebenso schnell verfielen. Sie schliefen in Hängematten.

Frank nahm einen weiteren tiefen Zug von seinem Zigarillo. Über ein Jahr war es nun her, dass er aus Esperanza geflohen war, unschuldig, doch unfähig, dies zu beweisen. Anfangs hatte er sehr mit seinem Schicksal gehadert, war zwischen Wut und Resignation hin und her geschwankt. Auf seiner Flucht trug er zuerst die Sachen, in denen er das Haus seiner Eltern so überstürzt verlassen hatte. Lediglich einen Poncho stahl er mit schlechtem Gewissen von einer Veranda, um sich gegen die Kühle der Nacht zu schützen. Die ganze Zeit über achtete er darauf, sich so gut es ging, sauber zu halten, badete sogar im Fluss, wenn sich die Möglichkeit ergab. In den ersten Tagen seiner Flucht hatte er nichts Richtiges zu essen, bis er sich überwand, altes Brot und Gemüse aus den Schweinetrögen der großen Estancias zu klauben. Wenn er zuerst geglaubt hatte, so etwas niemals essen zu können, war er bald eines Besseren belehrt worden. Der Stolz verlor sich schnell, wenn einem der Magen gar zu erbärmlich knurrte.

Anfangs hielt er sich noch in der Nähe des *rancho* seiner Eltern auf und war dabei Philipp zweimal nur knapp entgangen. Der, der er zu begegnen hoffte, war er nicht begegnet: Mina – Mina, die doch immer noch in seinen Gedanken war. Mina, die ihn antrieb auf seinem Weg. Mina, deren Namen er heiser flüsterte, wenn er in den Armen einer Prostituierten nach Entspannung suchte. Keine der Frauen hatte sich darüber je empört gezeigt. Warum auch? Für sie war es ein Geschäft, sie verdienten so ihr Geld. Leider währte die Entspannung bei ihm immer nur kurz, bevor sich das Gedankenkarussell wieder drehte.

Nachdem ihm offenbar geworden war, dass weiteres Warten auf Mina zu gefährlich war, hatte er sich schließlich auf den Weg nach Norden gemacht. Er sagte sich, dass er Geld verdienen müsse, und stellte sich vor, wie er eines Tages zurückkehrte wie der Graf von Monte Christo, um sich an allen zu rächen. Sehr kurz erwog er sogar, in Brasilien bei der Suche nach Diamanten sein Glück zu machen, doch die hartnäckigen Erinnerungen an Mina trieben ihn bald zurück.

Doch eines Tages würde er zurückkehren, das stand außer Frage. Dann nämlich, wenn er seinen Namen reingewaschen hatte und Mina heiraten konnte. Bis dahin würde er hart arbeiten und jeden sauer verdienten Peso beiseitelegen – auch, wenn es nicht viel war. Und am nächsten Unabhängigkeitstag würde er auf der Plaza de la Victoria in Buenos Aires nach ihr Ausschau halten, jedes Jahr bis zu dem Tag, an dem sie einander wiederhatten. Im letzten Jahr hatte er es nicht geschafft, damals war ihm die Reise zu unsicher erschienen, schließlich verdächtigte man ihn des Mordes. Er hoffte nur, dass Mina diesen gemeinsamen Traum nicht vergessen hatte. Doch wie sollte sie nur nach Buenos Aires gelangen? Nein, darüber würde er jetzt nicht nachdenken. Jetzt nicht.

Frank nahm einen letzten Zug von seinem Zigarillo, drückte ihn dann sorgsam aus. Seine Flucht hatte ihn damals aus dem offenen Grasland der Pampa über die im Wechsel der Jahreszeiten überfluteten Savannen mit ihren Caranday- und Pindó-Palmen bis zu den Buschwäldern geführt, die den Übergang zum Waldgebiet des Chaco bildeten. Der Frühling war ihm unvergessen geblieben. Der Algarrobo, der Johannisbrotbaum, trieb dann neues hellgrünes Laub aus. Überall in der Luft flogen die großen weißen Flocken der Giftesche wie Schnee. Der Paratodo, der nur dort wuchs, wo es auch süßes Grundwasser gab, bildete seine gelben Blüten aus, während der Jacaranda bläulich lila blühte und der Quebracho gelb oder rot. Die üppigen veilchenfarbenen Blüten der Lapacho-Bäume – riesigen Blumensträußen gleich – hoben sich vom dunklen Grün des Waldes ab. Die knorrigen Ceibos bedeckten ihre kahlen Zweige statt mit Blättern mit zahllosen Blüten, von denen jede, so schien es Frank, einem feingeschwungenen zartroten Frauenmund glich.

Er war nicht der Einzige, der das so sah. Der Frauenmangel beflügelte die Fantasie der Männer, denn hier im Holzfällerlager gab es nur wenige Angehörige des weiblichen Geschlechts, und alle gehörten sie zu einer Sorte. Es war kein leichtes Leben, schlecht bezahlt noch dazu, aber als Verdächtiger auf der Flucht hatte Frank gelernt, Abstriche zu machen. Manchmal fürchtete er sogar, doch noch zu nahe an Esperanza zu sein. Manchmal fürchtete er, entdeckt zu werden. Manchmal dachte er darüber nach, doch weiter fortzugehen, nach Norden, nach Nordamerika, wo man auf Baustellen arbeitend vielleicht noch mehr Geld verdienen konnte.

Aber der Chaco ist ein wildes, abgelegenes Land, pflegte er im nächsten Moment wieder zu sich zu sagen, hier kommt niemand her. Wer sollte mich hier auch suchen? Noch nicht einmal regelmäßiger Schiffsverkehr ist wegen des wechselnden Wasserstandes auf dem Río Bermejo oder dem Río Salado, den seit der Kolonialzeit sagenumwobenen Flussläufen des Chaco, möglich.

»Blum? Blum, wo bist du, zum Teufel, wir brauchen Hilfe!«

Mit einem Seufzer nahm Frank die Axt auf, die er während seiner Rast an den nächsten Baum gelehnt hatte, schulterte sie und verschwand erneut wie ein Schatten in der Tiefe des Waldes.

Elftes Kapitel

Der Sonntag, an dem sie fliehen wollten, war einer der schönsten, seit Annelie und ihre Tochter nach Argentinien gekommen waren. Xaver war ausgesprochen guter Laune und fast liebevoll Annelie gegenüber. In jedem Fall hatte er sie seit dem frühen Morgen noch kein einziges Mal geschlagen.

Die Männer aßen mit gutem Appetit und setzten sich dann auf die Veranda. Mina machte sich auf, frisches Wasser zu holen und einige Besorgungen zu machen, die ihre Mutter ihr aufgetragen hatte. Annelie hatte ihr gesagt, dass sie sich Zeit lassen solle.

Wenig später kredenzte Annelie das erste frische Bier, das sie tags zuvor bei einer Nachbarin gekauft hatte, und reichte dünne Scheiben Grillfleisch dazu. Sobald Vater und Sohn angetrunken waren, würde Annelie den Krug mit Zuckerrohrschnaps holen, den sie mit Gift versetzt hatte. Xaver trank mit großem Genuss und war des Lobes so voll, dass bald das schlechte Gewissen an Annelie nagte.

»Warum nicht gleich so? Du kannst doch, wenn du willst«, lachte er irgendwann brüllend auf – offenbar begann das starke Bier bereits seine Wirkung zu zeigen.

Philipp, bemerkte Annelie dagegen beunruhigt, hatte dem Getränk bisher weit weniger zugesprochen. Immer wieder bot sie ihm an. Manchmal nickte er und ließ sich nachfüllen, häufiger lehnte er ab. Irgendwann packte er sie beim Handgelenk.

»Willst du vielleicht, dass ich mich besaufe, Weib?«

Er lachte auf, als er sah, wie ihr vor Schmerz die Tränen in die Augen schossen. Die Zähne fest aufeinandergebissen, schüttelte sie den Kopf. Dann ging sie zum Ofen, um mehr von dem Fleisch aus der Röhre zu holen.

»Ist heute ein besonderer Tag?«, rief Xaver aus.

»Es ist der Tag des Herrn«, sagte Annelie leise.

»Hat uns das sonst gekümmert?«

»Ich ... ich dachte ...«, stotterte Annelie, »wo doch auch die Ernte so gut ...«

Ihre Stimme wurde unsicher, doch Xaver achtete nicht darauf, denn er machte sich gleich mit Appetit über den neuen Fleischberg her, und Philipp langte ebenfalls zu.

Kurz darauf brachte Annelie den Schnaps. Xaver leerte zwei Gläser hintereinander, während Philipp sich noch einschenkte. Annelie versuchte, die Männer nicht zu offensichtlich anzustarren, als sie das Geschirr zusammenräumte. Sie entschuldigte sich und ging in den Garten, um zu gießen. Xavers und Philipps laute Stimmen dröhnten bis zu ihr hinaus. Wann würde das Gift zu wirken beginnen? Hatte sie die Dosis zu niedrig gewählt? Aber sie wollte die Männer ja nicht töten, nur für eine Weile außer Gefecht setzen, damit sie und ihre Tochter fliehen konnten. Als Annelie eine Weile später aus dem Garten zurückkam, war es still am Haus. Vorsichtig näherte sie sich der Veranda. Ihr Magen zog sich zusammen, als sie feststellte, dass dort niemand mehr saß. Auf dem Tisch stand noch der Krug Caña, die Schaukelstühle aber waren verlassen.

Wo sind sie? O mein Gott, wo sind sie?

Sehr langsam ging Annelie auf die offen stehende Haustür zu. Der Duft nach gebratenem Fleisch lag noch in der Luft. Gelblich rot flackerte das Feuer aus der offen stehenden

Ofentür. Zögerlich trat Annelie ins Haus. Xaver lag wenige Schritte vom Eingang entfernt auf der Seite, einen Arm ausgestreckt, als versuche er, etwas zu erreichen, den anderen vor der Brust verkrampft. Im Nähertreten sah Annelie, dass er Schaum vor dem Mund hatte. Seine Augen starrten ins Leere. Er war tot.

»Xaver?«, flüsterte sie dennoch und ging neben ihm auf die Knie. »Xaver, was ist mit dir?«

Er antwortete nicht. Sie wusste, dass er tot war, und musste sich doch davon überzeugen. Ich habe ihn getötet, dachte sie, während sie voller Angst nach Atem rang. Mühevoll stand sie auf.

Aber wo war Philipp? Wo war er nur?

Der Schreck, der Annelie im nächsten Moment durchfuhr, hätte größer nicht sein können. Ihr Herz schlug so heftig, dass sie es bis in ihren Hals hinauf spürte. Sie blickte sich um, beide Hände gegen den Leib gedrückt, dann verdunkelte ein massiger Körper die Tür zur Küche.

»Suchst du vielleicht mich, liebe *Stiefmutter?*«

Philipps Gesicht war bleich, feine Schweißperlen standen ihm auf der Stirn. Annelie verharrte wie versteinert.

»Hast du gedacht, du könntest uns einfach beide umbringen und dich dann davonmachen, du falsches Weib?«

Philipp kam langsam näher. Annelie wich gegen den Ofen zurück, dessen Hitze sie bald kaum noch aushielt. Wenn sie nicht rasch wegkam, so war sie sich sicher, würde sie ohnmächtig werden und in Flammen aufgehen. Sie kannte Frauen, deren Kleider sich in der Nähe des Ofens entzündet hatten und die elend verbrannt waren.

Annelie versuchte auszuweichen, doch Philipp folgte ihr grinsend, ließ ihr Platz, aber nicht genügend, um zu entkommen. Sie griff hinter sich, tastete nach etwas, das ihr helfen konnte, und verbrannte sich. Ein Wimmern entfuhr ihr, sie griff in schmutzige Teller, riss den Topf mit den Fleischresten herunter.

Philipp lachte auf. Und dann spürte Annelie plötzlich etwas in der Hand, das sie früh am Morgen benutzt hatte, um das Rinderviertel zu zerteilen, das ihr und Mina zum Abendessen hatte dienen sollen. Mit einer raschen Bewegung drehte sich Annelie von ihrem Stiefsohn weg. Mit beiden Händen griff sie nach der Axt und drehte sich auch schon wieder um.

Philipp hatte keine Zeit zu erkennen, was sie da in den Händen hielt, als Annelie die Axt über den Kopf hob und zuschlug. Wie ein Stein ging der junge Mann zu Boden. Ein kurzer Blick auf sein blutüberströmtes Gesicht genügte ihr. Annelie ließ die Axt fallen.

Sie ging zum Tisch, plötzlich seltsam ruhig, als hätte sie etwas vollkommen Normales getan. Sie nahm eine Lampe zur Hand und entzündete sie, drehte die Flamme höher und stellte die Lampe neben das Sofa auf den Boden. Wenn sie Glück hatte, fing der Stoff rasch Feuer. Dann würde das ganze Haus in Flammen stehen, bevor irgendjemand etwas bemerkte. Sie wusch sich sorgfältig Gesicht und Hände, zog eine frische Bluse und eine Schürze an, denn ihre Kleidung war mit Philipps Blut besudelt.

Ich habe meinen Mann und meinen Stiefsohn getötet, dachte sie, was soll mir jetzt noch passieren? Das Schrecklichste war ja geschehen, nun würde sie alles aushalten. Nun gab es nur noch eines, was zählte: ein gutes Leben für Mina.

Zweiter Teil

La frontera sangrante – Die blutende Grenze

Patagonien, Buenos Aires, Esperanza, Rosario

1878

Erstes Kapitel

Es war noch früh am Morgen, und doch war es drückend heiß. Schon seit geraumer Zeit warf sich die dreizehnjährige Blanca auf ihrem Lager hin und her. Durch den Fensterladen, durch den es im Winter eisig zog, fiel das Sonnenlicht auf den Zimmerboden. Blanca drehte sich auf den Rücken, zwang sich, einen Moment lang ruhig zu liegen, und starrte gegen die Holzdecke. Weit oben hatte eine Spinne ein Netz gewebt, das nun in einem Sonnenfleck wie eine in der Luft schwebende Wasserpfütze zitterte. Im Nachbarbett schlief ihre Mutter Corazon ihren Rausch aus.

Zwei Jahre waren sie nun hier. Corazons angegriffener Gemütszustand hatte sich seit dem Tod von Blancas Vater verschlechtert. Blanca hatte sich um ihre Mutter kümmern müssen, seit sie im Rahmen einer der letzten Säuberungsaktionen ins Grenzgebiet, nach Patagonien, gebracht worden waren. Mittlerweile, so hatte Blanca gehört, war die Prostitution in Buenos Aires längst zu einem Geschäft geworden, das viele Fremde anlockte. Die Zeiten, in denen der Staat Huren wie Arbeitsscheue behandelt, sie festgenommen und in die Grenzforts geschickt hatte, wo sie den Soldaten zu Diensten sein mussten, waren vorüber. Einige von Blancas Kunden bemängelten bereits, dass hygienische Standards in Buenos Aires besser eingehalten würden als hier am Ende der Welt. Aber die meisten legten keinen gesteigerten Wert auf Sauberkeit.

Röchelnd drehte sich Corazon auf die Seite. Blanca schaute zu ihr hinüber. Nur noch schwach konnte sie sich daran erinnern, wie schön ihre Mutter einmal gewesen war, das beste Pferd im Stall der Bordellbesitzerin Señora Valdez. Doch damit war es lange vorbei.

Corazon dachte nicht mehr häufig daran, sich zu waschen. Sie pflegte ihre Kleidung nicht. Sie ließ ihre Haare verfilzen. Das Einzige, was sie interessierte, war der Alkohol. Für ihn war sie noch bereit, die Beine breit zu machen. Gestern war es wieder einmal besonders schlimm gewesen. Sie hatte sich auf dem Rücken liegend übergeben, dann im Wechsel gewürgt und nach Luft geschnappt. Blanca hatte sich sehr anstrengen müssen, Corazon auf die Seite zu drehen und ihr den Mund zu säubern. Für einen schrecklichen Moment hatte sie befürchtet, ihre Mutter müsse sterben.

»Mama«, hatte sie weinend gefleht, »Mama, bitte, bleib bei mir.«

Ich habe niemand anderen, fuhr es ihr jetzt durch den Kopf, ich habe niemand anderen als diese schmutzige, kaputte Frau. Und ich liebe sie, verdammt, ich liebe sie.

An diesem Abend, da war sich Blanca sicher, würde sie allein auf Kundenfang gehen müssen. Immerhin musste sie nie lange warten. Längst hatte sie ihre Stammkunden, Männer, die sie wohl ihrer Jugend wegen bevorzugten. Außerdem kamen stetig mehr Menschen ins Grenzgebiet, seitdem es hieß, die Indios würden nun endgültig besiegt werden.

In den letzten Jahren war zu diesem Zweck nach und nach die Zahl der Forts vergrößert worden. Im Schutz der Befestigungslinie, die sie bildeten, entstanden bald neue Siedlungen für noch mehr Siedler, während Abenteurer und Soldaten ins Indianerland vordrangen. Weiter und weiter schob sich die Kette der Forts bald nach Süden und Westen vor und beraubte die dort lebenden Indianerstämme ihrer besten Weideplätze.

Blanca fragte sich nicht, ob das richtig war oder falsch. Es war ihr schlicht gleichgültig. Sie hatte auch nie jemand gefragt, was sie sich wünschte. Sie musste um Corazons und ihr Überleben kämpfen, mehr Kraft hatte sie einfach nicht.

Manchmal besuchte sie neuerdings ein junger Mönch, den es – wusste Gott wieso – ebenfalls in diese Einöde verschlagen hatte. Irgendjemand hatte ihr gesagt, Bruder Bartholomé sei gar kein Mönch, aber wen störte das, wenn er sich verhielt wie einer? Zuerst hatte Blanca gedacht, er wollte sie auf den Pfad der Tugend zurückführen, doch dem war nicht so. Sie konnte ihm ihr Herz ausschütten. Hin und wieder beichtete sie sogar bei ihm. Bartholomé hörte Blanca zu, wenn ihr niemand sonst zuhörte. In seiner Gegenwart fühlte sie sich wenigstens ein kleines bisschen erleichtert.

Jens Jensen war sich sicher, dass er noch niemals zuvor ein solch schönes Mädchen gesehen hatte. Es hatte rotbraunes krauses Haar, eine Haut wie Milchkaffee und tiefschwarze Augen. Er schätzte sie auf nicht mal fünfzehn. Sie war ganz offenkundig eine Prostituierte, wenn er nach ihrer zu bunten, zu auffälligen Kleidung ging, und doch hatte sie den Gang und das Gebaren einer Königin.

Er hatte sie bereits morgens, kurz nach seinem Eintreffen in diesem öden, namenlosen Grenzort im Río-Negro-Gebiet, bemerkt und gehofft, sie nach der Siesta noch einmal zu sehen. Die Chancen standen nicht schlecht, schließlich war der Ort klein. Trotzdem ließ sie lange auf sich warten. Als sie dann endlich hoch erhobenen Hauptes Carlitos *pulpería* betrat, konnte er sich kaum beherrschen, nicht aufzuspringen und sie an seinen Tisch zu bitten. Er war beileibe nicht der Einzige, der ihr Eintreffen bemerkte. Ein paar schnalzten sogar anerkennend mit der Zunge. Jensen hätte sie am liebsten zur Ordnung gerufen und ihnen gesagt, dass man eine Königin so nicht behandelte.

Offenbar habe ich meine revolutionären Zeiten hinter mir gelassen, fuhr es ihm jetzt mit einem Schmunzeln durch den Kopf. Nun, die Zeit, als er mit der *Kosmos* die alte Heimat verlassen hatte, lag ja auch schon fünfzehn Jahre zurück.

»Ah, Blanca«, hörte er jetzt Carlito sagen.

Sie hieß also Blanca ... die Weiße. Jensen fand den Namen sehr passend.

»Carlito!« Die junge Frau nickte dem Mann zu. Gleich darauf nahm er ihre Bestellung entgegen.

Neben einer Limonade für sich orderte Blanca einige Lebensmittel, darunter getrocknete Bohnen und Maismehl.

»Soll ich dir die Sachen später bringen lassen?«, erkundigte sich Carlito.

Blanca schüttelte den Kopf. »Danke, ich nehme sie selbst mit.«

Jensen, der seinen Tisch inzwischen verlassen und sich einen Platz an der Theke gesucht hatte, rückte näher heran.

»Darf ich Sie zu einem Getränk einladen, schöne Frau?«

Blanca warf ihm einen kurzen Blick zu. Ihre Augen wirkten aus der Nähe noch dunkler und undurchdringlicher. Unwillkürlich jagte ein kurzer Schauder über Jens Jensens Rücken.

»Ich arbeite heute nicht, Señor.« Sie deutete zur Decke. »Es ist Sonntag, der Tag des Herrn.«

Jens Jensen schaffte es zu grinsen, obwohl ihm ihre Schönheit schier den Verstand rauben wollte.

»Ich arbeite auch nicht. Einen Caña?« Er deutete auf die Flasche mit Zuckerrohrschnaps.

»Ich trinke auch nicht.« Sie ließ ihn nicht aus dem Blick. »Aber Sie dürfen mir Gesellschaft leisten, Señor ...?«

»Jensen, ich bin neu hier.«

»Ich weiß.«

Er hoffte, dass sich die Enttäuschung nicht zu deutlich auf seinem Gesicht abzeichnete. Er hasste es, ein offenes Buch für eine Frau zu sein, auch wenn es sich dabei um die schönste Frau handelte, die er je gesehen hatte. Während er seinen Zuckerrohrschnaps trank, nippte sie an ihrer Limonade. Er dachte darüber nach, dass er schon lange keine Frau aus ihrem Metier mehr getroffen hatte, die nicht trank. Allerdings war sie sehr jung, das bemerkte er nun, da er ihr länger gegenübersaß, zu jung für ihn.

»Trinken Sie nie?«, fragte er und empfand seine Frage im gleichen Moment als ungebührlich.

Hatte er Deutschland nicht verlassen, weil er den Menschen nicht mehr mit Vorurteilen begegnen wollte? Es ging ihn nichts an, ob oder warum sie trank oder nicht trank.

Blanca setzte das Limonadenglas ab und sah ihn ernst an.

»Ich ... dachte nur ...«, stotterte er. »Ach, verdammt, das war aufdringlich. Es tut mir leid, ich ziehe die Frage zurück.«

Sie sagte immer noch nichts, schob ihren Hocker jetzt aber etwas zurück und verlagerte das Gewicht, als ob sie gleich aufstehen wolle.

»Bleiben Sie doch, bitte«, sagte Jens Jensen rasch. »Ich entschuldige mich wirklich in aller Form, Señorita.«

Für einen kurzen Moment wusste er nicht, ob sie jetzt lachen oder einfach gehen würde, dann sah er, wie sich ihre Schultern entspannten.

»Nennen Sie mich Blanca, Señor Jensen. Würden Sie mir noch eine Limonade bestellen?«

»Julio?« Suchend blickte Blanca sich um. Niemals würde sie verstehen, wie man sich in einer solchen Landschaft verbergen konnte. Ihr schien es stets, als gäbe es in der Pampa kein Versteck, doch Julio belehrte sie immer wieder eines Besseren. Wie eine Schlange glitt er jetzt neben sie.

»Blanca!«

»Julio!«

Schon spürte sie seinen Arm um sich. Dann küsste der junge Halbindianer sie wie ein Verdurstender. Blanca schmiegte sich enger an seinen festen, warmen Körper.

Als sie Julio zum ersten Mal in Carlitos *pulpería* bemerkt hatte, war ihr einfach nur aufgefallen, dass sie beide schwarze Augen hatten. Julio hatte allerdings lange schwarze Haare und eine dunklere Hautfarbe. Er sah aus wie ein Indio, auch wenn er, wie Carlito sofort bemerkt hatte, ein Mestize war. Mestizen gab es viele in der Gegend. Allerdings war Julio bei seiner indianischen Mutter aufgewachsen und nicht gut auf Weiße zu sprechen.

Vielleicht hatten sie sich deshalb am Tag ihrer ersten Begegnung nur kurz gegrüßt, ein kaum merkliches Nicken von beiden Seiten. Am nächsten Morgen jedoch, als sie zum Baden zu ihrem Lieblingsplatz am Fluss gegangen war, war er plötzlich da gewesen.

»Hast du keine Angst so allein?«, hatte er gefragt.

»Julio?«, hatte sie, statt einer Antwort, gesagt, um zu zeigen, dass sie sich seinen Namen gemerkt hatte.

Er hatte zaghaft gelächelt. »Und du bist Blanca.«

Zögerlich hatten sie begonnen, miteinander zu sprechen. Nach und nach hatten sie mehr voneinander erfahren. Sie hatten beide keine Väter mehr. Julio wusste, dass er etwa sechzehn Jahre alt war, Blanca war drei Jahre jünger. Für beide wurde es die erste unschuldige Liebe ihres Lebens.

Blanca löste sich aus Julios Umarmung und drehte sich zu ihm hin. Julio trug ein einfaches Hemd und eine Hose. Sein Haar war nach Indio-Art mit einem Stirnband gebändigt. Es erschien ihr auch, als wäre es länger geworden.

»Wo warst du?«, fragte sie ihn. »Ich habe dich vermisst.«

»Bei meiner Mutter.«

Blanca nickte verstehend, schlang dann ihre Arme um seinen Hals und schmiegte sich noch enger an ihn.

»Es ist gut, dass du jetzt hier bist.«

»Hm.«

Blanca presste, ob der kurzen Antwort, die Lippen aufeinander. Immer, wenn er aus dem Dorf seiner Mutter zurückkehrte, hatte sie den Eindruck, ihn ein wenig verloren zu haben. Danach dauerte es seine Zeit, bis Julio sich wieder auf sie einließ.

Irgendwann, fuhr es ihr unvermittelt durch den Kopf, wird er wirklich nicht mehr zurückkommen. Dann werde ich wieder allein sein.

Blanca fröstelte. Sie hatte immer gehofft, dass er sie genauso liebte wie sie ihn, aber sie konnte sich dessen nicht sicher sein. Manchmal war da neuerdings so ein Ausdruck in seinen Augen. Manchmal war er ganz nah bei ihr und doch meilenweit entfernt.

Wenn er geht, werde ich niemanden mehr haben, der mich um meinetwillen in den Arm nimmt.

Sie spürte, wie Julio einen Kuss auf ihren Scheitel hauchte.

»Es kommen immer mehr Soldaten«, flüsterte er dann in ihr Haar hinein, »Soldaten und Wissenschaftler ... Immer mehr Weiße ...« Bei den letzten Worten klang seine Stimme hasserfüllt.

Blanca drehte ihm ihr Gesicht zu, strich ihm dann mit den Fingern über einen Arm.

»Ich habe gehört, du hast einen neuen Kunden«, sagte Julio nach einer Weile. »Einen deutschen Rotschopf.«

»Wer sagt das?«

»Carlito hat's mir gesagt.«

»Ich habe bisher nur mit ihm gesprochen.«

»Wie mit deinem Mönch?«

Blanca wollte etwas sagen, schloss den Mund aber wieder. Sie hatte etwas in Julios Blick aufflackern sehen … Eifersucht …

Er bedeutete ihr plötzlich, ein paar Schritte gemeinsam zu gehen. Eine Weile sagte er nichts, dann blieb er unvermittelt stehen.

»Ich möchte, dass du damit aufhörst, Blanca.«

»Womit?«

»Eine Hure zu sein.«

Es war Blanca, als ob für einen Moment ihr Atem aussetzte. Als der neue Atemzug ihre Lungen füllte, schmerzte es. Ihre Finger ballten sich unvermittelt zu Fäusten.

So direkt hat er mir das noch nie gesagt.

»Aber ich … muss Geld verdienen … für mich und meine Mutter«, stammelte sie.

»Du kannst mit mir kommen, zu meinem Stamm. Ich werde diesen Ort bald für immer verlassen. Ich werde kämpfen.«

»Und Mama?«

Julio antwortete nicht.

»Ich gehe nicht ohne sie«, beharrte Blanca.

»Aber sie ist ohnehin am Ende ihres Lebens, Blanca. Sie wird bald sterben.«

»Sie ist meine Mutter.«

Blanca hörte das Entsetzen in ihrer eigenen Stimme. Wie konnte er so etwas sagen? Wie konnte er nur! Sie machte sich von Julio los. Noch niemals hatte sie sich so verraten gefühlt. Wie konnte er das von ihr verlangen? Wie konnte er nur glauben, sie würde einem solchen Ansinnen zustimmen. Sie wich vor ihm zurück, während ihr schon die Tränen in die Augen schossen.

»Ich gehe jetzt besser«, stieß sie heiser hervor. Sie gab ihm keine Zeit zu antworten, hastete von ihm fort und wäre fast noch gestolpert.

Julio, hämmerte es in ihrem Kopf, ich habe dich geliebt, ich habe dich so sehr geliebt ... Wie kannst du mir so etwas nur antun? Aber es war vorbei, sie wusste es. Es war vorbei.

Blanca war zu aufgewühlt, um auf direktem Weg nach Hause zu gehen. In ihrem Kopf jagten sich die Gedanken. Noch während sie sich von Julio entfernte, vermisste sie ihn schon, nicht nur emotional, auch körperlich. Es war nicht ihr erster Streit, doch dieses Mal war es endgültig, das verstand sie sofort. Julio fühlte sich immer stärker mit dem Volk seiner Mutter verbunden. Er hatte Blanca schon mehr als einmal Gleichgültigkeit vorgeworfen. Trotzdem hatte er Licht in ihr Leben gebracht. Sicherlich schmerzten seine Worte deshalb umso mehr.

Ich darf mein Herz an keinen Menschen mehr hängen, schoss es ihr durch den Kopf. Und ich kann mich einfach nicht um alles kümmern.

Ja, sie war eine Hure, aber was sollte sie tun? Sie war als Kind einer Hure geboren worden und in einem Bordell aufgewachsen. Sie hatte ihre Unschuld in einem Alter verloren, in dem andere Mädchen noch mit Puppen spielten ... Aber so war das eben. Sie war Blanca, deren Schönheit man bewunderte und die man doch nicht besser behandelte als Dreck.

Blanca blieb stehen.

Nein, sagte sie dann stumm zu sich, ich darf so etwas nicht denken. Ich darf so nicht denken. Ich bin genauso wertvoll wie andere. Ich muss um mein Leben kämpfen.

Sie hatte die kleine Hütte erreicht, die sie mit ihrer Mutter teilte. Schon als sie die Tür aufstieß, roch sie den Alkohol. Offenbar hatte Corazon das Zimmer noch nicht verlassen. Sie lag auf dem Bett in ihrer Nachtwäsche. Die Fensterläden waren geschlossen. Fliegen umschwirrten einen Teller mit einem Rest dicker Bohnen, die sie wohl zu Mittag gegessen hatte. Daneben stand ein Krug. Es stank nicht nur nach Alkohol, sondern auch nach ungewaschenem Körper und Erbrochenem.

Als Blanca die Tür hinter sich schloss, hob Corazon den Kopf. »Meine Kleine, mein Mädchen …«, lallte sie, ließ sich dann zurückfallen und blieb einen Moment lang reglos liegen, bevor sie sich mühsam erneut aufrichtete.

Schweigend ging Blanca hinaus und kratzte die Bohnen vom Teller, bevor sie ihn mit etwas Wasser säuberte. Als sie zurück ins Zimmer kam, stand ihre Mutter mitten im Raum und starrte in eine unergründliche Ferne. Sie war bleich. Unter ihren Augen lagen tiefe Ringe. Ihr Mund zitterte plötzlich.

»Ich habe ihn so geliebt«, flüsterte sie dann heiser, »so sehr geliebt, meinen Gustavo.«

Deshalb hat er dich sicher auch sitzen lassen, mein Vater, wollte Blanca scharf antworten, oder sich von irgendjemandem umbringen lassen. Doch dann biss sie sich auf die Lippen. Sie wussten nicht, was mit Gustavo geschehen war. Sie wussten nicht, wie und warum er zu Tode gekommen war. Es hatte Gerüchte gegeben, denen Corazon natürlich keine Beachtung schenken wollte.

Er wird zu mir zurückkehren, sagte sie von Zeit zu Zeit. Er wird mich finden, mich retten. Du wirst schon sehen.

Blanca schloss die Augen. Er ist tot, dachte sie. Tot. Futter für die Würmer.

Aber auch sie konnte sich daran erinnern, dass Gustavo sie stets mit einer gewissen Zärtlichkeit behandelt hatte. Vielleicht hatte ihr Vater sie ja tatsächlich geliebt? Ihre Mutter sprach gern davon, dass Blanca ihrem Vater ähnlich sah.

Du hast sein Haar, Blanca, sagte sie immer wieder. Du siehst ihm ähnlich, Kleine, sehr ähnlich. Dein Vater ist ein schöner Mann.

Mit einem Seufzer trat Blanca an die Seite ihrer Mutter. Corazon zuckte zusammen, als ihre Tochter ihren Arm zu streicheln begann. Ihre Haut fühlte sich klebrig an vor Schweiß und Staub. Ein unangenehmer fischiger Geruch ging von ihr aus.

»Komm, lass uns baden gehen, Mama«, flüsterte Blanca ihr spontan ins Ohr.

Corazon sah ihre Tochter an. In ihren matten Augen blitzte einen Lidschlag lang Leben auf. Vor einiger Zeit, als sie hier angekommen waren, waren sie öfter am Fluss baden gewesen. Es gab da eine schöne Stelle, lauschig und verborgen vor ungewollten Blicken.

»Komm mit, ich wasche dir die Haare. Du hast so schöne Haare, Mama.«

Abwesend tastete Corazon nach einer der verfilzten Strähnen. Blanca nahm ihr Beutelchen mit Seife und dem Duftöl, das sie einmal geschenkt bekommen hatte, frische Kleidung und eine leichte Decke und steckte alles in eine Tasche. Dann ging sie zur Tür, nahm den Poncho ihrer Mutter vom Haken und legte ihn ihr um. Ihre Hände berührten dabei die knochigen Schultern Corazons, und für einen Moment hielt sie den

Atem an. Sie musste darauf achten, dass ihre Mutter besser und regelmäßiger aß. Sie musste darauf achten, dass sie weniger trank, sonst würde sie sie schnell verlieren.

Und dann bin ich allein.

Behutsam führte Blanca ihre Mutter zur Tür. Corazon lächelte mit einem Mal.

»Ja, lass uns baden gehen, Blanca, du bist so ein gutes Kind.«

Die Stelle am Fluss war rasch erreicht. Die beiden Frauen setzten sich in den Sand der kleinen, von Buschwerk und Bäumen umstandenen Bucht, die das Wasser in Jahrmillionen aus dem Felsstein gewaschen hatte. Blanca legte die Tasche neben sich. Sie streifte ihr Kleid ab, löste dann ihr Haar und kämmte ihre dichten Locken mit den Fingern durch.

»Du hast sein Haar«, sagte Corazon wieder einmal. »Komm her, dreh dich zu mir, und lass dich ansehen. Erinnerst du dich eigentlich an ihn?«

Ohne eine Antwort zu geben, tat Blanca wie ihr geheißen. Corazon ließ das Haar ihrer Tochter durch ihre schlanken Finger gleiten.

»Er hatte so schönes Haar, er war ein so schöner Mann ... Erinnerst du dich?«

Blanca nickte. Ja, sie erinnerte sich, dass ihr Vater stets gelächelt hatte, wenn sie seinen Blick gesucht hatte. Sie erinnerte sich, dass ihn die Frauen angesehen hatten. An viel mehr erinnerte sie sich nicht. Manchmal hatte er ihr über den Kopf gestrichen. Und er hatte nicht gewollt, dass sie sich in den *pulperías* herumtrieb. Wenn sie das tat, war er böse geworden.

»Ich habe gehört, er war ein Mörder.«

Corazon musterte ihre Tochter einen Moment.

»Zu uns war er immer gut«, sagte sie dann. »Für uns hätte

er alles getan.« Sie zögerte. »Wenn ich einmal nicht mehr bin, musst du nach Buenos Aires zurückgehen. Du musst ihn suchen ... oder seinen Bruder. Eduardo heißt er, er ist dir etwas schuldig, hörst du? Du gehörst zur Familie. Sie dürfen dich nicht wegschicken.«

Blanca nickte. Corazon runzelte die Stirn.

»Er hatte auch eine Schwester ... Ana oder Anna ... Weißt du noch, das Fest an jenem Abend, als wir ihn suchten? Das war das Haus seiner Schwester. Sein Bruder oder seine Schwester, einer von denen muss etwas für dich tun. Lass dich nicht fortschicken.«

»Nein, Mama, aber du weißt doch, dass er tot ist, ja? Du erinnerst dich, ja?«

Corazon verzog das Gesicht, als schmerzten sie die bloßen Worte.

»Du bist ein gutes Kind, Blanca«, sagte sie nach einer Weile, »du warst immer ein gutes Kind.«

Blanca antwortete nicht. Sie sah, wie Corazon aufstand, ihr schmutziges Kleid auszog, noch einmal kurz zögerte und sich dann nackt mit einem mädchenhaften Lachen auf den Fluss zubewegte.

Ihr einstmals schlanker, straffer Körper war mager geworden, die Haut wirkte trotz ihrer Bräune bleich. Die Knochen waren deutlich zu sehen, trotzdem konnte man erkennen, welch schöne Frau Corazon einmal gewesen war. Jetzt drehte sie sich zu ihrer Tochter um, hob die Hand und winkte. Ein Lächeln malte sich auf Corazons Züge. Einen Moment später tauchte sie unter und sprang im nächsten prustend wieder hoch.

»Komm herein, Blanca, es ist so erfrischend.«

Blanca tat, wie ihr geheißen. Nachdem sie eine Weile im Wasser geplantscht hatten, nahm sie die Seife und wusch ihrer Mutter die Haare. Danach gingen sie zurück ans Ufer. Blanca schlüpfte in den Poncho und half ihrer Mutter, sich in die mitgebrachte Decke zu wickeln, damit sie ihr Haar kämmen konnte. Es war mit grauen Strähnen durchzogen, manch verfilzte Stelle ließ sich nicht entwirren, aber nun, da Blanca es gewaschen und etwas Rosenöl hineinmassiert hatte, sah es wieder sauber aus und duftete. Corazon schnupperte.

»Hm ... Rosenöl. Woher hast du das?«

»Ein Geschenk.«

Corazon fragte nicht weiter, von wem und wofür. Nach einer Weile lachte sie und rief: »Ich fühle mich wie eine Prinzessin.«

Später lagen sie nebeneinander an dem kleinen Strand. Sie hatten sich frisch angezogen, die Sonne wärmte sie. Es war ein schöner Tag, der schönste seit Langem. Blanca schloss die Augen und dachte an den Tag zurück, an dem sich alles geändert hatte ...

* * *

Buenos Aires, zwei Jahre zuvor

Anna, die Schwester ihres Vaters Gustavo, hatte mit ihrer Familie und Freunden ein Fest gefeiert. Corazon war verzweifelt gewesen, weil sie Gustavo, den sie schon wochenlang gesucht hatte, auch an diesem Abend unter den Feiernden nicht fand.

Später, als sie wieder zu Hause waren, ließ sie ihren Kummer an Blanca aus.

»Warum verstehst du nicht endlich, dass er nie mehr wiederkommt?«, fragte Blanca ihre Mutter irgendwann ungehalten.

Ohne Umschweife drehte sich Corazon zu ihrer Tochter herum und schlug ihr mitten ins Gesicht. Blancas Kopf flog mit einem Ruck zur Seite. Einen Moment lang biss sie die Lippen aufeinander, aber kein Laut war zu hören. Vielmehr blickte sie ihre Mutter herausfordernd an.

»Mehr kannst du nicht, was? Ich meine, außer mich schlagen und die Beine breit machen. Aber nicht einmal das kannst du gut, sonst hättest du nicht so viele schmutzige Kunden.«

Corazon kniff die Augen zusammen. »Er hat mich geliebt.«

»Wer, mein Vater?« Blanca lachte höhnisch auf.

Ihre Mutter sah sie an, als könne sie nicht glauben, wie aus einem Kindermund solche Laute kommen konnten.

»Habe ich dich je hungern lassen?«, gab sie statt einer Antwort auf Blancas Frage zurück. Dann biss sie sich auf die Lippen. »Verdammt, ich hätte dich damals einfach liegen lassen und gehen sollen, viele machen das. Weiß du, wie viele Säuglinge jedes Jahr auf den Straßen von Buenos Aires gefunden werden? Weißt du, wie viele verrecken, bevor man sie entdeckt? Lieber Gott, warum habe ich dich nicht einfach auch verrecken lassen, du undankbares kleines Miststück?«

Blanca verzog den Mund. »Der liebe Gott wird es dir danken, Mama. Sei froh, vielleicht erspart er dir ein paar Jahre im Fegefeuer.«

Corazon schaute ihre Tochter länger an. Und dann sagte sie etwas, das Blanca die Sprache verschlug.

»Du siehst älter aus, als du bist, und du bist nicht hässlich. Ein wenig mager vielleicht, aber mit der entsprechenden Kleidung und etwas Schmuck können wir einiges aus dir herausholen – zum Preis deiner Jungfräulichkeit natürlich, aber ... Ich bin mir sicher, wenn ich es geschickt angehe, dann kann ich eine gute Stange Geld mit dir verdienen.« Ihre Mutter drehte sich weg und sah aus dem Fenster. »Vielleicht ist es tatsächlich Zeit, sich aus dem Geschäft zurückzuziehen. Gleich morgen werde ich mit Señora Valdez sprechen …«

Blanca hätte schreien können, aber sie tat es nicht. Niemand würde ihr helfen. Noch nie in ihrem Leben hatte ihr irgendjemand geholfen. Die meisten hatten noch nicht einmal einen Blick für sie gehabt. Als der vierschrötige Mann mit dem schulterlangen Haar und dem Schnurrbart unter dem Johlen der anderen das Geld für sie überreicht hatte, hatte Blanca innerlich eine Tür geschlossen. Dort, hinter dieser Tür, saß sie. Sie brauchte auch nicht auf Corazon zu hoffen. Zum einen war es ihre Mutter selbst, die sie verkauft hatte. Zum anderen hatte Corazon schon früh an diesem Nachmittag mit dem Trinken begonnen und war jetzt kaum mehr bei Bewusstsein.

»Kommen Sie, Señor«, sagte Blanca also, weil ihr ohnehin nichts anderes übrig blieb.

»Du heißt Blanca Brunner, ja?«, fragte der Mann und griff in ihr Haar. »Bist du Deutsche?«

Sie nickte. Ja, Deutsche, das war sie vielleicht. Jedenfalls war ihr Vater von dort gekommen. Vielleicht war sie also eine Deutsche.

Sie waren an der schmalen Stiege angekommen, die nach oben führte. Er ließ ihr den Vortritt, wenig später spürte sie eine Hand an ihrem Hinterteil. Die Blanca hinter der Tür in ihrem Kopf wurde unruhig.

Bleib drinnen, sagte sie ihr stumm, dir passiert nichts. Es wird alles gut.

Sie drehte sich zu dem Mann um, der sie gekauft hatte, nahm alle Kraft zusammen und lächelte ihn strahlend an.

Señora Valdez hatte ihr bestes Zimmer für sie beide herrichten lassen. Sogar Vorhänge gab es hier. Die fadenscheinigen Laken in dem alten Himmelbett waren mit Duftwasser besprenkelt worden.

Blanca ging zur Mitte des Raumes, drehte sich um und nestelte an ihrem Kleid. Die Blanca hinter der Tür in ihrem Kopf schloss die Augen und begann zu summen. Sie ließ das Kleid zu Boden gleiten.

»Was singst du da, Kleine?«

Blanca hob den Kopf und sang lauter: »Es ist ein Ros entsprungen, aus einer Wurzel zart ...«

Die Blanca in ihrem Kopf rüttelte an der Tür, doch sie würde sie nicht herauslassen.

Der Mann nestelte nun an seiner Hose, stand im nächsten Moment nackt vor ihr und drängte sie rücklings zum Bett.

Blanca sang. Wie hinter einem Schleier bekam sie mit, wie der Mann sie aufs Bett warf. Im nächsten Moment suchte der behaarte wippende Ast zwischen seinen Beinen sich zwischen ihre Beine zu drängen.

Sie hatte so etwas schon öfter beobachtet, wenn sie ihrer Mutter und einem Freier zugesehen hatte, doch das hier war vollkommen anders. Das hier tat weh. Es machte ihr Angst. Sie wollte das nicht.

Blanca biss sich auf die Lippen, bis sie Blut schmeckte. Die Blanca in ihrem Kopf begann zu schreien. Der Mann auf ihr stöhnte. Sie legte die Arme um ihn und kratzte über seinen behaarten Rücken, wie sie das bei ihrer Mutter gesehen hatte.

»Du kleine Wildkatze«, jaulte er wohlig auf, »du kleine verdorbene Wildkatze.« Wieder schmerzte es in ihr, dann bäumte er sich plötzlich auf und brach im nächsten Moment über ihr zusammen.

Sie konnte seinen stoßenden Atem hören, roch die Ausdünstungen seines Körpers und unterdrückte ein Würgen. Endlich richtete er sich auf. Er lachte. Blanca lächelte zurück. Auf seinem rechten Arm war ein blutiger Kratzer von ihren Fingernägeln zu sehen. Er sah ihn an, fuhr dann genüsslich mit der Zunge darüber.

»Dich will ich immer wieder, du kleine Teufelin, immer wieder.« Er küsste sie, dann stand er auf, um sich anzuziehen.

Blanca blieb nackt auf dem Bett sitzen, zog die Beine an und legte ihre Arme darum. Bevor er den Raum verließ, kam er noch einmal zu ihr, um sie erneut zu küssen.

Die Küsse waren unangenehm, beinahe schlimmer als alles andere, was davor geschehen war, doch sie hatte die Kraft, stillzuhalten. Nachdem er die Treppe hinuntergepoltert war, ging sie zu dem Waschstand hinüber, goss frisches Wasser aus der Kanne in die Schüssel und nahm sich einen Lappen, um sich gründlich zu waschen. Erst bewegten sich ihre Hände langsam, dann rubbelten sie kräftiger und kräftiger, bis ihre Haut rot schimmerte.

Früh am nächsten Morgen ging Blanca zu Señora Valdez. Sie war jetzt gewiss kein Kind mehr, sie war erwachsen.

»Ich will die Hälfte des Geldes«, sagte sie.

Señora Valdez hob die Augenbrauen.

»Ich will die Hälfte«, sagte Blanca, »oder ich gehe. Der Mann wird wiederkommen. Er wird nicht mehr kommen, wenn ich gehe.«

»Da bist du dir aber ganz schön sicher, du Küken.«

Blanca wich Señora Valdez' funkelndem Blick nicht aus.

»Wenn ich gehe, geht meine Mutter mit«, sagte sie. »Du wirst uns beide verlieren.«

»An deiner Mutter habe ich nicht mehr viel zu verlieren.«

»Nicht mehr viel«, Blanca zuckte die Schultern, »aber

etwas. Überleg es dir. Sie werden mich alle haben wollen, Señora, alle.«

So hatte es angefangen. Danach war Blanca nichts anderes übrig geblieben, als weiterzuarbeiten. Von jeher hatte sie versucht, sich so wenig wie möglich Gedanken darum zu machen. Auch Corazon versuchte, ihr Bestes zu geben, wenn sie bei klarem Verstand war, doch die letzten Jahre hatten ihr viel abverlangt. Es war schnell deutlich geworden, dass sie Gustavos Tod einfach nicht verwinden konnte. Sie würde nie wieder die Alte sein.

Zweites Kapitel

Die Stimmen in Carlitos *pulpería* waren lauter geworden. Die meisten Gespräche drehten sich darum, wie es gelingen könnte, das marodierende Indio-Pack endgültig zu besiegen. Manche erinnerten sich noch an die Zeiten, etwa sieben Jahre war das jetzt her, als der Kazike Calfucurá mit Unterstützung chilenischer Mapuche auf breiter Front gegen das argentinische Heer vorgerückt war. So etwas, so war man sich einig, dürfe nie wieder geschehen. Auch deshalb galt es, die Grenze des argentinischen Staates weiter ins Indianergebiet vorzuversetzen. Einige wussten zu berichten, dass bald Truppen unter General Roca in die Pampa vorstoßen würden, um dem Indio-Problem endgültig ein Ende zu bereiten.

»Wurde auch Zeit«, ereiferte sich eben einer der Gäste. »Seit ich denken kann, stehlen diese verdammten Hunde nun unsere Rinder und Schafe und setzen sie als Raubgut in Chile ab. Damit muss jetzt Schluss sein!«

»Was ist das überhaupt für ein Staat«, mischte sich sogleich ein anderer ein, »der nicht einmal innerhalb seines eigenen Territoriums in der Lage ist, seine Leute zu schützen?«

»Und ist der dreckige Indio nicht überhaupt täglich mitten unter uns?« Vielsagend blickte sich einer der neuen Gäste, ein Landvermesser, um. »Treibt er sich nicht in Buenos Aires und den Provinzstädten herum, wo er handelt und verhandelt, als könne er kein Wässerchen trüben, während er hinterrücks den nächsten Beutezug plant?«

Nun mischte sich mit einem Mal Jens Jensen ein. Seine

Stimme ließ Blanca unvermittelt den Kopf heben. Am Tag zuvor hatte Julio sie noch einmal aufgesucht und sich dann auf immer von ihr verabschiedet. Bis spät in die Nacht hatte sie sich in den Schlaf geweint, jetzt war sie völlig erschöpft.

»Aber ist es nicht allzu verständlich?«, sagte Jensen. »Das Problem ist doch offenbar, dass Land auch hier, in diesen Weiten, nicht mehr unbegrenzt zu haben ist. Alle wollen ein Stück vom Kuchen, also wird es für uns alle enger. Natürlich wehren sich die Indios, wenn sie von allen Seiten bedrängt werden. Ihre Antwort ist der *malón*, der bewaffnete Überfall. Aber würden wir an ihrer Stelle anders handeln?«

»Das ist ja wohl nicht Ihr Ernst! Wir haben nicht das Geringste mit diesem Pack zu tun«, empörte sich der Landvermesser.

»Es ist jedenfalls mein Ernst, dass die Mapuche und die anderen Stämme genau das gleiche Recht haben, hier zu siedeln wie wir«, entgegnete Jensen kühl.

Ein Mann, dessen Tonfall seine englischsprachige Herkunft verriet, mischte sich nun ein. »Aber das sind eben keine Menschen, Señor. Ich bin lange umhergereist, und ich kann Ihnen versichern, das sind keine richtigen Menschen, sie sind hässlich, dreckig, stolz und unnahbar. Vielleicht lässt man sich von jenen täuschen, die friedlich daherkommen und nach dem allgemeinen Geschmack noch nett anzusehen sind. Aber je näher sie an Buenos Aires herankommen, desto kriegerischer werden diese verdammten Hunde. Sie geben sich der Trunkenheit und der Gewalt hin. Ich erinnere mich noch gut an diverse Begegnungen mit solchen Indios. Es waren allesamt kleine, drahtige Männer mit sehr langem schwarzem Haar, flachen, bartlosen Gesichtern, hohen Wangenknochen und dunkler Hautfarbe, also überaus abstoßend anzusehen. Und wie sie sich angezogen hatten! Auf manchen Köpfen thronten

Hüte, andere hatten Tücher um den Kopf gewickelt. Wieder andere trugen gewebte Stirnbänder und Ponchos. Manche waren sogar nackt wie Adam mit lediglich einem Schurz um die Lende.«

»Aber nicht nur diese Indios sind eine Gefahr für uns«, ließ sich nun wieder der hören, der zuerst gesprochen hatte, »es sind auch jene, die Krieg auf eigene Rechnung machen. Gesetzlose und Indios, die sich keinem Häuptling fügen. Ich verstehe nicht, warum man nicht längst gegen diese Zustände vorgegangen ist.«

Jens Jensen lächelte. »Vielleicht, weil die Geschäfte zu gut waren, die man auf diese Weise machen konnte?«

»Wie meinen Sie das?«

»Weil Politiker und Kaufleute das Grenzgebiet von jeher zu zweifelhaften Unternehmungen genutzt haben, so meine ich das. Weil sie Geld und Materiallieferungen stehlen und weiterverkaufen. Es heißt, es gebe Regimenter in den Grenzforts, die erhielten monate-, sogar jahrelang keinen Lohn, weil das in Buenos Aires bereitgestellte Geld irgendwo auf dem Instanzenweg zusammenschmilzt, bevor es seinen Bestimmungsort erreicht. Jeder bedient sich, und zum Schluss haben die Soldaten nicht einmal Waffen oder Pferde, denn die Lieferanten stecken unter einer Decke mit skrupellosen Beamten und Offizieren und liefern nichts oder nur Ausschussware.«

»Ach, Gott«, der Landvermesser rollte die Augen, »so schlimm wird es wohl nicht sein.«

Jens Jensen schüttelte den Kopf. »Nein? Es heißt, die mit der Lebensmittellieferung beauftragten Firmen erfüllten nicht den zehnten Teil von dem, wozu sie auf dem Papier verpflichtet seien. Warum sich bisher nichts geändert hat? Weil wir alle Teil des Ganzen sind. Glauben Sie nicht, dass die Häute mancher Viehherde, die von einer Estancia weggetrieben wurde, von Offizieren und Soldaten zu einem billigen Preis gekauft und an Kaufleute weiterverschachert wurden?« Jemand ließ ein abfälliges Schnauben hören, doch Jensen ließ sich auch davon nicht beirren. »Ach Gott, wahrscheinlich hätten alle hier noch lange damit leben können. Doch nun sagt man sich plötzlich, der Indio sei zu übermütig geworden, und will etwas dagegen unternehmen. Nein, er ist nicht zu übermütig geworden. Wir sind zu unersättlich. Und dann sind da natürlich noch die Chilenen, die über die Anden nach Patagonien einreisen, sodass zu befürchten steht, dass Chile eines Tages Anspruch auf diesen Landstrich erheben könnte. Sie sehen, meine Herren, das Interessengeflecht ist vielfältig.«

Der Landvermesser öffnete den Mund zu einer erneuten Erwiderung, schüttelte dann doch nur den Kopf und wandte sich wieder seinem Bier zu. Auch die anderen drehten sich von Jensen weg und steckten endlich die Köpfe zusammen.

Blanca trat an seine Seite. »Ich glaube, Sie haben sich hier wieder einmal keine Freunde gemacht, Señor Jensen«, sagte sie mit gesenkter Stimme.

Jensen warf einen Blick zu den Männern hinüber und trank seinen Becher in einem Zug leer.

»Damit muss man leben.« Er bot ihr den Arm an. »Gehen wir ein Stück spazieren?«

»Ich ...«

»Ich bezahle auch dafür, machen Sie mir das Vergnügen, Señorita Blanca. Nur ein Spaziergang, ja? Wie immer.«

Blanca zögerte kurz, dann ergriff sie Jensens Arm und nickte.

Jens Jensen erinnerte sich noch gut an den Tag, als er den Río Negro zum ersten Mal gesehen hatte. Nach dem langen Ritt von Buenos Aires durch die Pampa war es ein prächtiges Schauspiel gewesen. Auch jetzt ließ ihn der Anblick innehalten. Vom Rand des Steilhangs zu seinen Füßen fiel der Hang fast hundert Meter schroff in die Tiefe ab.

Der Río Negro, hörte er in Gedanken die Stimmen seiner Begleiter, der Río Negro!

Einige von ihnen hatten hier am Río Negro zum ersten Mal Steine gesehen und die hellen, braunen oder erdgrauen Kiesel fasziniert aufgesammelt. Jens Jensen beugte sich etwas im Sattel vor und unterdrückte einen Seufzer. Seit jenem Tag, der doch noch gar nicht so lange zurücklag, hatte sich diese Gegend sehr verändert. Während sich in der fruchtbaren nördlichen Pampa die Rinderzucht etablierte und der Getreideanbau vorangetrieben wurde, verlagerten sich die Schafzuchtgebiete nach Süden. Dies hatte zu den ersten offenen Kämpfen mit den Indios geführt. Jensen hatte gehört, dass manche Estancieros inzwischen dazu übergingen, Kopfprämien für getötete Indios auszusetzen. Bei dieser Menschenjagd würden keine Gefangenen gemacht werden, das war nur zu deutlich. Und am Ende ersetzen Schafe Menschen, schoss es ihm durch den Kopf.

Erneut kostete es Jensen Mühe, sich aus seinen Gedanken zu reißen. Er lenkte sein Pferd zurück auf den Weg, auf dem er gekommen war. Es dauerte noch ein gutes Stück bis zur Furt, dann war es nicht mehr weit bis zur Siedlung. Kurz vor Carlitos *pulpería* begegnete ihm Blanca, die einen Korb trug. Das junge Mädchen lächelte ihn an. Die Kleine hatte Vertrauen zu ihm gefasst, seit er ein paarmal mit ihr spazieren gegangen war. Offensichtlich glaubte sie ihm mittlerweile, dass er nichts von ihr verlangte, was sie nicht selbst wollte und er … Er konnte sich ohnehin nicht vorstellen, das mit ihr zu tun, womit sie ihr Leben verdiente. An seiner Seite wurde sie sogar wieder ein wenig zu einem Kind. Jahre, die sie besser noch nicht gelebt haben sollte, fielen von ihr ab. Sie war so jung, so unschuldig. Sie vertraute ihm, und er wollte ihr Vertrauen nicht missbrauchen, obwohl ihn seine Gefühle manchmal verwirrten.

Er zügelte sein Pferd, sprang ab und verbeugte sich vor ihr.

»Señor Jensen!«

Blancas Stimme klang in seinen Ohren so, als freue sie sich, ihn zu sehen.

»Gehen wir bald einmal wieder spazieren?«

»Gern.« Er lächelte sie an, wurde dann aber wieder ernst.

Sie erinnert dich doch an jemanden, sagte nicht zum ersten Mal eine leise, bohrende Stimme in seinem Kopf. Damals, auf der *Kosmos*, da hatte es jemanden gegeben … Verdammt, er konnte die Erinnerung einfach nicht fassen.

Der Ruck, den er sich innerlich gab, ließ ihn schaudern.

Fragend blickte Blanca ihn an. »Stimmt etwas nicht, Señor?«

»Nein, nein.« Jensen schüttelte den Kopf. Sein Brauner schnaubte und suchte energisch, den Kopf in Richtung Boden zu bringen, um nach Fressbarem zu suchen. »Es ist alles in Ordnung.« Er nickte zu ihrem Korb hin. »Darf ich Ihnen die Einkäufe nach Hause tragen, Blanca?«

»Aber ja.«

Sie ging leichtfüßig neben ihm her. Eine Weile schwiegen sie, während Jensen fieberhaft nach einem Gesprächsthema suchte. Jetzt räusperte sie sich.

»Ich bin übrigens auch eine Deutsche, Señor«, schnitt sie ein Thema an, über das sie noch niemals zuvor gesprochen hatten.

Bin ich denn noch Deutscher?, überlegte Jensen, schließlich habe ich meine Heimat verlassen und würde um nichts in dieses Land der gemauerten Regeln und des Buckelns zurückkehren.

»Wirklich?«, gab er zurück und wandte ihr den Kopf zu.

Blanca nickte. »Ja, Señor. Mein Vater hieß Gustavo Brunner. Er ist tot, aber er hat eine Schwester, Ana. Eines Tages, hat meine Mutter gesagt, soll ich zu ihr gehen. Sie wohnt in Buenos Aires und führt dort ein Unternehmen.«

Anna, dachte Jensen bei sich, das war es … Auf der *Kosmos* damals war eine gereist, die war es, an die er sich zu erinnern versucht hatte. Weil Blanca ihr irgendwie ähnlich sah. Aber konnte das sein? Nun, seine Erinnerung war einfach nicht stark genug. In jedem Fall war diese Anna im Zwischendeck gereist. Auf ihren Nachnamen konnte er sich allerdings nicht besinnen, er wusste nur, dass es gewiss nicht Brunner gewesen war.

»Tatsächlich?«, antwortete er. »Das ist eine gute Idee.«

Blanca lächelte, offenkundig zufrieden mit seiner Antwort. An ihrer kleinen Hütte angekommen, nahm sie den Korb wieder entgegen.

»Am nächsten Sonntag, Señor?«, fragte sie. »Würden Sie dann wieder mit mir spazieren gehen?«

»Natürlich, nichts lieber als das.«

Sie nickte ihm zu, drehte sich um und ging ins Haus.

Einen Moment noch stand er da und starrte auf die Tür. Wieder überkam ihn dieses seltsame Gefühl. Er wollte sie beschützen, sie retten. Es war unglaublich, aber der egoistische Kerl, der er in jungen Jahren gewesen war, stieß ihm heute einfach nur bitter auf.

Drittes Kapitel

Das Geschrei, das von oben bis hinunter ins Zwischendeck gedrungen war, trieb Arthur und Olga Weißmüller an Deck. Seit Wochen hatte es immer wieder mal »Land in Sicht« geheißen, doch jedes Mal hatte sich der Ruf als Fehlalarm herausgestellt. Mal war es eine Insel gewesen, mal die Küstenlinien eines anderen Landes.

Immer wieder hatten Olga und Arthur überlegt, ob es die richtige Entscheidung gewesen war, so weit nach Süden zu ziehen. Schließlich wusste sie kaum etwas von diesem Brasilien, das ihnen Heimat werden sollte. Wilde und lebensgefährliche Tiere gab es dort, Moskitos, Schlangen, winzige, bunte Frösche gar, die den Tod durch Gift bringen konnten und »wilde Indianer«. Mehr als einmal hatten sie sich an Schulmeister Däning gewandt, in dessen Schutz sie sich auf die Reise begeben hatten. Däning war es auch, dessen Rufe sie dieses Mal an Deck brachten. Tatsächlich war steuerbord eine Stadt aufgetaucht, die Arthur nach der langen Reise traumhaft schön vorkam.

Brasilien, dachte er und drückte Olga enger an sich, das ist die Küste Brasiliens. Und das muss Rio de Janeiro sein, wir sind endlich, endlich da.

Er spürte, wie sich seine Frau an ihn schmiegte. Sie kannten sich, seit sie Kinder waren. Als er dreizehn und sie zwölf Jahre alt gewesen waren, hatten sie einander die Ehe versprochen. Das war jetzt zehn Jahre her. Arthur drehte Olga zu sich hin und küsste sie auf die Stirn. Sie stellte sich auf die

Zehenspitzen und reckte sich, um ihm einen weiteren kurzen Kuss von den Lippen zu stehlen. Dann hörte er sie leise und sehr mädchenhaft kichern.

Um sie herum war es jetzt lauter geworden, sodass sie wieder auf ihre Umgebung achteten. Ein paar Schritte hinter ihnen brach plötzlich Unruhe aus. Wenig später stand Eugen Miller an Arthurs Seite. Sie hatten ihn auf der Reise kennengelernt und festgestellt, dass sie einander möglicherweise schon in der alten Heimat begegnet waren. Eugen stammte aus einem nicht weit entfernt liegenden Dorf. Allerdings waren er und seine Eltern schon vor Jahren nach Brasilien gegangen. Auf Brautschau hatte er noch einmal die alte Heimat besucht und kehrte nun guter Dinge mit seiner Frau Clemencia zurück.

»Und«, fragte Arthur, »wie fühlt es sich an, endlich wieder daheim zu sein?«

Eugen schüttelte den Kopf. »Dauert wohl noch ein bisschen. Das ist Montevideo, aber gewiss nicht Brasilien.«

»Wer sagt das?«

»Ich sage es, und Herr Däning hat's mir im Verschwiegenen bestätigt. Das ist Montevideo. In Rio de Janeiro, heißt es, kann derzeit wegen einer Gelbfieberepidemie kein Schiff anlegen.«

Unwillkürlich drückte Arthur die Hand seiner jungen Frau. Das ist hoffentlich keine schlechte Nachricht, schoss es ihm durch den Kopf, während er sich bemühte, sich die Karte der La-Plata-Mündung in den Kopf zu rufen. Erstmals nach nunmehr achtundzwanzigtägiger Fahrt über den Atlantik, stellte er in jedem Fall fest, während er hinunter aufs Wasser starrte, war das Wasser braun verfärbt. Auch der Geruch hatte sich verändert. Arthur hob den Kopf und schnupperte. Ja, der heiße Wind trug den Geruch von Sumpfwald übers Deck.

»Bist du dir sicher?«, wandte er sich noch einmal an Eugen.

Aber Eugen hatte diese Reise ja nicht zum ersten Mal gemacht, er kannte die La-Plata-Mündung. Bestimmt war er sich sicher. Er zuckte die Achseln.

»Nun«, sagte er dann, »wir werden sehen, wo wir dieses Mal landen. Rio de Janeiro wird es sicherlich nicht sein, ob dort nun eine Gelbfieberepidemie ausgebrochen ist oder nicht, denn das dort drüben, ich sagte es ja schon, ist eben nicht Brasilien.« Er machte eine kurze Pause, während der er Arthur nachdenklich musterte, dann klopfte er dem anderen auf die Schulter. »Ach, mit so etwas muss man immer rechnen. Die Konkurrenz zwischen den beiden Reedereien Norddeutscher Lloyd Bremen und Hamburg-Amerika-Linie ist hart. Man versucht ständig, sich gegenseitig Passagiere abzuluchsen, und Auswandererkontingente, die eine besonders hohe Belegung garantieren, erhalten sogar Rabatt. Wer weiß, welche Abmachung eure Agenten mit unserem Schiffskapitän getroffen haben. Es heißt, sie bekommen Pro-Kopf-Provisionen, und der Kapitän«, Eugen lachte meckernd, »wollte vielleicht ohnehin nicht nach Brasilien.«

In Arthur, den, von der langen Reise erschöpft, erst ein Gefühl der Resignation überkommen hatte, regte sich Widerstand. Er sah Olga, die mit großen Augen zwischen den beiden Männern hin- und herblickte, beruhigend an.

»Aber ich habe doch einen Schiffsakkord für Brasilien gekauft!«, begehrte er auf.

Eugen zuckte die Achseln. »Lieber Gott, wen kümmert das? Sei froh, wenn dir nichts Schlimmeres widerfährt, als am falschen Ort einzutreffen. Dann macht ihr euch eben von dort aus auf den Weg. Ich habe von Auswanderern gehört, die haben Land von der Karte weggekauft und landeten im Sumpf. Persönlich kenne ich sogar jemanden, der erwarb einen ganzen Wald mit kostbaren Edelhölzern, die nur über den Fluss abzutransportieren waren, doch das verdammte Holz wollte nicht schwimmen. Stellt euch das vor, Holz, das nicht schwimmt.« Er schüttelte den Kopf. »Und wenn ihr nicht in Uruguay bleiben wollt ... von Argentinien heißt es immerhin, dass sich das Land zum Getreideanbau lohnt.«

»Argentinien?«

»Argentinien, genau.« Eugen lachte. »Denn wenn in Montevideo der Lotse an Bord geht, und danach sieht es mir gerade aus«, er grinste und deutete auf ein kleineres Boot, das mit ihrem gleichauf lag, »dann wird uns unser Weg ganz sicher nach Argentinien führen.«

Arthur wollte etwas erwidern, verstummte dann jedoch ob der Neuigkeiten. Er bemerkte, dass Olga zu zittern begann, und nahm ihre Hand.

Argentinien, wiederholte er in seinem Kopf, Argentinien.

Er hatte ganze Bücher über Brasilien gelesen und Reiseberichte verschlungen. Er hatte genaue Pläne gemacht für ihr neues Leben. Zuerst würden sie Arbeit suchen, dann Geld sparen und Land kaufen. Er war auf Brasilien vorbereitet, und jetzt fuhren sie nach Argentinien.

Aber ich weiß doch nichts von Argentinien. Nicht das Geringste.

Plötzlich überkam ihn Angst. Ein gutes Land für Getreide, wiederholte er bei sich, wie zum Trost, Eugen Millers Worte. Vielleicht hatte der erfahrene Reisende ja Recht, vielleicht war es nicht das Schlimmste, nach Argentinien zu kommen. Als Wolgadeutscher hatte er schließlich sein ganzes Leben mit dem Getreideanbau zugebracht.

Er riss den Blick von dem Boot los, das, wie Eugen ihnen erklärt hatte, den Lotsen an Bord gebracht hatte und nun wieder ablegte. Der schmale Mann war inzwischen weiter zum Kapitän gegangen, und das Schiff nahm wieder an Fahrt auf Richtung Buenos Aires am gegenüberliegenden Ufer des Río de la Plata. Arthur schaute sich um. Ob die anderen Mitreisenden verstanden, was ihnen gerade widerfuhr? Arthur bezweifelte es.

Als sie den Schuppen der Einwanderungsbehörde in Buenos Aires betraten, glaubten die meisten wolgadeutschen Passagiere noch, sie seien, wie geplant, in Brasilien angekommen.

Argentinien ist das falsche Land, durchfuhr es Arthur nochmals, als Olga und er nach der anstrengenden Einwanderungsprozedur endlich ins Freie traten. Es ist das falsche Land, es wird uns kein Glück bringen. Er wusste nicht, wie schnell er Recht behalten sollte.

Es war so schnell gegangen. Eben noch hatten sich ihre und Arthurs Finger in der Einwanderungsbehörde umeinandergeklammert, dann war Olga plötzlich mit der nach draußen drängenden Menschenmenge fortgerissen worden, als wäre sie nur ein Stückchen Holz in einem reißenden Fluss.

»Arthur!«, hatte sie verzweifelt geschrien. »Arthur!«

»Olga?«, war seine hilflose Stimme aus der Ferne zu hören gewesen, doch sie hatte sich einfach nicht aus dem Strom der Menschen befreien können, war weiter und weiter mitgerissen und nach einer scheinbaren Ewigkeit erst von der Masse ausgespuckt worden, wie eine Welle einen Schiffbrüchigen ans Ufer spuckte.

Olga stand da und konnte sich nicht regen. Wie erstarrt hielt sie sich am Rand des Gedränges inmitten wildfremder Menschen und hörte alle Sprachen der Welt, nur keine, die ihr vertraut war. Bald liefen ihr Tränen über das Gesicht.

Arthur, dachte sie nur, Arthur, wo bist du?

Seit Beginn ihrer Reise waren sie kaum einen Moment getrennt gewesen. Gemeinsam hatten sie von Brasilien geträumt und sich die Zukunft ausgemalt. Mit dem Geliebten an der Seite hatte die Reise, die Olga zuerst doch gar nicht hatte antreten wollen, nach und nach jeglichen Schrecken verloren. Doch dieser Schrecken war jetzt zurück.

Mit dem Handrücken wischte Olga sich über Augen und Wangen, doch die Tränen flossen einfach weiter.

Ich muss den Weg zurückfinden, fuhr es ihr durch den Kopf. Ängstlich blickte sie sich um. Wo war sie nur? Im Getümmel hatte sie Mühe gehabt, sich aufrecht zu halten, und nicht verfolgen können, welchen Weg die Menge genommen hatte. Immer noch drängten Menschenmassen an ihr vorbei. Sie musste Karren, Kutschen, Pferden, schreienden Lieferburschen ausweichen und erhielt den ein oder anderen Stoß in die Seite und in den Rücken.

Aber eigentlich, suchte Olga sich zu beruhigen, ist es doch ganz einfach. Ich muss zurück zum Meer, dort wird Arthur auf mich warten. Das Meer muss östlich liegen. Ich muss nach Osten. Ich werde Arthur zeigen, dass ich eine starke Frau bin. Ich werde ihn finden.

Olgas Tränen versiegten. Sie zog die Nase hoch und wagte einen neuerlichen Blick zur Orientierung. Dort, wo die Sonne jetzt war, musste Westen sein. In der anderen Richtung lag das Meer. Sie musste also nur die entgegengesetzte Richtung nehmen und laufen, bis sie die Küste wieder erreichte. So schwer konnte das doch nicht sein. Olga holte Atem. Ein paar Schritte entfernt, an einer Hausecke, bemerkte sie nun, stand ein Mann mittleren Alters und musterte sie mit einem freundlichen Lächeln.

»Neu hier?«, rief er ihr zu.

Olga nickte unsicher, aber sie war so elend dankbar, Deutsch zu hören, dass ihr die Knie weich werden wollten. Sofort stieg ein vertrautes Gefühl in ihr auf.

Ein Landsmann, dachte sie, ein Landsmann, endlich.

»Aber … aber mein Mann«, stotterte sie, »ich … ich habe meinen Mann im Hafengelände verloren.«

»O ja, es gibt immer ein furchtbares Gedränge dort, wenn ein Schiff angelegt hat.«

Sein freundliches Lächeln ließ Olga näher zu dem Mann hintreten. Es tat gut, nicht mehr inmitten des Gedränges zu stehen. Als hätte er verstanden, dass sie Luft zum Atmen brauchte, trat der Fremde noch weiter von der belebten Straße zurück. Dankbar folgte Olga ihm in die ruhige Seitengasse hinein.

Je näher sie ihm kam, desto deutlicher fiel ihr seine rote, von geplatzten Äderchen überzogene Nase auf. Offenbar ein Mann, der gern einmal dem Alkohol zusprach, zudem etwas vierschrötig. Er hatte ein rundes Gesicht, das man uneingeschränkt freundlich hätte nennen können, wenn nicht, ja, wenn nicht …

Sei nicht ungerecht, rief Olga sich zur Räson, er ist der Erste, der freundlich zu dir ist, der Erste, der dir helfen will.

Der Mann lächelte sie jetzt an und hielt ihr die Hand hin.

Woher weiß er eigentlich, dass ich Deutsche bin, überlegte Olga. Sieht man mir das an, oder … Kann er mir gefolgt sein? Irgendetwas sagte Olga plötzlich, es wäre besser, sich sofort umzudrehen und zurück in den Trubel der Straße zu gelangen.

Zu spät. Kaum war ihr der Gedanke gekommen, wurde ihr auch schon von hinten ein Sack über ihren Kopf gestülpt, fast im gleichen Moment riss man sie hoch. Olga verlor den Boden unter den Füßen. Sie riss den Mund auf, um zu schreien, doch nichts kam. Sie war wie gelähmt vor Schreck. Dann schleppte man sie auch schon weg wie einen Sack Mehl.

Als Olga sich endlich aus ihrer Starre löste und schrie, hörte sie niemand mehr. Und wenn sie jemand gehört hätte, wäre es ihm gleichgültig gewesen.

Irgendwann hatte Olga wohl das Bewusstsein verloren. Als sie wieder zu sich kam, lag sie in einem Verschlag. Durch die Ritzen zwischen den Brettern fielen Streifen von Sonnenlicht. Olga setzte sich auf und wäre fast wieder umgekippt. Ihr war übel, und sie musste sich einen Moment lang darauf konzentrieren, langsam ein- und wieder auszuatmen, bis es besser wurde. Dann schaute sie sich um.

Der Boden des Verschlags, in dem sie sich befand, bestand aus gestampfter Erde. Es gab keine Fenster und nur eine Tür. Jetzt, da sie sich besser fühlte, wagte sie es, vorsichtig aufzustehen. Mit ein paar Schritten war sie an einer der größeren Ritzen zwischen den Brettern angelangt und spähte hinaus, doch sie konnte nichts erkennen. Anscheinend befanden sie sich in Wassernähe. Sie meinte, ein Plätschern zu hören.

Olga drehte sich um und ließ den Blick durch den Verschlag wandern – und erschrak. Sie war nicht die Einzige in diesem Gefängnis. Im Dämmerlicht lagen noch zwei andere junge Frauen. Eine von beiden begann jetzt, herzzerreißend zu schluchzen. Dann setzte sie sich mit einem Mal auf, hob die Hände, presste die Handflächen gegen die Schläfen und schaukelte vor und zurück.

»Lieber Gott«, rief sie auf Deutsch, »lieber Gott, wo bin ich nur? Wo bin ich?«

Olga riss den Blick von ihr los und schaute die andere junge Frau an, die sie offenbar schon länger musterte. Diese war recht groß, schmal und dunkelhaarig und sprach sie jetzt an.

»Wer ... was ... wie bitte?«, stammelte Olga.

»Man hat dich entführt«, wiederholte die Dunkelhaarige, die ebenfalls Deutsch sprach. »Man wird dich wohl, wie uns auch, in ein Bordell bringen.«

»Ein Bordell? Nein!« Olga hatte so unmittelbar und so laut geschrien, dass sie vor ihrer eigenen Stimme erschrak. Im nächsten Moment war sie an der Tür und rüttelte daran. »Nein! Mein Mann und ich, wir werden Land kaufen. In Brasilien. Wir sind Bauern. Wir wollten uns ein neues Leben aufbauen.«

»Das hier ist Argentinien«, bemerkte die Dunkelhaarige.

»Ja ... aber ...«, stammelte Olga, »wir werden ... wir werden zurück nach Brasilien gehen und ...«

»Hat er dir das gesagt?« Die Dunkelhaarige sah sie abschätzig an. »Sie sagen viel, die Männer, wenn ihnen der Tag lang wird, nicht?« Sie kam jetzt näher und streckte Olga die Hand hin. »Ich bin Ruth ... Ruth Czernowitz.«

»Olga Weißmüller.«

»Ich sag dir, es ist besser, wenn du deinen Mann vergisst, Olga. Das hier ist Buenos Aires, die Stadt der guten Lüfte und der verlorenen Jungfrauen.«

Olga starrte Ruth an. Dann musste sie sich auch schon über das Gesicht wischen, denn die Tränen fingen unaufhaltsam an zu fließen.

»Wo ... wo ist dein Mann?«

»Mein Mann?« Ruth hob eine ihrer schmalen, fein gezeichneten Augenbrauen. »Ich fürchte, der hat mich hierher gebracht.«

»O mein Gott, wusstest du ...?«

»Natürlich, wir hatten es besprochen.« Ruth verschränkte

die Arme vor der Brust. »Und es war mir recht, ich wollte nicht verhungern.«

»Verhungern?«

»Verhungern, genau.« Die junge Frau zog die Augenbrauen zusammen. »Da, wo ich herkomme, hungern die Menschen nicht nur, sie sterben sogar hungers.«

»Wo kommst du her?«

»Aus der Gegend von Lwów. Ihr kennt es sicherlich unter dem Namen Lemberg. Und du?«

»Von der Wolga. Du sprichst gut Deutsch, Ruth.«

Die junge Frau zuckte die Achseln. »Ich spreche viele Sprachen. Polnisch, Russisch, Deutsch, Spanisch ... Für unsereins ist es gut, schnell zu verstehen.«

Mit scharfen, Olga unverständlichen Worten wies sie jetzt die weinende junge Frau zurecht. Die holte erschreckt Luft und mühte sich im nächsten Moment, die trockenen Schluchzer zu unterdrücken.

»Für unsereins?«, hakte Olga nach.

Ruth musterte sie. »Ich bin Jüdin, hast du das nicht bemerkt?«

»Nein.« Olga schluckte. »Wie sollte ich ...? Ich ...«

Ruth und Olga sahen einander hilflos an.

Sie flehten beide Gott an, ihnen zu helfen, und wussten doch, dass sie sich jetzt nur noch selbst helfen konnten. Den ganzen Tag über blieben sie allein. In einer Ecke des Verschlags stand ein Nachttopf, in den sie sich erleichtern konnten, in der anderen ein Eimer mit Wasser. Es schmeckte abgestanden, doch es half gegen den Durst. Etwas trockenes Brot stillte den gröbsten Hunger.

Arthur, dachte Olga, bevor sie an diesem Abend endlich in einen unruhigen Schlaf fiel, ich muss Arthur wiederfinden. Ich muss aus dieser Hölle entkommen.

Viertes Kapitel

Seit jenem Bad im Fluss mit ihrer Mutter hatte Blanca den Eindruck, dass die Zeiten sich noch deutlicher änderten. Aus dem Norden kamen tatsächlich immer mehr Soldaten, aber auch Wissenschaftler in das Grenzgebiet. Die einen, um die Indios endgültig auf ihren Platz zu verweisen, die anderen, um das Gebiet für etwaige Siedler zu erschließen. Die Fremden wählten häufig Blanca, das schöne junge Mädchen mit den unergründlich schwarzen Augen und dem rotbraunen Haar, das golden schimmerte. Sie bezahlten gut.

Damit ließ es sich ertragen, wenn Corazon die Tage im Alkoholdämmer verbrachte, denn wenigstens mangelte es ihnen an nichts. Und Corazon genügte es vollauf, wenn Blanca allein das Geld verdiente, das ihnen beiden das Leben rettete.

Einmal in der Woche kam Jens Jensen, um sich mit Blanca zu unterhalten. Zuerst hatte sein Verhalten das junge Mädchen verwundert, dann akzeptierte sie es. Bis zu seinem Abschied kam auch Bruder Bartholomé weiterhin regelmäßig. Eines Tages jedoch packte er seine Sachen, um weiter nach Süden zu gehen. Die Indios brauchten ihn, sagte er.

Neuerdings legte Blanca täglich ein wenig von ihrem hart verdienten Geld für sich zurück. Irgendwann hatte sie damit angefangen, inzwischen war es zur Gewohnheit geworden. Manchmal stellte sich Blanca vor, ihr Erspartes aus dem Versteck zu nehmen und einfach nach Buenos Aires zu gehen. Aber wie sollte sie den langen Weg allein schaffen? Sie war noch ein so junges Mädchen. Außerdem konnte sie ihre Mutter nicht zurücklassen. Corazon brauchte sie dringender denn je. Blanca war die Einzige, die darauf achtete, dass sie regelmäßig aß, sich wusch und ab und zu frische Kleidung anzog. Corazon wurde immer mehr zum Kind. Sie alleinzulassen, würde ihren Tod bedeuten.

Die Bewohner der Grenzsiedlung wurden überdies wieder häufiger durch Berichte über umherstreunende kriegerische Indios aufgeschreckt. Manchmal fragte Blanca sich, ob Julio unter ihnen war. In jedem Fall war es in diesen Tagen zu gefährlich, die Siedlung zu verlassen. Manchmal kam sie sich vor wie eine Gefangene.

Der Tag, der Blancas Leben erneut vollkommen verändern sollte, begann mit einem Sonnenaufgang, so rot, als stünde der Himmel in Flammen. Blanca war an diesem Morgen recht guter Laune, denn Jens Jensen war am Vortag bei ihr gewesen. Er hatte gut bezahlt. Sie hatte mehr Münzen in ihr Versteck legen können, als sie erwartet hatte, und für den Rest noch den Vorrat an Reis und Bohnen für Corazon und sich aufgestockt.

Als Blanca aufstand, blieb Corazon, wie so oft in letzter Zeit, liegen. Alkoholdunst lag in der Luft, er verlor sich nie mehr ganz. Um dem Gestank wenigstens für einen Moment zu entkommen, trat Blanca auf die viel zu schmale, wacklige Veranda hinaus. Hier hatten die Mutter und sie in den Anfangsmonaten manchmal gesessen und sich ausgeruht, doch das war lange her.

Der Sonnenaufgang zieht sich heute aber ungewöhnlich lange hin, fuhr es Blanca nach einer Weile durch den Kopf, der Himmel leuchtet ja immer noch ganz rot.

Sie trat an die Verandabrüstung und spähte nach Osten, wo sich Streifen von Blau und Lila ins tiefe Rot mischten. Und dann bemerkte sie es.

Feuer, es riecht doch nach Feuer ... O Jesus, es brennt.

Eilig sprang Blanca die Verandastufen hinunter, rannte ein paar Schritte von der kleinen Hütte weg, um sich einen besseren Überblick zu verschaffen. Sie musste nicht weit laufen. Bald sah sie es. Drüben, auf der anderen Seite des kleinen Flusses, brannte es bereits lichterloh. Haushoch schlugen die Flammen in den Morgenhimmel. Das Buschwerk war, nur Gott wusste wie, in Brand geraten. Dicke Rauchschwaden zogen über den Fluss hinweg und ließen ihre Nase kribbeln. Für einen Moment konnte sie sich vor Angst nicht rühren.

Wird der Fluss uns schützen, dachte sie voller Sorge, oder wird das Feuer überspringen und alles hier verzehren? Obwohl sie diesen Ort immer gehasst hatte, so lebte sie doch hier. Hier verdiente sie ihr Geld, hier hatte sie ein Dach über dem Kopf.

Aber erst einmal müssen wir hier fort, hämmerte es im nächsten Moment in ihren Kopf, wir müssen hier fort, ins Stadtinnere, wo es Häuser aus Stein gibt. Dort werden wir sicher sein.

Ein Windstoß brachte die Flammen auf der anderen Seite des Flusses zum Tanzen. Feuerfunken flogen auf, noch dichtere Rauchschwaden bildeten sich. Schon meinte Blanca, die unglaubliche Hitze der Flammen zu spüren. Ihre Haut brannte. Sie machte auf dem Fuß kehrt und rannte zurück zum Haus.

»Mama«, rief sie, »Mama, schnell, wir müssen weg!«

»Was ist denn?«

Corazon klang unwirsch. Sicher brummte ihr der Schädel

vom Trinken. Blanca stand schon in der Hütte, suchte mit fliegenden Händen die wichtigsten Sachen zusammen.

»Lass mich in Ruhe«, quengelte Corazon nun wie ein Kind.

»Es brennt, Mama!«

Blanca wickelte ein paar Kleidungsstücke in ein Tuch, packte die Vorräte an Reis und Bohnen ein und griff nach dem kleinen Beutel mit dem gesparten Geld, den sie sogleich in ihre Rocktasche schob.

»Was? Wo?« Corazon starrte ihre Tochter entgeistert an.

»Auf der anderen Seite des Flusses, komm jetzt, Mama!«

Blanca warf ihrer Mutter den Poncho zu. Diese griff danach, verfehlte ihn jedoch und hob ihn stöhnend vom Boden auf. Dann stolperten sie auch schon auf die Veranda hinaus. Blanca ging hinter Corazon, stieß sie ab und an in den Rücken, damit sie schneller lief. Carlitos *pulpería* ist ein Steinhaus, überlegte sie. Dort werden wir Schutz finden.

Blanca und ihre Mutter mussten heftig husten, der Wind trieb den beißenden Qualm unablässig über den Fluss. Sie rannten ein Stück, dann blieben sie beide wie auf einen geheimen Wink noch einmal stehen und schauten zu dem lodernden Feuerschein hinüber.

»Wer war das?«, klagte Corazon. »Wer hat das getan?«

Diese Frage, dachte Blanca verblüfft, habe ich mir gar nicht gestellt. Doch ihre Mutter hatte Recht. An heißen Sommertagen lief man immer Gefahr, von einem Feuer überrascht zu werden. Manchmal wurde es durch ein achtlos weggeworfenes Zigarillo entzündet, manchmal hatte ein Reisender sein Lagerfeuer nur unzureichend gelöscht. Manchmal suchten Bauern, Wildtiere von ihren Feldern fernzuhalten, oder Soldaten wollten Rebhühner für die Jagd aufscheuchen. In jedem Fall sprang man gewöhnlich beim ersten aufsteigenden

Rauch auf die Pferde, um beim Löschen zu helfen. Aber hier ...? Niemand regte sich in der Siedlung. Warum nicht? Wie war dieses Feuer ausgebrochen?

Das Angriffsgeheul der Indios erscholl nur einen Bruchteil später. Und in diesem Moment erfasste Blanca, was geschehen war.

Die Indios haben das Buschwerk angesteckt, erkannte sie, sie wollen uns ausräuchern. Sie wollen, dass wir durcheinanderrennen wie kopflose Hühner, und dann einen nach dem anderen von uns töten. In letzter Zeit war immer häufiger von Überfällen auch in ihrer Nähe zu hören gewesen.

Geduckt im Schatten der Häuser zerrte Blanca Corazon weiter. Bald wurde der Rauch noch dichter und machte ihnen das Atmen schwerer, doch die zunehmenden Rauchschwaden boten ihnen auch einen Schutz, den Blanca nicht missen wollte.

Aus der Ferne hörte sie jetzt das Geräusch von Hufschlag und aufspritzendem Wasser. Die Angreifer kommen über den Fluss, schoss es ihr durch den Kopf. Wir müssen uns beeilen. Wir müssen die *pulpería* rasch erreichen.

Warum waren die Soldaten nicht zu hören? War es nicht ihre Aufgabe, die Menschen hier zu schützen? Aber von den Soldaten in dieser Grenzgegend hörte man ohnehin nur Schlechtes. Wahrscheinlich war der Überfall bisher unbemerkt geblieben, und General Roca, von dem in letzter Zeit so viel geredet worden war, war noch nicht eingetroffen.

Ob Julio bei den Angreifern ist?, fragte Blanca sich mit einem Mal.

Ein Indio trieb sein Pferd jetzt mit schrillem Geheul an ihnen vorbei, doch sie blieben unbemerkt. Entschlossen schob Blanca ihre Mutter weiter in Richtung *pulpería*. Dort, so hoffte sie, würden sie Hilfe finden, zumindest nicht allein sein. Aber sie kamen nur langsam voran, denn Corazon, obwohl mittlerweile ernüchtert, bewegte sich unsicher.

Erste Schüsse zerrissen die Luft. Kaum zwanzig Schritte vor ihnen rannte ein Mann über die Straße, warf mit einem Mal die Arme hoch und brach lautlos zusammen. Blanca presste beide Hände vor den Mund, um den Schrei in ihre Kehle zurückzudrängen, doch es nützte nichts: Corazon kreischte schrill vor Entsetzen.

Der Indianer, der sein Pferd eben noch auf den zu Boden gegangenen Mann zusteuerte, riss es herum und schaute, woher der Schrei kam. In einem Moment, der ihr kaum länger vorkam als ein Lidschlag, sah Blanca eine dunkelhäutige, schlanke Gestalt mit langem schwarzem Haar, das im Wind wehte. Der Reiter wirkte wie verwachsen mit seinem Pferd. Für einen Augenblick starrten der indianische Krieger und die beiden Frauen einander an. Dann drückte der Indianer seinem Pferd die Fersen in die Seiten und sprengte auf Blanca und Corazon zu.

Blanca, panisch vor Angst, versuchte mit aller Kraft, ihre Mutter zwischen die Häuser zu ziehen, doch Corazon blieb so beharrlich stehen, wie Blanca es ihrer Mutter kaum mehr zugetraut hatte. Im letzten Moment ließ sie los, sprang in einen engen Spalt zwischen zwei Hütten, ließ sich fallen und krabbelte unter die nächste Veranda.

Mama, lauf weg, flehte sie stumm, lauf doch weg, Mama!

Erneut musste Blanca die Hände vor den Mund pressen, um nicht zu schreien. Sie sah ihre Mutter, sah den Indianer das Pferd lediglich mit den Schenkeln lenkend, in der erhobenen rechten Hand eine Machete. Blanca nahm verwirrt wahr, dass ihre Mutter lächelte, sie lächelte, als hätte sie endlich mit dem Leben abgeschlossen. Im nächsten Moment stieß der

Indianer einen wilden Schrei aus. Blancas Mutter breitete die Arme aus, und die Machete sauste nieder.

Nein!, schrie es in Blanca. Dann versank ihre Welt im Dunkel.

Blanca riss die Augen auf. Was war geschehen? War sie ohnmächtig geworden? Die Orientierungslosigkeit verflog so rasch, wie die Angst zurückkehrte.

Mama.

Ihre Mutter ... Ihre Mutter war getötet worden, eben gerade, totgeschlagen vor ihren Augen. Mit einem Mal musste Blanca würgen, es ließ sich nicht mehr aufhalten. Sie schaffte es gerade noch, aus ihrem Versteck zu kriechen, bevor sie sich gegen die nächste Hauswand übergab. Keuchend versuchte sie, ihren Atem zu beruhigen, wischte sich dann über den Mund und sah sich um. Der Indianer war verschwunden. Corazon lag im Schmutz der Straße.

Mama.

Blanca stolperte auf die reglose Gestalt zu. Ein neues Würgen drohte, sie zu überwältigen, doch sie hatte schon alles von sich gegeben. Es kam nur noch bittere Galle.

Corazon ist tot. Mama ist tot.

Die Machete hatte Corazons Kopf fast vom Rumpf getrennt. Es war ein grausamer Anblick, trotzdem erschien es Blanca, als läge ein Lächeln auf den erschlafften Zügen ihrer Mutter. Blanca zwang sich, stehen zu bleiben und ein kurzes Gebet zu sprechen. Das war sie ihrer Mutter schuldig. Immer noch waren Kampfgeräusche zu hören. Menschen schrien in Wut und Angst, flohen hektisch durch die Straßen. Blanca hörte Schüsse knallen, und endlich entfernt Trompetenklänge, mit denen wohl die Soldaten zusammengerufen wurden. In Richtung *pulpería* schien das Chaos am größten zu sein. Die meisten Flüchtenden drängten dorthin. Hin und wieder war eine kreischende Frauenstimme zu hören.

Blanca war plötzlich nicht mehr in der Lage zu entscheiden, was sie tun sollte. Los, versteck dich!, versuchte sie sich selbst zur Flucht zu bewegen. Willst du, dass sie dich umbringen? Du willst leben, Blanca, nach Buenos Aires zurückkehren ... Bleib nicht hier stehen. Deine Mutter ist tot, du kannst ihr nicht mehr helfen. Du hast ihr schon lange nicht mehr helfen können ... Aber du kannst jetzt fort von hier, wenn du dich nicht auch noch töten lässt. Du kannst ein neues Leben beginnen.

Das Hufgetrappel, das sie im nächsten Moment vernahm, ließ sie erstarren. Jetzt kommt er zurück. Jetzt kommt Corazons Mörder zurück, hämmerte es in ihrem Kopf.

Sie stolperte davon, doch ihre Knie waren so weich, dass sie kaum vorankam. Pferd und Reiter näherten sich viel rascher, als sie laufen konnte.

Du musst dich retten ... Rette dich ... Lauf ...

Die Angst schnürte Blanca die Kehle zu. Schon hörte sie das Schnauben des Pferdes, spürte den riesigen Schädel neben sich. Im nächsten Augenblick packte eine feste Hand ihren Arm und riss sie hoch. Blanca wollte sich wehren, aber sie hatte keine Kraft mehr. Der fremde Reiter zerrte sie vor sich auf das Pferd, sodass sie, das Gesicht nach unten, quer vor dem Sattel zu liegen kam, dann schlug er dem Tier die Hacken in die Flanken. Es machte einen Satz und sprengte los. Blanca sah den Staub der Straße, dann Steppengras, Steine, niedriges Gestrüpp.

Erst eine halbe Ewigkeit später, so schien ihr, wurden sie langsamer. Das Pferd kam zum Stehen. Ihr Entführer glitt aus dem Sattel, zog sie herunter und drehte sie endlich mit dem Gesicht zu sich hin.

Blanca riss Augen und Mund auf. »Señor Jensen!«

»Pst, Blanca!«

Jens Jensen legte den Finger auf die Lippen und hieß sie, sich zu setzen. Im Schutz des Buschwerks kauerten sie sich nieder und versuchten beide, zu Atem zu kommen.

Blanca war es, als wäre sie aus einem langen Schlaf erwacht. Als sie die Augen aufschlug, lag sie auf dem Boden, den Kopf in Jens Jensens Schoß gebettet. Sie erinnerte sich, dass sie an ihre Mutter gedacht hatte, dass sie plötzlich Wut darüber verspürt hatte, dass Corazon sich nicht hatte retten wollen. Dann hatte sie wieder die schrecklichen Bilder vor Augen gehabt, die erhobene Machete, mit der der Indianer ihre Mutter getötet hatte, und sie hatte weinen müssen. Sie hatte geweint und geweint, bis sie vollkommen erschöpft gewesen war. Dann hatte sie Jens Jensen gefragt, ob er sie in den Arm nehmen würde. Er war ihrer Bitte nachgekommen.

An seine Brust gelehnt hatte sie weitergeweint, so lange, bis sie keine Tränen mehr gehabt hatte und ihr Körper nur noch von trockenen Schluchzern geschüttelt wurde. Señor Jensen hatte ihr sanft über den Kopf gestreichelt.

Das Erste, was sie nun sah, war sein von der Sonne rot verbranntes Gesicht und seine besorgten blauen Augen.

»Geht es Ihnen gut, Blanca?«

Sie richtete sich auf. Am Stand der Sonne stellte sie fest, dass nur kurze Zeit vergangen war.

»Meine Mutter ist tot«, murmelte sie.

»Oh ... Das tut mir leid, Blanca.«

Blanca versteifte unwillkürlich die Schultern. Jens Jensen rückte etwas von ihr ab, und sogleich bedauerte sie es, seine Wärme nicht mehr zu spüren.

Aber mein Leben ändert sich jetzt, sagte eine Stimme in ihr, ich bin auf mich gestellt, nur noch auf mich …

»Was werden Sie tun, wenn das hier vorbei ist?«, fragte Jens Jensen einen kurzen Moment später.

Sie fragte nicht danach, warum er wusste, dass auch dies hier vorbeigehen würde. Es war ein Stück Zuversicht, das ihr half, das Schreckliche nicht mehr zu nah an sich heranzulassen.

Blanca zuckte die Achseln. »Ich werde nach Buenos Aires zurückkehren, das wollte ich immer schon tun.«

Jens Jensen nickte langsam. »Ja, Buenos Aires erscheint einem jetzt besser als diese gottverdammte Gegend«, bemerkte er mit einem Grinsen, das sie wohl aufmuntern sollte.

Blanca stand auf und spähte durch das Buschwerk in die Richtung, in der sie das Dorf vermutete. Rauchschwaden waren dort zu sehen. Es war relativ still. Sie hätte gedacht, dass es dumm war, den Schutz der Häuser zu verlassen, aber Señor Jensen kannte sich offenbar gut aus und hatte das Versteck mit Bedacht gewählt. Ihr selbst war dieser Ort jedenfalls bisher nicht aufgefallen. Ein wirklich gutes Versteck also. Sie drehte sich wieder zu Jens Jensen um.

»Und Sie? Was werden Sie tun?«

»Ich werde wohl eines Tages mit der Armee weiter vorrücken. Man hat mich gefragt … Ich habe einiges über Geologie und Pflanzen gelernt, seit ich hier bin. Man sagte mir, man braucht Leute wie mich.«

Blanca schüttelte den Kopf. »Aber ich dachte, Sie stünden auf der Seite der Indios. Sie kamen mir nie vor wie ein Mann der Armee.«

Jensen zuckte die Achseln.

»Haben Sie schon gekämpft?«, fragte Blanca.

»Nein«, sagte er langsam, dann überlegte er. Endlich lächelte er. »Ein einziges Mal, und das ist schrecklich schiefgegangen.«

Es lag ihr auf der Zunge, danach zu fragen, was geschehen war, doch dann entschied sie, dass sie einander dafür doch nicht gut genug kannten. Es war ungehörig, ihn solch persönliche Dinge zu fragen. Blanca sah kurz zu Boden, bevor sie wieder sprach.

»Vielleicht sollten Sie zu Ihrer Verlobten zurückkehren«, sagte sie.

Sie hatte immer vermutet, dass er irgendwo eine Frau hatte. Warum war er sonst so zurückhaltend ihr gegenüber?

Er schaute sie nachdenklich an. »Ja, vielleicht sollte ich das.« Dann stand auch er auf und trat neben sie. »Kommen Sie, lassen Sie uns ins Dorf reiten, Señorita Blanca.«

Jens Jensens Zimmer im Hotel sah noch aus, wie er es verlassen hatte. Ringsherum waren Menschen getötet, Häuser eingerissen oder verbrannt worden. Hier, in diesen vier Wänden, stand die Zeit still. Er trat an den Waschstand und schöpfte sich lauwarmes Wasser ins Gesicht, rieb es dann mit einem frischen Handtuch trocken und blieb einen Moment stehen, das Gesicht im Tuch verborgen.

Ich habe zu viel Glück, schoss es ihm durch den Kopf, ich habe immer zu viel Glück gehabt, und ich habe es nicht verdient.

Ja, so war es doch, gestorben waren stets die anderen. Deshalb war seine Flucht aus Deutschland auch immer eine Flucht vor sich selbst gewesen. Kaum in Buenos Aires angekommen, war er weitergereist: nach Süden, nach Norden, nach Osten und Westen. Im Westen war das Land gebirgig. Zwischen Argentinien und Chile breitete sich die Wüste Atacama aus. Er hatte auch den Ojos del Salado gesehen, den höchsten Vulkan der Erde. Er hatte die Anden überquert, war durch wilde Gebirgstäler, tiefe Schluchten, durch vom Wind geformte Hochgebirgswüsten und sanftgrüne Flusstäler geritten, über kahle Ebenen hinweg, auf Höhen hinauf, wo riesige Stangenkakteen standen. In der Höhe wirkte das von grüngelben Grasfluren überzogene Gebirgsrelief wie in einen faltenreichen Samtmantel gehüllt. Er hatte alles Neue in sich aufgesaugt, um die Vergangenheit hinter sich lassen zu können.

Danach hatte er den Chaco bereist, der im Osten flach war, während Quellbäche die fruchtbaren Täler des Westens bewässerten, zumeist Nebenflüsse des Río Bermejo und Río Salado. Im Nordosten bildete der aus Bolivien kommende Río Pilcomayo die Grenze zu Paraguay. Unter einem endlosen tiefblauen Himmel war Jensen durch eine Salzwüste geritten. Niemals zuvor aber war ihm die Natur rauer erschienen, niemals verschwenderischer als in Patagonien. Er hatte atemberaubende Naturwunder gesehen und war zu Gast bei Indianern gewesen. Er wusste, was sie zu den Angriffen trieb, und hatte sich trotzdem der Armee angeschlossen. Damit er nur nicht anhalten musste, denn wenn er anhielt, dann kamen auch die verdammten Gedanken. Dann kam die Erinnerung, mit der er nicht umgehen konnte.

In der Armee hatte er als Berichterstatter, Hobbygeograf und Historiker gearbeitet. O Himmel, wo hatte er sich jetzt nur wieder hineingeritten? Sie hatte ihm gesagt, er solle zu seiner Verlobten zurückkehren, aber die Verlobung war längst gelöst, lange bevor er sich der Armee angeschlossen hatte. Er hatte viel zu viel Angst davor gehabt, stehen zu bleiben.

Jensen ließ das Handtuch sinken und starrte sich im Spiegel an. Das Haar stand ihm ungekämmt in alle Richtungen vom Kopf ab. Sein Hemd war rußverschmiert, ein Ärmel war gerissen. Er war sicher, dass er kreidebleich war, so fühlte er sich jedenfalls.

Ich liebe sie, schoss es ihm im nächsten Moment durch den Kopf, ich liebe Blanca wie eine Tochter, die ich ... Er brach ab. Ich darf und will sie nicht verlieren.

Sie hatte im großen Schankraum bleiben wollen, gemeinsam mit den anderen, denen Angst und Schrecken im Gesicht geschrieben standen. Jensen blickte sich um. Die meisten waren Frauen. Hier und da wurden Verletzte behandelt. Jemand weinte. Jensen suchte weiter, doch er konnte Blanca nicht entdecken.

Heute stand Mamita, die Wirtin des Hauses, hinter der Bar und schenkte Rum aus. Carlito hatte er zuvor draußen gesehen, wo er mit anderen Männern damit beschäftigt gewesen war, den Schaden aufzunehmen. Jensen setzte sich an den Tresen. Mamita schob ihm ein Glas zu. Er trank nicht.

»Trinken Sie«, sagte Mamita, »es ist mein bester Schnaps. Heute gibt es ihn umsonst, weil wir überlebt haben.«

»Wo ist Blanca?« Jensen legte eine Hand um das Glas.

Der scharfe Geruch des Alkohols stieg ihm in die Nase, doch er trank immer noch nicht. Mamita hob selbst ein Glas an den Mund. Auch ihr war die Angst noch deutlich anzusehen. Wie viele von ihnen gestorben waren, wusste noch keiner.

»Hinausgegangen, sie wollte bei den Aufräumarbeiten helfen.« Mamita setzte an und leerte den Inhalt in einem Zug.

»Ah.« Jensen drehte sich um, war schon fast auf dem Weg nach draußen.

»Ihr Schnaps, Señor.«

»Später.«

Ich werde sie fragen, ob sie mich begleitet, überlegte er. Ich werde sie jetzt fragen, ob sie bei mir bleibt, das habe ich schon so lange tun wollen ...

Blanca war noch einmal zu der kleinen Hütte zurückgekehrt, die sie während der letzten zwei Jahre mit ihrer Mutter geteilt hatte. Wie durch ein Wunder war das kleine *adobe*-Haus unversehrt geblieben. Blanca holte eine Decke und begann, so viele Habseligkeiten darin zu verpacken, wie sie tragen konnte, vor allem Nahrungsmittel und Wasser. Auf der Flucht hatte sie fast alles verloren, nur einen Teil hatte sie in ihrem Versteck unter der Veranda wiedergefunden. Wenigstens hatte sie das Geld noch in der Tasche.

Einen Moment lang verharrte sie reglos und sah an sich hinunter. Ihr Rock war schmutzig und blutverschmiert. Das Blut ihrer Mutter? Sie wusste es nicht.

Ein Gedanke war in ihr aufgekeimt in dem Schankraum, in dem sie mit den anderen Frauen hatte warten sollen. Sie würde das Grenzgebiet verlassen, und sie würde sich dazu als Junge verkleiden. Irgendwo, auf dem Weg zurück zum Haus hatte sie eine Hose von einer Wäscheleine genommen, die niemand mehr brauchte, denn ihr Besitzer war sicherlich tot. Sie würde ihre Brust einschnüren, ein einfaches Leinenhemd anziehen. Auch einen hellen, breitkrempigen Hut nannte sie bereits ihr Eigen. Blanca war sich sicher, dass niemand die Diebstähle im allgemeinen Durcheinander bemerken würde. Sie hatte geplant, sich Señor Jensens Pferd auszuleihen.

Noch einmal schaute sie sich in dem kleinen Raum um, dann trat sie entschlossen vor die Tür. Wenig später hatte sie die *pulpería* erreicht. Wie erwartet, achtete niemand auf sie, als sie Jensens Pferd aus dem danebenliegenden Stall führte.

Man hatte sie schon oft gemeinsam gesehen. Sie waren oft zusammen ausgeritten.

Blanca führte das Tier in die nächste schmale Seitengasse und saß auf. Sie würde sich später umziehen. Etwas unschlüssig war sie sich noch hinsichtlich des Zettels, den sie geschrieben hatte. Dann rief sie einen Jungen herbei, der am Straßenrand auf irgendetwas zu warten schien. Viele warteten heute hier. Sie gab dem Jungen einen Silber-Peso.

»Du gibst das Señor Jensen, ja?«

Der Junge nickte.

Wenig später hatte Blanca den Fluss erreicht. Sie sah nicht mehr zurück.

Sie ist fort. Mit meinem Pferd.

Das erste Gefühl, das Jensen überwältigte, war Wut, gefolgt von Resignation. Warum war sie nicht geblieben? War Blanca etwa vor ihm davongelaufen? Er wollte schreien, zwang sich dann aber, ruhig zu bleiben, und holte nur aus, um gegen die Hauswand zu treten.

»Verdammt«, quetschte er zwischen den Zähnen hervor, »dieses verdammte Luder.«

»Señor?«

Er hörte die leise Stimme in seinem Rücken zuerst nicht, drehte sich dann um und sah den schmalen Burschen missmutig an.

»Was ist?«, fragte er ungehalten.

Der Bursche hatte seinen Hut vom Kopf genommen und drehte ihn in den Händen. Angst flackerte in seinem Blick auf. Jensen bekam ein schlechtes Gewissen. Dann fummelte der Bursche etwas aus seinem Hosenbund hervor, ein kleines, schmutziges Stück Papier.

»Die Señorita hat gesagt, ich soll Ihnen das hier geben.«

Er hielt Jensen das Papier hin, der nahm es entgegen.

Ich wusste gar nicht, dass sie schreiben kann, fuhr es ihm als Erstes durch den Kopf. Er atmete tief durch, dann begann er zu lesen.

Fünftes Kapitel

»Komm mit uns mit, Arthur, du wirst Olga nicht mehr finden. Sicherlich ist sie nicht mehr in Buenos Aires. Vielleicht ...« Casimir zögerte einen Moment, bevor er vorsichtig weitersprach. »Vielleicht musst du dich an den Gedanken gewöhnen, dass sie nicht mehr lebt.«

Arthur antwortete nicht, sondern blickte starr auf den Flusshafen von La Boca mit seinen auf Pfählen gebauten Häusern. Dieser Hafen lag an der Mündung des Riachuelo, eines Flusses, der sich ein gutes Stück vom Stadtzentrum entfernt in den Río de la Plata ergoss. Der junge Mann verschränkte die Arme vor der Brust. Wenige Wochen zuvor noch hätte er jeden niedergeschlagen, der von Olgas Tod sprach, doch heute ... Womöglich hatte Casimir Recht.

Gemeinsam mit über tausend anderen Wolgadeutschen, die teils aus Brasilien und teils aus Europa kamen, war der Mann wie er selbst nach Buenos Aires gekommen. Auf verschlungenen Wegen hatten sie einander kennengelernt, Arthur wusste schon längst nicht mehr, wie und wo. Die meisten seiner täglichen Gedanken drehten sich ohnehin um Olga und die Frage, wie er sie wiederfinden konnte. Den Gedanken, dass er sie vielleicht niemals wiedersehen würde, hatte er bislang nicht zugelassen.

Und ich werde es auch jetzt nicht tun.

Er schaute Casimir fest an. Man hatte ihm und den anderen Land in Entre Ríos zugewiesen, das sie jetzt rasch in Besitz zu nehmen gedachten.

»Ich wünsche euch Glück, Casimir«, sagte Arthur, »aber ich kann nicht fort von hier. Nicht, bevor ich nicht weiß, was wirklich mit Olga geschehen ist. Entweder, ich finde sie wieder, oder ich trage sie zu Grabe. Das habe ich mir geschworen.«

Casimir nickte. Dann hob er die Schultern, ließ sie wieder fallen und stieß schließlich einen tiefen Seufzer aus. »Morgen feiern die Argentinier die Unabhängigkeit ihres Staates. 1810 ist die erste, von der spanischen Kolonialmacht unabhängige Regierung gebildet worden. Schade, ich wäre gern dabei gewesen, doch unser Schiff fährt eben schon heute. Pech gehabt.«

Er drehte sich wieder in Richtung Fluss, auf dem so viele Dampfboote, Segelschiffe und Barken unterwegs waren, dass man das Wasser kaum noch sehen konnte. Arthur folgte Casimirs Blick. Bei Ankunft ihres Schiffes hatte das argentinische Einwanderungsamt erst eine der ihnen versprochenen Kolonien eröffnet: Hinojo bei Olavarria im Süden der Provinz Buenos Aires. Obwohl sich dort bereits einige ihrer Landsleute angesiedelt hatten, hatten sich die Neuankömmlinge, unter ihnen Casimir, standhaft geweigert, ebenfalls dorthin zu ziehen. In Entre Ríos sähe es aus wie in der alten Heimat, hatte man ihnen gesagt. Deshalb wollten sie auch nirgendwo anders hin.

»Ich muss hierbleiben. Ich muss herausfinden, was geschehen ist«, wiederholte Arthur. Oder sterben, fügte er stumm hinzu.

Casimir nickte. »Aber du kannst jederzeit zu uns kommen, vergiss das nicht. Jederzeit.«

»Ja«, antwortete Arthur.

Dann blickten die Männer wieder auf den Fluss hinaus. Schweigend hing jeder seinen Gedanken nach.

Verschnürt und geknebelt, sodass sie sich weder rühren noch einen Laut von sich geben konnte, lag Olga auf dem Boden des Schiffsrumpfs. Mit den Wellen bewegte sich das Schiff auf und ab. Anfangs hatte sie geglaubt, ihr müsse übel werden, doch inzwischen hatte sie das Gefühl überwunden. Nur dass sie allein war, beunruhigte sie. Man hatte Ruth und sie – die andere junge Frau war schon am zweiten Tag abgeholt worden – gemeinsam aus dem Haus gebracht, in dem sie Wochen zugebracht hatten, doch danach hatte Olga nichts mehr von der Freundin gehört. Das Einzige, was sie wusste, war, dass es für sie heute mit dem Schiff nach Rosario gehen sollte. Auch in Rosario wurden Huren gesucht.

Oder war Ruth doch hier? Olgas Augen hatten sich langsam an die Dunkelheit gewöhnt, doch sie konnte sich nicht ausreichend bewegen, um einen Überblick zu gewinnen. Von draußen drangen Rufe und Geschrei zu ihr herein. Sie hörte, wie das Wasser an die Bootswände klatschte, lauschte dem Knarren von Holz. Es tat einen dumpfen Schlag, als etwas zu Boden fiel. Aber das war alles, was sie wahrnahm – die üblichen Geräusche eines Hafens, mehr nicht. Sie war allein.

Sechstes Kapitel

Frank stand reglos am Ufer, die Arme hinter dem Rücken verschränkt, den Blick gen Buenos Aires gerichtet. Am Vortag war er in später Nacht mit dem Schiff in Montevideo angelangt. Erwartungsvoll hatte er sich mit den anderen Passagieren an der Reling gedrängt, doch Einzelheiten hatte man nicht mehr erkennen können. Er hatte nur den Hügel erahnt, auf welchem die Stadt terrassenförmig aufgebaut war, Lichter gesehen, die aus den Häusern und Straßen zu ihnen herüberschimmerten und die Anhöhe aussehen ließen wie mit zahllosen Leuchtkäfern übersät.

Am Unabhängigkeitstag jeden Jahres vormittags an der Siegessäule auf der Plaza de la Victoria, so hatten Mina und er es sich einmal geschworen. Frank hoffte, dass sie das nicht vergessen hatte, auch wenn er es in diesem Jahr erstmals zur Plaza schaffen würde.

Je näher er seinem Ziel kam, desto aufgeregter wurde er. Gott sei Dank gab es eine tägliche Verbindung mit den Dampfbooten einer Kompanie zwischen Buenos Aires und Montevideo. Die mehrstöckigen Dampfboote waren groß und bequem, jedoch oft überfüllt von Reisenden, auch wenn fast täglich eine Verbindung mit den großen Ozeanschiffen bestand, die auf der Hin- und Rückfahrt in Montevideo und Buenos Aires Halt machten.

Frank konnte es kaum noch erwarten. Gegen Abend würde das Schiff ablegen. In acht bis zehn Stunden konnte er bereits drüben sein. Am frühen Morgen war er dann in Buenos Aires, konnte sich dort ein wenig umschauen, wenn er die Muße dazu fand und sich dann schnell zu dem verabredeten Treffpunkt begeben.

Buenos Aires, flüsterte er jetzt, unhörbar im Wind. Er war noch nie in dieser Stadt gewesen. Es sei eine prächtige Stadt, hieß es, mit vielen neuen Bauten. Eine Stadt, in der, so stellte er es sich in seinen schönsten Träumen vor, Mina auf ihn wartete. Eine Stadt, durchfuhr es ihn plötzlich, in der man sicherlich fleißige Arbeiter benötigte. Allerdings befürchtete er immer noch, verfolgt zu werden, und wusste deshalb nicht, ob er es wagen konnte, auf Dauer zu bleiben.

Also doch zurück in den Chaco? Frank wusste es einfach nicht. Er würde mit Mina darüber sprechen. Plötzlich war er sich ganz sicher, dass er sie wiedersehen würde.

Und dann waren sie endlich da. Schon als Buenos Aires noch nicht einmal am Horizont sichtbar war, fuhr der Flussdampfer an unzähligen großen Ozeanschiffen aus der ganzen Welt vorbei, die auf der Reede vor Anker lagen. Bald darauf sah man im Morgennebel die Stadt dem Wasser entsteigen. Ein imposantes Gebäude neben dem anderen sah man am Kai, der sich über ein paar Kilometer Länge hinzog. Schon von Weitem gewahrte man das rege Leben am Ufer: Der Dampf von Lokomotiven hüllte die Häuser in Wolken, unzählige kleine Dampfschiffe und Boote bewegten sich am Ufer. Das Getöse der großen Stadt drang weit den Fluss hinauf. Über den Häusern, die dicht an dicht standen, erhoben sich die Glockentürme der Kirchen. Besonders beeindruckend war das große, halbrunde Zollgebäude, dessen Mauern ins Wasser ragten. Es glich immer noch der Festung, die es einst gewesen war. Von diesem Gebäude aus zog sich eine der vielen Molen etwa einen halben Kilometer weit in den Fluss hinaus, denn ganz ans Ufer konnte man selbst mit einem Boot nicht zu jeder Zeit gelangen.

Von einem erfahrenen Buenos-Aires-Reisenden hatte Frank erfahren, dass das Wasser bei starker Ebbe zuweilen auf ein paar Kilometer zurücktrat, sodass die hohen Stützen der Mole ganz im Trockenen lagen.

Als der Flussdampfer nun am Ende einer Mole anlegte und die Passagiere an Land gehen konnten, atmete Frank tief durch. Noch etwa zwanzig Minuten hatten sie jetzt auf diesem schwankenden Gerüst zu gehen, dann erreichten er und die anderen Passagiere festen Boden. Entschlossen marschierte er Richtung Stadtzentrum – wie er dorthin gelangte, hatte Frank auf dem Schiff in Erfahrung gebracht. Er passierte den Zentralbahnhof, ein Gebäude im anmutigen Villenstil mit zierlichen Holzgiebeln und reichem Schnitzwerk, vor dem ein beträchtlicher Menschen- und Wagenverkehr herrschte. Schon sehr bald, und natürlich viel zu früh, gelangte er zur Plaza de la Victoria, die durch eine Arkade voller kleiner Geschäfte, die Recova Vieja, von der Plaza de Mayo getrennt war. Die Plaza de Mayo lag näher am Flussufer und hatte lange Zeit als Paradeplatz für die Soldaten des Forts gedient, das die Plaza de la Victoria immer noch dominierte. Heute diente das einstige Fort dem Präsidenten und den Ministern als Bürogebäude. Kürzlich erst war ein Flügel aus rotem Sandstein ergänzt worden. Die Bezeichnung Casa Rosada war bereits in aller Munde. Vom Fort aus gesehen dehnte sich die Stadt mit ihren Häuserblocks, sogenannten *cuadras*, nach Norden und Süden bis ins Landesinnere aus. Ringsherum erstreckte sich die Pampa in die Unendlichkeit.

Obwohl ihn die Reise ermüdet hatte, schaute sich Frank neugierig um. Die Plaza de la Victoria war groß und mit Palmen bepflanzt, Bänke luden zum Ausruhen ein. In der Mitte erhob sich jener Obelisk, eine einfache Säule aus Backsteinen mit einer auf den Fußspitzen stehenden Victoria, zur Erinnerung an den Unabhängigkeitskampf. Hier stand sie, die »Tänzerin«, die Mina und er einst zu ihrem Treffpunkt erkoren hatten.

Einen Moment lang überlegte Frank, ob er sich gleich einen Platz zum Warten suchen sollte, doch dann entschied er, dass es noch zu früh war. Rechts der Plaza befand sich eine lang gestreckte Häuserzeile, hier reihten sich hinter einfachsten Fassaden Lagerhäuser, Depots und Warenmagazine scheinbar endlos aneinander. Erhaschte man einen Blick durch eine Tür, sah man in Höfe, in denen Tausende von Kisten und Ballen aufgeschichtet waren. Doch Frank schaffte es kaum, einmal einen Moment stehen zu bleiben, ohne von einem der vielen Menschen, die hier ihrer Arbeit nachgingen, rücksichtslos weitergeschoben oder angerempelt zu werden.

Eine Weile passte er sich dem Menschentrubel an, dann merkte er plötzlich, wie hungrig er war. Er hatte ja noch nicht einmal gefrühstückt. An einem der unzähligen Straßenstände kaufte Frank sich eine süßliche *humita* aus Mais, Tomaten, Zwiebeln und Kräutern und aß noch eine Schüssel *locro*, jenen typischen Eintopf aus Fleisch, Mais, Huhn und Kartoffeln.

Danach kehrte er endlich zu ihrem Treffpunkt zurück. Auf den benachbarten Plazas Victoria und Mayo waren die Vorbereitungen zur Feier des Unabhängigkeitstages in vollem Gange. Frank suchte sich einen schattigen Platz, von dem aus er den Obelisken gut im Blick hatte, zog den flachen schwarzen Hut, den er in Montevideo gekauft hatte, tiefer in die Stirn und machte es sich bequem.

Gegen Mittag drängten mehr und mehr Menschen auf den

Platz. Musik war zu hören. Straßenhändler boten ihre Ware feil. Frank kaufte sich ein paar Orangen gegen den Durst. Zum ersten Mal schlich sich der Gedanke in seinen Kopf, dass Mina vielleicht nicht kommen würde, aber er verbot sich, weiter darüber nachzudenken. Der Lärm und das bunte Treiben auf der Plaza nahmen zu, die Menschen lachten und feierten ausgelassen.

Stunde um Stunde verging. Als es dunkel wurde, entzündete man Fackeln, die ihre gespenstischen Schatten über den Platz warfen. Salutschüsse knallten, und ein Feuerwerk wurde entzündet, was dem Höhepunkt des Festes einen dramatischen Anstrich gab.

Auch als Frank sich vor Müdigkeit kaum noch aufrecht halten konnte, blieb er an seinem Platz. Sie kommt, sagte er zu sich, Mina wird kommen. Der Tag ist noch nicht vorüber.

Aber was, wenn sie nicht kommt?, begehrte eine Stimme in ihm zu wissen. Frank biss die Zähne aufeinander. Er wollte darüber nicht nachdenken.

Frank wartete die ganze Nacht. Erst als die Sonne über der von Müll übersäten Plaza de la Victoria aufging, gestand er sich endlich ein, dass er vergebens gewartet hatte. Was war mit Mina geschehen? Warum war sie nicht gekommen? Er befürchtete das Schlimmste. Was, wenn sie seine Hilfe brauchte?

Er musste nach Esperanza zurück.

Siebtes Kapitel

Blanca zügelte Jensens Pferd abrupt. Der Braune, der ihr in den letzten Wochen Gesprächspartner und Freund gewesen war, schnaubte leise. Die junge Frau holte tief Luft. Nicht zum ersten Mal in den letzten Wochen erschien wie aus dem Nichts ein riesiger See vor ihr. Sie wusste, dass er sich verflüchtigen würde, wenn sie weiterritt, doch die Sinnestäuschung war so unglaublich, dass sie zögerte. Eine Fata Morgana war nicht selten in dieser Landschaft, und obwohl Blanca darum wusste, fiel es ihr immer noch nicht leicht, damit umzugehen. Mal war es ein See, der plötzlich in der Weite der Pampa vor ihr zu liegen schien, dann waren es steile Klippen, die sich unvermittelt aus der weiten Ebene erhoben und sich im Meereswasser spiegelten. Beim Näherkommen war die Täuschung dann jedes Mal nur zu offensichtlich.

Wie viele Wochen sie nun schon unterwegs war, konnte Blanca nicht sagen. Anfangs hatte sie noch versucht, mitzuzählen, bald aber hatte sie in der unendlichen Weite ihre Orientierung verloren. Sicherlich hatte sie auch nicht den kürzesten Weg nach Buenos Aires genommen. Außerhalb der Siedlung, in der sie einen Großteil ihrer Tage zugebracht hatte, schien sich die Pampa bis in die Unendlichkeit zu erstrecken – eine riesige Graslandschaft, in der die buntesten Wildblumen wuchsen. Da gab es das Pampasgras mit seinen seidigen weißen Samenständen, die an flaumige Federn erinnerten, und dicke Matten aus Punagras. Dazwischen fanden sich Klee, dunkelviolett schimmernde Disteln, Wildgerste oder Senfpflanzen, die von den Spaniern ins Land gebracht worden waren.

Mehr schlecht als recht hatte Blanca sich von ihren kärglichen Vorräten ernährt. Häufig schlief sie hungrig ein. Ab und an waren ihr in der Weite andere Reisende begegnet, die etwas von ihrem Proviant mit dem mageren Burschen teilten. Zumeist war Blanca aber froh, wenn ihr niemand begegnete, auch wenn die Einsamkeit sie zuweilen bedrückte. In diesem Teil der Pampa gab es kein Gesetz. Hier herrschte das Recht des Stärkeren, und das Messer war schnell zur Hand.

Der See hatte sich wieder verflüchtigt. Dafür wurde es bereits dunkel.

So spät schon?

Blanca sah überrascht nach Westen, wo später die Sonne untergehen würde. Für einen Moment glaubte sie, über die Fata Morgana die Zeit vergessen zu haben, nun wurde ihr klar, dass der Himmel sich einfach früher als sonst verdunkelt hatte. Offenbar drohte ein Sturm.

Blanca schauderte. Sie hatte schon *pamperos* erlebt, jene heulenden Pampastürme, die aus dem Süden heranrasten und riesige Staubwolken, Hagel, sogar Insektenwolken vor sich hertrieben. In Buenos Aires waren solche Stürme manchmal mit solcher Gewalt aufgetreten, dass das Wasser des Río de la Plata nach Norden gedrängt wurde und das Flussbett plötzlich leer war. Sie schauderte noch einmal. In jedem Fall war ihr eines auf ihrem Ritt durch die Pampa nur zu deutlich geworden: Das oft gewalttätige, so unvorhersehbare Wetter war noch beängstigender, wenn man sich ihm allein stellen musste. Wenn es nirgendwo ein Haus, einen Keller oder auch nur die kleinste Schutzmöglichkeit in der Natur gab, wenn man seine Furcht nicht mit anderen Menschen teilen, wenn man sich nicht gegenseitig Mut zusprechen konnte.

Bisher war sie immerhin von dem gewaltigsten Sturm der Pampa, dem *pampero sucio*, was so viel wie schmutziger Sturm hieß, verschont worden. Dieser Sturm konnte mit seiner Gewalt alles hinwegfegen. Zum Glück kam der *pampero limpio*, der saubere *pampero*, der sich auf kräftige Regenfälle und spektakuläre Gewitter beschränkte, weitaus häufiger vor.

Vielleicht habe ich Glück, fuhr es Blanca nicht zum ersten Mal durch den Kopf, vielleicht habe ich doch Glück. Und dann begann sie zum ersten Mal seit Langem zu beten.

Achtes Kapitel

»Frank!«

Irmelind presste eine Hand auf ihren Mund, um den Schreckensausruf in ihrer Kehle zu unterdrücken. Dann stand sie wie erstarrt da, als könne sie nicht glauben, wer da vor ihr stand. Endlich ließ sie die Hand wieder sinken.

»Ich dachte …«, flüsterte sie heiser, »… ich dachte, du wärst tot.«

»Nein, das bin ich nicht«, entgegnete Frank lächelnd und nahm seine Mutter in die Arme.

Doch diese schob ihn auf Armeslänge zurück und schüttelte heftig den Kopf. »Nicht so laut, Vater hört dich sonst.«

»Warum sollte er mich nicht hören?« Frank schaute Irmelind fragend an. »Er wird doch wissen, dass ich kein Mörder …«

Irmelind schüttelte den Kopf. »Nein, das ist es nicht. Die Dinge haben sich geändert. Es …«

Sie brach ab und spähte an Frank vorbei. Dann zog sie ihren Sohn ins Haus. Wenig später saßen sie nebeneinander auf Franks altem Bett. Frank hielt die Hände seiner Mutter in den seinen und hörte ihrer leisen Stimme zu.

»Mein Vater glaubt, dass ich ein Bastard bin?«, versicherte er sich eben noch einmal.

Irmelind nickte, dann zwang sie ein Lächeln auf ihre müden Züge. Frank schluckte innerlich. Seine Mutter war in seiner Abwesenheit um Jahre gealtert. Ihr Haar war jetzt vollkommen grau. Zu den einst so feinen Falten waren tiefere hinzugekommen. Frank widerstand dem Bedürfnis, ihr die Traurigkeit aus dem Gesicht zu streicheln.

»Aber du bist sicherlich wegen Mina hier«, sagte Irmelind jetzt.

»Euch ... dich wollte ich auch sehen«, antwortete er rasch, »aber du hast Recht. Sie ... Sie war nicht am verabredeten Treffpunkt.«

Irmelind nickte. »Sie war nicht auf der Plaza? Sie hat mir davon erzählt damals. Sie hat mir gesagt, dass sie hofft, dass du dich noch daran erinnerst.«

»Dann hat sie es also nicht vergessen ...«

Frank fühlte sich zum ersten Mal erleichtert. Mina hatte mit Irmelind von ihrem Treffpunkt gesprochen. Aus irgendeinem Grund hatte sie in diesem Jahr nicht kommen können, aber sie würde im nächsten Jahr kommen. Da war er sich jetzt sicher.

»Nein, das hat sie nicht«, murmelte Irmelind. Dann schien sie einen Moment zu zögern. »Frank«, hob sie wieder zu sprechen an und brach erneut ab. »Frank, es ist nicht ganz leicht, dir das zu sagen, aber es gab offenbar einen Unfall und ...«

»Mina ... Ist Mina tot?«

»Sie ...« Irmelind brach wieder ab, nickte dann nur.

Für einen Moment wusste Frank nicht, was er sagen sollte, dann brach es mit brüchiger Stimme aus ihm heraus: »Was ist geschehen?«

Irmelind strich langsam mit den Fingerspitzen über die Falten ihres Rocks. »Ich weiß es nicht. Eines Tages stand das Haus der Amborns in Flammen. Philipp wurde später im Hof gefunden. Irgendjemand hatte ihm eine Axt über den Schädel gezogen. Er war schwer verletzt. Seine Genesung dauerte Monate. Xaver Amborns Leiche hat man im Haus gefunden.

Von Mina und ihrer Mutter gab es keine Spur. Sie müssen vollkommen verbrannt sein. Es war ein großes Feuer.«

Frank sah seine Mutter fassungslos an, doch dann regte sich etwas in ihm – ein erster Widerstand, das zu akzeptieren, was er hörte. Unvermittelt ließ er Irmelinds Hände los.

»Man hat sie also nicht gefunden? Sag mir das bitte, Mama, man hat sie *nicht* gefunden?«

Seine Mutter schien ihn einen Augenblick lang nicht anschauen zu wollen, dann straffte sie die Schultern. »Ach, Frank, es nützt ja nichts, sich etwas vorzumachen. Es war wirklich ein sehr großes Feuer. Du musst jetzt tapfer sein. Bewahre dir im Herzen, dass sie dich geliebt hat. Mina hat dich geliebt, aber …«

»Nein, das kann nicht sein, ich glaube das nicht. Man hätte in jedem Fall etwas finden müssen. Knochen, irgendetwas. Sie können nicht dort drin gewesen sein. Niemals. Hat Philipp etwas zu dem gesagt, was geschehen ist? Vielleicht wurden sie entführt? Wir müssen sie suchen, Mama. Bestimmt sind sie in Gefahr. Ich spüre es.«

»Es gibt natürlich die, die sagen, dass auch das dein Werk war«, bemerkte Irmelind leise. »Philipp konnte oder wollte jedenfalls nicht sagen, wer versucht hat, ihn zu erschlagen.«

Empört sprang Frank auf. »Ich war es jedenfalls nicht.«

Seine Mutter streckte die Hand nach ihm aus und zog ihn dann zu sich zurück auf das Bett. »Das weiß ich doch, mich musst du nicht überzeugen. Trotzdem kannst du hier nicht bleiben.« Irmelind zögerte und schaute ihren Sohn vorsichtig an. »Das weißt du doch, oder?«

Frank nickte. »Natürlich. Ich wollte dir auch keine Sorgen machen. Mir geht es gut. Werde ich dich weiterhin besuchen dürfen?«

Irmelinds Lächeln geriet zart und wehmütig. »Natürlich,

solange du nur auf dich achtgibst, hörst du? Ich will dich nicht auch noch verlieren. Das würde ich nicht ertragen.«

Frank nickte, ergriff erneut die Hände seiner Mutter.

»Wo wirst du hingehen?«, fragte sie im nächsten Moment.

Er zuckte die Achseln. »Vielleicht zurück in den Chaco. Vielleicht nach New York. Dort kann man gutes Geld verdienen.«

Irmelind lächelte traurig. »Das ist immerhin weit genug weg.«

»Ich passe auf mich auf, Mama.«

Sie strich ihm über den Arm. Eine Weile saßen sie schweigend nebeneinander, dann sagte Irmelind leise: »Du glaubst wirklich nicht, dass Mina tot ist?«

Frank ballte seine Hand so fest zur Faust, dass die Knöchel weiß hervortraten. »Nein, ich glaube es nicht. Ich würde es spüren, Mama, ich würde spüren, wenn sie tot wäre.«

Sie kann nicht tot sein.

Neuntes Kapitel

»Du könntest wirklich etwas freundlicher zu den Gästen sein«, blaffte Aurelio Alonso Mina an. Die hob entschlossen den Kopf und sah den kleinen, dicklichen Mann fest an.

»Ich bin hier die Bedienung, Señor Alonso, keine Hure.«

Aurelio Alonso, der Besitzer des kleinen Hotels, in dem Mina und ihre Mutter arbeiteten, schüttelte den Kopf. Dann hob er die rechte Hand, brachte Daumen und Zeigefinger ganz dicht zusammen.

»Die meisten sagen, zwischen beidem gibt es nur einen geringen Unterschied«, sagte er höhnisch. »Und jetzt tu deine Arbeit, damit ich endlich das Geld hereinbekomme, das ich in dich und deine dämliche Mutter investiert habe.«

Schnaufend verschwand Aurelio Alonso hinter dem Empfangstresen. Mina unterdrückte eine wütende Entgegnung und ließ sich dann wieder auf die Knie nieder, um weiter den Boden zu schrubben. Es gab bessere Hotels in Rosario, das Argentino zum Beispiel, aber Annelie und sie hatten keine Wahl. Sie mussten froh sein, überhaupt Arbeit zu haben. Zudem waren sie bei Aurelio Alonso verschuldet, denn Minas Geld war nach nur kurzer Zeit aufgebraucht gewesen. Um sich ein eigenes bescheidenes Leben in Rosario aufzubauen, waren sie bald gezwungen gewesen, Geld zu leihen. Aurelio Alonso war der Einzige gewesen, der sich als Kreditgeber bereit erklärt hatte.

Mina verfluchte den Tag, an dem Annelie und sie an ihn geraten waren. Kurz nach ihrer Ankunft in Rosario war das gewesen. Ihr Geld war zu dem Zeitpunkt schon fast aufgebraucht gewesen, das meiste hatten sie für Transportmittel verwendet. Mina hatte am Río Paraná gestanden, an dessen rechtem Ufer sich die Stadt befand, und zu einem großen Schiff geschaut, das dort ankerte. Sie erinnerte sich noch genau, dass sie daran gedacht hatte, wie ein solches Schiff sie und ihre Mutter über diesen Fluss bringen würde, sobald sie das Geld dafür hatten. Eigentlich lag Rosario viel zu nah an Esperanza, der Stadt, aus der sie geflüchtet waren, zudem befand sich hier eine der größten deutschen Kolonien, doch ihre Mutter und sie waren für Erste gestrandet. In Rosario gab es einen deutschen Hilfsverein, doch Annelie hatte ihrer Tochter das Versprechen abgenommen, sich von den anderen Deutschen fernzuhalten.

»Es ist zu gefährlich, Mina«, hatte sie ein ums andere Mal wiederholt. »Es ist zu gefährlich.«

Mina hatte sich daran gehalten, aber noch lange dem großen Schiff im Hafen nachgeträumt.

Dummerweise schuldeten sie dem Kapitän, der sie das letzte Stück bis nach Rosario mitgenommen hatte, noch eine beträchtliche Menge Geld. Der hatte sogar gedroht, sie der Polizei zu übergeben, denn ihr Verhalten habe ihm, wie er sagte, Anlass zu Misstrauen gegeben. Offenbar seien sie auf der Flucht vor irgendetwas oder vielmehr irgendjemandem.

»Möglicherweise«, hatte er gesagt und die Augenbrauen hochgezogen, »sollte ich euch beide festsetzen und der Polizei übergeben ...«

Während Mina noch fieberhaft darüber nachgedacht hatte, wie sie den Kapitän von seinem Vorhaben abbringen konnte, war sie Zeugin eines Gesprächs geworden. Aurelio Alonso hatte sich bei einem anderen Kapitän, der ihm neue Waren brachte, über eines seiner Dienstmädchen beschwert. Bevor sie es recht überlegt hatte, schwor Mina ihm, doppelt und dreifach so gute Arbeit zu leisten, wenn er ihre Schulden übernähme. Leider hatte sie in der Aufregung nicht daran gedacht, einen ordentlichen Stundenlohn auszuhandeln.

Mina unterdrückte einen Seufzer. Manchmal hatte sie den Eindruck, nie wieder aus Alonsos Fängen entkommen zu können. Zur Polizei zu gehen war ja nun unmöglich, denn sie befanden sich tatsächlich auf der Flucht. Auch Aurelio Alonso hatte schon mehr als eine Bemerkung in der Richtung fallen lassen, dass auch er sie verdächtigte, nicht immer auf tugendhaften Pfaden gewandert zu sein.

Aber wir sind unschuldig, wir haben nichts getan, fuhr es ihr durch den Kopf. Für einen Moment dachte Mina an den Tag ihrer Flucht zurück, als ihre Mutter sie abgefangen hatte, noch bevor sie nach Hause hatte zurückkehren können …

»Komm, lass uns rasch verschwinden«, hatte Annelie mit einer Entschlossenheit, die Mina gar nicht an ihr kannte, gesagt. »Ich habe ein kleines Feuer gelegt, das wird sie eine Weile beschäftigen.«

»Mama!« Mina hatte die Augen aufgerissen.

Annelie hatte sie ruhig angesehen. »Ich habe es für dich getan. Ich liebe dich, Mina, du bist mir das Wichtigste auf der Welt, aber wie oft war ich zu feige, dir das zu zeigen! Das ist jetzt vorbei, hörst du? Ich werde dich nie wieder alleinlassen.«

Danach waren sie sich in die Arme gefallen, kurz nur, aber Mina hatte sich nicht erinnern können, wann ihre Mutter sie das letzte Mal derart fest, fast verzweifelt, umarmt hatte …

Mina beugte sich wieder über den Putzlumpen und begann, energischer zu schrubben. Ein wenig halfen ihr die kräftigen Bewegungen gegen die Angst vor dem, was noch geschehen würde. Jemand ging an ihr vorbei zum Empfangstresen. Mit einem kurzen Blick vergewisserte sie sich, dass sie die Person nicht kannte und sich weiter ihrem Boden widmen konnte. Als die Empfangsschelle jedoch wenig später energisch bedient wurde, sprang sie sofort auf. Sorgfältig wischte sie sich die nassen Hände an der Schürze ab und trat näher. Aurelio Alonso war, wie so häufig, nirgendwo zu sehen. Er war kein Mensch, der sich gern totarbeitete. Viel lieber traf er sich mit Freunden zum Kartenspiel, zum Hahnenkampf oder auf ein Gläschen Zuckerrohrschnaps.

»Kann ich Ihnen helfen, Señor?«

Der Fremde drehte sich zu ihr um und ließ sogleich einen anerkennenden Blick über sie gleiten. Mina lächelte ihn freundlich an. Sie war es gewöhnt, dass man sie nicht bemerkte, wenn sie auf dem Boden hockte und putzte. Solche wie sie waren unwichtiger Dreck und jederzeit leicht ersetzbar.

»In der Tat«, erwiderte der Mann. »Man hat mir gesagt, das hier sei das Hotel Argentino. Ist das richtig?«

Mina schüttelte den Kopf. Der Mann, registrierte sie, trug einen feinen Anzug und darüber einen Mantel. Wo auch immer er hergekommen war, seinen blankpolierten Schuhen hatte die Reise nichts anhaben können. In einer Hand hielt er einen dunklen Hut.

»Leider nicht«, informierte sie ihn. »Ich fürchte, man hat sich einen dummen Scherz mit Ihnen erlaubt.«

Er lächelte mit leisem Bedauern. »Nun, immerhin durfte ich Sie kennenlernen.«

Mina unterdrückte ein dankbares Lächeln. Schon lange hatte niemand mehr etwas Freundliches zu ihr gesagt. Sie spürte, dass sie danach dürstete, wie eine vertrocknete Pflanze nach Wasser dürsten mochte. Mit ein paar Worten beschrieb sie dem Fremden den Weg. Er bedankte sich freundlich. An der Tür drehte er sich noch einmal um.

»Sind in Rosario eigentlich alle Putzfrauen so hübsch?«, fragte er mit einem Augenzwinkern und war auch schon verschwunden.

Noch für lange Zeit spürte Mina ein Lächeln auf ihrem Gesicht. Hübsch hatte der Mann sie genannt. Sie dachte an Frank. Es hatte sie fast verzweifeln lassen, dass sie es in diesem Jahr wieder nicht zur Plaza de la Victoria geschafft hatte. Würde es ihr im nächsten Jahr gelingen? Bestimmt. Im nächsten Jahr musste es einfach klappen.

Ob es Frank gut ging? Sie hoffte es sehr. Sie hoffte, dass ihm die Flucht gelungen war, dass er sich an irgendeinem Ort befand, an dem er sicher war, dass er an sie dachte, dass er daran dachte, sie wiederzutreffen, und sich genauso nach ihr sehnte wie sie sich nach ihm.

Wie immer dauerte es lange, bis Mina alle von Aurelio Alonso aufgetragenen Arbeiten erledigt hatte. Ihr ganzer Körper schmerzte, als sie sich endlich die schmale Stiege zu Annelies und ihrem von Ungeziefer verseuchten Zimmer hochschleppte. In diesem Jahr war sie zum ersten Mal Zeuge riesiger Heuschreckenschwärme geworden. Die Insekten hatten offenbar auf den vielen großen Inseln im Paraná ihre Brutstätten und waren tagelang in riesigen, die Sonne verdunkelnden Schwärmen über den Fluss geflogen. Alle Vegetation war von den gefräßigen Tieren vernichtet worden.

Abrupt blieb Mina nun stehen. Ihre Mutter saß auf der obersten Treppenstufe, leise schluchzend, den Kopf in den Armen vergraben. Mina ging langsam weiter die Treppe hinauf.

»Was ist mit dir?«, fragte sie sanft.

Annelie gab keine Antwort. Es gab diese Tage, an denen

ihre Mutter einfach nur weinte und sich nicht beruhigen wollte. Zuerst hatte Mina sie zu trösten versucht, mit der Zeit hatte sie verstanden, dass sie nichts tun konnte. Irgendetwas ließ Annelie verzweifeln, aber ihre Tochter kam nicht an sie heran. Mina wusste, dass sie ihre Mutter jetzt einfach nur in Ruhe lassen musste. Sie ging an ihr vorbei auf das kleine Zimmer zu, dass sie sich teilten, und betätigte die Türklinke.

Nichts.

Mina versuchte es noch einmal. Immer noch nichts.

Es ist abgeschlossen, fuhr es ihr durch den Kopf, doch sie wollte diese Erkenntnis nicht akzeptieren. Noch einmal betätigte sie die Klinke, noch einmal und noch einmal, immer schneller hintereinander. Sie spürte, wie ihr Tränen in die Augen schossen.

»Es ist abgeschlossen«, sagte Annelie in diesem Moment.

»Aber …«

»Alonso hat unsere Sachen in den Flur gestellt«, fuhr Minas Mutter fort, als hätte die Tochter nichts gesagt.

»Was?« Mina fuhr herum, sah jetzt im Halbdunkel auf dem Boden ein kleines Bündel liegen. »Aber das kann er nicht tun!« Sie drängte sich wieder an ihrer Mutter vorbei. »Ich werde mit ihm reden.«

Eilig sprang sie die Treppenstufen hinunter, bediente mit hastigen Schlägen die Schelle auf dem Empfangstresen. Es dauerte nicht lange, bis Alonso aus seinem kleinen Zimmer schlurfte. Er schien überrascht.

»Was machst du denn noch hier?«

Mina schüttelte fassungslos den Kopf. »Wir wohnen und arbeiten hier, Señor Alonso. Haben Sie das vergessen?«

Aurelio Alonso sah erhitzt aus. Seine Gesichtshaut glänzte. Der Hemdkragen stand offen. Jetzt hörte Mina Männerstimmen aus dem kleinen Zimmer hinter dem Tresen. Offenbar spielten sie Karten. Alonso warf Mina einen ungeduldigen Blick zu.

»Nein, ihr arbeitet nicht mehr hier. Heute Nachmittag ist endlich jemand gekommen und hat eure Schulden übernommen.« Aurelio Alonso ließ die fetten, kleinen Hände gegeneinanderklatschen. »Somit bin ich euch los.«

Mina spürte Empörung in sich aufsteigen.

»Aber Sie können uns nicht einfach verkaufen. Wir sind doch keine Sklaven!«, rief sie.

»Ich habe euch nicht verkauft. Ich habe lediglich eure Schulden weitergegeben.«

Aurelio Alonso sah sehr zufrieden aus. Mina vermutete, dass er mehr Geld bekommen hatte, als sie ihm schuldeten.

»Und an wen? Ich muss ihn sofort sprechen. Wo ist er, Señor Alonso?«

»Nun, ich bin hier«, sagte mit einem Mal eine Stimme von der Tür her.

Mina hatte diese Stimme schon einmal gehört, früher am Tag, als ein Gast sie nach dem Hotel Argentino gefragt hatte. Sie drehte sich um. Ihre Knie wurden für einen Moment weich, als sie den gut aussehenden Fremden auf sich zukommen sah. Dann straffte sie die Schultern. Dieser Mann, schoss es ihr durch den Kopf, hat uns gekauft.

Warum nur?

Dritter Teil

Regreso – Rückkehr

Buenos Aires, New York, Rosario

1880 bis 1881

Erstes Kapitel

Eduard war neben dem Springbrunnen im ersten Patio stehen geblieben und schaute dem Wasserspiel zu. Er war lange nicht mehr in Buenos Aires gewesen. Als sich ihm damals die Gelegenheit geboten hatte, eine Estancia zu führen, hatte er nicht gezögert und sein altes, schändliches Leben hinter sich gelassen. Don Eduardo, den König der Unterwelt, gab es nicht mehr. Er brauchte seine feinen Anzüge kaum noch. Draußen, auf der Estancia bewegte er sich meist in robuster Arbeitskleidung, aß und teilte die Zeit mit seinen *peones,* den Knechten, und ab und zu mit einer Frau.

Plötzlich musste er an Monica denken. Er fragte sich, ob er sie aufsuchen sollte. Er hatte nichts mehr von ihr gehört, seit er aus Buenos Aires fortgegangen war und alles hinter sich gelassen hatte. Ob es ihr gut ging?

Helles Vogelzwitschern riss Eduard aus seinen Gedanken. Etwas entfernt, an der sonnenbeschienenen Hauswand, hing ein Käfig mit Singvögeln. Eduard trat näher an den Käfig heran und musterte die kleinen Finken mit ihrem metallisch blauen Rücken und dem gelben Bauch. Dann schaute er sich erneut um.

Die ganze Anlage strahlte eine ruhige Gediegenheit aus. Seine Schwester Anna hatte es wirklich weit gebracht, seit sie alle vor nunmehr siebzehn Jahren aus Deutschland weggegangen waren. Er hob den Kopf und schaute zu dem Torbogen hinüber, der ihn in den zweiten Patio, der der Familie vorbehalten war, bringen würde. Mit einem Mal konnte er sich nicht dazu durchringen, einzutreten. Von einem Moment auf den anderen fühlte er sich fehl am Platz. Er atmete tief durch, dann strich er mit beiden Händen über den feinen Anzugstoff und machte sich endlich doch auf den Weg.

Er hatte den Eingang zum Patio fast erreicht, als ihm ein vielleicht drei- oder vierjähriges Mädchen entgegensprang. Es hatte das ihm so vertraute braune Brunner-Haar mit dem unverkennbaren roten Schimmer und grüne Augen. Als die Kleine ihn bemerkte, blieb sie sofort stehen. Misstrauisch musterte sie ihn.

»Guten Tag«, sagte Eduard.

»Guten Tag«, antwortete das Mädchen nach kurzem Zögern. Sie sah ihn immer noch aufmerksam an. »Wer bist du?«

»Ich bin dein Onkel Eduard.«

Seine Antwort wurde mit einem kurzen Zucken der rechten Augenbraue quittiert.

»Wer hat dich hereingelassen?«, begehrte die Kleine dann zu wissen und spähte an ihm vorbei in Richtung Tür.

»Ein Diener.«

»Die dürfen aber niemanden hereinlassen, den Mama nicht kennt«, stellte das Mädchen ernst fest.

Eduard lächelte. »Aber sie kennt mich. Ich bin ihr Bruder.«

»Ich kenne dich aber nicht.« Das Kind blickte Eduard weiter ernst an.

»Aber ich kenne dich.« Eduard lächelte. »Du bist Leonora, stimmt's?«

Die Kleine runzelte die Stirn. »Woher weißt du das?«

Er kam nicht mehr dazu, zu antworten. Erneut näherten sich Schritte. Eine weibliche Stimme rief.

»Leonora! Wo bleibst du denn? Wer ist denn da draußen?«

Die Rufende kam durch den Torbogen gelaufen und blieb unvermittelt stehen, als sie Eduard bemerkte.

»Maria!«

Eduard machte eine leichte Verbeugung und küsste der besten Freundin seiner Schwester die Hand. Anna hatte Maria in ihrer ersten Zeit in Buenos Aires kennengelernt. Sie war mit ihrem Mann Luca aus Italien nach Argentinien gekommen – wie sie alle in der Hoffnung, hier ein besseres Leben führen zu können. Marias Mann war viel zu früh unter tragischen Umständen gestorben, aber sie hatten einen gemeinsamen Sohn, Fabio, der inzwischen schon bald zehn Jahre alt sein musste.

»Eduard! Was für eine Überraschung!«

»Ich habe gehört, du führst inzwischen eine weltberühmte Konditorei in der Calle Florida. Das Café Maria ist wegen seiner feinen Kuchen und seinem Gebäck in aller Munde.«

Maria lächelte geschmeichelt, ergriff dann entschlossen Eduards Arm und zog ihn mit sich. »Worauf wartest du? Deine Schwester wird außer sich sein vor Freude!«

Einen Moment später stand er im Patio. Anna, deren Töchter Leonora und Marlena, Annas und Eduards Schwester Lenchen saßen da.

»Eduard«, rief Anna, »warum hast du denn nicht gesagt, dass du kommst?«

»Es sollte eine Überraschung sein.«

»Na, die ist dir gelungen.«

Die Frauen tauschten kurz nochmals ihre Freude über seine Anwesenheit aus. Eduard schaute sich derweil im zweiten Patio um. Er war deutlich kleiner, aber auch lauschiger als der erste. Auch hier befand sich ein Springbrunnen, Topfpflanzen standen an der Hauswand, sogar Bäume hatte Anna pflanzen lassen. Offenbar hatten die Frauen gemeinsam Tee getrunken und Gebäck zu sich genommen. In einer Ecke lagen Leonoras Spielsachen, Marlena hatte wohl gelesen. Sie hielt ein Buch in der Hand – Reisebeschreibungen, wenn er das auf die Entfernung richtig erkannte. Seine Nichte sah nachdenklich aus.

Jetzt ist die kleine Marlena schon fast sechzehn Jahre alt, fuhr es Eduard durch den Kopf, fast erwachsen ist sie.

Er nahm etwas von dem Gebäck, das Maria ihm anbot, und hörte zu, wie Anna stolz von der Entwicklung ihres Fuhrunternehmens berichtete. Julius und sie waren mittlerweile auch in den Großhandel eingestiegen und beteiligten sich sogar am Eisenbahnbau. Eduard beglückwünschte Lenchen zu ihrem kleinen, aber feinen Schneideratelier, das sie seit nunmehr drei Jahren in der Nähe der Calle Florida, unweit von Marias Konditorei, betrieb.

Am Abend saßen sie um den großen Tisch im Esszimmer, tauschten noch mehr Erinnerungen aus und sprachen über das Hier und Jetzt. Mit der Wahl des Präsidenten, die zwischen Julio A. Roca und Carlos Tejedor ausgefochten wurde, hatte der Konflikt um die Hauptstadtfrage wieder einmal einen Höhepunkt erreicht. Die einen wollten Buenos Aires als Hauptstadt der gleichnamigen Provinz behalten, die anderen drängten, sie zur permanenten Hauptstadt Argentiniens zu machen. Kürzlich war sogar der Belagerungszustand proklamiert worden, doch die Kämpfe hatten sich auf die südlichen Außenbezirke von Buenos Aires konzentriert. An den Meyer-Weinbrenners waren sie unbemerkt vorbeigegangen. Im Folgenden war Buenos Aires als Hauptstadt und politisches Zentrum Argentiniens bestätigt worden.

»Und jetzt wird Roca wohl zum Präsidenten gewählt werden«, bemerkte Julius, »und dann stellt er wie alle Präsidenten seine hungrigen Verwandten und Freunde an die Spitzen der Verwaltungen und Banken.«

Zustimmendes Gemurmel war zu hören, schon widmete man sich einem neuen Thema. Julius war kürzlich von einer

Geschäftsreise aus dem Süden zurückgekommen, wo es seit der Beendigung des erfolgreichen Feldzugs gegen die Indianer viel Land zu vergeben gab. Marlena hing ihm an den Lippen, und Eduard bemerkte bald, dass das Mädchen für sein Leben gern selbst solch weite Reisen unternehmen wollte.

»Wusstest du übrigens, dass Viktoria und Pedro jetzt in Tucumán wohnen?«, fragte Anna, die direkt neben ihrem Bruder saß, Eduard jetzt leise. »Offenbar gab es Schwierigkeiten in Salta.«

Eduard schüttelte den Kopf. »Nein, das wusste ich nicht. Wo ist eigentlich Lenchen? Ich dachte, ich würde sie zum Abendessen noch einmal sehen.«

Anna schmunzelte. »Sie arbeitet gerade an ihrer neuesten Kollektion und will nicht gestört werden. Vielleicht beehrt sie uns aber noch später mit ihrer Anwesenheit.« Sie seufzte. »Manchmal glaube ich, sie braucht keinen Schlaf.«

»Geht es ihr gut?«

Anna nickte. »Ja, ihre Kleider sind gefragt. Schade, dass du so lange mit deinem Besuch gewartet hast. Wie du siehst, hat sich viel getan während deiner Abwesenheit.«

»Allerdings. Es scheint mir, eben lag Leonora noch in den Windeln, und jetzt spricht sie schon wie eine kleine Erwachsene.«

Anna zuckte bedauernd die Achseln. »Ich fürchte, sie ist tatsächlich zu viel mit Erwachsenen zusammen. Ach«, sie seufzte, »es gibt einfach immer Arbeit.«

Eduard nickte. »Du sagst es. Für mich spielt sich die Sache auf La Dulce auch erst jetzt langsam ein. Ich habe gute Arbeitsgehilfen, auf die ich mich verlassen kann ...«

Aber das war es natürlich nicht ausschließlich, und Anna schien das zu ahnen, denn Eduard musste jetzt ihrem prüfenden Blick ausweichen. Natürlich gab es immer viel zu tun auf einer Estancia. Er war zurückgekehrt, weil ihn plötzlich die Erinnerungen an vergangene Tage quälten. Mit einem Mal war ihm, als wäre Jahre zuvor etwas geschehen, mit dem er nicht abgeschlossen hatte. So viele Dinge waren noch nicht geklärt. So vieles war da, was er nicht verstand. Er lächelte seine Schwester an.

»Ich habe den Eindruck, Julius und du, ihr wolltet noch weiter expandieren. Ist das wirklich so? Man hört doch allenthalben, die Wirtschaft erlebe gerade eine Flaute.«

Anna machte eine wegwerfende Handbewegung. »Ach, die geht vorüber. Alles geht vorüber, wie du weißt.« Sie erwiderte sein Lächeln. »Du wirst während deines Aufenthalts natürlich hier bei uns wohnen«, fuhr sie dann fort.

Eduard nickte. Ihm fiel auf, dass ihre Stimme sehr fest klang. Ist sie eigentlich schon immer so entschlossen aufgetreten?, fragte er sich. Nein, früher ist sie schüchterner gewesen. Die Jahre als Geschäftsfrau haben sie offenbar geprägt.

Er schwieg eine Weile nachdenklich, dann beteiligte er sich wieder am Gespräch. Fröhliches Lachen war zu hören. Trotzdem konnte Eduard nicht umhin, seine Schwester ab und zu vorsichtig zu mustern, während er Marias köstliche *minestrone* aß, die sie nach einem italienischen Rezept zubereitet hatte. Nach der Vorspeise ließ er sich einen Teller Nudeln schmecken mit einer äußerst schmackhaften Fleischsoße, zum Dessert gab es Vanillecreme. Eduard hatte schon lange nicht mehr so gut gegessen.

Als die kleine Leonora unter Protestgeschrei von ihrer Kinderfrau ins Bett gebracht wurde, musste Eduard an die schweren Zeiten vier Jahre zuvor denken. Leonoras Halbschwester Marlena hatte ein nicht so unbeschwertes Leben gehabt. Als endlich ein wenig Ruhe in ihr Leben eingekehrt war, waren sie und ihre Freundin Estella, die Tochter von Viktoria, in große Gefahr geraten. Damals hatte Eduard sein Leben endgültig geändert, Buenos Aires verlassen und war aufs Land gezogen. Seitdem verwaltete er die Estancia La Dulce – *dulce* bedeutete so viel wie süß und wies auf eine Süßwasserquelle hin – in Viktorias Namen. Durch harte Arbeit hatte er das Gut zum Blühen gebracht. Dieses Jahr würde die Ernte noch besser ausfallen als im Jahr zuvor. Die Schafe hatten mehr gesunde Lämmer bekommen, als erwartet, und die Kühe gaben beste Milch. Auch das Fleisch seiner Rinder war gefragt, die Obstbäume trugen gut.

Ja, dachte Eduard, La Dulce ist ein Paradies, und es ist mir ans Herz gewachsen. Er konnte sich nicht mehr vorstellen, von La Dulce fortzugehen. Er wollte für den Rest seines Lebens dort bleiben. Das Einzige, was zu seinem vollständigen Glück noch fehlte, war eine Frau. Er unterdrückte einen Seufzer.

Früher war er gern allein gewesen, hatte niemandem getraut und sich nur ab und zu eine Hure genommen. Je älter er wurde, desto mehr sehnte er sich nach Gemeinschaft und nach Kindern.

Als sich die kleine Abendgesellschaft schließlich auflöste, ging Eduard noch einmal hinaus in den Patio, setzte sich in einen der Korbsessel und steckte sich eine Zigarre an. Über ihm breitete sich ein von Sternen übersäter Himmel aus. Der Mond tauchte die Umgebung in ein sanftes Licht.

Als Eduard wenig später Schritte hörte, musste er zugeben, dass er nicht überrascht war.

»Anna?«, fragte er, ohne aufzublicken.

»Woher weißt du …?«

»Ich kenne dich eben.«

Eduard stand auf und schaute seine Schwester an, seine

Zigarre glühte rot auf, als er einen tiefen Zug nahm. Anna schien unschlüssig.

»Du fragst dich«, sagte Eduard, »warum ich nach so vielen Jahren die Estancia verlassen habe, um herzukommen, nicht? Du glaubst nicht, dass es mir nur darum geht, dich oder die Familie zu sehen. Wo ist eigentlich Vater? Er lebt doch noch, oder?«

»Er wird irgendwo sitzen und trinken, wie immer. Meinst du, ich hätte dich von seinem Tod nicht in Kenntnis gesetzt?«

»Doch, das hättest du wohl.« Eduard zog an seiner Zigarre. »Und jetzt sag mir, was du auf dem Herzen hast.«

Anna runzelte die Stirn, was sie für einen Moment wieder aussehen ließ wie die kleine Schwester von einst, dann straffte sie den Körper. Sie war immer noch so schlank, wie sie als junges Mädchen gewesen war, doch die Frau, die nun vor ihm stand, war eine Vierzigjährige, die wusste, was sie wollte. Sie hatte ein Unternehmen aufgebaut und zum Erfolg geführt. Sie hatte sich gegen viele Widerstände durchgesetzt.

Sie ist eine mutige Frau, dachte Eduard und nahm erneut einen tiefen Zug von seiner Zigarre, dann paffte er bedächtig kleine Rauchwölkchen in die warme Nachtluft.

»Ich hatte einfach das Bedürfnis, Buenos Aires noch einmal wiederzusehen«, sagte er leise.

»Wirklich nicht mehr?« Er hörte das leise Misstrauen in Annas Stimme.

»Was denkst du? Dass ich mein altes Leben wieder aufnehme und dir Ungemach bereite?« Eduard versuchte zu lächeln, doch er spürte auch Ärger in sich aufsteigen. »Ist es wegen damals? Wegen der Sache mit Utz und Breyvogel?« Er schwieg kurz. »Was macht Breyvogel eigentlich jetzt?«, fragte er dann.

»Er ist tot«, Anna schauderte kurz, »ein Unfall. Sein Sohn hat Buenos Aires verlassen, das Unternehmen gehört wohl noch ihm, aber es ist völlig heruntergekommen. Ich …«

»Sie hätten nicht anders gehandelt, hätten sie damals die Gelegenheit gehabt, Anna. Bitte bedenke das. Vor Bestechung wären sie ganz gewiss nicht zurückgeschreckt. Sie wollten dich vernichten. Hast du das vergessen?«

Anna nickte. »Ja, aber das macht es nicht richtig. Es ist eine der Sachen, auf die ich wirklich nicht stolz bin.«

Eduard unterdrückte einen Seufzer.

Stefan Breyvogel, Annas schärfstem Konkurrenten, war es damals für kurze Zeit gelungen, die anderen gegen ihr Fuhrunternehmen zu organisieren. Man hatte ihr unlauteres Geschäftsgebaren vorgeworfen und vereinbart, ihre Angebote in Folge gemeinsam zu unterbieten. Anfänglich hatte alles gut ausgesehen für Breyvogel, doch dann hatte er plötzlich seine Unterstützer verloren. Erst später hatte Anna verstanden, dass Eduard zu diesem Zweck hatte Gelder fließen lassen. Breyvogel hatte wohl immer vermutet, dass die Sache nicht mit rechten Dingen zugegangen war, doch er hatte keine Beweise gehabt. Anna, erinnerte sich Eduard, hatte ihm schon einmal gesagt, dass deshalb das schlechte Gewissen an ihr nage.

Jetzt verschränkte sie die Arme vor der Brust. »Nun zurück zu meiner Frage. Warum bist du hier? Es sind noch viele von deinen alten Freunden da, nehme ich an?«

Eduard schnaubte leise. »Das bezweifle ich, dazu ist dieses Leben zu gefährlich. Die meisten werden nicht alt. Außerdem soll die Polizei jetzt sogar zuweilen ihre Arbeit tun. Ach Gott, Anna, wir hielten uns damals für die Könige der Unterwelt und waren doch nur kleine Strauchdiebe. Das hat sich alles geändert. Die Hölle ist heute so viel größer geworden, so, wie Buenos Aires größer geworden ist. Wer hätte einmal gedacht, dass hier täglich Tausende von Emigranten an Land gehen würden? Wer hätte gedacht, dass die Vorstadt Barracas mit ihren leichten, aus Brettern oder Blech zusammengeschlagenen Pfahlhäusern auf beinahe zehntausend Bewohner anwachsen würde? Ach, Anna, ich weiß nichts mehr von dieser Stadt und dem Leben hier.«

Eduard versuchte, seinem Tonfall etwas Scherzhaftes zu geben, doch es wollte ihm nicht gelingen. Die Zigarre war zu Ende geraucht. Er hielt den Stumpen unschlüssig zwischen den Fingern. Anna kam näher. Im Schein des Mondes schimmerten ihre großen braunen Augen geheimnisvoll. Er konnte verstehen, dass Julius sich damals hoffnungslos in sie verliebt hatte.

»Du denkst doch nicht etwa an Rache, Eduard?«, fragte sie leise.

Er hatte ihr Misstrauen also nicht zerstreuen können. Eduard wollte etwas erwidern, doch er konnte keine Antwort geben. Hatte er an Rache gedacht, nach so langer Zeit? War er deshalb hier, um den zu rächen, der seinetwegen hatte sterben müssen?

Elias, flüsterte eine Stimme in seinem Kopf, Elias …

Zweites Kapitel

Nachdem auch noch sein jüngerer Bruder Gustav umgekommen war, hatte Eduard gedacht, dass nun genügend Menschen ihr Leben verloren hatten. Aber der Gedanke an den alten Freund, Berater und Vertrauten Elias hatte sich, trotz der vielen Jahre, die vergangen waren, irgendwann nicht mehr vertreiben lassen. Elias war derjenige gewesen, der ihn hatte glauben lassen, dass da noch etwas Menschliches in ihm war. Wenn Gustav auch den Mordauftrag gegeben haben mochte, so musste Eduard doch immer häufiger daran denken, dass ein anderer die Tat ausgeführt hatte … Nur wer?

Eduard zog den Becher mit Rum, den er sich eben zum zweiten Mal hatte füllen lassen, näher zu sich hin. Die *pulpería*, in der er sich früher so oft aufgehalten hatte, hatte sich nicht verändert. Anna hatte zudem Recht – es gab tatsächlich noch Leute, die ihn kannten. Er wurde gegrüßt, gemieden, mal abschätzig gemustert, mal überschwänglich umarmt. Es hatten mehr überlebt, als er gedacht hatte, und die Nachricht, dass sich Don Eduardo, wie man ihn damals ehrfürchtig genannt hatte, in der Stadt befand, verbreitete sich offenbar schnell.

Es dauerte nicht lange, da tauchte Lorenz auf. Der Mann hatte ihm damals geholfen, seine Nichte Marlena und deren Freundin Estella zu befreien. Eduard wusste bereits, dass der Mann unterdessen nicht untätig geblieben war. Man munkelte, er sei der neue starke Mann in der Stadt. Dabei ließ er sich nur noch selten blicken. Nachweisen konnte man ihm offenbar nie etwas. Es hieß, er habe gute Kontakte zur Polizei, er hatte sogar glücklich geheiratet.

Eduard nahm sich Zeit, Lorenz zu mustern, als der nun langsam auf seinen Platz zusteuerte. Er trug einen guten Anzug, in dem er wie ein seriöser Geschäftsmann wirkte. Bis auf einen Schnurrbart war er glatt rasiert, sein Haar war sorgfältig geschnitten. Er sah so ordentlich aus, dass man die Narbe, die seine linke Wange verunstaltete, kaum wahrnahm. In Don Eduardos Tagen hatte Lorenz als ein loyaler Mann gegolten. Jetzt schuldete er wohl nur noch sich selbst Loyalität. Die Zeiten änderten sich.

»Don Eduardo! Es ist lange her.«

»Lorenz!« Eduard nickte ihm zu. »Don Eduardo …«, fuhr er dann mit einem Schmunzeln fort, »… so hat mich schon lange niemand mehr genannt.«

»Willst du denn noch so genannt werden?«

Lorenz schaute seinen alten Mitstreiter und Anführer aufmerksam an. Die Frage war präzise gestellt: Bist du hergekommen, um Ärger zu machen? Eduard hatte schon viel erlebt, und doch erinnerte er sich jetzt mit Schaudern daran, zu welcher Brutalität der Mann, der da vor ihm stand, fähig war. Lorenz hatte nie gezögert, wenn es ums Töten ging. Trotz seines seriösen Anzugs bezweifelte Eduard, dass sich daran etwas geändert hatte. Er setzte, ohne Lorenz aus dem Blick zu lassen, den Becher mit Rum an und nahm einen Schluck, dann stellte er ihn wieder ab.

»Nein, Don Eduardos Tage sind vorüber. Und, wie läuft das Geschäft bei dir? Ich habe gehört, du bist heute der wichtigste Mann hier?«

»Wer sagt das?« Lorenz' Blick hatte jetzt etwas Misstrauisches. »Nein, nein, ich habe mich ebenfalls zurückgezogen. Hier sieht man mich nur noch selten. Ehrlich währt am längsten, nicht wahr? Denkst du daran zurückzukommen?«, fragte er dann direkter.

Eduard wandte sich wieder seinem Becher mit Rum zu.

»Nein«, er zögerte kurz, »es ist schön auf La Dulce.« Er sah versonnen in die Ferne. »Um diese Jahreszeit machen wir Heu, die Schafe müssen gegen die Räude behandelt werden, die Disteln liegen verblüht am Boden. Manchmal brechen Buschfeuer aus, aber damit muss man leben auf einer Estancia …«

Lorenz sagte nichts.

Eduard nahm einen weiteren tiefen Schluck Rum, bewegte die brennende Flüssigkeit eine Weile im Mund hin und her, bevor er das scharfe Gebräu herunterspülte. »Um es noch einmal kurz zu sagen: Nein, ich will nicht zurückkommen. Ich besuche lediglich meine Schwester.« Er sah an Lorenz' Gesichtsausdruck, dass dieser ihm immer noch nicht glauben wollte. Eduard leerte seinen Becher endgültig. »Nun gut«, sagte er dann, »reden wir Tacheles, Lorenz. Ich führe ein gutes Leben auf La Dulce, das ist wahr, allerdings …« Eduard hielt einen Moment inne und stellte dann den Becher ab, »… interessiert mich eines doch sehr: Wer hat Elias damals getötet?«

Lorenz gab dem Besitzer der *pulpería* ein Zeichen, dass er ebenfalls einen Rum wollte, dann zuckte er die Achseln. »Ich weiß es nicht. Wird einer von Gustavs Fußsoldaten gewesen sein, jemand Unwichtiges. Damals hieß es, es sei dieser Piet gewesen, aber den kann niemand mehr fragen. Er ist tot, und Michel wurde seither auch nicht mehr gesehen.« Lorenz lachte leise. »Vielleicht hat ihn die Pampa gefressen.«

Eduard ging nicht auf seine Bemerkung ein. »Piet, so, so …«, sagte er langsam. »Gibt es Zeugen dafür?«

»Nein.«

Eduard zog es kurz den Magen zusammen.

Vergiss es, sagte nicht zum ersten Mal eine Stimme in ihm, lass los, lass die Vergangenheit Vergangenheit sein. Was auch immer du tust, es wird dir Elias nicht zurückbringen.

Er wollte noch etwas sagen, doch ein Raunen, das die *pulpería* zum Vibrieren brachte, ging durch die Menge der Gäste. Zwei Frauen waren im Eingang aufgetaucht. Die jüngere hatte kastanienbraunes Haar, die ältere hellblondes.

»Mina!«, rief jemand aus, während sich Eduard gerade noch fragte, wieso die beiden so viel Aufmerksamkeit erregten.

»Annelie!«, folgte eine andere Stimme. »An mein Herz, meine Süßen.«

»Wer sind die beiden?«, wandte sich Eduard an Lorenz, während sich sein Blick auf die beiden Frauen richtete.

»Huren«, antwortete der in gelangweiltem Tonfall, »das ist das neue, ganz große Geschäft in dieser Stadt. Wusstest du das nicht?«

Lorenz nahm eine Kutsche in Richtung Barrio Norte, einem der vornehmeren Viertel im Norden der Stadt, wo er ein Haus gekauft hatte. Es hatte sich viel verändert seit jenen aufregenden Wochen vor nunmehr vier Jahren. Damals hatte er begonnen, alles richtig zu machen, und er hatte seitdem alles richtig gemacht. Er lebte nicht mehr in dem kleinen, schmutzigen Zimmer, das er sich zuweilen sogar mit anderen hatte teilen müssen. Er hatte eine Frau und bald auch ein Kind. Er hatte sein Leben nicht geändert, jedoch seine Vorgehensweise. Die Prostitution war eines seiner Standbeine, aber er hielt sich im Hintergrund. Reichtum und Ansehen erlangte man nicht, indem man sich die Finger schmutzig machte. Lorenz Schmid wusste inzwischen, dass sich das meiste Geld dort fand, wo die Hände sauber blieben.

Er klopfte dem Kutscher, um ihm zu bedeuten, dass das Ziel erreicht war. Knirschend kam das Gefährt zum Stehen. Hier draußen waren die Wege noch nicht alle gepflastert. War es heiß, kroch einem der Staub in jede Pore, regnete es, konnte sich die Straße in einen kleinen Fluss verwandeln. Vielleicht würde er demnächst etwas Geld aufbringen und einen Teil des Weges pflastern lassen, dazu einen Bürgersteig stiften. Das war auch etwas, was er in seinem neuen Leben gelernt hatte: Es kam darauf an, sich einen guten Namen zu machen. Es war besser, als der bekannt zu sein, der die Straßen pflasterte, statt als der, dessen Messer locker saß.

Das Haus, in dem die Familie Schmid wohnte, war typisch argentinisch, ebenerdig, etwa stockhoch, mit einer schmalen Front. Es stand, wie die meisten Häuser in Buenos Aires, direkt an der Straße. Die Mauern waren aus Backstein, die Tür war massiv, als erwarte man jederzeit einen Angriff, schmiedeeiserne Gitter schützten die Fenster. So schlicht das Haus zur Straßenseite hin wirkte, so luxuriös war der Innenausbau. Es gab bequeme und verschwenderisch ausgestattete Zimmer und nach hinten hinaus drei laubumsponnene, marmorgepflasterte, mit Bäumen und Blumen geschmückte Hofräume.

Lorenz schloss auf, hörte den Türsteher herbeieilen, der ihm gleich Hut und Mantel abnahm. Über den ersten Patio hinweg konnte er durch einen Torbogen in den zweiten Patio spähen. Seine Frau Maisie saß dort in ihrem Korbsessel. Ihr glattes goldblondes Haar floss wie ein Wasserfall aus Seide über die Sessellehne. Zu ihren Füßen auf einem Schemelchen saß ihr Dienstmädchen, damit beschäftigt, Tee für ihre Herrin aufzubrühen und ihr süße Leckereien zu reichen. Maisie hatte offenbar gelesen, doch nun ruhte das Buch in ihrem Schoß.

»Maisie!«, rief Lorenz leise, als er den Eingang zum Patio erreichte.

Seine Frau wandte den Kopf. Ihre azurblauen Augen leuchteten auf, dann lächelte sie ihn an. Ein Gefühl unendlicher Liebe, zu der er sich früher gar nicht fähig gefühlt hatte, durchströmte ihn. Maisie war die Nachfahrin von Anglo-Argentiniern, die schon seit dem 18. Jahrhundert ihre Geschäfte in Buenos Aires machten. Sie hatten sich auf einer *tertulia*, einer jener zwanglosen Abendgesellschaften, von deren Existenz und Ablauf Lorenz bis zu jenem Tag kaum etwas geahnt hatte und zu der er vollkommen zufällig gekommen war, kennengelernt. Rasch hatten sie Gefallen aneinander gefunden.

»Wie war dein Tag?«, fragte sie ihn jetzt mit jener warmen, dunklen Stimme, die ihn schon beim Hinhören aufreizte und die so gar nicht zu ihrer zarten Gestalt passen wollte.

»Gut. Wir haben ein neues Geschäft abgeschlossen.«

»Das ist ja wunderbar. Papa wird stolz auf dich sein.«

»Ja, das wird er.« Lorenz warf einen kurzen Blick auf Maisies Leibesmitte. »Und, wie geht es dir und dem Kleinen?«

»Gut.«

Lächelnd nahm sie eine Tasse Tee aus der Hand ihres Dienstmädchens entgegen.

Lorenz streichelte Maisies Schulter. »Ich muss noch ein paar Geschäftspapiere durchgehen.«

Sie nickte. Wenig später beobachtete Lorenz seine Frau von seinem Zimmer aus, das direkt an den zweiten Patio grenzte. Sie war ein verwöhntes, liebes Kind, aber er war froh darum. Sie war ihm gegenüber bedingungslos loyal, das hatte ihr ihr Vater beigebracht. Ihr Vater, Lionel Cuthbert, war es auch gewesen, der ihn, Lorenz, ins Geschäft gebracht hatte. Heute befand sich sein Büro in der Nähe der Plaza de Mayo. An der Tür stand Lorenz Schmid & Co – Import-Export.

Lionel hatte nicht gefragt, was Lorenz vorher getan hatte.

Er hatte auch nicht den Wunsch seiner Tochter infrage gestellt, diesen Mann zu heiraten. Maisie hatte nie einen Wunsch abgeschlagen bekommen. Es gab da eine seltsame Geschichte aus den Anfängen der Familie in Buenos Aires, eine Geschichte, die man sich nur mit gesenkter Stimme erzählte. Diese besagte, eine Vorfahrin der Cuthberts sei einst mit einem Gefangenenschiff auf dem Weg nach Australien gewesen. Dieses Schiff habe vor der Küste Argentiniens Schiffbruch erlitten, die weibliche »Fracht« sei nach Buenos Aires gelangt und jene Familienangehörige zu einer berühmten Kurtisane aufgestiegen.

Auch wenn die Cuthberts sehr wohlhabend waren und mittlerweile zu den höchsten Kreisen gehörten, war ihre Herkunft also womöglich nicht vollkommen unbefleckt. Lionel, sein Schwiegervater, hatte ihm jedenfalls gezeigt, wie man wirklich Geschäfte machte: indem man Armeelieferungen ins Grenzgebiet umleitete und anderweitig verkaufte, indem man Bordelle über Strohmänner laufen ließ, indem man Land in der Pampa erwarb und auch einmal fünf gerade sein ließ.

Viel Land zu erwerben war die neue große Sache. Mit dem erfolgreich abgeschlossenen Wüstenfeldzug Rocas waren riesige Landflächen frei geworden. Zwar sollte pro Person nur ein gewisser Anteil freigegeben werden, aber Gesetze waren entweder für die anderen oder dazu da, umgangen zu werden.

»Lorenz«, hatte sein Schwiegervater zu ihm gesagt, »der Agrarsektor wird aufgemischt werden und sich von Grund auf ändern. Seitdem sich die Qualität unserer Produkte gebessert hat, nimmt man sie uns in Europa willig ab. Wenn du also ein wirklicher Geschäftsmann sein und meiner Tochter das bieten willst, was ihr gebührt, muss du auch dort mitmischen. Merk dir, ich werde es niemals zulassen, dass Maisie etwas anderes bekommt als das Beste.«

Das wirst du auch nicht müssen, dachte Lorenz, während er Maisie beobachtete, die nunmehr in ihrem Korbsessel eingenickt war, ich werde ihr nie etwas anderes geben als das Beste.

Drittes Kapitel

An diesem Abend ging Eduard zu Monica de la Fressange. Er klopfte, wurde von Milo, dem Türsteher, unter dem üblichen Protest eingelassen, als hätte sich seit ihrem letzten Zusammentreffen nichts geändert. Die alte Freundin trat ihm im Patio entgegen, dort, wo die Palmen standen. Sie lächelte, als sie ihn sah.

»Du siehst gut aus, das Landleben bekommt dir«, sagte sie, nachdem sie ihn eine Weile ausgiebig gemustert hatte, und legte Eduard die Finger auf die Lippen, bevor der das Kompliment erwidern konnte. »Keine Lügen, nicht hier und nicht jetzt, alter Freund ... Wir kennen uns schon so lange, wir sind immer ehrlich zueinander gewesen, nicht wahr?« Sie seufzte. »Ich bin alt geworden, ich weiß das. Ich bin zu Zeiten groß geworden, da ging es in der *gran aldea*, dem großen Dorf, wie man Buenos Aires damals nannte, noch nicht zu wie in einem Bienenstock.«

Eduard schüttelte trotzdem den Kopf. Dann umfasste er entschlossen ihre schmale Hand mit seiner kräftigen, küsste ihre Fingerspitzen, atmete tief ihren ganz eigenen Duft ein.

»Du wirst niemals alt werden, Monica. Du bist immer noch eine Königin. Königinnen sterben nicht.«

»O gewiss, gewiss ... *La reine est morte, vive la reine.* Die Königin ist tot, es lebe die Königin«, erwiderte sie, doch er sah das Lächeln, das um ihre Mundwinkel spielte.

Sie war so schön wie in seiner Erinnerung: eine hochgewachsene Gestalt mit Haut von der Farbe hellen Milchkaffees, mit Augen, die wie Smaragde funkelten. Hier und da hatten sich ein paar Falten in Monicas Gesicht eingegraben, aber sie zeugten von Freude, von Lachen, von unbändiger Lebenslust. Sie war die schönste, bezauberndste Frau, die er kannte.

»Ja«, sie lachte jetzt auch, die Stimme rau, als würden Flusskiesel aneinanderreiben, »Monica de la Fressange, die Königin der Gosse.«

Im nächsten Moment blickte sie sehr ernst drein.

»Nein, du …«, wollte Eduard erneut aufbegehren.

Noch einmal legte sie ihm einen Finger auf die Lippen. Ihre Haut fühlte sich seidenweich an.

»Wir wollen ehrlich zueinander sein, Eduard.« Sie trat einen Schritt von ihm zurück und musterte ihn. »Das Landleben scheint dir wirklich gutzutun. Du siehst viel besser aus als damals, während deiner letzten Tage hier.«

»La Dulce ist ein schöner Ort, Monica …«

Er musste nur den Namen der Estancia nennen und fühlte sich sofort zu Hause. Ach Gott, er hatte längst vergessen, dass er die Estancia nur verwaltete. Sie war die seine, sein Lebensmittelpunkt. Viktoria und Pedro erwarteten ja auch nichts von ihm: Er konnte schalten und walten, wie es ihm genehm war. Er wusste, dass er das Richtige tat. Tiere und Pflanzen gediehen gut. Er bezahlte seine Knechte anständig. Er hatte die Rinder- und Schafherden erweitert. Die Jahre hatten gute Ernten gebracht. Vielleicht würde er eines Tages noch mehr Land dazukaufen und noch mehr Weizen anbauen. Weizen brachte gutes Geld. Von seinen Nachbarn wusste er, dass man Land, das noch nicht urbar gemacht worden war, zuerst von Pächtern bewirtschaften lassen konnte. Dazu wurde das Land auf eine gewisse Frist zumeist Einwanderern überantwortet, die den Boden bearbeiteten und Getreide anbauten, bevor es ein paar Jahre später wieder zurück in die Hand des Estanciero kam. Der konnte dann dort weiter Weizen anbauen oder Alfalfa, Luzerne, für die Rinder und Schafe.

Ansonsten hatte Eduard wenig mit seinen Nachbarn zu tun. Selten nur besuchte er sie in ihren nach europäischem Vorbild gebauten Häusern, die sie noch dazu ohne Sinn und Verstand mit europäischen Kostbarkeiten füllten. Die vergangenen Jahre hatten den Reichtum vieler Estancieros beträchtlich erhöht. Nicht jeder konnte damit umgehen. Er wusste nichts mit diesen Leuten anzufangen. Das letzte Zusammentreffen hatte jedenfalls in einem Streit geendet und dem Vorwurf, Eduard behandle seine Knechte zu gut. Doch Eduard hatte nie vergessen können, dass er selbst einmal ein armer Schlucker mit so vielen Träumen gewesen war.

»Vielleicht willst du mich ja einmal besuchen, Monica?«

»Ach Gott, fort aus Buenos Aires? Ich bin an die Großstadt gewöhnt, Eduard, den Trubel, das alles. Die Ruhe auf dem Land würde mich wahrscheinlich umbringen.«

»Es wäre ja nur für ein paar Tage. Außerdem ist es eigentlich nie ruhig auf La Dulce«, grinste Eduard. »Mal brüllen die Milchkühe, weil ihnen der Euter schmerzt und sie gemolken werden müssen, dann blöken die Schafe. Die Hühner gackern fast ständig, und der Hahn kräht auch mehrmals am Tag und nicht nur morgens in der Frühe.«

Monica lachte. Sie hatte Eduard in ihren Salon geführt. Er dachte daran, dass sie sofort gekommen war, als Milo ihn angekündigt hatte. Der Hüne bewachte heute wie damals ihre Tür. Es war, als hätte Monica auf ihn gewartet. Sie hatte ihn begrüßt wie einen alten Freund. Jetzt nahmen sie beide an einem kleinen Tischchen Platz. Eduard trank einen Schluck des pechschwarzen Kaffees, den sie ihm in einer feinen Porzellantasse gereicht hatte, und stellte diese dann ab.

»Erwartest du heute noch Kunden?«, fragte er.

Monica lächelte. »Ach, ich habe das Geschäft schon einige Jahre aufgegeben.«

»Wann?«

»Kurz nachdem du deines aufgegeben hast. Ich habe in den Jahren genügend gespart, um mir einen ruhigeren Lebensabend zu gönnen. Das habe ich mir immer vorgenommen.«

Eduard nickte verstehend.

Monica spielte mit dem spitzenverzierten Ärmel ihres seidenen Hausmantels, als wäre sie verlegen. »Meine Gunst gewähre ich heute nur noch denjenigen, die mir gefallen«, sagte sie dann.

Eduard war froh, dass er nicht errötete wie ein kleiner Junge. Entschlossen rief er sich den Grund seines Kommens in Erinnerung. Er musste noch etwas klären, bevor er wirklich in Frieden leben konnte.

»Monica?«

»Ja?«

»Sind deine Kontakte immer noch so gut wie damals?«

Monicas Augen sahen mit einem Mal wacher aus, aufmerksamer als wenige Augenblicke zuvor noch. Sie zögerte, dann legte sie eine Hand auf seinen Arm.

»Fahr zurück auf deine Estancia, Eduard. Lass die Vergangenheit ruhen.«

Auch Eduard zögerte nun, dann legte er eine raue Hand auf ihre.

»Es tut gut zu sehen, was man mit der eigenen Hände Arbeit schaffen kann. Es tut gut, morgens die Sonne aufgehen zu sehen. Es tut gut, die Pflanzen wachsen zu sehen, mit seinen Männern zu feiern, aber …«

Monica unterbrach ihn. »Du solltest nicht hierher zurückkommen, Eduard. Das ist nicht mehr deine Welt. Lass die Toten in Frieden.«

Eduard wollte etwas erwidern und schloss dann doch die Lippen. Nachdenklich blickte er sich im Salon um. Einige Bilder, Teppiche, auserlesene Kunstgegenstände waren hinzugekommen, seit er zum letzten Mal hier gewesen war. Monicas schwarzes Haar, das sie stets mit Duftölen glättete, glänzte im Schein der Lampen. Ihr Anblick, musste er zugeben, nahm ihm immer noch den Atem. Sie nutzte die Situation weidlich und mit einem leisen Lächeln aus, als sie nun aufstand, mit schwingenden Hüften zu einem Seitenbord ging und ihnen beiden Kaffee nachschenkte. Trotzdem konnte er einfach nicht loslassen.

Ich will wissen, wer Elias getötet hat, fuhr es ihm durch den Kopf, ich muss es wissen.

»Hast du einmal wieder von Noah gehört? Elias' Bruder?«

Monica schüttelte den Kopf. »Ich habe nichts mehr mit ihm und den anderen zu tun, ich habe nichts mehr von ihnen gehört, seit du weg bist. Das ist Vergangenheit, Eduard, wir können das Rad der Zeit nicht zurückdrehen. Du solltest das akzeptieren.«

Sie fügte seinem Kaffee einen Schuss Rum hinzu, kam dann zu ihm zurück und hielt ihm die Tasse hin. Ihre Finger berührten sich, als er sie entgegennahm, und es durchfuhr ihn wie ein elektrischer Schlag.

»Monica ...«

»Tanzt du mit mir?«

»Aber ich kann nicht tanzen ...«

»Du kannst, ich weiß es.«

Sie hieß ihn, die Tasse wieder abzustellen. Der Gedanke daran, sie berühren zu können, beflügelte ihn. Monica zeigte ihm, wie er sie bei den Armen fassen, welchen Arm er ihr um die Hüften legen konnte. Er bemerkte, dass Milo herangekommen war, sich auf einen Hocker setzte und eine einfache

Melodie auf einer Gitarre spielte. Im Rhythmus des Liedes bewegten sie sich, kamen sich mal nahe, wichen dann wieder voneinander. Monica ließ ihn keinen Moment aus den Augen. Es war ihm, als bedeutete sie ihm mit ihrem Körper, was als Nächstes zu tun war. Erste Schweißperlen bildeten sich auf Eduards Stirn. Monica machte einen Schritt nach vorn, einen seitwärts, einen zurück. Er folgte ihren Schritten.

Irgendwann blieben sie stehen. Die Musik verklang.

»Das ... Das war sehr schön.«

Eduard fühlte, wie sein Herz schlug, fühlte sich lebendig und warm bis in die letzte Faser seines Körpers.

»Komm mit«, hauchte Monica und zog ihn auf ihre Schlafzimmertür zu, »wir haben noch so viel zu entdecken.«

Die Erinnerung kam mit einem Schlag zurück, als Eduard Monicas Schlafzimmer betrat – der Geruch, die vielen Kissen, die überall verstreut lagen, die kleinen Darstellungen aus dem indischen Kamasutra, die an den Wänden hingen, das Kreuz, die kleine Statue der Jungfrau Maria und die des San Benito de Palermo, den besonders die afrikanischstämmigen Bewohner von Buenos Aires verehrten. Er wusste, dass Monica katholisch war. Er wusste aber auch, dass sie von ihrer Mutter mit dem Glauben an diverse afrikanische Götter vertraut gemacht worden war. Er meinte sich ebenfalls zu erinnern, dass ihr der Voodoo nicht fremd war.

Sie fanden leicht zueinander. Anfangs lag er auf ihr, dann glitt sie wie eine Schlange unter ihm hervor, saß im nächsten Moment auf ihm, um ihn voller Leidenschaft zum Höhepunkt zu locken. Doch so leicht wollte Monica es ihm nicht machen. Als er schon auf den Abgrund zutaumelte, schon meinte, sich gleich in die Lüfte zu erheben zu müssen, um nicht ins Unendliche zu stürzen, riss sie ihn wieder zurück auf die Erde.

»Monica!«, keuchte er.

In ihm kämpfte der Wille, dieses wunderbare Spiel, das einerseits so lockend und andererseits so schmerzhaft war, noch so lange wie möglich auszukosten, gegen das Verlangen, endlich zum Ziel zu kommen. Endlich waren sie sich wieder nah. So nah. Ihre weiche Haut, ihr Geruch, ihr Geschmack waren überall.

»Küss mich«, flüsterte sie ihm ins Ohr, und er tat, wie ihm geheißen.

Wieder und wieder spürte Eduard ihre Hände auf seinem Rücken, auf seinen Armen, dann wieder auf seinem Geschlecht. Sie ließ ihn kommen, als er sicher war, sich nicht mehr zurückhalten zu können. Danach lagen sie reglos nebeneinander. Eduards Brustkorb hob und senkte sich wie nach einem schnellen Lauf. Einen Moment spürte er sie noch dicht bei sich, dann dämmerte er weg.

Als er aufwachte, saß Monica bekleidet in einem Korbstuhl neben einem kleinen Tisch und beobachtete ihn. Im Halbdunkel des Raumes sah Eduard die Spitze ihres Zigarillos aufglühen. Er richtete sich auf. Seine Kleidung lag neben dem Bett, wo er sie zurückgelassen hatte. Er schlüpfte rasch hinein. Als er fertig war, nahm er sie in den Blick.

»Sehen wir uns bald wieder?«

Sie nickte. »Sicherlich, aber es liegt an dir.«

Sie sah, dass er etwas erwidern wollte, und hob die Hand.

»Es liegt an dir, Eduard, sei dir gewiss, es liegt an dir.«

Sie hatte Eduard gesagt, dass sie noch etwas zu erledigen habe, und ihn von Milo hinausbegleiten lassen. Wenig später befand Monica sich in dem kleinen und doch großzügigen, blau gekachelten Raum mit der bronzenen Badewanne. Sie hatte ihn nach ihren Vorstellungen herrichten lassen, ein wenig, wie sie sich ein Zimmer aus den Erzählungen von Tausendundeiner Nacht vorstellte. Der Raum war so klein, dass der heiße Wasserdampf wie feiner Nebel in der Luft hing. Es roch nach Rose, Lavendel und frischer Zitrone. Milo hatte ein Tablett mit Leckereien und süßem Wein bereitgestellt. Nach den vielen gemeinsamen Jahren wusste er, was sie mochte, ohne danach fragen zu müssen.

Er ist unersetzlich, fuhr es Monica durch den Kopf. Sie ließ den Hausmantel von ihren Schultern gleiten, füllte das einem Blütenkelch nachempfundene Glas mit Wein und nahm den ersten Schluck.

Sie war überrascht gewesen, Eduard wiederzusehen, überrascht und erleichtert. Im Moment ihres Wiedersehens hatte sie erst verstanden, wie sehr sie ihn vermisst hatte. Natürlich wusste sie Sentimentalitäten vom wahren Leben zu trennen, aber da war immer etwas Besonderes zwischen ihnen gewesen, und auch dieses Mal hatte ihr Herz schneller geschlagen.

Wie das einer jungen Frau.

Damals, in den ersten Tagen ihres Kennenlernens, hatte sie sich vielleicht zuerst in Eduards Hunger, in seinem Willen, dem Leben etwas Besseres abzuringen, wiedererkannt. Heute hatte sie sofort verstanden, warum er gekommen war, hatte es vielleicht sogar schneller erkannt als er selbst.

Rache, dachte sie, Rache ist nie eine gute Lehrmeisterin.

Als Monica wenig später im duftenden Badewasser lag, musste sie an ihre Mutter denken. Auch ihre Mutter hatte sich rächen wollen für das Unrecht, das man ihr angetan hatte. Wenn Monica heute daran dachte und die Augen schloss, sah sie die alte Voodoo-Hexe vor sich, die ihre Mutter für ihren Racheakt zu Hilfe gerufen hatte. Monica hatte damals alles aus ihrem Versteck heraus beobachtet. Sie hatte den aus einem Knochen geschnitzten Dorn gesehen, der den Körper der kleinen Puppe durchbohrte. Danach war das Püppchen mit einem Draht symbolisch stranguliert worden, bevor es neben einem See im heutigen Parque Tres Palermo begraben worden war. Monica hatte niemals erfahren, gegen wen sich diese Zeremonie gerichtet hatte, aber erkannt, dass ihre Mutter danach nicht glücklicher geworden war.

Als hätte der Knochendorn ihren eigenen Leib durchbohrt.

Nein, Rache ist wahrlich keine gute Lehrmeisterin, dachte Monica noch einmal.

Eduard entschied, einige Schritte zu laufen, um sich abzukühlen, nachdem er Monica verlassen hatte. Noch während er die Gassen entlangschlenderte, spürte er ihre Küsse und Berührungen auf seiner Haut. Er hatte sie ausfragen wollen, denn Monica hatte stets gewusst, was sich in der Stadt tat, aber als sie ihren Hausmantel hatte fallen lassen, war es gleich um ihn geschehen. Sie war immer noch atemberaubend schön.

Für einen Moment blieb er stehen, legte die Hände in den Nacken, schaute in den Himmel hinauf und nahm den Geruch der Stadt wahr – Geruch von Essen, Menschen, Meer, fauligem Wasser und fauligem Fleisch. Er hatte mittlerweile die Plaza Lavalle erreicht, das Zentrum des jüdischen Lebens in der Stadt. Immer noch herrschte Hochbetrieb. Eduard entschloss sich, doch nach einem Wagen Ausschau zu halten, der ihn weiter nach Belgrano bringen konnte.

Die junge Frau fiel ihm erst auf den zweiten Blick auf, und dann kam sie ihm gleich bekannt vor. Das war doch das Mädchen aus der *pulpería*. Wie hieß sie doch gleich? Sie war in der

Begleitung einer älteren Frau gewesen, die etwas in ihm berührt hatte. Er hatte sich vorstellen können, sie wiederzusehen, und doch gleich gewusst, dass es dazu wohl nicht kommen würde. Man hatte ihre Namen genannt, das wusste er noch. Nun schien ihm das Schicksal eine zweite Chance zu geben, und Eduard entschied sich, sie beim Schopf zu ergreifen. Entschlossen ging er auf die junge Frau zu.

»Señorita?«

Sie drehte sich zu ihm um. Sehr kurz hatte er den Eindruck, sie habe sich erschreckt, dann lächelte sie. Ihr kastanienfarbenes Haar fiel ihr bis weit über die Schultern herab. Dazu passend trug sie ein hellgrünes Kleid, etwas zu auffällig vielleicht und mit zu vielen Rüschen und Zierrat. Trotzdem wirkte sie unschuldig und weniger geübt als manch andere junge Frau auf dem Platz.

»Señor?«

»Wir kennen uns oder etwa nicht? Heute Mittag, in der *pulpería*, nicht weit von hier ...«

Jetzt musterte sie ihn von oben bis unten.

»Sie sehen eher aus, wie jemand, der sich in der Gegend verlaufen hat«, bemerkte sie dann in keckem Tonfall.

Doch es klang nicht ganz glaubhaft und etwas bemüht. Sie war offensichtlich angespannt, versuchte aber, es zu verbergen.

Eduard runzelte die Stirn. »Glauben Sie nicht alles, was Sie sehen«, erwiderte er. »Der Schein trügt. Ich habe lange Jahre in schlimmeren Gegenden als dieser verbracht.« Er dachte nach. »Natürlich«, sagte er dann, »jetzt fällt es mir wieder ein. Sie sind Mina. Und die andere heißt Annelie, habe ich Recht?«

Das junge Mädchen schien kurz zu überlegen, was es antworten sollte, dann nickte es. »Sie ist meine Mutter.«

»Und wir waren heute in derselben *pulpería*«, wiederholte Eduard. »Sie arbeiten dort«, fuhr er fort, »habe ich das richtig verstanden?«

Das junge Mädchen nickte wieder. »Ja, genau. Und wie heißen Sie, Señor?«

»Entschuldigen Sie, wie ungehörig von mir.« Er verbeugte sich. »Eduard Brunner.«

»Sie kommen aus Deutschland?«, platzte das junge Mädchen nun auf Deutsch heraus.

Eduard nickte. »Sie offenbar auch, Señorita ...«

»Mina Hoff.«

»Würden Sie mich zu einer Tasse Schokolade begleiten, Señorita Hoff? Ich kenne eine gute Konditorei, das Café Maria.«

Sie lächelte. »Ja, das würde ich gern.«

Eduard bot Mina den Arm, dann blickte er sich um und rief die nächste Kutsche herbei.

»Zum Café Maria, aber schnell!«

Gut zwei Stunden später war Mina zurück auf der Plaza Lavalle. Früher als sonst stellte sie die Suche nach Kunden ein. Eduard Brunner hatte ihr etwas Geld gegeben, für den Ausfall, den sie während des Besuchs der Konditorei erlitten hatte. Als sie das kleine Zimmer betrat, das sie mit ihrer Mutter teilte, war Annelie noch nicht da. Als diese aber kurze Zeit später eintraf, dauerte es nicht lange, bis Mutter und Tochter in Streit gerieten. Mina konnte sich nicht erinnern, wann sie sich das letzte Mal gestritten hatten. Nicht mehr seit ihrer Flucht aus Esperanza jedenfalls.

»Was hast du dir dabei gedacht? Ich habe dich überall auf der Plaza gesucht. Ich dachte, wir gehen zusammen nach

Hause. Todesängste habe ich ausgestanden.« Annelie sah ihre Tochter, die mit untergeschlagenen Beinen auf dem Bett saß und schadhafte Kleidungsstücke flickte, vorwurfsvoll an. »Und du hast diesem Fremden auch noch unsere Namen genannt? Wie konntest du nur?«

»Er kannte unsere Namen. Er hat sie schon in der *pulpería* gehört. Wir haben immer unsere richtigen Namen benutzt.«

»Vielleicht war das falsch«, überlegte Annelie.

»Mama, du hast immer gesagt, Xaver und Philipp würden uns gewiss nicht folgen. Sie seien zu faul ...«

»Ja, aber was, wenn uns ein anderer aus Esperanza findet? Ein Freund deines Stiefvaters könnte ...«

»Das hätten wir uns früher überlegen müssen«, unterbrach Mina ihre Mutter.

»Ich bin damals einfach nicht darauf gekommen, einen anderen Namen ...«

Wieder fiel Mina Annelie ins Wort. »Es wird schon alles gut werden, Mama, mach dir keine Sorgen.«

Mina zog die Nadel jetzt konzentriert durch den Stoff ihres Unterkleides. Das Material war so minderwertig, dass es schnell riss. Fast täglich musste sie ihre Kleidung flicken. Sie hasste das.

»Der Fremde heißt übrigens Eduard Brunner«, sagte sie dann bedächtig, ohne aufzublicken. »Er leitet eine große Estancia bei Buenos Aires. La Dulce. Er ist nur vorübergehend hier, aber wenn ich es geschickt anstelle, das fühle ich, dann wird er uns sicherlich ein gutes Stück weiterhelfen.«

»Wenn du es geschickt anstellst?« Annelies Lachen klang hysterisch. »So wie bei Aurelio Alonso vielleicht? Was glaubst du denn, was *er* tun wird? Uns Geld schenken? Dieser Mann sieht dich, als das, was du bist: ein Mädchen, das man aus Armut nur zu leicht dazu bringt, die Beine breitzumachen.«

»Davon hat er nichts gesagt.«

»Ha, natürlich nicht.«

Annelies Stimme klang bitter. Sie hatte etwas von ihrer Angst verloren, seit sie geflohen waren, aber sie war auch ungerecht geworden. Mina zog erneut den Faden durch den Stoff und ermahnte sich innerlich zur Ruhe.

»Ich weiß, was ich tue«, beharrte sie. »Ich habe einen Plan«, fügte sie hinzu, auch wenn das nicht ganz der Wahrheit entsprach. Bisher waren es eher vage Vorstellungen, manche so unwahrscheinlich, dass sie es gar nicht wagte, weiter darüber nachzudenken.

Annelie schüttelte den Kopf.

»Einen Plan, ja? Diesen Eindruck habe ich nicht. Zuerst einmal hast du leichtfertig unser Leben gefährdet. Wie ich schon sagte ... Wir wissen nicht, ob man uns nicht doch sucht!«

»Wer? Xaver oder Philipp oder beide vielleicht? Warum sollten sie?«

Wie so oft erschien es Mina, als zögere ihre Mutter bei der Antwort unerklärlicherweise kurz. Dann machte sie eine wegwerfende Handbewegung.

»Sie ... oder jemand anderes eben, wie schon gesagt ... Wir sind fortgelaufen. Was, wenn sie uns zurückholen?«

Mina zuckte die Achseln. »Glaubst du denn, dass so etwas geschieht? Wir haben doch nichts gestohlen. Wir sind auch keine Sklaven. Wir gehören nur uns. Vielleicht hat Xaver dich für tot erklären lassen und wieder geheiratet. Er hat doch immer gesagt, eine bessere Frau als dich findet er überall.«

Annelie runzelte die Stirn. »Xaver«, Mina hörte die Stimme ihrer Mutter zittern, »ist niemand, der sich einfach etwas wegnehmen lässt, ob er es nun braucht oder nicht. Deshalb müssen wir vorsichtig sein. Deshalb verstecken wir uns. Und das Zweitwichtigste für uns ist, unsere Schulden zu bezahlen, damit man dich und mich nicht mehr zu Dingen zwingen kann, die ... die wir nicht ...« Annelie holte tief Luft. »Und dann fahren wir nach Deutschland zurück und ...«

»Ach ja?« Mina blickte nun doch auf. »Meinst du, die hier lassen uns so einfach gehen? Wenn wir in diesem Leben noch unsere Schulden bezahlen wollen, muss sich schnell etwas ändern, das weißt du genauso gut wie ich, oder willst du weiter in der *pulpería* arbeiten und dich betatschen lassen oder Schlimmeres, bis du tot umfällst? Wir werden nie wieder frei sein, wenn wir die Sache nicht selbst in die Hand nehmen, Mama, und ich spüre eben, dass Señor Brunner uns helfen ...«

Mina richtete den Blick wieder auf das löchrige Unterkleid. Sie waren glücklich vor Xaver und Philipp geflohen und doch vom Regen in die Traufe gekommen. Zuerst waren sie Aurelio Alonso ausgeliefert gewesen, dann hatte der sie an den Zuhälter Felipe Arista verkauft. In Rosario war Mina noch durch sein gutes Aussehen und seine feinen Manieren geblendet gewesen. In Buenos Aires hatte sie bald verstanden, dass sie Arista das Geld niemals würden zurückzahlen können, wenn nicht ein Wunder geschah. Als sie das erste Mal in Verzug geraten waren – Annelie hatte im Sommer mit einem schweren Fieber zu kämpfen gehabt –, hatte das sofort Folgen.

Ein Schauder lief Mina über den Rücken, als sie an den ersten Freier dachte, den sie hatte empfangen müssen. Ob sie sich immer so schmutzig fühlen würde, oder ob dieses Gefühl irgendwann nachließ? In den ersten Wochen und Monaten hatte sie sich verboten, an Frank zu denken, und auch heute noch versuchte sie, den Gedanken an ihn zu vermeiden. Bis jetzt hatte sie sich nicht überwinden können, zur Plaza zu gehen, so elend und schmutzig fühlte sie sich. Wie sollte sie Frank überhaupt je wieder gegenübertreten? Das Mädchen, das er zurückgelassen hatte, gab es nicht mehr. Wie es ihm wohl ging? Sie hoffte so sehr, dass es ihm gut ging. Vielleicht hatte er sogar schon geheiratet ... Der Gedanke trieb ihr die Tränen in die Augen. Sie war froh, dass sich Annelie abgewandt hatte, aber Annelies schmaler Rücken rührte sie plötzlich.

Sie und ihre Mutter hatten schwere Zeiten erlebt, aber sie hatten doch nur einander. Mina legte die Flickarbeit zur Seite, stand auf und umarmte Annelie entschlossen.

»Ich will, dass wir hier rauskommen, Mama. Ich will, dass wir unser Glück finden, und ich glaube, ich weiß jetzt, wie uns das gelingen kann.«

»Ach, Mina, kleine Träumerin«, Annelie strich ihrer Tochter das Haar aus dem erhitzten Gesicht, »wie soll das gehen?«

»Vertrau mir, vertrau mir einfach.«

Als Eduard sich spät an diesem Abend auskleidete, um zu Bett zu gehen, bemerkte er ein leises Knistern in seiner rechten Rocktasche. Er schob seine Hand hinein, zog einen sorgsam gefalteten Zettel hervor. Wie war er dort hingekommen? Wer hatte ihn dort hineingesteckt? Unwillkürlich hob er das Stück Papier an die Nase: Monica ... Das war ihr Duft. Wann hatte sie den Zettel in seine Tasche gesteckt? Als er geschlafen hatte? Nun, das sollte ihm vorerst gleich sein. Wichtig war, zu lesen, was darauf stand, wenn sie es für nötig gehalten hatte, ihm diesen Zettel zuzustecken.

Eduard drehte die Öllampe noch einmal heller und las Monicas in feinen Buchstaben geschriebene Botschaft: *Elias, Recoleta*.

Ja, aber er wusste doch, dass Elias in Recoleta begraben worden war. Was wollte sie ihm damit nur sagen?

Viertes Kapitel

Marlena hatte nie die gleiche Begeisterung für das Fuhrgeschäft aufbringen können wie ihre Mutter, und sie wusste, dass Anna darüber enttäuscht war. Den Gedanken, Nachmittage lang eingesperrt über den Büchern zu verbringen, anstatt die Stadt, am besten noch die ganze Welt zu erkunden, fand Marlena jedoch abscheulich. Sie liebte es, wenn Julius von seinen Geschäftsreisen erzählte, verschlang Berichte über Expeditionen in ferne, kaum bereiste Länder und malte sich aus, es den mutigen Entdeckern eines Tages gleichzutun. Durch ihre Lektüre wusste sie, dass es sogar Frauen gab, die die Welt allein bereisten, teils heimlich, in Männerkleidern, teils ganz offen. Marlena hatte Alexander von Humboldts Berichte verschlungen und Mary Wortley Montagues Erzählungen über ihr Leben im osmanischen Reich gelesen, sie las Friedrich Gerstäcker, Isabella Bishop und Ida Pfeiffer und viele mehr.

Auch nach Argentinien kamen solche Reisenden, sie stiegen zumeist im Hotel du Nord in Buenos Aires ab. Manche von ihnen waren ausgestattet, als wäre das ganze Land ein einziger Dschungel – dabei war Buenos Aires doch eine fast europäische anmutende Stadt. Aber einige dieser Abenteurer und Abenteurerinnen verließen die Stadt ja auch. Sie bereisten die Urwälder von Misiones, den wilden Chaco, oder sie bestiegen den Aconcagua, der als höchster Berg außerhalb Asiens galt.

Im letzten Schuljahr war Marlena wieder einmal der Gedanke gekommen, ebenfalls durch die Welt zu reisen. Sie hatte schon einmal darüber nachgedacht, damals, als sie aus Deutschland zurückgekommen waren. Danach wollte sie ein Buch über ihre Erfahrungen schreiben, später Journalistin werden. Bisher wusste allerdings nur ihre Freundin Estella von ihren Plänen.

Draußen im Gang waren plötzlich Schritte zu hören. Marlena kannte den energischen Rhythmus nur zu gut. Mama. Und ganz offensichtlich hatte sie etwas zu besprechen. Im nächsten Moment klopfte es auch schon. Marlena schob die Wegbeschreibung, die sie studiert hatte, unter einen Stapel Mathematikaufgaben und hob den Kopf.

»Herein!«

Die Tür öffnete sich. Anna trat ein. Sie war dezent, aber elegant und in gedeckten Farben gekleidet, sicher ein Modell von Tante Lenchen.

Früher, dachte Marlena, hat Mama weniger Wert auf Kleidung gelegt. Auch heute war noch nicht von höchster Priorität, was Anna trug, aber als Geschäftsfrau wusste sie, dass es durchaus zuträglich war, sich gut zu kleiden. Sie kam jetzt näher heran, warf einen kritischen Blick auf Marlenas Schreibtisch.

»Mathematik?«

»Ja, die Schule fängt bald wieder an.«

Anna runzelte die Stirn. Marlena konnte ihre Mutter nicht ansehen. Sie hatte Anna immer nur schwer anlügen können.

Allerdings lüge ich ja nicht direkt, überlegte sie dann, ich lasse nur etwas weg. Die Schule fängt ja tatsächlich bald wieder an, und ich *sollte* mich mit Mathematik beschäftigen. Hoffentlich bemerkt Mama nicht, dass ich noch keine Aufgabe gelöst habe.

Vorsichtshalber legte Marlena eine Hand auf den Stapel Aufgaben. Aber Anna schenkte dem Schreibtisch schon gar keine Beachtung mehr. Aus den Augenwinkeln beobachtete Marlena, dass ihre Mutter sich nachdenklich umblickte.

»Darf ich mich setzen?«, fragte sie dann.

Marlena nickte verblüfft. Anna nahm sich tagsüber sonst selten Zeit, mit ihr zu sprechen. Meist war sie im Büro ihres Unternehmens.

Mutter und Tochter saßen sich eine Weile schweigend gegenüber.

»Du bist jetzt alt genug«, sagte Anna schließlich, »hast du dir eigentlich schon einmal Gedanken darum gemacht, wie dein späteres Leben aussehen soll?«

O ja, fuhr es Marlena durch den Kopf, aber dir kann ich es nicht sagen und Julius auch nicht. Dabei beneideten sie in der Schule alle um ihre Eltern – um ihre Mutter, die so anders war als andere Mütter und so viel erreicht hatte, um Julius, der ihr ein liebevoller Stiefvater war. Trotzdem schaffte sie es einfach nicht zu sagen, was sie wirklich interessierte und was sie einmal tun wollte, aus Angst, sie könnten genauso glockenhell darüber lachen wie Estella.

»Und?« Anna schaute sie forschend an.

Marlena wich dem Blick ihrer Mutter aus. »Hm, schon ...«

»Könntest du dir denn vorstellen, mir ab jetzt am Wochenende ab und zu im Büro zu helfen?«, fuhr Anna dazwischen.

O Gott, nein, dachte Marlena, doch sie nickte. Nur keine Aufmerksamkeit erregen. Der Ärger würde noch früh genug kommen.

»He, hier herüber!«

Jenny hatte den Arm gehoben und winkte Marlena zu. Die beeilte sich, an die Seite der jungen Frau zu kommen. Seit sie wusste, dass Jenny und ihre Mutter Rahel sich tagtäglich in den sündigsten Pfuhl der Stadt begaben, um Prostituierten eine Hilfe zu sein, hatte Marlena sie schon mehr als einmal begleiten wollen. Vielleicht würden diese Erlebnisse den Hintergrund zu ihrer ersten Reportage bilden, auch wenn sie noch nicht wusste, wer ihren Bericht drucken sollte. *La Prensa* und *La Nación* waren die wichtigsten Zeitungen der Stadt, aber druckten die auch Artikel von Frauen? Außerdem gab es natürlich noch die in der deutschen Kolonie viel gelesene, täglich erscheinende *Deutsche La Plata Zeitung*. Mehr Zeitungen kannte Marlena nicht.

Marlena atmete tief durch, als sie jetzt neben Jenny stand. Die junge Frau war fast zehn Jahre älter als sie und eine enge Freundin der Familie. Sie hatte ihr auffälliges rotes Haar in einen festen Zopf geflochten und zu einem engen Dutt gewunden. Auf ihrem Kopf saß ein Hut, ein kleiner Schleier fiel ihr bis über die Augen und betonte ihren großen, rosigen Mund.

Kennengelernt hatten Anna, Julius und sie einander auf dem Schiff nach Buenos Aires. Jenny war damals als blinde Passagierin an Bord gewesen, fest entschlossen, in der Neuen Welt ihren Vater wiederzufinden. Doch das Leben hatte anders gespielt. Ihr Begleiter, ein älterer Junge namens Claas, war grausam ermordet worden. Ihren Vater hatte Jenny nicht gefunden, jedoch eine neue Familie gewonnen.

»Ich hätte nicht gedacht, dass du wirklich kommst«, bemerkte sie nun und musterte Marlena kurz von oben bis unten.

»Warum?«

»Hast du keine Angst? Schließlich ist das eine ganz andere Welt als die, die du kennst.«

Marlena schüttelte den Kopf. »Uns ist es auch nicht immer gut gegangen, Jenny, das weißt du.«

Sie blickte sich kurz um. Nach langem Überlegen hatte sie ein dunkelgraues Kleid mit Jacke gewählt, aber keinen Hut. In Ermangelung einer anderen ausreichend großen Tasche trug Marlena ihre Schultasche unter dem Arm – etwas unpassend, wie sie jetzt fand, aber sie beschloss, sich ihre Unsicherheit nicht anmerken zu lassen.

Jenny atmete tief durch. »Na, dann komm einmal mit.«

Marlena folgte Jenny über die Plaza Lavalle. Marlena sah Frauen, die nicht mit ihren Reizen geizten, um Kunden anzulocken, und solche, die so verhärmt aussahen, dass sie niemals darauf gekommen wäre, welchen Beruf sie ausübten. Es gab Frauen, deren ganze Haltung Aufbegehren ausdrückte, und solche, die sich und die Welt schon aufgegeben hatten.

»Viele hier kommen von weit, weit her aus Osteuropa«, hörte sie jetzt erstmals wieder Jennys Stimme. »Es sind Jüdinnen, die man gegen ihren Willen mit Zuhältern verheiratet hat. Diese Frauen haben keinen Platz mehr, nirgendwo, weder in dieser Welt noch in der, aus der sie gekommen sind …« Jennys Stimme klang mit einem Mal bitter. »Sie sind Ausgestoßene, dabei hat man ihnen gar keine Wahl gelassen. Manche wurden sogar von ihren Ehemännern verkauft.«

Marlena sah die Frauen plötzlich in einem anderen Blicklicht. Der Gedanke, dass hier wohl kaum eine freiwillig stand, jagte ihr Schauder über den Rücken. Eine Zeit lang gingen Jenny und sie schweigend nebeneinander her, während Marlena die Vielzahl schrecklicher Schicksale in sich aufnahm und in Gedanken Notizen machte. Sie hoffte nur, dass sie sich das alles für ihren ersten Artikel würde merken können.

»Bist du auch Jüdin?«, fragte sie Jenny irgendwann zaghaft.

Die blieb stehen und lächelte. »Weil Rahel Goldberg meine

Mutter ist, meinst du?« Sie schüttelte den Kopf. »Nein. Obwohl die Goldbergs mich adoptiert haben, ließen sie mich evangelisch erziehen, aber die Religion spielt keine Rolle. Ich sehe, wo ich helfen muss, und ich helfe gern, das Leben dieser Frauen zu verbessern. Wir sind alle weibliche Wesen, Marlena, das ist es, was uns verbindet.« Sie zögerte. »Ich wäre auch stolz, wenn ich eine Jüdin wäre – so, wie die Frau, die mir mein heutiges Leben ermöglicht hat.«

Marlena nickte. Sie musste sich wirklich unbedingt alles merken, was sie an diesem Tag sah und erlebte. Dann würde sie vielleicht zuerst einmal eine Reportage für die Schulzeitung schreiben und … Sie bemerkte etwas verspätet, dass Jenny ihren Schritt verhielt, und wäre fast gegen den Mann geprallt, der sich ihnen mit einem Mal in den Weg stellte. Er war groß gewachsen und durchaus gut aussehend, wie Marlena mit einem Blick feststellte – hellbraunes Haar hatte er, grünbraune Augen und ein irritierend spöttisches Lächeln auf den markanten Zügen. Jenny schien den Mann zu kennen, im nächsten Moment sprach sie ihn auch schon an.

»John«, sagte sie, »ich bin überrascht, dich zu sehen. Es hieß überall, du seist immer noch in New York.«

»Nein, wie du siehst, bin ich das nicht. Mein Geist steht dir jedenfalls kaum gegenüber.«

Der Mann hatte Jenny kurz angesehen und musterte nun Marlena. Marlena bemerkte, wie die Röte mit einem Mal wie mit heißen Fingern nach ihren Wangen griff. Johns Augen funkelten herausfordernd. Er war schlecht rasiert, wie sie jetzt bemerkte. Überhaupt sah er nachlässig aus. Sie meinte sogar, Alkohol zu riechen. John war auch viel älter als sie selbst, gewiss sogar älter als Jenny, bestimmt schon Mitte dreißig.

»Marlena, darf ich vorstellen«, wandte Jenny sich nun an sie, »das ist John Hofer. John, das ist Marlena Weinbrenner.«

»Von Meyer-Weinbrenner & Co?«, erkundigte John sich sofort und betrachtete Marlena plötzlich so eingehend, dass diese beinahe zurückgewichen wäre. Sie zwang sich jedoch, stehen zu bleiben. Johns Mund lächelte immer noch, doch sein Blick war deutlich kühler geworden. Jetzt sprach er weiter: »Und, liebe Marlena, wie halten es deine Eltern mit den Arbeiterrechten?«

Marlena öffnete den Mund. Doch auch wenn sie unter anderen Umständen schlagfertig sein konnte, dieses Mal wollte ihr nichts einfallen. Sie hatte sich noch nie mit dieser Frage beschäftigt.

»Es heißt«, fuhr John jetzt fort, »deine Eltern beugen auch mal das Gesetz, wenn es ihnen passt.«

Die Röte, die Marlena jetzt ins Gesicht stieg, war die der Empörung. »Wer sagt das?«

»Ein gewisser Joris Breyvogel.«

Marlena schnaubte verächtlich. Joris Breyvogel war der Sohn des Mannes, der Anna dazu hatte bringen wollen, ihre beiden Geschäfte zu einem zu vereinen. In seinem Kampf gegen die Konkurrentin hatte Stefan Breyvogel nicht immer fair gespielt. Mehr wusste sie nicht. Vor etwa einem Jahr war Stefan Breyvogel dann während eines heftigen Wolkenbruchs auf der Chile, einer Straße mit sehr hoch gelegenem Bürgersteig, ausgerutscht, in den reißenden Bach gefallen, in den sich die Straße verwandelt hatte, und ertrunken. Man munkelte, er sei betrunken gewesen. Gewiss, es war ein elender Tod, aber ihre Eltern hatten damit sicher nichts zu tun.

Marlena bemerkte, dass John sie immer noch ansah. Ein leises Schmunzeln war in seine Augen zurückgekehrt. Sie senkte den Blick. Sie war wütend. Jenny hatte sie einander vorgestellt, und sie hatte angenommen, dass sie nun miteinander Konversation betreiben würden, wie sie das gewohnt war – mit höflichen Nachfragen nach dem Befinden und der Familie. John Hofer kannte offenbar gar keinen Benimm. Aus den Augenwinkeln sah Marlena, wie Jenny den Kopf schüttelte.

»John, jetzt lass das Mädchen. Marlena begleitet mich heute, weil sie sich für Rahels und meine Arbeit interessiert.«

»Ach ja, die *Fürsorge*.«

So wie John es aussprach, klang es furchtbar abfällig. Jenny ließ sich davon allerdings nicht beeindrucken. »Du hast mir immer gesagt, dass du mich bewunderst.«

John grinste. »Ist ja gut!«

Obwohl sie sich eben noch über diesen John geärgert hatte, obwohl sie sich eben noch sicher gewesen war, dass er ihr gleichgültig war, konnte Marlena jetzt den Blick nicht mehr von ihm nehmen. Als auch er sie ansah und einen Atemzug später etwas zögerlich lächelte, vibrierte plötzlich etwas in Marlena mit einem hellen, leisen Klang. Aber was war das denn, um Himmels willen?

Ohne etwas dagegen tun zu können, als hätte sich ihr Mund selbstständig gemacht, erwiderte sie sein Lächeln.

Fünftes Kapitel

Auch in diesem Jahr gab es Anfang September zwei Wochen Frühlingsferien, und Estella fuhr nach Tucumán. Es war noch recht frisch für die Jahreszeit, aber das machte ihr nichts. Auf Tres Lomas wurde es nie langweilig, und der nächste Sommer war ja nicht mehr weit.

Ihre Mutter und Pedro hatten sich mit der Estancia ein Paradies erschaffen, aber sie wurden immer noch wegen der besseren Bezahlung und Behandlung ihrer Arbeiter angefeindet – bisher war glücklicherweise nichts passiert. Don Laurentio hatte seinen finanziellen Engpass offenbar vorerst überwunden und war in diesem Winter sogar nach Europa gefahren, eine Reise, von der er auf den Empfängen im Kreis der Estancieros gern großspurig berichtete.

Estella gab nichts darauf. Europa interessierte sie nicht. Bewunderer fanden sich in Argentinien genügend. Sie war gerade sechzehn Jahre alt geworden und vergewisserte sich auf ebenjenen Empfängen, auf denen Don Laurentio prahlte, gern ihrer Wirkung auf die Männerwelt. Stolz präsentierte sie die Kleider, die sie in Buenos Aires erstanden hatte. Ebenso gern aber ritt sie immer noch aus, galoppierte über die weite Ebene, ließ sich den Wind durchs Haar zausen oder suchte die Kühle der Berghänge und Lorbeerwälder auf.

Als Estella auf Tres Lomas eingetroffen war, hatte Viktoria ihre Tochter als Erstes in den Stall geführt. Ein Pferd wartete dort auf sie. Eine Stute mit dunkelbraunen Augen und einem samtweichen Maul, deren falbes Fell ins Goldene spielte.

»Herzlichen Glückwunsch zum Geburtstag«, hatte Viktoria mit strahlendem Lächeln gesagt. »Wie wirst du sie nennen?«

»Goldstück«, hatte Estella, ohne zu zögern, ausgerufen. »Oh, Mama, sie ist wunderhübsch.«

Goldstück hatte sie sofort angestupst, um Leckereien zu erbetteln, und hatte einen Apfel erhalten. Estella war ganz warm ums Herz geworden. Seitdem trug sie immer etwas für Goldstück bei sich.

Estella zog ihr grünes Reitkostüm an, das mit dunklen Lederlitzen verziert war. Ihr heutiges Ziel war eine Anhöhe, von der aus man einen sehr guten Blick in die Ebene hatte. In den letzten Tagen war sie öfter hier gewesen, denn auch wenn sie der hübsche bunte Schmetterling war, der sein Umfeld bezauberte, gab es doch immer viel nachzudenken.

Als sie Goldstück auf eine ihr gut bekannte Lichtung im Lorbeerwald lenkte, stellte sie jedoch missmutig fest, dass sie nicht allein war. Ausgerechnet ihr jüngerer Bruder Paco hatte es sich auf einem umgestürzten Baum bequem gemacht. Wenige Schritte entfernt graste sein Pferd, ein eher kleines, drahtiges, scheckiges Tier, dem Estella in bösen Stunden Ähnlichkeit mit einer Kuh zuschrieb. Paco bestand darauf, dann sehe es doch eher einem der zähen kleinen Stiere ähnlich, die früher über die Pampa gezogen seien.

»Was machst du denn hier?«, fuhr Estella Paco ohne Umschweife an, der, obwohl er sie gewiss gehört hatte, tat, als bemerke er sie erst jetzt.

»Estella! Wie schön, dich zu sehen.«

»Paco!«

Als er aufstand, fiel ihr erstmals auf, wie groß er geworden war. Er überragte Estella bereits um einen halben Kopf. Vor ihrer letzten Abreise hatte sie einen kleinen Jungen zurückgelassen, nun konnte man schon den Mann erkennen, der er später einmal werden würde.

Er sieht seinem Vater sehr ähnlich, dachte sie.

Waren seine Gesichtszüge in der Kindheit noch weicher gewesen, trat jetzt deutlicher Pedros indianisches Erbe hervor. Pacos Nase war leicht gebogen. Die Augen ebenso wie die Haare waren tiefschwarz. Letztere trug er inzwischen länger und hatte sie im Nacken mit einem Lederband zusammengebunden. Er trug Lederhosen und ein schlichtes Hemd. Seine Schuhe steckten in einfachen Sandalen. Mit einem kurzen Blick auf sein Pferd stellte sie fest, dass er auch heute ohne Sattel unterwegs war.

»Willst du dir nicht einmal ein vernünftiges Pferd zulegen?«, fragte sie.

Paco grinste. »Mein Stier leistet mir gute Dienste«, antwortete er.

Estella blickte sich um. »Und wo ist Fabio?«

Marias Sohn begleitete sie manchmal, wenn sie in den Ferien nach Tres Lomas fuhr.

»Er ist heute mit Pedro unterwegs. Er wollte sich eine Zuckermühle ansehen. Er ist doch an allem Mechanischen interessiert.« Dann schwieg er, um einen Moment später zu fragen: »Und was machst du hier so allein? Ich hab dich schon gestern hierher reiten sehen. Suchst du die Einsamkeit? Sind es der Bewunderer zu viele geworden?«

»Bist du mir gefolgt?«

Vorwurfsvoll blitzte Estella Paco an. Von ihrem kleinen Bruder beobachtet zu werden fehlte ihr gerade noch. Im nächsten Augenblick aber berichtigte sie sich schon wieder: Er ist nicht mehr mein kleiner Bruder. Er ist ein Bursche, der bald vollends zum Mann reifen wird, groß gewachsen, schlank, mit festen Muskeln und gar nicht mal schlecht aussehend. Kurz überlegte sie, ob er sich wohl schon für Mädchen interessierte oder die sich für ihn. Dann brachte sie sich wieder zur Räson. Paco war erst vierzehn Jahre alt, er war sicherlich noch etwas jung für so etwas.

Um nur irgendetwas zu sagen, bemerkte sie: »Bindest du dein Pferd nie fest? Was, wenn es davonläuft?«

»Dann müsste ich wohl zu Fuß nach Hause gehen.« Er grinste.

Zum ersten Mal seit Tagen musste Estella lachen.

»Aber es läuft nicht davon«, fügte Paco hinzu und zwinkerte seiner Schwester zu. »Schön, dich wieder einmal lachen zu hören.«

»Ja«, antwortete Estella.

Plötzlich wusste sie, dass sie immer mit ihrem Bruder reden konnte. Sie hatten sich eigentlich immer gut verstanden.

»Setzen wir uns?«, fragte sie ihn also.

Er zuckte die Achseln. Einen Moment lang saßen sie schweigend nebeneinander.

»Wie läuft es mit der Schule?«

»Mama hat gerade einen neuen Hauslehrer angestellt.«

»Was ist mit dem anderen geschehen?«

»Dem behagte das Klima hier nicht, und mir behagten seine Ansichten nicht.«

»Als da wären?«

»Er sagte, der, der das Land nicht urbar mache, der es also nicht nutze, sondern Gottes Geschenk verkommen lasse, habe kein Recht darauf. Als ich ihm sagte, dass das nicht stimme und die Indios das Land sehr wohl nutzten, wollte er mich wegen Widerrede züchtigen ...«

Noch in der Erinnerung stieg Paco die Röte ins Gesicht.

»Lass dich nicht von so etwas ärgern, Paco.«

»Nein, er ist ja auch fort. Ein Wort an Mama genügte.«

»Mhm.«

Und dann saßen sie nebeneinander auf dem Baumstamm. Estella berichtete von Buenos Aires. Paco sprach davon, was in ihrer Abwesenheit auf Tres Lomas passiert war. Estella fühlte sich mit einem Mal sicher und zu Hause. Sie hoffte nur, dass sie dieses anheimelnde Gefühl mitnehmen konnte, wenn sie wieder in Buenos Aires eintraf.

Marlena stand aufgeregt mit ihrem Stiefvater Julius am Bahnhof, um Estella und Fabio abzuholen. Sie war froh, dass die beiden jetzt bald wieder bei ihr waren. Zwischen Tucumán und Buenos Aires lagen schließlich fast tausendzweihundert Kilometer. So verbrachte Estella nur die Ferien, von Marlena jedes Mal schmerzlich vermisst, bei ihren Eltern und wohnte während der Schulzeit bei Marlenas Familie.

Marlena konnte es stets kaum erwarten, dass die Zeit der Trennung vorbei war. Wenn sie befürchtet hatten, Estella im Gewühl des Bahnhofs nicht finden zu können, so hatten sie sich getäuscht. Strahlend wie ein bunter Schmetterling flatterte die junge Frau aus dem Zug, umringt von einer Schar Bewunderer, die darum rangen, ihre Aufmerksamkeit zu erhaschen und ihr behilflich sein zu dürfen. Gegen die Sonne hatte Estella beim Verlassen des Zuges einen breitkrempigen Hut aufgesetzt, ein paar Schritte hinter ihr trottete Fabio, sichtlich unzufrieden, wieder in der Stadt zu sein. Paco und er waren seit den gemeinsamen Tagen ihrer frühen Kindheit in Buenos Aires gute Freunde. Wahrscheinlich hatte Fabio die letzten Wochen hauptsächlich zu Pferde und damit zugebracht, sein Geschick im Umgang mit *boleadoras* zu verfeinern, mit denen vormals die Indianer und die Gauchos zur Jagd gegangen oder ihre Feinde zur Strecke gebracht hatten.

Estella und Fabio hatten Marlena und Julius noch nicht bemerkt. Jetzt lachte Estella fröhlich über etwas, was ihr einer ihrer Begleiter zugeraunt hatte. Marlena sah, wie Julius, der sie beim Arm hielt, belustigt lächelte.

»Sie erinnert mich immer mehr an ihre Mutter«, wisperte er ihr im nächsten Moment zu.

Marlena betrachtete die Freundin nachdenklich. Sie kannte Viktoria aus Estellas Berichten nur noch als Frau, die ein ruhiges, zurückgezogenes Leben auf Tres Lomas bei Tucumán führte. Nur wenige, unter ihnen die Familie Meyer-Weinbrenner, wussten von ihrer Beziehung zu ihrem Vorarbeiter Pedro Cabezas. Jeder hoffte darauf, dass die beiden eines Tages heiraten konnten.

Marlena runzelte die Stirn. Estella war stehen geblieben und schaute sich suchend um. Als sie endlich Julius und Marlena entdeckte, kam sie rasch näher. Angesichts des wartenden Mannes zerstreuten sich ihre Begleiter. Estella schenkte ihnen ohnehin keine Beachtung mehr.

»Puh«, rief sie jetzt aus, »endlich angekommen. Das war vielleicht mal wieder eine lange Reise. Ich bin schon so gespannt, was es Neues gibt in Buenos Aires. Ach, es ist so schön, wieder in einer richtigen Stadt zu sein.« Sie gab Julius die Hand, der ihr mittlerweile wie ein Vater war, wandte sich dann an Marlena und umarmte die Freundin überschwänglich. »Ich habe dich so vermisst.«

Marlena erwiderte die Umarmung und küsste die Freundin auf beide Wangen. »Ich dich auch, ich dich auch. Ach, es gibt so viel zu erzählen!«

Estella hakte Marlena unter.

»Gehen wir zu Maria?«

»Dürfen wir?«, vergewisserte sich Marlena mit einem Blick zu Julius hin.

Der lächelte. »Warum nicht? Sie wird sich freuen, euch und vor allem Fabio wiederzusehen.« Er klopfte Fabio auf die Schulter.

»Na, also«, rief Estella. »Auf zu Maria!

Maria stand in ihrer Konditorei und arbeitete konzentriert an ihren fantasievollen Kreationen. Sie hatte eine kleine Scheibe zwischen Backstube und Café einsetzen lassen, durch die sie die Verkaufstheke und die kleinen Tische gut im Blick hatte, während sie selbst immer wieder neue Köstlichkeiten ersann. An ihrer Seite arbeiteten ein Bäckerjunge, den Julius eines Tages vom Hafen mitgebracht hatte, und eine junge Frau, die auf Rahel Goldbergs Empfehlung zu ihr gekommen war. Eine zweite junge Frau stand hinter dem Verkaufstresen, eine dritte bediente die Damen, die sich nach einem anstrengenden Einkauf in der Calle Florida oder der Victoria, den zwei wichtigsten Einkaufsstraßen für Luxusgüter, im Café Maria gern mit Törtchen, Kuchen, *dulce de leche* und heißer Schokolade stärkten. Hatte Maria anfänglich fast alles allein gemacht, so konnte sie sich mittlerweile auf die Herstellung neuer Backwaren konzentrieren und die einfacheren Arbeiten ihren Helfern überlassen.

Eben war eine zierliche Schwarzhaarige hereingekommen und hatte sehr kurz entschlossen ein Stück eines Kuchens gekauft, den Maria nach einem toskanischen Rezept zubereitet hatte. Die junge Frau war vornehm und teuer gekleidet gewesen, hatte aber trotzdem unsicher und seltsam fehl am Platz gewirkt. Sofort verspürte Maria Mitleid. Sicherlich war sie eine junge Italienerin und neu in der Stadt. Vermutlich stammte sie sogar aus der Toskana und suchte sich mit dem Kuchen ein Stück Erinnerung an die Heimat zu bewahren.

Mancher Landsmann war mittlerweile reich geworden, und Maria wusste, dass viele von ihnen irgendwann über das Meer fuhren, um sich in Italien, in den einfachen Orten, aus denen sie gekommen waren, ein ebenso einfaches, gutes Mädchen zu suchen. Viele von diesen jungen Dingern wurden dabei einer eher ärmlichen Umgebung entrissen und waren oft vollkommen überfordert mit dem Prunk, dem sie sich in Buenos Aires so unvermittelt gegenübersahen.

Ach, sie taten Maria so leid, diese ganzen Lucias, Graziellas, Marcellinas aus ihren fernen Dörfern, die doch nicht in die feinen Roben passen wollten, mit denen ihre reich gewordenen Männer sie ausstaffierten. Diese jungen Frauen blieben die einfachen Mädchen vom Land, die meist nur Dialekt sprachen und sich in der Welt nicht auskannten, waren unbeholfen, wurden belächelt und mussten sich sicher oft sehr einsam fühlen.

Für einen Moment hielt Maria im Teigrühren inne. Dies war ihr immerhin erspart geblieben. Bis zu Lucas Tod während der schrecklichen Gelbfieberepidemie hatten sie stets ihr gewohntes, einfaches, aber doch nicht unglückliches Leben geführt. Danach hatte sie einige Jahre in Annas Haushalt gelebt, dort in der Küche gearbeitet und auf die Kinder aufgepasst.

Die Konditorei zu eröffnen war Annas Idee gewesen. Inzwischen, nach nur kurzer Zeit, war das Café Maria berühmt für seine Kuchen und Torten. Das anfänglich einfache Mobiliar war gegen feineres ersetzt worden, obwohl Maria die, wie sie fand, unnötigen Ausgaben in der Seele wehgetan hatten.

»Gönn es dir«, hatte Julius gesagt und geschmunzelt, »du hast es dir nicht nur verdient, du kannst es dir auch leisten.«

Vielleicht hatte er Recht. Maria lächelte. Sie war erfolgreich, wie viele ihrer Landsleute. Inzwischen bildeten die Italiener sicherlich die größte Einwanderungsgruppe in der Stadt. Es gab keinen Winkel, in dem nicht ein Landsmann bei der Arbeit anzutreffen war. Sie arbeiteten als Leierkastenmänner, Stiefelputzer, Dienstleute und Lakaien. Sie waren Matrosen, Soldaten, Polizisten und Friseure. Die meisten Lebensmittelhändler waren Italiener, ebenso die Bäcker, Maurer und Mühlenbesitzer. Italiener arbeiteten als Sattler, ein einträgliches Geschäft, wenn man die Leidenschaft der *porteños*, wie man die Bewohner Buenos Aires' nannte, für den Pferdesport bedachte. Sie waren Schuster, Schneider, Schlosser, Arbeiter in der Liebig'schen Fabrik, wo der berühmte Fleischextrakt hergestellt wurde, oder bei der Talgzubereitung. Italiener führten Osterias, Restaurants, Hotels und Kaffeehäuser im Pariser Stil. Auch konnte man mit Fug und Recht sagen, dass es Italiener gewesen waren, die die Konditoreien von Buenos Aires berühmt gemacht hatten.

Ein neuerliches Geräusch ließ Maria durch die Scheibe spähen. Eben kam ein kleiner Junge zur Tür hereingestürmt und bremste seinen Lauf auf dem blankpolierten, dunklen Parkett des Verkaufsraumes.

»Maria«, rief er der Verkäuferin zu, »ist Maria da? Ich soll ihr ausrichten, dass Fabio und Estella eben mit dem Zug aus Tucumán eingetroffen sind und gleich hier sein werden.«

Maria ließ sofort ihre Schüssel los und überreichte den Rührstab an das Mädchen. Als Estella, Fabio und Marlena eintrafen, hatte sie schon einen Tisch gedeckt und frischen Kakao aufgebrüht. Lachend drückte sie ihren Sohn an sich, der die mütterliche Umarmung erst zu genießen schien und seine Mutter dann peinlich berührt von sich schob.

»Maria!«, rief Estella, bevor die darüber traurig sein konnte, »ich freue mich so, endlich wieder da zu sein.«

»Du hast wirklich mit Prostituierten gesprochen? Nein, Marlena!«

Estella klang beeindruckt. Marlena nickte noch einmal bekräftigend, zufrieden mit der Wahl des Gesprächsthemas. Sie hatte gewusst, dass sie damit würde Eindruck schinden können. Es war weiß Gott nicht leicht, Estella zu beeindrucken. Trotzdem zögerte sie, bevor sie den nächsten Satz sagte.

»Und ich habe Jennys ehemaligen Verlobten kennengelernt.«

»Ihren ehemaligen Verlobten?« Estella ließ die Teetasse, die sie eben an den Mund hatte führen wollen, wieder sinken. Die beiden jungen Mädchen hatten es sich am Abend in Marlenas Zimmer gemütlich gemacht. »Ich wusste gar nicht, dass sie schon einmal verlobt war.«

Marlena zuckte die Achseln. »Das wusste ich auch nicht. Sie hat nie etwas davon gesagt, oder? Vielleicht war sie auch gar nicht verlobt. Er hat so was Komisches gesagt. ›Ich würde dich immer noch nicht heiraten, solltest du das heute noch wünschen.‹«

»Wirklich komisch«, pflichtete Estella ihrer Freundin bei und setzte sich ungeduldig gerader in ihrem Sessel auf. »Ist das alles, was du weißt?«

Marlena schüttelte den Kopf. »Nein, er heißt John Hofer und ist vor Kurzem aus New York zurückgekehrt, und ich glaube ... Ich glaube, er ist ein ... ein Revolutionär.«

Marlena senkte die Stimme, während sie das heikle Wort aussprach. Ihre Mutter mochte keine Unruhestifter. Das hatte sie schon mehrfach gesagt. Sie mochte keine Leute, die nur redeten und das Leben nicht anpackten. Für ihre Mutter galt nur der etwas, der hart zu arbeiten bereit war. Aber sie war bestimmt kein Unmensch. Marlenas Gedanken schweiften ab. Was Anna wohl zu den Frauen auf der Plaza Lavalle sagen würde?

»Wie kommst du darauf?«, fragte Estella.

»Worauf?«

»Na, dass er ein Revolutionär ist.« Estella lachte. »Unruhestifter würden ihn wohl andere nennen.«

»Ja, Mama zum Beispiel.« Marlena überlegte. »Ach, da waren Dinge, die er gesagt hat.«

Eigentlich hatte er nicht viel gesagt, es war vielmehr die Art gewesen, wie er die Dinge gesagt oder auch nicht gesagt hatte. Er hatte ihr zum Beispiel keine Komplimente gemacht, und es verwunderte Marlena immer noch, was er gegen die Fürsorge einzuwenden hatte.

»Was denn?«, bohrte Estella weiter.

»Ich glaube, er hat etwas gegen die Fürsorge, karitative Arbeit und so etwas.«

»Ah.« Nun schaute Estella verständnislos drein. Marlena überlegte, ob ihr noch etwas einfiel. Dann zuckte sie die Achseln.

»Ich weiß nicht ...«

Estella wartete einen Moment, ob ihrer Freundin noch etwas einfiel, dann stand sie auf und ging zum Frisiertisch. Sie setzte sich, nahm Marlenas Kamm und begann, sich langsam das Haar zu kämmen.

»Morgen gehen wir zu Lenchen«, sagte Marlena, »sie hat uns sicher heute schon erwartet, aber ich dachte nicht, dass wir so lange Zeit bei Maria verbringen würden. Mmh«, sie leckte sich für einen Moment genüsslich über die Lippen, »Marias Kuchen und ihre Schokolade sind aber auch einfach zu lecker.«

»Meinst du«, fiel Estella ihr nachdenklich ins Wort, »wir könnten Jenny einmal gemeinsam besuchen?«

Für einen flüchtigen Moment spürte Marlena ein überraschendes Gefühl von Unwohlsein in der Magengrube, dann nickte sie. Ihr war klar, wen Estella zu sehen hoffte: John Hofer.

Sechstes Kapitel

»He ho! Vorsicht, Männer!«

Frank legte den Kopf in den Nacken und beschirmte mit der Hand die Augen gegen das Sonnenlicht, um zu sehen, wovor der Vorarbeiter warnte. An einem der Kräne weiter vorn, erkannte er schnell, musste einer der Balken aus dem Gleichgewicht geraten sein und baumelte nun bedrohlich über den Köpfen der aufgeregt durcheinanderrufenden Arbeiter. Am deutlichsten war Wallace Stephens Stimme zu hören. Der hellblonde Engländer mit der immer etwas geröteten Gesichtshaut hatte erst kurz zuvor darüber gemurrt, dass es immer »schnell, schnell« gehen müsse.

»Zeit ist Geld, sagen sie«, hatte er über einem Pint Ale zu Frank gesagt, »aber kein Geld der Welt bringt uns die Gesundheit zurück, wenn sie einmal zerstört ist – schon gar nicht das Leben.«

Nicht wenige sagten, Wallace sei ein Aufwiegler, aber Frank konnte nicht umhin, ihm Recht zu geben. Sie hatten schon auf mehreren Baustellen zusammengearbeitet und waren im Laufe der Zeit zu guten Freunden geworden.

Frank schaute noch einmal zu dem Kran, entschied dann, dass es genügend Männer in der Nähe gab, das Problem zu beheben, und widmete sich wieder seiner Mauer. Während er fortfuhr, Stein auf Stein zu setzen, kehrten die Erinnerungen zurück: Die Arbeit als Holzfäller im Chaco nach seiner Flucht aus Esperanza. Dann die erste Reise nach Buenos Aires, wo er gehofft hatte, Mina wiederzufinden. Nachdem er Mina nicht getroffen hatte, war er, hin- und hergerissen zwischen Angst und Hoffnung, zum ersten Mal wieder nach Esperanza gereist. Heimlich hatte er seine Mutter besucht, in der Hoffnung, Mina dort zu finden.

Doch es war alles anders gekommen. Mina, ihre Mutter und Xaver seien tot, hatte er von Irmelind erfahren. Natürlich hatte er das nicht glauben wollen, doch Näheres hatte er nicht in Erfahrung gebracht. Wie auch! Er wurde ja immer noch als Claudius Liebkinds Mörder gesucht, und ausgerechnet Philipp, sein unbarmherzigster Feind, hatte das Unglück überlebt.

Warum lebt dieses Ungeheuer noch?, fuhr es ihm nicht zum ersten Mal durch den Kopf, während er mechanisch den Mörtel für den nächsten Stein glättete. Ihm würde ich, ohne mit der Wimper zu zucken, den Tod wünschen.

Jedenfalls hatte er Esperanza unverrichteter Dinge wieder verlassen, bevor es zu gefährlich geworden war. Mina und ihre Mutter waren entweder tot oder vom Erdboden verschluckt gewesen, und er hatte keine Mittel herauszufinden, was geschehen war. Also war er nach Buenos Aires zurückgekehrt und hatte dort kurz entschlossen ein Schiff nach Nordamerika bestiegen. Nur weg, hatte er gedacht, nur weg.

Erst während der Reise hatte er sich vorgenommen, nicht aufzugeben und auch im folgenden Jahr zur Plaza de la Victoria zurückzukehren. Wieder hatte er vergeblich gewartet.

Vielleicht hatte seine Mutter Recht, vielleicht war Mina wirklich tot.

Mit einem Seufzer betrachtete Frank die neue Reihe Steine, die er während der letzten bohrenden Gedanken gemauert hatte. In den Monaten, die er bisher auf New Yorker Baustellen zugebracht hatte, hatte er gelernt zu mauern, als hätte er nie etwas anderes getan. Inzwischen hatte er sich Respekt erarbeitet, war nicht mehr nur Hilfsarbeiter, sondern ein gefragter Fachmann. Wallace war auch hieran nicht ganz unschuldig. Als gelernter Maurer hatte er Frank viel beibringen können und dies auch bereitwillig getan.

Frank nahm mit der Kelle neuen Zement auf und griff nach dem nächsten Stein, um seine Arbeit fortzusetzen. Er konnte nicht sagen, wie viel Zeit vergangen war, als ihn ein seltsames Geräusch aufblicken ließ. Ohne genau zu wissen, woher es kam, schaute er sofort in Richtung Kran. Dieses Mal war es nicht der Balken, der in Schieflage geraten war, sondern der Kran selbst.

»Verdammt«, hörte er Wallace' Stimme.

»He«, brüllte der Vormann, »der Kran darf nicht fallen, er darf nicht fallen.«

Die Hilfsarbeiter schrien wieder in den unterschiedlichsten Sprachen durcheinander. Frank hörte Spanisch, Deutsch, Irisch und Italienisch heraus. Ein paar Brocken hatte er hier und da schon gelernt. Wie gebannt starrte er zum Kran hinüber. Im nächsten Moment war ein Aufschrei zu hören. Der Kran neigte sich weiter. Die Arbeiter sprangen auseinander, doch nicht alle waren schnell genug. Mit lautem Getöse krachte der Kran zu Boden. Ein schriller Schrei war zu hören, danach herrschte einen kurzen Moment Totenstille, die bald durch eine helle Stimme unterbrochen wurde.

»O madre de Dios, o madre de Dios!«

Frank ließ die Maurerkelle fallen und rannte los. Er nahm Wallace' Anweisungen brüllende Stimme wahr, konnte ihn aber nirgends ausmachen. Der Staub, der nach dem Sturz des Krans aufgewirbelt worden war, legte sich nur langsam. Wie durch eine Nebelwand sah Frank einige seiner Kollegen, die sich um zwei auf dem Boden liegende Männer scharten, von denen einer verzweifelt um Hilfe schrie, doch sie standen da, als seien sie gelähmt. Unter der Zuhilfenahme seiner Ellenbogen drängte sich Frank zu den Verletzten vor, dann blieb er unvermittelt stehen. Der eine Mann war sicherlich sofort tot gewesen. Ein Balken hatte ihm den Schädel zertrümmert, aber Frank wusste nicht, ob dieser Zustand nicht dem des anderen vorzuziehen war. Dieser Mann nämlich lag unter einem Balken, der ihn auf den Boden gedrückt hielt, und schrie und wimmerte unter offenbar großen Schmerzen.

»Kümmert euch um den Toten!«, sagte Wallace, der schon vor ihm den Unfallort erreicht hatte, auf Englisch.

Frank übersetzte auf Spanisch, bevor sie beide neben dem Schwerverletzten auf die Knie gingen. Dessen Wimmern war plötzlich leiser geworden. Aus glasigen Augen starrte er Wallace und Frank an, sein Blick war von Schmerz verhangen. Auf seiner bleichen Haut hatten sich winzige Schweißperlen gebildet. Sein lockiges schwarzes Haar ließ Frank vermuten, dass es sich um einen Iren handelte. In seiner Zeit auf der Baustelle hatte er gelernt, dass es ebenso viele, wenn nicht sogar mehr Iren mit schwarzen als mit roten Haaren gab.

»In denen stecken noch die alten Kelten«, hatte Wallace ihm erklärt.

Die nächsten Worte des jungen Mannes bestätigten seine Vermutung.

»Máthair«, rief er auf Irisch, »Mutter.«

»Bald kommt Hilfe«, sprach Frank das Erste aus, was ihm in den Sinn kam, doch er bemerkte, dass Wallace die Stirn runzelte. Der Verletzte schaute Frank an. »Es ist schon jemand losgelaufen«, fuhr Frank fort, ohne recht zu wissen, was er da sagte. Er bemerkte einen dünnen Blutfaden, der aus dem Mundwinkel des Mannes rann. »Wie heißt du?«, fragte er. Der Verletzte bewegte die Lippen, aber kein Ton kam heraus. Im nächsten Moment rann noch mehr Blut zwischen seinen geöffneten Lippen hervor.

»Sean heißt er«, sagte eine Frauenstimme hinter ihm. »Das ist Maireads Sohn.«

Frank sah über seine Schulter zurück, bemerkte ein bildschönes Mädchen mit ebenfalls lockigem schwarzem Haar, das ihn aus schmalen blauen Augen ansah.

»Bist du hier der Vormann?«

Frank schüttelte den Kopf.

Wallace stand auf. »Der Vormann ist schon weg«, sagte er in verächtlichem Tonfall.

»Vielleicht holt er Hilfe«, fuhr Frank unsicher dazwischen.

»Hilfe?« Wallace schüttelte den Kopf. »Der sucht Ersatz für den Kran. Den kümmert es doch nicht, wer von uns hier zu Tode kommt. Und jetzt hebt den Balken weg und schließt dem armen Kerl die Augen. Der hat es auch hinter sich.«

Mitten in der Nacht fuhr Frank trotz aller Erschöpfung, die ihm am Ende eines jeden schweren Arbeitstages in den Knochen steckte, zum ersten Mal seit Langem wieder aus dem Schlaf. Aber er hatte nicht von dem Unfall geträumt, dessen Zeuge er geworden war. Er hatte von Mina geträumt. Sie brauchte seine Hilfe – das spürte er ganz deutlich.

Siebtes Kapitel

Man sagte Olga oft, dass sie es eigentlich gut getroffen habe. Mit ihren hellblonden Haaren und dem fein geschnittenen Gesicht war sie begehrt. Sie hatte ihre Dienste im Bordell nur selten versehen müssen. Zumeist war sie von den reicheren Bewohnern Rosarios und dessen Umgebung auf Empfänge eingeladen worden, als Begleiterin auf fröhliche Fiestas oder auf eine Bootsfahrt, wie eben die, auf der sie sich gerade befand. Sie hatte Abende in Prunkgemächern zugebracht, in Salons mit brennend roten Draperien und kostbaren französischen Möbeln unter dem strengen Blick der Ahnen, deren Porträts an den Wänden hingen. Häufig musste sie nur das Schmuckstück geben, lächeln, schön aussehen, nicht viel reden.

Olga hatte sich an den Bootsrand gesetzt und sah zu einer der Inseln im Fluss hinüber. Es war ein wunderbarer Anblick: Pfirsichbäume mit Früchten von zartem Rosa, Orangenbäume mit ihrem immergrünen Laub, deren pralle Früchte die Hände einluden, sie zu pflücken, die langen Trauben des roten Ceibo, die sich mit dem leichten Laub der Bambuspflanzen vermischten, und inmitten dieser Pracht eine elegante Palme, die das bunte Bild mit der Üppigkeit ihres Wuchses vervollständigte. Freude bereiteten ihr auch die Spazierritte durch den herrlichen Algarrobo-Wald, besonders im Oktober, wenn hierzulande Frühling war. Die meisten Bäume bekamen dann frisches Grün. Die Obstbäume waren mit Blüten bedeckt, das weite Land verwandelte sich durch blaue und rote Verbenen und gelbes Fingerkraut in einen farbigen Teppich, Akazien und Mimosen entfalteten langsam ihre Blätter mit der aufgehenden Sonne.

Was Olga bekümmerte, war, dass sie einen solchen Anblick nicht mit dem teilen konnte, den sie immer noch liebte – ihrem Ehemann.

Ob ich Arthur je wiedersehen werde?

O ja, sie hatte gelernt zu überleben, aber es war doch nicht mehr als das: Sie überlebte.

Gab es eine Möglichkeit, ihn wiederzufinden? Sie hatte so oft darüber nachgedacht, aber es wollte ihr keine Lösung einfallen. Immerhin, ein paar der Mädchen würden bald wieder mit ihrer »Mutter« und einem großen Ochsenkarren zu einer Reise über die Pampa aufbrechen. Sie würden weit herumkommen, viele Menschen treffen, vielleicht auch jemanden, der Arthur kannte. Olga wollte die Hoffnung nicht aufgeben. Anfangs hatte sie sich schwach gefühlt, aber die harten Jahre hatten sie auch gestärkt. Irgendwann würde eines der Mädchen mit guten Nachrichten zurückkehren.

»Wir halten die Augen offen«, hatten sie Olga versprochen, »wir halten die Augen offen. Man weiß ja nie …«

Achtes Kapitel

Marlena seufzte ergeben. Lenchen und Estella brachten stets mehr Atem für die unzähligen Luxusgeschäfte auf als sie. Auch heute hatte ihr Weg die drei Frauen wieder einmal auf die berühmten Einkaufsstraßen von Buenos Aires geführt. Die Läden, die dort zu finden waren, zogen alltäglich die Damen der besseren Gesellschaft an. Gewöhnlich kam man am späten Nachmittag her, nach der Siesta, um die neueste Mode aus Paris zu begutachten. Jüngere und ältere Damen, unbarmherzig in Korsetts geschnürt, fegten mit den Säumen ihrer Kleider die schmutzigen Bürgersteige, während sich die Herren der guten Gesellschaft auf der Suche nach der neuesten Weste, der modischsten Krawatte oder einem Schwätzchen befanden.

Alles, was Buenos Aires an Reichtum und Schönheit besaß, kam auf diesen Straßen zusammen. Kutschen rollten mit sinnverwirrendem Getöse vorüber. Das Gepolter fallender Warenballen vermischte sich mit dem Geschrei junger Burschen, die mit ihren schrillen Stimmen Lotteriescheine feilboten. Dicht nebeneinander fanden sich glanzvollster Prunk und Armut. Vor den Kaufläden wurden Riesenkisten abgeladen, in denen Pariser Roben, Lyoner Seide und Brüsseler Spitzen geliefert wurden. Daneben machten sich kleine Hausierer breit, um brüllend mitzuteilen, dass bei ihnen die besten und billigsten Zündhölzchen, Orangen oder Bratkartoffeln zu kaufen seien.

Natürlich bildeten Schneider in diesem Teil der Stadt die

größte Berufsgruppe. Raue Baumwollstoffe wurden von fleißigen Fingern zu Arbeitskleidung vernäht. Unter den Händen eines Meisters oder einer Meisterin verwandelten sich elegante Stoffe in maßgeschneiderte Anzüge und edle Roben, ganz nach dem Geschmack der wohlhabenden Kundschaft.

Seit der Agrarsektor boomte, war der ein oder andere durch Landbesitz zu beträchtlichem Reichtum gekommen. Neben Bekleidungsgeschäften gab es deshalb auch solche, die teure und feine Möbel anboten. Parfümerien hatten das südliche Ende der Calle Florida, zur Plaza de Mayo hin, erobert. Bereits jetzt begann sich abzuzeichnen, dass sie die ältere Plaza de la Victoria irgendwann als zentraler Umschlagplatz eleganter Ware ersetzen würde. Einige führende Familien hatten bereits Häuser an der Calle Florida gebaut. Gewöhnlich lagen diese im Zentrum eines Häuserblocks, wo sich die größten Grundstücke befanden, während der Platz an den Ecken kleinen Geschäfte vorbehalten blieb.

Lenchen, deren Schneideratelier in einer der Seitenstraßen lag, zog es vor allem in die Geschäfte der Calle Florida, um die feinen Gewebe, Tuche, Spitzen, Seidenstoffe, Musselin- und Tüllwolken zu bewundern und sich neue Inspirationen zu holen. Estella wiederum mochte die Bänder, Spangen und Spitzentücher, die es dort zu kaufen gab, weil sie ihrer Schönheit, wie sie meinte, zusätzlichen Glanz verliehen. Aber sie genoss es auch, einfach die Luxusstraßen entlangzuflanieren. Estella liebte es geradezu, sich den jüngeren und älteren Herren dort zu präsentieren, deren Spazierstöcke zuweilen eine wahre Allee bildeten und die den jungen Damen gern lautstark Avancen machten. Ihre Bewunderung mochte zwar nicht immer geistvoll daherkommen, aber Estella erschreckte es nicht, wenn sich ein Herr zu ihr beugte und ihr ins Ohr flüsterte: *Qué linda! Qué ricura! Qué monada!* Wie schön, wie reizend, welch ein Schmuckstück! Dagegen hatten Marlena und sie schon Mädchen, gerade aus Europa eingetroffen, weinend in die Schule kommen sehen, weil ihnen auf dem Weg derlei Schmeicheleien zugeraunt worden waren, aber gute Güte: Estella war Argentinierin. An dem Tag, an dem sie niemand schön nannte, das wusste sie, war etwas gründlich falsch gelaufen.

Marlena war da von jeher anders gewesen. Zwar hätte auch sie ein Kompliment kaum erschreckt, aber sie hatte stets weniger auf süße Worte gegeben als Estella. Weniger Konkurrenz war Estella sogar zweifelsohne angenehmer. Beschwingt wandte sie sich dem nächsten Angebot zu.

»Schau einmal hier«, rief sie aus und hielt Marlena einen zerbrechlichen Sonnenschirm aus einer Pariser Kollektion hin, der gewiss noch nicht einmal den leichtesten Wind überstand, geschweige denn einen *pampero*, der mehrmals im Jahr ins ansonsten gemäßigte La-Plata-Becken eindrang und zu plötzlichen Temperaturstürzen und heftigen Wolkenbrüchen führte. »Ist der nicht einfach entzückend?«

Marlena klappte ihren Fächer zusammen, mit dem sie sich gelangweilt Luft zugefächert hatte, und rollte mit den Augen.

»Ach, Frankreich«, hörte sie ihre Tante jetzt leise sagen. »Frankreich, was wäre unsere Mode ohne dieses Land! Was wäre meine Kreativität ohne Paris!«

John zog seinen Rock enger über der Brust zusammen und kämpfte kurz gegen ein inneres Frösteln an, während er entschlossen weiter in Richtung Zentrum marschierte. Am Tag zuvor hatte man ihm in einer *pulpería* die Adresse eines Landsmanns genannt, der ihm eine Hilfe sein könnte. Leider hatte der sein Haus in Recoleta jedoch schon längst wieder verlassen und war auf unbestimmte Zeit aufs Land davon. In jedem Fall wohnten Fremde in seinem Domizil, und John war schon am Türsteher gescheitert.

Ach Gott, was sollte man auch von den wohlhabenden Einwohnern des neuen Stadtteils erwarten?

Verächtlich schürzte er die Lippen. Er hatte es stets als nur passend empfunden, dass das ach so aristokratische Recoleta auf einem ehemaligen Abfallhügel entstanden war, dort, wo sich vor noch gar nicht allzu langer Zeit stinkende Fischerhütten aneinandergedrängt hatten. Die vor der Gelbfieberepidemie aus Buenos Aires geflohene Bourgeoisie hatte jedenfalls erst 1871 begonnen, sich hier ihre Häuser zu bauen. Von den ersten Siedlern, den Franziskanermönchen des Recoleto-Ordens, war die Basilica del Pilar mit ihrem glockenförmigen Turmaufsatz aus glasierten Kacheln geblieben, deren Glanz den Buenos Aires ansteuernden Schiffen tagsüber den Leuchtturm ersetzte. Die Klostergärten waren in einen Friedhof verwandelt worden.

John hatte jetzt das dünn besiedelte Gebiet mit seinen kleinen Farmen, Landhäusern, Obstgärten und wenigen Wohnhäusern südwestlich von Recoleta durchquert und mit der Plaza San Martín das nördliche Ende der Calle Florida erreicht. Noch weiter westlich stand ein Schlachthaus, um das sich ein Ring aus schäbigen Verschlägen, Hütten und kleinen Bars drängte, eine Gegend, der man – insbesondere nach Sonnenuntergang – eine gewisse Gesetzlosigkeit nachsagte. Wenn es so weiterging, würde er zu guter Letzt auch dort nach Arbeit suchen müssen.

John spuckte verächtlich aus, als er nun eine Villa im italienischen Stil passierte. Noch kaum zehn Jahre zuvor war diese Seite von Buenos Aires weitgehend ohne Bevölkerung gewesen, doch auch hier tauchten nun protzige Häuser mit stuckverzierten Wänden und Marmorsäulen auf, üppig dekoriert mit Palmen und Springbrunnen, erbaut von Geld, dessen Erwerb nur durch Ausbeutung möglich gewesen war. John verabscheute ihren Anblick aus tiefstem Herzen. Für ihn waren die *conventillos*, die Massenunterkünfte, zu denen man die einstigen, traditionell lang gestreckten Häuser reicher *porteño*-Familien umgebaut hatte, das wahre Buenos Aires, nicht dieses Blendwerk zu schnell reich gewordener Dummköpfe. Buenos Aires, das waren Wohnstätten voller Menschen und ohne sanitäre Anlagen, in denen in allen Sprachen durcheinandergeplappert wurde.

Auch er hatte derzeit sein Bett in einer dieser Unterkünfte: eine schmale Liege in einem kleinen Zimmer, abgetrennt von seinen Mitbewohnern durch eine viel zu dünne Holzwand. Er hörte es, wenn sie krank waren und husteten. Er hörte es, wenn sie sich liebten. Er hörte ihre Kinder schreien. Er roch ihr Essen, ihren Schweiß, den billigen Alkohol, den sie tranken. Er konnte sich ihnen weder entziehen, wenn sie träumten, noch wenn sie starben.

Eduard war nicht mehr in Recoleta gewesen, seit Elias dort beerdigt worden war. Eigentlich hatte er sofort hingehen wollen, als er Monicas Zettel gefunden hatte, aber dann waren ihm Dinge dazwischengekommen. Anna hatte noch einmal mit ihm gesprochen und ihn gebeten, die Vergangenheit ruhen zu lassen. Julius hatte mit ihm über La Dulce reden wollen. Es hatte viel zu erledigen gegeben. Er hatte tatsächlich keine Zeit gefunden, nach Recoleta zu fahren. Für einen kleinen, seltsamen Moment musste er jetzt noch einmal innehalten, dann trat er durch das Tor.

Der Weg zu Elias' Grabstätte war rasch gefunden. Sie befand

sich neben vielen anderen in einer Wand. Nur der Name stand da, darunter eine Jahreszahl. Sie hatten nicht gewusst, wann Elias geboren worden war, wohl aber, wann er gestorben war. Einen Moment lang stand Eduard da, ohne sich zu rühren. Er las Elias' Namen einmal, dann noch einmal.

Nach Elias' Tod hatte er sich so einsam gefühlt wie zu der Zeit, als er verstanden hatte, dass ihn seine Mutter niemals gegen seinen Vater verteidigen würde. Es hatte lange gedauert, bis er ihr dies verziehen hatte, vielleicht erst mit ihrem Tod.

Aber, ach Gott, das war nun so lange her. Er war ein erwachsener Mensch. Er musste jetzt verstehen, warum Monica ihm diesen Zettel zugesteckt hatte. Etwas ziellos glitten Eduards Augen über die Reihen von Namen, doch nichts wollte ihm auffallen, bis sein Blick plötzlich auf eine Grabplatte ganz in der Nähe von Elias' fiel. Noah, Elias' Bruder, war dort beerdigt worden, kaum sechs Monate nach den Ereignissen auf La Dulce. Noah war damals auf seiner Seite gewesen. Unwillkürlich fröstelte Eduard.

War es das, was Monica ihm sagen wollte – dass alle, die damals an seiner Seite gewesen waren, tot waren?

Alle bis auf Lorenz?

Neuntes Kapitel

Rahel Goldberg saß nun schon seit gut einer Stunde bei Rabbi Feidman, um Verschiedenes mit ihm zu besprechen. Sie kannten einander, seit sie beide vor so vielen Jahren in Buenos Aires eingetroffen waren. Damals sind wir allerdings jünger gewesen, fuhr es Rahel durch den Kopf, wir fühlten uns unbesiegbar und hatten große Träume.

Sie lächelte milde. Rabbi Feidman war der Initiator der Fürsorgearbeit, der sich Rahel und Jenny seit geraumer Zeit widmeten. Entgegen ihrer sonstigen Gewohnheiten hatte Jenny sich an diesem Tag jedoch nicht zu ihnen gesellt. Seit John zurückgekehrt war, bemerkte Rahel eine deutliche Veränderung an ihrer Ziehtochter. Jenny war anzumerken, wie sehr sie mittlerweile an Sinn und Zweck wohltätiger Arbeit zweifelte. Ihre Wut war wieder greifbarer geworden, so wie damals als junges Mädchen, als sie sich so oft mit Herschel, Rahels verstorbenem Ehemann, gestritten hatte. Rahel konnte sehen, wie wütend es sie machte, nichts gegen diesen Missbrauch der Frauen tun zu können.

Rahel streifte mit den Fingerspitzen über ihren langen dunklen Rock und zupfte dann ein Fädchen von der dazu passenden dunklen Jacke. Eben hatte Feidmann ihr gesagt, dass sich inzwischen nicht nur die Franzosen, sondern auch die Ungarn einen zweifelhaften Ruf als Zuhälter und Menschenschmuggler erarbeitet hatten. Die jüdischen Zuhälter wurden zwar offiziell von der jüdischen Gemeinde geschnitten, doch niemand schränkte sie in ihrer Arbeit ein. Auch Rabbi Feidman hatte bisher nur wenige entschlossene Unterstützer für seinen Kampf gefunden. Viele hatten Angst davor, mit dem schmutzigen Geschäft der Prostitution in Verbindung gebracht zu werden. Jetzt beugte er sich vor und schenkte Rahel Tee nach.

Rahel nahm die Tasse mit einem Lächeln entgegen. Sie erinnerte sich noch gut daran, wie sie in Feidmans Gegenwart erstmals davon gehört hatte, dass man Buenos Aires in bestimmten Kreisen die »Stadt der verschwundenen Frauen« nannte. In Buenos Aires, so erzählte man sich in Europa, würden europäische Jungfrauen gezwungen, ihre Körper zu verkaufen. Arme Frauen, darunter auch viele Jüdinnen, würden dazu von freundlichen Fremden mit falschen Heiratsversprechen aus der Heimat fortgelockt. Rahel hatte in der Arbeit mit diesen Frauen eine Möglichkeit gefunden, ihrer Trauer über ihren zehn Jahre zuvor am Gelbfieber verstorbenen Mann zu entkommen. Trotzdem rief die Arbeit immer wieder ein Gefühl tiefer Hilflosigkeit in ihr hervor.

»Aber warum verkaufen sie sich?«, brach es wieder einmal aus ihr heraus. »Warum kommen diese Frauen nur hierher, in diese Hölle?« Sie schaute Rabbi Feidmann fragend an.

Der schüttelte den Kopf. »Sie wissen, warum sie es tun, Rahel, Sie wissen es schon lange. Ihnen haben sie doch von dem Elend erzählt, aus dem sie gekommen sind. Für die jungen Frauen, liebe Rahel, ist das hier bei Weitem nicht das Schlimmste. Nein, dort, wo sie herkommen, konnten sie kaum überleben. Wer dort gelebt hat, den kann das hier nicht schrecken. Seien Sie sich gewiss, Sie tun ihnen viel Gutes.«

Rahel unterdrückte einen Seufzer. Mit einem Mal tauchte wieder Jenny vor ihrem inneren Auge auf. Eine Jenny, die energisch auf und ab lief, wie sie es meist tat, wenn sie wütend war. Jenny hatte Wut stets durch Bewegung abbauen müssen. Rahel atmete tief durch.

»John Hofer sagt …«, setzte sie leise an.

»Wer?«

Rabbi Feidmann beugte sich näher zu ihr hin, offenbar, um besser hören zu können. Rahel verlor sich vorübergehend erneut in Gedanken. Ob John Recht hatte? Ob die Fürsorge, die sie diesen Frauen angedeihen ließen, wirklich gar nichts an ihrer Situation änderte, sie sogar noch verschlimmerte? Aber sie hatten doch so viele Frauen und Mädchen aus den Bordellen und von der Straße geholt. Sie hatten ihnen Arbeitsplätze verschafft, in Lenchens Schneiderei, in Marias Konditorei, in Annas Fuhrunternehmen oder als Dienstmädchen bei irgendeiner reichen Familie. War das nicht gut gewesen? Rahel hob den Kopf.

»Ach, ein Bekannter meiner Tochter«, entgegnete sie lauter. »Er sagt, es nütze nichts, an der Lage ›herumzudoktern‹. Alles müsse geändert werden, von Grund auf.«

»Ach, ein Revolutionär?« Rabbi Feidman lächelte. »Lassen Sie sich nichts vormachen, liebe Rahel, tun Sie weiterhin Ihre Arbeit, denn sie *ist* gut. Die Frauen brauchen Sie, und wer weiß, ob wir irgendwann nicht doch eine Änderung erreichen werden.«

»Ich glaube, meiner Tochter geht das zu langsam.«

»Jungen Leuten geht so etwas oft zu langsam, dabei haben sie mehr Zeit als wir Älteren.«

Rahel nickte. Feidman hatte ja Recht, und das wusste sie auch. Die Situation in den osteuropäischen Ghettos – auch das hatte sie von ihm erfahren – war herzzerreißend. Für das elende Leben, das viele Frauen und Mädchen dort führten, fehlten ihr einfach die Worte. Anfangs hatte sie angesichts der Geschichten, die sie gehört hatte, oft einfach nur in Tränen ausbrechen wollen. Aber sie wusste, dass Tränen hier nicht halfen. Diese Ungerechtigkeit verlangte Taten. Das hatte ihr in den letzten Tagen auch ihre Tochter Jenny deutlich gemacht. Seit John Hofer zurückgekehrt war, war Jenny strenger zu ihrer Mutter geworden und bewertete deren Entscheidungen viel unbarmherziger.

Ach, in Jenny brennt noch das Feuer der Jugend, fuhr es Rahel unvermittelt durch den Kopf, das ist ganz normal. Das ist sogar gut.

Und vielleicht hatte sie selbst sich sogar deshalb heute dazu entschlossen, einen weiteren Schritt zu tun. Erst kürzlich hatte Rabbi Feidman ihr eine mögliche Veränderung ihrer gemeinsamen Arbeit vorgeschlagen. Rahel hatte sich kurze Bedenkzeit erbeten. Nun sah sie den älteren Mann fest an.

»Ich würde jetzt gern über das sprechen, was Sie kürzlich erwähnten, Rabbi. Wie kann ich Ihnen helfen?«

Rabbi Feidman zögerte einen Lidschlag lang. »Würden Sie eine der jungen Frauen bei sich aufnehmen, Rahel?«, fragte er dann.

»Aber das habe ich doch schon öfter getan.«

Rabbi Feidman nickte. »Gewiss, doch dieses Mal müsste ich Sie darum bitten, die junge Frau auf eine gewisse Zeit in Ihrem Haus zu verstecken. Niemand dürfte wissen, dass sie dort ist. Es wäre gut ...«

»Ja, natürlich«, fuhr Rahel, ohne zu zögern, dazwischen.

Sie hatte sich also nicht geirrt. Es steckte tatsächlich mehr dahinter. Rabbi Feidman wich ihrem Blick nun für einen Moment aus, ganz, als verwirre es ihn, dass ihm kein Widerstand entgegengesetzt wurde. Dann hob er den Kopf und sah sie fest an.

»Dieses Mal haben wir einige Frauen abgefangen. Wir haben die ›Ware‹ vom Markt genommen, bevor sie dem neuen

›Besitzer‹ Geld einbringen konnte. Noch dazu könnte die junge Frau, um die es geht, über wichtige Informationen verfügen. Sie macht einen sehr verständigen Eindruck.« Feidmann runzelte die Stirn. »Aber es könnte Sie auch in große Gefahr bringen, sich dergestalt einzumischen, Rahel Goldberg. Ich habe gehört, dass es inzwischen Männer gibt, die sich durch unser Vorgehen in ihren Geschäften gestört fühlen. Ich weiß nicht, wie sie reagieren werden. Ich weiß noch nicht einmal, ob wir damit überhaupt etwas erreichen.«

Rahel wich Feidmans Blick nicht aus. Es war ein Kampf gegen Windmühlen, doch er war wichtig. Für jedes Mädchen, das sie von der Straße holten, mochten fünf neue dazukommen, doch zumindest eine hatten sie gerettet.

Natürlich tat Feidman gut daran, sie auf die Gefahren hinzuweisen. Die Zuhälter wurden zunehmend brutaler. In den letzten Monaten hatte es außerdem einige äußerst beunruhigende Vorfälle gegeben. Einem vierzehnjährigen Mädchen war von einer gewissen Margarita Charbanie eine Ausbildung zur Näherin angeboten worden, einschließlich Kost und Logis. Doch anstatt Kleidung zu nähen, war das Mädchen sechsundzwanzig Tage lang festgehalten worden. Während dieser Zeit hatte sie sich der Annäherungsversuche eines Mannes erwehren müssen, der für dieses Privileg fünftausend Pesos an Señora Charbanie bezahlt hatte.

Rahel hob entschlossen das Kinn. »Dann werde ich damit umgehen müssen.«

Sie sah, wie sich ein warmherziges Lächeln auf Rabbi Feidmans Zügen ausbreitete. »Sie machen mich stolz, Rahel, auch wenn ich nichts anderes von Ihnen erwartet habe. Sie sind eine gute Frau.« Rabbi Feidman stand auf. »Entschuldigen Sie mich einen Moment, bitte.«

Er verschwand und kehrte wenig später mit einer jungen schwarzhaarigen Frau zurück.

Ohne zu zögern, streckte Rahel ihr mit einem Lächeln die Hand hin. »Ich bin Rahel Goldberg.«

»Ruth Czernowitz.«

Die Stimme der jungen Frau klang leise. Sie schien noch etwas sagen zu wollen, dann presste sie jedoch die Lippen aufeinander. Rahel beschloss, dass es das Beste wäre, sich rasch von Rabbi Feidman zu verabschieden, um es Ruth nicht unnötig schwer zu machen.

Bis sie das Haus der Goldbergs in Belgrano erreicht hatten, sagte Ruth keinen Ton.

Ich werde sie irgendwie beschäftigen müssen, überlegte Rahel, sonst wird die Angst sie ständig grübeln lassen.

»Können Sie kochen?«, fragte sie also, als sie die junge Frau später, im Salon des Goldberg'schen Hauses, erstmals eingehender musterte.

Etwas blitzte plötzlich in Ruths Augen auf. Wut? Aufbegehren? Dann war es schon wieder verschwunden.

»Ich war verheiratet«, antwortete sie zaghaft.

Rahel zögerte. »Gut, Sie können also kochen«, murmelte sie. Sie hielt einen Moment inne. »Hat sich Ihr Mann von Ihnen getrennt?«, fragte sie dann.

Ruth sah zu Boden. »Wir waren mittellos. Jemand hat ihm Geld dafür geboten, dass ich hierherkomme. Er hat es genommen.«

Rahel schüttelte entsetzt den Kopf. Ruth sah sie kurz an und blickte sich dann im Zimmer um. Sehr aufmerksam betrachtete sie die feinen Möbel, den Teppich, die Gemälde an der Wand.

»Ach, was wissen Sie schon? Sie können das sicher nicht verstehen«, sagte sie dann. »Wir haben uns geliebt, aber wir hatten nichts zum Leben. Unser …« Sie brach ab, setzte dann neu an. »Was sollten wir denn tun? Sterben?«

Rahel schwieg einen Moment und holte dann tief Luft. »Was geschah dann?«

»Mein Mann hat das Geld genommen und sicherte sein Leben, und ich bin mit dem gegangen, der mir mein Überleben sichern sollte.« Rahel kam es so vor, als meide Ruth ihren Blick. Jetzt, da sie mehr Ruhe hatte, die zierliche junge Frau zu betrachten, stellte sie fest, dass Ruth ausgesprochen hübsch war. »Sie wissen sicher, wie das in unseren Kreisen für eine Frau ist, von der sich der Mann getrennt hat. Sie haben mir nicht geglaubt, dass er es nicht freiwillig getan hat …«

»Ja, ich weiß, und eben deshalb …«

»Sie glauben es ja auch nicht, nicht wahr? Aber ich habe es für ihn getan und für unseren Jungen.«

»Sie haben ein Kind?«

»Bitte … Ich will nicht darüber sprechen.«

Ruth wandte Rahel den Rücken zu und ging zum Fenster. Rahel drang nicht weiter in sie. Sie läutete nach einem Mädchen und wies es an, ihnen Tee und Gebäck zu bringen.

»Ruth wird ab heute für einige Zeit bei uns wohnen. Zeig ihr doch bitte das Haus.«

Jenny drehte den Kopf zur Tür. Die dunkelhaarige junge Frau, die im Türrahmen stehen geblieben war, knickste ungelenk.

»He, keine Förmlichkeiten«, bemerkte Jenny. Dann lächelte sie und streckte Ruth die Hand entgegen. »Ich bin Jenny.«

Ruth nickte nur, während sie Jennys Hand schüttelte. Jenny bemerkte jedoch, dass Ruth sie insgeheim musterte, und auch sie versuchte, einen ersten Eindruck von der augenscheinlich verunsicherten jungen Frau zu gewinnen. Vielleicht, überlegte Jenny, ist Ruth eine der armen Jüdinnen aus dem Osten Europas, die man in Scheinhochzeiten hineingezwungen hatte und deren Zuhälterehemänner selten Schwierigkeiten hatten, ihre an unbedingten Gehorsam gewöhnten Ehefrauen in die Prostitution zu zwingen. Unter orthodoxen Juden konnten Hochzeiten arrangiert werden, indem zwei männliche Zeugen ein Heiratszertifikat unterzeichneten. Die Frau wurde dabei gar nicht erst gefragt. Die strenge Armut in Osteuropa führte dazu, dass immer mehr jüdische Frauen ihr Glück in der Neuen Welt suchten. Gelockt von falschen Versprechungen fanden sich viele von ihnen, im Gelobten Land angekommen, als Prostituierte wieder.

»Ich lasse euch beide dann mal allein«, sagte Rahel jetzt leise und zog sich zurück.

Nachdem Rahel verschwunden war, bedeutete Jenny Ruth, sich zu ihr zu setzen. Sie bot ihre eine Tasse Tee an, die Ruth mit einem Kopfschütteln ablehnte. Für einen Moment schwiegen sie erneut, dann fragte Jenny: »Sprichst du Deutsch?«

Ruth nickte.

»Spanisch?«

»Leidlich.«

»Dann sprechen wir also Deutsch.« Jenny lächelte Ruth an.

Schon nach kurzer Zeit hatten sie sich über die wichtigsten Dinge ausgetauscht. Ruth war ein wenig offener geworden, obwohl sie immer noch deutlich Vorsicht walten ließ, als zweifle sie daran, wirklich dem Leben entkommen zu sein, dem sie gut drei Jahre lang ausgeliefert gewesen war.

Schon am Abend ihrer Ankunft wurde Ruth Zeuge einer Zusammenkunft der philanthropischen Gesellschaft, zu der auch Rahel Goldberg gehörte. Neugierig beschloss Jenny zu beobachten, wie die junge Frau reagierte. Wie immer kam Rahel vor ihren zahlreich erschienenen Freundinnen und Glaubensschwestern bald auf ihr Lieblingsthema zu sprechen.

»Wie werden diese Frauen also in ihr Elend gelockt?« Rahel hob anklagend den Finger. »Es ist die Strenge religiöser Regeln, es ist die verzweifelte wirtschaftliche Lage ganzer Familien und der Glaube daran, dass Ehefrauen ihren Ehemännern unter allen Umständen zu gehorchen haben.«

Ruth schenkte den Frauen schweigend Tee ein und reichte Gebäck herum.

»Natürlich«, fuhr Rahel fort, »drängen jene Regierungen Europas, die Länder wie Argentinien so harsch kritisieren, die jüdische Bevölkerung selbst an den Rand und setzen sie ständigen Angriffen aus. Was also«, sie blickte in die Runde, »soll es bringen, diese armen Frauen in ihre Länder zurückzubringen? Welchem schrecklichen Schicksal würden wir sie dann überlassen? Wer soll die schützen, denen man das Stigma der Prostitution eingebrannt hat? Zu welchem Vater, zu welcher Mutter, zu welchem Ehemann sollen sie zurückkehren? Einmal hier angekommen sind diese Frauen Ausgestoßene, abhängig von der Gnade des Staates. Wir, nur wir können diesen Frauen Freundschaft entgegenbringen und für ihre Rettung sorgen. Wenn wir standhaft sind.«

Während Rahel erhitzt innehielt und leises Beifallsklatschen aus dem Kreis der Frauen zu hören war, blickte Jenny zu Ruth hinüber. Sie hatte erwartet, dass diese sich über das freuen würde, was sie hier hörte, doch das Gesicht der jungen Frau blieb ausdruckslos. Es kam Jenny sogar so vor, als blicke sie ein wenig spöttisch drein.

Als Ruth an diesem Abend in ihre Kammer ging, war sie müde und wusste doch, dass sie wieder kaum Schlaf finden würde. Noch schenkte ihr eine kleine Öllampe tröstendes Licht, doch sie fürchtete sich schon vor der Dunkelheit, so wie sie sich als Kind davor gefürchtet hatte. Sie würde ihrer neuen Herrin allerdings sicher nicht erklären können, wieso das Öllämpchen schon nach einem Abend niedergebrannt war, deshalb zwang Ruth sich, das Licht zu löschen. Einen Moment lang blieb sie zitternd auf dem schmalen Bett sitzen. Der Raum war einfach eingerichtet, aber das machte Ruth selbstverständlich nichts aus. Sie hatte noch nie so viel Platz für sich allein gehabt, nie einen eigenen Tisch und ein eigenes Bett gekannt.

Mit einem leisen Seufzer stand Ruth auf und trat ans Fenster. Die Straße vor dem Haus blieb ruhig, auch hinter dem Haus hatte sie zuvor nichts entdecken können. Wenn sie nicht so viel Angst gehabt hätte, wäre ihr der Garten sicherlich als ein wunderschöner Ort vorgekommen. Es gab Orangen- und Zitronenbäume, einen Teich, eine kleine Brücke. Ganz hinten, im dritten Patio, befanden sich die Zimmer für die Dienerschaft, ein Badezimmer und der Raum mit dem Vorrat an Brennholz. Eigentlich hätte Ruth erwartet, dort untergebracht zu werden, doch Jenny hatte darauf bestanden, dass sie im Nachbarzimmer schlief.

Ruth trat etwas zur Seite und versteckte sich hinter dem Vorhang, um die Straße nochmals genauer zu inspizieren.

Das rundliche Gesicht ihres Kindes schien plötzlich vor ihrem inneren Auge auf, große, dunkle Augen, braune Locken. Oh, sie hoffte so sehr, dass es ihrem kleinen Jungen gut ging.

Auf der Straße tat sich immer noch nichts. Nach einer Weile zwang sich Ruth, ihren Beobachtungsposten zu verlassen, und schlich zum Bett hinüber, als müsse sie es unter allen Umständen vermeiden, von jenen im Haus gehört zu werden.

Dabei hört mich hier oben ohnehin niemand.

Sie kroch unter die dünne Decke und zog sie sich bis zum Hals hoch. Die zierliche blonde Olga, die man mit ein paar anderen nach Rosario gebracht hatte, schob sich erneut in ihre Gedanken. Wie es ihr wohl ging? Sie waren Freundinnen geworden, bevor sie so abrupt auseinandergerissen wurden. Seitdem hatte sie nichts mehr von ihr gehört.

Ruth wollte die Augen schließen, doch sie konnte sich nicht dazu durchringen. Wenn sie die Augen schloss, dann sah sie ihr Kind vor sich, und das tat so weh ... Sie musste sich endlich damit abfinden, dass sie ihren kleinen Sohn nie mehr wiedersehen würde.

Jenny saß in ihrem Schaukelstuhl, während sie sich in die *Deutsche Arbeiterzeitung* vertiefte. John hatte sie auf den Brief hingewiesen – seinen Brief – und wartete nun gespannt auf ihre Reaktion. Es waren ihre Berichte, wie sie erkannte, die er in scharfe Worte gefasst hatte. Stumm las Jenny die Zeilen bis zum Ende durch. Den letzten Abschnitt las sie noch einmal laut: »Man findet diese Frauen in Buenos Aires oder Rio de Janeiro, denn der Handel mit ihnen ist ein lukratives Geschäft. Die ›schöne Ware‹ aus Europa findet leicht ihre Käufer.«

John, die Arme vor dem Körper verschränkt, begann jetzt,

unruhig auf und ab zu wandern. Sein Gesichtsausdruck war grimmig.

Jenny sah wieder auf den Brief, leckte sich über die Lippen und fuhr fort. »Wenn nur irgendjemand erfahren möchte, wie man die Mädchen behandelt, dann rate ich ihm, einen Spaziergang über die Calle Juan und die Calle Lavalle zu machen, jene zwei Straßen, die der Volksmund hier nur *Calles de Sangre y Lágrimas*, die Straßen des Blutes und der Tränen, nennt.« Jenny hob den Kopf. »Ich weiß nicht ...«

»Was? Denkst du, es ist übertrieben?« John schaute sie empört an.

»Nein, aber du hättest vielleicht eine etwas andere Wortwahl treffen können.«

»Weniger blumig?« In einer Mischung aus Herausforderung und Vorwurf sah er sie an.

»Ach, John!« Jenny erwiderte seinen Blick ärgerlich.

Warum streiten wir uns in letzter Zeit nur so häufig, fuhr es ihr zugleich durch den Kopf, warum ist er nur immer so gereizt? Ich dachte, wenigstens wir wären einer Meinung. Es reicht doch, wenn ich mich mit Mama streite. Nun, Jenny unterdrückte einen Seufzer, John war mit großen Plänen nach New York gefahren, hatte bisher allerdings kaum etwas von seiner Reise erzählt. Jenny beugte sich zu der Zitronenlimonade hinüber, die Ruth ihnen gebracht hatte, goss ihre beiden Gläser wieder voll und reichte John eines.

»Wie war es eigentlich in New York?«

Er zuckte die Achseln. »Anders als ich ...«, setzte er dann an, verstummte aber sogleich wieder, denn es klopfte an der Tür, und gleich danach wurde sie geöffnet.

»Jenny?«, war Rahels Stimme zu hören, dann brach die ältere Frau ab. »Oh, entschuldige, ich wusste nicht, dass du Besuch hast.«

Jenny stand auf, denn ihre Mutter brachte neuen Besuch – Estella und Marlena, die John nun beide nicht aus den Augen ließen. Wie zu erwarten machte Estella sofort Eindruck auf John. Er musterte sie freimütig und schenkte ihr ein Lächeln. Marlena grüßte er wie eine alte Bekannte, Rahel dagegen so knapp, dass es fast unhöflich wirkte.

Sie hat ihn eben noch nie gemocht, fuhr es Jenny durch den Kopf, sie hält ihn für einen Blender und Schwätzer, der redet und nichts tut. Als Jenny ihrer Mutter gegenüber unlängst erneut die Fürsorgearbeit infrage gestellt hatte, hatte Rahel ihr auf den Kopf zugesagt, John spreche aus ihr. Auf ihre ganz eigene geduldige Art hatte sie Jenny zu erklären versucht, dass er im Unrecht sei. Jenny schüttelte die unangenehmen Gedanken schnell ab.

»Estella«, wandte sie sich dann an Marlenas Freundin, »wie waren deine Ferien? Wie geht es deiner Mutter und Pedro? Was macht dein Bruder?«

»Es geht allen gut, danke. Paco war mal wieder ein bisschen anstrengend, aber sonst war es schön, wenn auch sehr kurz.« Estella bewegte den Kopf fast unmerklich zur Seite, um John anzusehen, dann streckte sie ihm die Hand entgegen. »Estella Santos von Tres Lomas bei Tucumán.«

»John Hofer.«

Marlena spürte, wie sich etwas in ihr zusammenkrampfte. Sie war sich sicher, dass John Estellas Hand länger festhielt als nötig.

Zehntes Kapitel

»*Compañeras*, Genossinnen, hört auf die Stimmen eurer Freunde. Eure Ausbeuter besitzen euch nicht. Wenn ihr sie verlassen wollt, dann tut es. Die Polizei wird euch helfen. Ihr seid keine Sklaven, ihr seid ehrbare Frauen!«, las Blanca.

Mit einem leisen Seufzer legte sie die alte Zeitung beiseite und setzte sich vor den Frisierspiegel in ihrem kleinen Zimmer. Sie wusste, dass sich schon ein paar junge Mädchen von diesem Artikel hatten beeindrucken lassen. Sie wusste auch, dass man zumindest zweien zur Warnung das Gesicht zerschnitten hatte. Blanca hielt das, was in dem Artikel stand, in jedem Fall für baren Unsinn. In ihrer Welt gab es keine Gemeinsamkeit, keine Freundschaft und keine Kameradschaft. *Die Polizei wird euch helfen?* Die Polizei ausgerechnet? Was dachten sich diese Schreiber? Warum mischten sie sich ein und erzählten einem von einem besseren Leben, das es doch ohnehin nicht gab? Das hier war Blancas Leben. Dieses Leben kannte sie. Dafür war sie bereit zu kämpfen.

Und der Erfolg gibt mir Recht.

Sorgfältig umrandete Blanca ihre Augen mit Khol, um sie noch ausdrucksstärker zu machen. Mit dem Mittel hatte sie eine Syrerin bekannt gemacht.

Ja, ich habe Erfolg.

Sehr rasch hatte sie beispielsweise ihrer »Mutter«, der Besitzerin des Bordells, ein eigenes Zimmer abgerungen. Zweifelsohne war sie ihr das bei dem, was Blanca an Einnahmen brachte, auch schuldig.

Als Blanca zehn Monate zuvor aus Patagonien nach Buenos Aires zurückgekehrt war, hatte sie zuerst gedacht, es würde ihr schwerfallen, neue Kunden zu finden. Schließlich hatte sie sich, um bei ihrem Ritt durch die Pampa nicht als Frau aufzufallen, die Haare kurz scheren müssen. Die anstrengende Reise hatte ihr zudem etliche Blessuren und auch festere Muskeln beschert, doch es gab Männer, die ganz offenbar eine Vorliebe für sehr schlanke, kurzhaarige Frauen hegten. In jedem Fall hatte sie schnell wieder mit der Arbeit beginnen können.

Das Geschäft mit der Prostitution lief in jedem Fall bestens. Im südlichen Distrikt von La Boca lockten zwielichtige Spelunken Seeleute und arme Emigranten an. An den westlichen Ausläufern der Stadt, in der Nähe der Kasernen, verdienten zumeist Mulattinnen ihr Geld. Die besten Häuser lagen in der Nähe der Plaza de Mayo, sie waren angenehm ausgestattet, verfügten über Salons zum Kartenspiel und für die Konversation und boten junge, attraktive Französinnen, Italienerinnen oder Deutsche. Die Trennlinie der Respektabilität stellte die Straße namens Reconquista dar.

Nach zwei Jahren an einem verlorenen Ort in der Nähe des Río Negro, im Grenzgebiet zwischen Indianern und Weißen, und einem langen, einsamen Ritt durch die Pampa war Blanca in einer Stadt angekommen, die, wenngleich immer noch von der alten kolonialen Architektur geprägt, sehr viel quirliger war, als sie sie in Erinnerung hatte. Die Straßenbahnen, die etwa zehn Jahre zuvor erstmals auf den Straßen gefahren waren, schafften größere Mobilität und ermöglichten eine weitere Ausdehnung. Auch die Dörfer Flores und Belgrano würden bald ihre Unabhängigkeit verlieren und zu einem Teil der Hauptstadt werden. Im eleganten Stadtzentrum mit seinen Modegeschäften, Cafés, Restaurants und prächtigen

Bankgebäuden war inzwischen aus manch enger Straße eine prächtige Allee geworden. Argentinier, reich geworden durch den Handel und die Spekulation mit Land, reisten jetzt nach Europa, ließen sich kulturell inspirieren und kauften Waren, die in ihrem Land nicht zu bekommen waren. Die Redensart »reich wie ein Argentinier« etablierte sich.

Nachdenklich fuhr Blanca mit dem Kamm durch ihr Haar. Langsam wurde es wieder länger. Wie so oft musste sie an ihre Mutter denken und daran, was sie ihr während ihres letzten gemeinsamen Nachmittags am Fluss mit auf den Weg gegeben hatte. Damals, kurz vor ihrem Tod, hatte Corazon noch einmal von Blancas Vater, ihrem geliebten Gustavo, gesprochen. Sie hatte ihre Tochter aufgefordert, eines Tages nach Buenos Aires zurückzukehren und seine Familie aufzusuchen – Gustavos Bruder Eduardo oder seine Schwester Ana. Sie seien ihr etwas schuldig. Vollauf damit beschäftigt, sich ihren Platz in der Stadt zurückzuerobern, war Blanca bislang nicht bei einem von ihnen vorstellig geworden. Ein wenig lag es auch daran, dass sie keine Bittstellerin sein wollte. Schon früh hatte sie ihr Leben allein in die Hand genommen. Inzwischen aber dachte sie immer öfter darüber nach, Kontakt zur Familie aufzunehmen. Sie hatte schon Erkundigungen eingezogen. Das Fuhrgeschäft von Ana befand sich immer noch am gleichen Ort, wenn die Familie auch inzwischen in Belgrano lebte. Aber würde man ihr glauben, wenn sie sich als Gustavo Brunners Tochter vorstellte?

Schimpfende Frauenstimmen vor ihrer Tür ließen Blanca kurz den Kopf heben. Sie erkannte französische und italienische Worte. Die meisten europäischen Huren kamen aus Osteuropa, Frankreich und Italien. Nicht alle von ihnen waren unerfahrene Jungfrauen, wie zuweilen behauptet wurde. Die Stimmen draußen wurden wieder leiser, und erneut schlichen sich Gedanken an die Schwester ihres Vaters in ihren Kopf.

Deine Tante, sagte sie sich in Gedanken, als könne sie sich die fremde Frau damit näherbringen, diese Ana ist deine Tante …

Früh am nächsten Morgen machte Blanca wie gewohnt einen Spaziergang zum Río de la Plata. Jeden Morgen kamen hier Grüppchen von Schwarzen und Mulattinnen zusammen, um das schmutzige Linnen in den stehenden Pfützen mit dem gelblichen Wasser am Ufer zu waschen und zu schlagen. An den warmen Abenden von November bis März badeten und plantschten hier Männer und Frauen, Schwarze und Weiße, Reiche und Arme, allerdings streng voneinander getrennt, im lauen, knietiefen Wasser. Es war ein riesiges öffentliches Bad, in dem man sich erfrischen konnte, wenn es auch kaum reinigte. Schon als Kind war Blanca manchmal mit ihrer Mutter hierhergekommen.

Ich muss mich entscheiden, fuhr es ihr durch den Kopf, wenn ich mein Leben ändern möchte, muss ich mich entscheiden.

Sollte sie es tatsächlich endlich wagen, Kontakt mit ihrer Familie aufzunehmen?

Estella runzelte die Stirn, dann verzog sie die Lippen.

»Ach Gott, man mag es kaum glauben, wie einfach die Freizeitvergnügungen sind! Ein Empfang, eine langweilige, ach so zwanglose *tertulia*. Gute Güte, dafür hätte ich die Provinz nun wirklich nicht verlassen müssen.«

»Du hast die Provinz verlassen, um hier zur Schule zu gehen«, bemerkte Marlena, während sie auf die Einladung in ihrer Hand starrte. »Im Übrigen finden nicht mehr so viele *tertulias* statt«, fuhr sie dann fort, »die Zeiten sind so viel schneller geworden.«

»So, sind sie das?« Estella gähnte.

»Octavio wird dort heute Abend seine Gedichte vorlesen«, versuchte Marlena es weiter. Irgendwie verlangte es sie, Estella auf andere Männer als John Hofer aufmerksam zu machen.

Estella stützte das Kinn auf den Handrücken und machte einen Schmollmund. »Kenne ich den?«

Marlena zuckte die Achseln.

»Seine Eltern sind sehr wohlhabend.«

»Ach ja?« Estella seufzte gelangweilt. »Ich frage mich«, fuhr sie dann fort, »wie das damals mit den literarischen Salons war, die es angeblich in den Jahren direkt nach der Unabhängigkeit gab. Ach, könnte nicht einfach mal wieder jemand zum Tanz einladen? Sonst langweile ich mich gewiss noch zu Tode.«

Marlena antwortete nicht.

»Ich habe es satt, herumzustehen oder dazusitzen und Konversation zu betreiben. Wir Frauen können ja nicht einfach irgendwo hingehen. Für Männer gibt es Clubs, den Club del Progreso zum Beispiel oder den Club de Residentes Extranjeros, wo dein Vater hingeht. Männer können auch den Abend beim Karten- oder Würfelspiel im Café an der nächsten Ecke verbringen, aber wir?«

»Wir gehen in die Kirche oder einkaufen.« Marlena grinste ihre Freundin an. »Ach, und dann gibt es doch immerhin gelegentlich Tanzveranstaltungen im Teatro Colón, zu denen wir uns blicken lassen können.«

»Tanzveranstaltungen? Dahin dürfen wir doch auch nicht, wenn es nach deiner Mutter geht.«

»Sie kann dem Tanzen eben nichts abgewinnen.«

»Sie kann dem Wort Vergnügen nichts abgewinnen.«

Die Freundinnen schauten sich an und kicherten. Dann stand Estella auf und zupfte ihr Kleid zurecht.

»In Gottes Namen, dann gehen wir eben zu dieser *tertulia*. Ich ziehe mich schnell um.« Sie war schon fast an der Tür, als sie sich noch einmal umdrehte. »Hast du eigentlich in letzter Zeit etwas von diesem Señor Hofer gehört?«

Marlena spürte einen unangenehmen Stich in ihrer Magengegend. Offenbar war es ihr nicht gelungen, Estella auf andere Gedanken zu bringen. Die Vorstellung behagte Marlena gar nicht.

Elftes Kapitel

Marlena zupfte zum wiederholten Mal an ihrem Kleid, während ihr Champagnerglas immer noch fast unberührt war. Je älter sie wurde, desto mehr hatte sie den Eindruck, ihre Eltern veranstalteten diese Empfänge, um sie mit geeigneten Heiratspartnern zusammenzubringen. Immer war eine Auswahl junger Herren unter den Gästen, die altersmäßig eher ihren Eltern nahestanden. Mancher junge Mann stammte aus einer alteingesessenen guten argentinischen Familie, mancher war als Vertreter seines Unternehmens aus Deutschland gekommen – davon gab es tatsächlich recht viele, seit es mit der Wirtschaft Deutschlands und Argentiniens voranging. Viele dieser Vertreter bemühten sich allerdings gar nicht darum, in dem fremden Land heimisch zu werden, was Marlena verärgerte. In jedem Fall bildeten sie eine besondere Schicht innerhalb der deutschen Gemeinschaft und gehörten sogar oft zu den führenden Persönlichkeiten unter ihren Landsleuten. Sie waren es, die maßgeblich dafür sorgten, dass den Vereinen und sozialen Einrichtungen der deutsche Charakter erhalten blieb.

Und ihre Mutter und Julius schienen ausgerechnet diese Leute für geeignete Heiratskandidaten zu halten. Marlena war da gar nicht ihrer Meinung. Sie gab zuweilen sogar vor, sie spreche nur noch sehr schlecht Deutsch. Bei den deutschen Familien, die schon lange in Buenos Aires lebten, war das tatsächlich zunehmend der Fall.

Dieses Mal also eine Weihnachtsfeier mit Brautschau … Im Garten hatte man die Bäume geschmückt. Man hatte sogar Weihnachtslieder gesungen, wenn auch hier und da die üblichen, nörgelnden Stimmen zu hören waren, dass wegen der Hitze kein wirklich weihnachtliches Gefühl aufkomme. Und Estella war mal wieder in Tucumán, sonst hätte Marlena wenigstens mit ihr ein bisschen Spaß haben können. Zum Glück blieb die Freundin nicht mehr allzu lange fort.

Marlena beschloss, endlich doch einen Schluck Champagner zu sich zu nehmen. Sie würde auch an diesem Tag keinem der Herren in guter Erinnerung bleiben. Zwar hatte Julius beteuert, ihre Mutter und er hegten keineswegs weitergehende Hintergedanken, aber Marlena traute dem nicht. Sie hielt sich deshalb auch so gut es ging aus dem Trubel heraus, steuerte endlich entschlossen auf die Gartentür zu. Später, beim abschließenden Feuerwerk, würden bestimmt alle in den Garten kommen, aber noch hoffte Marlena, dort unten ihre Ruhe zu haben. Langsam lief sie die Treppe von der Veranda hinunter, spazierte dann zu dem lauschigen Platz hinüber, an dem ihre Eltern so gern saßen.

Mit einem tiefen Seufzer ließ sich das junge Mädchen in einen der Korbsessel fallen und schaute zum Meer hinüber, das sich in der Ferne wie ein silbergrauer Teppich ausbreitete. Ob ich bald einmal wieder über dieses Meer weit, weit weg von hier fahren werde?, dachte Marlena. Sie wünschte es sich so sehr.

»Wirklich, ein schönes Plätzchen«, sagte unvermittelt jemand hinter ihr.

Marlena fuhr zusammen. Sie hatte gar keine Schritte gehört, dabei hatte sie doch so achtsam sein wollen. Mit einem Satz sprang sie auf.

»Señor Hofer.«

»John, bitte.«

»Aber wir kennen uns doch gar nicht richtig.«

»Nein, tun wir das nicht? Ich bin ein Mensch, und du bist einer, oder sehe ich das falsch?« Er deutete auf sich. »John, einfach John.«

Marlena sah verlegen zu Boden. O nein, ich mache schon wieder alles falsch, fuhr es ihr durch den Kopf, ich bin wie diese feinen Damen, die ich nicht leiden kann, und er bestimmt auch nicht. Sie nahm allen Mut zusammen, blickte wieder auf und streckte John die Hand hin. Sein Griff war fest, und dann, mit einem verschmitzten Lächeln, zog er ihren Handrücken an seine Lippen.

»So bist du das doch wahrscheinlich gewöhnt?«

»Äh ... nein ... ich ...« Marlena stieg die Röte in die Wangen. »Ich bin Marlena.«

Er nickte.

Sie nahm erneut allen Mut zusammen. »Und wie bist du hierhergekommen?«

»Ich habe Jenny gebracht und bin dann einfach dageblieben. Ist immer mal wieder interessant, so etwas zu beobachten. Erinnert einen an das, was man unbedingt ändern möchte.«

Er lächelte sie an, doch dieses Mal lächelten seine Augen nicht mit. Marlena kämpfte die spitze Bemerkung herunter, dass er doch nicht habe kommen müssen, wenn ihm das alles missfalle. Die Empfänge ihrer Eltern hatten einen guten Ruf. Was auch immer sie zu kritisieren hatte, sie war dennoch stets stolz darauf gewesen.

»Und, warum hast du das Fest deiner Eltern einfach verlassen?«, fuhr John in ihre Gedanken.

»Weil ich niemanden heiraten will, den sie für mich ausgesucht haben«, platzte Marlena heraus, trotz aller Vorhaben, sich ihm gegenüber jetzt schweigsam zu geben.

John hob die Augenbrauen. »Besteht denn die Gefahr?«

Marlena zuckte die Achseln.

»Und was willst du stattdessen tun?«

»Ich will Journalistin werden.«

Zum ersten Mal hatte Marlena nicht lange darüber nachgedacht, ob sie ihr größtes Geheimnis verraten wollte. Wenn sie jemand verstand, dann John Hofer.

»Aha, Journalistin …« Er ließ sie nicht aus dem Blick. »Dazu wirst du aber die *wirkliche* Welt kennenlernen müssen.«

Marlena wich Johns forschendem Blick aus, antwortete ihm aber mit fester Stimme. »Das will ich ja.«

»Ich kann dir die Welt zeigen, so wie du sie noch nicht kennst. Einverstanden?«

John schaute sie prüfend an, während er ihr die Hand entgegenstreckte. Ohne zu zögern, schlug Marlena ein.

Er wird mich aus dieser falschen Glitzerwelt fortführen. Ich muss nur meine Festtagskleidung unter einem Umhang verbergen, sagte sie sich. Aber Jenny hat mich ja schon einmal in die dunklen Ecken Buenos Aires' geführt, ich weiß also, was auf mich zukommt.

Doch sie irrte sich. Sie hatte keine Ahnung, was an diesem Abend auf sie zukommen sollte.

»Julius!«

Lachend versuchte Anna ihren Mann abzuwehren, während der sie in eine dämmrige Ecke führte und ihren Nacken mit kleinen Küssen bedeckte. Am liebsten hätte sie ihn noch tiefer in diese Ecke gezogen, hätte ihn selbst mit tausend Küssen bedeckt, festgehalten und nie mehr losgelassen. Ihre Liebe war stark. Es war diese Liebe, die ihr immer wieder von Neuem Kraft gab.

»Ich würde sagen, das ist wieder einmal eine gelungene Feier.«

»Wir müssen uns bei Maria bedanken«, sagte Anna und schaffte es endlich, sich zu ihrem Mann umzudrehen. »Das Buffet ist wieder einmal himmlisch.«

»Ja.« Mit einem Nicken deutete Julius auf das Ende des Flurs.

»Die Kleine schläft?«

Anna nickte. »Leonora schlummert schon seit Stunden tief und fest.«

»Und Marlena«, fuhr Julius fort, »weißt du, wo sie ist? Ich kann sie nirgendwo entdecken.«

Anna schüttelte den Kopf. Offenbar wollte sich ihre Tochter wieder einmal den vermeintlichen Heiratskandidaten entziehen. Dabei würde ich sie doch nie zu etwas zwingen, dachte Anna. Auf unseren Festen kann sie ganz ungezwungen junge Männer kennenlernen, was ist schon dabei?

»Ich habe sie nicht mehr gesehen, seit der Champagner ausgeschenkt wurde. Bestimmt hat sie sich in ihr Zimmer zurückgezogen.«

»Nein, da ist sie nicht. Das Mädchen wird doch nicht fortgelaufen sein?«

Vielleicht hatte Julius scherzen wollen, doch es lag Beunruhigung in seiner Stimme. Sie beide wussten, zu welchem Verhalten Marlena neuerdings fähig war. Mit dem Älterwerden war sie nicht mehr so leicht dazu zu bringen, sich an Regeln zu halten. Die junge Frau hatte vielmehr eigene Pläne. Anna gab einem der Dienstmädchen den Auftrag, diskret nach ihrer Tochter zu suchen.

Bald hatten sie Gewissheit: Marlena war weder im Haus noch im Garten zu finden. Sie war wie vom Erdboden verschluckt.

Irgendwann redete Marlena einfach weiter, ohne Unterlass, um Elend und Schrecken um sich herum nicht mehr wahrnehmen zu müssen. Es war einfach zu schlimm. Das hatte sie sich niemals vorstellen können, niemals, niemals, niemals: Männer, Frauen und Kinder in Lumpen, die ihre Blöße kaum bedeckten, teilweise dünn wie Skelette, ausgemergelt vor Hunger, manche stinkend, als verfaulten sie am lebendigen Leib, sodass Marlena sich übergeben wollte. Dann wieder Mädchen in schrillbunter Kleidung, halbe Kinder noch, die ihre Körper darboten. Sie hatte schon von den berüchtigten *arrabales*, den Vorstädten, sprechen hören, wo die Prostitution besonders florierte, doch davon zu hören, war nichts im Vergleich dazu, das Ganze zu sehen, zu riechen, zu schmecken. Sie krallte die Finger fester um Johns Arm und merkte es kaum.

»Warum bist du eigentlich hierhergekommen?«, fragte sie, um nicht mit dem Reden aufhören zu müssen, obwohl es ihr ungehörig vorkam, ihn einfach so auszufragen. »Warum bist du in Argentinien?«

»Wie meinst du das?« John runzelte die Stirn.

»Ich will wissen, was dich, John Hofer, veranlasst hat, nach Buenos Aires zu kommen.«

»Nun, eigentlich heiße ich Johann Hofer.« John beschleunigte mit einem Mal seine Schritte. Marlena nickte, während sie sich mühte, mit ihm Schritt zu halten. »Und ich bin Demokrat.«

»Demokrat?«

»Ein politischer Flüchtling, einer, der für die Demokratie einsteht und gegen die Monarchie ist. Ein Sozialist, ein Revolutionär.«

Von Demokratie hatte Marlena schon einmal gehört, das war eine Regierungsform im alten Griechenland gewesen, hatte ihr Julius erzählt, nach dem sie sich beschwert hatte, dass man sie in der Schule nichts über Politik lehrte. Viel mehr wusste sie allerdings nicht.

»Und was wollen die Demokraten?«

John blieb abrupt stehen. Er kämpfte ganz offensichtlich gegen ein Grinsen an, das sich auf seine Gesichtszüge stehlen wollte.

»Na ja, zuerst einmal kann ein Demokrat sagen, was er will.« Er machte eine Bewegung mit der Hand. »Und darüber hinaus will er, dass es so etwas hier nicht gibt.« John machte eine neuerliche Handbewegung, die die nächste und die weitere Umgebung einschloss.

Marlena nickte.

Er schaute sie ernst an. »Wirst du einen Artikel schreiben, über das, was du gesehen hast?«, fragte er sie dann unvermittelt.

Sie nickte wieder.

»Gut«, sagte er und klopfte ihr auf die Schulter, »schreib du den Artikel, ich sorge dafür, dass er veröffentlicht wird.«

»Würdest du ... würdest du das wirklich tun?«, fragte sie mit weit aufgerissenen Augen.

»Klar.«

Er beugte sich zu ihr hinunter und küsste sie, und für Marlena war es, als stürzten alle Sterne zu ihr auf die Erde und überstrahlten sie mit ihrem Glanz.

Als Marlena in dieser Nacht nach Hause kam, waren ihre Eltern außer sich, aber das war ihr gleichgültig. Auch den sofort verhängten einwöchigen Stubenarrest nahm sie gelassen hin. Sie würde ohnehin Ruhe brauchen, um den Artikel zu schreiben. Sie konnte keine Zeit damit vertun, draußen herumzulaufen oder irgendwelchen gesellschaftlichen Verpflichtungen nachzugehen. Marlena legte sich ins Bett, aber das Erlebte wollte ihr nicht aus dem Kopf gehen. John ebenso wenig. Und ihr fiel ein, dass er ihr eigentlich nicht wirklich gesagt hatte, warum er nach Argentinien gekommen war. Wieso eigentlich nicht?

Marlena konnte sich des Gedankens nicht erwehren, dass er ihr etwas verschwieg.

Zwölftes Kapitel

Manchmal wachte John auf von den Schüssen, die in seinem Kopf widerhallten. Manchmal wachte er auf und war in Schweiß gebadet. Manchmal wachte er auf und war immer noch auf der Flucht. Dann sah er hohe, feuchte Mauern vor sich emporwachsen und wusste, dass er nie wieder frei sein würde. Ja, man konnte tatsächlich erfolgreich flüchten und doch nie wieder frei sein.

Um sich zu retten, hatte er das Leben opfern müssen, das er hatte retten wollen. Er hatte seine Aufgabe nicht erfüllt. Er hatte versagt. Der Johann Hofer, der in Argentinien angekommen war, war nicht mehr der, der Deutschland verlassen hatte. Er selbst konnte sich kaum noch an den unbeschwerten, lebenslustigen Kerl erinnern, der in Deutschland gelebt und so viele Pläne gehabt hatte. Das Einzige, was er wusste, war, dass er entsetzlich viel falsch gemacht hatte. Und mit diesen Fehlern würde er sein ganzes restliches Leben lang leben müssen. Noch nicht einmal in Gesprächen konnte er sich Erleichterung verschaffen. Es gab ja keinen, dem er davon erzählen konnte, denn er schämte sich der Ereignisse zu sehr.

Ich bin ein Feigling, schoss es ihm durch den Kopf. Im wichtigsten Moment meines Lebens hat sich gezeigt, dass ich ein Feigling bin. Armer Maxim, arme Elsbeth.

In seiner Erinnerung hörte er plötzlich wieder das Geräusch einer Eisenbahn. Maxim war in Arrest genommen worden, weil er sich gegen den Kaiser ausgesprochen hatte. Der Plan war gewesen, dass sie, nachdem er Maxim aus dem

Gewahrsam befreit hatte, auf den Waggon aufspringen würden. Aber etwas war schiefgelaufen. Da waren unerwartet Soldaten gewesen, und er hatte zu viel Angst gehabt. Und jetzt sah er sich wieder rennen, sah sich aufspringen, sah Maxim, der zurückblieb, sah sein Gesicht, seine Augen, vor Entsetzen weit aufgerissen, kurz bevor die Soldaten den Freund erreichten.

Und er? Er war nicht mehr zurückgekehrt, noch nicht einmal, um Maxims junge Frau Elsbeth davon in Kenntnis zu setzen, was geschehen war. Sie würde ja ohnehin erfahren, dass man ihren Mann gefasst hatte. Irgendjemand, hatte er sich in seiner Panik versichert, würde ihr gewiss erzählen, dass Maxim nicht zurückkehrte. Dazu brauchte man ihn nicht. Später, als er nüchterner hatte denken können, hatte er manches Mal einen Brief an sie aufgesetzt, um sich zu erklären. Doch er hatte ihn nicht zu Ende geschrieben. Er hatte sich gesagt, dass er ja gar nicht wusste, wie er sie erreichen sollte.

Und war eine solche Entschuldigung, eine solche schriftliche Bitte um Verzeihung nicht ohnehin unendlich fad? Nein, so würde es nicht gehen, und deshalb ließ er es ganz.

Auch in dieser Nacht war er nass geschwitzt aus dem Schlaf gefahren. Jetzt fröstelte er. Rasch schlüpfte er aus dem Hemd, zog sich ein frisches über und dann noch den Poncho. Er hatte den Poncho sehr bald als ein praktisches Kleidungsstück erkannt. Er lief zum Fenster und betrachtete gedankenverloren den Sonnenaufgang. Etwas später klopfte es leise an der Tür seines Verschlags. Auf nackten Sohlen, immer noch mit zerzaustem Haar und unrasiert, trat er heran und öffnete. Marlena stand da, eine junge Frau auf dem Weg zum Erwachsensein, entzückend anzusehen in ihrem dunkelblauen Mantel.

»Oh, du hast noch geschlafen ... Ich bin ja auch viel zu früh. Ich ... äh ... ich komme später wieder ...«

»Bleib, Marlena. Ich habe nicht mehr geschlafen.« Er streckte die Hand nach ihrem Arm aus, um sie hereinzuziehen. Sie konnte ihn offenbar nicht ansehen. »Wie viel Uhr ist es?«, fragte er sie.

»Sieben.« Jetzt sah sie zu ihm auf. »Ich habe die ganze Nacht durchgeschrieben«, fügte sie dann entschuldigend hinzu.

Er lachte leise, während er sich am Hinterkopf kratzte. »Der frühe Vogel ... ach, verdammt ... Ich glaube, das letzte Glas Rum war schlecht.«

Sie schaute ihn fragend an.

»Ich war mit Freunden unterwegs, Marlena.«

Sie nickte. »Der Artikel ist fertig«, sagte sie dann, kaum hörbar.

John umschloss ihr Gesicht mit seinen Händen.

»Stimmt es, dass du meinetwegen Hausarrest hattest?«

Marlena errötete, befreite sich dann ruckartig. Er konnte sehen, dass sie sich auf die Lippen biss.

»Wer hat dir das erzählt?«, fragte sie nach neuerlichem Schweigen rau.

»Jenny.«

»Aha.«

Sie nickte langsam. Irgendetwas in ihrem Ausdruck sagte ihm, dass ihr diese Antwort etwas besser behagte als die, die sie offenbar erwartet hatte.

»Na ja«, sie hob die Schultern und versuchte sich an einem Lächeln, »ich habe meinen Eltern wohl einen ziemlichen Schrecken eingejagt, einfach so zu verschwinden, ohne Bescheid zu sagen. Das habe ich eigentlich auch noch nie gemacht.«

»Aber das wirst du auch in Zukunft tun müssen, wenn du deinen Weg gehen willst, Marlena.«

Auf seine Worte hin schaute sie ihn prüfend an. »Liest du den Artikel?«, fragte sie dann leise, »du bist …«, sie stockte einen Moment, wieder verlegen, »… du bist der Erste.«

Sie setzten sich nebeneinander auf Johns Bett, Marlenas Tasche wie eine kleine Mauer zwischen sich. John bemerkte, dass ihn die junge Frau während des Lesens nicht aus den Augen ließ. Endlich schob er die eng beschriebenen Blätter zusammen und legte sie vor sich auf seine Knie.

»Das ist zu lang.«

Die Enttäuschung, die Marlenas Gesicht widerspiegelte, war unübersehbar. John beeilte sich, rasch weiterzusprechen.

»Aber es ist dennoch gut. Du schaffst es, deine Leser zu packen.«

Jetzt zeigte sich wieder Hoffnung auf dem Gesicht der jungen Frau. Ihre Lippen bewegten sich, bevor sie etwas sagte, als getraue sie sich nicht, das Folgende auszusprechen.

»Meinst du, es könnte veröffentlicht werden?« Ängstlich blickte sie ihn an.

Er lächelte ermutigend. »Mit ein paar kleinen Änderungen hier und da, natürlich, warum nicht?«

Etwas wie Dankbarkeit stahl sich in Marlenas Augen. Ihr ganzes Gesicht leuchtete jetzt auf. Plötzlich musste John seinen Blick von ihr abwenden.

Habe ich nicht schon einmal viel zu viel versprochen?

Er schüttelte den Kopf, und Marlena starrte ihn verwirrt an.

»Was ist?«, fragte sie, die Augen groß und fragend, mit einem Mal eine leichte Röte auf den Wangen.

Sie ist auf dem Weg, sich in dich zu verlieben, fuhr es John durch den Kopf, das darfst du nicht zulassen. Es ist etwas

Wunderschönes, geliebt zu werden, trotzdem muss ich vorsichtig sein, ich darf sie nicht verletzen.

»Was ist?«, wiederholte Marlena, nun eindringlicher.

»Nichts«, John musste sich zwingen zu lächeln, »ich habe an die alte Heimat gedacht.«

»Vermisst du sie?«

»In gewisser Weise.« Er seufzte. »Komm, lass uns noch einmal den Artikel durchsehen.«

Eine halbe Stunde später hatten sie Marlenas Artikel durchgesprochen, Schwachstellen benannt, Änderungen geklärt. Nachdem sie fast unablässig geredet hatten, schwiegen sie jetzt wieder. Dann stand John auf, zog den Poncho aus und den Rock über.

Ich sollte sie jetzt fortschicken, sagte die Stimme in seinem Kopf. Doch es fiel ihm so schwer. Wie lange hatte ihn niemand mehr bewundert, wie lange hatten ihm alle, die ihn kannten, vorgeworfen, was er getan hatte? Noch nicht einmal er selbst hatte sich verzeihen können. Ein Moment der Feigheit nur, eine falsche Entscheidung, und das Leben war nie wieder wie zuvor.

Er wandte sich Marlena zu und lächelte sie an. »Willst du noch mehr sehen von Buenos Aires' dunkler Seite?«

Marlena zögerte, dann nickte sie entschlossen.

»Gut«, sagte er, »heute Abend.«

Marlena brachte den Tag nur mit Mühe hinter sich. Zu Hause gab sie sich fügsam, erledigte alle ihr gestellten Aufgaben, ohne zu murren, zog sich kurz nach dem Abendessen zurück, um sich angeblich mit den Vorbereitungen zum Kaisergeburtstag zu beschäftigen, der jedes Jahr Ende Januar groß in der Schule gefeiert wurde. Allerdings konnte sie sich nicht konzentrieren und arbeitete stattdessen fahrig an einem neuen Artikel. Noch nicht einmal Estella, die wieder aus Tucumán zurück war, konnte sie vom Schreibtisch weglocken. Murrend schloss die Freundin sich schließlich Julius und Anna im Salon an. Als es im Haus endlich ruhig wurde, schlich Marlena hinaus.

Vollkommen in Gedanken kehrte sie spät in der Nacht zurück. Als sie endlich den Gang erreichte, in dem ihr Zimmer lag, atmete Marlena erstmals durch. Ihr Kopf schwirrte von unzähligen Ideen und Formulierungen. Sie hielt einen Moment erschreckt inne, als der Boden unter ihren Füßen knarrte, doch alles blieb still. Von weiter weg hörte sie die Standuhr ticken, dann schlug die Uhr die Stunde. Elf Schläge. Elf Uhr schon! Sie hatte die Zeit vollkommen vergessen. Jetzt musste sie sich aber wirklich beeilen. Leise öffnete Marlena die Tür und schob sich hindurch, um sie gleich wieder hinter sich zu schließen. Im Dunkeln tastete sie nach dem Lichtschalter und fuhr im nächsten Moment mit einem leisen Aufschrei zusammen.

»Estella!«

»Wo warst du?«, warf Estella der Freundin wütend entgegen und sprang von Marlenas Bett auf. »Den ganzen Tag lang behandelst du mich wie eine Aussätzige. Ich muss arbeiten, Estella, nein, ich kann jetzt nicht mitkommen ... Wo warst du, verdammt? Ach, nein, du musst gar nichts sagen, du warst mit *ihm* unterwegs. Warum habt ihr mich nicht mitgenommen? Du hast es nach dem letzten Mal versprochen!«

Voller Unbehagen erinnerte Marlena sich daran, dass sie Estella gleich nach deren Rückkehr aus Tucumán tatsächlich von ihrem Abenteuer erzählt und großmütig zugestimmt hatte, als diese sie darum bat, einmal mitkommen zu dürfen.

»Ich dachte, wir wären Freundinnen«, schrillte Estellas Stimme erneut in ihr Ohr.

Beunruhigt horchte Marlena an der Tür, um sich zu vergewissern, dass niemand auf sie aufmerksam geworden war.

»Sei leise, um Himmels willen. Wissen Julius und Mama ...?«

»Nein, ich habe ihnen gesagt, du hättest plötzlich Kopfschmerzen bekommen und seist früh zu Bett gegangen. Sie haben es nicht überprüft.«

»Danke, Estella.«

»Danke, Estella«, äffte die Freundin sie nach.

Marlena dachte daran, dass sie dieses Mal nach Estellas Rückkehr aus Tucumán die Nacht nicht miteinander verschwatzt hatten. Etwas hatte sich verändert zwischen ihnen. Zuerst hatte sie es sich nicht eingestehen wollen, nun wurde es deutlich: John war in ihr Leben getreten.

Die beiden Freundinnen blickten einander an. Estella verzog das hübsche Gesicht, ihre Augenbrauen bildeten eine geradezu drohende Linie.

»Wenn ihr mich allerdings beim nächsten Mal auch nicht mitnehmt, liebste Freundin, sage ich deinen Eltern die Wahrheit.«

Marlena nickte langsam. Estellas Wut, musste sie zugeben, überraschte sie dennoch. Sie waren doch immer mal wieder getrennte Wege gegangen und hatten sich das nicht gegenseitig vorgeworfen. Ihre Interessen waren ja auch unterschiedlich. Nun, womöglich lag es daran, dass Estella es gewöhnt war, stets zuallererst die Aufmerksamkeit auf sich zu ziehen. Sicherlich machte es ihr zu schaffen, dass es dieses Mal nicht so war.

Mit einem Seufzer setzte Marlena sich an den Schreibtisch, um rasch doch noch einige Programmpunkte für die Feiern zum Kaisergeburtstag durchzugehen. Sie musste es tun, auch wenn sie todmüde war. Wie jedes Jahr würde sie ein Gedicht vortragen müssen, und es hatte sie schon in leichte Verzweiflung gestürzt, dass sie sich die Worte dieses Mal einfach nicht merken konnte. Estella würde singen. Sie hatte eine sehr schöne Stimme.

Ach Gott, Marlena seufzte noch einmal, während sie das Gedicht stumm zum zehnten Mal wiederholte. Nach dem, was sie heute wieder gesehen hatte, kam ihr das alles schrecklich kindisch vor. Es wurde wirklich Zeit, dass sie ihre eigenen Wege gehen und ihre eigenen Entscheidungen treffen konnte. Sie musste den warmen, sicheren Kokon ihres Elternhauses hinter sich lassen. Mit dem heutigen Tag war abermals unwiderruflich ein Teil ihrer Kindheit entschwunden.

Dreizehntes Kapitel

Als Isolde Hermanns auf die Bühne trat, rollte die hübsche Estella nur mit den Augen. Die Darbietungen der dicklichen Isolde boten immer reichlich Anlass zu unfreiwilliger Komik. Dieses Mal trug das blasse Mädchen, dessen Wangen heute allerdings hochrot leuchteten, das lange blonde Haar offen. Zum üblichen weißen Rock und der weißen Bluse, die die Schülerinnen der Mädchenschule trugen, hatte sie sich in einen Umhang gehüllt, schwarz-weiß-rot, die Farben der Reichsfahne, und trug eigens verfasste vaterländische Verse vor.

Obwohl Marlena immer noch nicht entschieden hatte, wie sie mit der Art und Weise umgehen sollte, mit der Estella sich zwischen John und sie zu drängen suchte – sie war sogar böse auf die Freundin –, musste sie sich doch zwingen, nicht zu ihr hinzuschauen, wenn sie nicht in Gelächter ausbrechen wollte.

Estella war unmöglich. Fräulein Lewandowsky, die Mathematik- und Handarbeitslehrerin, schaute sie mittlerweile beide streng an. Estella war das natürlich gleichgültig. Nur zu deutlich zeigte sie, was sie von Isoldes Vortrag hielt. Marlena erinnerte sich, dass die beiden schon seit geraumer Zeit schlecht aufeinander zu sprechen waren. Vor den letzten Ferien hatte Isolde Estella ein dreckiges Mischblut genannt, eine Schwarze, die kein Recht darauf habe, auf eine ordentliche deutsche Schule zu gehen, obwohl ihr Vater doch aus einer der einflussreichsten Familien Argentiniens stammte. Wohl deshalb hatte Estella seitdem keine Gelegenheit vergehen lassen,

Isoldes zugebenermaßen etwas unglückliches Aussehen und ihre Tollpatschigkeit zu jeder Gelegenheit hervorzukehren.

Demonstrativ drehte Estella sich jetzt zu der Uhr um, die über dem Ausgang der Aula hing, gähnte dann herzzerreißend, bevor sie sich mit einem »Ups, Verzeihung« die Hand vor den Mund schlug.

Marlena biss sich auf die Lippen. Sicherlich würde Fräulein Lewandowsky später noch etwas zu ihrem Benehmen zu sagen haben, aber auch sie, Marlena, würde für das Betragen der Freundin büßen. Sie knuffte Estella leicht in die Seite, die tat, als merke sie es nicht.

Endlich hatte Isolde ihren Vortrag beendet. Mittlerweile leuchtete ihr ganzes Gesicht. Von der Bühne aus spähte sie kurzsichtig in die Menge. Ihr Vater, dem sie sehr ähnlich sah, stand auf und klatschte euphorisch. Ihre Mutter beugte sich zu ihren Nachbarinnen hin und flüsterte vernehmlich: »Das ist meine Tochter, wissen Sie, meine Tochter ...«

Dann standen auch schon alle auf, um zum Ausgang zu gelangen. Marlena versuchte, die Gelegenheit zu nutzen, und zerrte Estella mit sich aus der Bankreihe. Vielleicht würde es ihnen gelingen, ohne eine Rüge zu entkommen. Am kommenden Tag konnte die ganze Sache schon vergessen sein, wenn sie Glück hatten.

Sie hatten die Tür fast erreicht, da hielt sie, wie erwartet, die spitze Stimme Fräulein Lewandowskys auf. »Fräulein Weinbrenner, Fräulein Santos! Kommen Sie doch bitte beide einmal zu mir.«

Die beiden jungen Frauen blieben stehen. Es war Estella, die Marlena am Arm mit sich zog. Sie schenkte der Lehrerin ein strahlendes Lächeln, das an Fräulein Lewandowsky sicherlich gänzlich verschenkt war. Die war zwar keine verkniffene alte Jungfer – sie war sogar recht hübsch mit ihrem ovalen Gesicht und dem glatten blonden Haar, das sie stets in einem Dutt trug –, doch sie galt als streng, sehr vaterlandstreu und lachte selten.

»Ja, Fräulein Lewandowsky?«, fragte Estella.

»Mich würde brennend interessieren, was es da zu kichern gibt, wenn ein junges Mädchen seiner Liebe zum Vaterland Ausdruck verleiht?« Fräulein Lewandowsky schaute die beiden Schülerinnen streng an.

»Nichts«, erwiderte Estella. Marlena hörte am leisen Zittern ihrer Stimme, wie sehr sie sich beherrschen musste, nicht in lautes Lachen auszubrechen. »Rein gar nichts. Ich habe auch gar nicht über Isolde gelacht«, log sie im nächsten Moment unverfroren. »Wir waren doch alle sehr ergriffen von ihrer Darbietung zum Geburtstag unseres lieben Kaisers, nicht wahr, Marlena?«

»Äh ...«, stammelte Marlena und lief zu ihrem Entsetzen sogar rot an, als Fräulein Lewandowsky sich nun ihr zuwandte und sie streng musterte.

»Fräulein Weinbrenner, ich kann mir ja durchaus erklären, wenn sich ein solches Mischblut nicht zu benehmen weiß ...«, Fräulein Lewandowsky blickte kurz wieder zu Estella, »es heißt ja, bei diesen Menschen würden die schlechtesten Eigenschaften der Eltern zwangsläufig hervorgekehrt werden. Ich verstehe also, wenn sich Fräulein Santos nicht zu benehmen weiß – insbesondere, wenn auch nur ein Bruchteil dessen stimmt, was man sich über ihre Mutter erzählt. Aber Sie, Fräulein Weinbrenner, Sie haben mich wirklich enttäuscht.«

Marlena wollte etwas antworten, doch Estella fuhr dazwischen. Als sie sprach, konnte Marlena ihre Stimme vor Wut zittern hören.

»Was wollen Sie damit sagen, Fräulein Lewandowsky? Dass ich hier eigentlich nichts zu suchen habe, weil mein

Vater ein Argentinier ist? Seien Sie versichert, ich zähle die Tage, bis ich diesen Ort verlassen darf.«

»Dass Sie die Schule nicht sonderlich interessiert, nun, das ist mir längst aufgefallen, Fräulein Santos.« Fräulein Lewandowsky hob ihre sehr schmalen Augenbrauen. »Und nein, ich spreche nicht über Ihren Vater, wenn er das denn war. Man hört schließlich so einiges über Ihre Mutter. Sie haben einen Halbbruder, oder etwa nicht?«

Estella war jetzt bleich vor Wut. Ihre Lippen bebten, so sehr kämpfte sie, sich zu beherrschen.

»Unterstehen Sie sich, meine Mutter zu beleidigen, sonst ...«

»Sonst, was? Wollen Sie sich mit mir duellieren?« Fräulein Lewandowsky schüttelte den Kopf und ließ ein freudloses Lachen hören. »Seien Sie sich darüber im Klaren, dass ich in jedem Fall am längeren Hebel sitze.«

»Estella!«, bat Marlena und versuchte nun, die Freundin mit sich zu ziehen, denn von der Bühne her näherten sich Isolde und ihre Eltern.

»Komm schon«, zischte Marlena ihrer Freundin nochmals verzweifelt zu. »Man wartet auf uns.«

Endlich gab Estella nach, und Marlena konnte sie mit sich ziehen.

Während der gesamten Strecke bis nach Hause schwieg Estella, und wenn Julius und Anna die kühle Stimmung auch auffallen musste, so sagten sie doch nichts. Erst als Marlena und Estella in Marlenas Zimmer standen, in dem sie so viel Zeit gemeinsam verbracht hatten, erwachte Estella aus ihrer Erstarrung.

»Warum hast du nichts gesagt, Marlena? Warum hast du nichts gesagt, als sie mich und meine Mutter beleidigt hat? Ich dachte, du wärst meine Freundin!«

Marlena starrte Estella an, zuckte dann unsicher die Achseln. Estella hatte Recht. Sie hatte die Freundin im Stich gelassen. Auch jetzt wusste sie nicht, was sie sagen sollte. Der Graben, der sich zwischen ihnen gebildet hatte, riss noch ein Stück weiter auf.

Vierzehntes Kapitel

Bestimmt war es etwas lächerlich, aber seit jener Entführung vor nun ungefähr fünf Jahren bereiteten Estella enge, dunkle Räume Schwierigkeiten. In einer der Massenunterkünfte war sie zudem noch nie gewesen. Wo sich einst nur eine reiche Familie samt Dienerschaft ausgebreitet hatte, wohnten nun zahllose Familien, aber auch Einzelpersonen jeglichen Alters dicht an dicht. Den Geruch, der von diesen vielen Menschen ausging, konnte man fast greifen.

Inzwischen hatte Estella den zweiten Hof erreicht. Kinder spielten dort. Einige Frauen kochten, andere schwatzten. Ein Dunst von Kartoffel-Tomaten-Gemüse lag in der Luft. Blicke streiften Estella, während die sich vorsichtig vorwärtsbewegte.

Obwohl Estella ein schlichtes Kleid angezogen hatte, wohl aber eines, das ihr besonders gut stand – darauf hatte sie einfach nicht verzichten können –, fiel sie hier auf. Sie bemerkte es an den Blicken, die ihr stetig folgten.

Und ich brauche jetzt dringend jemanden, der mir hilft.

Nachdem sie einige Minuten gezögert hatte, fasste sich Estella endlich ein Herz und steuerte auf eine der kochenden Frauen zu. Auf größere Entfernung hatte sie die Frau für älter gehalten, älter gewiss als Viktoria, ihre Mutter, die in diesem Jahr einundvierzig Jahre alt werden würde. Je näher Estella der Frau kam, desto deutlicher wurde, dass sie sich getäuscht hatte. Sie war noch jung, jedoch verhärmt und außerdem viel zu dünn. In einem Korb zu ihren Füßen lag ein Säugling, zwei kleine Kinder klammerten sich an ihren Rock. Die Frau sah Estella misstrauisch an. Diese, von dem skeptischen Blick verunsichert, brauchte einen Moment, bevor sie ihre Frage aussprechen konnte.

»Entschuldigen Sie, Señora, ich suche einen John Hofer.«

Die Frau antwortete nicht, machte aber eine knappe Kopfbewegung zum dritten Patio hin. Estella bedankte sich erleichtert und reichte ihr eine kleine Münze, die sie wortlos in die Tasche ihres blaugrauen Rockes steckte.

Auch im dritten Patio saßen, standen und kauerten Menschen, so dicht beieinander, dass Estella wieder unbehaglich zumute werden wollte. Hier waren es zumeist Männer. Einige waren wohl gerade von der Arbeit gekommen, andere brachen irgendwohin auf. Ein paar spielten ein Würfelspiel. Einer wusch sich prustend über einem Zuber mit Wasser.

Estella entdeckte John inmitten einiger junger Burschen, die aufmerksam an seinen Lippen hingen. Obwohl sie nur stehen blieb und zu ihm hinübersah, wurde er wenig später auf sie aufmerksam. Kurz runzelte er die Stirn, hob dann die Augenbrauen. Dann sagte er etwas zu den jungen Männern und kam zu ihr.

»Estella?«, fragte er. »Du bist doch Estella, Marlenas Freundin, oder?«

Er erinnert sich an meinen Namen, dachte sie, das ist schon einmal gut. Alles andere würde sich fügen.

Er führte sie zu einem Brett, das über zwei kleine Holzfässer gelegt worden war und wohl als Bank diente.

»Was führt dich hierher?«

Er duzt dich einfach, dachte Estella irritiert. Das war ungewohnt, aber sie beschloss, nichts zu sagen.

»Was haben Sie diesen Burschen erzählt, Señor Hofer?«

»John.«

»John«, wiederholte Estella, sehr zufrieden darüber, wie sich die Situation entwickelte.

Er grinste.

»Ich habe ihnen von ihren Rechten erzählt.«

Estella nickte. Auch wenn ihr solche Themen aus dem Haus ihrer Eltern nicht unbekannt waren, hatte sie sich nie näher damit beschäftigt oder sich dafür interessiert.

Nun ja, sie würde ihm zuhören – und wenn es nur dazu diente, ihn für sich zu gewinnen.

Vorerst achtete Estella peinlich darauf, nie zu jenen Zeiten bei John aufzutauchen, zu denen auch Marlena ihn besuchte. Wenn die Zeit reif war, würde sie es tun. Sie wusste nicht, ob er von ihr erzählte, vermutete jedoch, dass er es nicht tat.

Es vergingen drei Wochen, in denen sie mehr voneinander erfahren und viel miteinander gelacht hatten, bis Estella ihren Besuch erstmals auf einen Zeitpunkt schob, an dem auch Marlena John aufsuchen wollte. Während sie mit ihm auf der behelfsmäßigen Bank saß, sorgsamer zurechtgemacht als sonst, sah sie aus den Augenwinkeln, wie sich Marlena näherte. Erst im letzten Moment drehte sie den Kopf.

»Marlena, du hier? Heute?«

Marlena hob die Augenbrauen. »Ich komme immer am selben Tag.«

Estella bemerkte, wie ihre Freundin versuchte, einen Blick mit John zu wechseln. »Was macht sie hier?«, fragte sie ihn.

»Ich habe John besucht. Ist das verboten?«, antwortete Estella an Johns Stelle.

»Ja«, mischte der sich nun ein. »Sie hat mich tatsächlich ab und an besucht in letzter Zeit.«

Estella beobachtete, wie Marlena zuerst weiß wie eine

gekalkte Wand wurde, bevor sich Röte auf ihren Wangen ausbreitete. Ganz offenbar war sie tatsächlich zornig. Estella fand, dass sie mit ihren Zöpfen und der Schulkleidung in diesem Moment aussah wie ein kleines Mädchen.

»Gut«, entgegnete Marlena schließlich mit vor Ärger bebender Stimme. »Dann gehe ich wohl besser wieder.«

»He!«

John versuchte sie am Arm festzuhalten, war jedoch nicht schnell genug. Erst nur mit raschen Schritten, bald rennend, entfernte Marlena sich von ihnen. Nur mit Mühe konnte Estella ihre Genugtuung verbergen.

Es dauerte einige Tage, bis John Marlena wiedersah. Estella besuchte ihn dagegen weiter regelmäßig. Er sagte nichts, wenn er auch Verdacht geschöpft hatte. Der Gedanke, dass sich zwei junge Mädchen für ihn interessierten, schmeichelte ihm, wenn er sich selbst gegenüber ehrlich war.

Als Marlena ihn endlich erneut aufsuchte, merkte John, wie sehr er sie vermisst hatte. Es war beinahe ein ungewohntes Gefühl.

»Marlena«, sagte er aufrichtig erfreut, »schön, dich wiederzusehen.«

Eine Zornesfalte stand zwischen ihren Augenbrauen, und sie schien sich nach seiner Begrüßung noch zu vertiefen. Auch heute trug Marlena ihre weiße Schulkleidung. Das Haar hatte sie allerdings zu einem Seitenzopf geflochten, der vorn über ihrer Schulter hing, was sie nicht ganz so kleinmädchenhaft aussehen ließ.

Sie ist schön, fuhr es John durch den Kopf, nicht so offensichtlich schön wie Estella, aber sie hat eine bezaubernde Art. Diese kleine Falte zwischen den Augen, wenn sie sich auf etwas konzentriert, wenn sie an einem Text arbeitet … Ich möchte das gewiss nicht missen.

»Komm, setz dich.«

Zuerst dachte er, sie würde sich weigern, dann nahm sie doch schweigend neben ihm Platz. Es dauerte noch eine Weile, bis sie sprach.

»Estella«, sagte sie dann, »Estella ist sehr schön.«

Er nickte, was sie mit einem Ausdruck quittierte, der zwischen Verunsicherung und Beleidigtsein schwankte. Bevor sie aufspringen konnte, schaffte er es gerade noch, sie am Arm festzuhalten.

»Bleib, Marlena. Ja, Estella ist hübsch, ganz objektiv, aber du bist es, die mir wichtig ist.«

Jetzt musterte sie ihn aufmerksam, sagte aber nichts. Er sprach weiter, offenbar hatte er sie noch nicht überzeugt.

»Ach«, John machte eine wegwerfende Bewegung, »wie soll ich es sagen … Estella war schon als Kind überaus schön, nicht wahr? Wie ein kleiner schillernder Kolibri, der mit seinen Flügelchen fröhlich und unbedarft die Luft durchschwirrt. Allerdings genügt das eben nicht. Die Mehrzahl der argentinischen Väter und Mütter füllt leider auch die Köpfchen ihrer Kinder mit Dingen, die mehr für ein Vogelhirn als für den menschlichen Verstand taugen. Und so fehlt ihnen schlussendlich der Ernst für die wirklich wichtigen Dinge des Lebens.«

Er sah Marlena eindringlich an, bemerkte aber sogleich, dass er sie noch nicht gewonnen hatte.

»O Marlena, schau dir diese Modepuppen doch nur an, auch Estella! Mit acht oder neun Jahren wird so eine kleine Argentinierin bereits als Señorita den Gästen des Hauses vorgeführt – und sie bereitet sich meisterlich darauf vor. Sie tanzt, deklamiert, spielt auf dem Klavier vor und produziert sich auf jedwede Art. Natürlich wird sie von den Besuchern – das gebietet sich – ungeheuer bewundert. Man rühmt ihre Schönheit, Kunstfertigkeit und ihr Talent. Sie gewöhnt sich daran, Komplimenten zu lauschen, ohne zu erröten, ja, sogar auf das allgemeine Lob zu spekulieren, was ihre Eitelkeit nur noch stärkt. Anstatt sich um Orthografie zu kümmern, beschäftigt sie sich mit Mode. Deine Freundin Estella ist genau so, da habe ich doch Recht, und deshalb kann sie mir nie so viel bedeuten wie du, denn in dir finde ich Schönheit und Klugheit vereint.«

John musterte Marlena wieder eindringlich, doch diese sah ihn nicht an.

»Ich weiß nicht«, murrte sie, doch ein erleichtertes Lächeln stahl sich in ihre Mundwinkel. Wenn er so von Estella sprach, konnte sie ihm wirklich nicht *so* wichtig sein. Vielleicht war sie ja vollkommen unnötig eifersüchtig?

»Arbeiten wir jetzt endlich mal wieder an einem Artikel?«, fragte er sie nun.

Marlena nickte und sah endlich wieder voller Vertrauen zu John auf. Ihr erster Artikel war recht erfolgreich unter seinem Namen veröffentlicht worden. John hatte vorgeschlagen, es so zu handhaben, und ihr war es einfacher erschienen, zumal sie das Gespräch mit ihren Eltern fürchtete. Trotz all ihrer Bemühungen, sich auf die Sache zu besinnen, war Marlena heute allerdings nur halb dabei. Fieberhaft überlegte sie, wie sie Estella beibringen sollte, dass John sich für sie, für Marlena, entschieden hatte.

Fünfzehntes Kapitel

Lorenz schenkte sich ein Glas Rum ein, während er seine schöne Frau durch die offen stehende Terrassentür seines Arbeitszimmers beobachtete. Maisie vergnügte sich gerade mit dem *chuña*, einem Stelzvogel, den er ihr kürzlich gekauft hatte. Sie trug einen Hausmantel im asiatischen Stil. Das blonde Haar fiel ihr wie meist glatt und schimmernd über den Rücken. Sogar ihre weiße Haut schimmerte. Es kam ihm beinahe so vor, als leuchte sie von innen heraus. Ja, wirklich. Für ihn war da etwas, das dicht unter Maisies Haut funkelte wie ein Diamant. Zwar war Maisie klein und wirkte zerbrechlich, doch wenn sie einen Raum betrat, konnte sie keiner übersehen. Sie hatte die natürliche Autorität der Cuthberts. Niemand gab ihr Widerworte.

Sie hatte seinen kleinen Sohn Lionel Nicolás zur Welt gebracht, sie war das Beste, was er hatte, sein Juwel, sein Ein und Alles. Lorenz bemühte sich, ihr jeden Wunsch von den Augen abzulesen. Er war ihr unendlich dankbar. Für alles.

Mit der Hochzeit mit Maisie Cuthbert hatte Lorenz eine neue Welt kennengelernt. Am Tag vor dem großen Fest hatte er seinen letzten Mord begangen. Danach, das war längst beschlossen, wollte er nur noch Geschäftsmann sein. Bevor er sich am Hochzeitsabend mit Maisie zurückgezogen hatte, hatte ihn sein Schwiegervater zur Seite genommen.

»Ich weiß, wer du bist und wo du herkommst, Schmid«, hatte er gesagt. »Ich weiß, dass du die nötige Skrupellosigkeit besitzt, um voranzukommen. Dagegen habe ich nichts einzuwenden. Das Einzige, was ich von dir verlange, ist: Behandle meine Tochter immer gut. Wenn mir auch nur der geringste Verstoß gegen dieses eherne Gesetz zu Ohren kommt, wird es dir schlecht ergehen.«

Lorenz hatte genickt. Maisies Bruder Jeffrey hatte ihm auf die Schulter geklopft. Sie waren recht gute Freunde geworden seitdem, so gut das eben ging bei zwei so unterschiedlichen Menschen. Jeffrey hatte nie um etwas kämpfen müssen. Er hatte, wie üblich in den höheren Kreisen, eine fundierte Ausbildung in den klassischen Sprachen erhalten und mühte sich nun seit geraumer Zeit mit Jura ab. Obwohl er nicht wirklich voranzukommen schien, machte er sich keine Sorgen. Regierung und Handel, pflegte er zu sagen, benötigten unzählige Beamte. Zudem konnte er damit rechnen, im Geschäft seines Vaters unterzukommen. Er war schon mehrfach nach Europa gereist, ein Standard in der jungen Generation, und beabsichtigte, seine Ausbildung an der Universität irgendwann durch einen Kurs an der Sorbonne in Paris, in Heidelberg oder in Cambridge zu ergänzen.

Lorenz' neue Familie war weitläufig, um nicht zu sagen riesig. Großeltern, unverheiratete Tanten, Onkel, Cousins und Cousinen, sogar verheiratete Kinder gehörten dazu. Alle zusammen brachten den Haushalt an manchen Tagen auf über zwanzig Mitglieder.

Maisies Vater musste deshalb auch nicht außerhalb suchen, um Angestellte zu finden. Sein weit verzweigtes Geschäft war ein Familienunternehmen, mit eiserner Hand geleitet. Anders als bei anderen großen Familien wurde das Vermögen durch eine strenge Übereinkunft zusammengehalten. Niemand opponierte dagegen, jeder wusste um den Vorteil eines solchen Arrangements.

»Ich bin froh, nur zwei Kinder zu haben«, hatte Lionel

Cuthbert einmal zu Lorenz gesagt. »Dass man seinen Besitz nach dem Tod per Gesetz gleichermaßen zwischen seinen Nachkommen aufteilen muss, schwächt das ökonomische Herz einer Familie. Daran kann niemandem gelegen sein.«

Aller Strenge und geschäftlicher Härte zum Trotz waren die Cuthberts insgesamt betrachtet gut aussehende Menschen mit einem einnehmenden Wesen, gebildet und kosmopolitisch. Ihr Reichtum war enorm. Lorenz hatte nicht viel von Maisie erfahren, aber eines doch, nämlich dass sich die meisten keine Vorstellung davon machten, *wie* wohlhabend die Cuthberts waren.

Das Stadthaus der Familie war eine dreistöckige Villa, jedoch weniger überladen mit Möbeln und anderen Kostbarkeiten und mit Personal als andere, die Lorenz mittlerweile gesehen hatte. Hinzu kamen Estancias im fruchtbarsten Teil der Pampa und ein elegantes Haus inmitten eines Gartens im Norden von Buenos Aires, auf dem Weg nach Tigre gelegen.

Auf den Feiern der Cuthbert-Familie traf man ganz Buenos Aires, von der alten Oberschicht, die immer noch stolz auf ihren kolonialen Hintergrund war, zu den *nouveaux riches* – Großgrundbesitzer, Finanziers, Politiker und Händler, die es mit der landwirtschaftlichen Ausbeutung der Pampa zu etwas gebracht hatten. Bei manchen kompensierte Reichtum die mangelnde Tradition. Für die alte, aus der kolonialen Tradition stammende Oberschicht mochte der irische oder baskische Schaffarmer oder der italienische Kleinbauer, der ein Vermögen in der Pampa gemacht hatte, noch nicht ganz annehmbar sein, doch seine Kinder, gut ausgebildet und weltklug, bewegten sich bereits ohne Anstrengung in den höchsten Kreisen.

Buenos Aires befand sich im steten Wandel. Die Elite, zu der auch die Cuthberts gehörten, dominierte immer noch vor allem den Großhandel: den Import feiner europäischer Waren, den Verkauf von Maultieren für die bolivianischen Minen, den Export von Stiefeln und Sandalen für indianische Minenarbeiter, die Verschiffung von landwirtschaftlichen Produkten und mineralischen Rohstoffen.

Und eines Tages, dachte Lorenz, wird ein Teil davon dir gehören. Es wird ein kleiner Teil sein, aber er wird bei Weitem groß genug sein, das Leben zu führen, von dem du immer geträumt hast.

Früher, als er noch jünger und unüberlegter gewesen war, hätte er diesen Zeitpunkt gewiss nicht abwarten können. Dann hätte er sich jetzt schon einen Anteil geschnappt und wohl oder übel auf den Rest verzichtet, weil er danach hätte fliehen müssen. Heute jedoch hatte er Zeit.

»Señor?«

Sein Sekretär näherte sich Lorenz vorsichtig von der Seite. Die Papiere in seiner Hand raschelten. Lorenz seufzte innerlich tief. Er hasste Schreibarbeit, aber sie musste getan werden. Er war ein Geschäftsmann, kein Bandit mehr. Dass er nun so viel Schreibarbeit hatte, bedauerte er. Die Dinge ließen sich nicht mehr auf einfache Art regeln, mit Messer oder Pistole. Er runzelte die Stirn und blickte den jungen Mann düster an. Mit Genugtuung bemerkte er, dass der den Kopf senkte.

»Ja?«

»Ich benötige eine Unterschrift, Señor Schmid.«

Der Sekretär hielt Lorenz die Papiere entgegen. Lorenz begann zu lesen. Er las langsam. Er hatte es spät gelernt und dann lange Jahre nicht getan. Ihm war, als sei ihm der Sinn der Buchstaben in jener Zeit abhandengekommen. Er musste sich mühsam an ihre Bedeutung erinnern. Angestrengt kniff er die Augen zusammen, wedelte dann mit der Hand.

»Lassen Sie mich kurz allein. Ich rufe Sie, wenn ich Sie wieder brauche ... Wie heißen Sie noch?«

»Diego Montoyo, Señor.«

Der junge Mann zog sich ohne ein Wort und leise wie ein Schatten zurück. Lorenz schaute für einen Moment wieder nach draußen. Maisie beschäftigte sich nun mit ihren Singvögeln, gurrte und zwitscherte selbst wie ein kleines Vögelchen. Er wandte sich erneut den Papieren zu. Dies hier waren wichtige Geschäfte. Geschäfte, die er mit seinem Schwiegervater gemeinsam angestrengt hatte und bei denen es um den Eisenbahnbau und viel Land ging.

Lionel Cuthbert hatte es ihm auf einer Karte gezeigt. Siedlungsgebiete streckten ihre Finger mittlerweile entlang der Eisenbahnlinien der südlichen, westlichen und nördlichen Eisenbahnstrecken über Buenos Aires hinaus aus. Maisies Vater sagte, dass damit ebenso viel Geld zu verdienen sei wie mit der Landspekulation, dass manches sogar Hand in Hand ging. Gemeinsam hatten sie also große Landstrecken in der Pampa erstanden. Sie hatten mehr Land gekauft, als dem Einzelnen zugestanden wurde, doch wer wollte das kontrollieren? Man musste nur ein wenig Geld an der richtigen Stelle fließen lassen, dann wurden sämtliche Augen zugedrückt. Der Staat brauchte Geld, um seine Kriege zu finanzieren. Der Staat fragte letztlich nicht danach, wo das Geld herkam. Seit den Kriegen um die Unabhängigkeit hatte es mit den Kämpfen in diesem Land niemals ganz aufgehört.

Es war wieder einmal Maisies Vater gewesen, der ihn auf die Idee gebracht hatte, Agenten und falsche Namen bei den Landauktionen zu benutzen. Damit hatten sie die Vorgabe umgehen können, die den Kauf pro Person limitieren sollte. Zuerst war Lorenz erstaunt gewesen, aber Lionel Cuthbert hatte ihm versichert, dass sich der, der etwas erreichen wollte, nicht an Regeln halten konnte. Regeln waren für Schwächlinge da.

Lorenz lenkte den Blick wieder auf die Papiere in seiner Hand. Dann entschied er sich, Maisie zu rufen. Sie hatte ihm schon oft vorgelesen. Sie hatte ihn auch schon beratschlagt. Sie war seine Frau. Wem sollte er sonst trauen, wenn nicht ihr?

Sechzehntes Kapitel

Bei Marlena zu Hause, wo Estella und sie über die letzten Schuljahre Freud und Leid geteilt hatten, lief das Leben weiter, als hätte sich nichts geändert. Anna arbeitete in ihrem Unternehmen und investierte gemeinsam mit Julius in den Eisenbahnbau und Land in der Pampa. Julius arbeitete in seinem Export-Import-Geschäft. Ihre kleine dreieinhalbjährige Schwester ging Marlena auf die Nerven. Aus dem glücklichen, properen Kleinkind, das alle mit seiner guten Laune angesteckt hatte, war – das fand jedenfalls Marlena – ein selbstsüchtiges Wesen geworden. Eben quengelte Leonora wieder einmal an der Hand ihrer Kinderfrau um Bonbons.

Ach Gott, ging es Marlena im nächsten Moment durch den Kopf, meine kleine Schwester ist sicher mein geringstes Problem. Sie hatte endlich beschlossen, sich ein Herz zu fassen und mit Estella zu reden, aber der Gedanke an das Gespräch beunruhigte sie sehr.

Dabei sind wir doch einmal so gute Freundinnen gewesen. Wir haben uns alles sagen können.

Eigentlich hätte Marlena sich sogar gern mit ihrer Mutter beraten, aber die schien gar nichts zu merken von den Rissen, die im feinen Beziehungsgeflecht zwischen den Freundinnen entstanden waren. Anna hatte nur Augen für ihr Geschäft.

Marlena seufzte. Hätte ich gedacht, dass Estella und ich uns nach jenen gemeinsamen Tagen in der Gefangenschaft einmal so auseinanderleben?

Wieder einmal, sie wusste nicht zum wievielten Mal nun,

durchquerte sie den ersten Patio, dann den zweiten, um im dritten angelangt unverrichteter Dinge umzukehren. Wo blieb Estella heute nur?

Fast eineinhalb Stunden nach Schulschluss tauchte Estella endlich auf. Marlena stürzte auf sie zu.

»Wo warst du denn?«

»In der Schule.«

»So lange?«

»Ich habe noch eine Aufgabe mit Fräulein Brand besprochen. Sie vermisst übrigens solche Gespräche mit dir. Sie sagt, wie hat sie das noch genannt, sie habe den Eindruck, die Schule stehe nicht mehr an erster Stelle für dich.«

»Natürlich steht sie ...«

Marlena brach ab. Estella und Fräulein Brand hatten Recht. In den letzten Wochen hatte wirklich anderes an erster Stelle gestanden. Sie hatte sich sogar mit Noten zufriedengegeben, die sie früher beschämt hätten.

»Wenn ihr meint«, antwortete sie also. Dann hakte sie sich bei der Freundin unter. Auch das fühlte sich falsch an wie so vieles in letzter Zeit, aber Marlena ließ nicht los. »Komm, im Patio stehen Tee, Kuchen und Schokolade. Wir müssen reden.«

Wenig später saßen sie einander in den Korbsesseln gegenüber. Estella hatte einen Fuß an Marlenas Sitzfläche abgestützt. Es könnte sein wie immer, dachte Marlena, aber etwas stimmt nicht. Schweigend leerten sie die erste Tasse Schokolade.

»Estella«, begann Marlena dann vorsichtig. »John hat gesagt, dass er sich für mich entschieden hat.« Sie hielt inne, um Estella Gelegenheit zu geben zu reagieren, doch sie musste weitersprechen, weil Estella gar nichts sagte. »Wir werden heiraten«, fügte sie hinzu, bevor sie sich versehen hatte.

Das hatten sie zwar noch nicht ausdrücklich besprochen, aber Marlena war sicher, dass es bald so weit sein würde.

Anstatt etwas zu sagen, lächelte Estella nur spöttisch. So sehr sich Marlena auch mühte, hinter die Fassade zu gucken, so meisterhaft verbarg ihr Gegenüber, was es in diesem Augenblick wirklich dachte.

»Weiß Anna davon?«, fragte Estella nach einer Weile. Der Spott hing auch jedem ihrer Worte an.

»Wir sagen es ihr, sobald es so weit ist«, murmelte Marlena bereits unsicherer.

Estella stand unvermittelt auf. Plötzlich hatte Marlena eine Ahnung davon, dass ihre Worte Estella doch schwerer trafen, als sie vermutet hatte.

»Ich glaube, ich lege mich etwas hin. Ich bin müde«, sagte sie.

»Estella!«

»Ich bin müde, Marlena.«

Zum Abendessen ließ sich Estella entschuldigen. Sie kam nur kurz an den Tisch, um zu erklären, dass sie wünsche, demnächst ins Internat umzuziehen.

Anna, die sich eben darauf konzentrierte, sich Gemüse und Kartoffeln aufzugeben, hielt inne. »Aber warum denn?«

Sie wechselte einen Blick mit Julius, der nun Marlena fragend ansah. Diese starrte reglos auf ihren Teller.

»Ach«, Estella lächelte, »ich möchte mich im letzten Jahr stärker auf die Schule konzentrieren. Man beschuldigt uns Argentinierinnen ja gerne eines zu flatterhaften Wesens«, jetzt spürte Marlena Estellas Blick auf sich, »ich möchte zeigen, dass dem nicht so ist.«

Julius räusperte sich.

»Das ist sehr löblich, aber deshalb musst du unser Haus doch nicht verlassen.«

»Doch«, Estella lächelte verbindlich in die Runde, »es gibt hier einfach zu viele Ablenkungen.«

Wenn Anna und Julius auch verblüfft waren, so drangen sie doch nicht tiefer in die junge Frau. Schweigend aßen sie weiter.

Marlena aber war der Appetit gründlich vergangen.

Anna spürte Julius' Hand, die ihr sanft das Haar aus der Stirn strich. Oben an der Schlafzimmerdecke tanzten Licht und Schatten miteinander. Nach einem schweigsamen Abendessen hatten sie im Patio noch etwas getrunken und versucht, die laue Spätsommernacht zu genießen, waren dann aber doch früher als sonst ins Bett gegangen.

»Was meinst du?«, fragte Julius nach einer Weile, er hielt seine Hand jetzt ganz still. »Was ist zwischen den beiden vorgefallen?«

»Ich weiß nicht«, antwortete Anna und stieß hörbar Luft aus. »Sie haben sich wegen irgendetwas gestritten.«

»Das muss schon länger her sein«, sagte Julius. »Sie gehen schon seit geraumer Zeit nicht mehr so unbeschwert miteinander um.«

Anna überlegte.

»Ja, du hast Recht«, sagte sie dann.

Vielleicht solltest du dich etwas weniger um das Fuhrgeschäft kümmern, mahnte eine Stimme in ihrem Kopf, vielleicht solltest du nicht mehr alles selbst in der Hand haben müssen …

Doch sie verwarf die an ihrem Gewissen nagenden Gedanken sofort wieder. Das Fuhrgeschäft, die Arbeit, das war ihr Ein und Alles. Sie würde das nicht aufgeben. Sie seufzte.

»Wem soll das auch etwas bringen?«, murmelte sie.

»Hast du etwas gesagt?«, fragte da Julius mit schläfriger Stimme.

»Nein«, gab Anna zurück. »Es ist alles in Ordnung.«

Wenig später wurden Julius' Atemzüge gleichmäßiger. Anna jedoch fand in dieser Nacht noch lange keinen Schlaf.

Als Estella nach dem folgenden Wochenende ins Schulinternat umzog, fuhr ihr die Frage durch den Kopf, ob ihre Entscheidung wohl die richtige gewesen war. Zum ersten Mal in ihrem Leben schlief sie von Familie und Freunden getrennt. Ihre Bettnachbarin hieß Philomena, ein schüchternes aschblondes Mädchen, das Estella auf den ersten Blick vollkommen uninteressant erschien.

Ach Gott, ich werde mich zu Tode langweilen!

Jetzt saßen sie im Speiseraum. Zum ersten Mal nahm Estella ein Abendessen unter den Argusaugen von Fräulein Lewandowsky ein, die keine Gelegenheit ausließ, jeden Bissen und jede ihrer Bewegungen mit knappen, aber umso spitzeren Bemerkungen zu untermalen. Estella war bald so verunsichert, dass sie ihren Trinkbecher umstieß und den Teller ihrer Sitznachbarin zu Boden riss.

»Isst man so in der Wildnis?«, ließ sich da Fräulein Lewandowsky hören.

Einige Sitzplätze weiter lachte Alma, Isoldes beste Freundin, schrill auf. Fräulein Lewandowsky rügte die junge Frau nur sehr nachgiebig.

Nach einem kurzen Aufenthalt im Gemeinschaftsraum, der auf das Abendessen folgte, hieß es auch schon, zu Bett zu gehen. Kurz vor ihrem Zimmer nahm Fräulein Brand, die beim Abendessen nicht zugegen gewesen war, Estella kurz beiseite.

»Du kannst jederzeit zu mir kommen, wenn dich etwas bedrückt«, sagte sie.

»Es ist alles in Ordnung.« Estella musste sich anstrengen, um das Zittern aus ihrer Stimme herauszuhalten.

Als sie das gemeinsame Zimmer betrat, schien es Philomena kaum zu wagen, sie anzusehen. Estella versuchte, nicht darauf zu achten. Schweigend machte sie sich bettfertig und kroch unter ihre Decke, doch sie fand keine Ruhe. Almas lachendes Gesicht wollte ihr nicht aus dem Kopf gehen. Als Fräulein Lewandowsky noch einmal das Zimmer kontrollierte, fand sie nichts auszusetzen, doch Estella wusste, dass sie sich darauf nicht würde ausruhen können.

Vielleicht hätte Estella ihre Verfolgerinnen eher bemerkt, wenn sie nicht so in Gedanken gewesen wäre. Fräulein Lewandowsky hatte sie während der ganzen Handarbeitsstunde auf dem Kieker gehabt. Mehr als einmal hatte sie Estella vorgeführt, bis diese innerlich nur doch darum gebetet hatte, nicht mehr aufgerufen zu werden. Und irgendwann hatte Fräulein Lewandowsky tatsächlich das Interesse an ihrem Opfer verloren. Womöglich war das Spiel uninteressant geworden, als Estella keine Widerworte mehr gegeben hatte. Obgleich diese nun wusste, wie sie mit Fräulein Lewandowskys Sticheleien umzugehen hatte, fühlte sie sich doch schlecht.

Und dann hatte sie natürlich Marlena gesehen. Zwar war Marlena spät zum Unterricht erschienen, aber es war trotzdem Zeit geblieben, um sich zu grüßen. Schließlich wollte unausgesprochen keiner von ihnen beiden, dass Isolde, Alma oder gar Fräulein Lewandowsky erfuhren, was wirklich zwischen ihnen vorgefallen war.

»Na, Schwarze! Hast du es dir jetzt auch noch mit deiner besten Freundin verdorben?«, sagte jetzt eine wohlbekannte Stimme hinter ihr.

Isolde.

Estella drehte sich um, das hochmütigste Lächeln auf den Lippen, dessen sie fähig war.

»Und was ginge dich das an, Fettkloß?«

Sie konnte förmlich sehen, wie der Ausdruck von Genugtuung aus Isoldes Gesicht rutschte, obwohl sie Alma zur Rückendeckung mitgebracht hatte. Kaum einen Atemzug später ließ Isolde ein wütendes Knurren hören.

»Dreckiges Mischblut.«

Schon im nächsten Moment stieß Isolde die zierlichere Estella so heftig gegen die Brust, dass die gegen die Hauswand prallte. Für einen Moment blieb Estella die Luft weg. Gleich darauf schlugen Isoldes Fäuste in einem wilden Trommelwirbel auf sie ein. Isolde keuchte, als sie endlich von Estella abließ. Die spürte etwas Feuchtes, das aus ihrer Nase auf ihren weißen Schulkittel tropfte.

Noch einmal rückte Isolde so nahe, dass Estella den feuchten Schweiß auf ihrem Gesicht roch. »Wag dich, irgendjemandem etwas hiervon zu erzählen«, zischte sie.

Dann stolzierte sie mit Alma davon.

Siebzehntes Kapitel

Maisie war es gewesen, als erwache sie aus einem tiefen Schlaf, als sie plötzlich auf den schlanken, gut aussehenden Burschen aufmerksam wurde. Eine Zeit lang hatte es ihr gefallen, die süße Ehefrau an der Seite eines Geschäftsmannes zu spielen, aber das war nun vorbei. Sie warf einen kurzen Blick über ihre Schultern, um festzustellen, ob der junge Mann sie immer noch vom Fenster des Arbeitszimmers aus beobachtete. Ihr war bewusst, was sie mit nur einer dieser Bewegungen auslösen konnte. Ihre Freundinnen hatten es ihr mehrfach bestätigt. Manche sagten, natürlich nicht laut, sie habe diese Fähigkeiten wohl von ihrer Ahnin, der Kurtisane, ererbt.

Maisie stand auf und ließ den Hausmantel ein Stück von ihren Schultern gleiten, griff dann in ihren Nacken und machte sich daran, einen Knoten aus ihren Haaren zu winden. Dann drehte sie sich unvermittelt um – der junge Mann hatte keine Gelegenheit mehr, sich abzuwenden. Sein Blick richtete sich, ohne dass er wirklich etwas dagegen tun konnte, auf ihre halb entblößte Brust. Maisie schenkte ihm ein Lächeln. Kurze Zeit später fasste er Mut und kam aus Lorenz' Arbeitszimmer zu ihr hinaus in den Patio.

»Wie heißt du?«, fragte Maisie in völlig unbefangenem Tonfall, als seien sie schon lange miteinander bekannt.

»Diego, ich … äh … ich arbeite für Ihren Mann.«

»Ich weiß«, sagte sie nur. »Wie alt bist du?«

»Äh … zwanzig.«

Sie wusste, dass er log. Er war siebzehn. Ihr Mann hatte das zu ihrem Vater gesagt und sich gefragt, ob es Sinn habe, einen solch jungen Sekretär anzustellen. Aber sie ging nicht darauf ein.

»Wir haben noch nicht miteinander gesprochen, oder?«, sagte sie als Nächstes.

»N... nein, nein ...«

Maisie wandte sich halb ab, warf ihm dann wieder einen Blick über die Schulter zu. »Komm mit«, traf sie im nächsten Moment ihre Entscheidung – Lorenz war nicht da, ihr Dienstmädchen war anderweitig beschäftigt und seiner Herrin außerdem treu ergeben.

Im dritten Patio führte Maisie Diego in das Zimmer, in dem sich die Badewanne befand. Eine Matratze lag auf einer gemauerten Bank. Hier ließ sie sich manchmal massieren.

»Leg sie auf den Boden«, wies sie ihn an.

Er gehorchte, die Augen vor Staunen weit aufgerissen.

»Leg dich hin«, forderte Maisie dann.

Sie fragte sich, ob er noch Jungfrau war. Lorenz' guter, einfacher Sex langweilte sie inzwischen, und sie konnte kaum erwarten, es herauszufinden. Als sie sich nach kurzem Vorspiel auf Diego setzte, um seinen Penis in sich einzuführen, versuchte der junge Mann, sie davon abzuhalten.

»Ihr Mann ...«

»Dein Mann«, berichtigte sie ihn.

»Was, wenn er nach Hause kommt?«

Maisie sagte nichts und gab ihn wieder frei, um sein Geschlecht im nächsten Moment mit erstaunlich geschickten Fingern zu massieren.

Diego konnte ein lustvolles Stöhnen bald nicht mehr unterdrücken. Trotzdem blieb ein Teil von ihm immer noch aufmerksam.

Waren da nicht Schritte zu hören? Lorenz' Stimme? Jetzt

war er sich ganz sicher ... Sein Arbeitgeber war zurück. Gleich würde er hier auftauchen und ...

Dann bin ich tot ... Ich ...

»Ah«, stöhnte Diego auf.

Maisie kauerte plötzlich rittlings über ihm und trieb ihn mit ihrer Zunge zum Wahnsinn. Während sich sein Körper vor Anspannung aufbäumte, befriedigte Maisie sich selbst. Dann führte sie seinen Penis in sich ein. Dieses Mal wehrte Diego sich nicht.

Maisie entschied, dass er wenig Erfahrung hatte, aber doch immerhin ein wenig. Diego wurde nun deutlich mutiger. Entschlossen umfasste er ihre Brüste und massierte sie, bäumte sich dann auf und begann, Maisies Hals, dann ihren Brustansatz sanft zu küssen und an ihren Ohrläppchen zu knabbern. Sie kam ein zweites Mal. Zum ersten Mal seit Langem fühlte sich Maisie aus tiefstem Herzen befriedigt.

Danach lagen sie beide nebeneinander erschöpft auf dem Rücken. Maisie bot Diego eine Zigarre an, und er paffte sie genüsslich.

»Was ist?«, fragte sie ihn mit einem Lächeln, denn sie spürte, dass ihn irgendetwas beschäftigte.

»Dein Mann«, entgegnete er, ohne zu zögern, »was ist, wenn er erfährt, was wir getan haben?«

»Er erfährt es nicht.«

»Aber ... aber ...«, stotterte er wieder, »die Dienerschaft, sie wird ...«

»Es sind *meine* Diener, aus dem Haus *meines* Vaters. Sie wissen, wem gegenüber sie loyal zu sein haben.«

Diego schwieg einen Moment lang verblüfft, dann lachte er. »Sie sind raffiniert, Señora Schmid.«

»Maisie«, sagte sie mit einem zuckersüßen Lächeln. »Nenn mich Maisie. Wie meine Freunde.«

Achtzehntes Kapitel

»Begleiten Sie uns doch einmal, Annelie.«

Eduard hakte Mina unter und sah deren Mutter erwartungsvoll an.

Annelie schüttelte lächelnd den Kopf. »Es tut mir leid, ich kann meine Arbeit nicht vernachlässigen. Was sollen die Leute dann von Ihnen denken? Sie haben mich ja empfohlen.«

»Und wenn ich …?«, setzte Eduard an.

Noch einmal schüttelte Annelie entschieden den Kopf. »Sie haben schon so viel für uns getan, Eduard. Ich möchte mein Glück nicht ausnutzen. Ihr beide macht euch einen schönen Nachmittag, ja? Das ist alles, was ich möchte.«

Minas Mutter strich sich mit beiden Händen über die Schürze. Auf dem Gesicht ihrer Tochter zeigte sich keine Regung. Sie hatte ihr längst bestätigt, dass sie gern Zeit mit Eduard verbrachte, dass er stets unterhaltsam, zuvorkommend und guter Laune war.

Er ist ein guter Mann, dachte Annelie bei sich, er wird sie glücklich machen, und ich werde das nach Kräften unterstützen. Wenn Mina glücklich ist, dann bin ich es auch. Ich muss nur langsam und vorsichtig vorgehen, ich darf sie nicht bedrängen.

Sie winkte den beiden zu und ging dann in Richtung Haus zurück. Mina hatte tatsächlich als Erste erkannt, was ihnen dieser Mann ermöglichen konnte. Annelie war froh darüber. Sie wandte sich noch einmal um und sah Mina und Eduard zu einer Kutsche schlendern, die sie zum Park Tres de Febrero bringen sollte, jenem lieb gewonnenen Ausflugsort der Bürger von Buenos Aires, der in Erinnerung an den Sturz des Diktators Juan Manuel de Rosas angelegt worden war. Einen Moment lang sah sie dem Gefährt hinterher, dann verschwand sie in der Küche, um sich ans Spülen zu machen.

Eduard hatte Minas und ihre Schulden in der *pulpería* beglichen, ohne irgendeine Gegenleistung zu fordern. Er hatte ihnen sogar neue Arbeitsplätze verschafft, noch bevor er erstmals wieder nach La Dulce zurückgekehrt war. Die Arbeit auf der Estancia dulde keinen längeren Aufschub, hatte er ihnen erklärt und versprochen, sie bald wieder zu besuchen. Annelie hatte es für eine Ausrede gehalten, aber Eduard war verlässlich zu dem Zeitpunkt wieder nach Buenos Aires zurückgekehrt, den er ihnen genannt hatte. Voller Freude hatte er von La Dulce erzählt, von den Neuerungen auf der Estancia, von den Schafen und den Rindern.

Er ist ein guter Mann, fuhr es Annelie erneut durch den Kopf. Ich muss dafür sorgen, dass er Mina nicht aus den Augen verliert. Ich muss dafür sorgen, dass es jetzt keine Schwierigkeiten mehr gibt. Vielleicht kann ich nicht mehr glücklich werden, aber meine Tochter kann es. Für Mina mache ich das hier alles. Mina muss glücklich werden.

Annelie arbeitete jetzt für Señor Morillo, einen Junggesellen und guten Arbeitgeber. Abwesend griff Annelie nach einem Stapel Teller und versenkte sie im Spülwasser.

Gut, dass auch Mina wusste, wie wichtig jetzt jeder Schritt war, den sie taten. Eine Sache bereitete Annelie allerdings Sorgen: Mina hatte Frank Blum offenbar immer noch nicht vergessen, und bald näherte sich wieder jener 25. Mai, zu dem ihre Tochter dieses Mal zur Plaza de la Victoria zu gehen gedachte, um dort auf ihn zu warten.

Vergiss ihn, was auch immer geschehen ist, er wird nicht wiederkommen, hatte Annelie ihrer Tochter schon mehrmals gesagt. Vergiss, was vergangen ist. Das hier ist unser neues Leben. Aber Mina wollte nicht aufgeben. Mina war hartnäckig. Ihre Mina, die sonst nicht zu Träumereien neigte, war nicht bereit einzusehen, dass die Kindheit vorbei war und der Freund auf immer verloren.

Er wird kommen, Mama, eines Tages werden wir uns auf der Plaza de la Victoria wiedersehen, ich fühle es, Frank ist nicht tot, sagte sie immer und immer wieder.

Annelie nahm einen Teller aus dem Wasser und begann, ihn sorgfältig abzuwaschen. Nein, dachte sie, diese Verbindungen nach Esperanza sind nicht gut. Wir müssen ein neues Leben beginnen. Wir müssen das von uns abschneiden, was vergangen ist. Vielleicht würde Eduard sie sogar nach La Dulce mitnehmen, wenn sie es geschickt anstellte. Nein, er musste sie sogar mitnehmen, wenn ihre Pläne in Erfüllung gehen sollten. Eine Estancia draußen in der Pampa schien ihr als Aufenthaltsort mittlerweile sicherer zu sein als Buenos Aires mit seinen unzähligen Einwohnern. Wer sagte ihr denn, dass ihnen hier nicht doch irgendwann jemand aus Esperanza begegnete? Jeden Tag kamen Menschen aus allen Himmelsrichtungen in der Stadt an.

Esperanza muss Vergangenheit sein.

Hatte Mina nicht kürzlich sogar gesagt, dass Eduard nicht abgeneigt schien, ihnen beiden sein geliebtes La Dulce zu zeigen? Sie konnte sich zwar immer noch nicht erklären, warum er ihnen so viel Gutes antun wollte, aber sie hatte entschieden, nicht nachzufragen. Manchmal musste man einfach nur akzeptieren, was geschah, und dankbar sein.

Natürlich müssen wir es vorsichtig angehen, dachte Annelie, damit nicht wieder alles kaputtgeht. Er darf sich nicht bedrängt fühlen – und Mina muss verstehen, dass Frank nicht zurückkehren wird.

Aber wie erreiche ich das nur?

Eduard hatte sich in der Kutsche so hingesetzt, dass Mina den besten Blick nach draußen hatte. Bis auf eine reizende Promenade im Nordwesten der Stadt in der Nähe des Friedhofs Recoleta und den Park Tres de Febrero waren die öffentlichen Gartenanlagen von Buenos Aires eher dürftig. So war es nicht verwunderlich, dass die zum Park führenden Straßen an schönen Tagen voller Fußgänger waren. Es schien, als würde der ganze Wagenpark der Tram aufgeboten. Dazu kam Karosse an Karosse angefahren, aus denen reiche Estancieros, Händler, und was auch immer Rang und Namen hatte oder zu haben glaubte, stiegen, in Begleitung der schönsten Frauen in der prächtigsten Toilette, behangen mit blitzenden Juwelen. Und mitten durch das Gewühl galoppierte die Jugend in sehr salopper Haltung auf herrlichen Pferden. Es war ein wahres Wirrwarr von Wagen, Tieren und Menschen, ein schallendes Durcheinander von Italienisch, Französisch, Spanisch, Englisch und Deutsch.

Mina bemerkte, dass sich Eduard näher zu ihr herüberbeugte. »Ich sage immer, überall sonst sieht man die Stadt nur in Splittern – hier erst vereinigt sich alles zu farbig heiterer, schönheitsvoller Pracht. Der *porteño* weiß jedenfalls, was er an seinem Park besitzt. Wenn ein Sturm über Buenos Aires dahinbraust, wird in den Zeitungen als Erstes mitgeteilt, ob im Tres de Febrero Schaden angerichtet wurde, und man berichtet voller Trauer, wenn eine der herrlichen Palmen beim Orkan umgestürzt ist.« Er lachte.

Mina, mit einem Mal in einer verwirrenden Vielzahl von

Gedanken gefangen, bemühte sich, Eduard wenigstens ein Lächeln zu schenken.

Du darfst es dir mit ihm nicht verderben, hörte sie Annelies Stimme, er ist unsere Rettung. Verlässt er uns, geraten wir wieder tief ins Elend.

Aber ich liebe ihn nicht.

Mina unterdrückte einen Seufzer. Wirklich, einerseits genoss sie die Zeit, die sie mit Eduard verbringen konnte, andererseits fiel es ihr unendlich schwer. Sie konnte einfach nicht sie selbst sein. Jedes Wort musste genau bedacht und mit einem bestimmten Ziel gesagt werden, so hatte es ihr ihre Mutter eingebläut.

Dabei mag ich seine Gradlinigkeit so sehr, seine Ehrlichkeit, seine Freude am Leben …

Aber sie, Mina, durfte nicht sie selbst sein. Sie durfte nicht von ihren Ängsten erzählen, nicht von Esperanza, nicht von Frank Blum, der doch immer in ihren Gedanken war. Sie durfte nicht ehrlich sein. Niemals durfte sie sich verplappern. Sie musste sich offen zeigen, aber nicht zu offen. Sie musste ihren guten Willen zeigen, aber nicht so, dass es aufdringlich wirkte.

Es muss uns gelingen, nach La Dulce zu kommen, sagte Annelies Stimme in ihrem Kopf. Er braucht doch gewiss jemanden, der ihm den Haushalt führt. Am Tag zuvor erst hatten sie wieder darüber gesprochen.

Eduard räusperte sich unvermittelt. Mina, die sich ganz in ihren Gedanken verloren hatte, schrak zusammen.

»Entschuldigen Sie, Mina«, sagte er im nächsten Moment. »Ich wollte Sie nicht erschrecken.«

»Das macht nichts«, sagte sie leise. »Ich habe an etwas gedacht.«

»Woran denn?«

»An ... an Rosario ...«

Das stimmte fast, sie dachte oft an Rosario. Sie dachte an Aurelio Alonso und seine Freunde und die ersten Zudringlichkeiten, die sie über sich hatte ergehen lassen müssen. Ein leises Bedauern huschte über Eduards Gesicht. Er streckte die Hand aus und strich ihr kurz sanft über den Handrücken.

»Das tut mir leid. Sie mussten schon viel ertragen in Ihrem Leben.«

Mina antwortete nicht.

»Schade, dass Ihre Mutter auch dieses Mal nicht mitkommen wollte«, bemerkte Eduard nach einer Weile.

»Ja, wirklich schade«, murmelte Mina, froh, dass er offenbar keine weiteren Fragen stellen wollte.

Für einen Moment schaute sie wieder nach draußen, dann drehte sie sich zu Eduard um und nahm allen Mut zusammen. Einmal musste sie einfach einen weiteren Vorstoß wagen. Sie hatten einander doch nun recht gut kennengelernt. Wenn sie die Gelegenheit nicht nutzte, würde er erneut nach La Dulce zurückkehren und Mina und ihre Mutter zurücklassen. Ob er dann zurückkehrte, stand in den Sternen. Mina holte tief Luft.

»Sie ... Sie müssen sicherlich bald wieder nach La Dulce zurück. Ich habe gehört, es gibt besonders viel Arbeit im Mai.«

»Ja, in der Tat.« Eduard lächelte sie an. »Aber es gibt immer viel Arbeit.«

»Das ist ... äh ... das ist wirklich schade. Ich ... äh ... habe gern Zeit mit Ihnen ...«

Sie hielt unvermittelt inne, weil Eduard seine breite Hand auf ihre schmale gelegt hatte. Einen Moment noch zögerte er, dann begann er zu sprechen.

»Was würden Sie sagen, wenn ich Sie und Ihre Mutter bitten würde, mich dieses Mal zu begleiten? Sie könnten …«

Dass sie nicht antwortete, beunruhigte ihn offenbar, denn er sprach schneller weiter.

»Sie könnten sich von der Stadt erholen, liebste Mina. Ich würde dafür sorgen, dass es Ihrer Mutter und Ihnen rundum gut geht und Sie sich keine Sorgen zu machen bräuchten. Ich …«

Mina hatte den Blick gesenkt und hob ihn jetzt wieder. »Ich … aber … Wir haben kein Geld und …«

»Aber sie kämen doch als meine Gäste, Mina, natürlich als meine Gäste. Sie müssten sich um nichts sorgen. Entschuldigen Sie, ich hätte das natürlich zuerst sagen sollen.«

»Ich … ja …«

»Ja? Heißt das Ja? Ich hoffe, Ihre Mutter sieht das genauso.«

»Ich denke, ich … Wann ginge es los?«

»Nächste Woche? Ich möchte vor den Unabhängigkeitsfeiern wieder auf La Dulce sein und das Fest gemeinsam mit meinen Leuten begehen.«

Nein, das geht nicht, dachte Mina, das geht nicht. Aber was sollte sie tun? Musste sie diese Gelegenheit nicht unbedingt beim Schopf ergreifen?

»Ich kann nicht gehen.« Mina stemmte die Hände in die Seiten und schaute ihre Mutter an. »Ich habe darüber nachgedacht, und ich kann es nicht.«

Sehr lange hatte sie ihrer Mutter nicht mehr widersprochen, aber nun war die Zeit gekommen. Seit sie aus Esperanza geflohen waren, hatten sie nur einander gehabt, aber das war nun vorbei. Es war Zeit, die Fühler wieder auszustrecken.

»Was heißt das?« Annelie fixierte ihre Tochter. »Das ist unsere Gelegenheit, das musst du doch auch so sehen. Endlich geht es wieder bergauf.«

»Aber ich muss zum Unabhängigkeitstag zur Plaza de la Victoria. Ich muss auf Frank warten.«

»Dein Frank war letztes Jahr auch nicht da.«

»Damals ist etwas passiert, ich spüre das. Er konnte nicht kommen. Und wer sagt mir, dass er nicht all die Jahre davor da war, als ich nicht kommen konnte? Ich gehe so lange dorthin, bis mir jemand den unwiderlegbaren Beweis erbringt, dass er tot ist.«

»Kind! Frank war nicht da, weil er tot ist. Niemand hat ihn mehr gesehen seit seiner Flucht, noch nicht einmal seine Eltern.«

»Woher willst du das wissen, Mama? Es ist Jahre her, dass wir zuletzt in Esperanza waren. Wir waren seit der Flucht nicht mehr dort. Vielleicht hält man uns für tot ...«

»Das wäre gut.«

Mina reagierte nicht auf Annelies Worte. »Ich spüre, dass er noch lebt, Mama.«

Annelie lachte hell auf. »Du spürst das, ja? Dein Gefühl bringt uns hier aber keinen Schritt weiter, Mina. Wir haben den Spatz in der Hand. Nach allem, was geschehen ist, will ich nicht darauf warten, dass noch eine Taube auf dem Dach hinzukommt.«

Mina schwieg einen Moment, während die Worte ihrer Mutter in ihrem Kopf nachklangen. Annelie hatte sich verändert, seit sie aus Esperanza fortgegangen waren. Sie war weniger ängstlich, aber auch härter und unerbittlicher geworden. Manchmal erkannte sie ihre Mutter nicht wieder.

»Fahr du voraus, Mama. Ich bleibe hier und warte auf Frank«, beharrte Mina. »Ich komme dann nach.«

»Auf keinen Fall, du bist eine junge Frau. Ich werde dich nicht allein in dieser Stadt lassen«, entgegnete Annelie.

Mina verkniff es sich, darauf hinzuweisen, mit welch harter Arbeit sie beide in den letzten Jahren ihr Leben bestritten hatten. Sie kannte die Straßen dieser Stadt zu allen Tages- und Nachtzeiten, aber für ihre Mutter war sie jetzt offenbar wieder das kleine Mädchen.

»Aber Mama«, sagte sie also, »ich muss versuchen, Frank zu treffen. Ich muss es einfach.«

»Ach, Kind ...« Annelie setzte an, etwas zu sagen, schien es sich dann zu überlegen. »Ich will doch nur das Beste für dich, Mina. Ich will, dass du glücklich bist. Ich will, dass es dir gut geht. Dafür müssen wir gewisse Dinge tun. Diese Dinge sind nicht immer schön, aber was bleibt uns übrig? Señor Brunner ist das Beste, was uns je passieren konnte.«

»Ich kann das nicht. Ich kann Frank nicht vergessen.«

»Doch du kannst das. Du hast schon so viel gekonnt, Mina.«

Annelie strich ihrer Tochter erst über den Arm, zog sie dann näher an sich heran, drückte sie schließlich sogar an sich.

»Ich will doch nur das Beste für dich, Mina, du bist doch das Einzige, was ich noch habe.«

Mina schwieg. Annelie konnte ihre Wärme spüren. Ihren leisen Atem. Ihr Körper war angespannt. Annelie überlegte fieberhaft, was zu tun war.

»Es ist unsere Gelegenheit, Mina«, wiederholte sie.

»Ich weiß«, flüsterte Mina eine Erwiderung, als Annelie schon geglaubt hatte, sie würde doch nicht mehr antworten.

Wieder jagten sich die Gedanken in ihrem Kopf. Wie konnte sie die Tochter nur davon überzeugen, dass sie nach La Dulce fahren mussten? Sie unterdrückte einen Seufzer, bevor sie weitersprach.

»Was würdest du sagen, wenn *ich* auf Frank warte? Ich komme dann später nach. Und wenn er kommt, bringe ich ihn mit.«

Mina löste sich unvermittelt von ihrer Mutter. »Das würdest du tun?«

»Ich würde alles für dich tun, Mina, merk dir das, einfach alles.«

Neunzehntes Kapitel

In den ersten Wochen nach Olgas Verschwinden hatte Arthur seine Frau fast ohne Unterbrechung gesucht. Sobald es hell geworden war, hatte er sich auf den Weg gemacht. Unablässig war er durch Buenos Aires gelaufen. Er hatte nicht auf sich geachtet. Er hatte sich nur notdürftig gewaschen und kaum etwas gegessen. Seit Olga fort war, verspürte er ohnehin keinen Hunger mehr. Außerdem wollte er nicht die ganzen Ersparnisse ausgeben. Von ihrem Ersparten hatten Olga und er doch ein neues Leben beginnen wollen. Anfangs hatte er in irgendwelchen Verschlägen geschlafen, dann, als deutlich geworden war, dass die Suche länger dauern würde, hatte er sich eine Unterkunft in einem der sogenannten *conventillos* gesucht.

Irgendwann nachts hatte er davon geträumt, Olga ermahne ihn, nicht weiter alles Geld auszugeben. Daraufhin hatte er sich Arbeit gesucht. Aber auch dann hatte er die Suche nicht aufgegeben. Diese Suche war das Einzige, was nach dem Verschwinden seiner geliebten Frau noch Sinn für ihn hatte. Manchmal meinte er, Olga gefunden zu haben, doch bislang hatte er sich jedes Mal getäuscht. Drei Jahre war sie nun verschwunden, doch sie war ständig in seinen Gedanken, besonders hier in La Boca, wo alles in allen Sprachen Europas durcheinanderschrie. Angst machte es ihm, dass Olgas Gestalt mittlerweile manchmal vor seinen Augen verschwamm. Anfangs hatte er sie immer so klar gesehen, als stünde sie vor ihm.

Inzwischen war La Boca zu so etwas wie seiner Heimat geworden. Es war ein schreckliches Zuhause, doch das Richtige für ihn, der sich doch nie wieder heimisch fühlen wollte. Der Geruch von den Häuten, vom Harz, von faulem Wasser an diesem Ort war eigentlich nicht zu beschreiben, ebenso wenig wie der Staub im Sommer und der Schmutz im Winter. Das Leben, die Geschäftigkeit und das Getöse in La Boca waren zu jeder Jahreszeit unbeschreiblich. Sicherlich mehr als hunderttausend Menschen bevölkerten täglich das Ufer und seine Gasthäuser. Sie eilten zu Fuß, zu Pferd und zu Wagen durch die Straßen zwischen den Waggons der Eisenbahn, den zahlreichen Linien der Pferdebahnen und den langen Reihen mit mehr als zehn Ochsen bespannter *carretas*, wie die Karren hießen, hindurch.

Mit einem Mal spürte Arthur, dass ihn jemand beobachtete.

»Wie heißen Sie?«, fragte im nächsten Moment schon eine männliche Stimme.

»Wen geht's was an?«

Die Suche nach Olga hatte ihn zu einem Einzelgänger gemacht. Arthur legte keinen Wert auf Gespräche. Lange hatte er nur das Nötigste gesprochen.

»Eduard Brunner von der Estancia La Dulce.«

Arthur hob den Kopf. »Arthur Weißmüller aus La Boca.«

»Sie sind ein guter Arbeiter.«

Arthur schwieg.

»Ich schaue mir die Leute gern vorher an, die ich einstelle«, fuhr Eduard fort. »Ich habe Sie jetzt eine Weile beobachtet.«

Arthur spuckte aus. Er hatte gelernt, niemandem zu vertrauen. »Hab Sie hier vorher nie gesehen.«

»Ich wohne außerhalb. La Dulce liegt, von Buenos Aires aus gesehen, in Richtung Córdoba.«

»Sind Sie Deutscher?«

»Vielleicht. Früher einmal in jedem Fall.«

Eduard schaute sich um. Hier hatte er auch einmal gearbeitet, ganz zu Anfang, als er in dieses Land gekommen war. Irgendwann zu dieser Zeit war auch La Boca zum Leben erwacht, noch mehr, als der internationale Handel mit Fleischprodukten in Schwung gekommen war.

»Für die nächsten Monate brauche ich gute Arbeiter draußen«, sagte er dann. »Ich bezahle gut.«

Arthur hob den Kopf und musterte den Mann. Gut gekleidet, ein kleines Bäuchlein unter der feinen Weste. Er konnte später nicht sagen, was ihn dazu brachte, das Folgende zu sagen. Olga und er hatten immer davon geträumt, und wenn sie eines Tages wiederkam – daran wollte er nicht zweifeln –, dann würde er sie zu ihrer eigenen Estancia führen.

»Ich will Land pachten«, sagte er also, »ich will meinen eigenen Hof aufbauen. Geben Sie mir die Gelegenheit, und ich komme mit.«

Er wartete gespannt auf eine Reaktion. Jetzt würde ihn dieser Brunner sicher zur Hölle schicken, aber der zuckte nur die Achseln.

»Darüber«, sagte er, »lässt sich reden.«

Als Eduard sich an diesem Abend in sein Zimmer im Haus seiner Schwester in Belgrano zurückzog, war er in seltsam heiter-betrübter Stimmung. Bald würde er für längere Zeit nach La Dulce zurückkehren, was ihn freute. Er würde aber auch seine Schwester zurücklassen, was ihn traurig stimmte. Natürlich brauchte Anna seine Hilfe nicht mehr – sie lebte längst erfolgreich ihr eigenes Leben –, doch sie waren sich immer nahe gewesen. Er beschloss, nicht mehr so viel Zeit vergehen zu lassen bis zum nächsten Wiedersehen. Er hatte auch Lorenz Adieu gesagt, der erleichtert gewirkt hatte. Was auch immer Lorenz jetzt tat, es sollte ihm gleich sein. Auch von Elias hatte er sich verabschiedet. Seine Nachforschungen hatten nichts Greifbares gebracht, und keine Rache der Welt konnte den Schmerz lindern, der in ihm brannte. Tod brachte Tod, nicht mehr, Elias hatte das immer gewusst und hätte sicherlich niemals nach Rache gerufen.

Als Eduard beschloss, den alten Freund ruhen zu lassen, fühlte er sich zum ersten Mal versöhnt mit der Vergangenheit. Er wollte Elias niemals vergessen, dabei würde es bleiben, und das war gut so.

Eduard besuchte auch Monica noch einmal vor der Abreise. Sie empfing ihn mit einem bezaubernden Lachen.

»Ich hoffe«, sagte sie, »du kommst dieses Mal vor Jahresende zurück.«

Er hatte ihr keine Antwort gegeben. Noch einmal schliefen sie miteinander.

Eduard gähnte. Dann ging er zum Tisch, um die Lampe zu löschen. Unwillkürlich fiel sein Blick auf die Daguerreotypie, die dort lag. Er hatte sich noch nicht überwinden können, sie einzupacken. Sie zeigte Annelie, Mina und ihn an einem der seltenen Tage, an denen sie gemeinsam einen Ausflug unternommen hatten. Annelie stand neben ihm und blickte ernst drein. Mina saß auf einem Stuhl im Bildvordergrund und lächelte. Eduard selbst hatte die Schultern zurückgenommen und die Brust herausgestreckt, was ihm jetzt ein wenig albern vorkam. Langsam streckte er die Hand aus. Mit dem kleinen Finger strich er sanft über Annelies Gesicht.

Zwanzigstes Kapitel

Die Mole schwankte unter Franks Füßen. Kurz bevor das kleine Boot, das ihn wieder einmal nach Buenos Aires führte, am Steg anlegte, hatte es angefangen zu stürmen und zu regnen, was den Wechsel vom Wasser auf das Land sehr unangenehm gemacht hatte. Inzwischen hatte ein Sturm aus Südwest angehoben, wahrscheinlich ein *pampero*, der die Mole zittern und beben ließ, als sei sie aus Pappe.

Auch dieses Mal war Frank mit der Compagnie Platense aus Montevideo gekommen. Auch wenn ihm die Lebenserfahrung manchmal anderes ins Ohr flüsterte, so wollte er doch daran glauben, dass er Mina wiederfinden konnte. Letztes Jahr hatte er es nicht zur Plaza de la Victoria geschafft, aber sie hatten sich ja geschworen, dass sie beide in jedem Jahr dorthin kommen würden, bis sie wieder beisammen sein würden.

Nein, Mina war nicht tot, sie war nicht in diesem Haus dort verbrannt. Er fühlte es, vollkommen ungeachtet dessen, was seine Mutter ihm gesagt hatte. Wenn Philipp ... Wenn er überlebt hatte, dann durfte und konnte Mina nicht tot sein. Das würde Gott nicht zulassen, niemals.

Frank schauderte kurz, als er an Philipps entstelltes Gesicht dachte. Man vermutete, dass es einen Überfall gegeben hatte, doch nachdem man den jungen Amborn mühevoll ins Leben zurückgepflegt hatte, konnte der sich an nichts erinnern. So hatte es Frank jedenfalls von seiner Mutter gehört.

In New York hatte er sogar als Vormann gearbeitet. Er hatte mit dem Gedanken gespielt, selbst ins Baugeschäft einzusteigen, doch Wallace hatte ihn vor ungeahnten Gefahren gewarnt. Manchmal, so Wallace, wurden Konkurrenten einfach aus dem Weg geräumt. Wenn man Glück hatte, konnte die Leiche dann noch aus dem Hudson gefischt werden, sodass die Familie wenigstens etwas zum Beerdigen hatte. Auch die aufstrebende Stadt New York war kein Platz für Schwächlinge.

Der gute alte Wallace. Frank seufzte. Im letzten Jahr hatte er Wallace pflegen müssen. Der alte Freund hatte sich auf einer Baustelle eine Verletzung zugezogen, die sich entzündete, was schlussendlich zu seinem Tod geführt hatte. Mehr als einmal hatte Wallace ihn zwischen den Fieberanfällen gebeten, zu gehen und seine Mina wiederzufinden, doch Frank hatte nur den Kopf geschüttelt.

»Du bist mein ältester Freund, Wallace, wer wäre ich, dich jetzt alleinzulassen?«

Außer ein paar Mitstreitern vom Bau war er der Einzige gewesen, der hinter Wallace' Sarg hergelaufen war. Der Mann hatte keine Familie und auch ansonsten wenig besessen.

Mit einem letzten, gewagten Sprung von der Mole erreichte Frank endlich das feste Ufer. Inzwischen würde er den Weg zur Plaza auch im Schlaf finden. Überall waren schon Menschen mit den Vorbereitungen der Feierlichkeiten beschäftigt. Ab und an hörte man in der Ferne Schüsse knallen. Hier und da wurden Häuser frisch weiß getüncht. Die Ersten strömten schon zur Plaza de Mayo. Wie von selbst beschleunigte auch Frank seine Schritte. Am Rand einer Gruppe lachender *porteños* erreichte er die benachbarte Plaza de la Victoria. Sein Weg führte ihn zur Siegessäule. Bisher hatten ihn seine ersten Schritte immer dorthin geführt. Noch nie hatte jemand dort gestanden, aber er musste trotzdem nachsehen. Er musste …

Frank blieb stocksteif stehen. An der Victoria stand heute

jemand – nicht irgendjemand, nein, da wartete jemand, den er kannte. Er hatte Annelie seit seiner Flucht aus Esperanza nicht gesehen, aber er erkannte sie sofort. Er bemerkte kaum, dass er sich wieder in Bewegung setzte. Langsam ging er auf sie zu. Inzwischen hatte auch sie ihn bemerkt, doch sie blieb stehen.

Annelie, fuhr es Frank durch den Kopf, Annelie, nichts weiter, denn er konnte plötzlich nichts anderes mehr denken.

Als er direkt vor ihr stand, zeichnete sich ein winziges Begrüßungslächeln um ihren Mund ab. Trotz ihres schweren Lebens hatte sie immer seltsam alterslos gewirkt.

Frank räusperte sich. »Annelie«, sagte er, nur dieses eine Wort.

»Guten Tag, Frank.« Annelie musste sich auch räuspern. »Sie hat mir gesagt, dass du hier auf sie warten würdest.«

»Sie hat es dir gesagt? Warum …?«

Frank brach ab, denn Annelies Gesichtsausdruck hatte sich schlagartig verändert. Einen Moment lang schaute sie zu Boden, dann hob sie den Kopf wieder. Frank sah Tränen in ihren Augen schimmern.

Nein, dachte er, nein, sie darf es nicht aussprechen. Nein, solange sie es nicht ausspricht, ist es nicht wahr …

»Nein«, rief irgendjemand laut. Es brauchte einen Moment, bevor er verstand, dass er es war, der gerufen hatte.

Annelie streckte unwillkürlich die Hand aus und streichelte Franks Unterarm, auf dem sich die Haare aufgerichtet hatten. Er fröstelte wie in einem Fieber.

»Ich muss es dir doch sagen.« Sie sprach so leise, dass er gezwungen war, sich näher zu ihr zu beugen. »Mina ist tot. Sie hat immer so darauf gehofft, dich wiederzusehen, aber …«

»Wie … Wie ist es … es … geschehen?«

»Die Cholera. Es gab eine Choleraepidemie in Rosario.«

»Ihr wart in Rosario?«

»Ja, das ist eine lange Geschichte ... Esperanza, Rosario und all das. Ich will sie dir gern erzählen, und auch, was meine Mina als Letztes zu dir sagen wollte.«

Ein erneuter Schauder überlief Frank. Annelie umfasste nun eine seiner Hände. Ihm fiel absurderweise auf, dass ihre Hände wie die eines Kindes gegen seine Pranken wirkten.

»Sie sagte, sie liebe dich. Das soll ich dir sagen. Du musst glücklich werden. Geh zurück, wo auch immer du hergekommen bist ...«

»New York«, murmelte Frank geistesabwesend.

»Geh nach New York«, sagte Annelie, »und behalte im Herzen, dass sie dich geliebt hat.«

Einundzwanzigstes Kapitel

Philipp Amborn setzte sich vor den Spiegel und betrachtete sein Gesicht. Er war einmal ein gut aussehender Mann gewesen, einer, dem die Frauen hinterhersahen. Jetzt spaltete eine tiefe Narbe seine Stirn in zwei Hälften und zog sich auch noch ein Stück über die obere Schädeldecke hinweg. Bis auf ein vereinzeltes Büschel wuchsen dort keine Haare mehr. Soweit es ging, verbarg er den unschönen Anblick unter einem Hut. Tändelte er mit einem Mädchen wie früher, kam allerdings stets der Moment, an dem er gezwungen war, den Hut abzulegen. Es war dieser Moment, in dem das Entsetzen auf ihre Gesichter trat. Manche, sogar die, die er bezahlt hatte, musste er dann mit Gewalt zwingen, bei ihm zu bleiben.

Daran ist sie schuld.

Glasklar stand plötzlich Minas schmale Gestalt vor seinen Augen. Ihr trotziges Gesicht, ihre lockigen kastanienbraunen Haare, die Sommersprossen, die ihre schimmernd weiße Haut wie Goldpuder überzogen. Er hasste sie, und er konnte doch nicht ohne sie leben. Er konnte es immer weniger, so erschien es ihm, seit sie verschwunden war. Es hatte einige Zeit gedauert, bis er von Annelies furchtbarem Angriff genesen war. Es hatte noch länger gedauert, bis er sich wieder an wirklich alles erinnerte und sich allein auf den Weg hatte machen können. Anstatt Mina zu vergessen war die Erinnerung an sie mit den Jahren immer eindringlicher geworden. Deshalb versuchte er nun auch schon so lange, sie wiederzufinden.

Manchmal hatte er den Eindruck gehabt, kurz davorzustehen, aber sie war ihm immer wieder entwischt. Natürlich musste er sich auch noch sein Leben verdienen. Es war nicht mehr so einfach wie in Esperanza, damals, als ihm, wie es ihm jetzt erschien, alles zugeflogen war.

Nach dem Tod seines Vaters – dafür würde dieses Weib, diese Annelie, büßen – hatte er den *rancho* noch einige Monate bewirtschaftet und dann an die verdammten Dalbergs verkaufen müssen. Sie hatten ihm keine Wahl gelassen. Das würde auch ihnen noch einmal leidtun.

Philipp beugte sich zum Spiegel und betastete die wulstige Narbe. Sie alle, die sie sein Leben zerstört hatten, würden büßen müssen. Er würde sie suchen, finden und erbarmungslos zur Strecke bringen.

Mit Annelie und Mina wollte er beginnen.

Vierter Teil

Una vida buena – Ein schönes Leben

*La Dulce, Esperanza, New York,
Buenos Aires Tres Lomas, Rosario*

1881 bis 1882

Erstes Kapitel

Weil Mina sich vor dem fürchtete, was sie womöglich sehen würde, verkroch sie sich irgendwann in einer Ecke der Kutsche und wagte keinen Blick mehr nach draußen. Sogar als sie sich endlich unwiderruflich ihrem Ziel näherten, als Eduard Brunner den Wagen anhielt und sie nach draußen bat, wollte sie sich noch weigern.

»Von hier aus kann man La Dulce schon sehen«, rief er mit jenem glücklichen Unterton, den sie immer an ihm bemerkte, wenn er von der Estancia sprach.

Mina starrte auf ihre Hände, die in ihrem Schoß lagen.

Ob Mama Frank inzwischen getroffen hat?

»Wollen Sie nicht aussteigen?« Eduard sah durch das kleine Fenster in die Kutsche hinein.

Mina schüttelte den Kopf. Sie konnte sich einfach nicht bewegen. Er zog sich zurück, wenig später hörte sie von draußen dumpf Eduards Stimme. Er sang.

Es ist albern, hier drinnen sitzen zu bleiben, schalt Mina sich und griff mit zitternden Fingern nach dem Wagenverschlag. Kaum wollte es ihr gelingen, die Tür aufzustoßen. Als sie aus dem Wagen kletterte, wäre sie fast gestolpert und zu Boden gestürzt. Eduard fing sie auf.

Mina schossen Tränen in die Augen. Aber ich liebe ihn doch nicht. Was soll ich nur tun? Ich liebe ihn nicht.

Vor sich meinte sie plötzlich die ernsten Augen ihrer Mutter zu sehen. Mach jetzt keinen Fehler, stand in ihnen geschrieben, mach jetzt ja keinen Fehler.

Zwei Tage später traf auch Annelie auf La Dulce ein. Sie hätte ihrer Tochter nichts sagen müssen. Sie war allein, das genügte Mina als Antwort.

Annelie streckte eine Hand aus und streichelte ihrer Tochter die Wange. »Er war nicht da, Mina, so, wie ich vermutet hatte.«

Mina schwieg einen Moment lang. »Ich weiß. Vielleicht kommt er nächstes Jahr«, sagte sie dann.

Erst schien Annelie etwas sagen zu wollen, dann zögerte sie. Nach einer Weile antwortete sie: »Ja, vielleicht tut er das. Wir werden sehen, nicht wahr? Aber bis dahin ist ja noch ein wenig Zeit.«

Mina lief in die Pampa hinaus, sie lief und lief, als ob sie dem Schmerz davonlaufen könnte. Endlich ging sie keuchend zu Boden. Auf dem Rücken liegend, starrte sie in den Himmel und schnappte nach Luft. Es dauerte, bis sie sich endlich wieder aufsetzte.

Rings um sie breiteten sich Distelfelder aus, die jetzt, kurz vor dem Winter, an ein riesiges Rübenfeld erinnerten. Schon auf dem Weg nach La Dulce, nachdem sie das Feuchtgebiet hinter sich gelassen hatten, waren Mina diese für die Pampa so typischen Pflanzen aufgefallen.

Zu Sommeranfang, so hatte Eduard ihr erzählt, wuchsen die Disteln so hoch, dass die Straßen nur noch schmale Pfade waren, die sich ihren Weg durch das Pflanzenmeer bahnten. Später vertrockneten sie. Die Blätter schrumpften, wurden blass und verloren ihr Grün. Die Halme verfärbten sich schwarz. Die Überreste blieben dann noch bis Februar oder März stehen, wenn sie von den häufigen Feuern im Sommer und von den heftigen *pamperos* verschont blieben, und dienten in der baumlosen Steppe als wichtige Quelle für Brennmaterial. Dann kam der Winter, und es folgte das Frühjahr.

Ganz plötzlich schossen die Disteln wieder auf eine Höhe von über zwei Metern, und alles stand in voller Blüte. Mit dem Frühlingsregen zwischen September und November erneuerten sich alle weichen Gräser. Für mehrere Monate waren die Weideflächen danach saftig grün und sorgten dafür, dass Rinder und Schafe fett wurden.

Mina atmete tief durch. Sie war allein. Niemand war zu sehen. Die Weite ringsherum war endlos und hätte einen anderen vielleicht in Angst und Schrecken versetzt. Mina aber hatte keine Angst vor der Einsamkeit. Mit einem Mal überrollte sie ein Gefühl der Entschlossenheit, das sie nicht mehr für möglich gehalten hatte.

Ich werde nicht aufgeben, dachte sie. »Ich werde nicht aufgeben, Frank«, rief sie gleich darauf in die Stille hinaus. »Ich schwöre es. Ich werde nicht aufgeben, hörst du! Wir werden unser Glück machen, Frank. Wir werden uns wiederfinden.«

Zweites Kapitel

La Dulce mochte nur eine Estancia mittlerer Größe sein, aber Mina und Annelie kam sie vor wie das Paradies. Früh an jedem Morgen konnte man beobachten, wie sich die Knechte im Hof versammelten, um ihren Tee zu trinken. Nachdem man in der *pava*, einem kleinen Kessel, Wasser erhitzt hatte, wurde dieses in einen kleinen, birnenförmigen Behälter, genannt *mate*, über den gleichnamigen Tee gegossen. Der *mate* wurde dann im Kreis herumgereicht, und alle Knechte tranken mittels einer *bombilla*, dem Trinkröhrchen aus Silber oder einem anderen Metall, daraus. Lebhafte Gespräche über den Tagesablauf, Witze und Klatsch begleiteten diese scheinbar endlosen Runden. Indem Annelie und Mina lauschten, erfuhren sie einiges über das Leben auf La Dulce.

In den ersten Tagen, nachdem sie beide angekommen waren, durchstreiften sie das Haus. In den darauffolgenden Tagen machte Annelie Pläne. Ihr war aufgefallen, dass bisher nur ein Teil des Hauses wirklich genutzt wurde. Unten hielt Eduard sich wohl am häufigsten auf. Hier befand sich ein riesiger Raum, eine Art Salon, der die gesamte Länge des Hauses einnahm und in dem einige Möbel standen, die offenkundig genutzt wurden.

Der Boden, bemerkte Annelie, war abgenutzt. Abgeschabte Teppiche schmückten ihn. Und doch war alles so sauber, wie sie es von einem alleinstehenden Mann nicht erwartet hatte. Dafür sorgte unter anderem eine kleine Schar Dienstmägde. Durch blitzblank gewienerte Scheiben sah man nach draußen in den Hof, in dem von früh bis spät geschäftiges Treiben herrschte.

Eines Tages fasste sie sich ein Herz und sprach Eduard an. »Man könnte so viel aus dem Haus machen«, sagte sie.

»Vielleicht fehlt die weibliche Hand«, brummte Eduard und gesellte sich zu ihr.

Annelie wiegte den Kopf. Ihr war aufgefallen, dass in keinem der Räume ein Möbelstück zum anderen passen wollte. Sie lächelte Eduard an.

»Wie wäre es, wenn Mina und ich uns ab jetzt darum kümmern? Wenn es recht ist, natürlich. Wir würden wirklich gern etwas tun, um Ihnen die Gastfreundschaft zu vergelten.«

Eduard hob die Hände. »Aber das erwarte ich doch gar nicht. Señor Morillo hat einen Ersatz für Sie während Ihrer Abwesenheit gefunden, Sie können also beruhigt sein und hier zu Kräften kommen. Ich habe doch keine Haushälterin gesucht, liebe Annelie. Bisher ging doch alles auch so seinen Gang.«

»Aber ich würde mich dennoch gerne erkenntlich zeigen und arbeiten. Das ist ein wunderbares Haus. Uns macht ein bisschen Arbeit im Übrigen gar nichts aus.« Annelie schaute ihre Tochter an, die in Gedanken versunken mit ihren Händen über die große Tischplatte strich. »Nicht wahr, Mina?«

»Nein, natürlich nicht.«

Mina bemühte sich zu lächeln, auch wenn sie sicher war, dass es ihr misslang. Was sollte sie tun, wenn Annelies Plan aufging. Was sollte sie antworten, wenn Eduard wirklich Interesse an ihr bekundete?

Nach beinahe zwei Wochen wurde ihre gemeinsame Ankunft endlich mit einem *asado*, einem Grillfest, gefeiert, zu dem es bislang keine Gelegenheit gegeben hatte. Es gab immer viel zu tun auf einer Estancia wie La Dulce. Arbeitsabläufe richteten sich hier nicht nach der üblichen Zeitrechnung, sondern nach dem Wetter, unabhängig davon, welchen Tag man genau zählte. Frost, Regen und Hitze waren bedeutender als die Monatswechsel.

Um den heißen Januarmonat entwöhnte man die Lämmer von ihren Müttern. Im Februar und März wurden alle Schafe gegen die *sarna*, die Räude, behandelt. Im Oktober oder November begann die hektische Zeit der Schafschur. Die Hitze der von Dezember bis Februar andauernden Sommermonate hatte als neue Aufgabe das Heumachen gebracht. Den Herbst widmete man der Kennzeichnung der Rinder mit einem Brenneisen, sägte ihnen die Hörner ab und teilte die Tiere schließlich in Herden auf. All das konnte sich bis in den Mai hineinziehen. Im Spätherbst war auch die Hochzeit des Kalbens und Lammens. Im Juni richtete sich die Aufmerksamkeit dann erneut auf die Schafe. Nun wurden die Böcke zum zweiten Mal gegen Räude behandelt. Einige Tiere wurden kastriert. Die Aufgaben, die es ohnehin rund ums Jahr zu tun gab, hörten unterdessen natürlich nicht auf. Kranke und verletzte Tiere mussten versorgt, Gebäude, Zäune, Brunnen und andere Einrichtungen instand gesetzt werden. In der Ernte- und Pflanzsaison konnte der Tag bis zu achtzehn Stunden dauern.

Das Willkommens-*asado* für Mina und Annelie zog sich bis spät in die Nacht hinein. Fröhlich und ausgelassen feierten die Menschen von La Dulce. Am nächsten Vormittag führte Eduard die beiden Frauen zu einem kleinen Gewässer, das, vor neugierigen Blicken verborgen, ganz in der Nähe des Hauses lag. Erstaunt hielten Mina und ihre Mutter inne. Eine Weile standen sie schweigend da und ließen den Anblick auf sich wirken.

»Schau, schau nur«, rief Mina mit einem Mal begeistert wie

ein Kind aus, als sie erstmals die Flamingos in Ufernähe bemerkte.

Eduard, die Hände hinter dem Rücken verschränkt, wandte sich zu Annelie um. »Flamingos bevorzugen übrigens Salzwasser. Das Wasser ist als Trinkwasser also nicht zu genießen.«

»Oh«, Annelie kam einen Schritt näher, »das wusste ich nicht.«

»Aber die kleine Lagune hier bei La Dulce bietet den Flamingos eine Heimat, also ist es vielleicht doch nicht so schade«, fuhr Eduard mit einem Lächeln fort.

»Sie sind wunderschön«, mischte sich Mina ein.

Sie verfolgte die Vögel mit ihrem zwischen Rosa, Rot und Orange changierenden Gefieder aufmerksam mit ihrem Blick. Manche schritten langsam und majestätisch einher und suchten das Wasser mit ihren Schnäbeln ab. Andere standen nur da, ein Bein angezogen, den Kopf mit dem langen Hals nach hinten gebogen oder seitlich unter dem Flügel versteckt.

Eduard räusperte sich, worauf Annelie zu ihm hinblickte. Gleich hob er die Hand, als wolle er sie berühren, und zog sie dann unverrichteter Dinge wieder zurück. Annelie war irritiert. Doch Eduard hatte sich ohnehin schon wieder abgewandt, und sie entschied, dass sie sich wohl getäuscht haben musste.

Er hat mich gewiss nicht berühren wollen.

»Ich komme hierher, wenn ich meine Ruhe brauche«, sagte Eduard.

»Das ist ein sehr schöner Ort«, pflichtete Annelie ihm bei. Sie schaute sich nach ihrer Tochter um. Verwundert bemerkte sie, dass Mina das Ufer schon wieder verlassen hatte.

»Gehen wir auch, Eduard?«

Er nickte. Als sie den Pfad hinter sich gelassen hatten, drehte Annelie sich zu ihm um.

»Ich gehe schon zurück. Würden Sie später meine Tochter nach Hause begleiten? Ich habe den Eindruck, sie möchte sich noch ein wenig umsehen.«

»Natürlich.«

Eduard sah jetzt, dass Mina ein Stück von ihnen entfernt an einem Zaunpfahl lehnte. Sie starrte in die Ferne. Während er sich ihr langsam näherte, hörte er hinter sich Annelies Schritte leiser werden. Erst als er Mina fast erreicht hatte, sprach er sie behutsam an. Sie schreckte kurz zusammen, bevor sie sich mit einem Lächeln zu ihm umdrehte. Manchmal wollte er sie fragen, was geschehen war, woran sie dachte, wenn sie so traurig aussah, so abwesend, aber dann ... Eduard erwiderte Minas Lächeln. Dann klopfte er gegen den Zaunpfahl.

»Ursprünglich«, sagte er, »bezeichnete man mit dem Wort *estancia* in der Rinderzucht einen Kratzpfahl aus Hartholz, den man in den Boden rammte, damit sich die Rinder in der baumlosen Weite das juckende Fell reiben konnten. Was lag also näher für den Rinderhirten, als sich irgendwann neben diesem Pfahl eine Schlafstatt mit Feuerstelle einzurichten?« Eduard schlug den Kragen seiner Jacke höher. Es war kühl geworden, der Winter war im Anzug. »Gehen wir noch ein Stück, Mina?«, fragte er dann.

»Natürlich.«

Manchmal hatte er den seltsamen Eindruck, dass sie niemals Nein zu jemandem sagen würde. Er runzelte die Stirn, entschied aber, nichts dazu zu sagen.

Sie waren noch nicht weit gegangen, als Mina abrupt stehen blieb. »Oh«, sagte sie nur.

»Oh«, echote er, als er ihrem Blick folgte. »Daran habe ich gar nicht mehr gedacht.«

Im letzten Jahr hatten ein paar seiner Knechte einige Schlaglöcher und tiefere Rillen im Weg mit Tierknochen gefüllt, eine übliche Praxis in dieser holzarmen Gegend. Er hatte sich bisher keine Gedanken darum gemacht, aber der Anblick war für einen Fremden sicherlich gewöhnungsbedürftig.

»Äh ... also das ... Ja, ich weiß, das ist seltsam, wenn man es zum ersten Mal sieht. Hier draußen bleiben einem einfach nicht viele Materialien. Es gibt kaum Holz ... Man muss also das nehmen, was anfällt.«

Mina nickte.

»Man muss das Beste aus den Dingen machen«, sagte sie nach einer Weile langsam. Dann lächelte sie wieder.

Plötzlich war Eduard sicher, dass sie nicht von den Knochen sprach.

Annelie achtete streng darauf, dass Mina und sie sich nützlich machten. Es dauerte jedoch seine Zeit, bevor sie wirklich etwas fand, wo ihre Unterstützung hilfreich sein mochte: Sie erinnerte sich daran, wie gern sie einmal gekocht hatte, und bot an, in der Küche zu helfen. Neugierig ließ sie sich bald von der Köchin Appollonia neue Gerichte beibringen. An diesem Abend sollte es *locro* geben.

»Für *locro* braucht man Mais, Bohnen, Fleisch oder Innereien und getrocknete Chili«, erklärte Appollonia.

Sie begann, einen kleinen Reim zu ersinnen, mit dem man sich, wie sie meinte, die Zutaten gut merken könne. Annelie amüsierte das.

Auch zum Mate-Tee wusste Appollonia einiges zu erzählen. Mit Mate konnte man nämlich Botschaften übermitteln. Bitterer Mate bedeutete Gleichgültigkeit, süßer verhieß Freundschaft. Mit einem Mate mit Minze drückte man Missfallen aus. Mate mit Zimt hieß, dass man an den Teetrinker dachte. Mate versetzt mit braunem Zucker stand für Seelenverwandtschaft. Mit Orangenschalen versetzter Mate drückte aus: Komm, besuch mich. Mate mit Kaffee hieß, dass eine Entschuldigung angenommen wurde.

»Es ist schön hier«, sagte Annelie unvermittelt.

»Ach«, erwiderte Appollonia, »es kann hier draußen auch sehr kalt werden. Das wirst du sehr bald merken. So ein Haus wie La Dulce ist natürlich ein guter Schutz, aber daheim habe ich wirklich oft erbärmlich gefroren. Manchmal war's so kalt, dass wir uns sogar tagsüber ins Bett flüchteten.« Die Köchin schüttelte den Kopf. »Und im Sommer, wenn man sich gut zwischen den hochgewachsenen Disteln verstecken kann, da kommen dann die Räuber. Früher musste man sich auch noch vor den Indios schützen. Die trieben nämlich gern das Vieh davon, wenn die Disteln zwischen Februar und März verblüht am Boden lagen.«

Annelie schwieg. Die Kälte konnte sie nicht schrecken, auch die Räuber nicht. Sie genoss es, hier zu sein, weit weg von allem, mit wenig Besuch und nur zwei Kutschen, die der Verbindung zwischen La Dulce, der nächstgelegenen Ansiedlung und Buenos Aires dienten. Annelie hatte sich schon lange nicht mehr so sicher gefühlt.

Mina kam in den nächsten Tagen und schließlich Wochen immer wieder an die Lagune, wenn sie ihre Ruhe brauchte. Dieser Ort, so hatte sie sofort bemerkt, strahlte etwas unendlich Friedliches aus, und doch brachte diese ungewohnte Ruhe auch immer wieder die schrecklichen Erinnerungen der letzten Jahre hervor. Anfänglich saß Mina oft nur da und weinte hemmungslos. Nach und nach jedoch verlor die Vergangenheit ihren Schrecken. Schließlich hatte sie den Eindruck, wieder nach vorn blicken zu können, wie sie es Frank und sich geschworen hatte.

Obwohl Eduard gesagt hatte, dass er diesen Ort des Öfteren aufsuchte, um zu entspannen, war Mina doch überrascht, als sie ihn eines Tages tatsächlich dort antraf. Sie grüßten sich fast zaghaft, hockten dann eine Weile schweigend nebeneinander auf dem Boden. Mina suchte nach Worten, wie sie ihm für ihre Gastfreundschaft danken konnte. Jedes Mal, wenn Annelie bisher geäußert hatte, sie müssten wohl jetzt doch bald nach Buenos Aires zurückkehren und seine Gastfreundschaft nicht über Gebühr strapazieren, hatte er den Kopf geschüttelt und sie gebeten, noch zu bleiben. Er hatte ihnen sogar das vertraute Du angeboten.

»Ich bin euch doch über die ganze Arbeit noch gar kein richtiger Gastgeber gewesen«, pflegte er dann zu sagen. »Wir sagen einfach, ihr bleibt beide so lange, wie es euch beliebt, ja?«

Mina räusperte sich, aber sie wusste nicht, was sie sagen sollte. Wieder saßen sie eine Weile schweigend nebeneinander.

»Warum seid ihr eigentlich nach Argentinien gekommen?«, fragte Eduard dann jäh in die Stille hinein. Mina meinte, ein leises Zittern in seiner Stimme zu hören, das sie sich nicht zu erklären vermochte.

»Warum bist du nach Argentinien gekommen?«, konterte sie, bevor sie recht nachgedacht hatte.

Eduard schwieg, doch sie hatte ihn offenbar nicht verärgert, denn er antwortete schließlich doch: »Ich bin aus meiner alten Heimat weggegangen, weil ich dort nicht vorankommen konnte. Überall gab es Mauern, Beschränkungen, Kleingeist, und das Geld, was man sich mühsam erarbeitete, reichte nur für ein Leben von der Hand in den Mund.«

Mina nickte langsam. »Ja, deshalb sind wohl viele gegangen.« Sie stand auf und trat etwas näher an die Lagune heran, drehte sich dann wieder zu Eduard um. »Mama wollte noch einmal heiraten, nachdem mein Vater gestorben war. Sie wollte … ein neues Leben … Großpapa hat immer gesagt, wir würden ihm auf der Tasche liegen, also sind wir fortgegangen.«

»So, so …« Eduard zog die Augenbrauen hoch. »Das kann ich mir gar nicht vorstellen. Deine Mutter ist sehr fleißig.«

»Ja, das ist sie.«

»Wo habt ihr gelebt? Hier in Argentinien, meine ich?«

Mina überlegte blitzschnell. Was sollte sie antworten? Wann würde sie zu viel verraten?

»In der Nähe von Rosario. Aber dann ist er …«, sie konnte einfach nicht »mein Stiefvater«, sagen, noch nicht einmal seinen Namen konnte sie aussprechen, »auch gestorben.«

»Das tut mir leid.«

Eduard stand ebenfalls auf. Als hätte er bemerkt, dass Mina nicht weiter über das Vergangene sprechen wollte, bot er ihr den Arm. Mina hakte sich bei ihm unter. Seite an Seite spazierten sie den schmalen Weg zwischen hohem Buschwerk entlang, der auf die weite Steppe hinausführte. Mina wurde es unbehaglich, als sie bemerkte, dass ihr einfach keine Worte mehr einfallen wollten.

Als Eduard es bemerkte, versuchte er, ihr über ihre Unsicherheit hinwegzuhelfen. »Schau einmal da, Mina«, sagte er mit seiner warmen Stimme.

Es war inzwischen früher Abend. In einiger Entfernung zeichneten sich die Leiber einer Rinderherde vor dem Horizont ab. Mina konnte jetzt sogar ihr Brüllen hören, das sie vorher gar nicht wahrgenommen hatte. Und dann, so plötzlich wie sie am Horizont aufgetaucht waren, verschwanden die Tiere auch schon wieder, eingehüllt in einer von den letzten Strahlen der Sonne orange gefärbten Staubwolke.

Mina war verzückt. Eine Weile gab sie sich noch dem traumhaften Bild hin, dann kam sie wieder in die Wirklichkeit zurück.

»Komm, lass uns zum Haus zurückgehen«, sagte sie.

Drittes Kapitel

So verging Woche um Woche, Monat um Monat. Auf den Herbst folgte der Winter, auf den Winter folgte das Frühjahr. Nun begannen die arbeitsamsten Tage auf La Dulce: Die *esquila*, die Schafschur, war in vollem Gange. Mina wartete am Rand der Koppel und schaute zu, wie zwei berittene Knechte die Schafe in die Umzäunung trieben. La Dulce besaß eine große Schafherde. Die Männer und Frauen waren schon seit Tagen bei der Arbeit, aber die Abläufe hatten für Mina bisher nichts an ihrer Faszination verloren.

Blitzschnell, so kam es der jungen Frau vor, packten die Schafscherer die Tiere und befreiten sie von ihrer Wolle. Danach kümmerte sich ein »Doktor«, zumeist ein Junge oder ein alter Mann, um die Schnitte, die den Schafen versehentlich durch die Scheren beigebracht worden waren, um die Gefahr einer Infektion gering zu halten. Andere schärften unterdessen ständig die Messer, um sauberes, schnelles Scheren zu gewährleisten. Wieder andere bündelten die Wolle für den Abtransport nach Buenos Aires.

Auf den anderen Estancias sah es um diese Jahreszeit ähnlich aus. Überall arbeiteten Gruppen von zwanzig bis dreißig Schafscherern unter einem Vorarbeiter. Ein Mann schor durchschnittlich fünfunddreißig bis fünfzig Tiere pro Tag. Auch Frauen fanden sich unter den begehrten Fachkräften, die, so hieß es, zwar etwas langsamer arbeiteten, den Tieren aber gleichwohl weniger Schaden zufügten und deshalb beliebt waren. Während der *esquila* konnte ein einfacher Wanderarbeiter höheren Lohn verlangen und in kurzer Zeit eine Menge Geld verdienen. Dies half gewiss auch über den Umstand hinweg, dass die Schafe während der *esquila* wichtiger waren als die Menschen. So mussten die Wanderarbeiter, wenn sie zuvor bei schlechtem Wetter zumindest Schutz in Scheunen oder offenen Verschlägen hatten suchen dürfen, zunächst die Tiere vor Nässe schützen. Nasse Wolle konnte schließlich nicht geschoren werden. Da zur gleichen Zeit auch der Weizen ausgesät wurde, gerieten die Estancieros alljährlich in einen Wettbewerb um die plötzlich raren Arbeitskräfte.

Als Bezahlung wurden *latas* ausgegeben, Metallmarken mit dem Namen der Estancia darauf, die als Zahlungsmittel benutzt werden konnten. Pro hundert geschorener Tiere erhielt ein Schafscherer eine Marke, jeweils am Ende der wochenlangen Prozedur wurde ausgezahlt.

Das Ende der *esquila* wurde auf jeder Estancia mit einem großen Fest gefeiert, natürlich auch auf La Dulce.

»Sie machen sich keine Freunde mit Ihrem Verhalten, Señor Brunner!« Don Mariano beugte sich näher zu Eduard hin. »Es ist nicht gut, wenn Sie Ihre Arbeiter stets behalten, wenn es nichts zu tun gibt. Wir zahlen die Männer hier nicht fürs Herumlungern. Das haben wir noch nie getan. Wenn die Arbeit getan ist, müssen sie weiterziehen, so ist das eben. Sie sind daran gewöhnt. Sie kennen es nicht anders.«

»Niemals!« Eduard schüttelte den Kopf. »Ich habe gute Arbeiter noch nie unter der Saison leiden lassen. Überlegen Sie es sich doch auch einmal, Don Mariano, ich bin mir sicher, auch Ihnen werden Gelegenheiten einfallen, zu denen Sie in der Nebensaison Arbeiter benötigen. Müssen nicht immer

Bäume gepflanzt, Bewässerungs- und Entwässerungsanlagen gebaut werden? Es ist unnötig, diese Männer und Frauen nur während des kurzen Frühjahrs anzustellen«, versuchte er weiterzuargumentieren, »behalten Sie ein paar Ihrer Arbeiter vor Ort, und Sie werden niemals wieder Schwierigkeiten haben, gute Männer zu finden, wenn die Zeit gekommen ist.«

Don Mariano lächelte säuerlich. »Ich behalte die Arbeiter, die ich brauche, seien Sie sich darüber nur im Klaren, aber ...«, er nahm Eduard fest in den Blick, »... ich brauche nicht so viele, und ihre Weiber brauche ich schon einmal gar nicht.«

Eduard wusste einen Moment lang nicht, was er sagen sollte. Gewiss, aus ökonomischer Sicht galten Frauen als nutzlos, nur zusätzliche Mäuler, die gestopft werden mussten. Um gefürchtete Eifersüchteleien zwischen männlichen Arbeitern zu vermeiden, war es auf manchen Estancias sogar nur den Vormännern und Pächtern erlaubt, ihre Frauen und Kinder bei sich zu haben. Manche Estancieros stellten sogar prinzipiell nur alleinstehende Knechte an, aber Eduard hatte den Gedanken nie ertragen können, Familien auseinanderzureißen. Er holte tief Luft.

»Wissen Sie, Don Mariano, als ich ein junger Mann war ...«, setzte er an.

»Das ist gewiss rührend«, unterbrach ihn Don Mariano, »aber das tut hier nichts zur Sache. Sie können nicht einfach herkommen und alles neu machen, Señor Brunner. Auch Sie müssen sich an die Regeln halten.«

Die Regeln – Eduard unterdrückte den Ärger, der unweigerlich in ihm aufkeimte –, es hatte Zeiten gegeben, da er sich an kaum eine Regel gehalten hatte als an die des guten Menschenverstandes.

Wenn Don Mariano davon wüsste ...

Aber der reiche Estanciero kannte ihn nur als Verwalter der Estancia La Dulce, nicht als Don Eduardo, der zu seinen Zeiten in Buenos Aires gewiss nicht immer dem Gesetz treu gewesen war. Eduard ließ seinen Blick über die Feiernden wandern. Er hatte damals nur wenige Wochen benötigt, um sich der langsameren Gangart des Landlebens anzupassen. Hier in der Pampa, fern der großen Stadt, bewegte sich das Leben auf seine Weise immer noch mit der Geruhsamkeit der Kolonialzeit. Man arbeitete hart und vertrieb sich die wenige freie Zeit mit der *pelea de gallos*, dem Hahnenkampf, mit Glücksspielen oder Reiterwettbewerben. Sonntags versammelten sich die armen Knechte in der nächstgelegenen *pulpería*, um sich zu betrinken. Die Ausnahme bildeten nur wenige Tage im Jahr – der Tag der Unabhängigkeit im Mai, der mit Feuerwerk und frisch getünchten Häusern gefeiert wurde oder eine Hochzeit mit Tanz und gutem Essen und Trinken. Auch eine Totenwache war etwas Besonderes, das Ende der *hierra*, des Brandmarkens, die *esquila* oder das Ende der *minga*, der Erntezeit. All diese Feste boten einen Anreiz, zu tanzen, zu singen und Leckereien zu genießen, derer man sonst nicht habhaft wurde. Eduard zwang ein versöhnliches Lächeln auf seine Lippen.

»Lieber Don Mariano«, sagte er mit, wie er hoffte, leichter Stimme, »ist dieses Fest wirklich der richtige Platz für einen Streit?«

Er wies um sich, die Feier war in vollem Gange. Überall roch es nach Essen. Die Schafscherer sangen, lachten und tanzten. Es war, als schüttelten sie die schwere Arbeit der letzten Wochen mit ihrem Übermut ab.

Don Mariano antwortete nicht sofort. »Wann soll ich es Ihnen denn sonst sagen?«, brummte er dann. »Sie sind ja nie daheim anzutreffen, machen Arbeiten, die Sie auch gut einem Vorarbeiter überlassen könnten.«

Eduard lächelte. Wie so viele reiche Estancieros verbrachte Don Mariano einen guten Teil seiner Zeit im Stadthaus in Buenos Aires und verstand sich eher als Geschäftsmann denn als Landwirt.

Sie alle haben vergessen, wie leicht man ihnen selbst den Anfang in diesem Land gemacht hat, fuhr es Eduard durch den Kopf.

Noch vor dem Krieg mit Paraguay hatten die besten Weidestrecken in der Pampa, entlang der Ufer des La Plata und des Paraná, wo die Verbindung mit dem Meer wohlfeil war, nur dreitausend Dollar die spanische Quadratmeile gekostet. Die ersten Ackerbauern hatten das Land damit fast umsonst erhalten. Niemand hatte die ungeheuren Preissteigerungen vorausgesehen, die mittlerweile eingetreten waren. Nachdem die harten Pampasgräser, an denen sich nur sehr genügsame Rinder hatten gütlich tun können, durch weiche Gräser und Luzerne ersetzt worden waren, hatte sich der Boden schließlich auch leicht für die sehr einträgliche Schafzucht nutzen lassen.

Der Aufstieg der Schafwirtschaft zum ökonomisch dynamischsten Sektor beruhte dabei sowohl auf der starken europäischen und nordamerikanischen Nachfrage als auch auf strukturellen Verbesserungen wie neuen Rassen und kundigen Schafhirten unter den europäischen Einwanderern. Bis 1865 war der Anteil der ausgeführten Wolle am Gesamtexport bereits auf sechsundvierzig Prozent gestiegen. Wer Boden besaß, war auf diese Weise schnell reich geworden.

Auf den großen alten Estancias wurde nun gutes Geld verdient. Argentinisches Pökelfleisch war nicht beliebt, das Rindfleisch galt als zäh und sehnig, also arbeitete man an der Verbesserung der Rinderzucht. In Lebendtransporten sah man die Möglichkeit, ein weiteres Stück des Weltmarktes zu erobern. Britische Investoren, so hieß es, würden bald die erste von vielen weiteren Abpackanlagen in Buenos Aires bauen. Neuankömmlinge aber mussten an immer abgelegeneren Plätzen nach Land suchen.

Eduard hatte jede Veränderung aufmerksam verfolgt, seit er auf La Dulce weilte. Während eine rentable Estancia einstmals vor allem zwei Dinge benötigt hatte: gutes Weideland sowie genügend Wasserreserven, lag der wirtschaftliche Nutzen der Ländereien heute in der Kommerzialisierung der Viehbestände und der sich aus ihnen ergebenden Produkte. Man verkaufte Vieh an andere Estancieros, an die Hersteller von Pökelfleisch, an Zwischenhändler und an die Armee. Man veräußerte Häute, Talg, Schaffelle, Pferdehaare, Fett und Nandufedern und belieferte den Markt von Buenos Aires mit Frischfleisch. Neben der Schafwolle war es vor allem die wachsende wirtschaftliche Bedeutung des Fleischmarktes, die den Wert des Landes erhöhte. Der immer wieder auftretende Mangel an Arbeitern wurde für den einen zum Problem, wie Don Marianos Aufregung zeigte, für den anderen war es eine Chance.

Noch einmal lächelte Eduard Don Mariano zu. »Sprechen wir später in Ruhe darüber, Don Mariano. Ich bin mir sicher, wir werden eine zufriedenstellende Lösung finden.«

Don Mariano schien noch etwas sagen zu wollen, dann nickte er. »Tun wir das, ein Gespräch unter Männern.«

Obwohl es ihm widerstrebte, klopfte Eduard Don Mariano auf die Schulter, dann unterdrückte er einen Seufzer. In den nächsten Tagen würde er Arthur Weißmüller einen Besuch abstatten. Es tat immer gut, mit dem ruhigen, klugen Mann zu reden.

Die Reiterspiele wurden auf einer großen Weide abgehalten. Die *sortija*, bei der es darum ging, in vollem Galopp mit einer Lanze einen kleineren Ring zu durchstoßen, der von einem Ast herabbaumelte, war eben zu Ende gegangen. Nun begann das *pialar*. Dabei ritt ein Gaucho durch ein Spalier Lasso schwingender Kameraden, die versuchten, sein Pferd zum Stolpern zu bringen. Geriet es ins Straucheln, musste der Reiter sicher auf den Füßen landen und dabei die Zügel in der Hand behalten.

Männer mit stattlichen Schnurrbärten, wettergegerbten Gesichtern und abgearbeiteten Händen standen hier dicht an dicht. Jede Menge poliertes Metall war zu bewundern, seit Generationen vererbtes Zaumzeug und Steigbügel, silberne Sporen und Beschläge glänzten in der Sonne. Keine Tracht war komplett ohne die *bombachas de campo*, die Pluderhosen der Gauchos mit ihren unten geknöpften Beinen, die in den Stiefeln getragen werden konnten und die die indianische *chiripá*, die dreiviertellange Hose, zunehmend ersetzten. Um die Taille trug man die *faja*, eine solide Wollschärpe, und darüber die *rastra*, den mit Silbermünzen verzierten breiten Ledergürtel. Ohne das *facón*, das Allzweckmesser von der Länge eines Unterarms, ging kein Mann vor die Tür. Die Sporen, die ein Gaucho trug, waren ein Statussymbol und oft groß genug, um ihn beim Laufen zu behindern. Hinzu kam die *rebenque*, eine schwere, mit Metall durchzogene Reitpeitsche.

Eduard sah den ersten Reitern zu, die ihre Aufgabe mit Bravour meisterten. Er stimmte mit den anderen in den anerkennenden Jubel ein, dann setzte er seinen Weg über das weitläufige Estancia-Gelände fort. Ein paar Stallknechte waren um einen Tisch versammelt und spielten *truco*, ein Kartenspiel, das Täuschung, Witz und geheime Signale beinhaltete. Etwas weiter spielten ein paar Schafhirten *taba*, ein Wurfspiel. Immer noch lag der Duft des auf offenem Feuer gegrillten Rindfleisches in der Luft. Appollonia lachte fröhlich, als sie Eduard herankommen sah.

»Noch etwas *caldo?*«, bot sie ihm an.

»Gern.« Eduard ließ sich eine Schüssel reichen. »Wunderbar«, lobte er Appollonia schon nach dem ersten Löffel. Er liebte die mit Pfefferschoten gewürzte Rindfleischsuppe, zu deren Zutaten unter anderem *zapallo*, eine Kürbisart, die häufigste Gemüsesorte der Pampa, gehörte.

Von etwas weiter weg schwebte Gesang zu ihnen herüber. Die Jahre auf La Dulce hatten Eduard gelehrt, dass sich die Lieder der Pampa stets um zwei Themen drehten: um die Liebe und um eine Vergangenheit, der man wehmütig nachtrauerte. Es war eine traurige Musik, mit Melodien, die immer und immer wieder wiederholt wurden und die zärtliche, sanfte und oft auch resignative Gefühle wiedergaben. Nicht wenige Lieder riefen Erinnerungen an die verlorene Freiheit und das Glück vergangener Tage wach.

Einige der Feiernden tanzten. Die Arbeiter versammelten sich nicht nur zu den Festtagen, um den *gato*, die *zamacueca*, den *triunfo* oder die *vidalita* zu tanzen. Beim *gato* focht ein Tanzpaar ein Gesangsduell aus.

Süße mit den schwarzen Augen und den roten Lippen, war gerade der männliche Tanzpartner zu hören, *deine Eltern werden meine Schwiegereltern sein, deine Brüder meine Schwäger.*

Johlendes Gelächter ließ sich aus der Menge hören. Einige Männer klopften sich gegenseitig auf die Schultern. Die hübsche schwarzhaarige Tänzerin machte noch einige geschmeidige Tanzbewegungen, bevor sie den Widerpart gab.

Ich habe keine schwarzen Augen, sang sie, *und auch keine roten Lippen. Mein Vater wird nicht dein Schwiegervater sein und meine Brüder nicht deine Schwäger.*

Jetzt ging die Runde wieder an den Mann. Aufmerksam verfolgten seine Kumpane, wie er mit der Antwort seiner Herzensdame umging. Der Mann war ein geübter Sänger, und er zögerte keinen Moment.

Da ist ein solches Feuer in deinem Gesicht, Süße, deine Augen sind wie glühende Kohlen. Wenn ich ihnen zu nahe komme, werde ich verbrennen bis auf meine weißen Knochen herunter.

Doch auch das Mädchen tanzte den *gato* nicht zum ersten Mal. Es war jetzt an ihren Freundinnen, sie anzufeuern. Auch sie erwiderte sehr sicher.

Meine Augen sind nicht so stark, als dass sie dein Fleisch und deine Haut verletzen könnten. Mehr als meine Augen dich verbrennen, verbrennt dich der Alkohol aus der pulpería.

Ihre Freundinnen lachten. Der Mann verbeugte sich spöttisch vor seiner Tanzpartnerin und stapfte stolz zu seinen Kumpanen zurück.

Auch Mina und Annelie sahen den Tanzenden zu. Eduard bemerkte glücklich, dass Mina das Kleid trug, das er für sie in Buenos Aires bestellt und ihr zur Feier des Tages geschenkt hatte. Auch Annelie hatte sein Geschenk angelegt, ein Schultertuch. Eduard schüttelte den Kopf, als er daran dachte, dass Annelie es kaum annehmen wollte, obwohl es in seinen Augen doch nur eine kleine Aufmerksamkeit war. Manchmal wurde er nicht klug aus dieser Frau, so auch jetzt. Steif und wie fehl am Platz stand sie zwischen all den ausgelassen Feiernden. Die Küche, hatte er mittlerweile bemerkt, war der einzige Ort, an dem Annelie entspannt wirkte – allerdings nur, wenn sie sich unbeobachtet wähnte.

Eduard lächelte, als er nun auf sie und Mina zutrat. »Gefällt es euch?«

»Ja«, sagte Annelie.

Wie stets wurde er nicht schlau daraus, wie sie wirklich empfand. Manchmal hatte er den Eindruck, dass sie irgendetwas bedrückte.

»Ja, es ist so ein schönes Fest«, rief Mina und lachte.

Eduard stimmte ein. Zumindest ihr hatte er also eine Freude machen können. Eines Tages, so hoffte er, würde er ein solch unbefangenes Lachen auch von Annelie hören.

Don Mariano hatte sich in den Schatten des großen Hauses von La Dulce zurückgezogen. Wenig später setzte sich Don Clementio zu ihm. Jetzt näherte sich auch noch Don Augusto.

»Hat er mit sich reden lassen?«, fragte der als Erstes, kaum, dass er die beiden anderen Männer erreicht hatte.

»Nein«, Don Mariano schüttelte den Kopf.

»Er hält auch nichts davon, weniger Weiber auf La Dulce zuzulassen«, bemerkte Don Clementio.

»Na, das geht uns nichts an«, erwiderte Don Mariano.

»Weiber haben hier nichts zu suchen«, beharrte Don Clementio. »Sie sind Hindernisse für den ordnungsgemäßen Ablauf der Arbeit auf unseren Estancias. Es sind Männer zu Pferde, die die Arbeit machen, keine Weiber. Frauen sorgen nur für Unordnung und Eifersüchteleien. Wer braucht das schon?«

»Stimmt! Mal abgesehen von meiner Köchin«, bemerkte Don Augusto, »die will ich gewiss nicht missen.«

Don Mariano pflichtete ihm lachend bei. »Er hat gesagt, dass er mit sich reden lässt«, sagte er dann.

»Die *esquila* ist ohnehin vorbei«, mischte sich Don Clementio wieder ein.

»Aber nächstes Jahr ...«, sagte Don Augusto, »... er kann nicht auch nächstes Jahr die besten Scherer für sich beanspruchen.«

»Wir müssen mit ihm reden«, sagte Don Clementio.

»Ist ja gut«, murmelte Don Mariano schicksalsergeben, »dann werde ich das in Gottes Namen noch einmal tun.«

Obwohl Eduard erst spät und todmüde zu Bett gegangen war, erwachte er nach nur wenigen Stunden Schlaf, noch ehe die Morgendämmerung anbrach. Als er ans Fenster trat, lag sanftes Mondlicht über La Dulce, seinen Gebäuden und der Umgebung. Leise kleidete er sich an, schlich die Stufen hinunter und verließ das Haus. Er war der Einzige, der zu dieser Zeit unterwegs war, seinen Arbeitern hatte er großzügig einen Tag freigegeben. Heute würde man nur das Nötigste tun, Tier und Mensch versorgen, und es sich noch einmal gut gehen lassen, bevor das harte Leben von Neuem anfing. Er wusste, dass auch dies von seinen Nachbarn, die Drohungen, sogar Peitschenhiebe für bessere Erziehungsmaßnahmen hielten, missbilligt wurde, aber das kümmerte ihn nicht.

Nur wenig später hatte Eduard sich eines der kleinen Criollo-Pferde gesattelt, die, so sagte man, noch direkt von den Pferden der Konquistadoren abstammten. Klein, kompakt, wendig und genügsam waren diese Tiere und bestens angepasst an das oftmals raue Leben hier draußen.

Auch jetzt war es recht frisch. Der Wind zerzauste Eduards Haar, sodass er schließlich seinen Hut aufsetzte und ihn mit einem Riemen unter dem Kinn festband. Sonst herrschte eine solch absolute Stille, dass ihm war, als hätte der Puls der

Natur aufgehört zu schlagen. Jenes feierliche Gefühl von unbeschreiblicher Größe, das Eduard hier draußen in der Weite stets überfiel, überschwemmte ihn mit einem Mal wie eine sanfte Welle. Einen Moment lang gab er sich diesem Eindruck hin, dann straffte er den Körper und kehrte zurück ins Hier und Jetzt.

Ich muss nachdenken.

Eduard trieb es zum Nachdenken oft hinaus in die unendliche Weite der Pampa, in der bis zum fernsten Horizont kein Haus zwischen hochwachsenden Gräsern, raschelnden Disteln und verrottenden Knochen zu sehen war. Hier nahm alles seinen Raum ein – Erde, Himmel, das wogende Gras ebenso wie heftige Stürme. Der unglückliche Reiter, der hier draußen zu Fall kam und sich schwer verletzte, konnte einfach sterben in dieser Weite, ohne dass es einer bemerkte.

Heute aber entschied Eduard sich nach kurzer Zeit anders und ritt zur Lagune hinüber. Er liebte diesen Ort. Der Anblick des Wassers ließ ihn stets verlässlich zur Ruhe kommen. Manchmal, wenn er allein war, dachte er an das erste Mal, als er an den Ufern dieser Lagune gestanden hatte. Damals hatte er noch nicht gewusst, dass es sich um eine Salzlagune handelte. Hier hatte er den Flamingo, diesen seltsamen, majestätischen Vogel, zum ersten Mal gesehen.

Eduard war schon zu Beginn des kleinen Pfades, der zur Lagune führte, vom Rücken seines Pferdes geglitten, um den Rest des Weges zu Fuß zurückzulegen. Als er das Ufer noch nicht erreicht hatte, bemerkte er eine schmale Gestalt, die unverwandt auf das vom Wind gekräuselte Wasser hinaussah.

»Mina!«, rief er aus.

Sie drehte sich um, zeigte dieses Mal kein Zeichen der

Furcht oder des Schreckens. Sie war ruhiger geworden, seit sie hier auf La Dulce weilte. Sie ist eine starke junge Frau, fuhr es ihm durch den Kopf, Annelie kann stolz auf sie sein.

»Schon so früh wach?«

Kurz sah sie ihn an, den Ausdruck auf ihrem Gesicht konnte er nicht deuten.

»Ich konnte nicht schlafen.«

»Deine Mutter ist auch hier?«

»Nein, sie wollte Appollonia helfen.«

Eduard nickte. Annelie zeigte sich immer hilfsbereit. Wie konnte er sie nur davon überzeugen, dass sie und Mina ohne Sorgen bleiben konnten, solange sie wollten.

Aber ich finde ja doch die richtigen Worte nicht …

Angesichts dieser beiden Frauen wurde er wieder zu einem jungen, unerfahrenen Mann, der zum ersten Mal mit einer Frau sprechen wollte. Er seufzte. Mina wandte sich wieder der Lagune zu.

»Es ist schön hier, nicht wahr?«, bemerkte er nach einer Weile.

Sie nickte nur.

Auch Eduard überließ sich eine Weile seinen Gedanken, dann brannte ihm mit einem Mal eine Frage auf den Lippen, die er schon seit dem Vortag hatte stellen wollen.

»Mina?«

»Ja?«

Sie drehte sich zu ihm hin, und wieder war da dieser Ausdruck auf ihrem Gesicht, den er sich nicht erklären konnte. Er bemühte sich, die wirren Gedanken, die ihm dabei kamen, wieder abzuschütteln.

»Ist es deiner Mutter eigentlich immer schon schwergefallen zu feiern?«

Die junge Frau runzelte die Stirn. »Wie meinst du das?«

Eduard räusperte sich. »Nun, ich hatte den Eindruck, das gestrige Fest gefiel ihr nicht.«

Dabei, fügte er in Gedanken hinzu, habe ich doch versucht, wirklich alles zu tun, um es ihr angenehm zu machen. Er wartete auf Minas Antwort. Es schien ihm, als denke die junge Frau wirklich über das nach, was er beobachtet hatte.

Nach einer Weile zuckte sie die Achseln. »Ich weiß nicht. Es war nicht immer leicht für uns, Eduard.« Sie trat jetzt zögerlich einen Schritt näher. »Die ersten Jahre in Argentinien waren sehr schwer. Ich glaube, Mama hat etwas anderes erwartet. Sie ist einfach noch nicht über diese Zeit hinweg.«

Eduard nickte.

»Ich weiß, wie schwer das alles sein kann«, sagte er langsam. »Ich habe es selbst erlebt, aber irgendwann ... irgendwann wird es besser. Das verspreche ich dir, dir und deiner Mutter, Mina.«

Sie hatten so wenig auf ihre Umgebung geachtet, dass sie der Sonnenaufgang jetzt beinahe überraschte. Die Sonnenstrahlen tupften die Lagune und ihre Umgebung in ein Farbenspiel aus Rosa, Lila und Blautönen. Vom Ufer stakste ein Flamingo tiefer ins Wasser hinein. Das frühe Tageslicht traf sein Gefieder und ließ es orangegolden aufleuchten. Eduard wurde warm ums Herz.

»Alles wird gut werden, Mina. Vertrau darauf.«

Viertes Kapitel

Eduard Brunner hatte Arthur tatsächlich das versprochene Land überlassen, und der junge Wolgadeutsche hatte vom ersten Augenblick an sehr hart und beinahe ohne Pause gearbeitet. Es tat ihm gut, wenn er sich bis zur vollkommenen Erschöpfung verausgabte. Dann musste er nicht an Olga denken. Dann quälte er sich nicht mit Vorstellungen davon, was mit ihr geschehen sein mochte, ob sie tot war oder immer noch lebendig …

Einmal auf seinem Land angekommen, hatte Arthur als Erstes einen Brunnen gegraben. Nachdem er den Brunnen fertiggestellt hatte, hatte er zwei Hütten gebaut – eine diente zum Wohnen und Schlafen, die andere beherbergte die Küche. Der Boden bestand aus gestampfter Erde, die jeweils vier Eckpfosten aus Hartholz. Zwischen die Eckpfosten hatte er anfänglich nur Häute gespannt, die er von Eduard Brunner erhalten hatte, um sich vor Wind und Wetter zu schützen. Später hatte er ein Gitter aus Reisig und Stroh zwischen die Pfosten geflochten. Das Ganze war mit einem Gemisch aus Erde, Wasser und getrocknetem Tierdung verputzt worden. Manchmal wurden zum Erstellen der Wände anstelle des so seltenen Holzes auch Tierknochen benutzt. Knochen konnten ebenso die Wände eines Brunnens verstärken wie zu Möbelstücken verarbeitet werden. Die Dächer seiner Hütten hatte Arthur, wie es in der Gegend üblich war, mit *paja*, einem rauen Gras gedeckt.

Für die Menschen der Pampa mochte eine solche Hütte

nur ein einfacher, vorübergehender Schutz vor den Elementen sein, die man schnell errichtete und ebenso schnell wieder verfallen ließ. Arthur jedoch hatte tiefen Stolz empfunden, als er erstmals in *seinem* Heim geschlafen hatte. Wie die meisten Wohnstätten waren auch seine Hütten so ausgerichtet, dass ein gewisser Schutz gegen die eisigen Winterwinde aus dem südlichen Patagonien geboten war. Zuweilen gab es einen Ombú, auch Elefantenbaum genannt, der die Gebäude vor Sonne und Wind schützte.

Allen Schutzmaßnahmen zum Trotz blieben die einfachen Hütten im Winter jedoch eisig kalt und düster, während sie sich im Sommer gnadenlos aufheizten. Gewöhnlich lebte die Familie in einem Raum zusammengedrängt. Möbel oder andere Annehmlichkeiten gab es keine. Die Hütte war zudem ein Hort von Ungeziefer. Insbesondere in heißen Nächten flohen die Bewohner vor dieser Plage häufig nach draußen, unter den freien Himmel, denn im Sommer wurde man Flöhen, Käfern, Kakerlaken, Ratten und anderem Getier kaum Herr.

Große Häuser konnten sich nur wohlhabende Estancieros leisten. Nicht immer, so befand Arthur, passten sie in diese Gegend, denn oftmals wurde nach dem europäischen Stil gebaut, der jeweils gerade im angesehenen Barrio Norte, dem Distrikt von Buenos Aires, in dem sich die Elite bis auf die heißen Sommermonate aufhielt, in Mode war.

Arthur seufzte. Er selbst tat sein Bestes, um Ungeziefer und anderes Getier fernzuhalten, obgleich dies ein Spiel war, das man offenbar kaum gewinnen konnte. Er arbeitete unablässig und hart. Nur mithilfe einer Hacke hatte er aus dem harten Boden ein kleines Stück Ackerland gemacht. Danach hatte er einen Zaun mit einem großen Gatter für die Schafe bauen müssen, die er für Señor Brunner hüten sollte. Eine

Tränke versorgte die Tiere mit Wasser, wenn benachbarte Wasserläufe austrockneten.

Einige Wochen später hatte er einen Platz für seinen Gemüse- und Obstgarten abgesteckt, dem er sich baldmöglichst widmen wollte. Olga hatte sich immer einen solchen Garten gewünscht. Er stellte sich ihre Freude vor, wenn sie einander endlich wiederfinden würden.

Irgendwann hatte sein neuer Besitz nicht mehr ausgesehen wie ein Provisorium, er erinnerte fast schon an einen richtigen Bauernhof. Da hatte ihn für ein paar Tage die schmerzvolle Erinnerung an Olga dermaßen gepackt, dass er kaum hatte weiterarbeiten können.

An diesem Tag, Arthur war gerade dabei, einen Unterstand für die Schafe zu bauen, ließ ihn näher kommendes Hufgetrappel den Kopf heben. Er kniff die Augen zusammen. Wenig später konnte er seinen Besucher auch schon erkennen. Er war nicht überrascht. Eduard Brunner suchte ihn oft auf. Sie verstanden sich gut, mit Worten und ohne Worte. Manchmal saßen sie nur nebeneinander und hingen schweigend ihren Gedanken nach. Sie waren fast so etwas wie Freunde geworden.

Arthur war Eduards Pächter, aber er wusste, dass er sein Land nicht in ein paar Jahren einfach wieder würde verlassen müssen wie so viele andere. Gewöhnlich musste ein Pächter nämlich nach drei bis sechs Jahren weiterziehen, dann, wenn der Boden urbar gemacht und das harte Pampasgras durch Luzerne ersetzt worden war. Eduard aber würde ihn hier gewähren lassen, so lange, bis Arthur selbst gehen wollte. Eduard war ein sehr verlässlicher Arbeitgeber.

»Hast du Zeit?«, fragte Eduard.

Arthur nickte und wies mit dem Kopf auf einen Holzstapel. Er hockte sich dorthin, mit einem Seufzer setzte sich Eduard neben ihn.

Nur wenige Atemzüge später spürte Arthur einen schmerzhaften Stich in der Magengegend. Die Frage, die Eduard ihm stellte, traf ihn völlig unvorbereitet.

»Was weißt du von Frauen?«, fragte er.

Weihnachten 1881 wurde das erste glückliche Weihnachtsfest seit Langem für Mina und Annelie. In Ermanglung eines Tannenbaums beauftragte Eduard Appollonia und Inèz, eine weitere Dienstmagd, zwei der Pfirsichbäume im Garten von La Dulce zu schmücken. Annelie kochte Gänsebraten mit Apfelrotkohl und Klößen. Nach dem Abendessen sangen sie gemeinsam Weihnachtslieder, dann wurden Geschenke ausgetauscht. Eduard war noch einmal nach Buenos Aires geritten und hatte für Annelie feine Handschuhe und für Mina Haarbänder gekauft. Mina hatte Eduard ein Halstuch genäht, Annelie überreichte ihm selbst gestrickte Socken.

Als es dunkel wurde, stellten sie sich auf die Veranda und bewunderten noch einmal die geschmückten Bäume. Ein heller Mond war über La Dulce aufgegangen, und Mina schlug vor, zur Lagune zu gehen.

»Wir haben zwar keine Kirche hier draußen«, sagte sie, »aber dort fühle ich mich Gott irgendwie nah.«

Dabei dachte ich, ich hätte ihn endgültig verloren.

Eduard nickte. »Lasst uns zur Lagune hinuntergehen.«

»Zur Lagune der Flamingos«, erwiderte Mina mit einem Lächeln.

Keiner musste etwas sagen. In diesem Moment waren sie alle glücklich.

Fünftes Kapitel

Fast ein Jahr war nun seit Annelies und Minas Ankunft auf der Estancia vergangen. Und Eduard wollte immer noch nichts davon wissen, wenn sie meinten, dass sie seine Gastfreundschaft überstrapazierten. Seit sie auf La Dulce weilte, hatte Mina reiten gelernt. Wenn man sie gefragt hätte, dann hätte sie gesagt, dass es nichts Erhebenderes gebe, als an einem strahlend klaren Morgen über die Ebene zu galoppieren, einen wolkenlosen Himmel von tiefstem Blau über sich, während eine sanfte Brise über diesen riesigen Ozean aus Land wehte, der keine Begrenzung zu kennen schien.

Nicht nur Annelie machte sich nach Kräften nützlich, auch Mina half, wo sie nur konnte. Manchmal fühlte sie sich inzwischen, als gehöre sie auf diese Estancia, nach La Dulce. Doch manchmal überfiel sie von einem Moment auf den anderen eine unerklärliche Angst. Immer mal wieder, wenn auch seltener, fuhr sie aus dem Schlaf hoch, weil sie von Philipp geträumt hatte, weil er ihr die breiten Hände um den Hals gelegt und zugedrückt hatte.

An diesem strahlend schönen Märzmorgen im Jahr 1882 hatte sie ihr Pferd früh satteln lassen und sich dann, in Eduards Auftrag, auf den Weg gemacht, ein frisches Brot zu Arthur Weißmüller zu bringen. Eduard hatte ihr erzählt, dass er ein Wolgadeutscher sei, den er in La Boca kennengelernt hatte. Arthurs Fleiß hatte Eduard imponiert, deshalb hatte er ihm Land zur Pacht angeboten. Außerdem versorgte Weißmüller eine der Schafherden von La Dulce.

Er hat ihn mit hergenommen, wie er auch Annelie und mich mitgenommen hat. Als ob er Strandgut sammeln würde, aus dem man vielleicht noch etwas machen könnte, fuhr es Mina durch den Kopf.

Arthur war ein netter Mann, der, wie sie fand, immer etwas traurig aussah. Mina hatte sich rasch mit ihm angefreundet und wusste bald sehr genau um die traurige Geschichte seiner verschwundenen Frau. Es berührte sie, mit welcher Liebe er immer noch von ihr sprach.

Auch er hat nicht aufgegeben, dachte sie, und ich darf den Gedanken, Frank wiederzufinden, ebenfalls nicht aufgeben.

»Reiten Sie nicht zu weit weg, Fräulein Mina ...«, sagte Arthur zu ihr, als sie ihm jetzt das Brot gab.

Mina musste lächeln, als sie ihn so sprechen hörte. Arthur war der Einzige, der sie hier »Fräulein Mina« nannte. Die Letzte, die sie so genannt hatte, war die Haushälterin ihrer Großeltern gewesen. Plötzlich kam die Erinnerung an eine Mina in Spitzenkleidern und mit langen Schillerlocken zurück. Ach Gott, wie lange war das jetzt her, damals war sie wirklich noch ein Kind gewesen.

»Ich passe auf, Arthur, das wissen Sie doch.«

Arthur grüßte, und Mina schlug der braunen Stute mit der auffälligen sternförmigen Blesse – sie hatte sich in Eduards Stall sofort in dieses Tier verliebt – die Fersen in die Seiten. Vom leichten Trab wechselte sie bald in den Galopp.

Mina entfernte sich auch heute nicht weit von La Dulce, aber sie ritt kreuz und quer über das Land, bis ihr der Schweiß über den Körper lief und die Hitze in ihren Wangen glühte. Sie liebte es, sich körperlich zu verausgaben. Wie immer nach einem ihrer Reitausflüge lenkte sie das Tier am Schluss zur Lagune. Dort würde sie noch etwas zur Ruhe kommen, bevor sie nach La Dulce zurückkehrte. Schon am

Anfang des schmalen Weges, der erst durch dichtes Buschwerk, dann durch Schilf führte, stieg sie ab und führte ihre Stute am Zügel hinter sich her. Unerwartet schnaubte das Tier.

Als ob da noch ein Pferd wäre.

Trotzdem ging Mina weiter. Sie fürchtete sich nicht mehr. Sie hatte keinen Grund dazu. Sie war sicher hier auf La Dulce.

Wie sie vermutet hatte, stand tatsächlich jemand am Ufer. Ein junger Mann, den sie hier noch nie gesehen hatte. Er trug eine traditionelle indianische Hose, die *chiripá*, und dazu einen Poncho. Sein langes schwarzes Haar hatte er im Nacken mit einem Lederband zusammengenommen.

Ein Indio, durchfuhr es Mina, jetzt doch mit deutlichem Unbehagen. In Santa Fe hatten Indios stets auch Gefahr bedeutet.

Der junge Mann hatte sie wohl ebenfalls bemerkt, war jedoch offenbar wenig beunruhigt. Erst jetzt drehte er sich langsam zu ihr um.

»Guten Tag, Señorita«, sagte er mit einem Lächeln.

»Guten Tag«, entgegnete Mina knapp und runzelte die Stirn. »Darf ich wissen, wer Sie sind und was Sie hier tun? Sie befinden sich auf dem Land von La Dulce.«

»Nun, das ist mir durchaus bewusst. Ich bin Paco Santos«, sagte der junge Mann, kam im nächsten Moment auf Mina zu und küsste formvollendet ihre Hand. »Meine Mutter ist eine alte Bekannte von Señor Brunner.«

Paco Santos, wiederholte Mina bei sich, sie war sich sicher, diesen Namen noch nie gehört zu haben.

»Gehen wir gemeinsam zum Haus?«, fragte der junge Mann nun und nahm seinen Schecken, der eben noch, auf der Suche nach Fressbarem, den Boden abgesucht hatte, fester bei den Zügeln.

Mina nickte. Verstohlen musterte sie den jungen Mann. Er war recht groß, hatte ein scharf geschnittenes indianisches Profil. Wenn er ihre Neugier bemerkte, sah er über sie hinweg. Mina aber konnte sich beim besten Willen nicht erklären, wie Eduard Brunner mit Indios befreundet sein konnte.

»Paco! Paco Santos, meine Güte, bist du groß geworden.« Eduard schloss den jungen Mann in die Arme, als Paco und Mina die Estancia erreichten. Er musterte ihn eindringlich. »Was führt dich hierher?«

Paco lachte. »Ich werde bald einem Rechtsanwalt in Buenos Aires zur Hand gehen, um zu sehen, ob die Juristerei etwas für mich ist. Mama hat mir gesagt, ich solle La Dulce doch vorher einen Besuch abstatten, wenn ich schon in der Gegend bin.«

Eduard schüttelte den Kopf. »Ist es schon so weit, sich einen Beruf zu suchen?«

»Ich bin fast sechzehn Jahre alt.« Paco lächelte.

»Das ist noch jung«, bemerkte Eduard.

»Nun, vielleicht, aber Mama sagt, mein Verschleiß an Hauslehrern lasse ihr keine andere Wahl. Ich müsse sobald wie möglich anfangen, auf eigenen Füßen zu stehen.«

Rechtswissenschaften ..., dachte Mina, ein Indio?

Sie kam aus dem Staunen nicht mehr heraus. Ihrer Mutter erging es wohl nicht anders, das konnte sie deutlich an ihrem Gesichtsausdruck ablesen.

Im Verlaufe des Gesprächs erfuhren sie, dass Pacos Mutter eine Weiße war, sein Vater aber ein Mestize. Die beiden führten die Estancia Tres Lomas in der Nähe von Tucumán. Soweit Mina verstand, war es Pacos Mutter Viktoria, für die Eduard La Dulce verwaltete. Paco, so wurde Mina schnell klar, sah seine Zukunft hingegen nicht in der Verwaltung von Ländereien, sondern in der Verteidigung der Rechte der indigenen Völker Argentiniens. Er freute sich auf seine Zeit bei dem Rechtsanwalt. Am Abend dieses Tages lag Mina noch lange wach und dachte über Paco und seine Pläne nach. Zuerst waren ihr seine Ideen unsinnig erschienen, eine bloße Traumtänzerei, dann hatte sie seine Entschlossenheit beeindruckt. Paco ließ sich nicht beirren. War er damit nicht ein Vorbild?

Manchmal, wenn Annelie vor dem Spiegel stand, verschwammen die Konturen vor ihren Augen plötzlich. Dann, wenn das Bild wieder klar wurde, klaffte mit einem Mal eine riesige Wunde auf ihrer Stirn. Blut strömte ihr über das Gesicht. Das erste Mal, als das geschehen war, hatte sie vor Entsetzen so laut aufgeschrien, dass Mina an ihre Seite geeilt war – gerade noch rechtzeitig, um ihre ohnmächtige Mutter aufzufangen. Annelie hatte Mina natürlich nicht sagen können, was passiert war. Mina wusste ja nichts, und sie sollte auch niemals erfahren, was Annelie Schreckliches getan hatte.

Auch jetzt war wieder einer dieser schrecklichen Momente. Annelie presste die Lider fest aufeinander. Das Bild sollte weg. Sie wollte das nicht sehen. Sie wollte nicht Philipps blutüberströmtes Gesicht sehen.

Mörderin! Hängt sie, die Mörderin!

Ich habe es für Mina getan, sagte Annelie sich stumm, für Mina, dafür soll mich Gott zu gegebener Zeit richten. Nur nicht jetzt schon, nicht, bevor ich meine Kleine in Sicherheit weiß.

Langsam öffnete sie die Augen wieder. Das Gesicht im Spiegel war wieder das ihre. Sie atmete tief durch und nahm die filigrane Kette von der Kommode. Es war eine Silberkette mit einem zarten Schmetterling als Anhänger. Wenn ein Mann ihrer Tochter so etwas schenkte, dann konnte sie doch sicher sein, dass er sie liebte, nicht wahr?

Annelie hob die Kette hoch und hielt sie sich einen Moment lang selbst ans Dekolleté. Das Schmuckstück stand auch ihr ausgesprochen gut. Sie seufzte.

Sie sagte nichts, als Mina an diesem Abend verschmitzt und zerzaust wie ein junger Bursche von einem Ausritt mit Paco Santos nach Hause kam. Sie ließ die Badewanne mit Wasser füllen und gab duftende Essenzen hinzu. Sie wusch ihrer Tochter die Haare, kämmte und flocht sie danach zu einer aufwendigen Frisur. Dann holte sie die Schachtel hervor, die Eduard ihr am Morgen erst überreicht hatte. Er konnte es nicht lassen, ihnen immer wieder etwas Hübsches zum Anziehen aus der Stadt mitzubringen. Annelie versuchte jedes Mal, sich zu weigern, das Geschenk anzunehmen, aber Eduard bestand darauf und freute sich sichtlich, wenn sie ihm die schönen Kleider vorführten.

Minas Mutter öffnete die Schachtel. Das Seidenkleid, das darin lag, war zartgrün und würde vortrefflich zu Minas Teint und ihren Haaren passen. Eduard hatte es, ebenso wie das Kleid für Annelie, auf der Calle Florida gekauft, bei Lenchen, seiner Schwester. So reizend wie ihre Tochter würde Annelie aber sicherlich nie aussehen.

An diesem Abend schnürte sie Mina, bis die protestierte, und träufelte ihr dann etwas Duftwasser in den Ausschnitt, bevor sie ihr die Kette umlegte. Für einen Moment standen beide Frauen nebeneinander und betrachteten das Ergebnis im Spiegel.

Als sie zum Essen ins Wohnzimmer kamen, ruhte Eduards Blick für einen Moment auf Minas Dekolleté, doch in seinem

Ausdruck zeigte sich nichts, was mehr als freundlicher Bewunderung gleichkam.

Wieder einmal konnte sich Annelie keinen Reim auf sein Verhalten machen. Warum beschenkt er sie, wenn sie ihm doch mehr oder weniger gleichgültig ist?, fragte sie sich.

Dann bemerkte sie Paco Santos, der am nächsten Morgen nach Buenos Aires weiterreiten wollte. Er hatte sich ebenfalls nett zurechtgemacht. Seine Reitkleidung hatte er gegen einen Anzug eingetauscht, der ihm wirklich gut stand. Eben kam er auf Annelie zu und begrüßte sie freundlich. Mina hatte sie gerügt, weil sie dem jungen Mann gegenüber immer so abweisend war. Aber sie konnte ihr Misstrauen nicht zurückhalten. Sie stufte einfach alles Neue zuerst einmal als Gefahr ein. Es war zu viel Schreckliches passiert in ihrem und in Minas Leben. Wenn ich Mina nicht immer wieder dazu anhalten müsste, Eduards Interesse wachzuhalten, könnten wir uns sicher schon wie eine richtige Familie fühlen, fuhr es Annelie durch den Kopf.

Anfänglich war sie enttäuscht gewesen über Minas Widerspenstigkeit, dann hatte sie sich damit abgefunden. Mochte Mina auch jetzt hin und wieder ärgerlich sein, sie alle würden ihr, Annelie, noch einmal dankbar sein. Das Leben hatte ihnen beiden eine neue Chance gegeben. Annelie war entschlossen, sie zu nutzen.

Die Aprilschauer und die kühlen Winde, die im Herbst über die Pampa fegten, beendeten die lange Dürre des Sommers. Die *hierra* begann. Dazu wurden die Rinder erst zusammengetrieben. Dann fing eine Gruppe von Lassowerfern einzelne Tiere aus der Herde heraus. Man fesselte sie, und drei Knechte warfen das jeweilige Tier daraufhin zu Boden. Ein weiterer brannte dem Tier sorgfältig das Emblem von La Dulce ein. Stiere wurden zusätzlich mit zwei schnellen Schnitten kastriert, die Überreste den wartenden Hunden zugeworfen. Mina musste sich erst an den Anblick gewöhnen. Die Vorgehensweise erschien ihr so grob, der Ausdruck in den angstvoll verdrehten Augen der Tiere schmerzte sie.

Auch die *hierra* wurde mit einem großen Fest beendet, auf dem es, wie üblich, viel gutes Essen, Alkohol, Tanz und Gesang gab und mancher seine Fähigkeiten mit dem Lasso und den *boleadoras* demonstrierte.

Doch das Leben auf der Estancia war nicht nur ein Wechsel von harter Arbeit und Spiel. La Dulce blieb auch von Tragödien nicht verschont. Zwei Tage, nachdem die *hierra* durch ein Fest beendet worden war, stolperte das Pferd eines der Vormänner in das Loch einer *vizcacha*, einer Hasenmaus. Der Mann stürzte und brach sich das Genick. Einige Tage später fiel ein Knecht vom Pferd in sein eigenes Messer, das er erst kurz vorher aus der Scheide genommen hatte, und verstarb ebenfalls. Tod und Leben lagen in der Pampa sehr nah beieinander.

Sechstes Kapitel

Hermann Blum arbeitete nicht mehr für die Dalbergs, sondern in Meyners 1877 gegründeter Häutefabrik. Auch wenn Ackerbau und Viehzucht von Jahr zu Jahr mehr florierten und die günstigen Transportmöglichkeiten per Schiff in die Städte ein Übriges taten, sodass sich in der Siedlung mittlerweile bescheidener Wohlstand ausbreitete, hatte den Blums die Landwirtschaft nie Glück gebracht.

Irmelind blieb vor Hermanns Daguerreotypie, die sie sich zu Weihnachten gewünscht und an die Wohnstubenwand gehängt hatte, stehen. Darunter hing das Bild von ihrem Ältesten, seiner Frau und deren Kinder. Franks Bild fehlte, und das schmerzte umso mehr, als Hermann ihr nun endlich glaubte.

»Frank ist unser Sohn. Ich war solch ein Narr. Ich hätte nie auf die Einflüsterungen der Amborns hören dürfen.«

Sie hatte die Augen aufgerissen. »Du glaubst mir?«

»Ich hätte nie zweifeln dürfen.«

Ihr Blick fiel auf die Kommode und die alte Stutzuhr. In der hinteren Ecke, am weitesten von der Tür entfernt, zwischen dem Fenster und der Tür zur früheren Schlafkammer ihrer Kinder, stand heute ein schöner eiserner Ofen. Seit Hermann in der Fabrik arbeitete, ging es ihnen besser als je zuvor.

Aber dem Herzen, fuhr es Irmelind durch den Kopf, dem fehlt etwas.

Ein Geräusch draußen riss sie mit einem Mal aus den Gedanken. Sie ging rasch zur Tür, öffnete, um nachzusehen, wer zu dieser ungewöhnlichen Tageszeit zu Besuch kam, und unterdrückte fast sogleich einen Schreckensschrei.

»Philipp!«

»Freust du dich, mich zu sehen, Irmelind?«

»Ich …«, Irmelind konnte den Blick nicht von seinem zerstörten Gesicht nehmen, »… bekomme selten Besuch.«

»Ist das so?«

Irmelind wich voller Angst ins Zimmer zurück, Philipp folgte ihr, bis es nicht mehr weiterging. Hinter ihr war nur noch der Ofen.

»Dann ist heute ein besonderer Tag, und ich will gar nicht lange drumherumreden. Ein Vöglein hat mir gezwitschert, dass du vielleicht etwas von Mina weißt.«

»N… nein…«, stotterte Irmelind.

Sie zuckte zusammen, als Philipp drohend die Hand hob. »Lüg mich nicht an, ich hasse Frauen, die lügen.«

Er zwang sie noch näher an den Ofen heran. Irmelind verspürte einen ersten Anflug von Panik. Sie hatte schon von Frauen gehört, deren Kleider in Brand geraten waren, weil sie zu nah am Feuer gestanden hatten. Bei lebendigem Leib waren sie verbrannt, ein schrecklicher Gedanke.

Ich will nicht bei lebendigem Leib verbrennen.

»Komm, ich will doch nicht wissen, wo dein Sohn ist. Ich will nur wissen, wo sich meine Schwester aufhält.« Philipp deutete auf sein Gesicht. »Weißt du, wer schuld hieran ist?«

Irmelind schüttelte bebend den Kopf.

»Sie war es.«

»Mina?« Irmelind war fassungslos.

»Ja, Mina.«

Ich muss jetzt etwas sagen, auch wenn ich ihm nicht glaube, dachte Irmelind, sonst verbrenne ich. Er wird einfach zusehen, wie ich verbrenne. Und bevor sie sich besann, kamen die Worte schon aus ihrem Mund.

»Am Unabhängigkeitstag, am 25. Mai, ... da ...«, begann sie zu stottern.

»Am 25. Mai, ja? Was ist am 25. Mai?« Philipp riss Irmelind vom Ofen zurück und presste ihr die Spitze seines riesigen Messers in den Hals. »Sprich schon weiter, Weib!«

»Sie ... sie wollen sich da treffen. Mina ... und mein Sohn ...«

Irmelind konnte sich nicht mehr beherrschen. Sie spürte, wie etwas Warmes an ihren Beinen entlanglief. Ohne dass sie etwas dagegen hätte tun können, entleerte sich ihre Blase. Eine Pfütze bildete sich dort, wo sie stand.

Endlich ließ Philipp sie los. Sie wollte sich retten, aber ihr Körper war wie erstarrt. Er lachte auf.

»Dachtest du, ich würde dich tatsächlich umbringen? O nein«, er lachte wieder, »das Wissen darum, dass du Mina und deinen Jungen verraten hast, dass du vielleicht nie erfahren wirst, was ich mit ihnen tun werde, wird dir eine schlimmere Strafe sein als der Tod.«

Siebtes Kapitel

»He, Blum!«

Die Stimme des Vormannes hielt Frank auf. Er drehte sich um und schaute den Mann, den hier alle nur den roten Mick nannten, fragend an.

»Sie brauchen Hilfe, drüben auf der anderen Baustelle.«

Frank nickte. Ein neues hohes Gebäude wuchs dort in die Luft, und er gehörte zu jenen, die keinen Schwindel verspürten. Er, Frank, konnte sogar in die höchsten Höhen klettern. Es machte ihm rein gar nichts aus. Manchmal fragte er sich, ob das schon immer so gewesen war, aber er konnte sich tatsächlich nicht erinnern.

»Gehst du dorthin?« Mick schaute ihn fragend an. »Ich hab keinen Besseren als dich. Bekommst nächste Woche auch zwei Tage frei.«

»Ist schon in Ordnung«, wehrte Frank ab.

Er wollte gewiss keinen freien Tag. Wenn er arbeitete, musste er nicht nachdenken, und das war ihm allemal lieber.

Die andere Baustelle lag etwa zehn Minuten von seiner jetzigen entfernt. Sein Weg führte ihn an Bettlern vorbei, die hier verjagt werden würden, sobald die Häuser standen. Aus manchen Baracken drang irische Musik. Auch Mick war Ire, aber er drohte jedem Prügel an, der laut davon sprach. Die katholischen Iren waren nicht wohlgelitten. Armes, faules Pack, so sprach man über sie, dreckige Säufer allesamt.

An der Baustelle meldete er sich beim Polier, der ihm sofort eine Stelle auf dem obersten Gerüst zuwies. Jack, ein

Lakota-Indianer, mit dem er sich angefreundet hatte, empfing ihn oben mit einem Grinsen.

»Na, wenn das nicht unser *wasi'chu* ist, das Bleichgesicht, das keine Angst davor hat, zu fallen.«

»Jack!«

Mehr sprachen sie nicht. Schweigend arbeiteten sie für die nächsten Stunden nebeneinander, bis es dämmerte. Als Erstes legte Jack Steinhart seinen Hammer beiseite, ließ sich auf dem Tragebalken nieder, als säße er auf einer Parkbank, aß etwas Trockenfleisch aus seinem Beutel und trank Wasser dazu.

»Ich werde bald wieder meine Familie besuchen«, sagte er unvermittelt. »Meine Frau bekommt unser fünftes Kind.«

Frank setzte sich neben ihn und starrte schweigend auf die Straße hinunter, die zunehmend vom Dämmerlicht verschluckt wurde. Wie schön es wäre, auch eine eigene Familie zu haben.

Mina ... Finde dich damit ab, sie ist tot.

Abwesend kramte Frank das letzte Stück Brot aus seiner Jackentasche und biss hinein. Unten liefen die Menschen geschäftig hin und her, aus der Höhe betrachtet so viel kleiner als Jack und er. Eine Bewegung riss Frank mit einem Mal aus den Gedanken. Eine junge, schmale Frau war eben dort unten vorbeigekommen. Sie trug ein graues Kopftuch zu einem einfachen Kleid, aber er war sich sicher, dass er rotbraunes Haar gesehen hatte – und diese Bewegungen ... Verdammt, diese Bewegungen kannte er doch!

Mina, bohrte eine Stimme in seinem Kopf, das ist Mina.

»Ich muss gehen«, rief er Jack Steinhart zu und raste auch schon auf die Leiter zu, die ihn auf die Straße zurückbringen würde.

»Immer in Eile, diese *wasi'chu*«, rief der Lakota ihm lachend hinterher.

In kürzester Zeit hatte Frank den Boden erreicht. Gerade noch sah er die Frau in der Ferne um die Ecke biegen. Er rannte los, rannte, wie er das, seit er ein Junge gewesen war, nicht mehr getan hatte. Als er die Straßenecke erreichte, dachte er zuerst, er habe sie verloren. Dann sah er sie wieder.

Mina!

Sie ging nicht. Nein, ihre Füße tanzten ein Lied zu ihren Schritten, und sein Herz trommelte den Rhythmus dazu. Frank beschleunigte noch einmal seine Schritte. In den Häusern, die seinen Weg säumten, waren die ersten Lichter angegangen. Jetzt fand er bestätigt, was eben noch Ahnung gewesen war. Das Haar der Frau war rötlich, rötlicher sogar, als er es in Erinnerung hatte.

»Mina!«, rief er.

Sie hörte ihn nicht. Er versuchte es lauter.

»Mina!«

Jetzt schien sie etwas zu irritieren. Einen Moment lang überlegte sie wohl, ob sie stehen bleiben oder schneller laufen sollte. Frank nutzte ihr Zögern, um den Abstand beträchtlich zu verringern.

»Mi...«

Er sprach den Namen nicht zu Ende. Nein, das war sie nicht. Das war sie ja gar nicht. Wieder einmal.

»Entschuldigen Sie, Miss ...« Er spürte, wie er errötete. »Ich habe Sie leider mit jemandem verwechselt.«

Hatte sie zuerst noch ängstlich dreingeschaut, so lächelte die junge Frau nun.

»Und mit wem habe ich das Vergnügen?«, fragte sie unerwartet keck.

»Frank Blum«, antwortete er und fügte grinsend, denn irgendetwas in ihrem Ausdruck brachte ihn zum Lachen, hinzu: »Bauarbeiter aus Deutschland.«

»Cathy Maguire«, erwiderte sie, »Irin.«

Er grinste jetzt noch breiter. Offenbar versuchte sie, ihn zu testen.

Eine halbe Stunde später stand er im Pub von Cathys Vater und trank dunkles Stout. Um ihn herum war ein Stimmengewirr, wie er es lange schon nicht gehört hatte. Musiker spielten auf. Frauen und Männer lachten, schrien, sangen und tanzten. Obwohl die Enttäuschung, dass es nicht Mina war, anfänglich schwer gewogen hatte, fühlte Frank sich mit einem Mal leicht. Er forderte Cathy auf, ihn auf die Tanzfläche zu begleiten, und wirbelte sie so gekonnt herum, wie er es gar nicht von sich erwartet hätte. Irgendwann setzte die Musik für einen längeren Zeitraum aus. Auch die Musiker stillten ihren Durst. Verschwitzt starrten Frank und Cathy einander an. Frank strich Cathy eine Strähne ihres leuchtend roten Haars aus dem Gesicht. Minas Haar, jedenfalls fast. Sie versank in seinen Augen. Dann fuhren die Musiker zu spielen fort, und Cathy und Frank tanzten weiter.

Ohne es aussprechen zu müssen, wussten sie beide, dass sie einander so schnell nicht mehr loslassen würden.

Achtes Kapitel

In diesem Jahr bestand Mina, trotz aller Vorbehalte ihrer Mutter, darauf, zur Unabhängigkeitsfeier auf die Plaza de la Victoria zu gehen. Paco, dem es sehr gut auf La Dulce gefallen hatte, war noch einmal zurückgekehrt und bot sich an, sie zu begleiten. Ihm vertraute sie zumindest an, dass sie mit diesem Tag und dieser Plaza Erinnerungen an jemanden verband, den sie einige Jahre zuvor verloren hatte und schmerzlich vermisste. Annelie war Pacos Begleitung gar nicht recht, aber ihr fiel kein Gegenargument ein.

Für Mina war es ein deutlich anderes Gefühl, Buenos Aires an der Seite des jungen Mannes zu besuchen. Für einen sehr kurzen Moment malte sie sich sogar aus, sie sei gemeinsam mit Frank dort. Zum ersten Mal seit Langem spürte sie Hoffnung, was das Wiedersehen mit Frank anging. Nein, sie glaubte weder, dass er tot war, noch, dass er sie vergessen hatte.

Ich würde es spüren, wenn er tot wäre, wiederholte sie nicht zum ersten Mal bei sich, ich würde es spüren.

Sie hatten sich bereits am Vortag auf den Weg gemacht, in einer Herberge übernachtet, um vorher noch etwas auszuruhen, und näherten sich nun dem Platz. Mina blickte sich um. Musik war zu hören, Salutschüsse kündigten die Eröffnung der Festivitäten an. Mina bewunderte die Häuser, die zur Feier des Tages geschmückt worden waren. Bei einem Straßenhändler kaufte Paco ihr eine Orange. Sie ließ sich von dem bunten Treiben mitreißen, wenn sie auch nicht vollkommen loslassen konnte. Aber Paco war so guter Dinge, dass er sie immer wieder ihren Kummer vergessen ließ. Er lud Mina ein zu tanzen, und sie stimmte schließlich sogar in die Gesänge mit ein. Wider Erwarten genoss Mina den Tag, und Paco trug seinen Teil dazu bei. Doch die Anspannung ließ sie nicht vollkommen los. Während sie ihre Runden drehten, aßen, lachten, tanzten und tranken, kehrten sie immer wieder zur Siegessäule zurück. Nie, niemals konnte Mina Franks Gestalt zwischen den Feiernden erkennen, doch sie gab nicht auf.

Der Tag verging wie im Flug, und schon setzte die Dämmerung ein. Wieder und wieder hatte Mina sich suchend umgeblickt, doch vergeblich. Als es ganz dunkel war, wurden mehr und mehr Feuerwerkskörper entzündet und versprengten ihre in allen Farben schillernden Funken am sternenübersäten Nachthimmel. In diesem Moment spürte Mina die Traurigkeit zum ersten Mal wie einen winzigen, scharfen Stachel in sich. Paco merkte es wohl, denn er zog sie entschlossen in den nächsten Tanz und sang dazu. Mina ließ sich dankbar ablenken.

Es ging schon auf Mitternacht zu, als die beiden völlig erhitzt innehielten. Mina fächelte sich Luft zu. Paco machte sich gleich auf, etwas zu trinken zu besorgen. Als er zurückkam, konnte er Mina neben der Siegessäule stehen sehen. Sie sah plötzlich sehr klein und verletzlich aus, und obwohl er keine wirkliche Vorstellung davon hatte, was sie bedrückte, tat sie ihm unendlich leid.

Annelie war lange nicht mehr so ungeduldig gewesen. Wann würden die beiden endlich zurückkommen? Schon früh am Morgen war sie auf den Beinen, jetzt stand sie am Fenster der großen Küche von La Dulce und sah hinaus. Und wenn

Frank doch aufgetaucht war? Aber warum sollte er? Er hatte ihr eindeutig geglaubt, dass Mina tot war. Für ihn gab es keinen Grund ... Oder doch? Konnte es für Frank einen Grund geben, noch einmal zur Plaza zurückzukehren, auf der er von Minas Tod erfahren hatte? Nein, suchte Annelie sich zum wiederholten Mal zu beruhigen, ganz bestimmt nicht.

Sie atmete tief durch, kehrte wieder an den Tisch zurück und fuhr fort, ihren Teig zu kneten. Sie hatte vor, einen Apfelkuchen zu backen, weil sie ohnehin nicht mehr schlafen konnte. Mit Appollonias Hilfe hatte sie den Ofen eingeheizt. Jetzt war der Teig fertig, die Äpfel standen geschnitten und geschält bereit.

Himmel, wann kommen sie endlich wieder? Es geht doch schon auf Mittag zu.

Nachdem er gefrühstückt hatte, war Eduard zu ihr gekommen, aber wieder gegangen, als er bemerkte, dass sie kaum bei der Sache war. Jedes kleinste Geräusch ließ sie zum Fenster oder zur Tür stürzen. Mehrmals hatte sie auch schon auf der Veranda gestanden und in alle Richtungen geschaut. Auch Appollonia hatte es längst aufgegeben, Annelie in ein Gespräch zu verwickeln.

»Deine Tochter kommt wieder«, hatte sie als Letztes gesagt. »Paco ist ein guter Junge und sehr verantwortungsbewusst.«

Annelie hatte nicht geantwortet. Jetzt aber war draußen ein Geräusch zu hören. Schritte kamen eben die Stufen herauf und näherten sich der Tür. Annelie erstarrte. Jetzt war es so weit. Mina war zurück. Wen hatte sie getroffen? Was hatte sie gesehen? Es klopfte.

Annelie zuckte zusammen. Wieso klopfte es?

Als Annelie öffnete, wurden ihr die Knie weich. Es war nicht Mina, die draußen stand. Nein, da stand eine junge Frau mit goldbraunem Haar und tiefschwarzen Augen.

»Bin ich hier richtig bei Brunner auf La Dulce?«, fragte sie.

»Ja«, Annelie räusperte sich, »ja, da sind Sie hier richtig.«

»Ich bin Blanca Brunner«, erklärte die Frau. »Eduardos Nichte.«

Neuntes Kapitel

Das Zuckerrohr hatte ein charakteristisches Rascheln, das durch den leisesten Luftzug ausgelöst wurde. Wenn es windig war, dann wogten die Stangen hin und her, als wollten sie tanzen. Zuckerrohr anzupflanzen bedeutete harte Arbeit. Manchmal versteckten sich Schlangen zwischen den Pflanzen oder gefährliche Spinnen. Marcos Vater Juan schlug die Pflanzen geschickt mit seiner Machete. Man musste vorsichtig sein, wenn man mit diesen scharfen Macheten umging. Wenn man sich verletzte, gab es unter Umständen keine Hilfe.

Auf den Zuckerrohrfeldern zu arbeiten war schwer. Don Laurentio bezahlte keinen guten Preis, Marco wusste das. Es hatte stets nur dazu gereicht, gerade so zu überleben. Von frühester Jugend an war Marco dieses Leben gewohnt, aber seit die neue Familie auf Tres Lomas war, wusste er, dass es auch andere Möglichkeiten gab.

Marco runzelte die Stirn. Er hatte grüne Augen, wie sie hier in der Gegend um Tucumán selten zu sehen waren, und lockiges dunkelbraunes Haar. Der Körper des Zwanzigjährigen war schlank, die Muskeln durch die schwere Arbeit, die er seit frühester Kindheit hatte ausüben müssen, wie gestählt.

Zuerst hatte er es nur für ein Gerücht gehalten, dann war es zur Gewissheit geworden. Die neue Familie behandelte ihre Arbeiter gut. Sie war aus dem Norden gekommen, aus Salta, und Marco hatte Don Laurentio sagen hören, dass die Santos offenbar nicht wussten, an welche Gepflogenheiten man sich hier in Tucumán hielt.

Mit einem leisen Seufzer drehte sich Marco zum Spiegel hin. Es hatte etwas gedauert, seine Mutter zu überreden, ihn an diesem Tag zu Hause zu lassen. Jeder in ihrer Familie musste arbeiten. Sie brauchten das wenige Geld, das jedes einzelne Familienmitglied nach Hause brachte, ob es sich um ihn, den Ältesten, handelte, oder die kleine Violetta, die bei der Zuckerrohrmühle die Abfälle einsammelte. Als Kind hatte auch er das gemacht, und oft war es ihm wie ein Abenteuer vorgekommen. Zuckerrohr schmeckte süß. Man kaute es, bis nur noch Fasern übrig blieben. Früher hatte er nicht verstanden, wie schwer das Leben für seine Eltern war. Er hatte nicht verstanden, wie verzweifelt sie Tag um Tag für das Überleben der Familie kämpften. Früher hatte der Zucker ihm das Leben versüßt, heute hatte er einen bitteren Beigeschmack. Der Zucker machte die Reichen reich, aber die Armen blieben arm.

Um seine Nervosität zu bekämpfen, griff Marco noch einmal nach dem hölzernen Kamm, den er sich selbst geschnitzt hatte, und kämmte sich sorgsam das Haar, das so schwer zu bändigen war. Er wollte nicht unordentlich aussehen. Als er seinen Scheitel zog und den Kamm dabei stramm über die Kopfhaut schrammte, fluchte er leise über den Schmerz. Dann sah er an sich hinunter. Er trug sein bestes Hemd und die Hose mit den wenigsten Flicken, die er gewöhnlich nur sonntags anzog. Leider hatte er keine Schuhe, lediglich geflochtene Sandalen, die ihre besten Tage schon hinter sich hatten. Meist lief er ja ohnehin barfuß.

Vorsichtig spähte Marco aus dem Fenster, bevor er die kleine Hütte verließ, die er sich mit den Eltern und seiner Schwester teilte. Zwar stand es jedem frei, auf den Feldern Don Laurentios zu arbeiten oder eben nicht – schließlich wurde man nur bezahlt, wenn man arbeitete –, aber Don Laurentio mochte keine Müßiggänger. Er hielt immer Ausschau nach jenen, die in ihren Hütten blieben.

Marco schlug den Weg ein, der ihn über weite Umwege zum Haus der Santos führen würde. Er war fest entschlossen, heute auf Tres Lomas nach Arbeit zu fragen. Dann, so hoffte er, würde er seine Familie besser unterstützen können. Vielleicht würde er sogar etwas Geld für seinen größten Traum beiseite legen können.

Obwohl sein Vater stets von Hirngespinsten sprach, hatte Marco große Pläne. Eines Tages wollte er nicht mehr Zuckerrohr schneiden. Zuckerrohr schneiden, das konnte jeder, der ein Messer halten konnte. Er wollte auch nicht mehr von Tag zu Tag leben, wollte nicht mehr abhängig sein von den Launen eines *patrón* oder denen des Wetters. Marco wollte einen wirklichen Beruf erlernen, vielleicht sogar einen, bei dem er seinen Erfindungsreichtum einsetzen konnte. Er hatte schon einige Dinge erdacht und erbaut. Er war nicht ungeschickt. Vielleicht ...

In der Nähe waren mit einem Mal Stimmen zu hören, kräftige, laute Stimmen. Weil er nicht achtgegeben hatte, wäre er fast Don Laurentio und seinem Vorarbeiter in die Arme gelaufen. Geduckt eilte Marco weiter. Es dauerte jetzt nicht mehr lange, bis die weiße Estancia der Santos vor ihm auftauchte. Sicherlich war es dumm, das zu glauben, aber ihm schien, als sehe der Garten rund um diese Estancia grüner aus, sanfter, ja freundlicher.

Vorsichtig ging Marco am Rand des bekiesten Weges entlang, er traute sich nicht, in der Mitte zu laufen. Trotzdem hielt er den Blick fest auf das von Säulen gerahmte Eingangsportal des Hauses gerichtet.

Obwohl sie es sich anfangs anders ausgemalt hatten, verbrachten Pedro und Viktoria das ganze Jahr auf Tres Lomas bei Tucumán. Manchmal unternahmen sie einen Ausflug in die Anden bei Salta, aber ihnen fiel es mittlerweile leichter, auf Tres Lomas glücklich zu sein als dort. Unwiderruflich blieb Santa Celia mit den letzten schrecklichen Ereignissen und Jonás Vasquez' Tod verbunden. Über die Vorgänge auf der Estancia blieben Viktoria und Pedro dabei stets informiert, von Zeit zu Zeit schickte ihnen der neue Verwalter Berichte, alles andere interessierte sie nicht. Natürlich war es Pedro zuerst schwergefallen, die Estancia aufzugeben, aber letztendlich war er seiner Geliebten entschlossen gefolgt.

»Ich kann es verantworten, wenn ich sterbe«, hatte Viktoria einmal zu ihm gesagt, »aber ich ertrage es nicht, wenn andere für mich sterben.«

In Tucumán waren sie weit fort von all dem. Sie hatten nur einige Bedienstete mitgenommen und ein neues Leben begonnen. Hier gab es niemanden, der sich über sie das Maul zerreißen konnte, jedenfalls nicht über ihre Liebe, nicht über das, was nur Pedro und sie etwas anging. Ab und zu beschwerte sich Don Laurentio mehr oder weniger lautstark wegen der angeblich zu guten Behandlung der Arbeiter auf Tres Lomas, aber er war nachsichtiger geworden, seit sich das Geschäft mit dem Zucker zu seinen Gunsten entwickelte. Außerdem war er der festen Ansicht, dass auch die Santos irgendwann erkennen würden, wo ihre Interessen lagen.

Seit wir hier sind, hatte ich eigentlich nie Zeit, viel über das nachzudenken, was die anderen von mir denken, fuhr es Viktoria durch den Kopf, es gab stets zu viel zu tun.

Während Pedro sich um die Arbeit auf den Feldern und die Arbeiter sorgte, kümmerte sich Viktoria um die Büroarbeit und den Verkauf. Ein guter Teil ihres Ertrags aus dem

Zuckerrohranbau ging nun jedes Jahr nach Buenos Aires, an die Meyer-Weinbrenners nach Belgrano. Julius hatte Viktoria in Aussicht gestellt, dass sie in den Handel mit Europa würde einsteigen können. Zucker war gefragt.

Humberto, Viktorias Ehemann, bezog immer noch einen monatlichen Geldbetrag von Viktoria und lebte weiterhin in dem Stadthaus in Salta oder auf Santa Celia. Seit es ihm und seiner Familie gelungen war, sie und Pedro zu vertreiben, hielt er sich zurück. Hätte es nicht die monatliche Unterstützung gegeben, hätte Viktoria ihn fast vergessen können.

Für einen flüchtigen Moment strich Viktoria sich mit beiden Händen über die schlanke Taille. Sie hatte es sich sehr gewünscht, aber nach Paco war sie nicht noch einmal schwanger geworden. Vielleicht ist es besser so, überlegte sie, vielleicht ist es besser, nicht noch ein Kind in dieses doch so schwierige Leben zu setzen.

Estella und Paco forderten sie zudem genügend. Estella war zu einer bezaubernd schönen Frau herangewachsen. Paco hatte die Gerechtigkeit als sein Thema entdeckt und eiferte seinem Vater nach. Er ging immer noch dem Rechtsanwalt in Buenos Aires zur Hand und war inzwischen fest entschlossen, einmal Rechtswissenschaften zu studieren – wenngleich er ab und zu daran zweifelte, ob dieses Studium nicht zu lange dauerte, um der Sache der Gerechtigkeit Genüge zu tun.

Von Zeit zu Zeit erreichten Tres Lomas feurige Briefe. Am Morgen hatte Viktoria wieder einmal einen solchen entgegengenommen. Paco berichtete in knappen Worten von Buenos Aires und der Arbeit in der Kanzlei und etwas ausführlicher von Aktivitäten, die Viktoria beunruhigten. Wenn Paco sich nur keine Feinde machte! Es wäre ihr lieber gewesen, ihren Sohn einmal wieder von Angesicht zu Angesicht zu sehen, doch seit er damals nach La Dulce und dann weiter nach Buenos Aires aufgebrochen war, hatte er Tres Lomas nicht mehr besucht. Noch nie zuvor waren sie so lange getrennt gewesen.

Im letzten Jahr war außerdem Viktorias Vater gestorben. Viktoria hatte es sehr geschmerzt, ihn nie mehr wiedergesehen zu haben. Nicht einmal an seiner Beerdigung hatte sie teilnehmen können. Ihre Mutter schrieb jetzt regelmäßiger. Aus ihren Zeilen sprach der ausdrückliche Wunsch, die Tochter und die Enkel einmal zu besuchen. Vielleicht würde es ja wenigstens mit ihrer Mutter ein Wiedersehen geben. Die Reise mit dem Schiff wurde immer unbeschwerlicher.

Viktoria trat näher ans Verandageländer und zupfte die vertrockneten Blüten von einer gelben Rose, die dort stand. Ihr Blick fiel auf die schlanke Gestalt ihrer Tochter. Estella war an diesem Tag früh aufgestanden und ohne zu essen spazieren gegangen. Gerade war sie zurückgekehrt. Sie saß in einem Schaukelstuhl auf der Veranda und schien ihren Gedanken nachzuhängen.

Mein kleiner Edelstein, dachte Viktoria, mein Sternenkind. Auch wenn ihr und Estellas Vater kein glückliches Leben beschieden gewesen war und sie hier und da auch etwas von ihrem Ehemann in der Tochter sah, so liebte sie Estella doch aus vollem Herzen. Und auch Humberto hatte seine Tochter nicht vergessen. Sie war die Einzige, für die ab und an kleine Geschenke aus Salta eintrafen: Stoffe, Schmuckstücke, Spielzeug für ein viel jüngeres Kind. Viktoria wusste, dass Estella all diese Geschenke in einer Holzkiste verstaute. Vielleicht würden sie eines Tages einmal eine Bedeutung für sie haben.

Anders als in den vergangenen Jahren war Estella in diesem Jahr nach den Sommerferien nicht mehr nach Buenos

Aires zurückgekehrt. Natürlich war die Schulzeit für sie vorüber, aber irgendetwas musste vorgefallen sein. Niemals hätte sie sich sonst wenigstens einen Besuch in Buenos Aires bei ihrer besten Freundin Marlena nehmen lassen. Viktoria bedauerte, dass ihre Tochter sie nicht ins Vertrauen zog.

Sie hörte Estella leise seufzen und trat an ihre Seite. Behutsam strich sie ihr über den Arm.

»Willst du mir nicht sagen, was zwischen Marlena und dir vorgefallen ist?«

Estella schüttelte den Kopf. Ihr Kiefer spannte sich an und zitterte, so fest presste sie die Zähne aufeinander.

»Es ist nicht wichtig«, sagte sie dann.

»Aber es beschäftigt dich«, entgegnete Viktoria.

Estella lachte zynisch auf. »Ach, weißt du, du würdest sicherlich sagen, das gehört zum Erwachsenwerden dazu.«

»Was?«

»Enttäuscht zu werden.«

»Von wem? Von Marlena?«

Estella antwortete nicht.

Viktoria wartete noch einen Augenblick. Dann sagte sie: »Nun gut. Wenn du reden möchtest, meine Tür steht jederzeit offen.«

»Ich weiß Mama, mach dir keine Sorgen.« Estella stand abrupt auf und ging mit raschen Schritten in den Garten.

Viktoria schaute ihr nachdenklich hinterher. Ihre Gedanken rasten wieder einmal.

Aber ich mache mir Sorgen, dagegen kann ich wohl nichts tun. Ich mache mir Sorgen.

Estella hielt den Kopf gesenkt und starrte auf die weißen Kiesel vor sich, während sie sich vom Haus wegbewegte. Es tat immer noch weh, an Marlena zu denken. An Marlena und John. An den Moment, an dem sie die beiden gesehen und verstanden hatte, dass sie tatsächlich verloren hatte. Vielleicht war es dumm, die ganze Sache aus diesem Blickwinkel zu betrachten, aber sie konnte nicht anders. Seit sie Marlena kannte, waren sie unzertrennlich gewesen, aber seit einem Jahr war alles anders.

Schon wieder spürte Estella, wie ihr die Tränen in die Augen stiegen. Ärgerlich und sicherlich sehr undamenhaft zog sie die Nase hoch.

Gut, dass mich hier niemand sieht, dachte sie und erschrak im selben Moment. Vollkommen unerwartet war sie mit jemandem zusammengeprallt. Sie gerieten beide aus dem Gleichgewicht.

»Verdammt«, fluchte sie, während sie darum kämpfte, nicht zu fallen.

Ihr Gegenüber blieb stumm, hatte sich aber rasch gefangen und griff nach ihrem Arm. Erst jetzt hatte Estella Gelegenheit, ihn anzusehen. Ein junger Mann in einfachster Kleidung, an dem ihr als Erstes die leuchtenden grünen Augen auffielen, stand vor ihr und starrte sie an, als wäre sie ein Geist.

»Wer sind Sie?«, fragte sie schnippisch.

»Oh … äh … natürlich, Señorita Santos. Ich bitte vielmals um Verzeihung, ich …«

Woher kennt er mich?, fuhr es Estella durch den Kopf. Sie hielt sich fast die ganze Zeit auf der Estancia auf, am gesellschaftlichen Leben nahm sie gar nicht teil. Nun ja, dieser junge Mann nahm sicherlich auch nicht am gesellschaftlichen Leben teil. Sie musterte ihn noch einmal genauer und spürte, wie der Ärger, der in ihr aufgestiegen war, mit einem Mal nachließ.

Er hatte ein sehr gleichmäßig geschnittenes Gesicht und

lockiges dunkelbraunes, wohl etwas störrisches Haar, das er sich nun nervös mit der freien Hand aus der Stirn strich, denn mit der anderen hielt er sie immer noch fest.

»Würden Sie mich loslassen?«

»Na... natürlich«, stammelte er.

»Also, wer sind Sie?«

»Ich bin Marco Pessoa, einer von Don Laurentios Arbeitern ... Nein ... ich ...«, verbesserte er sich im nächsten Moment, »... ich arbeite für ihn und ...«

Der junge Mann sprach wohl von Laurentio Zuñiga. Don Laurentio hatte erst kürzlich wieder ihre Eltern besucht, um ihnen etwas über die Gepflogenheiten unter den Zucker-Estancieros zu erzählen, offenbar der Meinung, dass die Santos ihre Arbeiter zu gut behandelten. Er hatte dies schon häufiger getan, eigentlich immer wieder seit ihre Mutter auf Tres Lomas lebte, mal mit mehr, mal mit weniger Nachdruck.

»Hin und wieder muss man sie spüren lassen, wer der *patrón* ist, Señora Santos, sonst werden sie übermütig«, hatte er beim letzten Mal mit jovialem Lachen gesagt.

Viktoria hatte höflich zugehört und ebenfalls herzlich gelacht, als er gegangen war. Pedro hatte ernster dreingeblickt.

»Fürchtest du dich?«, hatte sie ihn gefragt.

Pedro hatte den Kopf geschüttelt. »Aber du weißt ja, was passieren kann, wenn man ihre ungeschriebenen Regeln bricht.«

Daraufhin war Viktoria ernst geworden.

Estella schaute Marco neugierig an. »Und was führt Sie zu uns? Ich nehme an, Sie wollen zu meinen Eltern. Verlaufen haben Sie sich sicher nicht.«

»Nein.« Der junge Mann hob die Hand und wollte sich wieder durchs Haar fahren – offenbar war das eine Angewohnheit, wenn er nervös war –, ließ sie dann aber wieder sinken. »Ich wollte mit Ihrer Mutter sprechen, Señorita.«

»Aha.« Estella blickte ihn an. Sie war von jeher sehr neugierig gewesen. »Worum geht es, vielleicht kann ich Ihnen helfen?«

»Ich weiß nicht, Señorita, ich ...«

»Sagen Sie schon!«

Marco sah kurz zu Boden, hob den Kopf wieder und straffte Schultern, Rücken und Nacken. »Ich möchte für Ihre Mutter arbeiten.«

Estella lächelte.

»Aber so machen wir uns unter Umständen neue Feinde!«, warf Pedro ein.

»Das hat dich doch sonst nicht gekümmert.« Viktoria lachte auf.

Pedro warf ihr einen vielsagenden Blick zu, sagte aber nichts mehr. Meist verstanden sie sich gut, aber manchmal wurde ihm nur zu deutlich, dass sich Viktoria immer noch selten um die Folgen ihres Handelns kümmerte. Sie besaß eine Sicherheit, die sie im Leben verankerte, die ihm fremd war. Ihm waren die Folgen des eigenen Handelns umso bewusster geworden, je mehr Verantwortung er übernommen hatte. Anders war das gewesen, als er nur für sich verantwortlich gewesen war. Heute hatte er eine Familie, er hatte Arbeiter, deren Familien es zu umsorgen galt, so, wie er die seine schützte und umsorgte. Andererseits war er auch stolz darauf, dass es sich offenbar sogar unter den Arbeitern herumgesprochen hatte, dass auf Tres Lomas gute Arbeitsbedingungen herrschten.

»Pedro, ein junger Mann fragt nach Arbeit«, drang jetzt

wieder Viktorias Stimme zu ihm vor, »das ist sein gutes Recht.«

Pedro nickte nachdenklich. Und so begann Marco Pessoa für Señor Cabezas und Doña Viktoria zu arbeiten. Und er machte einen verdammt guten Eindruck. Marco war ein junger Mann, dem man irgendwann Verantwortung würde übertragen können.

Zehntes Kapitel

Marlena hielt John umfangen. Sie hatte ihr Kinn gegen seine Brust gelehnt und beobachtete seinen Adamsapfel, der sich sanft auf und ab bewegte. Die erste Liebe war eigentlich wie ein Blitzschlag über sie gekommen und hatte sie seither nicht mehr losgelassen. John war so viel älter als sie, aber das störte sie nicht. Es war ihr gleichgültig, und Mama würde es sicherlich auch irgendwann verstehen. John tat plötzlich einen tiefen Atemzug, als hätte er über etwas nachgedacht, was ihm Sorgen bereitete.

Marlena hob den Kopf ein wenig. »Hat es wieder Ärger gegeben?«

»Nein«, erwiderte er mit unerwartet träger Stimme. »Heute nicht.«

Marlena ließ den Kopf erneut auf seine Brust sinken, gab sich wieder der Wärme seines Körpers hin, lauschte seinen Atemzügen.

»Mach mich zur Frau«, sagte sie dann leise.

Sie hatte lange geübt, um den Satz ohne zu zögern aussprechen zu können. Schon öfter hatte sie sich gefragt, ob es neben ihr noch weitere Frauen gab. Sie konnte sich nicht vorstellen, dass sich ein Mann wie John mit züchtigen Küssen zufriedengab.

»Wie bitte?« Er schob sie ein Stück zurück, sodass er sie ansehen konnte.

»Mach mich zur Frau.«

»Wir … wir sind nicht verheiratet.«

Marlena erwiderte seinen Blick verwirrt. »Aber du hast noch nie etwas von der Ehe gehalten.«

»Das ist auch leichter für einen Mann«, gab John zurück.

Marlena hatte sich jetzt wieder gefangen und schüttelte den Kopf. »Mach mich zur Frau, John. Es ist meine Entscheidung. Ich will es.«

»Marlena, du bist nicht mal achtzehn ...«

»Pst ...« Sie legte ihm den Finger auf die Lippen.

Mit einem Mal stieg ihm ihr Duft in die Nase, so eindringlich, dass er innehalten musste. Wenn er ehrlich war, hatte er sich schon öfter ausgemalt, dass es hierzu kommen würde. Sie war ihm ja nicht gleichgültig. Er hatte sie weiß Gott nicht belogen.

John drückte sie an sich, streichelte dann über ihren Rücken bis hinunter zu ihrer schmalen Taille. Nach kurzem Zögern zog er sie zu seinem Bett hin.

»Du bist so schön, Marlena, ein so schönes, feines Mädchen. Du bist viel zu gut für mich, weißt du das?«

»Nein«, gab sie keck zurück. »Das weiß ich selbstverständlich nicht.«

Sie setzten sich nebeneinander. Marlena lehnte sich gegen John. Sie war siebzehn Jahre alt. Sie würde die Schule bald abschließen, wie es Estella schon längst getan hatte. Natürlich erwartete ihre Mutter, dass sie nach ihrem Schulabschluss noch mehr im Fuhrgeschäft mithalf. Sie dagegen wollte ...

Ach Gott, das Fuhrgeschäft jedenfalls gewiss nicht ...

Aber sie wollte Johns Frau werden, mit oder ohne Trauschein. Sie wollte an seiner Seite als Journalistin arbeiten. Einige ihrer Artikel waren schon gedruckt worden, wenn auch weiterhin unter Johns Namen. Doch das würde sich ja irgendwann ändern.

Marlena leckte sich über die Lippen. »Mach mich zur Frau, John. Jetzt. Liebe mich.«

»Marlena, ich …«

»Tu es.« Sie nahm seine Hand.

»Aber, Marlena, du bist eigentlich noch ein Kind.«

Die Wut kochte so rasch in ihr hoch, dass ihre Kehle enger wurde.

»Ich dachte, wir sind ein Paar!«, stieß sie aus.

»Natürlich sind wir das, aber ich kann … Ich kann doch nicht …«

Natürlich kannst du, bohrte eine kleine gehässige Stimme in Johns Kopf, natürlich kannst du, du hast deinen besten Freund verraten, um dich zu retten. Du hast seine Ehefrau ohne eine Erklärung sitzen lassen, weil du zu feige für die Wahrheit warst. Du kannst sicherlich auch eine junge Frau aus gutem Haus entehren.

Es erstaunte John, mit welcher Selbstverständlichkeit Marlena sich seinen Liebkosungen hingab. Es berührte ihn sogar. Es sprach so viel Vertrauen aus ihren Bewegungen, aus ihren Küssen, aus ihrem ganzen Gebaren. Sie zeigte keine Scham vor ihm, zeigte sich wie jemand, der der Natur ganz nahe war, und hatte keine Scheu.

Sie entkleideten sich, ohne den Blick voneinander zu nehmen, musterten sich gegenseitig neugierig, dann schlang Marlena die Arme um seinen Hals. Ihre vollen Brüste streiften seinen Oberkörper. John spürte, wie sich sein Penis aufrichtete, küsste sie im nächsten Moment leidenschaftlich – erst auf den Mund und dann überall, weil er sich selbst nicht mehr zu halten wusste. Der Gedanke an Verhütung verflüchtigte sich, so schnell er gekommen war.

»Marlena, o Marlena.«

Ihre Körper vereinigten sich in einem raschen, wilden Rhythmus, der sich im Trommelschlag ihrer Herzen wiederholte. Er rief ihren Namen, als er kam, sie flüsterte den seinen zärtlich in sein Ohr, als der kurze Schmerz nachließ und ein Feuerwerk der Gefühle in ihr zu explodieren schien.

Für einen Moment wusste Marlena gar nicht, wohin mit sich. Dieses unglaubliche Gefühl riss sie mit sich, ohne dass sie etwas dagegen tun konnte – und sie wollte ja auch nichts dagegen tun. Sie wollte nur hier sein, voll und ganz mit John vereinigt.

Später lagen sie erschöpft nebeneinander auf dem Bett. Es dauerte einen Moment, bevor sie beide zu Atem kamen. Nachdenklich strich John Marlena eine schweißfeuchte Strähne aus der Stirn. Er musste nichts sagen. Sie sah es in seinen Augen.

Er liebt mich, sang es in ihr, er liebt mich.

Drei Monate später wusste Marlena, dass sie schwanger war.

Elftes Kapitel

»Mama?«

Marlena hatte vorsichtig an der Tür geklopft. Als sie gleich darauf öffnete und eintrat, schrak sie zusammen. Das Gesicht ihrer Mutter war schneeweiß, ihre Augen rot gerändert.

»Papa ... Papa ist tot«, flüsterte Anna.

»Julius ...? O mein Gott!« Marlena war so entsetzt, dass sie nicht wusste, wie sie reagieren sollte.

Anna schüttelte den Kopf. »Nein, Heinrich ... dein Großvater ...« Anna vergrub ihr Gesicht in den Händen. »Er hat mir mein Leben immer so schwer gemacht. Ich dachte, ich würde froh sein, wenn er endlich tot ist. Wenn ich ihn während der Arbeit nicht mehr draußen im Hof betrunken auf der Bank sitzen sehe. Wenn ich mich nicht mehr für ihn schämen muss. Ich dachte, ich würde ihm den Tod wünschen, aber jetzt ...«

Die Schluchzer, die nun zu hören waren, klangen trocken. Offenbar hatte Anna schon viele Tränen geweint.

Für einen Moment wusste Marlena nicht, was sie sagen sollte. Eigentlich war sie gekommen, um Anna ihre Schwangerschaft zu beichten, aber jetzt? Als müsse sie das Kleine schützen, legte sie die Hand auf ihren Bauch. Marlena hatte ihren Großvater in den letzten Jahren verachtet. Sie erinnerte sich nur an einen ständig betrunkenen, selbstgerechten alten Mann, der alles darangesetzt hatte, ihrer Mutter das Leben schwer zu machen. Und ausgerechnet diesem Mann trauerte Anna jetzt nach.

»Es … es tut mir leid, Mama«, sagte Marlena.

»Danke, Kleines.« Anna streckte die Arme nach ihrer Tochter aus. »Komm, lass dich umarmen.«

Marlena zögerte. Ihr Bauch war zwar noch flach, aber es kam ihr irgendwie unehrlich vor, sich jetzt umarmen zu lassen. Anna bemerkte ihr Zögern wohl und wirkte gleich noch verlorener. Sie verschränkte die Arme vor der Brust.

»Es tut mir leid, ich wollte dir nicht zu nahetreten.«

»Du bist mir nicht zu nahegetreten, Mama, ich … ich bin ein wenig erkältet. Ich will dich nicht anstecken.«

Anna nickte verständnisvoll, und gleich fühlte Marlena sich noch schlechter. Sie trat an Annas Seite und streichelte ihre tränenfeuchte Wange. Irgendwann ließ Anna den Kopf auf die Schulter ihrer Tochter sinken und begann erneut zu weinen.

Was sollte sie nur tun? Wie sollte sie ihrer Mutter nur von dem Kind erzählen?

Zwei Monate später, zur Turnstunde, passierte es. Marlena war die Letzte, die an diesem Tag noch in der Umkleide war. Mit Entsetzen hatte sie eben festgestellt, dass der weiße Kittel, den sie zum Turnen trug, ihre Leibesfülle einfach nicht mehr verbergen wollte. In der vergangenen Woche hatte sie sich schon einmal krankgemeldet. Diese Woche war es ihr, als hätte ihr Umfang mit einem Mal explosionsartig zugenommen.

Nachdenklich strich sie das Kleidungsstück über ihrem Bauch glatt und sah an sich hinunter. Abends, wenn sie im Bett lag, bewegte sich das Kind in ihr nun immer öfter. Leise wie ein flatternder Schmetterling zwar nur, aber sie spürte es ganz deutlich. John hatte ihr gesagt, das sei normal – offenbar hatte er Erfahrung mit diesen Dingen. Ansonsten überließ er ihr das Problem. Er freute sich auf das Kind, aber in diesem Stadium schien er es für ihre Sache zu halten. Marlena wusste, dass das nicht ungewöhnlich war, trotzdem fühlte sie sich allein. Nicht einmal ihrer Mutter hatte sie sich bisher anvertraut.

Marlena ließ den Kittel los, doch auch so war ihre Schwangerschaft inzwischen deutlich zu erkennen. Was sollte sie nur tun? Sollte sie noch einmal Krankheit vorschützen? Sie konnte sich ohnehin nur noch schlecht bewegen. Manchmal, wenn sie rannte, hatte sie den Eindruck, ihr Bauch mache sich selbstständig.

Marlena seufzte. Nur einen Moment später ließ ein Geräusch in ihrem Rücken sie herumfahren. Isolde und Alma! Sie hatte nicht aufgepasst. Fassungslos starrte sie in die hämisch blickenden Gesichter der verhassten Klassenkameradinnen.

Alma begann jetzt zu lachen.

»Schau an, schau an«, sagte sie.

»Schau an, schau an«, wiederholte Isolde, deren Augen entschlossen funkelten, als wolle sie diesen Augenblick so lange wie möglich auskosten. »Unsere Marlena erwartet ein Kind. Bist du denn schon verheiratet, meine Liebe? Das habe ich ja gar nicht mitbekommen.«

Marlena presste die Lippen aufeinander. Sie wusste einfach nicht, was sie sagen sollte. Isolde war die Letzte, von der sie sich hätte erwischen lassen sollen.

»Machst du es jetzt der Schwarzen nach?«, fragte Alma, während sie sich mit einem Blick auf Isolde versicherte, dass sie richtig gehandelt hatte.

Isolde nickte bekräftigend, dann wanderte ihr Blick zur Tür. »Ich frage mich, was Fräulein Lewandowsky zu diesen Neuigkeiten sagt«, bemerkte sie genüsslich.

Marlena durchfuhr es siedend heiß. Keinesfalls wollte sie vor der ganzen Schule vorgeführt werden. Was sollte sie nur tun, um das zu verhindern? Sie wich zur Wand zurück. Isolde und Alma gingen einen weiteren Schritt auf sie zu. Als Isolde nach ihrem Arm griff, riss Marlena sich los.

»Nun komm schon, du Dreckstück«, entfuhr es Isolde ungeduldig.

»Isolde!«, rief Alma, tatsächlich entsetzt über den rüden Ausdruck.

Marlena nutzte die Gelegenheit, griff nach ihrer Tasche und huschte an den beiden vorbei. »Halt die Schlampe fest, Alma!«, konnte sie Isoldes Stimme hören.

Doch zu spät. Marlena war schon durch die Tür der Umkleide, zog diese hinter sich zu und verriegelte sie im gleichen Moment. Nur kurz erlaubte sie sich, stehen zu bleiben. Isolde und Alma hämmerten wütend dagegen, aber die Umkleide war weit genug von der Turnhalle entfernt. Es würde seine Zeit dauern, bis die beiden entdeckt wurden. Wenn die Turnlehrerin, Frau Bethmann, niemanden nach ihnen schickte, würde das sogar erst zum Ende der Stunde geschehen.

Bis dahin, dachte Marlena, bin ich weg.

Sie hatte inzwischen die Garderobe erreicht und ihren Mantel angezogen. Mit dem Mantel sah man ihre Schwangerschaft noch nicht. Es sah nur aus, als hätte sie zugenommen.

Wohin soll ich gehen?, fuhr es ihr durch den Kopf. Zu den Eltern? Nein, sie konnte keinesfalls nach Hause. Sie schämte sich zu sehr. Diese Scham hatte sie bisher ja auch davon abgehalten, mit ihrer Mutter zu sprechen. Marlena seufzte erneut. Sie bückte sich gerade keuchend nach ihrer Schultasche, als jemand ihre Schulter berührte. Marlena entfuhr ein Schreckensschrei.

»Aber Marlena«, sagte eine freundliche Stimme. »Ich bin es doch nur.«

»Fräulein Brand!«

»Warum bist du nicht im Turnunterricht?«

»Mir ist nicht gut. Mein ...«, Marlena überlegte fieberhaft, »... mein Kreislauf.«

Prüfend schaute Fräulein Brand sie an. »War dir nicht letzte Woche schon schlecht?«

Marlena errötete. Wie hatte Fräulein Brand das nur mitbekommen?

»Na«, fuhr diese dann fort, »du bist fast erwachsen und hast die Schule bald abgeschlossen. Du musst wissen, was du tust.«

»Ja, Fräulein Brand.« Marlena knickste. »Auf Wiedersehen, Fräulein Brand.«

»Auf Wiedersehen, Marlena.«

Marlena hatte den Ausgang fast erreicht, als sie Fräulein Brands Stimme noch einmal zurückhielt.

»Marlena«, rief diese, »ich halte große Stücke auf dich. Vergiss das nie.«

Marlena nickte, unfähig etwas zu sagen. Als sie hinaus auf die Straße trat, konnte sie ihre Tränen nicht mehr zurückhalten.

Der *conventillo*, in dem John zurzeit wohnte, lag im vormals vornehmen San Telmo. Marlena hatte befürchtet, ihn nicht anzutreffen, aber offenbar war er gerade erst aufgestanden. Obgleich es fast Mittag war, war er noch ungekämmt und trug das Hemd über der Hose. Die Decken auf seinem Bett waren zerwühlt. Ein paar Bücher und Notizen lagen herum.

»Was machst du denn hier?«, fragte er entgeistert anstelle einer Begrüßung. »Ich dachte, du wärst in der Schule.«

»Turnen«, erwiderte Marlena. »Ich musste da weg, ich ...« Sie sah an sich hinunter.

John folgte ihrem Blick. »Geht es unserem Kind gut?«, fragte er sie zärtlich.

Wenn er auch keine Anzeichen machte, ihre Lage zu verbessern – eine Weile hatte Marlena sich vorgestellt, er würde bei ihren Eltern um ihre Hand anhalten –, so war er doch interessiert an seinem Kind.

»Ja, ja, alles in Ordnung.«

Marlena sah zu Boden, wusste einfach nicht, was sie sagen sollte.

»Sag mal, hast du geweint?«, fragte er einen Moment später.

Marlena antwortete nicht. Wie sollte sie ihm nur beibringen, dass ihre Mitschülerinnen hinter ihr Geheimnis gekommen waren? Die Turnstunde war längst vorbei. Sicher wusste es schon die ganze Schule. Sicher wussten es auch schon ihre Mutter und Julius.

»John, Isolde hat mich heute erwischt.«

»Bei was?«

»Sie weiß, dass ich schwanger bin. Wahrscheinlich wissen inzwischen alle, dass ich schwanger bin.«

»Na und? Das war doch klar, dass das irgendwann geschehen musste.«

Marlena blieb für einen Moment die Luft weg. Manchmal wusste sie einfach nicht, in welcher Welt John lebte. Ja, vielleicht war sie gedankenlos gewesen, als sie mit ihm geschlafen hatte, aber sie liebte ihn doch.

»John«, versuchte sie es vorsichtig. »Unser Kind ist unehelich. Wir sind nicht verheiratet.«

»Stört uns das?«

»Es muss uns jetzt stören.«

»Nein, das muss es nicht.« Mit einem Mal legte John zärtlich die Arme um Marlena und zog sie an sich. »Denn wir lassen uns von verbitterten alten Moralaposteln nicht unser Leben verderben. Du warst so mutig bisher, Marlena. Ich bin stolz auf dich.«

»Aber, Mama ...«

»Still, Marlena«, sagte er, und dann küsste er sie lange und behutsam.

An diesem Abend sprang Anna bei jedem leisesten Geräusch auf, um zur Tür zu eilen.

»Mama, du passt ja gar nicht auf!«, beschwerte sich schließlich Leonora. Sie hatte ihre Mutter gebeten, Quartett mit ihr zu spielen, aber die war einfach nicht bei der Sache.

»Kleines«, versuchte Anna ihr jetzt zu erklären, »ich warte auf deine Schwester. Sie müsste schon längst zu Hause sein.«

»Na und?« Leonora zog am Ärmel von Annas Bluse. »Dann kommt sie eben später. Wir spielen doch jetzt zusammen.«

Anna unterdrückte einen Seufzer. In letzter Zeit war nur noch schwer mit Leonora umzugehen. Ständig verlangte sie Aufmerksamkeit oder zeigte ihre Eifersucht auf die ältere Schwester. Anna hatte immer gedacht, dass es der Altersunterschied einfacher machen würde, aber dem war nicht so. Marlena und Leonora verhielten sich fast wie Fremde zueinander.

Doch heute konnte sie sich darum nicht kümmern. Am späten Nachmittag hatte plötzlich Fräulein Brand vor der Tür gestanden, Marlenas Lieblingslehrerin. Wenig später hatte Anna von Marlenas Schwangerschaft erfahren.

Als hätte ich es gewusst, fuhr es Anna durch den Kopf. Als hätte sie es tatsächlich geahnt, war sie an diesem Nachmittag früher aus dem Fuhrunternehmen nach Hause gekommen. Wann kam denn Julius endlich? Sie musste doch mit irgendjemandem reden. Und wo blieb Marlena?

Sie wird nicht kommen. Sie traut sich nicht nach Hause.

Kurz nachdem die Nachricht sie erreicht hatte – welche Schande! –, hatte sich Anna erst ausgemalt, ihrer Tochter eine Tracht Prügel zu verabreichen, obwohl sie sie noch nie geschlagen hatte. Inzwischen hoffte sie nur noch, dass Marlena endlich wiederauftauchte. Himmel, es war doch so gefährlich für ein junges Mädchen allein in der Stadt.

Schließlich konnte sie sich überhaupt nicht mehr konzentrieren und bat die Kinderfrau, sich um Leonora zu kümmern.

Julius fand Anna in Tränen aufgelöst vor. Nur stockend konnte sie ihm erzählen, was geschehen war.

»Wir suchen sie«, sagte Julius sofort. »Ich lasse ein Pferd satteln und ...«

»Nein«, Anna griff nach seinem Arm, »bitte bleib bei mir. Wir finden sie ohnehin nicht in dieser Dunkelheit. Wir warten bis morgen.«

Hoffentlich hat sie sich nichts angetan, schoss es ihr durch den Kopf, hoffentlich geht es meiner Kleinen gut.

Obwohl Diablo schon lange nicht mehr vermietet und nur noch selten geritten wurde, hatte er weiter seinen Platz im Stall des Fuhrunternehmens Meyer-Weinbrenner & Co und wurde täglich von einem der Stallburschen bewegt. Einst war Diablo es gewesen, der dafür gesorgt hatte, dass Anna die Arbeitsstelle im Fuhrunternehmen Breyvogel erhalten hatte.

Das hatte Anna nicht vergessen. Sie besuchte das Tier gern. Sie setzte sich zu ihm, lehnte sich manchmal sogar an seinen kräftigen Körper, erzählte ihm, was sie bedrückte. Der einstmals so nervöse Rappe war ruhig geworden. Er erinnerte sie an ihre Anfänge in Argentinien, an Glück und Leid, Sieg und Niederlage.

Anna unterdrückte einen Seufzer. Auch jetzt suchte sie wieder Trost bei Diablo. Trotz intensiver Suche hatten sie Marlena bisher nicht gefunden. Auch Jenny und Rahel hatten ihnen nicht helfen können. Es war, als sei das Mädchen vom Erdboden verschluckt worden. Anna drückte sich gegen das Tier, streichelte seine Flanken.

Was, wenn sie tot ist, fuhr es ihr durch den Kopf. Was mache ich, wenn meine kleine Marlena tot ist?

Zwölftes Kapitel

Wie konnte hinter einem solchen Engelsgesicht nur ein solch verdorbener Teufel lauern? Diego lächelte anerkennend. Maisie hatte ihren Mann Lorenz wirklich im Griff. Er las ihr jeden Wunsch von den Augen ab. Er trug sie auf Händen und wusste doch nicht, was hinter seinem Rücken geschah. Er hatte beispielsweise keine Ahnung, dass Maisie ihn mit seinem Sekretär betrog.

Heute hatte Maisie Diego erstmals in ihr Zimmer gebeten. Als er eintrat, lag sie vollkommen nackt auf ihrem Bett. Die leichten Vorhänge waren vorgezogen, aber sonst hatte sie keine Vorsichtsmaßnahmen getroffen. Er kannte niemanden, der so unbefangen mit seinem Körper umging, noch nicht einmal die Hure, in deren Armen er seine Unschuld verloren hatte. Maisie war eine Königin. Er wusste, dass sie zu einer wichtigen, reichen Familie gehörte. Man erzählte sich so einiges über die Cuthberts. Sie waren fester Bestandteil der vornehmen Gesellschaft von Buenos Aires.

»Komm her«, sagte Maisie jetzt mit ihrer festen, dunklen Stimme, die ihm verlässlich Schauer über den Rücken jagte.

»Hier?«, fragte er noch einmal und versuchte, sich die Verunsicherung nicht anmerken zu lassen.

Du bist ein Mann, ermahnte er sich dann.

»Warum nicht?«, erwiderte sie. »Es ist mein Haus.«

»Aber …«

»Kein Aber, es gibt kein Aber für mich.« Maisie lächelte. »Das hat es noch nie gegeben.«

»Dein Mann könnte …«

Sie lächelte jetzt nicht mehr, nein, sie lachte, tief und gurrend.

»Mein Mann ist nicht hier.« Sie streckte ihm die Arme entgegen. »Und jetzt komm. Los, zieh dich aus.«

Er gehorchte, zog das Hemd über den Kopf, schlüpfte aus seiner Hose. Einen Atemzug später hielt er ihren geschmeidigen Körper in den Armen. Sie hob ihren Kopf und küsste ihn atemlos.

Sie braucht dich, fuhr es ihm da durch den Kopf. Zum ersten Mal hatte er den Eindruck, dass nicht nur er von ihr abhängig war, sondern auch sie von ihm. Er begann, ihren Körper mit Küssen zu bedecken, saugte an ihren Brustwarzen, was ihr ein leises Stöhnen entlockte. Wenig später wand sie sich aber schon wieder unter ihm hervor. Bald saß sie rittlings auf ihm und begann, ihn zu beißen und zu küssen. Ihr Geruch war überall, ein schwerer Duft nach Parfum und Liebe. Längst war sein Geschlecht steif, und er konnte kaum noch an sich halten. Als sie sein Glied in sich einführte, stöhnte er erleichtert auf. Wenig später schon kam er zum Höhepunkt, doch sie ließ ihn auch danach nicht los, lockte ihn weiter, bis auch sie befriedigt war und auf ihn niedersank.

»Soll ich gehen?«, fragte er atemlos. »Ich meine, bevor dein Mann …«

»Bleib nur, ich weiß, wann er kommt.«

Diego gehorchte. Trotz eines unguten Gefühls konnte er nicht anders, als sie zu bewundern. Maisie war eine unerschrockene Frau, ein stahlharter Engel. Er musste ein Lachen unterdrücken, als er sich vorstellte, wie sie ihren Mann empfangen würde, vollkommen unbefangen und noch warm von ihrem Liebhaber.

Fünfter Teil

Sueños – Träume

Buenos Aires, Chaco, Tres Lomas

1883 bis 1884

Erstes Kapitel

Im Laufe der Jahre war die *tertulia*, jene zwanglose Abendgesellschaft aus früheren Zeiten, ein wenig aus der Mode gekommen, aber Maisie hielt auf die Vergangenheit, und so hatte Lorenz ihre Einladungen per Bote austragen lassen. Die meisten der Gäste waren von Maisie ausgewählt worden. Wenige hatte auch er eingeladen, Menschen, die er im Laufe seiner Zeit in der Neuen Welt auf die eine oder andere Weise kennengelernt hatte. Und alle sollten sie sehen, wie weit er es gebracht hatte. Sie sollten sehen, was ein entschlossener Mann in diesem Land erreichen konnte.

Alle, dachte er, sollen meine schöne Frau und mein schönes Haus sehen. Am liebsten wäre es mir auch, sie wüssten um das viele Land, das ich in der Pampa erstanden habe. Ach, man sieht es doch immer wieder: Nur, wer sich nicht an Regeln hält, kommt voran.

Lorenz verspürte ein Gefühl tiefer Zufriedenheit, während er jetzt zu seiner Frau hinübersah. Maisie thronte wie eine Königin in einem Sessel in der Nähe der Tür, um die Gäste willkommen zu heißen. Ganz offenbar war sie neugierig. Sie wollte wissen, wen er eingeladen hatte.

Und sie sah wieder einmal wunderschön aus. Ihr Haar war am Hinterkopf zu einem Knoten zusammengenommen, der mit Schleifbändern festgesteckt war. Ihr hellblaues Seidenkleid mit den schimmernden Perlenstickereien war bis zu den Knien körperbetont geschnitten, der Rock unten weit und mit einer Schleppe versehen, die über den Boden schleifte.

Für einen kurzen Moment musste Lorenz einen Anflug von Eifersucht herunterkämpfen beim Gedanken daran, wie viel von Maisies Körper dieses Kleid offenlegte. Aber er musste sich ja keine Sorgen machen. Maisie war ein herzensgutes Wesen. Sie liebte ihn.

Von seinem Platz im hinteren Teil des Patios fuhr Lorenz etwas beruhigter fort, die Ankunft der Gäste zu verfolgen. Eduard war schon eingetroffen, mit ihm der junge Paco Santos, der in Buenos Aires bei einem Rechtsanwalt hospitierte, bevor er wohl irgendwann ein Studium der Rechtswissenschaften aufnehmen wollte. Er war ja noch jung. Vielleicht entschied er sich auch anders. Eben kamen Julius, Anna und ihre gemeinsame Tochter Leonora durch den Eingang zum ersten Patio. Lorenz lächelte. Er hatte immer eine gewisse Bewunderung für Eduards entschlossene Schwester gehegt.

In der nächsten halben Stunde wurden die Gäste miteinander warm. Lorenz erkannte wieder einmal ehrfürchtig, mit welcher Umsicht Maisie ihre Gäste ausgewählt hatte. Dies war eine Begabung, die ihr wohl in die Wiege gelegt worden war. Er bewunderte sie dafür. Natürlich wusste er nicht, wie viele Geschäfte ihm tatsächlich durch ihre Geschicklichkeit gelungen sein mochten, aber sie hatte ihren Beitrag geleistet. Dessen war er sich sicher.

Nun waren endlich alle da. Ein groß gewachsener dunkelhäutiger Mann setzte sich in einem der angrenzenden Räume ans Klavier und begann, zur Unterhaltung zu spielen. Lorenz konnte ihn durch die geöffneten Türen sehen. Die ersten Diener trugen Tabletts mit Leckereien und Getränken heran. Lorenz nahm ein Glas Champagner, obgleich er einen guten, alten, ehrlichen Rum dem Schaumwein immer vorziehen würde.

Es dauerte eine Weile, bis er Eduard zwischen den Gästen

entdeckte. Der alte Kumpan war noch etwas rundlicher geworden. Seine Gesichtsfarbe war gesund. Er trug einen Anzug und hatte sein immer noch dichtes braunes Haar sorgfältig gekämmt. Für einen Moment selbstvergessen strich sich Lorenz durch sein eigenes, mittlerweile etwas schütteres Haar. Dann ging er auf Eduard zu und begrüßte ihn.

»Wir haben uns lange nicht gesehen. Wie geht es auf La Dulce?«

»Ich bin zufrieden«, entgegnete Eduard.

Seine Antwort erschien Lorenz sehr zurückhaltend, aber er beschloss, nicht näher darauf einzugehen. Die Zeit des Misstrauens musste vorbei sein, er war kein schäbiger Halsabschneider mehr, sondern ein erfolgreicher Geschäftsmann. Er brauchte niemanden zu fürchten, schon gar nicht den Verwalter einer Estancia. Lorenz blickte sich kurz um.

»Wo sind denn Mina und Annelie? Haben sie dich nicht begleitet?«

Für einen winzigen Moment, so erschien es Lorenz, wurden Eduards Augen schmaler. Gleich darauf fühlte er selbst sich genauer in den Blick genommen. Es kostete ihn Kraft, das plötzliche Unbehagen herunterzukämpfen. Verflucht, Eduard hatte immer noch eine Art, einen anzuschauen …

»Sie wollten auf La Dulce bleiben. Sie mögen Buenos Aires nicht.«

»Aha, das ist ja mal eine neue Sichtweise.« Lorenz sah zur Seite, ohne Eduard dabei jedoch ganz aus dem Blick zu lassen. »Sonst will doch immer alle Welt in die Stadt. Hattest du eigentlich je den Eindruck, dass mit den beiden irgendetwas nicht stimmt?«

Es entstand eine längere Pause, bevor Eduard antwortete. »Nein«, sagte er mit Bedacht.

»Weißt du …«, Lorenz hatte sich jetzt so gestellt, dass

Eduard die Wand im Rücken hatte. Er würde nicht an ihm vorbeigelangen, wenn er sich nicht an ihm vorbeidrängte, »... ich hatte immer den Eindruck, dass sie aus einer guten Familie stammen. Ich frage mich, wie sie in die Gosse von Buenos Aires gelangen konnten?«

Dieses Mal kam Eduards Antwort schneller. »Das Leben geht oft seltsame Wege«, entgegnete er, »das wissen wir beide doch am besten, nicht wahr?«

Julius wechselte einen liebevollen Blick mit Anna, bevor sie ihre Aufmerksamkeit beide wieder dem älteren Herrn zuwandten, der ihnen gegenüber am Tisch saß und sein Tässchen Mate-Tee genoss. Aus einem der anderen Zimmer schwebte Klaviermusik zu ihnen herüber und unterlegte das Murmeln der Gäste mit einem ganz eigenen Rhythmus. Der ältere Mann, der sie gefragt hatte, ob er sich zu ihnen setzen dürfe, ereiferte sich nun schon seit geraumer Zeit über den Wandel der Zeiten. In der Mitte des 19. Jahrhunderts zum Mann gereift, erinnerte er sich wie viele seiner Altersgruppe mit zärtlicher Melancholie an die ruhigeren, bequemeren Tage der *gran aldea*, als das Leben im großen Dorf Buenos Aires noch nicht von zahllosen Fremden und dem Exportboom durcheinandergewirbelt worden war.

»Dieses ständige Chaos, dieser Lärm ...«, klagte er jetzt wieder und setzte seine Tasse mit einem Ruck ab. »Dieser Merkantilismus.« Er schüttelte den Kopf, starrte einen Moment lang auf seine Tasse. »Der gute Yerba-Mate scheint das einzig Konstante in diesen Zeiten zu sein.«

»Noch eine Tasse, Señor ...?«, fragte Anna.

»Cuthbert.« Er zwinkerte ihr zu. »Ich bin übrigens der Vater der Gastgeberin.«

Lionel Cuthbert!, hätte Anna fast ausgerufen. Sie hatte schon so viel von diesem Mann gehört und hätte niemals gedacht, dass er den alten Zeiten nachtrauerte. Die Cuthberts wohnten südlich der Plaza de Mayo, wie es sich eigentlich für eine Familie gehörte, die ihre Herkunft auf die Kolonialzeit zurückdatierte. Diejenigen, deren Wohlstand jüngerer Herkunft war, besiedelten dagegen die Nordseite der Plaza – ebenfalls nahe am Brennpunkt von Macht und Prestige, jedoch mit der Möglichkeit, weiter zu expandieren, denn hier lagen noch Grundstücke brach.

»Sie hatten sich offenbar eine andere Vorstellung von mir gemacht«, bemerkte Lionel Cuthbert, dem ihr Zögern nicht entgangen war.

»Wenn ich ehrlich bin, ja«, entgegnete Anna.

»Man kennt ja eher Ihren Ruf als Geschäftsmann«, meldete sich Julius zu Wort.

Lionel lachte warm. »Ach, seit ich Großvater geworden bin, gehe ich die Sache ruhiger an. Sie können sich sicherlich vorstellen, wie stolz ich bin. Lionel Nicolás heißt der Kleine. Lionel, nach mir.«

»Wie schön«, antwortete Anna, bemüht, das Zittern in ihrer Stimme zu unterdrücken.

Eigentlich hatte sie gar nicht herkommen wollen. Julius hatte sie überredet. Vielleicht, hatte er zu ihr gesagt, vielleicht erfahren wir dort etwas über Marlenas Verbleib. Und den ihres Kindes, hatte sie hinzugefügt.

Unter dem Tisch, ungesehen von allen anderen, drückte Julius ihre Hand. Anna beschloss, sich aus dem Gespräch herauszuhalten, und ließ den Blick über die anderen Gäste wandern. Immer noch war das Klavier zu hören. Immer noch liefen Diener von Gast zu Gast, um Häppchen anzubieten. Etwas entfernt bemerkte Anna jetzt Eduard in ein Gespräch vertieft mit jenem Lorenz Schmid, der sie eingeladen hatte. Einmal hatten beide auf der falschen Seite des Gesetzes gestanden. Aber Lorenz, das musste Anna zugeben, war einer derjenigen gewesen, die dafür gesorgt hatten, dass Marlena und Estella gesund und munter zu ihnen zurückgekehrt waren.

Ich sollte nicht misstrauisch, sondern dankbar sein, ermahnte sie sich nicht zum ersten Mal an diesem Abend. Was er wohl mit Eduard zu besprechen hat?

Doch der Gedanke an Marlena war schon im nächsten Moment wieder da und ließ sich nicht mehr unterdrücken. Anna wusste, dass sie sich selbst von den bösen Grübeleien abhalten musste, die sie seit Marlenas Verschwinden gefangen hielten und ihr nachts sogar den Schlaf raubten. Marlena war jetzt seit einem halben Jahr fort. Das Kind musste längst auf der Welt sein. Aber noch immer gab es keine Spur von der jungen Frau und dem Kleinen.

Manchmal kam es Anna so vor, als müsse sie vor Sehnsucht vergehen. Aber wie sie es auch drehte und wendete, offenbar blieb ihr dieses Mal nichts anderes, als zu warten.

Diego stand im Torbogen, der zum ersten Patio führte, und spähte zu Maisie hinüber. Er konnte sie einfach nicht aus den Augen lassen, obwohl er wusste, dass sie heute gewiss nicht zueinanderkommen würden. Er bedauerte das sehr. An diesem Tag spielte sie wieder das unschuldige Mädchen, das er kennengelernt hatte, den Engel, der sie alle täuschte.

Maisie ist in jeder Rolle bezaubernd, schoss es ihm durch den Kopf. Dann setzte er das Glas Champagner an die Lippen und fuhr fort, sie mit Blicken zu verzehren.

»Wen schauen Sie denn an?«, war plötzlich eine Kinderstimme zu hören.

Diego konnte den Schreckenslaut gerade noch herunterschlucken. Er sah zur Seite. Neben ihm, in den Schatten, stand ein etwa sechs- oder siebenjähriges Mädchen, das ihn aufmerksam beobachtete. Sein rotbraunes Haar war mittels einer Schleife zusammengebunden. Es hatte große grüne Augen.

»Ich beobachte niemanden«, entgegnete er knapp.

»Doch«, ließ die Kleine sich nicht beirren, »ich glaube, Sie beobachten die schöne blonde Frau da.«

Diego ließ sich auch jetzt seine Überraschung nicht anmerken. »Und wenn ich es täte?«

Das Mädchen sah ihn prüfend an. »Die Frau ist sehr hübsch«, stellte es dann mit ernster Stimme fest.

»Das ist Maisie Cuthbert-Schmid, die Gastgeberin«, entschloss Diego sich zu erklären. »Und ich bin der persönliche Sekretär ihres Mannes. Ich soll auf sie aufpassen.«

»Hm.«

Sie klang nicht überzeugt.

»Wie heißt du?«, fragte er die Kleine.

»Das heißt, wie heißen Sie«, korrigierte sie ihn.

»Sehr wohl, wie heißen Sie?«

»Señorita Leonora Meyer.«

»Ah, und ich bin Señor Diego Montoyo. Darf ich fragen, wie alt Sie sind, Señorita Meyer?«

»Sechs Jahre.«

Sie war sehr aufmerksam und verständig für ihr Alter, fand er. Er betrachtete sie nachdenklich. Sie sah auch viel älter aus. Da war ein Ausdruck in ihren Augen, der nicht zu einem Kind passte.

Zweites Kapitel

Marlena saß da, den Block auf den Knien, den gespitzten Bleistift in der rechten Hand. Sie hatte den Kopf leicht schräg gelegt, so wie sie es häufig tat, wenn sie sich konzentrierte, und lauschte den Erzählungen der jungen Frau. Manchmal fragte sie sich, wie sie das Elend aushalten sollte, dem sie täglich begegnete. Dann wieder sagte sie sich, dass es zumindest einen geben musste, der die Geschichten dieser Menschen aufschrieb. Erst kürzlich hatte sie den bedrückenden Bericht einer Frau verfasst, die von ihrem Mann erst zur Prostitution gezwungen worden und dann fast von ihm ermordet worden wäre, da die Sache nicht genügend Geld einbrachte.

Aus Rahel und Jenny Goldbergs Haushalt kannte sie Ruth Czernowitz, die inzwischen irgendwo weit im Süden des Landes für eine Familie arbeitete. Einige Wochen hatte die junge Frau versteckt vor ihren Zuhältern im Haus der Goldbergs gewohnt, bevor sie in einer Nacht- und Nebelaktion aus der Stadt gebracht worden war. Wenn Marlena es richtig verstanden hatte, hatte man von ihr eine Aussage gegen ihre Peiniger erwartet, doch Ruth hatte sich geweigert. Es waren wirklich jedes Mal die gleichen bedrückenden Geschichten, die sie hörte. Sie erwog, ein Buch darüber zu verfassen, hatte es aber noch nicht über sich gebracht, John davon zu erzählen.

Wie würde er wohl reagieren? Was sollte sie tun, wenn er sie auslachte? Bisher erschienen ihre Artikel tatsächlich immer noch ausschließlich unter seinem Namen. Du schreibst gut, lobte er sie immer wieder, aber er ließ seinen Worten keine Taten folgen. Unter den Artikeln stand stets John Hofer. Alles andere war angeblich zu kompliziert. Außerdem meinte John, man mache sich mit solchen Artikeln nicht nur Freunde. Und dann versteckte sie sich ja auch noch immer vor ihren Eltern. Wenn Marlena auch der Überzeugung war, letztendlich nichts Falsches getan zu haben, quälte sie doch die Vorstellung, ihre Eltern enttäuscht zu haben. Sie hatte vorerst einfach nicht die Kraft, ihnen gegenüberzutreten. Sie hatte deshalb auch Rahel und Jenny darum gebeten, Stillschweigen über ihren Aufenthaltsort zu bewahren. Wenngleich sie von ihrer geflickten, abgerissenen Kleidung her kaum noch von jenen zu unterscheiden war, mit denen sie Gespräche führte – ein Name unter einem Artikel war selbstverständlich etwas anderes.

Marlena runzelte die Stirn. Werde ich je etwas unter meinem Namen veröffentlichen?, fragte sie sich wieder einmal.

Dann stieg mit einem Mal etwas brennend ihre Kehle hinauf. Sie verzog das Gesicht. Morgendliche Übelkeit. Sie war mit ihrem zweiten Kind schwanger, dabei war die kleine Aurora gerade erst ein Jahr alt. Sie freute sich, dass ihre Tochter ihr ähnlich sah. Sie hatte ihre grauen Augen, und das zuerst blonde Haar wurde immer dunkler.

»Ich hätte das nicht sagen sollen«, sagte die junge Frau, die ihr zusammengesunken gegenübersaß, schüchtern.

»O nein«, Marlena fuhr hoch, »nein, nein, das ist es nicht. Sie machen das sehr gut. Es ist nur so schrecklich, was Ihnen widerfahren ist. Wie kann ein Mensch so etwas tun?«

Ihre Gesprächspartnerin hatte ihren Zuhälter verlassen wollen und war dafür bestraft worden, indem man die Muskeln und Sehnen ihres Gesichts derart durchtrennt hatte, dass sie zu einem ewigen fratzenhaften Lächeln verdammt war. Marlena schwankte zwischen Mitleid und Abscheu, als sie sich jetzt von der jungen Frau verabschiedete. Sie würde für immer entstellt sein.

Sie verstaute Block und Stift in ihrer Tasche und machte sich auf den Weg nach Hause. Je näher sie dem *conventillo* kam, in dem sie sich ein Zimmer mit John und dem Kind teilte, desto dichter wurde das Gedränge auf der Straße, desto mehr Gerüche mischten sich in der Luft, desto mehr Stimmen waren zu hören. Kurz vor dem *conventillo* hatten sich an einer Straßenecke ein paar Leute versammelt. Ein Trio spielte ein trauriges Lied auf Geige, Flöte und Harfe. Ein Mann besang die Mädchen im Viertel, von denen es viel zu wenige gab.

Als Marlena das Zimmer erreichte, war John schon da. Sie hatte erwartet, dass er noch unterwegs war, doch er lag wieder einmal reglos auf dem schmalen Bett und starrte gegen die Decke. Das erste Mal, als sie ihn in solcher Stimmung erlebt hatte, war sie überrascht gewesen. Der zupackende John mit seinem Fundus an Ideen wollte mit einem Mal das Bett nicht mehr verlassen.

Marlena stellte die Tasche ab, goss sich einen Becher Wasser aus einer Kanne ein, in der ein paar Zitronenscheiben schwammen, und wartete ab. Nach einer Weile drehte er ihr den Kopf zu, langsam, als koste ihn das unglaubliche Mühe.

»Wo warst du so lange?«

»Ich habe mit Ignacia Cespedes gesprochen. Das hatte ich dir doch gesagt.«

Er nickte kaum merklich. »Unser neuer Artikel?«

Mein neuer Artikel, wollte sie sagen, schluckte die Worte jedoch herunter. Stattdessen ging sie zur Anrichte hinüber, um nach etwas Essbarem zu schauen, vergeblich. Der Brotkasten war leer. Sie drehte sich zu John um.

»Du wolltest doch etwas zu essen mitbringen?«

»Ich war heute nicht arbeiten«, sagte er, ohne sie anzublicken, und starrte wieder gegen die Decke.

Als ob das eine Erklärung wäre!

Wütend biss Marlena sich auf die Lippen. »Aber wir müssen etwas essen«, keifte sie dann.

Sie hatte versucht, den Vorwurf aus ihrer Stimme zu halten. Es gelang ihr nicht. Sie hasste es, zu hungern.

»Es schadet nicht, wenn wir einen Tag nichts essen«, erwiderte John. »Es gibt viele, die tagelang nichts zu essen haben.«

»Aber ich *muss* etwas essen!«

Marlena legte die Hand auf ihren Bauch. Zum ersten Mal in dieser Schwangerschaft spürte sie ihr Kind, ein zaghaftes Pochen nur, aber es gab ihr die Kraft, zu kämpfen.

John sah sie misstrauisch an. »Bist du etwa schon wieder schwanger?«

Schon wieder …

Marlena war sich sicher, dass sich ein Vorwurf in seine Stimme geschlichen hatte. Die Wut, die sie jetzt überkam, nahm ihr die Worte. Unwillkürlich ballten sich ihre Hände zu Fäusten.

»Eine unbefleckte Empfängnis war es nicht«, erwiderte sie scharf.

John richtete sich endlich auf. »Nein«, sagte er. »Es tut mir leid, ich dummer Kerl wollte dir gewiss keinen Vorwurf machen«, fügte er zerknirscht hinzu.

Doch Marlena hatte wieder einmal genug. Sie nahm den Umhang, den sie eben abgelegt hatte, und legte ihn wieder um. Wenn sie ehrlich war, hatte sie sich das Leben mit John anders vorgestellt. Es war, als könnten sie einfach nicht wirklich zusammenkommen, sosehr sie sich auch bemühten. Da war etwas, das sie trennte.

Eigentlich, fuhr es ihr durch den Kopf, lebt er immer noch, als sei er allein.

»Ach, Marlena, jetzt sei doch nicht schon wieder wütend. Ich hatte einfach einen schweren Tag. Wo willst du denn außerdem jetzt noch hingehen? Es wird bald dunkel.«

»Ich gehe zu Jenny«, stieß sie aus und nahm die kleine Aurora aus dem Bettchen.

»Aber …«

Marlena hörte Johns nächste Worte nicht mehr. Sie hatte die Tür bereits hinter sich zugeworfen und war auf dem Weg nach draußen.

Natürlich kehrte Marlena auch dieses Mal zu John zurück. Das Leben mit ihm würde nie einfach sein, das hatte sie gewusst, aber sie liebte ihn. Nach einer Nacht und einem Tag im Haus der Goldbergs gemeinsam mit ihrer Tochter Aurora fühlte sie sich bereits wieder stark genug für ein Leben mit John. Sie liebte ihn, daran gab es keinen Zweifel. Sie waren ein Gespann, und ein Gespann musste sich einspielen, das war sogar bei Pferden so, das kannte sie aus dem Fuhrunternehmen ihrer Mutter.

An diesem Morgen passte eine der Nachbarinnen auf Aurora auf, während John und sie arbeiteten. An anderen Tagen wiederum achteten Marlena und John auf die Kinder der Nachbarin. John schien die Phase seiner Schwermut überwunden zu haben und war von Neuem voller Tatendrang. Marlena machte sich Notizen für einen neuen Artikel.

»Es ist unglaublich«, rief sie jetzt aus, »aber jede Frau, die sich nicht registrieren lässt und von jemandem verdächtigt wird, der Prostitution nachzugehen, kann einfach mit einer Geldstrafe belegt werden. Wusstest du das?«

»Marlena, Liebes, warum regst du dich denn immer wieder so auf? Wir wissen doch, dass das Leben nicht gerecht ist.«

John war kein Mann für Zärtlichkeiten, doch nun trat er an Marlenas Seite, um ihr sanft über eine Wange zu streicheln.

»Das Schlimmste ist«, Marlenas Aufregung wollte sich nicht legen, »dass es oft die Nachbarn sind, die diese armen Frauen beschuldigen. Abgesehen davon, dass jeder sein Leben auf irgendeine Art fristen muss, so sind es gleichzeitig oft Anschuldigungen ohne den geringsten Hintergrund ... Man weiß doch, wie es manchmal unter Nachbarn zugeht. Wie leicht kann man auf diese Weise eine unliebsame Konkurrentin aus dem Weg räumen. Das ist ungerecht! Dagegen muss etwas getan werden.« Marlena hielt inne und räusperte sich dann entschlossen. »Ich habe hier einen Fall«, sie deutete auf ihre Notizen, »da wurde mit der bloßen, ungerechtfertigten Verdächtigung der Tochter das Geschäft des Vaters und infolgedessen die ganze Familie zerstört. Wem nützt das denn?«

John streichelte sie wieder. »Ach, Marlena, es sind nicht selten die, die man kennt, manchmal sogar die besten Freunde, die einem das Schlimmste antun«, sagte er langsam. Und das müsstest du am besten wissen, höhnte sogleich eine Stimme in seinem Kopf.

Im Versuch, sein Unbehagen zu bekämpfen, zog John Marlena näher an sich heran, genoss es einfach, ihren warmen Körper dicht bei sich zu spüren.

»Das Problem ist wohl auch, dass die Bordelle dem Staat Steuergelder einbringen«, fuhr Marlena mit vor Empörung roten Wangen fort. »Ist dir schon einmal aufgefallen, dass der Straßenstrich und das skandalöse Verhalten Prostituierter dort viel weniger verfolgt wird? Die Offiziellen interessieren sich vielmehr für Prostituierte, die von Bars und Casinos aus arbeiten. Man sagt sich wohl, dass solche Geschäftsfrauen das Geld haben, die gewünschten Steuern zu bezahlen.«

John nickte. »Es ist ungerecht, du hast Recht.«

»Und die Männer«, sprach Marlena weiter, »wäre es nicht ebenso gerecht, die Männer zu bestrafen, die die Prostituierten besuchen?«

»Gewissermaßen.«

»Und warum tun sie es nicht?«

John zuckte die Achseln.

Warum tun sie es nicht ... Warum tut man dies und etwas anderes nicht? Warum verrät man den Freund und lässt dessen Ehefrau ohne eine Erklärung zurück? Warum überlässt man sich seinen Stimmungen, statt zur Arbeit zu gehen, um Frau und Kind versorgen zu können? Warum verändert man nichts, wenn man doch weiß, was man ändern müsste?

John räusperte sich. Marlena sah ihn fragend an. Er wollte ihr so gern gestehen, was für ein Mann er war. Aber er konnte es nicht.

Drittes Kapitel

Paco hatte jetzt endgültig genug.

»Ich wünsche sofort, einen Verantwortlichen zu sprechen!«

Sein Gegenüber, offenbar überrascht über die gewählte Ausdrucksweise des Indios, schaute ihn abschätzig an.

»Und, was wünschst du dann zu tun, *Señor* …?«

Paco zögerte nur kurz. »Santos ist mein Name«, sagte er, »Paco Santos, ich bin … äh … Rechtsanwalt, und ich verlange, die Gefangenen zu sehen.«

»Sie verlangen was?«

Offenbar hatte die Verblüffung den Kommandeur des kleinen Forts dazu gebracht, Paco zu siezen, doch im nächsten Moment fing er sich wieder. Wut über die Aufmüpfigkeit dieses verdammten Indios zeichnete sich auf seinem Gesicht ab.

»Für wen hältst du dich eigentlich?«

»Ich …«, setzte Paco an, ohne dem Mienenspiel seines Gegenübers Beachtung zu schenken.

Doch anstatt ihm zuzuhören, sprang der Mann auf. Er war nicht größer als Paco, aber deutlich breiter, und er hatte einen brutalen Zug um den Mund. Von einem Moment auf den anderen fühlte Paco sich äußerst unbehaglich. Die Arbeit bei dem Rechtsanwalt, die er über die letzte Zeit ausgeübt hatte, hatte seine Körperkraft nicht gerade gestärkt. Er war auch weit weniger wendig als noch ein paar Monate zuvor. Über dem ganzen Papierkram war er selten ausgeritten. Er hatte keinen Sport getrieben und war auch nicht geschwommen.

»Nein«, brüllte der Mann da auch schon, »ich sage dir

jetzt, was Sache ist, du Indio-Lümmel. Du hältst schön dein Maul, wie es dein ganzes Volk hier tut, sonst lasse ich dich in Einzelhaft sperren.«

»Dazu sind Sie nicht … Ich bin Paco Santos von Tres Lomas bei Tucumán. Ich bin kein …«

Paco kam nicht dazu, seinen Satz zu beenden. Ein brutaler Schlag riss ihn von den Füßen und schleuderte ihn rückwärts. Mit dem Kopf prallte er gegen etwas Hartes, dann wurde es schwarz um ihn herum.

Als Paco wieder erwachte, befand er sich in einer Kammer, die so eng war, dass er sich nicht erheben konnte. Er war gezwungen, bäuchlings, auf dem Rücken oder auf den Knien zu verharren. Offenbar hatte der Verschlag einmal dazu gedient, Holz oder irgendwelche anderen Brennmaterialien zu lagern. Paco meinte, einen leichten Geruch von Tierdung wahrzunehmen. Durch die Spalten zwischen den Wandbrettern fiel etwas Licht zu ihm herein. Sein Kopf dröhnte, als er sich bewegte. Beinahe hätte er sich übergeben, doch er hatte am Morgen nichts gegessen, sodass sein Magen auch nichts als Galle hervorbrächte.

Mühevoll robbte er zu einer der Wände seines Gefängnisses und spähte nach draußen. Er konnte den Hof erkennen. Es war immer noch heller Mittag – lange war er gewiss nicht ohne Bewusstsein gewesen. Vom gleißenden Licht der Sonne ungeschützt kauerten dort Gruppen von Indios, die er auch bei seiner Ankunft schon gesehen hatte.

Der Feldzug gegen die Chaco-Indianer hatte im Oktober 1884 von Puerto Bermejo aus begonnen, der kleinen Hafenstadt südlich der Mündung des gleichnamigen Flusses in den Río Paraguay. Die Expedition folgte dem Lauf des Bermejo westwärts. Ohne auf ernsthafte Gegenwehr zu treffen, drang man in den Chaco ein. Mit einer gewissen Bitterkeit hatte Paco, seit Langem wieder einmal auf Besuch bei seinen Eltern in Tucumán, davon gehört, dass der Kriegsminister, Benjamin Victoria, wie einst die Konquistadoren überall die Unterwerfung und Treueschwüre der Kaziken entgegennahm. Irgendwann hatte er sich entschlossen, sich selbst ein Bild von der Lage zu machen. Zehn Tage war er bis hierher unterwegs gewesen.

Paco unterdrückte einen Seufzer. Nun, diesen Menschen dort draußen hatte er wohl einen Bärendienst erwiesen. Anstatt ihnen zu helfen, hatte er sich überwältigen lassen wie ein kleiner Junge. Was tue ich jetzt?, überlegte er, doch sein schmerzender Schädel machte es ihm unmöglich, präzise Pläne zu schmieden. Außerdem war er ohnehin gefangen. Bevor man ihn aus seinem Gefängnis herausholte, konnte er gar nichts tun.

Paco bettete seinen Kopf auf die verschränkten Arme, schloss die Augen und versuchte, an nichts mehr zu denken. Sein Schädel brummte immer noch. Er fühlte sich nicht gut. Außerdem hatte er mittlerweile ziemlichen Durst. Gegen Abend begann er zu frösteln. Er trug ja nur ein Hemd und seine *chiripá*, weil er davon ausgegangen war, bald in sein schmutziges, von Ungeziefer übervölkertes Hotelzimmer zurückzukehren. Entschlossen versuchte Paco, das Zähneklappern zu unterdrücken. Es gelang ihm nicht.

Irgendetwas stimmt nicht, fuhr es ihm durch den Kopf.

Am nächsten Morgen entdeckte er einen Becher lauwarmen Wassers und ein Stück trockenes Brot in seinem Verschlag. Er hatte nicht gemerkt, wie sich die Tür zu seinem Gefängnis geöffnet hatte.

Ich muss geschlafen haben wie ein Toter.

Gierig aß und trank er, seine Notdurft verrichtete er schließlich angewidert in einer Ecke. Im Verlauf des Vormittags bemerkte Paco erstmals, dass seine Stirn glühte. War er etwa auf dem Weg, krank zu werden? Das fehlte ja gerade noch. Der kleine Becher Wasser hatte seinen Durst jedenfalls kaum gestillt. Der kurze Blick durch einen Spalt seines Gefängnisses zeigte Paco, dass die Indianer immer noch draußen hockten. Er hörte Frauen, die ihren Kindern Lieder vorsummten, Männer, die miteinander sprachen. Leider verstand er sie nicht. Er kannte ein wenig Aymara, auch Quechua, aber nicht die Sprache der Völker dieser Gegend. Wenn er sich vorgestellt hatte, diesen Indianern irgendwie helfen zu können, war er schrecklich gescheitert. Wo würde man sie wohl hinbringen? Seine Erfahrungen hatten ihn gelehrt, dass man die Gefangenen bei interessierten Familien in Buenos Aires, Rosario und anderen Städten unterbrachte. Diese gaben dann vor, sie zu zivilisieren, und behandelten sie doch wie Sklaven.

Verdammt, wie hatte er nur so versagen können? Er hatte ganz offenbar seinen Biss verloren, seinen Sinn für Gefahr, seine Geschicklichkeit. Paco kam sich vor wie ein Wildtier, das in eine Falle getappt war.

Irgendwann dämmerte er erneut weg. Als er wieder aufwachte, war es wohl später Nachmittag. Seine Stirn war immer noch heiß, und es ging ihm nicht besser. Es wollte ihm auch nicht gelingen, wirklich wach zu werden. Sein Kopf dröhnte. Seine Haut spannte, fühlte sich heiß und trocken an. Gleichzeitig fröstelte er. Ein Blick aus seinem Gefängnis zeigte ihm, dass weitere Gefangene weggebracht worden waren, ohne dass er ihnen irgendeine Hilfe gewesen war. In jedem Fall kauerten deutlich weniger Menschen vor seinem Verschlag. Paco bewegte die Zunge im Mund hin und her. War sie geschwollen? Er fragte sich, wann man ihm den nächsten Becher Wasser bringen würde.

Was, wenn die mich hier drin vergessen? Vielleicht sollte ich schreien, überlegte Paco. Seine Kehle fühlte sich zwar schrecklich trocken an, aber er musste es wagen.

Sein erster Schrei war nicht mehr als ein Krächzen. Der zweite gelang schon überzeugender. Einige der Indios drehten die Köpfe.

»Lasst mich hier heraus, lasst mich heraus!«, schrie er, »ich bin hier, hier drinnen!«

Nur wenig später schlug jemand gegen den Verschlag. Paco zog unwillkürlich den Kopf ein. Dann begann er erneut zu schreien.

»Lasst mich hier raus ...«

Weiter kam er nicht. Ein weiterer Schlag erschütterte sein Gefängnis. Erde rieselte auf ihn herunter.

»Maul halten, dreckiger Mestize.«

Paco erkannte die Stimme nicht. Immerhin hatte man ihn aber nicht vergessen. Angestrengt spähte er durch einen größeren Spalt, doch er konnte sich kaum mehr konzentrieren. Was auch immer das war, wahrscheinlich der Wassermangel, es machte sich zunehmend stärker bemerkbar. Der Durst wollte ihn schier wahnsinnig werden lassen.

Wenn ich nicht bald etwas zu trinken bekomme ...

Paco schloss die Augen. Plötzlich begannen Fratzen vor ihm zu tanzen, Geistergestalten, vor denen er sich als Kind zum letzten Mal gefürchtet hatte. Draußen waren neue Stimmen zu hören. Pferde wurden über den Hof geführt. Er meinte, das Klirren von Ketten zu hören, doch er wusste nicht, ob es real war oder ob er sich das einbildete. Er wusste überhaupt nicht mehr, was Wirklichkeit war und was nicht.

Wie lange, fuhr es Paco durch den Kopf, kann ein Mensch eigentlich ohne Wasser überleben?

Dann verlor er erneut das Bewusstsein.

»Du bist wieder da, du bist endlich wieder da!«

Erstaunt stellte Pedro fest, dass Viktoria aufgeregt wie ein junges Mädchen auf ihn zustürzte. Er war die letzten zwei Tage unterwegs gewesen, hatte sich ein Stück Land angesehen, das brach lag und nun urbar gemacht werden sollte. Jetzt kam er gar nicht dazu, aus seinem Poncho zu schlüpfen. Fest hielt Viktoria ihn bereits mit beiden Armen umschlungen und schien ihn gar nicht mehr loslassen zu wollen. Schließlich war er es, der sich vorsichtig aus ihrer Umarmung löste.

»Wo warst du denn?«, rief sie vorwurfsvoll aus.

»Ich habe dir doch einen Brief dagelassen. Du wusstest doch, dass ich über Nacht weg sein würde.«

»Du hast mir einen Brief geschrieben?« Viktoria starrte Pedro entgeistert an. »Aber das machst du doch sonst nie!«

»Doch, seitdem du dich beim letzten Mal dermaßen beschwert hast, dass mir heute noch die Ohren klingeln«, antwortete Pedro mit einem Schmunzeln.

»Aber wo ist er denn? Ich habe ihn nicht gefunden!«, rief Viktoria empört aus.

»Wie auch«, Pedro grinste jetzt, »ich nehme an, auf deinem Schreibtisch herrscht das übliche Durcheinander?«

Viktoria schwieg einen Moment, während sich ihre Mundwinkel nicht einigen konnten, ob sie sich nun beleidigt geben oder doch zu einem Lächeln verziehen sollten. Pedro ließ sie nicht aus den Augen.

Meine Geliebte, dachte er, meine geliebte Viktoria. Sie war nun vierundvierzig Jahre alt und immer noch recht schlank, wenn ihr Körper auch insgesamt weicher geworden war. Die Konturen ihres Gesichts waren nicht mehr so straff wie zu Anfang ihres Kennenlernens, aber er liebte sie. Er hatte von jeher auch jede Veränderung an ihr gemocht, jedes Fältchen, das hinzugekommen war. Manchmal bedauerte er es, dass sie nach Paco kein Kind mehr bekommen hatten. Damals, etwa drei Monate nach der Geburt von Leonora, Annas Tochter, war das gewesen, hatte Viktoria eine Fehlgeburt erlitten. Im letzten Jahr hatten sie erneut ein Kind verloren. Sie, die sonst selten die Fassung verlor, sondern stets mit beiden Beinen im Leben stand, hatte sich einige Wochen zurückgezogen und niemanden sehen, mit niemandem sprechen wollen. Ob sie jetzt noch manchmal daran dachte?

Viktoria hatte sich in diesem Moment anscheinend entschlossen, nicht beleidigt zu sein. Sie nahm Pedros rechte Hand.

»Und Paco? Habt ihr euch verstanden?«

Pedro schüttelte langsam den Kopf. »Wieso Paco? Er ist nicht mit mir gekommen.«

»Aber …« Viktoria stutzte. »Wo ist er denn hin?« Plötzlich riss sie die Augen auf. »O mein Gott. Er hat doch etwas von Kämpfen im Chaco erzählt … Erinnerst du dich? Er wird doch nicht …«

Pedro und Viktoria wechselten einen Blick. Sie kannten ihren Sohn nur zu gut. Wenig später standen sie beide in Pacos Zimmer.

Gott sei Dank war Paco nicht ordentlicher als seine Mutter. Auf seinem Schreibtisch lag eine Landkarte. Ein paar Stellen darauf waren mit Bleistift markiert. Viktoria sah beunruhigt, dass sich der Ausdruck auf Pedros Gesicht verdüsterte.

»Es sieht so aus, als sei sein Besuch bei uns nicht ganz zufällig gewesen. Unser Sohn wollte sich hier wohl noch ein paar Informationen holen und hat sich dann auf den Weg ins Kampfgebiet gemacht ...«

»Ja, aber ...« Viktoria schaute Pedro entgeistert an. »Ohne mir etwas zu sagen? Wie kommt er dazu?«

»Er ist achtzehn Jahre alt. Denkst du, da will er dich noch um Erlaubnis bitten?«

»Aber er ist unser Kind.«

»Vor allem ist er ein Idealist, Viktoria, und seine Arbeit für den Rechtsanwalt hat ihn noch darin bestärkt, sich der Welt entgegenzustellen. Ich fürchte, er ist aufgebrochen, um den Indios zur Seite zu stehen ...«

»Im Kampfgebiet?«

Pedro konnte nur nicken. Er hatte von den Kämpfen in dieser Gegend gehört, und von der Unbarmherzigkeit, mit der das Militär vorging. Aber davon würde er Viktoria jetzt nicht erzählen. Wenn nur die Hälfte von dem stimmte, was er gehört hatte, so mussten sie umgehend handeln. Es stand zu befürchten, dass Paco, der selten ein Blatt vor den Mund nahm, in großer Gefahr schwebte. Deshalb musste er jetzt nachdenken. Aber Viktoria ließ ihm keine Ruhe.

»Warum? Sag mir, warum du so düster schaust? Ist Paco in Gefahr?«

Pedro hob die Schultern ein wenig und ließ sie dann abrupt wieder sinken. Er deutete auf die Stelle auf der Karte, die Paco mit einem besonders dicken Kreuz versehen hatte.

»Wir müssen ihn suchen. Ich fange dort an, ich ...«

Pedro hatte den Satz noch nicht zu Ende gesprochen, da schlug sich Viktoria die Hand vor den Mund. »Unser Sohn ist wirklich in Gefahr?«

Pedro nickte. »Ich muss sofort los. Je schneller ich bin, desto ...«

Viktoria ließ ihn nicht ausreden. »Ich komme mit.«

Pedro drehte sich zu ihr um, hielt sie so zärtlich in den Armen, dass es Viktoria verwirrte.

»Aber das ist zu gefährlich, Liebste.«

»Nein, ich muss unserem Sohn helfen. In dir wird man nur einen Mestizen sehen, vielleicht sogar einen Feind.«

Nur kurze Zeit später hatten die Stallburschen ihnen frische Pferde gesattelt. Viktoria trug Hosen und wie Pedro einen Poncho, der sie gegen Hitze und Kälte schützen würde. Sie sprengte so schnell davon, dass Pedro Mühe hatte, ihr zu folgen. Aber auch Viktoria wusste, dass die Pferde dieses Tempo nicht lange durchhalten würden, und fiel in Trab, nachdem sie sich etwas beruhigt hatte. Dann ritten sie schweigend nebeneinander her.

Beide hatten sie nur ein Ziel: ihren gemeinsamen Sohn zu retten.

»Paco Santos?«

Der Kommandeur des kleinen Forts, der Viktoria am Tisch gegenübersaß und sich in seinem Stuhl zurücklümmelte, tat, als hätte er nicht richtig verstanden. Viktoria beschloss, sein Verhalten zu ignorieren.

»Ja, ich frage Sie hiermit noch einmal, ob Paco Santos hier ist oder hier war.«

»Und wer fragt das noch einmal?«

Der Mann klang gelangweilt. Er trug einen dicken, etwas ungepflegten Schnurrbart. Das Haar auf seinem runden Schädel glänzte fettig. Seine Uniform war zu Viktorias Erstaunen jedoch untadelig, und er sah gut trainiert aus. Trotzdem wollte alles nicht recht zusammenpassen. Sein Kopf war viel zu klein und rundlich für den Rest seines Körpers, die Stimme zu hoch dafür, dass sie einem Mann gehörte.

»Wie ich schon sagte, ich bin Viktoria Santos. Bei dem jungen Mann, den ich suche, handelt es sich um meinen Sohn. Er ist vor etwa zwölf Tagen aufgebrochen. Ich dachte, er sei mit seinem Vater unterwegs ...«

»So, der Vater ist Ihnen also auch abhandengekommen, Señora ...«

»Santos. Ich gehöre zu der Familie Santos aus Salta.«

Auf dem Gesicht des Mannes zeigte sich keine Regung. Zum ersten Mal verfluchte Viktoria es, dass jemand den Namen nicht kannte. Sie versuchte es trotzdem weiter.

»Also, ist Señor Santos hier? Ich habe eindeutige Hinweise, dass er hierher reiten wollte.«

»Hier sind nur Indianer.«

»Nun, mein Sohn sieht ein wenig aus wie ein Indianer.«

»So?«

Der Kommandeur musterte Viktoria nun von oben bis unten. Die konnte ihre aufkeimende Wut nur schwer bezähmen.

Ruhig Blut, sagte sie zu sich, Paco ist hier. Er ist hier, das spüre ich. Ich sollte diesen Mann nicht verärgern.

»Schon einmal davon gehört, dass Kinder ihren Vätern ähnlich sehen?«

»So? Und was ist jetzt noch einmal mit seinem Vater?«

Viktoria biss sich auf die Lippen, bevor sie antwortete. »Ich dachte, mein Sohn sei mit ihm unterwegs. Stattdessen ist er wohl hierher geritten, um ...«

»Und wieso das, Señora Santos? Was will ein Zivilist hier in der Gegend? Er gehört doch nicht etwa zu den Aufrührern?«

»Nein, mein Sohn ist ein unschuldiger junger Mann, der allenfalls ein wenig abenteuerlustig ist.« Entschlossen hob Viktoria den Kopf. »Ich werde mich bei Ihrem Vorgesetzten beschweren. Und wagen Sie es nicht, mich weiter zu vertrösten. Seien Sie gewiss, meine Familie hat Einfluss. Es wird Ihnen noch leidtun, falls Sie mich weiter verärgern«, bluffte sie.

Für einen Augenblick schien der Kommandeur zu überlegen, dann stand er mit einem schweren Seufzer auf und ging auf die rückwärtige Tür zu.

»Nun denn, wenn Sie bitte einen Moment warten wollen, *Señora* Santos.«

Paco war nicht bei Sinnen, als sie ihn aus dem Verschlag holten. Er hatte sich eingekotet und eingenässt. Der ganze Verschlag stank nach Exkrementen. Der junge Mann war außerstande zu reiten, also besorgte Pedro einen Karren, mit dem sie Paco zum nächstgelegenen Hotel fuhren. Er hatte eine Verletzung am Hinterkopf, was Viktoria erst bemerkte, als er sich bei einer versehentlichen Berührung zusammenkrümmte. Sein schlechter Zustand war aber offenbar auch auf ein schweres Fieber zurückzuführen.

Während der ganzen ersten Nacht, in der sie an Pacos Bett wachten, sagte Pedro kein Wort. Viktoria konnte nur an seinem Gesichtsausdruck sehen, welche Angst er um seinen Sohn hatte. Sie hätte gern geweint, aber sie war wie erstarrt vor Entsetzen.

Wir hätten ihn beinahe verloren, hämmerte es in ihrem Kopf, wir hätten ihn beinahe für immer verloren.

Eine Woche lang waren sie nun in dem Hotel. Es war dasselbe, in dem sich auch Paco eingemietet hatte, bevor er gefangengesetzt worden war. Ein Arzt hatte den jungen Mann langsam wieder ins Leben zurückgelockt. Viktoria setzte sich auf Pacos Bett.

»Himmel, Junge«, sagte sie, »was hast du nur gemacht? Ich habe Todesängste ausgestanden.«

Paco lächelte, fast etwas verlegen. »Ich auch.«

»Aber was ist nur geschehen?«

»Nichts, ich wollte mir ein Bild von der Lage machen und entschied vor Ort, nahezu spontan, mich für die Gefangenen einzusetzen und ...« Paco runzelte die Stirn. »Wir hatten unsere Auseinandersetzung eben erst angefangen, da schlug dieser Kommandeur plötzlich zu ... Danach weiß ich nichts mehr. Als ich aufwachte, befand ich mich auch schon in diesem Verschlag. Mir dröhnte der Schädel, bald hatte ich entsetzlichen Durst, und dann kam auch noch das verdammte Fieber dazu.«

Viktoria stieß einen tiefen Seufzer aus. »Ach Gott, da freue ich mich, dass dein Vater endlich vernünftig wird, und jetzt fängst du auch noch so an.«

»Es tut mir leid, Mama, ich wollte dir keine Ungelegenheiten bereiten, aber es liegt wohl in der Familie.«

»Ungelegenheiten«, echote Viktoria. Dann lachte sie zum ersten Mal seit Tagen. »Ungelegenheiten, wie gewählt du dich ausdrückst.«

Auch Paco grinste jetzt. »Das muss man doch als zukünftiger Rechtsanwalt, oder etwa nicht?« Dann sah er seine Mutter fest an. »Ich würde jetzt gern nach Hause fahren, nach Tres Lomas. Ist das möglich?«

»Aber natürlich«, sagte Viktoria.

Und endlich konnte sie weinen.

Viertes Kapitel

»Was machst du denn für Sachen, Bruderherz? Da erzähle ich allen, mein Bruder wird Rechtsanwalt, und stattdessen geht er auf den Kriegspfad.«

»Estella!«

Paco kam sich plötzlich wieder wie der kleine Junge vor, der er einmal gewesen war. Seine ältere Schwester lachte.

»Kannst du denn nichts ernst nehmen?«, fragte er sie gleich darauf, mit leichtem Vorwurf in der Stimme.

»Doch, mich!«

Sie lächelte. Jedem anderen wäre er böse gewesen, nicht aber Estella. Im nächsten Moment blickte sie auch schon wieder ernst drein.

»Es tut mir so leid, was geschehen ist. Das muss schrecklich gewesen sein.«

»Geht schon«, winkte er ab, »aber dass ich diesen armen Menschen nicht helfen konnte …« Er schüttelte den Kopf.

»Du hast dein Bestes getan.«

»Hm. Aber das war eben nicht genug.«

Pacos Gesichtsausdruck verdüsterte sich. Es ärgerte ihn auch, dass er den Eindruck hatte, immer noch nicht seine vollen Kräfte zurückgewonnen zu haben.

»Sei nicht so streng mit dir.«

Jetzt war Estella wieder die liebevolle Schwester, die, die ihren Bruder bis zum letzten Blutstropfen verteidigen würde. Paco verschränkte die Arme vor der Brust.

Ich mag Estella, ich mag sie wirklich.

»Ich kann diese Ungerechtigkeit nicht aushalten, verstehst du?«, erklärte er sein Verhalten.

Estella nickte, ging aber nicht weiter auf seine Worte ein. Paco biss die Zähne aufeinander, bevor er weitersprach.

»Es ist doch so, dass die Weißen die Indios menschenunwürdig behandeln. Sie werden ausgebeutet, durch Alkohol und Krankheiten dezimiert ... Aber es muss einen Platz auf dieser Welt für sie geben, oder etwa nicht? Gott hat uns doch alle geschaffen.«

Estella musterte ihren Bruder. Ein Gespräch fiel ihr ein, das Pedro und Paco miteinander geführt hatten. Damals war Paco wieder einmal mit einem seiner Hauslehrer aneinandergeraten und hatte seinem Vater aufgeregt davon erzählt.

»Er hat gesagt, dass die Indianer eigentlich gar nicht hierher gehörten. Er sagt, dass ihnen das Land nicht gehöre.«

Pedro hatte von der Machete aufgesehen, die er eben schärfte. »Nun, vielleicht gehört das Land ihnen genauso wenig wie den Weißen. Vielleicht kann man Land eigentlich nicht besitzen.«

»Es gibt Menschen, die den Indios helfen«, erwiderte Estella nun leise. »Die Franziskaner, die evangelischen Missionsstationen ...«

»Aber das sind nur Inseln, Estella, Inseln, auf die sich die wenigsten retten können.« Paco sah seine Schwester unzufrieden an.

Estella schwieg.

»Deshalb kann und darf ich nicht aufgeben, verstehst du?«, fuhr Paco fort.

»Aber es ist gefährlich.«

»Ja.«

»Bitte pass auf dich auf, Paco. Ich könnte es wirklich nicht ertragen, dich zu verlieren.«

»Das werde ich. Ich passe ab jetzt besser auf.« Eine Weile hing Paco seinen Gedanken nach, dann fragte er: »Wie geht es eigentlich Marco? Ihr geht sonntags manchmal zusammen spazieren, nicht?«

Estella sah zu Boden. »Er wird demnächst nach Buenos Aires gehen. Er möchte mehr über die Metallverarbeitung erfahren«, sagte sie leise.

»Er ist sehr geschickt«, sagte Paco.

»Zweifelsohne. Er kann sehr gut mit Maschinen umgehen.«

Es schmerzte Paco zu sehen, wie traurig seine Schwester jetzt dreinblickte. »Wann wirst du es Mama und Papa sagen?«

»Was denn?« Estella sah überrascht auf.

»Dass du dich in ihn verliebt hast, Schwesterchen.«

Es hatte eine Zeit gegeben, da war Estella entschlossen gewesen, sich auf Tres Lomas niemals so wohl zu fühlen wie auf Santa Celia. Doch im Laufe der Zeit hatte sie die Estancia bei Tucumán ebenso lieben gelernt. Drei Jahre war sie jetzt schon wieder hier. Nachdem sie sich anfänglich dem Müßiggang, dem Besuch von Empfängen und, wenn sich die Gelegenheit bot, dem Flanieren auf der Plaza in Tucumán hingegeben hatte, war sie später immer öfter ihrer Mutter und ihrem Stiefvater zur Hand gegangen. Estella kannte sich inzwischen sogar mit dem Zuckerrohr und dessen Verarbeitung aus. Dank Marco und seiner Familie war sie auch mit dem Leben der Zuckerrohrarbeiter vertraut, ein Wissen, mit dem sie zuweilen ihrem Bruder gegenüber glänzte.

Don Laurentio war nicht erbaut gewesen, als er mit Marco einen seiner besten und klügsten Arbeiter verloren hatte. Eine Zeit lang war er häufiger bei den Santos vorstellig geworden, um Marcos Rückkehr zu fordern und damit zu drohen, seine Familie vor die Tür zu setzen, aber die mittlerweile erfahrene Viktoria hatte den Bluff erkannt. Unterdessen waren Marco und Estella gute Freunde geworden. Längst duzten sie einander.

Wenn Estella recht darüber nachdachte, war die letzte Erinnerung an Santa Celia verblasst, als sie Marco kennengelernt hatte. Zuerst hatte sie es nur genossen, mit dem jungen Mann zu sprechen. Dann war ihr aufgefallen, wie gut er aussah. Sie wusste, dass seine auffälligen grünen Augen die Leute reden ließen. Grüne Augen waren selten. Weder Marcos Vater noch seine Mutter hatten grüne Augen. Man wisperte sich zu, Felomina Pessoa habe ihren Mann wohl betrogen.

Marcos Mutter aber war eine stolze Frau und hatte bisher nicht dazu beigetragen, das Rätsel zu lösen. Mit Marcos Vater war leichter umzugehen, doch war es die Mutter, die die Familie zusammenhielt und voranbrachte. Felomina war es auch, die Marco darin unterstützte, seinen Weg in Buenos Aires zu machen.

Estella hatte die kleine Lichtung erreicht, auf der Marco und sie sich in den letzten Monaten öfter getroffen hatten. Ringsum standen Lorbeerbäume, unter denen die Luft immer frischer erschien als an anderen Orten. Estella war als Erste eingetroffen, doch wenig später tauchte auch Marco auf.

Am liebsten würde ich ihm um den Hals fallen, fuhr es Estella durch den Kopf, als er hinter einem Baum hervor auf die Lichtung trat.

»Estella!«, sagte er. Dann fügte er leiser und etwas unsicherer hinzu. »Ich habe dich vermisst.«

»Ich dich auch.«

»Ja?« Er schien darauf zu warten, ob sie noch mehr sagen wollte, aber sie schwieg.

Estella stellte fest, dass Marcos Haar geschnitten worden war. Außerdem trug er einen neuen Anzug.

»Hast du dich fein gemacht für mich?«, platzte sie heraus.

Er errötete, und sie schämte sich sofort.

»Danke«, sagte sie nach einer Weile leise und bekam gleich ein Lächeln geschenkt.

Estella fühlte sich plötzlich so befangen, wie sie es überhaupt nicht von sich kannte.

Was ist nur mit mir los?, schoss es ihr durch den Kopf. Dann hörte sie mit einem Mal die Stimme ihres Bruders.

Dass du in ihn verliebt bist …

Sie schüttelte kaum merklich den Kopf.

Aber das ist absurd, ich liebe ihn doch nicht.

Durch das Gewirr der Äste drangen mit einem Mal Sonnenstrahlen zu ihnen herunter und malten ein funkelndes Muster auf Marcos glänzendes Haar. Der Anzug, fiel Estella jetzt auf, war nicht nur neu, er sagte ihr noch etwas: Eine wichtige Veränderung stand bevor. Er würde jetzt sehr bald fortgehen.

»O Marco«, flüsterte sie, so leise, dass er sie kaum hören konnte. »Du gehst fort …«

Kurz schien er zu überlegen, ob er etwas sagen sollte, dann nickte er einfach.

»Aber dann werde ich ganz allein hier sein«, sprudelte sie im nächsten Moment hervor.

Da war wieder etwas von der alten, schnippischen Estella, die es gern hatte, wenn sich die Welt um sie drehte. Normalerweise sorgte sie dafür, dass diese Estella nicht auftauchte, wenn Marco da war.

Marco schaute sie betrübt an. Estella setzte sich, nahm seine Hand und zog ihn neben sich.

»Deine Mutter hat mit meiner gesprochen, und jetzt wollen sie es mir ermöglichen, nach Buenos Aires zu gehen und etwas zu lernen.« Marco zögerte einen Moment. »Wenn alles gut läuft, dann komme ich in ein paar Jahren wieder und kann mir von meiner Hände Arbeit ein besseres Leben leisten. Dann baue ich meiner Familie ein Haus, und wir …«

Ein paar Jahre … Das war so lange! Er konnte sie doch nicht so lange allein lassen.

»Aber du gehst nicht einfach so, oder?«, begehrte sie zu wissen. »Du gehst nicht, ohne dass wir uns voneinander verabschiedet haben.«

»Nein.« Marco sah Estella entsetzt an. »Du bist … du bist …« Er holte tief Luft. »Du bist das Wichtigste, was es für mich gibt.«

»Neben deiner Familie«, neckte sie ihn.

Er wurde ernst. »Ich wünschte, du würdest zu meiner Familie gehören.«

Seine Antwort nahm ihr für einen kurzen Augenblick den Atem. So ehrlich, so offen hatte er noch nie mit ihr gesprochen. Es berührte sie so sehr, dass sie fast in Tränen ausgebrochen wäre.

Dabei bin ich sonst gar keine Heulsuse, fuhr es ihr durch den Kopf, ich lasse mich doch von niemandem beeindrucken.

Marco legte seinen Arm um sie und drückte sie an sich. Sie wollte sich steif machen, doch sie konnte nicht. Als könne sie nichts dagegen tun, wurde ihr Körper weich unter Marcos Berührung.

An diesem Abend weilte ein gewisser Señor Stutterheim auf Tres Lomas, doch Estella war zu sehr in Gedanken versunken, um sich an dem während des Essens geführten Gespräch zu beteiligen. Stutterheim richtete seine Aufmerksamkeit ohnehin zumeist auf ihren Stiefvater und ihren Bruder.

»Ich verstehe Sie, Señor Santos, und ich sehe es genauso«, riss sie Stutterheims Stimme jetzt doch aus ihren Gedanken. Der Mann legte kurz die Fingerspitzen gegeneinander und beugte sich dann etwas vor, bevor er weitersprach. »Ich will es auch genauso in meinen Bericht aufnehmen. Darf ich Ihnen vorlesen, was ich zu Toba-Indianern geschrieben habe?«

Er schaute Paco fragend an. Der nickte, nachdem er sich mit einem Blick bei seinen Eltern versichert hatte, dass auch sie dem Vorhaben zustimmten. Nur Señor Stutterheim schien noch verunsichert.

»Ich weiß nicht, es sind Damen anwesend, die das Ganze möglicherweise nicht interessiert oder gar erschreckt«, merkte er an.

»Seien Sie versichert«, meldete sich nun Viktoria zu Wort, »hier sind keine schreckhaften Damen, die sich vor ein wenig Wahrheit fürchten.«

Señor Stutterheim nickte.

»Gut … Also … Es ist meine Ansicht …«, er räusperte sich noch einmal und entschied dann, einfach seinen Text vorzulesen: »Wenn man es versteht, die Indios richtig zu behandeln, sie zu beherrschen, ohne sie allzu sehr zu unterdrücken, wenn man ihnen ihre Souveränität nicht mit einem Schlage wegnimmt, sondern ihnen auf ihrem Gebiet gewisse Freiheiten lässt und Konzessionen macht ihre kleinen Eitelkeiten betreffend, dann können diese arbeitswilligen Wilden in Zukunft bei der Besiedlung und Bebauung dieser weiten Landstriche einen unschätzbaren Nutzen bringen. Natürlich werden sich, je weiter die Zivilisation vorrückt, ihre Ansprüche steigern, aber wenn man die Dummheit begeht, ihnen gar keine Rechte zuzugestehen, wird die Freundschaft sehr bald zu Ende sein. Wenn also man mit diesen Menschen in Frieden leben und sich ihre Arbeitskraft und Landeskenntnis zunutze machen will, dann muss man sich davor hüten, sie in Sklaven zu verwandeln, und anständig mit ihnen umgehen.«

»Gewisse Rechte zugestehen?«, mischte sich Pedro sofort ein, nachdem Stutterheim geendet hatte.

Estella hob die Teetasse an die Lippen und beobachtete Pedro. Ihm war nur zu deutlich anzusehen, dass er Stutterheims Ansichten nicht teilte.

»Und was soll mit denen geschehen«, fuhr er fort, »die nichts von der weißen Zivilisation wissen wollen? Haben sie nicht ein Recht zu leben, wie es ihre Väter und Vorväter getan haben?«

»Aber das sind eben die neuen Zeiten«, hielt Stutterheim dagegen. »Die Eisenbahnen, neue Siedler, die das Land urbar machen, dagegen werden ein paar vagabundierende Indios, die noch wie in der Steinzeit leben, nichts ausrichten können. Wenn sie sich nicht anpassen, dann werden sie von dieser Erde hinweggefegt. So ist eben der Lauf der Dinge.«

»Und ich sage, es werden die vom Angesicht dieser Erde verschwinden, die ihre Wurzeln aufgeben und ihre Herkunft verleugnen«, mischte sich nun Paco ein.

»Lassen wir doch Señor Stutterheim seine Meinung«, mahnte Viktoria an. »Seine Überlegungen sind sicherlich etwas, über das man reden kann.«

Dankbar schaute Señor Stutterheim Viktoria an. Das Gespräch wechselte wieder zu unverfänglicheren Themen, als das Dessert gereicht wurde. Estella beobachtete ihre Mutter, während sie ein wenig Gebäck naschte. Viktoria war immer noch eine ausnehmend gut aussehende Frau. Ihr blondes Haar hatte sie an diesem Abend im Nacken zu einem einfachen Knoten zusammengenommen, was fast ein wenig konservativ aussah, dafür trug sie ein modisches Kleid, das Annas Schwester Lenchen in ihrem Atelier entworfen hatte, und um die Schultern einen weißen Seidenschal.

Estella nahm ihr Schälchen *dulce de leche* auf und führte langsam einen Löffel davon zum Mund. Sie hatte sich für später noch einmal mit Marco verabredet, um endgültig Abschied zu nehmen. Fieberhaft hatte sie unter ihren Sachen nach etwas gesucht, was er mitnehmen konnte, sich zunächst aber nicht entscheiden können. Ein Haarband war ihr irgendwie albern erschienen. Eine Haarsträhne? Aber wo sollte er die aufbewahren? Sie nahm schließlich ein Schmuckstück – ein einfaches Silberkettchen, das sie als Kind getragen hatte und das sicherlich wunderbar um sein Handgelenk passte. Wenn sie die Augen schloss, dann sah sie seine warme braune Haut vor sich. Ihre Kette machte sich ausnehmend gut auf dieser Haut. Sie konnte es kaum noch erwarten, Marco das Geschenk zu überreichen.

»Estella?«

Marcos Stimme klang unsicher, als Estella zwischen den Büschen hindurch auf die Lichtung trat. Sie hatte sich lange überlegt, was sie anziehen sollte. Dann hatte sie eins ihrer schönsten Kleider gewählt, nachtblau und mit Spitzen und Rüschen besetzt, jedoch so einfach, dass es nicht zu sehr auffiel. Sie hatte sich immer vorgestellt, dass sie ein ähnliches, wenngleich prächtigeres Kleid zu ihrer Hochzeit tragen würde. Für sie, so hatte Estella beschlossen, würde das heute ein Vorgeschmack auf ihre Hochzeit sein.

Marco nahm ihr die kleine Laterne ab, ohne die sie den Weg nicht gefunden hätte, und hängte sie an einen Ast. Ein kurzer Blick zeigte Estella, dass er vorbereitet war. Er hatte eine Decke auf dem Boden ausgebreitet. Inzwischen war es vollkommen dunkel, bald würde der Mond aufgehen, und sie würden das Lampenlicht gar nicht mehr brauchen.

Estella streckte ihm ihre geschlossene Hand hin. »Mach auf«, sagte sie.

Er nahm ihre Hand in seine wie etwas sehr Kostbares, küsste sie und öffnete dann behutsam ihre Finger. Im diffusen Licht schimmerte die Kette kaum merklich.

»Ich möchte, dass du sie immer trägst und mich nicht vergisst«, flüsterte Estella.

»Ich könnte dich ohnehin nie vergessen.«

Noch einmal küsste Marco ihre Hand, strich dann ihr Haar zurück, das sie heute offen trug. Als seine Hand ihren Nacken berührte, fuhr Estella ein Schauder über den Rücken. Sie konnte nicht sagen, ob sie vorher wirklich darüber nachgedacht hatte, aber sie wusste jetzt, dass sie es wollte.

Sie legte die Arme um seine Nacken.

»Komm«, flüsterte sie und zog ihn auf die Decke herunter.

Kurz schien Marco zu zögern, dann setzte er sich zu ihr. Für einen Moment schauten sie einander an, sich versichernd und sich doch schon gewiss.

»Ich möchte, dass du mich zur Frau machst«, sagte Estella dann.

»Aber wir sind nicht verheiratet, und deine Eltern ...«

»Ich kann diese Entscheidung wohl selbst treffen«, fiel Estella Marco ins Wort und wuschelte ihm mit der Hand durchs Haar. »Willst du es denn nicht?«

»Doch«, antwortete er sofort, »mehr als alles andere, aber ...«

»Kein Aber!« Sie legte ihre Finger auf seine Lippen. »Marco, das ist unser Pakt, unser Abschiedsgeschenk aneinander. Dies ist unser Versprechen, einander nie zu vergessen.«

Vielleicht hatte er noch etwas sagen wollen, doch er schloss den Mund.

Sie waren beide unerfahren, aber das störte sie nicht. Sie genossen ihre Berührungen, kicherten über ihre Ungeschicklichkeiten. Marco zog umständlich sein Hemd aus und ließ vorsichtig seine Hand über Estellas Körper gleiten. Dann hielt er noch einmal inne.

»Willst du es wirklich?«, fragte er zärtlich.

»Ja«, flüsterte sie.

Eine Weile noch blieben sie dicht beieinander liegen und bewegten sich nicht, dann zogen sie sich behutsam gegenseitig aus. Estella spürte Marcos Geschlecht an ihrem Körper. Sie bebte, als er gleich darauf begann, jeden Zoll ihres Körpers mit Küssen zu bedecken. Plötzlich war ihre Lust das Zentrum ihres Körpers, ein wilder, alles verschlingender Wirbel, in dem sie sich willig verlor. Marcos Hände waren sanft, geduldig und überall. Sie trugen Estella. Sie wollte, dass es nie wieder aufhörte, und wusste gleichzeitig nicht, ob so viel Lust und Verlangen überhaupt auszuhalten waren. Noch niemals zuvor hatte sie solchermaßen die Kontrolle verloren.

Endlich richtete Marco sich auf und legte sich auf sie. Es tat ein wenig weh, als er in sie eindrang, aber er spürte es gleich und hielt sich zurück, solange er konnte. Mit sanften Bewegungen führte er sie endlich zum Höhepunkt. Als sie danach nebeneinander lagen, liefen Estella die Tränen über das Gesicht.

»Estella!« Marcos Stimme klang tief betroffen. »Was ist mit dir?«

Estella schluckte heftig. »Nichts«, flüsterte sie und küsste ihn. »Ich bin nur so unendlich glücklich.«

Diese Nacht, das wusste sie, würde sie niemals vergessen.

Erst spät schlich Estella zurück ins Haus. Unentdeckt gelangte sie in ihr Zimmer. Sie zog sich aus, ließ das Kleid dort liegen, wo sie es hatte fallen lassen. Obwohl sie sterbensmüde war, wollte es ihr zuerst nicht gelingen, einzuschlafen. Draußen sangen schon die Vögel, als sie endlich wegdämmerte, und es war schon später Vormittag, als Paco sie weckte.

»Marco macht sich gleich auf den Weg, Estella, es stehen schon alle auf der Terrasse, um ihn zu verabschieden.«

»Oh!« Estella schwang sofort die Beine aus dem Bett, hetzte zu ihrem Frisiertisch, um sich einen Hausmantel überzuwerfen und das Haar notdürftig zusammenzunehmen.

Als sie sich zu ihrer Familie gesellte, schaute ihre Mutter sie forschend an. »Du hast ja wie ein Murmeltier geschlafen.«

»Ich habe noch lange gelesen gestern Abend«, entgegnete Estella, bevor sie recht überlegt hatte.

»Gelesen?« Viktoria war überrascht.

Zu Recht, wie Estella sich gleich nach ihren Worten eingestand, sie war keine große Leserin. Marlena hatte immer vergeblich versucht, die Freundin für Literatur zu interessieren.

Gott sei Dank wurde die Aufmerksamkeit jetzt auf etwas anderes gelenkt. Marco kam auf sie zu. Er trug seinen Anzug. Kurz streifte sein Blick Estella, dann verbeugte er sich vor Viktoria und Pedro.

»Ich danke Ihnen sehr dafür, dass Sie mich hier aufgenommen haben, und besonders für Ihre Ermutigung. Danke, dass

Sie mir ermöglichen, das zu tun, was ich mir so lange gewünscht habe.«

Viktoria antwortete etwas, doch Estella hörte nicht, was. Ein Gedanke fesselte sie plötzlich: Bitte, lass mich schwanger sein, lieber Gott, bitte, ich möchte ein Kind von diesem Mann.

Fünftes Kapitel

John stellte die Flasche *caña* zwischen sich und seinen Trinkkumpan Wilhelm Knaab und schenkte großzügig ein. Noch schweigend hoben sie beide die Becher und prosteten sich zu. Brennend floss der Alkohol durch Johns Kehle. Er schüttelte sich. Vieles wurde einfacher, wenn er trank. Sogar wärmer wurde ihm jetzt. Er hatte früher schon einmal getrunken, dann damit aufgehört. Rasch schenkte er nach. Der ältere Wilhelm wohnte schon seit gut dreißig Jahren in Buenos Aires. Er hatte den Zuwachs der deutschen Gemeinde miterlebt, die Krisen und die soziale Umschichtung der späteren Jahre.

»Damals, zu Anfang«, sagte er jetzt, »war die evangelische Kirche das Einzige, was wir Deutschen gemein hatten, doch sie wurde von einer kleinen Gruppe Patrizier geleitet. Natürlich hatte der kleine Mann da nichts zu sagen.«

John kippte seinen Schnaps herunter und schenkte sich erneut nach. Der dritte Becher, mahnte die Stimme in seinem Kopf, die im Laufe des Abends mit jedem Schluck leiser werden würde.

»Hat sich daran etwas geändert, Wilhelm? Das Sagen haben doch immer noch die Großgrundbesitzer, die Großhändler, die, die eben immer das Sagen hatten. Himmel, wenn es uns nur einmal gelingen wollte, einig zu handeln und gemeinsam zu kämpfen.«

So, heraus war es. So war es eben, er, John Hofer war ein Unruhestifter.

John starrte seinen Becher an. Er hatte lange nicht mehr

daran gedacht, über Arbeiterorganisation zu sprechen. Als sich 1878, nachdem das durch Bismarck initiierte Sozialistengesetz verabschiedet worden war, mehr und mehr seiner einstigen Genossen ebenfalls nach Buenos Aires eingeschifft hatten, hatte er tagtäglich befürchtet, bald mit seiner Vergangenheit konfrontiert zu werden.

Aber das Schicksal hat mich verschont. Es hat mich verschont, damit ich meine Aufgabe doch noch erfülle.

Jetzt, so schien es ihm, war der Zeitpunkt gekommen.

Wilhelm Knaab drehte seinen Becher in den Händen. »Ach, ich erinnere mich noch gut an die Kämpfe, die ausbrachen, als die Ersten hier ankamen, die das liebe Deutschland aus politischen und nicht aus wirtschaftlichen Gründen verlassen hatten. Da gab es damals einen Dominico, seines Zeichens Militärmusiker, der eine Musikalienhandlung in Buenos Aires eröffnet hatte, und seinen Bruder, der ein Milchgeschäft betrieb. Die wandten sich gegen das Presbyterium der Großkaufleute. Es kam sogar zu Tätlichkeiten. Erst waren wir kleinen Leute sogar erfolgreich. Allerdings boten die Großkaufleute bei der nächsten Versammlung ihre zahlreichen Angestellten auf, sodass das meiste beim Alten blieb.«

John zog die Augenbrauen hoch. »Ich sag's doch, der Reiche ist von jeher ein elender Betrüger.«

»Immerhin sind nicht alle Wünsche unberücksichtigt geblieben«, stellte Wilhelm fest, »der Kirchenvorstand wurde doch auf eine breitere Grundlage gestellt. Die Demokraten, die mit diesen Zugeständnissen nicht zufrieden waren, haben den Verein *Vorwärts* gegründet.«

John schüttelte den Kopf. »Ich sag es dir. Es ist auch jetzt wieder Zeit für Veränderungen, Wilhelm. Wir müssen endlich unsere Rechte einfordern und der Herrschaft der Oligarchen und vor allem der Großgrundbesitzer ein Ende setzen.«

Wilhelm wiegte seinen Kopf hin und her. »Ja, das wäre eine feine Sache. Das Problem ist doch aber, dass sich die meisten Einwanderer nicht für Argentinier halten. Sie bleiben Italiener, Franzosen, Deutsche, Spanier, oder, um es exakter zu sagen, Basken, Lombarden, Galizier, Bayern – sogar, wenn sie ihre Familien hierher gebracht haben und hier sterben werden.«

John hob die Schultern und ließ sie wieder sinken. »Aber es muss sich doch etwas ändern!«

Wilhelm nickte. »Es wird sich ja auch etwas ändern, zwangsläufig. Zeigt es sich nicht schon jetzt, dass der eingewanderte europäische Arbeiter den unteren Klassen dieser Stadt den Wunsch materieller Verbesserungen nähergebracht hat? Die Resignation, die Demut und die Apathie, all das, was einmal die Armen dieser Stadt gekennzeichnet hat, wird es zukünftig nicht mehr geben, das versichere ich dir.«

John runzelte die Stirn. »Ach, wenn doch nicht alles immer so elend langsam gehen würde …«

Wilhelm schüttelte den Kopf. »Geduld, nur Geduld. Es fängt doch schon an.«

»Dein Wort in Gottes Ohr.«

In dieser Nacht kehrte John so betrunken wie schon lange nicht mehr in seine und Marlenas winzige Bleibe zurück. Wieder einmal flüchtete Marlena mit Aurora zu Jenny und Rahel. In letzter Zeit, gestand sie sich ein, suchte sie immer öfter Zuflucht bei den Goldbergs. Sie ging, wenn John sich betrunken hatte oder wenn sie miteinander stritten. Sie ging, wenn sie hungrig oder müde war oder wenn sie fror. Stets hatten die beiden Frauen ein offenes Ohr für sie. Mittlerweile hatte sie Rahel Goldberg auch beauftragt, ihre Mutter und Julius von ihr zu grüßen.

Es war nicht leicht gewesen, Rahel anfangs davon zu überzeugen, Stillschweigen über ihren Verbleib zu üben. Marlena hatte die alte Freundin der Familie gebeten, Distanz zu wahren, doch Rahel hatte gesagt, dass ihr das dauerhaft unmöglich sein würde. Also hatten die Meyer-Weinbrenners nach banger Zeit zumindest erfahren, dass es Marlena und ihrem Kind einigermaßen gut ging.

Am nächsten Morgen schlug Rahel Goldberg Marlena vor, ein entspannendes Bad zu nehmen. Aurora zahnte und hatte schlecht geschlafen, also war die hochschwangere Marlena einigermaßen erschöpft. Doch jetzt schlief die Kleine selig in dem Bettchen, das Rahel für sie hergerichtet hatte.

Marlena hatte es sich gerade in dem warmen, duftenden Wasser bequem gemacht, als Jenny zu ihr kam und sich auf den Badewannenrand setzte. Nachdenklich betrachtete sie Marlena.

»Er ist ein Lump, nicht?«, fragte sie unvermittelt.

Marlena, die sich bis zum Kinn ins Wasser hatte sinken lassen, schob sich hoch. Ihr Bauch schimmerte weiß durch die Wasseroberfläche. Ihr Leib hatte sich schon beträchtlich gerundet, und sie genoss die Leichtigkeit, die sie im Wasser verspürte. Es konnte nicht mehr lange bis zur Niederkunft dauern.

Ein Lump, überlegte sie. Ja, er ist ein Lump.

Sie nickte nachdenklich. »Aber ich liebe ihn«, flüsterte sie dann.

Jenny strich ihr über das Haar. »Ich weiß, ich weiß. Er kann sehr anziehend sein, regelrecht verführerisch.«

Die jungen Frauen sahen einander an. Ohne zu wissen warum, begannen sie plötzlich beide zu lachen, doch es war kein unbeschwertes Lachen, zu viele ungeweinte Tränen mussten sie zurückhalten, zu viel Enttäuschung unterdrücken.

Zwei Wochen später gebar Marlena im Haus der Goldbergs ihr zweites Kind, einen kleinen Jungen, der die Welt sofort mit einem kräftigen Schrei begrüßte. Ganz anders als bei Aurora erinnerten sie der Schnitt seines kleinen Gesichts, die Augen und die Nase an seinen Vater. Marlena nannte ihren Sohn Joaquín.

Während sie sich von der Geburt erholte und ihr Kind kennenlernte, hatte Marlena viel Zeit, nachzudenken. So konnte es nicht weitergehen, das musste sie einsehen. Sie konnte nicht zu John zurückkehren, wenn der nicht daran dachte, sein Leben auch nur ein wenig zu ändern. Zwar hatte er sich nach anfänglichem Murren interessiert an seinem zweiten Kind gezeigt, aber Marlena wusste, dass dies nicht genügte. Sie trug Verantwortung ihren beiden Kindern gegenüber. So schwer es ihr auch fiel, sie würde zu ihrer Mutter und Julius gehen und sie um Wiederaufnahme bitten müssen.

An dem Tag, als Marlena entschied, nach Hause zurückzukehren, badete sie sich sorgfältig, wusch sich die Haare und zog sich etwas Hübsches an – eins von Jennys Kleidern, das sie sich geändert hatte. Rahel Goldberg hatte von einer Nachbarin Kleidung, aus der deren eigene Kinder herausgewachsen waren, für die kleine Aurora und für Joaquín bekommen.

Als Marlena nach zwei Jahren wieder vor dem Haus ihrer Eltern stand, klopfte ihr das Herz bis zum Hals. Es war Sonntag. Die Chancen standen gut, dass sowohl ihre Mutter als auch Julius zu Hause waren. Aber was würden sie sagen? Wie würden sie reagieren? Würden sie sich freuen oder so erbost sein, dass sie Marlena keinen Einlass gewähren wollten?

Marlena holte tief Luft und klopfte.

Wenn das Dienstmädchen, das sie hereinließ, überrascht war, so zeigte sie es zumindest nicht. »Der Herr und die Herrin sind im Garten«, sagte sie nur, als sei Marlena nie weg gewesen.

»Danke.« Marlena fasste Auroras Hand fester, während sie den Kleinen im Arm wiegte.

Anna und Julius saßen an ihrem Lieblingsplatz, sahen auf das Meer hinaus und redeten leise miteinander. Sie waren nicht allein, unter einem der Orangenbäume hockte Leonora und spielte selbstvergessen mit ihrer Puppe. Die kleine Schwester war inzwischen deutlich gewachsen. Sie war nicht mehr das Kleinkind, an das sich Marlena erinnerte.

Mit einem Mal begann der Säugling in Marlenas Arm leise zu jammern. Es war Leonora, die sich als Erste umdrehte, jedoch so erstaunt war, dass sie sich nicht vom Fleck rührte. Julius und Anna hatten offenbar nichts gehört.

»Mama?«, sagte Marlena zaghaft.

Jetzt drehte sich auch Anna um und sprang auf, so schnell, dass sie ins Schwanken geriet und kurz um ihr Gleichgewicht kämpfte.

»Marlena!« Sie streckte die Arme aus, entschied sich dann anders und ging mit raschen Schritten auf ihre Tochter zu. »Marlena, mein Kind.« Mit Tränen in den Augen schloss sie die Tochter und das Kleine in die Arme, strich dann über Auroras Kopf. »Du bist aber schon groß.«

Auch Julius trat jetzt näher. Er strahlte. »Kommst du endlich zurück?«, fragte er. »Wir haben so lange gewartet.«

Marlena konnte nur nicken, dann brach sie in Tränen aus.

Sechster Teil

Llegada – Ankunft

Buenos Aires, La Dulce, Tres Lomas,
Patagonien, Santa Celia, New York

1885 bis 1887

Erstes Kapitel

Marlenas Rückkehr in den Schoß der Familie war mit Freude begrüßt worden. Schnell hatte sich die junge Frau wieder an die Annehmlichkeiten des Reichtums gewöhnt. Anders als früher genoss sie es jetzt sogar, nichts tuend Zeit im Patio zu verbringen, den Gästen ihrer Eltern zu lauschen, die zuweilen doch recht Spannendes aus Buenos Aires oder der Welt zu berichten hatten.

»Alles aus Frankreich«, brummte eben der vierschrötige Mann, der Vertreter eines deutschen Likörherstellers, in dem Korbsessel an Julius' Seite, »Uhren, Porzellan- und Glaswaren, kostbare Gewebe, edle Möbel, Staatskutschen und Prunkkarossen. Sogar wenn er isst oder trinkt, ist der *porteño* dem Franzosen tributär. Denn speist er in einem der feineren Hotels oder Restaurants, so ist entweder der Wirt oder der Koch Franzose, der Likör ist aus Frankreich, der Wein sowieso.«

Julius lachte. »Sie haben Recht, Herr Kuhn, man könnte gewiss meinen, man habe Europa gar nicht verlassen. Man sieht sich im Hotel um und denkt: europäisch. Die Zimmer sind europäisch, die Restauration ist europäisch, der Portier ist zwar nicht im Frack, aber doch streng europäisch – das Haus selbst ist luxuriös überfirnisst, mit kühler, steifer Talmi-Eleganz ausgestattet, gerade so, als ob man sich in Paris, Wien oder Berlin befände. Aber dann, wenn man das Essen serviert bekommt, da merkt man doch den Unterschied. Nach dem dritten kommt ein vierter, nach diesem ein fünfter und sechster Gang, manchmal sogar ein siebter und achter, alles in Portionen, die für den Appetit eines vorsintflutlichen Lebewesens berechnet zu sein scheinen.«

Anna warf ihrem Mann einen liebevollen Blick von der Seite zu. Auch der einst so schlanke Julius hatte mittlerweile etwas Bauch angesetzt. Der Achtundvierzigjährige bestand allerdings darauf, dass es daran liege, dass die Köchin zu gut koche. Anna hielt dagegen, dass sie beide einfach älter würden. Auch sie war mit ihren sechsundvierzig Jahren nicht mehr die Jüngste.

»Manchmal kommt mir Buenos Aires schrecklich rückständig vor«, mischte sie sich nun mit einem Augenzwinkern ein.

»Das wiederum«, entgegnete Kuhn, »kann ich nicht bestätigen. Während man sich in Europa beispielsweise noch wegen der verschiedenen Beleuchtungsmethoden in den Haaren liegt, hat Buenos Aires nicht nur das Gaslicht, sondern bereits eine Unzahl elektrischer Installationen und sogar über zweitausend Telefonabonnenten. Die Kaufläden werden bis neun oder zehn Uhr abends hell erleuchtet offen gehalten, und der Briefträger trägt noch um zwölf Uhr nachts Briefe aus.«

Julius lächelte. »Bedauerlich ist gewiss nur, dass die Kanalisation eine elende ist. Sie rechtfertigt immer noch die schlimmsten Besorgnisse für den Fall einer Epidemie und durchaus auch den Ausspruch, Buenos Aires sei auf Kot erbaut.«

Die drei lachten, und Marlena stimmte in ihr Gelächter ein. Ach, es war schön, wieder zu Hause zu sein. Sie dachte nach einem halben Jahr nur noch ganz selten an John.

Zweites Kapitel

Natürlich kam irgendwann die Zeit, zu der Marlena wieder unruhiger wurde. Die Gespräche über Kleidung, gesellschaftliche Vergnügungen, die Oper oder Tanzveranstaltungen im Teatro Colón begannen sie von Neuem zu langweilen. Das Fuhrunternehmen, für das sie manchmal Büroarbeiten erledigte, interessierte sie immer noch nicht. Immer öfter zückte sie den Stift und saß grübelnd über ein Blatt Papier gebeugt.

Anna war die Erste, die Marlenas Unruhe bemerkte. Eines Tages – Marlena hatte sich in einen der Korbsessel im Patio gesetzt und blätterte unkonzentriert in einem Buch – trat sie an die Seite ihrer Tochter.

»Es zieht dich wieder fort, nicht wahr?«

Marlena sah ihre Mutter an und schüttelte den Kopf. »Nein, wie kommst du darauf?«

»Ich sehe es dir an.«

Marlena sah wieder auf das Buch in ihrem Schoß – eine Reisebeschreibung mit dem Titel *Durch Patagonien*, wie Anna zu erkennen meinte. Sie wird wohl nie in meinem Unternehmen arbeiten wollen, schoss es ihr durch den Kopf. Es tat ein wenig weh.

»Wie heißt der Autor?«, fragte sie.

»Florence Dixie. Es handelt sich um eine Autorin«, erwiderte Marlena.

»Ah, interessant.« Anna überlegte. »Vielleicht möchtest du ja auch mal wieder verreisen. Was hältst du davon, Eduard auf La Dulce zu besuchen?«

Marlena starrte ihre Mutter an. »La Dulce? Ausgerechnet La Dulce?«

Anna wusste, dass ihre Tochter dort angstvolle Tage verbracht hatte. Aber La Dulce war auch die Estancia, auf der ihr Bruder und damit Marlenas einziger noch lebender Onkel lebte. Eduard besuchte sie zwar jedes Mal, wenn er nach Buenos Aires kam, aber Marlena selbst war nicht mehr auf La Dulce gewesen, seit damals. War nicht endlich die Zeit gekommen, sich dieser Vergangenheit zu stellen?

Marlena legte das Buch langsam zur Seite. »Vielleicht hast du Recht, Mama.«

Anna nickte. »Natürlich habe ich Recht. Übrigens ist deine Cousine Blanca auch dort ...«

»Hm«, erwiderte Marlena.

Ihre Mutter hatte ihr von Blanca erzählt und davon, dass diese die Familie nach dem Tod ihrer Mutter aufgesucht hatte.

»Und dann sind auch noch Estella und ihr Bruder Paco dort. Ich denke, dass es Zeit wird, dass du einmal wieder mit Estella sprichst. Ihr seid so gute Freundinnen.«

Wir *waren* Freundinnen, wollte Marlena scharf entgegnen, aber sie tat es nicht. Mit einem Mal fiel ihr auf, dass sie verdrängt hatte, was damals zwischen Estella und ihr geschehen war. Vielleicht war es an der Zeit. Vielleicht sollten Estella und sie tatsächlich miteinander reden.

Hatte sich Marlena erst eingeredet, dass sie sich auf ein Wiedersehen mit Estella freute, so musste sie sich auf der Fahrt eingestehen, dass sie der Gedanke, Estella nach so vielen Jahren wieder gegenüberzustehen, doch beunruhigte. Sie beide hatten Fehler gemacht im Kampf um den Mann, den auch

Marlena letztendlich hatte verlassen müssen. Während Marlena den einjährigen Joaquín in den Armen wiegte, und Aurora in der Kutsche auf der Bank gegenüber schlief, verlor sie sich immer wieder in Gedanken. Auch die Zeit der Entführung kehrte zurück. Damals waren Estella und sie gefesselt unter schmutzigen Decken verborgen auf einem Karren nach La Dulce gebracht worden. Damals hatte sie nichts von der Schönheit der Landschaft entlang der Strecke gesehen, und auch auf der Rückfahrt nach Buenos Aires war sie nicht sonderlich aufmerksam gewesen.

Als sie auf La Dulce eintraf, war es Mittag, und im Hof war niemand zu sehen. Marlena zögerte einen Moment, bevor sie sich entschied, mit Rufen auf sich aufmerksam zu machen. Ein weißblonder Mann mit blitzend blauen Augen trat bald auf die Veranda. Marlena drückte Joaquín an ihre Brust, während sich Aurora an ihre Beine schmiegte.

»Ist Eduard Brunner da?«

»Er ist gerade zu Tisch.«

»Danke, Arthur, das muss meine Nichte sein«, war da schon Eduards Stimme zu hören. »Marlena«, rief er im nächsten Moment erfreut aus. »Anna hat mir eine Nachricht geschickt. Schön, dass du schon da bist.« Er winkte ihr, die Stufen zur Veranda hochzukommen, und nahm sie in den Arm. »Komm, komm mit herein, wir essen gerade. Du bist sicher hungrig.« Er tätschelte Aurora und Joaquín den Kopf. »Und ihr zwei auch, stimmt's?«

Marlena zögerte einen Moment, bevor sie das Haus betrat. Aus einem Zimmer am Ende des Ganges drangen Stimmen und Geschirrklappern. Sie fürchtete sich davor, von Erinnerungen überwältigt zu werden. Aber es war nicht so.

Marlena ließ sich an diesem Abend noch etwas Zeit damit, die Kinder ins Bett zu bringen. Eduard hatte ihr und Estella vorgeschlagen, sich ein Zimmer zu teilen, und sie hatte nicht gewagt, Eduard um ein eigenes zu bitten. Die Kleinen waren bei einer Magd untergebracht, selbst eine junge Mutter, die auf die beiden aufpassen wollte.

»Ich weiß doch«, sagte Eduard, »dass ihr, Estella und du, euch viel zu erzählen habt.«

Weiß er denn nicht, dass wir uns zerstritten haben?, überlegte Marlena. Aber natürlich wusste er es. Nur war er wie ihre Mutter der Meinung, dass man immer alles besprechen sollte.

Als Marlena sich auf die Schlafzimmertür zubewegte, wurde ihr abwechselnd heiß und kalt. Es war ewig her, dass Estella und sie zusammen genächtigt hatten. Damals waren sie Mädchen gewesen, heute waren sie junge Frauen. Beim gemeinsamen Mittagessen hatten sie sich nur verstohlen beäugt. Eduard hatte seine anderen Gäste vorgestellt. Annelie und Mina waren schon seit einigen Jahren Gäste auf La Dulce und führten inzwischen Eduards Haushalt. Ihr Onkel hatte, als Marlena mit ihm allein gewesen war, kurz angedeutet, dass Mutter und Tochter Schreckliches erlebt hatten, was sie auch ihm bislang nicht offenbart hatten. Wohl lag ihm Annelie sehr am Herzen, doch sie schien es nicht wahrzunehmen. Weißt du, Marlena, hatte ihr Onkel gesagt, ich habe alle Zeit der Welt, und ich will Annelie und Mina alle Zeit der Welt schenken, bis sie sich so sicher fühlen, dass wir eine Familie sein können. Und bis dahin erfreue ich mich daran, dass wir hier nebeneinander leben.

Dann hatte Marlena noch Arthur, einen jungen Wolgadeutschen, kennengelernt. Er bearbeitete als Pächter einen Teil des Landes, das zur Estancia gehörte. Wenn Marlena es recht verstanden hatte, hatte er kurz nach seiner Ankunft in Argentinien seine Frau verloren. Sie war in der Menschenmenge verschwunden und nie wieder aufgetaucht. Allerdings hoffte er immer noch darauf, sie wiederzufinden. Dann war da noch Paco, der mittlerweile so erwachsen geworden war, dass sie ihn kaum wiedererkannt hatte, und der für einen Rechtsanwalt arbeitete. An seiner Seite hatte Blanca Brunner gesessen, die Tochter ihres verstorbenen Onkels Gustav. Es bedurfte keiner Worte, um zu erkennen, dass die hübsche junge Frau Paco hin und wieder die Sprache verschlug. Wenn Marlena auf der Fahrt noch sicher gewesen war, sich auf La Dulce nicht wohl fühlen zu wollen, so hatte sie schon nach kurzem Zusammensein mit den lachenden und munter durcheinanderplappernden Menschen ihre Meinung geändert.

Sie klopfte zaghaft an die Tür, trat dann aber gleich ein. Estella saß auf dem großen Bett, eine leichte Decke um die Schultern gelegt, wie sie das beide früher immer getan hatten.

»Estella!«, sagte Marlena mit rauer Stimme.

Estella hob den Kopf. Zuerst blickte sie ernst drein, dann kerbte sich ein Lächeln in ihre Mundwinkel. »Marlena.« Sie zögerte, sprach dann aber weiter. »Du hast zwei hübsche Kinder. Ist John noch in Buenos Aires? Kommt er nach?«

»Nein, ich ...« Marlena suchte nach Worten. Estella erkannte ihr Unbehagen.

»Du musst nichts sagen. Hat es sich nicht so entwickelt, wie du es dir gewünscht hast?«

Marlena schüttelte den Kopf. Ihr Körper spannte sich an, während sie sich auf ihre Verteidigung vorbereitete. Doch Estella sah sie nur nachdenklich an.

»Du musst wirklich nichts sagen. Es tut mir leid um deine Wünsche.«

»Wirklich?«

»Natürlich. Wir waren doch einmal Freundinnen, oder?«

Marlena biss sich auf die Lippen. Nein, sie würde jetzt nicht daran erinnern, was sie einander angetan hatten. »Ja, das waren wir. Und wie ist es dir ergangen?«

Estella zuckte die Achseln. »Ich habe einen Mann kennengelernt, Marco, einen jungen Arbeiter. Seit ich ihn kenne, weiß ich, dass ich nie wirklich in John verliebt war. Ich ...«, sie hielt kurz inne, schien sich nicht zu trauen, Marlena anzuschauen, und hob dann doch den Kopf, »... ich glaube, ich wollte John nur haben, weil er sich für dich interessiert hat.«

Wieder schluckte Marlena eine Erwiderung herunter. Sicherlich wären viele Dinge einfacher gewesen, wenn Estella ihr nicht so viele Steine in den Weg gelegt hätte, aber darüber konnten sie später reden.

»Erzähl mir von Marco«, sagte sie also stattdessen leise.

Estella zog die Decke etwas enger um sich. Kurz blitzte die Erinnerung an einen Sonntagnachmittag in den Zuckerrohrfeldern in ihr auf. Marco hatte von seiner Arbeit erzählt. Später hatte er sie noch zu den Anlagen mitgenommen und ihr beschrieben, wie das Zuckerrohr verarbeitet wurde. Sein Interesse hatte ihres geweckt. Sie hatte sich gefragt, ob sie ihren Eltern von seinen Plänen erzählen sollte. Etwas später hatte sie es getan, und das hatte letztendlich dazu geführt, dass er nach Buenos Aires gegangen war. Manchmal schrieb er ihr, aber eher selten. Er war kein Mann geschriebener Worte. Es gab wohl Wichtigeres in seinem Leben als die Liebe. Und Estella war zu stolz, ihn darum zu bitten, zu ihr zurückzukommen. Eine Santos bettelte nicht um die Liebe eines Mannes. Was war denn, wenn Marco in Buenos Aires eine andere kennengelernt hatte? Konnte sie sich seiner Zuneigung überhaupt sicher sein? Nur gut, dass sie ihm nicht nach Buenos Aires gefolgt war …

»Da gibt es nicht viel. Er hat für meine Eltern gearbeitet. Ich konnte gut mit ihm reden, aber dann ist er nach Buenos Aires gegangen … Er interessierte sich für Maschinenbau. Er wollte mehr darüber lernen.«

Estella dachte an den Moment, an dem sie sich zum ersten Mal begegnet waren, als sie ins Straucheln geraten und fast gestürzt war, dachte daran, dass sie sich gewünscht hatte, für immer so stehen zu bleiben. Dann waren sie sich nähergekommen und irgendwann war die Zeit des Abschieds da gewesen. Sie hatten einander geliebt, und sie hatte sich so sehr gewünscht, aus ihrer Liebe würde ein Kind entstehen. Es hatte lange gedauert, bis sie akzeptieren konnte, dass in ihrem Leib kein Leben heranwuchs. Estella unterdrückte einen Seufzer.

Sag doch die Wahrheit, mahnte jetzt eine Stimme in ihrem Kopf, sag, dass du ihn liebst.

»Du bist damals schnell schwanger geworden, oder?«, hörte sie sich stattdessen sagen.

Marlena sah Estella verblüfft an. »Ja«, sagte sie dann vorsichtig. »Ja, das stimmt.«

»Wie lange hast du John nicht gesehen?«

»Ein Jahr.«

Marlena setzte sich neben Estella auf das Bett und zog ebenfalls die Decke um ihre Schultern. Beide hingen sie ihren Gedanken nach.

»Vermisst du ihn?«, fragte Estella nach einer Weile.

»Ja …« Marlena zögerte. »Obwohl ich mir wünsche, ich würde es nicht tun. Es … es war wirklich nicht leicht mit ihm«, fuhr sie dann leiser fort. »Ich habe mir nicht vorstellen können, dass es so werden würde.«

»Das tut mir leid.«

Marlena kamen plötzlich die Tränen. »O mein Gott! Was ist nur aus uns geworden?«, brachte sie schniefend hervor.

Estella verschränkte die Arme, als müsse sie sich davon abhalten, Marlena zu berühren. »Vielleicht … vielleicht hätten wir damals …«, setzte sie leise an. Dann fuhr sie resoluter fort: »Marlena, du bist meine Freundin. Wir haben so viel zusammen erlebt. Ich möchte, dass es wieder so wird wie früher!«

Es hatte eine Zeit gegeben, da hätte Marlena Estellas Ansinnen rundweg abgelehnt, aber heute nicht. Manchmal waren die Dinge so einfach, manchmal musste man einander verzeihen.

Estella und Marlena blickten sich an. Fast zur gleichen Zeit fingen sie an zu lächeln, und dann fielen sie sich auch schon schluchzend in die Arme.

Drittes Kapitel

Verdammte Hitze. John wischte sich den Schweiß von der Stirn. Ihm war elend zumute. In letzter Zeit überfielen ihn wieder öfter Stimmungsschwankungen, die sich nur durch noch intensivere Arbeit bekämpfen ließen. Jetzt wollte er die Wut in sich wieder hervorlocken, die Wut über diese herrlichen Gebäude, die den Reichtum so vieler Bürger von Buenos Aires repräsentierten, und das Elend, das ihnen zu Füßen dahinvegetierte. Er blieb vor dem weißmarmornen Schloss der Banco National stehen. Immer noch hungerten, ja starben sogar Menschen in dieser Stadt, und was mochte das hier alles gekostet haben! Etwas später passierte er den neuen Prunkbau im wilhelminischen Stil, der das schlichte Heim des Deutschen Klubs ersetzt hatte. Wenigstens gab es inzwischen auch die erste sozialistische Wochenschrift in deutscher Sprache.

Endlich, hatte John gedacht, als er davon gehört hatte, endlich.

Ein seltsames Geräusch hinter ihm ließ ihn zusammenzucken. Er stockte, drehte sich um und drückte sich schnell in die Schatten.

Er hatte in den letzten Tagen öfter gedacht, dass er sich in Diskussionen zu weit vorwagte mit seiner Kritik. Er hatte damit gerechnet, dass etwas geschehen, dass man ihm Schläger auf den Hals hetzen würde. Die Leute, die er kritisierte, solche, wie Lorenz Schmid oder die feinen Cuthberts, gingen nicht immer zimperlich mit ihren Gegnern um. Freunde hatten ihm zugetragen, dass sein Kampf für die Sache in den betuchteren Kreisen nicht unbedingt auf Zuspruch traf. Es hieß, er wiegle die Arbeiter auf und mache sie unzufrieden. Seitdem hatte John sich bemüht, wachsamer zu sein.

Und nun fielen ihm wieder die beiden Männer auf, von denen er glaubte, sie noch nie in der Gegend gesehen zu haben. Wobei das eigentlich nicht ungewöhnlich wäre. Fast täglich tauchten in der Stadt Menschen auf, die aus Europa kamen. Fast täglich sah man neue Gesichter. *Hacer America*, Amerika machen, so nannte man das. In Argentinien waren die Straßen angeblich mit Silber gepflastert – man musste nur noch zugreifen.

Arme Irre.

Aber diese beiden Fremden, war John sich plötzlich sicher, waren nicht eben erst aus Europa gekommen, sie waren ortskundig. Er kannte die beiden, es waren die, die ihm seit dem Morgen unbeirrbar gefolgt waren. Er hatte versucht, sie abzuschütteln, was ihm aber einfach nicht gelungen war.

John ging weiter, etwas schneller jetzt, bog um eine Ecke, lief ein Stück die Straße entlang, versuchte, sich in der Menge zu verstecken, und drückte sich dann hinter einem Werbeschild fest gegen die Wand. Er wartete einen Moment, holte tief Luft und blickte sich suchend um.

Niemand mehr zu sehen. Ob er es doch wagen konnte?

Himmel, auch wenn es warm ist. Ich will die Nacht nicht hier draußen verbringen.

Aber vielleicht waren die beiden Fremden auch gar nicht seinetwegen hier. Vielleicht versteckte er sich ganz unnötig vor ihnen.

Ach, und warum sollten sie dir gefolgt sein? Wegen deines hübschen Anzugs? Nun gut, er konnte hier trotzdem nicht bleiben …

John holte kurz entschlossen noch einmal tief Luft und

steuerte auf das Haus zu, in dem sich derzeit sein Zimmer befand, ein kleiner Raum im zweiten Stock. Einer seiner Nachbarn grüßte ihn. John nickte ihm zu, immer noch den Körper angespannt und darauf bedacht, sich einer drohenden Gefahr notfalls sofort entgegenzustellen. Als er die Tür seines Zimmers hinter sich abgeschlossen hatte, wischte er sich den Schweiß von der Stirn. An diesem Abend entzündete er kein Licht mehr, sondern ging sofort ins Bett.

Mitten in der Nacht wurde John von einem Schaben geweckt. Da ist jemand an der Tür, fuhr es ihm im Halbschlaf durch den Kopf.

Er ließ sich sofort vom Bett auf den Boden fallen und horchte. Das klapprige Schloss würde jeder in nur kurzer Zeit öffnen können. Wenn nicht, würde die Tür auch schon auf einen kräftigen Tritt hin nachgeben. Lautlos richtete er sich auf und huschte zum Fenster. Er hatte Glück. Wegen der Hitze hatte er es offen stehen lassen und würde keine unnötigen Geräusche machen müssen, wenn er es als Fluchtweg nutzte. Der Nachteil war allerdings, dass sich sein Zimmer nicht im Erdgeschoss befand.

John spähte hinaus. Er war nie ein Freund großer Höhen gewesen, aber wenn er die Gefahr, hinunterzuspringen, gegen die ungebetener Besucher abwog, so erschien sie ihm doch die geringere zu sein.

Er beugte sich etwas vor und versuchte, in der fast vollkommenen Dunkelheit so gut wie möglich zu berechnen, wie er am klügsten vorgehen könnte. Früher hatte eine reiche Familie in diesem Haus gelebt. Es gab ein schmales Sims direkt unter seinem Fenster, Ziersäulen, eine Regenrinne, die weiter unten in einem Löwenmaul endete.

Leise schwang John die Beine aus dem Fenster – jetzt zahlte sich aus, dass er seit Neuestem immer voll bekleidet schlief. Er stellte die Füße auf das Sims und tastete sich zur Regenrinne vor. Wenn er den Arm ausstreckte, würde er sie zu fassen bekommen.

Lass los.

Er schluckte. Vielleicht hatte er im falschen Moment einen Blick nach unten geworfen, denn plötzlich konnte er sich nicht mehr rühren.

Du musst zur Regenrinne, los, beweg dich!

John spürte ein Zittern, gegen das er kaum noch ankämpfen konnte. Im selben Augenblick hörte er, wie die Tür zu seinem Zimmer mit einem kräftigen Stoß aufgebrochen wurde. Er griff nach der Regenrinne, brachte den letzten Abschnitt hinter sich und begann eilig hinabzuklettern.

Aus dem Zimmer waren Stimmen zu hören. John hatte bereits ein Stockwerk hinter sich gebracht, als er vorsichtig hochsah. Oben in seinem Fenster erschien ein Kopf. Im nächsten Moment pfiff ein Schuss an ihm vorbei. Er kletterte schneller, hörte einen Mann fluchen, und gleich fiel ein zweiter Schuss. John spürte ein Brennen in seinem Arm, auf das ein entsetzlicher Schmerz folgte. Dann verlor er den Halt.

Anna saß wie so oft noch spät an diesem Abend in ihrem Büro und horchte. Von draußen, von außerhalb des Hofs, drangen gedämpft die Laute der Stadt zu ihr herein. Irgendwo hatte eben noch jemand gesungen, dann war es stiller geworden. Die Menschen zogen sich hinter die Mauern ihrer Wohnhäuser zurück, um den Abend in der Familie zu verbringen. Auch Anna warf die Feder zur Seite.

Jetzt nur noch schnell draußen und in den Ställen nach dem Rechten sehen.

Anna zündete eine Laterne an, verließ ihr Büro und hatte gerade die Mitte des Hofes erreicht, als sie innehielt. Was war das eben für ein seltsames Geräusch gewesen? Es hatte sich wie ein Stöhnen angehört. Das Geräusch kam aus der Nähe des immer noch offen stehenden Tors. Ja, da war jemand … So spät noch? Aber sie hatte die Glocke gar nicht gehört.

Mit entschlossenen Schritten ging Anna näher zum Hoftor und blickte hinaus, doch da war niemand. Vielleicht hatte sie sich doch geirrt, dennoch ermahnte sie sich, vorsichtiger zu sein.

Ich bin allein. Vielleicht ist wirklich jemand da draußen, und wer weiß, wer es ist. Ich sollte besser Hilfe holen.

Anna hielt die Laterne in ihrer Hand höher, um besser sehen zu können. Wieder dieses Stöhnen …

Und dann bemerkte sie eine zusammengekauerte Gestalt, die da neben dem Tor auf dem Boden hockte.

Ein Mann.

Mit einem erneuten Stöhnen sank der nun ganz in sich zusammen und lag dann ganz still.

»Ach, du meine Güte!«

Anna vergaß alle Vorsicht. Mit kräftiger Stimme rief sie einen der Stallknechte herbei, der gleich zwei weitere mitbrachte, die sich ebenfalls noch im Stall nützlich gemacht hatten.

»Wir haben hier einen Verletzten. Helft mir, wir legen ihn dort auf den Tisch.«

Der breite Holztisch stand immer im Hof für die verschiedenen Feste, die im Unternehmen Meyer-Weinbrenner gefeiert wurden. Einen Moment später hatten sie den Verletzten daraufgelegt.

Die Kleidung des Mannes war abgenutzt und schmutzig. Auf Höhe des rechten Oberarmes war der Ärmel seines Rockes zerfetzt und wies Spuren eingetrockneten Blutes auf. Er hatte dunkles, halblanges strähniges Haar. Sein Gesicht war schmal, grau und etwas eingefallen und von einer dünnen Schweißschicht überdeckt. Er zitterte. Wahrscheinlich hatte er auch Schmerzen.

Anna hob die Lampe – und hätte sie beinahe fallen lassen. Das war doch John Hofer. Der Mann, der ihre Tochter im Stich gelassen hatte.

Anna spürte plötzlich heftige Abneigung. Dieser Mann hatte sich weder um Marlena noch seine beiden Kinder ordentlich gekümmert. Nein, sie konnte nicht sagen, dass ihr das nichts ausmachte, auch wenn sie nach außen stets Haltung bewahrte. Am liebsten hätte sie diesem Menschen hier und jetzt einen Eimer Wasser über den Kopf geschüttet und ihn von ihrem Hof gejagt. Kurz erfasste Anna jähe Wut, dann hatte sie sich wieder in der Gewalt.

»Nehmt einen Karren mit ausreichender Ladefläche, legt Decken darauf und spannt Pferde an«, wies Anna ihre Männer an.

»Wollen Sie den etwa mit nach Hause nehmen?«, fragte der erste Stallknecht.

»Ich fürchte, ja«, antwortete Anna. »Das ist der Vater meiner Enkelkinder.«

John konnte sich beim besten Willen nicht erklären, wie er in dieses Zimmer gekommen war. Er lag in einem breiten Bett, einem schweren Möbelstück aus dunklem geschnitztem Holz. Die Kissen und die Decke waren weich – offenbar handelte es sich um Daunenfedern –, und vor den Fenstern waren schwere Vorhänge vorgezogen, durch die ein schmaler Streifen gleißenden Lichts fiel. Neben seinem Bett stand ein Tischchen, darauf ein Tablett mit einer Teekanne nebst einer Tasse und einem Teller mit weichen Brötchen und *dulce de leche*. Sofort knurrte sein Magen, doch als er den ersten Bissen zu sich nahm, wurde ihm übel. Er würgte das Essen hinunter, musste sich dann zwingen, wenigstens einen Schluck Tee zu trinken. Erschöpft ließ er sich zurück in die Kissen fallen.

Noch bevor er ihn richtig ausgeführt hatte, verwarf John den Gedanken, aufzustehen. Er war einfach zu schwach. Angestrengt dachte er nach, und dann fiel ihm ein, wo er sich wohl befinden musste. Er hatte Zuflucht gesucht im Fuhrunternehmen von Marlenas Mutter.

Man muss mich dann nach Belgrano gebracht haben, ins Haus der Meyer-Weinbrenners.

John hob den gesunden linken Arm und betastete seine Stirn. Sie glühte und war schweißnass. Jede Bewegung strengte ihn über Gebühr an. Der verletzte Arm schmerzte höllisch. Er hatte ihn behandeln lassen, nachdem er ein paar Tage zuvor angeschossen worden war, war aber offenbar an einen Quacksalber geraten. Die Wunde hatte entgegen aller Versprechen nicht zu heilen begonnen, der Arm war geschwollen und gerötet.

John erwog erneut aufzustehen, beschloss dann jedoch, zu warten. Ohnehin war es fraglich, wie weit er in seinem Zustand kommen würde. Er wollte nicht noch einmal in Ohnmacht fallen und auf die Hilfe von wer weiß wem angewiesen sein. Es hatte ihn einige Überwindung gekostet, zu Anna Meyer zu gehen.

Einen Moment lauschte er auf die Geräusche, die von draußen zu ihm hereindrangen. Zwei Frauen redeten miteinander, dann waren klappernde Schritte zu hören. Jemand sang eine halbe Liedzeile, brach ab und fing noch einmal von vorn an. John döste weg.

Als er das nächste Mal erwachte, waren die Vorhänge aufgezogen. Wieder stand das Tablett da. Aus der Kanne heraus dampfte es frisch. John bewegte sich vorsichtig, um eine Belastung seines verletzten Armes zu vermeiden. Als er sich umblickte, bemerkte er eine Frau, die auf einem Sessel in der Nähe des Bettes Platz genommen hatte und ihn nachdenklich ansah.

John hob den Kopf. »Frau Meyer?« Seine Stimme klang schwächer, als er erwartet hatte.

»Herr Hofer.«

Sie hatte ihn also erkannt. John wusste einen Moment lang weder was er sagen, noch was er denken sollte. Er hatte Marlenas Mutter nie persönlich kennengelernt. Er hatte sie nur mehrmals gesehen. Sie gehörte zu den anderen, zu einer Welt, die er bekämpfte.

Er ließ sich zurück in die Kissen sinken. Obwohl sie ihn bisher nur begrüßt hatte, spürte er gleich, dass sie anders war, als er erwartet hatte. Sie sah nicht aus wie eine Puppe, nicht wie eine Dame der höheren Gesellschaft, sondern wie eine zupackende Frau. Ihre Kleidung war nicht übertrieben elegant, sondern eher schlicht.

»Wir haben Sie im Hof unseres Unternehmens in der Stadt gefunden, Herr Hofer.«

»Äh ...«, antwortete John.

Zu seinem Entsetzen musste er feststellen, dass ihm sogar die Konzentration für dieses einfache Gespräch schwerfiel. Immer wieder schien er für Sekunden wegzudämmern. Der Arm schmerzte entsetzlich. Er hörte, dass jemand etwas sagte, verstand jedoch nicht den Sinn der Worte.

Erst als jemand direkt neben dem Bett stehend lauter seinen Namen rief, riss er mühsam noch einmal die Augen auf. Doch er sah nichts. Alles blieb verschwommen und grau.

»Er hat eine schwere Blutvergiftung, sagt der Doktor.« Mit diesen Worten setzte sich Julius an Annas Seite, sie hatte im Salon unruhig auf ihn gewartet.

Ein wenig später gesellte sich auch der Arzt zu ihnen – ein älterer Mann mit einer Halbglatze, einem buschigen weißen Haarkranz und einer Knollennase. Anna und Julius kannten und schätzten Dr. Ximinez. Schon seit Jahren versorgte er die Familie mit seinem ärztlichen Rat. Als er nun zu ihnen trat und dankbar die Tasse Mate-Tee entgegennahm, blickte er besorgt drein.

»Eine Blutvergiftung«, wiederholte er, was Julius schon gesagt hatte. »Und sie ist weit fortgeschritten. Ich fürchte, er wird den Arm verlieren.«

Anna schlug die Hände vor den Mund.

»Es tut mir leid für Ihren Gast ...«, sagte Dr. Ximinez.

Anna und Julius wechselten einen Blick, dann erklärte Anna: »Es ist Señor Hofer, der Verlobte unserer ältesten Tochter.«

»Das tut mir wirklich leid.« Dr. Ximinez sah zwischen Anna und Julius hin und her. »Ich würde dann gern mit Ihnen beiden besprechen, wie wir weiter vorgehen.«

»Ja, natürlich.« Anna straffte die Schultern.

Einige Zeit später war alles Nötige entschieden, und Anna betrat erneut John Hofers Zimmer. Dieses Mal bemerkte er ihre Anwesenheit nicht. Auch als sie direkt neben dem Bett stand und ihn laut ansprach, reagierte er nicht. Sein Fieber war offenkundig gestiegen. Er glühte, als verbrenne ihn innerlich ein Feuer.

Dr. Ximinez nahm den Eingriff gemeinsam mit zwei Gehilfen vor. Als es vorüber war, kam er zu Julius und Anna.

»Die Operation ist gut gelungen. Wir haben einen Teil des Armes retten können. Wenn sich jetzt alles positiv entwickelt, wird er eine Prothese tragen können.«

»Geht es ihm gut?«, fragte Anna.

»Den Umständen entsprechend. Er ist noch nicht wieder aufgewacht. Wir werden die nächsten Tage abwarten müssen.«

John wollte es einfach nicht gelingen, aufzuwachen, sosehr er sich auch bemühte. Es war ihm, als befände er sich unter einer Wasseroberfläche. Immer, wenn er versuchte, hindurchzustoßen, wurde er wieder zurückgerissen. Manchmal sank er dann noch tiefer.

Irgendwann erwachte John endlich. Er bemerkte eine besorgt dreinblickende Anna Meyer neben seinem Bett, dämmerte jedoch sofort wieder weg. In den nächsten Tagen schwankte John immer wieder zwischen Wachen und Schlafen, doch die Wachphasen nahmen zu. Es dauerte eine Weile, bis er erstmals das diffuse Gefühl hatte, ihm fehle etwas, aber er wusste nicht, was es war. Und dann kam der Tag, als er ganz aus seinem Dämmerschlaf erwachte.

Draußen war es hell. Die Sonne schien durch die polierten Scheiben bis zu seinem Bett hin. John lag unter einer blütenweißen Decke, die bis zu den Schultern hochgezogen war. Er zog den linken Arm unter der Decke hervor und machte sich dann daran, den rechten Arm folgen zu lassen. Er musste vorsichtig sein. Der rechte Arm war der verletzte.

Einen Moment später starrte John entgeistert auf die Stelle, an der einmal sein rechter Arm gewesen war. Die Hand fehlte, auch ein Teil des Unterarms. Die Erkenntnis traf ihn wie ein Schlag. Dann begann er zu schreien.

Anna zitterte am ganzen Körper. Niemals zuvor, nicht soweit sie sich erinnern konnte, hatte sie einen Mann so weinen sehen. Als der entsetzliche Schrei aus Johns Zimmer zu ihnen gedrungen war, war sie sofort zu ihm geeilt. Sein erster Anblick hatte sie an ein verwundetes Tier denken lassen.

»Warum habt ihr mich nicht sterben lassen? Was soll ich denn tun mit nur einem Arm? Wie soll ich schreiben? Wie soll ich meinen Lebensunterhalt verdienen?«

Anna holte tief Luft. »Sie werden mit unserer Tochter und den Kindern ein gutes Leben haben, dafür werden wir sorgen.«

»Ich will keine Almosen.«

»Sie bekommen keine Almosen«, antwortete Anna mit zitternder Stimme. »Wir werden euch unterstützen, bis ihr auf eigenen Füßen stehen könnt.«

»Und wie soll das gehen?« Anklagend hielt John seinen Arm hoch. »Wie soll ich hiermit je wieder arbeiten?«

»Man kann auch mit der linken Hand schreiben lernen, und fürs Lesen ...«

Anna brach ab. John hatte zu weinen begonnen. Er wurde regelrecht geschüttelt von Heulkrämpfen. Sie wusste beim besten Willen nicht, wie sie damit umgehen sollte.

In den nächsten Wochen erholte John sich langsam, aber stetig. Er weinte nicht mehr, er war sogar sehr ruhig, als wäre er innerlich erstarrt. Nachdem Anna sich von seinem Verhalten zuerst hatte beirren lassen, gewann sie endlich ihre alte Entschlossenheit zurück. Sie musste sagen, dass sich das deutlich besser anfühlte.

Eines Morgens trat sie an seine Bettseite. Sie legte die zwei Anzüge, die sie über dem Arm trug, auf den Sessel in nächster Nähe und schaute ihn prüfend an.

»Sie sehen ausreichend erholt aus, Señor Hofer. Sie werden bald nach La Dulce aufbrechen, um dort noch etwas mehr zu Kräften zu kommen.«

»Nach La Dulce? Wieso?«

»Weil dort Marlena und Ihre Kinder auf Sie warten.«

Viertes Kapitel

Tatsächlich bot auch die Pampa Platz für den ältesten Beruf der Welt. Hin und wieder traf eine umherziehende »Madame« auf La Dulce oder einer der benachbarten Estancias ein. Die bekannteste von ihnen zog mit einem großen Ochsenkarren voller junger Frauen und Mädchen über die Ebenen. Die Ankunft dieser Frauen war stets der Auslöser für eine fröhliche Fiesta mit Tanz und Gesang. Kleine Zelte wurden aufgestellt, und die Männer konnten Kerzen kaufen, die bestimmten, wie viel Zeit sie mit den Frauen verbringen durften. Zu anderen Zeiten fand man Prostituierte zumeist in der Nähe einer *pulpería*.

Auch Blanca hatte früher dort gewartet. Heute gehörte sie nicht mehr zu jener Welt und hielt sich eher fern von solchen Orten. Zwar fürchtete sie sich nicht davor, alte Bekannte zu treffen, aber sie riss sich auch nicht darum. Ihr Leben hatte sich verändert. Sie wollte nicht zurückblicken. Sie war nun die Nichte Eduard Brunners, des Verwalters von La Dulce, sie hatte mit ihrem alten Leben abgeschlossen. Manchmal dachte sie jedoch daran zurück, sogar an die Gespräche mit Jens Jensen, dem sie immer noch etwas schuldete. Aber das war alles so lange her. Sie war froh, dass sie sich entschieden hatte, einen Schlussstrich zu ziehen und nach La Dulce zu gehen. Es war auch unsinnig gewesen, sich vor der Begegnung mit ihrer Tante, Anna Meyer, zu scheuen. Anna hatte sie erst freundlich fragend angeblickt, dann hatte sich ihr Gesichtsausdruck verändert. Gustav, hatte sie fassungslos gemurmelt.

Damit hatte sich wohl bestätigt, was Blancas Mutter immer behauptet hatte: Sie, Blanca, sah ihrem Vater sehr ähnlich. Die erste Begegnung mit Eduard war ähnlich verlaufen. Zudem hatte er wohl von Gustavs Vaterschaft gewusst.

Mit einem Seufzer riss Blanca sich aus den Erinnerungen. Paco, der sie inzwischen nur noch selten aus den Augen ließ, trat an ihre Seite. Er kam, sooft es die Arbeit beim Rechtsanwalt zuließ – er hatte im Laufe der Zeit immer mehr Aufgaben übernommen –, nach La Dulce. Blanca war sich sicher, noch nie hatte sie jemand so aufrichtig geliebt. Lange Zeit hatte sie sich nicht vorstellen können, dass es so etwas gab, aber Pacos Liebe ermöglichte es ihr, ihre Vergangenheit hinter sich zu lassen. Für ihn war sie keine Hure und würde es niemals sein. Sie konnte ihm vertrauen. Mit einem Lächeln reichte er ihr eine würzige *empanada*. Seit den frühen Morgenstunden hatten sich die Frauen ins Zeug gelegt und eine Leckerei nach der anderen gezaubert.

Man feierte mal wieder auf La Dulce. Arthur hatte ein neues, größeres Haus für sich fertiggestellt. Außerdem hatten in der von ihm betreuten Schafherde mehr Tiere gelammt, als zu erwarten gewesen war. Eduard hatte sogar einen *payador* engagiert, jenen sogenannten Troubadour der Pampa, von dem man hervorragende Improvisationen und Sinn für Doppeldeutiges erwartete.

»Wusstest du übrigens, dass das Wort Pampa aus der Quechua-Sprache kommt? Es bedeutete Ebene«, sagte Paco unvermittelt.

Blanca schüttelte den Kopf. »Nein, das wusste ich nicht.«

Sie lächelte. Paco wusste wirklich alle möglichen Dinge.

Sie lauschten beide wieder dem *payador*. Und dann tanzten sie. Paco genoss es, die junge Frau in den Armen zu halten. Damals, als er ihr erstmals begegnet war, hatte ihm ihre

Schönheit schier die Sprache verschlagen. Und erst ihr Lachen! Himmel, er hörte sie so gerne lachen.

Nach mehreren Tänzen verließen sie atemlos den Kreis der Tanzenden. Paco besorgte ihnen beiden eine erfrischende Limonade.

»Du willst jetzt tatsächlich Anwalt werden und die Rechte der Indios verteidigen?«, fragte Blanca, nachdem sie einen tiefen Schluck genommen hatte.

»Zuerst einmal will ich einem Anwalt dabei helfen«, berichtigte er sie. »Ich muss nämlich noch viel lernen.«

Blanca drehte einen Moment lang den Limonadebecher in den Händen.

»Warum?«, fragte sie dann leise.

»Nun«, Paco lächelte, »ich bin zwar ein Mestize, aber die Indios sind auch mein Volk, wenigstens zu einem Teil.«

Ach Gott, fuhr es Blanca unvermittelt durch den Kopf. Habe ich nicht schon einmal jemanden gekannt, den ich über so etwas verloren habe? Es ist mein Volk ... Ihr Mund wollte sich zu einem bitteren Lächeln verziehen. Ach, Julio ... Sie musste sich mit Gewalt den Erinnerungen entreißen.

»Du bist ebenso ein Weißer, wie ich eine Weiße bin«, stellte sie im nächsten Moment sehr nüchtern fest.

»Sind wir nicht.« Paco sah ernst drein. »Weil *sie* es nicht zulassen. Schau mich an. Schau dich an. Meine Augen sind zu schwarz, unsere Haut ist zu dunkel.«

Blanca sah einen Moment lang nachdenklich aus. Ja, vielleicht hatte er Recht, aber sollte das heißen, immer kämpfen zu müssen? Sie seufzte, sagte dann das Erste, was ihr in den Kopf kam.

»Und wenn ich mir eine Welt wünsche, in der das anders ist?«

»Aber das tue ich doch ebenso, Blanca. Wirst du jetzt zur

Träumerin? Nun, Träume bringen uns letztendlich nicht weiter.«

»Nein«, sie schüttelte heftig den Kopf.

»Dann müssen wir etwas tun.«

»Ich weiß nicht.« Blanca schüttelte nochmals den Kopf. Sie wollte nicht mehr kämpfen. Sie hatte ihr Leben lang gekämpft.

Mina füllte die Karaffen mit neuer Limonade und richtete *tamales* auf großen Tellern an. Annelie hatte sie gebeten, ihr für einen Augenblick zur Hand zu gehen. Mina war sich jedoch von Anfang an klar gewesen, dass es ihrer Mutter darum nicht gehen konnte. Annelies nächster Satz überraschte sie deshalb auch nicht.

»Aber ich sehe doch, wie er dich ansieht, Mina, du musst dich vor ihm in Acht nehmen.«

»Aber, Mama.« Mina war es leid, dieses Gespräch immer und immer wieder zu führen. Sie war jetzt fünfundzwanzig Jahre alt, aber sie hatte den Eindruck, Annelie behandle sie jedes Jahr mehr wie ein Kind. Mina hatte längst verstanden, dass Eduard kein weitergehendes Interesse an ihr hatte. Er ließ Annelie und sie auf La Dulce wohnen – aus welchem Grund auch immer. Sie konnten sich sicher fühlen. Sie musste sich nicht mehr bemühen, ihm zu gefallen. Sie musste niemandem gefallen. Mina seufzte.

»Paco liebt Blanca. Er schaut mich gewiss nicht an.«

»Du sagst, dass er die Schwarze dir vorzieht? Unmöglich!«

»Wie redest du denn, Mama? So hast du doch noch nie geredet. Es ist doch Pacos gutes Recht, sich für jemand anderen zu interessieren.«

»Ich sage dir, du täuschst dich.«

»Nein, gewiss nicht. Paco und Blanca gehören zueinander. Außerdem werde ich Frank ohnehin niemals vergessen. Und Paco weiß von Frank.«

Mina erinnerte sich daran, wie Paco sie nach ihrem gemeinsamen Ausflug nach Buenos Aires zum Unabhängigkeitstag gefragt hatte, warum sie damals so traurig ausgesehen habe. Sie hörte, wie sich ihre Mutter räusperte.

»Aber du warst nicht mehr auf der Plaza de la Victoria seit …«, hob Annelie dann fast triumphierend an.

Mina wartete nicht darauf, dass ihre Mutter den Satz beendete. Entschlossen stand sie auf und verließ wortlos das Zimmer.

Fünftes Kapitel

Eines Morgens – sie weilte schon vier Monate auf La Dulce – nahm Marlena erstmals wieder ihre Mappe, Stift und Papier zur Hand. Schon einige Zeit hatte sie mit dem Gedanken gespielt, etwas über die Pampa zu schreiben, über das Leben dort und vor allem über das oft schwere Schicksal der Frauen, der *chinas*, wie man sie unter den Gauchos nannte. Es waren deshalb auch die Frauen, die sie als Erstes ansprach. Die meisten waren recht hübsch anzusehen, jedoch durch die elenden Verhältnisse frühzeitig gealtert. Marlena setzte sich einfach ruhig zu ihnen und bat sie, aus ihrem Leben zu erzählen. Das hatte die Frauen zuerst verwundert – offenbar hatte sie noch nie jemand nach ihrem Leben gefragt –, doch dann begannen sie, recht bereitwillig zu erzählen.

Marlena erfuhr so, dass sie ihre Familien auf kleinen Bauernhöfen aufzogen oder in den kleinen Städten im Landesinneren wohnten. Nicht wenige fristeten ihr Leben als alleinstehende Mütter, denn viele Männer waren gezwungen, ihre Familien zu verlassen, ob nun der Arbeit wegen, weil sie zur Armee genötigt oder straffällig geworden waren. Waren die Männer abwesend, so verrichteten die Frauen alle wichtigen Arbeiten, zogen darüber hinaus die Kinder auf und versorgten den Haushalt. Auf den Estancias waren sie insbesondere bei der Schafschur unabkömmlich. Sie arbeiteten wie Appollonia als Köchinnen, wuschen Wäsche, bügelten und nähten. Oder sie stellten fein gewebte Ponchos und sonstige Kleidungsstücke her. Frauen waren es, die aus Zitronen, Pfirsichen, Orangen und Aprikosen die leckersten Fruchtmarmeladen kochten. Appollonia erinnerte sich daran, dass ihre Mutter lange Jahre als Amme gearbeitet hatte und auch eine gute Brotbäckerin gewesen war. Um das Brot von Tür zu Tür zu verkaufen, hatte sie weite Strecken reiten müssen. Doch die Frauen der Pampa waren gute Reiterinnen. Manche ritt sogar, ein Kleinkind auf den Rücken gebunden, zum Einkaufen in die ferne Stadt oder zur nächsten *pulpería*. Das Leben der Frauen war nicht nur schwer, sondern oft – so empfand es Marlena – auch ungerecht.

»Warum wehrt ihr euch nicht?«, fragte Marlena eines Tages Appollonia, eine derjenigen, die als Erste Vertrauen zu Marlena gefasst hatte. »Mein Onkel ist gewiss ein guter Mann, aber die anderen Estancieros behandeln euch wie Dreck. Es gibt auch keine Gesetze, die euch schützen könnten. Oder sehe ich das falsch?«

Appollonia sah Marlena zuerst nur nachdenklich an, als hätte sie selbst noch nie über diese Frage nachgedacht. »Wir haben es wohl nie gelernt, uns zu wehren, Señorita Weinbrenner, und von Rechten verstehen wir auch nur wenig. Immerhin würde ich heute mit Händen und Füßen für meine Töchter kämpfen, aber damals, als ich aufwuchs ... Wenn der *patrón* mit mir schlafen wollte, dann schaute mein Vater weg. Auch als sich der *patrón* an meiner Mutter vergriff.«

»Wie furchtbar«, entschlüpfte es Marlena.

Eine der anderen Frauen nickte. »Mein Vater war genauso. Es war doch Gesetz, was der *patrón* verlangte.«

Mehrere Frauen pflichteten ihr bei.

Bei ihren Gesprächen erfuhr Marlena auch von einer der befremdlichsten Sitten der Pampa: Einer Frau, die untreu geworden war, ob nun willentlich oder unter Zwang, konnten vom betrogenen Ehemann die langen Zöpfe abgeschnitten werden. Diese wurden dann an den Schwanz eines Pferdes gebunden, um den Ehebrecher zu erniedrigen und die Frau für alle sichtbar zu beschämen.

»Wie heiratet man eigentlich hier draußen?«, fragte Marlena eines Tages Appollonia. »Hier gibt es doch weit und breit keine Kirche, einen Geistlichen habe ich auch nicht gesehen, seit ich hier bin.«

»Nun, das ist wirklich ein Problem«, erklärte die Köchin. »Hier draußen findet man kaum einen, der so heiratet, wie es die in der Stadt tun.«

»Der Weg ist viel zu weit«, mischte sich eine der anderen Frauen ein.

»Trotzdem«, Appollonia strich über ihren Rock, als müsste sie irgendetwas daran glätten, »gibt es feste Regeln. Ein Paar darf beispielsweise niemals einfach so zusammenleben. Keiner hier würde so etwas akzeptieren.«

Neugierig beugte sich Marlena vor. »Und wie war das damals bei Ihnen, Appollonia?«

Appollonias Miene blieb undurchdringlich. Flüchtig musste Marlena an den Tag denken, an der sie der Köchin ihre erste Frage gestellt hatte.

»*Quién sabe?* Wer weiß?«, hatte die in jenem so typischen, lakonischen Tonfall der Pampa-Bewohner geantwortet, der Marlena zuerst eingeschüchtert hatte; später hatte sie erkannt, dass die Menschen hier gern mit dieser Antwort auswichen.

Marlena gab sich einen Ruck und kehrte in die Gegenwart zurück. »Erzählen Sie doch einmal.«

Appollonia lächelte. Marlena wusste, dass ihr Mann und sie immer noch zusammenlebten. Sie galten als glückliches Paar, mit einem guten *patrón* und fünf gesunden Kindern.

»Also«, begann Appollonia, »bei uns damals, da zeigte ein

Mann sein Interesse an einer Frau, indem er sie als Wäscherin anstellte.«

»Ach?«

»Ja«, Appollonia lächelte, »denn so hatte er jedes Mal, wenn er seine Wäsche abholte, eine passende Entschuldigung, das Mädchen in seinem elterlichen Heim zu besuchen. War ein wenig Zeit vergangen und die Liebe nicht erkaltet, dann brachte er ihm Geschenke mit ...«

»Hat Paulino Ihnen auch Geschenke gebracht?«

»O ja, *dulce de leche* und andere Süßigkeiten, sogar Parfüm und ein kleines Schmuckstück. Sehen Sie einmal, ich trage es immer noch. Ich habe es seitdem nicht mehr abgenommen.«

Appollonia beugte sich etwas vor und deutete auf die Kette um ihren Hals, eine silberne Schildkröte mit rötlich leuchtenden Steinen besetzt.«

»Wie hübsch!«, rief Marlena aus.

»Es sind Karfunkelsteine.« Appollonia lächelte versonnen. Dann fuhr sie fort: »Meine Eltern ignorierten Paulinos Aufmerksamkeiten natürlich vordergründig, bis zu dem Tag, an dem Paulino und ich davonliefen.«

Marlena riss die Augen auf.

Appollonia tätschelte ihren Arm. »Ach, das gehört doch alles dazu. Das Liebespaar *muss* davonlaufen. Der wütende Vater folgt ihnen dann bis zum Haus des Mannes und pocht auf eine Entscheidung. Dann bittet man die Eltern um Vergebung und ihren Segen.«

Appollonia schaute nachdenklich in die Ferne, während sich ein feines Lächeln in ihre Mundwinkel kerbte. Offenbar waren es schöne Erinnerungen, denen sie nachhing.

Abends erzählte Marlena ihrem Onkel Eduard von dem, was sie erfahren hatte.

Der nickte. »Ja, ich kenne diesen Brauch, und eine solche

Verbindung wird von der ländlichen Gesellschaft hier auch als vollkommen angemessen und moralisch vertretbar angesehen. Offiziell betrachtet sind die Kinder, die in solchen Familien geboren werden, allerdings leider illegitim.«

Doch Marlena lernte noch andere Dinge. In der Stadt hatte sie manches Mal nicht gewusst, was sie während der Arbeit mit Aurora tun sollte. Es hatte zwar Nachbarinnen gegeben, aber die waren nicht immer verlässlich gewesen. Hier draußen in der Pampa war Marlena bald voller Bewunderung für den Gemeinschaftssinn der Frauen – und schaute sich noch einiges mehr von den anderen Müttern ab. So gab Appollonia ihr eine Wiege aus Rindshaut, die man an der Zimmerdecke befestigte und die Marlena bald manch schlaflose Nacht mit Joaquín ersparte.

Für die Kinder war die Pampa ohnehin ein wahres Paradies, ein riesiger Spielplatz, der keine Grenzen kannte. Auf der Estancia selbst gab es Hütehunde, Schafe, Federvieh, Rinder und Pferde. In den nahen Gewässern und der Lagune fanden sich die verschiedensten Vögel.

»Damals«, berichtete Appollonias Paulino mit einem versonnenen Lächeln aus seiner Kindheit, »fischten und schwammen wir Kinder in der Lagune. Wir jagten kleines Wild und stahlen den Bienen den Honig und den Nachbarn die Wassermelonen. Ich glaube, ich habe schon zu der Zeit ein Auge auf meine Appollonia geworfen. Sie war ein wahrer Wildfang. Weit und breit gab es keine bessere Reiterin.«

Die Kinder der Pampa, sowohl Jungen als auch Mädchen, lernten früh reiten. Auch Aurora übte sich bereits. Joaquín quietschte vor Vergnügen, wenn er auf Marlenas Arm seiner Schwester dabei zusah. Manchmal durchfuhr Marlena der Gedanke, dass Aurora und Joaquín hier ein ganz anderes Leben führten, als sie es in der Stadt bei den Meyer-Weinbrenners hätten führen können. Hier draußen waren ihre Spielkameraden die Kinder der Knechte und Mägde, die sich schon von Kindesbeinen an auf ihr späteres Leben vorbereiteten. Die Jungen hantierten, kaum dem Windelalter entwachsen, mit Messern und fingen Hunde mit Lassos. Spätestens mit vier Jahren saßen sie allein auf dem Pferderücken und halfen, das Vieh ins Gatter zu treiben. Die Mädchen strebten unterdessen ihren Müttern nach, lernten den Umgang mit der Haushaltsarbeit und die Handarbeit. Arbeit und Spiel gingen nahtlos ineinander über und waren nicht selten gefährlich. Manchmal fragte Marlena sich, ob sie Aurora und Joaquín hier draußen unnötig gefährdete.

Der Mangel an Ärzten eröffnete Frauen unterdessen ein weiteres Betätigungsfeld. Sie waren nicht nur Hebammen, sie arbeiteten auch als *curanderas*, als Heilerinnen. Viele Landbewohner zogen die traditionellen Heilmethoden jenen der Ärzte vor. Die *curanderas* vermischten dabei Pflanzenkunde mit Volksaberglauben und etwas katholischem Dogma. Sie benutzten Anrufungen, magische Ringe aus verschiedenen Metallen, natürliche Brech- und Abführmittel sowie aromatische Kräuter.

Eduard, der davon nichts hielt, seine Leute aber gewähren ließ, lachte, als ihm seine Nichte eines Abends davon berichtete. »Aus Erfahrung kann ich nur eines sagen: Diese verdammten Kräuterdämpfe heilen, oder man erstickt endgültig daran.«

Trotz allem blieb manches in dieser fremden Welt ein Rätsel für Marlena. So war es beispielsweise erniedrigend für einen Gaucho, eine Stute zu reiten. Ebenso galt die Regel, dass es einer Frau niemals erlaubt war, ein gutes Pferd zu besteigen. Ihre Schwäche, so hieß es, werde sich auf das Tier übertragen und es unfolgsam machen.

»Man sagt sogar«, Appollonia lachte, während Marlena ihre Empörung nur schwer bezähmen konnte, »es werde seine Widerstandsfähigkeit und sein Fell verlieren und zu nichts mehr nütze sein.«

Marlena schluckte die spitze Bemerkung herunter und machte sich weiter Notizen. Nach und nach füllte sie Seite um Seite.

Und dann kam der Tag, an dem John auf La Dulce eintraf.

Sechstes Kapitel

Marlena, Estella, Blanca und Paco kehrten gerade von einem kleinen Ausflug zurück, als Estella die Freundin auf John aufmerksam machte.

»Marlena?«

»Was ist denn?«

Marlena hatte wohl die Dringlichkeit in Estellas Stimme bemerkt, doch im Moment wollte sie eigentlich nur hören, was Blanca aus Patagonien zu berichten wusste. Patagonien! Das Land, das Florence Dixie bereist hatte; raue Erde der Verlockungen und Träume und dahinter die Tierra del Fuego, Feuerland, das Ende der Welt.

»Marlena!« Estellas Stimme klang noch eindringlicher. »Er ist da.«

»Er ...?«

»John, Marlena, John ist da.«

»Wie?« Marlena wandte sich in Estellas Blickrichtung um und erstarrte.

John. Das war ja wirklich John.

John, der mit Eduard in ein Gespräch vertieft auf der Terrasse saß, entdeckte sie nun ebenfalls. Er richtete noch einige kurze Worte an Eduard, dann stand er auf und steuerte auf die jungen Leute zu.

Irgendetwas verwunderte Marlena an seinem Anblick, doch sie wusste nicht, was es war.

»Was ist denn mit seinem Arm?«, hauchte Estella ihr in dem Augenblick zu, als sie selbst die Erkenntnis traf.

Marlena konnte nichts erwidern, denn jetzt stand John schon vor ihr. Zuerst war sie wie erstarrt, dann rutschte sie vom Rücken ihres Pferdes.

»Marlena!«, sagte John und lächelte sie schief an.

Er sah gut aus, besser als je zuvor. Er war nicht mehr so schmal und ausgezehrt. Sein Haar fiel ihm verwegen bis fast auf die Schultern herab. Er trug einen Anzug, der Marlena vage bekannt vorkam. Der rechte Ärmel seiner Anzugjacke steckte in der Tasche.

»John!«

Er sah kurz von ihr weg, nickte den anderen zu, schenkte Estella ein längeres, erkennendes Lächeln. Dann suchte er wieder Marlenas Blick.

»Wie geht es dir?«

»Gut.«

»Und den Kindern?«

»Auch gut.«

»Eduard hat mir erzählt, dass wir einen Sohn haben.«

»Ja, ich habe ihn Joaquín genannt.«

»Gehen wir ein Stück?«

John nickte in Richtung Garten. Marlena warf Estella einen kurzen Hilfe suchenden Blick zu, dann folgte sie John, der schon vorausgegangen war, ohne ihre Reaktion abzuwarten.

Zuerst wussten sie nicht, wie sie miteinander umgehen sollten. Vorsichtig begannen sie endlich, über das zu reden, was im vergangenen Jahr geschehen war. John erkundigte sich genauer nach den Kindern. Schließlich wagte Marlena zu fragen, was mit seinem Arm passiert sei.

»Nichts«, John zögerte einen Moment, »ein Unfall.«

»O mein Gott.«

Zum ersten Mal überkam Marlena ein Gefühl der Angst.

Man hatte ihm den Arm abgenommen, das hieß doch wohl, dass er in Lebensgefahr gewesen war, oder etwa nicht?

»Ein Unfall?«

»Ich will nicht darüber sprechen, Marlena. Es ... Es ist schwierig für mich ... Du sollst nur eines wissen. Deine Eltern haben mir geholfen.«

Nach kurzem Überlegen beschloss Marlena, zu schweigen und vorerst nicht näher in ihn zu dringen.

Ich bin froh, dass er wieder da ist, fuhr es ihr durch den Kopf. Das hätte ich nicht gedacht, aber ich bin froh.

Doch es blieb nicht leicht. Mit Johns Auftauchen begannen bald auch die alten Auseinandersetzungen wieder. John ließ scharfzüngige Bemerkungen über Estancieros fallen und meinte Eduard damit. Er beklagte sich über die Dummheit und Trägheit der Landbevölkerung und beleidigte Appollonia und Paulino. In Buenos Aires, merkte er an, habe die Arbeiterbewegung schon in den Siebzigern ihre erfolgreichen Anfänge genommen. Sie habe es aber wohl tatsächlich verfehlt, die träge Landbevölkerung anzusprechen.

»Wundert dich das?«, unterbrach Marlena ihn wieder einmal und schüttelte ärgerlich den Kopf. John und sie saßen sich auf der Veranda gegenüber. »Du und deine Freunde, ihr haltet den einfachen Knecht doch für einen abergläubischen Schwachkopf, der sich ignorant in sein Schicksal ergibt und eure Zuwendung deshalb gar nicht verdient.«

»Die Knechte sind eben abergläubische Schwachköpfe, liebe Marlena, oder kannst du mir das Gegenteil beweisen? Ich sehe dich ja jeden Tag mit einem oder mehreren von ihnen lange Gespräche führen. Das muss doch sehr ermüdend sein.«

Marlena stand ärgerlich auf und ging davon. Einige Zeit später kehrte sie mit einem schmalen Mann mit von der Sonne gegerbter Haut zurück.

»Das ist Paulino«, sagte Marlena.

Ah, dachte John bei sich, einer der klugen Knechte, der mir das Gegenteil dessen beweisen soll, was ich weiß. Innerlich seufzte er.

»Setzen Sie sich, Paulino«, sagte er ergeben. Er hatte gewiss keine Lust auf einen weiteren Streit mit Marlena. »Etwas zu trinken?«

Einige Tage später – John beobachtete wieder einmal das tägliche Geschehen im Hof von La Dulce und hing seinen Gedanken nach – merkte er, dass er sich von Buenos Aires und dem, was dort geschehen war, immer weiter entfernte. Es war, als ob Paulino ihm die Augen geöffnet hätte. Es war so erhellend gewesen, mit ihm zu sprechen. John versuchte, an seine Freunde zu denken, viele Anarchisten darunter, zumeist italienische und spanische Immigranten, die sich in ein goldenes Zeitalter natürlicher Existenz zurücksehnten. Auf einmal glaubte er, sie nicht mehr zu verstehen. Und seine Genossen, die Sozialisten? Marlena hatte Recht. Auch sie hatten sich niemals wirklich mit dem Schicksal der Landbevölkerung auseinandergesetzt. Zuweilen hatte man sich halbherzig auf die Seite der unterdrückten einheimischen Landarbeiter, der Zuckerrohrschneider von Tucumán oder der Mate-Pflücker von Misiones geschlagen, doch die allgemeine Haltung war doch stets eine von Herablassung und Indifferenz geprägte gewesen. War das gerecht?

»Hier kannst du etwas erreichen«, hatte Marlena ihn zu packen versucht, nachdem er mit Paulino gesprochen hatte.

»Den Männern und Frauen auf La Dulce geht es gut, aber schau dir die benachbarten Estancias an. Stundenlang müssen sie dort schuften. Sie schlafen in von Ungeziefer verseuchten Scheunen, kriegen kaum etwas zu essen. Wenn sie krank sind, behandelt sie kein Arzt, und noch dazu bezahlen sie Wucherpreise für ihre Lebensmittel und was sie sonst benötigen, denn es gibt nur einen Laden im weiten Umkreis.«

John fragte sich wieder einmal, warum es so schwer war, diese Menschen zu organisieren. Er drehte sich zu Paulino herum, der auf seine Bitte noch einmal zu ihm gekommen war, um John mehr vom Leben der einfachen Knechte zu erzählen.

»Warum organisiert ihr euch nicht?«

»Ach, wir sind einfach zu eigen für gemeinsame Aktionen«, grinste der kleine Schnauzbart.

»War das schon immer so?«

Paulino sah nachdenklich aus. »Es hat sich viel geändert«, sagte er. »Einst streiften unsere Väter hier frei wie der Wind umher. Niemand hatte ihnen etwas zu sagen. Heute gibt es überall Zäune. Alles gehört irgendjemandem.« Paulino schüttelte den Kopf. »Eine Zeit lang durfte man sich noch nicht einmal ohne Ausweispapiere erwischen lassen. Wer es doch tat, wurde eingesperrt oder zum Militärdienst gezwungen. In meiner Jugend sind einige meiner Freunde sogar lieber ins Indianergebiet gegangen, als sich einem Militärdienst auszusetzen, von dem man nicht weiß, ob er je endet.«

»Aber die Ausweispapiere für die Reisen im Landesinnern sind doch später abgeschafft worden?«, mischte sich jetzt Marlena ein, die eben herangekommen war.

»Ja«, Paulino schüttelte den Kopf, »und das gab den Beamten noch mehr Gewalt. Wisst ihr, wie viel Macht ein Richter hier draußen hat? Sie leiten die Wahlen und sichern, wenn nötig mit Betrug und Gewalt, den Sieg der offiziellen Kandidaten. Der, der nicht für den richtigen Kandidaten stimmt, wird eingesperrt oder zwangsverpflichtet. Das habe ich mehr als einmal erlebt. Also wählt man eben den, den sie vorschreiben. *Madre de Dios*, da gäbe es viel, was sich hier ändern müsste.«

Plötzlich drang Lachen zu ihnen herüber. Einen Augenblick später stolperten Blanca und Paco eng umschlungen aus der Tür auf die Veranda heraus. Errötend machten sich die beiden jungen Leute voneinander los. Paco trat einen Schritt vor.

»Es ist nicht so, wie es aussieht. Wir werden heiraten, nicht, Blanca?«

Die junge Frau lachte. »Ja, das werden wir.«

Siebtes Kapitel

Eduard zögerte keinen Moment, die Verlobungsfeier für seine Nichte Blanca auszurichten. Von überall her, sogar aus Buenos Aires und Tucumán, strömten die Gäste herbei. Es war ein wunderschöner Herbsttag, und Annelie schmückte den Hof, gemeinsam mit Appollonia und Ynez. Deutsche, argentinische und italienische Speisen wurden zubereitet, denn auch Maria und Fabio waren gekommen. Der junge Mann stand mittlerweile beinahe ebenso häufig in der Konditorei seiner Mutter wie sie selbst.

Von Lenchen stammte das Kleid, das Blanca trug. Es war aus goldbrauner Seide und betonte ihre schlanke Gestalt. Der Rock war leicht ausgestellt und endete in einer Schleppe. Viktoria war so ergriffen, wie sie es sich von sich selbst nicht hätte vorstellen können. Mehrmals wollte sie, an Annas Schulter gelehnt, in Tränen ausbrechen.

»Mein Paco, mein kleiner Paco.«

Marlena sah, dass der junge Mann angesichts dieser Worte mehr als einmal kopfschüttelnd die Stirn runzelte. Sie war eben in ein Gespräch mit ihrer Mutter vertieft, da eine Magd Aurora und Joaquín für eine Weile beaufsichtigte, als John von der Seite heranschlenderte. Anna und er begrüßten sich mit einem freundlichen, aber distanzierten Nicken.

Mama wartet immer noch darauf, dass wir heiraten, schoss es Marlena durch den Kopf, und ich würde es auch so gern tun, aber ...

Sie musste wieder einmal daran denken, was John damals

zu Jenny über das Heiraten gesagt hatte. Das war der Tag gewesen, an dem sie ihn zum ersten Mal gesehen hatte. Die Stimme ihrer Mutter riss sie aus den Gedanken.

»Verzeihen Sie mir meine damalige Entscheidung, John?«

Marlena bemerkte, wie John ganz leicht, fast unmerklich, den rechten Arm hob.

»Natürlich.«

»Wäre es nicht an der Zeit, dass ihr euch duzt?«, mischte sich Marlena ein.

John und Anna zuckten beide die Achseln und sahen verlegen weg. Marlena rollte die Augen. Sie waren wirklich beide elende Dickköpfe und würden es wohl immer bleiben.

Nur wenig später spazierte sie an Johns Arm durch die Menge der Gäste. Es herrschte fröhlicher Lärm. Am Buffet, das unter der Menge der Speisen zusammenzubrechen drohte, drängten sich fein gekleidete Gäste und Knechte und Mägde in ihren einfachen Hemden, Röcken oder Hosen Schulter an Schulter. Zu jenen, die aus Buenos Aires gekommen waren, gehörten auch Lorenz Schmid, seine Frau Maisie und ihr Sohn Lionel Nicolás.

Lorenz, das wusste Marlena, hatte damals sein Scherflein dazu beigetragen, Estella und sie aus den Händen ihrer Entführer zu befreien. Seine Frau war wirklich wunderschön, das hatte sie schon gehört. Man hatte wahrlich nicht übertrieben. Zahlreiche Bewunderer hatten sich bereits um sie versammelt. Maisie entstammte der ehrwürdigen, gut gebildeten, fortschrittlichen und stolzen Elite, die Argentinien in diesen Tagen regierte, und bereicherte das Fest schon durch ihre bloße Anwesenheit. Die Cuthberts waren, wie alle in jenen Kreisen, streng darauf bedacht, Argentiniens Wohlstand voranzubringen und den ökonomischen und politischen Einfluss der Kirche zurückzudrängen. Sie identifizierten sich mit Europa, insbesondere mit der französischen Kultur, während gutes britisches Kapital in ihren Geschäften steckte. Ginge es nach ihnen, so sollte Buenos Aires nicht nur zum Paris Südamerikas, sondern Argentinien zu einem wichtigen Staat der westlichen Hemisphäre werden.

Auch die wichtigsten Besitzer der benachbarten Estancias waren gekommen. John warf ihnen einen knappen, missmutigen Blick zu.

»Das Einzige, was diesen Estancieros dort wichtig ist, sind folgsame Arbeiter, die zu Löhnen arbeiten, die ihre *patrones* zu zahlen bereit sind, ohne aufzumucken«, sagte er. Deutlich war die unterdrückte Wut in seiner Stimme zu hören.

Marlena schmiegte sich enger an ihn. »Ach, komm, lass die Politik doch wenigstens heute einmal außen vor. Lass uns feiern, Blanca und Paco alles Gute wünschen und …«

John blieb stehen und schaute sie kopfschüttelnd an. »Aber wie könnte ich das, Marlena, wie könnte ich das Elend dieser Welt über meinem Vergnügen vergessen? Es muss sich doch etwas ändern, siehst du das nicht? Die Macht der Großgrundbesitzer muss beschnitten werden. Man muss dagegen vorgehen, dass fruchtbare Landstriche brachliegen, während Spekulanten auf den richtigen Moment warten, um zu kaufen oder zu verkaufen. Wenn es wachsen und gedeihen soll, braucht dieses Land Menschen, die nicht nur an sich denken. Es gibt Menschen, für die bedeutet Landbesitz nicht nur Leben, sondern Überleben, Marlena.«

Marlena runzelte die Stirn, gab aber keine Antwort. Sie wusste ja, dass John Recht hatte, aber sie war jung und wollte sich auch einmal einfach nur vergnügen. Natürlich hatten die Großgrundbesitzer zu viel Macht. Marlenas Blick fiel auf ihren Onkel Eduard, der gerade zu eben jenen Estancieros schlenderte, die John immer noch mit bösen Blicken bedachte.

»Don Mariano, Don Clementio, Don Augusto!«

Eduard hob grüßend sein Weinglas und nickte den dreien zu. Wenn er mit ihnen auch nicht einer Meinung war, so gab er doch viel auf gute Nachbarschaft.

Don Mariano erwiderte seine Begrüßung ebenfalls mit einem Nicken. »Und, wollen Sie sich nicht endlich unseren Regeln anpassen, Señor Brunner?«, begann er wie fast jedes Mal, wenn sie sich sahen.

»Und«, entgegnete Eduard, »wollen *Sie* nicht endlich über das nachdenken, was ich schon lange bemängle?«

»Was meinen Sie denn?«, mischte sich Don Augusto ein.

Eduard wandte sich ihm zu. »Die Frage der Landspekulation, an der Sie und Ihresgleichen nicht ganz unschuldig sind und die es weniger wohlhabenden Menschen unmöglich macht, genügend Land zu erwerben.«

Don Clementio schüttelte den Kopf. »Wir haben auch alle mal klein angefangen und mussten hart arbeiten.«

Don Augusto und Don Mariano schienen den Einwurf ihres Nachbarn amüsant zu finden – Don Clementio war ein dicklicher Mann, der in seinem Leben bisher keine schwere körperliche Arbeit geleistet hatte –, doch sie sagten nichts.

Eduard schüttelte ebenfalls müde lächelnd den Kopf. Wie konnte man die Wirklichkeit nur so verdrehen? Er wusste, dass die meisten Großgrundbesitzer nichts oder nur wenig getan hatten, um in den Besitz ihres Landes zu kommen. Großgrundbesitz hatte seinen Ursprung meist im kolonialen Erbe. Um dem chronischen finanziellen Defizit Herr zu werden, hatten damals mehrere aufeinanderfolgende Regierungen billig Land verkauft. Die schwache Kontrolle und Administration in den Grenzregionen führte im Weiteren dazu, dass die Landfrage von lokalen Beamten entschieden wurde, die sich gern den Wünschen der Mächtigsten beugten. Korruption war in diesem Bereich schon immer weitverbreitet gewesen.

»Aber Don Clementio«, sagte Eduard und lächelte weiter milde, »sogar die Landwirtschaftsgesellschaft hat bereits 1882 eine moderate Reform empfohlen. Das alarmierende Elend, in dem ein Großteil der Landarbeiter lebt, führt letztlich zu unzähligen Verbrechen, sagen sie. Wer kann an einem solchen Zustand denn Interesse haben?«

»Nun, niemand muss zum Verbrecher werden. Soll er doch zu mir kommen und für mich arbeiten.«

»Für eine sehr kurze Saison.«

Jetzt mischte sich Don Mariano wieder ein. »So ein kleiner Knecht könnte ohnehin nichts mit dem Land anfangen. Um Land zu kaufen und zu bewirtschaften, braucht man Entschlossenheit zur Leistung, Entschlossenheit, sich den Marktbedingungen anzupassen und schnelle Entscheidungen zu treffen.«

Eduard seufzte. Wirklich jedes Vorgehen gegen die Großgrundbesitzer schien vergeblich. Die ländliche Gesellschaft blieb einfach in zwei Gruppen geteilt: die Großgrundbesitzer auf der einen Seite, landlose Wanderarbeiter und der kleine Bauer, der von einem kurzfristigen Pachtverhältnis ins andere wechselte, auf der anderen. Es würde noch lange dauern, bis sich daran etwas änderte – trotzdem war Eduard fest entschlossen, seinen Weg weiterzugehen. In diesem Moment aber schluckte er schweren Herzens einen weiteren Kommentar herunter.

Anna und Viktoria hatten sich lange nicht gesehen und viel zu besprechen.

»Besuch uns doch einmal«, sagte Viktoria eben. »Mit der

Eisenbahn ist es doch recht bequem. Du musst jetzt nicht mehr tagelang durch die Wildnis reiten.« Sie lachte.

Anna stimmte ein. Der Bau der Eisenbahn hatte auch die Entwicklung der argentinischen Landwirtschaft deutlich vorangetrieben. Die nunmehr relativ günstigen Transportmethoden erleichterten die Verbreitung landwirtschaftlicher Produkte aus dem Landesinneren, darunter Zitrusfrüchte, Oliven, Tabak, Baumwolle und Holz, dies unter anderem für die Papierherstellung. Tucumán gehörte dabei zu den besonders begünstigten Orten. Die Zuckerindustrie boomte und machte die Zucker-Estancieros reich.

»Machen euch eure Nachbarn eigentlich immer noch Ärger?«, erkundigte sich Anna.

Viktoria zuckte die Achseln. »Mal mehr, mal weniger. Und wie ist es bei euch? Beeinträchtigt die Eisenbahn dein Geschäft?« Viktoria musterte die Freundin interessiert.

»Nein«, Anna schüttelte den Kopf, »Julius und ich haben sogar investiert.«

»Ach, ich dachte, die Bahnen seien in britischer Hand.«

»Julius hat gute Beziehungen.«

Viktoria nickte verstehend und nippte an ihrem Wein.

Der Bau der ersten Eisenbahnstrecke war 1857 abgeschlossen. Sie führte von Buenos Aires aus nach Westen. Gegen Ende der Sechzigerjahre war die Verbindung zwischen Rosario und Córdoba fertig. Seitdem konnte man Waren, die vorher mühsam mit Ochsenkarren hatten transportiert werden müssen, auf der Schiene befördern. In den Siebzigern waren in Zentralargentinien gut sechshundertfünfzig Kilometer Eisenbahn verlegt worden. Ein weiteres wichtigeres Streckensystem, mit Buenos Aires als Netzknoten, führte nach Westen zur Stadt Flores, entlang der Flussmündung in nördlicher Richtung nach Rosario und bis zum südlich gelegenen Chascomús.

»Du warst immer sehr umsichtig, Anna«, sagte Viktoria jetzt. »Darum beneide ich dich manchmal.«

Anna hob die Schultern und ließ sie wieder sinken.

Ich musste es sein, dachte sie bei sich. Du dagegen musstest erst lernen, welche Schwierigkeiten einem das Leben bereiten kann.

»Was macht Pedro?«, fragte sie.

»Er ist auf Tres Lomas geblieben. Wir sind gerade auf der Suche nach einem neuen Vorarbeiter, und da musste eben einer von uns dableiben.« Ein leises Bedauern war auf Viktorias Gesicht zu sehen.

»Es ist schade, dass ihr immer noch nicht heiraten könnt«, sagte Anna.

»Ja«, entgegnete Viktoria, ohne zu zögern. »Du kannst dir gewiss sein, ich wünsche mir nichts mehr als das.«

Der Tag war reich an Eindrücken gewesen. Der Abend, jene milde und melancholische Stunde, rückte nun unaufhaltsam näher. Die Sonne brannte nicht mehr mit voller Kraft. Eine frische Abendbrise kam auf, durchwehte das üppige Gras und ließ ein paar letzte Herbstblumen tanzen.

Sie sind solch ein schönes Paar, dachte Marlena, als sie Paco und Blanca, jetzt eng aneinandergeschmiegt am Rande einer Koppel bemerkte. Blanca hatte den Kopf an Pacos Brust gelehnt. Fast verschmolzen sie zu einer Gestalt. Marlena war so in ihre Beobachtung vertieft, dass sie erst gar nicht bemerkte, dass jemand neben sie getreten war, bis er ihre Schulter berührte.

»John«, sagte sie nur.

»Ein schönes Paar«, wiederholte er ihre Gedanken.

Marlena nickte.

»Deine Mutter hat eben noch einmal mit mir gesprochen«, fuhr er fort.

Jetzt schaute sie ihn doch an.

»Sie hat mir vorgeschlagen, eine Stelle in Julius' Geschäft anzunehmen.«

»Und?«

»Ich bin eigentlich nicht nach Argentinien gekommen, um Geschäfte zu machen, sondern um am Aufbau einer neuen Welt mitzuarbeiten.«

»So? Das hört sich aber großartig an«, antwortete Marlena schärfer, als sie es beabsichtigt hatte.

Offenbar, fuhr es ihr durch den Kopf, hat mich der schöne Abend nicht in eine milde Stimmung versetzt. Sie versuchte, ihren Ärger etwas zu bezähmen. Sie wusste doch, dass John enttäuscht war. Auch wenn er ihr versichert hatte, er habe mit der Sache abgeschlossen, konnte es nicht leicht für ihn sein, die Veränderungen zu akzeptieren. Marlena atmete tief durch.

»Ach, es tut mir leid, John. Vergiss, was ich eben gesagt habe, ich weiß ja, um was es dir geht. Meine Mutter dagegen hat Politik, glaube ich, nie interessiert. Es war jedenfalls nie Thema bei uns. Sie wollte immer nur vorankommen. Aber dafür hat sie hart gearbeitet.«

Zu Marlenas Überraschung lächelte John jetzt. Seine Antwort überraschte sie noch mehr.

»Unterschätze deine Mutter nicht, Marlena. Sie hat das Herz auf dem rechten Fleck. Sie verteidigt die, die ihr nahe sind. Sie weiß die Leute zu nehmen, wie sie sind. Vielleicht müssen wir einfach Geduld haben. Große Veränderungen geschehen nicht von heute auf morgen. Vielleicht«, John lächelte sie immer noch an, »müssen wir es wie Eduard machen, der die Dinge im Kleinen verändert, oder wir müssen auf unsere Kinder warten und so lange …«

Marlena schaute ihn kurz verwundert an, dann schmiegte sie sich lachend in Johns gesunden Arm und genoss seine Wärme. Es würde nie leicht sein mit ihm, sie würden sich immer wieder streiten und wieder zusammenraufen. Aber auch deshalb liebte sie ihn.

»Würdest du mich eigentlich noch heiraten?«, fragte er unvermittelt.

Marlena löste sich von John und sah ihn erstaunt an. Dieses Thema war immer heikel gewesen, und sie hatte sich eigentlich damit abgefunden, dass er sie niemals fragen würde.

»Meinst du das ernst?«

»Natürlich meine ich es ernst. Glaubst du mir nicht? Schau dir Paco und Blanca an, ich finde ... also ich finde ...«

»Ich glaube dir, wenn du mir sagst, dass du bleibst«, sagte Marlena sehr ernst.

»Himmel, Marlena«, entfuhr es ihm. Dann wechselte er schnell das Thema. »Schreibst du eigentlich an etwas Neuem?«

Sie nickte. »An einem Reisebericht. Den Titel habe ich schon: *Durch die Pampa nach Patagonien bis nach Feuerland.*«

John nahm ihre Hände in die seinen. »Aber du warst noch nie in Patagonien, Marlena. In Feuerland auch nicht.«

Marlena lachte. »Nein, *noch* nicht.« Nach einer Weile fügte sie hinzu: »Übrigens würde ich dich heiraten, wenn ...«

»Wenn was? Nun sag schon.«

»... wenn du mir einen richtigen Antrag machst.«

»Lange nicht mehr gesehen, was?«

Annelie erkannte die Stimme sofort, obwohl sie sie lange Jahre nicht gehört hatte. Fast hätte sie das Tablett fallen lassen, das sie gerade in den Händen hielt. Die Feier ging dem

Ende zu, man hatte begonnen aufzuräumen. Philipp nahm ihr das Tablett ab, um es ihr sofort zurückzureichen. Annelie starrte ihn an, reglos, fassungslos. Sie konnte gar nicht sagen, wo er hergekommen war. Eben, da war sie sicher, hatte er noch nicht dort gestanden. Sie war allein in der Küche gewesen.

Er war nicht mehr der schöne Bursche von früher. Man hätte sagen können, dass sich nun sein wahres Ich auf seinen Gesichtszügen zeigte, aber sie wusste, dass das dummes Geschwätz war. Man konnte Menschen nicht auf den ersten Blick ansehen, ob sie böse oder gut waren.

Sonst, fuhr es ihr durch den Kopf, hätte ich Xaver und Philipp Amborns Haus niemals betreten.

Daran, dass es sie nicht überraschte, ihn lebendig zu sehen, erkannte Annelie, dass sie in all den Jahren nicht an Philipps Tod geglaubt hatte. Sie hatte gewusst, dass man so jemanden wie Philipp Amborn nicht einfach tötete. Er war ein Dämon. Es genügte nicht, ihm eine Axt über den Schädel zu ziehen.

»Hast wohl gedacht, du bist mich für immer los, liebe Stiefmutter, was?«

Annelie konnte nichts sagen, sosehr sie auch um Worte rang. Angst kroch in ihr hoch und schnürte ihr die Kehle zu.

»Ja«, fuhr Philipp fort, »damals hättest du mich fast erwischt, die Axt, das Feuer … Wirklich, das hätte ich dir gar nicht zugetraut. Aber man hat mich gerettet. Eine Zeit lang konnte ich mich leider an nichts erinnern. Ich wusste nicht, was geschehen war.«

Philipp sah sinnend in die Ferne. Das Küchenlicht warf gespenstische Schatten auf sein vernarbtes Gesicht und die wenigen verbliebenen Haarbüschel auf seinem Kopf.

»Dann kam der Tag, an dem ich mich wieder erinnerte – und es kam der Tag, an dem ich verstand, dass mein Leben nie mehr so sein würde wie zuvor. Mir war schnell klar, dass ich mich rächen musste. Das verstehst du doch auch?«

Annelie nickte, als sich seine rechte Hand wie ein Schraubstock um ihren linken Arm schloss.

»Ich begann, euch zu suchen. Vor ein paar Jahren war ich dann fast am Ziel, ein Vöglein zwitscherte mir etwas von der Plaza de la Victoria ... Leider landete ich kurz danach bei der Armee. Man unterstellte mir Landstreicherei, ist das nicht unglaublich? Danach war ich krank, die Armee ist kein Zuckerschlecken, aber ich suchte weiter. Ich stellte mir vor, ihr müsstet irgendwo in Buenos Aires sein, irgendwo in der Nähe der Plaza. Ich suchte unzählige *pulperiás* und Cafés und Bars auf. Ich fragte mich durch, immer und immer wieder, und eines Tages, da erkannte euch jemand.« Philipp lachte, hohl. »Und jetzt bin ich tatsächlich hier, liebste Stiefmutter.« Er musterte Annelie mit zusammengekniffenen Augen. »Seltsam, du scheinst dich gar nicht zu freuen«, stellte er dann gespielt liebenswürdig fest. Und dann fragte er etwas, das Annelie bis ins Mark traf: »Wie geht es meiner lieben Mina?«

»Ich ... Sie ...«

Annelie stellte das Tablett endlich ab, während sie weiter fieberhaft nach Worten suchte. Draußen waren noch die letzten Geräusche der unermüdlichsten Gäste zu hören. Jemand grölte vergnügt nach Rum. Dann näherten sich polternde Schritte. Philipp schienen sie nicht zu beunruhigen.

»Du weißt hoffentlich, dass du für den Rest deines kleinen miserablen Lebens büßen wirst, ja? Ab jetzt tust du, was mir gefällt. Zuerst mal brauche ich eine nette Bleibe und regelmäßig was zu beißen.«

Die Schritte verharrten vor der Tür. Annelie konnte nur nicken. Niemand durfte hören, dass sie nicht allein war. Im nächsten Moment krachte etwas zu Boden, und sie hörte Appollonia fluchen. Philipp tippte sich grüßend an die Stirn, grinste noch einmal und war im nächsten Moment durch die Hintertür in der Dunkelheit verschwunden.

Den ganzen restlichen Abend dachte Annelie darüber nach, was jetzt zu tun war, fand aber keine Lösung. Als die Nacht hereinbrach, trat sie noch einmal auf die Veranda. Sie hatte das Tuch, das Eduard ihr geschenkt hatte, um die Schultern geschlagen und hielt sich, gegen das Frösteln ankämpfend, fest mit beiden Armen umfangen.

Was soll ich nur tun?, fragte sie sich immer und immer wieder. Philipp hatte ihr nur zu deutlich gemacht, dass Mina und sie ihm ab jetzt vollkommen ausgeliefert sein würden. Was auch immer er auf La Dulce anstellte, sie würde es decken müssen. Zuerst einmal hatte er Unterkunft und Nahrung verlangt.

»Annelie?«

Eduard! Fast hätte sie aufgeschrien. Natürlich, Eduard, dachte sie jetzt, wenn ihr jemand helfen konnte, dann doch sicher er. Sie musste zuerst versuchen, Mina aus Philipps Einflussbereich zu bringen.

»Ich wollte noch etwas frische Luft schnappen«, sagte sie, »es war doch eine sehr aufregende, schöne Feier.«

»Ja, das war es wirklich, ein gelungenes Fest.«

Sie hörte den leisen Stolz, der in Eduards Stimme mitschwang. Er liebte seine Nichte Blanca. Er freute sich für ihr Glück.

Er hat ein sehr weiches Herz, fuhr es Annelie durch den Kopf.

Dann sagte sie: »Mina sah sehr hübsch aus heute, wirklich

sehr hübsch. Und als ihr gemeinsam getanzt habt ... Sie wirkte so glücklich.«

Zu ihrer Verwunderung reagierte er gar nicht auf ihre Worte. Sein Gesichtsausdruck war abwesend. Dafür berührte er nach einer Weile ihre Schulter.

»Annelie«, sagte Eduard, »warum sprichst du eigentlich dauernd von Mina zu mir? Ich liebe *dich*. Willst du das denn nicht endlich verstehen? *Dich* liebe ich, meine liebste Annelie, dich ganz allein.«

In Annelies Kopf war plötzlich eine große Leere. Sie starrte ihn an. »Aber Mina ...«

»Sie ist schön, ja. Sie ist ein liebes, kluges Mädchen, aber sie ist doch viel zu jung für mich. Sie ist erst Mitte zwanzig, ich bin sechsundfünfzig. Ich könnte ihr Vater sein. Ich bin ein alter Mann.« Eduard schien noch zu zögern, dann zog er Annelie entschlossen näher zu sich hin. »Ich will dich an meiner Seite, Annelie, dich, eine gestandene Frau.«

»Ich bin keine gestandene Frau, ich bin ...«

Annelie hörte, wie ihre Stimme klang, schrill, ungewohnt, als sei sie bei etwas ertappt worden. Sie biss sich auf die Lippen.

Ich bin eine Mörderin, hatte sie ausspucken wollen, doch sie bremste sich. Alles, nur das nicht. Das würde Mina nicht helfen. Eduard schien das wahre Gefühlschaos in ihr nicht zu bemerken.

»Annelie«, er hielt ihre kleinen Hände zwischen seinen großen geborgen, »ich habe lange gewartet, wollte abwarten. Nun bitte ich dich doch: Heirate mich. Werde meine Herrin auf La Dulce.«

Annelie spürte, wie sich ihre Augen mit Tränen füllten. Zu spät, dachte sie, es ist zu spät. Ich verdiene solch ein Glück nicht mehr, nur Mina.

Eduard schien ihr Zögern als Ja zu verstehen, denn er wagte es nun, seine Hand über ihren Arm streifen zu lassen. Es war nicht das erste Mal, dass sie einander berührten. Annelie erinnerte sich jetzt an einen Ausflug auf der Lagune, als das Boot ins Schwanken geraten war und Eduard sie vor einem Sturz ins Wasser bewahrt hatte. Sie dachte an ruhige Abende vor dem Kamin, als sie über die alte Heimat gesprochen hatten. Sie erinnerte sich daran, wie er ihr Essen gelobt hatte. Entschlossen trat Annelie einen Schritt von Eduard weg. Seine Hand sank herab. Er schaute sie fragend an.

»Willst du gar nichts sagen?«, fragte er endlich sanft.

Sie schüttelte den Kopf. »Es geht nicht. Ich kann dich nicht heiraten.«

Dann drehte sie sich auf dem Fuß um und lief zurück ins Haus.

In den nächsten Tagen reisten die Gäste nach und nach wieder ab. Auch Viktoria kehrte zurück nach Tres Lomas, doch sie wusste, dass sie noch lange vom Aufenthalt auf La Dulce zehren würde, von den Erinnerungen an die schöne Verlobungsfeier und von den Gesprächen mit Anna.

Wer hätte gedacht, dass wir auch einmal verwandtschaftlich verbunden sein würden?, dachte sie.

Nur Pedro machte sich erneut große Sorgen. 1886 stand wieder eine Präsidentenwahl an.

Anfang Juni brachen unerwartet Unruhen aus.

Achtes Kapitel

Julius schüttelte den Kopf.

»Und wieder sitzen andere an den Fleischtöpfen ... Wie es der großen Masse geht, ist und bleibt ihnen aber gleichgültig.«

Anna hob den Kopf.

»Du hörst dich ja schon an wie unser Schwiegersohn in spe.«

»Hoffst du immer noch darauf, dass er Marlena heiratet?«

»Du nicht?«

Julius gab keine Antwort mehr, denn eben war eines der Dienstmädchen hereingekommen und reichte Anna einen Brief.

»Er ist von Viktoria«, rief die aus. »Endlich.«

Im letzten Monat waren Nachrichten von einem Umsturz in Tucumán nach Buenos Aires gedrungen. Seitdem warteten alle im Haus Meyer-Weinbrenner sehnsüchtig auf Nachricht.

»Los, los«, forderte Julius sie auf, »mach schon auf. Was schreibt sie denn?«

Mit zitternden Fingern brach Anna das Siegel und faltete das Schreiben auseinander. Ihre Augen überflogen die Zeilen. Dann atmete sie tief durch.

»Jetzt lies endlich vor!«, drängte Julius ungeduldig.

Und Anna begann, vorzulesen:

Liebe Freunde!

Ihr werdet schon gehört haben, was hier geschehen ist, und da nun der größte Trubel vorbei ist, kann ich euch endlich beruhigen. Es geht uns allen gut.

Aber lasst mich von vorn anfangen. An jenem 12. Juni, als alles begann, war Pedro am Morgen in der Stadt, ausgerechnet in der Calle Belgrano. Hunderte mit Gewehren bewaffnete Leute, die alle vom Bahnhof zur Plaza zogen, waren da plötzlich unterwegs, erzählte er mir später. Kaum hatten sie die Plaza erreicht, fielen die ersten Schüsse.

Ihr wisst gar nicht, wie froh ich bin, dass ich nicht dabei war, sondern draußen auf Tres Lomas. Und ihr könnt euch vorstellen, wie glücklich ich war, dass Pedro unbeschadet zu mir zurückkam. Allerdings wusste er erst gar nicht, wie aus der Stadt kommen. Etwa gegen neun Uhr, berichtete er, begann ein ununterbrochenes Gewehrfeuer sowohl auf der Plaza als auch in den sie begrenzenden Straßen. Beständig pfiffen die Kugeln, und er konnte seine Deckung nur unter schwierigsten Umständen verlassen.

Irgendwie gelang es ihm, aber wirkliche Ruhe trat erst einen Tag später ein. Am Nachmittag begleitete ich Pedro dann nach Tucumán, um mir selbst ein Bild von der Lage zu machen. Natürlich wollte er mich davon abhalten, aber ihr kennt mich ja.

Es war ein wirklich trauriger Anblick. In den um die Plaza befindlichen hübschen Läden waren fast sämtliche Scheiben zerschossen. Die Mauern waren voller Kugellöcher, und das große Cabildo war vollkommen verwüstet. Außerdem hatte man mehrere Privatwohnungen höherer Beamter sowie die des Gouverneurs geplündert und zerstört. Ein Glück, dass nur wenige Menschen getötet worden waren.

Nun befürchtet man, dass die vielen in die Stadt gekomme-

nen Gauchos und Soldaten auch Privathäuser plündern und weitere Exzesse begehen könnten. Deshalb haben hier ansässige Bürger Sicherheitswachen gebildet, die auf den Straßen patrouillieren.

Ich muss ganz ehrlich sagen, früher hätte ich das vielleicht für ein großes Abenteuer gehalten, heute schlägt mein Herz schneller, und ich bete darum, dass die Sache bald ganz überstanden ist. Ihr könnt jetzt gern lachen, aber auch ich habe etwas gelernt in meinem Leben.

In jedem Fall hat die neue Regierung Celman sofort alle Beamtenstellen an ihre *Anhänger verteilt. Für sie wird es wohl eine goldene Zeit werden. Wir kennen das ja inzwischen nur zu gut.*

Ich küsse euch und halte euch in den Armen, liebste Freunde!

Eure Viktoria

Neuntes Kapitel

Der Aufruhr war endlich vorüber, und Viktoria war froh darum. Gemeinsam mit Pedro und einigen anderen erwartete sie Pacos und Blancas Ankunft aus Buenos Aires. Nachdem die beiden La Dulce verlassen hatten, waren sie noch einige Zeit bei Anna geblieben. Paco hatte seine Arbeit für den Rechtsanwalt wieder aufgenommen, und Blanca hatte die Familie Meyer-Weinbrenner besser kennengelernt. Ungeduldig hatte Viktoria mehrmals telegrafiert, bis ihr Sohn endlich versprochen hatte, seine Eltern in naher Zukunft zu besuchen. Dann war der Aufruhr dazwischengekommen, aber jetzt …

Viktoria ließ den Blick durch das Bahnhofsgebäude schweifen. Eine zerlumpte Frau, ein Kind in einem Tuch auf dem Rücken, zwei weitere hielten sich an ihrem Rock fest, kam mit gesenktem Kopf und ausgestreckter Hand auf sie zu. Viktoria kramte in ihrem Beutel nach ein paar kleinen Münzen, die sie für solche Fälle immer bereithielt. Die Frau bedankte sich überschwänglich. Viktoria seufzte. Ach, es war doch immer noch nicht alles eitel Sonnenschein: Der Zuckerrohranbau konzentrierte sich nach wie vor in den Händen weniger reicher Landbesitzer. Von Mitte Mai bis August jeden Jahres strömten zusätzliche Erntearbeiter aus dem ländlichen Santiago del Estero, aus der Puna von Salta und Jujuy, von den Indio-Dörfern des Chaco und von der bolivianischen Grenze hierher. Ganze Familien kampierten dann für die Zeit der Ernte unter freiem Himmel, um nach schwerer Arbeit mit viel zu wenig Geld nach Hause zurückzukehren. Es war durchaus nicht falsch, in diesem Zusammenhang das Wort Sklaverei in den Mund zu nehmen. Viktoria ahnte schon, dass Paco wieder viel an der Situation zu kritisieren haben würde. In ihm brannte noch das Feuer der Jugend, während sich Pedro und sie mittlerweile mit kleineren Schritten zufriedengaben.

Nach dem Mittagessen saßen sie alle – Viktoria, Pedro, Blanca und Paco – im schattigen Hof von Tres Lomas und tauschten sich aus. Zu einer frisch zubereiteten Limonade aus Zitronen aus dem eigenen Garten hatte Viktoria eine Karaffe Wasser aus dem hauseigenen *aljibe*, jener Kombination aus Brunnen und Untergrundzisterne, bereitstellen lassen. Sie fand, dass es köstlich schmeckte.

Blanca sah immer noch sehr schmal aus, hatte aber ein volleres Gesicht bekommen. Viktoria fragte sich unwillkürlich, ob sie schwanger war. Ein Stich durchfuhr sie bei dem Gedanken, dass sie selbst nie wieder schwanger werden würde. Inzwischen hatten ihre Blutungen vollkommen aufgehört. Dabei bin ich doch noch gar nicht so alt, fuhr es ihr durch den Kopf.

Blancas Lachen riss Viktoria aus ihren Gedanken. Paco musste irgendetwas gesagt haben, was sie amüsierte.

Du hast zwei wunderbare Kinder, mahnte Viktoria sich in Gedanken, trauere nicht dem nach, was es nicht mehr geben kann. Paco und Blanca sind glücklich, ist das nicht wunderbar?

An diesem Abend lagen Blanca und Paco noch lange wach. Viktoria hatte für sie beide in Pacos ehemaligem Jungenzimmer ein großes Bett aufstellen lassen, dort hatten sie es sich gemütlich gemacht. Es gab so immer unendlich viel zu erzählen.

»Gibt es irgendetwas, was du heute anders entscheiden würdest?«, fragte Paco plötzlich.

Blanca musste offenbar gar nicht überlegen, ihre Antwort kam ganz spontan. »Ich habe einmal einen Freund bestohlen, der mir kurz zuvor das Leben gerettet hatte. Darauf bin ich gar nicht stolz.«

»Ich nehme an, du warst dazu gezwungen?«

Blanca zuckte die Achseln. »Ich kann nur sagen, dass es mir damals leichter erschien, das Pferd einfach zu nehmen und nicht zu fragen.«

»Wo war das?«

»Da unten in Patagonien, in diesem kleinen Dorf am Río Negro. Meine Mutter war gerade getötet worden. Ich wollte einfach nur fort und alle Brücken hinter mir abbrechen …«

Vom Tod Corazons wusste Paco – Blanca hatte ihm berichtet, was an jenem Tag geschehen war. Das andere war ihm neu. Er räusperte sich.

»Hast du je darüber nachgedacht, noch einmal dorthin zu reisen?«

»Nein. Wieso?« Blanca zögerte und fügte dann hinzu: »Manchmal … vielleicht.« Dann schloss sie die Augen.

In dieser Nacht fand Paco kaum Schlaf. Es gab etwas, über das er angestrengt nachdenken musste. Am Ende wusste er, dass er Blanca einen Vorschlag machen würde.

An der Anlage und Ausrichtung der Siedlung in der Nähe des Río Negro hatte sich in all den Jahren nichts verändert. Blanca erschien sie sogar noch armseliger als damals. Es gab eine staubige Straße, gesäumt von größeren und kleineren *adobe*-Hütten. Ein paar Hunde und Hühner liefen umher. Irgendwo blökten Schafe. Die Hütte, in der sie und ihre Mutter gelebt hatten, war verschwunden. Dafür konnte sie Paco die Stelle zeigen, an der sie früher manchmal gebadet hatten. Auch hier sah es noch so aus wie früher.

»Nackt, nehme ich an?«, neckte er sie. »Das muss ein bezaubernder Anblick gewesen sein.«

Blanca lächelte nur. Sie war zu ergriffen. Nie hätte sie gedacht, dass die Erinnerung sie so gefangen nehmen würde. Sie hatte sich jahrelang, wie sie meinte, erfolgreich bemüht, alles zu verdrängen, was sie mit diesem Ort verband. Jetzt kam es mit Macht zurück. Sie hörte Stimmen von damals, sie erkannte den typischen Geruch dieser Gegend, die Art, wie die Sonne auf ihrer Haut brannte und der Wind ihr Haar zerzauste.

Wenig später besuchten sie den Friedhof des kleinen Ortes, der sich in der Weite Patagoniens schier verlieren wollte. Hier waren, nicht überraschend, einige Gräber hinzugekommen. Die meisten hatte der Wind fast wieder unkenntlich gemacht. Gras überwucherte sie, die Kreuze hingen schief, wo es eine Beschriftung gab, war sie verblichen und kaum noch lesbar. Nur ein Grab wurde offenbar gepflegt. Eine Vase mit Blumen stand darauf. Neugierig trat Blanca näher und gab im nächsten Moment einen klagenden Laut von sich.

»Was ist denn?« Paco eilte an ihre Seite.

Blanca deutete auf das Kreuz. »Meine … meine Mutter«, stammelte sie. »Das ist das Grab meiner Mutter.«

»Corazons?«

»Ja.«

Paco überlegte fieberhaft. Und dann fiel ihm ein Ort ein,

an dem sie möglicherweise erfahren konnten, wer das Grab pflegte: die *pulpería*.

Das Haus, in dem sich einst Carlitos *pulpería* befunden hatte, stand immer noch an der gleichen Stelle, es war jedoch renoviert worden. Als Blanca und Paco aus dem gleißenden Sonnenlicht ins schattige Innere traten, dauerte es einen Moment, bis sie sich an die Lichtverhältnisse gewöhnten. Es war jetzt Nachmittag, die Zeit der Siesta, und die *pulpería* war menschenleer. Irgendwo in einer Ecke wurde ein Stuhl über den Boden geschoben, dann kamen Schritte näher. Wenig später stand ein Mädchen mit feuerrotem Haar vor ihnen.

»Ist Carlito zu sprechen?«, fragte Blanca.

»Den kenne ich nicht«, entgegnete die Kleine.

»Der Besitzer der *pulpería*«, versuchte es Blanca.

»Das ist doch mein Papa«, sagte das Mädchen verwirrt.

Das rote Haar, fuhr es Blanca durch den Kopf. Eigentlich hatte sie es gleich gesehen, aber sie hatte es wohl nicht glauben wollen. Irgendwo klappte eine Tür – und dann stand er vor ihr.

Stumm starrten Jens Jensen und Blanca einander an, dann begrüßten sie sich verlegen.

»Mein … Verlobter, Paco«, stellte Blanca Paco vor.

»Meine Älteste, Carina«, sagte Jensen.

Wieder sahen sie sich an, von Gefühlen überwältigt. Blanca schlug die Augen nieder.

»Ich … ich musste damals fort«, versuchte sie schließlich, die richtigen Worte zu finden. Dann sah sie Jensen flehend an.

Der lächelte. »Und ich wollte fort und bin dann doch hängen geblieben. Die Armee war und ist nichts für mich, noch nicht einmal als wissenschaftlicher Begleiter. Also kam ich sehr schnell hierher zurück. Eigentlich wollte ich mir nur darüber klar werden, was als Nächstes geschehen sollte ... Dann habe ich irgendwann Carlitos *pulpería* übernommen. Ach Gott, es ist so viel passiert. Setzt euch, setzt euch doch! Es gibt eine Menge zu erzählen.«

Viktoria trat zu Pedro auf die Veranda, der dort nachdenklich an einen der Pfosten gelehnt stand, und schmiegte sich an ihn.

»Sie haben telegrafiert«, sagte sie, »es geht ihnen gut.«

»Sehr gut.«

Viktoria drückte sich noch fester an ihn. »Ich denke schon an die Hochzeit im nächsten Jahr. Ich freue mich so. Du auch?«

Pedro lächelte. Im nächsten Jahr ... das war noch so weit weg. Viktoria sollte sich nur ihren Tagträumen hingeben. Es genügte, wenn er sich Sorgen machte.

Einige Wochen später sollten sich seine Vorahnungen bestätigen. Die Vergangenheit kehrte mit Macht zurück.

Zehntes Kapitel

»In der Halle wartet ein Bote, Doña Viktoria.«

Viktoria, die ihrer jungen Stute eben noch den Hals getätschelt hatte, hob den Kopf. Blancanieves, Schneewittchen, war eine Tochter Dulcineas, die inzwischen in ihren wohlverdienten »Ruhestand« gegangen war. Sie waren gerade von einem Ausflug durch den Lorbeerwald zurückgekehrt. Viktoria fühlte sich wunderbar erholt und hatte darauf gehofft, noch einige Minuten für sich zu haben, doch Rosalia, die alte Indio-Frau, die noch immer für sie arbeitete, obwohl die Kinder längst aus dem Haus waren und ihrer nicht mehr bedurften, blickte ernst drein.

»Der Bote kommt aus Salta, Doña Viktoria.«

Salta ... Viktoria zuckte zusammen. Jetzt verstand sie auch, warum Rosalia so besorgt aussah. Sie alle hatten gehofft, nie wieder etwas von Salta zu hören.

Aber was sucht ein Bote aus Salta hier in Tucumán?

Viktoria war sich bewusst gewesen, dass sie sich der Frage nach Estellas Erbe irgendwann würde stellen müssen. Vorher aber hatte sie keinen Kontakt zu ihrem Ehemann Humberto aufnehmen wollen. Sie war zufrieden mit dem Leben, das sie führte.

Viktoria spürte, wie ein Schauder über ihren Rücken lief. Das Pferd bemerkte ihre Unruhe wohl auch, denn es begann zu tänzeln, und sie musste sich darauf konzentrieren, das Tier zu beruhigen. Dann sprang sie aus dem Sattel, warf Blancanieves Zügel einem Burschen zu.

»Führen Sie den Mann in zehn Minuten in mein Büro, Rosalia.«

Rosalia nickte. Viktoria eilte davon. Sie vermied die Haupttür, lief stattdessen seitlich am Haus vorbei und schlüpfte dann durch einen schmalen Eingang, der hinter einem mannsgroßen Oleander fast völlig verborgen lag. Durch den zweiten Patio erreichte sie wenig später das Büro. Dort angekommen hatte sie noch Zeit, sich frisch zu machen, ihre Kleidung und die Frisur zu richten. Aufrecht und entschlossen wollte sie dem Boten gegenübertreten. War er geschickt worden, um sie auszuspionieren? Nun, sie würde Stärke zeigen. Hatten die Sanchez und Humberto vielleicht in Erfahrung gebracht, wie viel Geld sich mit Zuckerrohr machen ließ? Warum dieser Bote, warum jetzt, nach so vielen Jahren, in denen sie nie auch nur eine Nachricht von Santa Celia erhalten hatte, außer jenen, die sie vom Verwalter eingefordert und bereitwillig erhalten hatte?

Viktoria blieb gerade noch einmal Zeit, tief durchzuatmen. Dann klopfte es schon.

»Ich bin gekommen, um Ihnen mitzuteilen, dass Ihr Ehemann die Cholera hat.«

Viktoria sah den Boten ungläubig an, dann schloss sie für einen kurzen Moment die Augen. Die Cholera, echote es in ihr.

Sie nahm den Boten aus Salta wieder in den Blick. Bevor der Mann seine Nachricht ausgesprochen hatte, war sie vollkommen entschlossen gewesen zu kämpfen, war bereit gewesen, diesen Mann und damit Humberto und dessen Verwandtschaft in die Schranken zu weisen. Sie war so angespannt gewesen, dass ihre Schultern jetzt noch schmerzten, aber dann …

Die Cholera, wie schrecklich ...

Die Nachricht hatte ihr den Wind aus den Segeln genommen.

Die armen Leute, fuhr es Viktoria wieder und wieder durch den Kopf. Sicherlich war ja nicht nur Humberto betroffen. Was Humberto anging, so wünschte sie ihm zwar nicht den Tod, ihr Mitgefühl hielt sich jedoch in Grenzen.

Nachdem der Bote berichtet und sie ihm einige Fragen gestellt hatte, schickte sie ihn in die Küche, wo er sich etwas zu essen geben lassen sollte. Danach beauftragte sie einen Diener, ihm einen Platz zum Schlafen zu zeigen. Der Mann war vollkommen erschöpft. Er musste wie der Teufel geritten sein.

Endlich konnte Viktoria sich setzen. Ihre vorher so stolz erhobenen, straffen Schultern sanken nach vorn.

Was nun?

Manchmal hatte sie sich in Gedanken ausgemalt, Humberto könne krank werden, sterben und den Platz für Pedro und sie endlich frei machen, aber so ... Das hatte sie nicht gewollt. Außerdem hatte Humberto auch eine gewisse Sicherheit bedeutet. Nur ein lebendiger Humberto sicherte ihre Position als Besitzerin von Santa Celia, La Dulce und Tres Lomas. Was sie gegen ihn in der Hand hatte, würde als Druckmittel gegen die Familie Sanchez womöglich gar nichts nutzen.

Er ist krank, versuchte Viktoria sich zu beruhigen, das heißt nicht, dass er stirbt ...

In jedem Fall hatte der Bote gesagt, dass Humberto sie noch einmal zu sehen wünsche. Gibt es einen Grund, ihm diesen Wunsch zu erfüllen?, überlegte Viktoria. Begebe ich mich damit nicht in große Gefahr? Er stirbt vielleicht, erinnerte sie die Stimme in ihr vorwurfsvoll. Du hast ihn einmal geliebt, ihn geheiratet. Ach, sie wusste doch längst, dass sie gehen musste.

Was aber sollte sie tun, wenn sich die Worte des Boten als Lüge entpuppten?

Abends besprach sie die Situation mit Pedro. Der hatte die Nachricht vom Ausbruch der Cholera am gleichen Tag in der Stadt aufgeschnappt. Zumindest das stimmte also.

»Es heißt«, sagte er nun, »sie sei aus Italien nach Buenos Aires eingeschleppt worden und mit einem neuen Regiment Soldaten ins nordwestliche Argentinien gekommen. Nach Rosario und Mendoza hatte sich die Krankheit bereits vorher ausgebreitet.«

Viktoria legte die Gabel wieder ab, mit der sie eben ein Stück Fleisch aufgespießt hatte. »Der Bote sagte, in Salta kämen jetzt täglich sechs bis acht neue Fälle hinzu.«

Pedro streichelte Viktorias Hand. »Der Gedanke, dass du dorthin gehst, behagt mir nicht.«

»Mir auch nicht, aber du kannst mich keinesfalls begleiten. Ich bin sicher, dass sie immer noch deinen Kopf wollen. Die Sanchez vergessen nicht.«

Pedro nickte. »Du reitest aber keinesfalls allein«, sagte er dann.

Viktoria sah ihn liebevoll an. Pedro war immer besorgt um sie. »Nein, natürlich nicht«, gab sie zurück.

Viktoria brach, begleitet von einem jungen Stallknecht, nach Salta auf, während Pedro sich, doch etwas mürrisch, dareinfügte, auf Tres Lomas nach dem Rechten zu sehen.

»Es ist unsere Estancia«, flüsterte Viktoria ihm zum Abschied zu, »wem sollte ich sie denn anvertrauen, wenn nicht meinem besten Vorarbeiter?«

»Mir schmeckt es nicht, dich allein dorthin zu lassen.«

Viktoria schüttelte den Kopf. »Mach dir keine Sorgen. Wir haben doch gestern alles besprochen. Humberto ist womöglich ein todkranker Mann. Er will mich noch einmal sehen. Er will reinen Tisch machen.«

»Ich traue den Sanchez einfach nicht.«

Viktoria versuchte, Pedro beruhigend anzulächeln. »Ich bin vorsichtig, das verspreche ich dir«, sagte sie dann. »Ich traue ihnen auch nicht.«

Salta lag mehr als dreihundert Kilometer nördlich von Tucumán, und der Ritt dorthin gemeinsam mit dem Boten forderte das Äußerste von Viktoria, auch wenn sie sich in den letzten Jahren niemals geschont hatte. Nach sechs Tagen war sie deutlich schmaler geworden, und ihr Teint, den der Sonnenhut nicht vollkommen hatte schützen können, dunkler. Von dem Boten erfuhr sie während des Ritts einige Details zur Situation. Offenbar kämpften Saltas städtische Autoritäten mit aller Macht um die Versorgung der Kranken und bemühten sich gleichzeitig um die Behebung der wichtigsten Schwachpunkte. Die Zanja Blanca, ein Wassergraben, war erweitert und vertieft worden, man hatte Müllhalden aus der Stadt verlegt. Der Bote versuchte auch, Viktoria mit dem Gedanken vertraut zu machen, dass Humberto mittlerweile vielleicht verstorben war.

Doch Humberto lebte.

Viktoria erschrak, als sie ihren Mann erstmals nach so vielen Jahren auf Santa Celia wiedersah. Humberto hatte stark abgenommen. Mit der Krankheit hatte sich seine Haut unnatürlich bleigrau verfärbt. Sogar auf die Entfernung wirkte sie faltig und nasskalt. Seine Augen waren eingesunken. In dem Raum, seinem alten Zimmer, hing ein intensiver Geruch nach Lysol, der sich mit dem nach Krankheit, ungewaschenem Körper, Schweiß und abgestandenem Essen mischte. Obwohl Viktoria sich vorgenommen hatte, Humberto nichts als Gleichgültigkeit entgegenzubringen, wollte ihr das nun nicht gelingen. Er tat ihr sogar leid.

Wir waren doch einmal ein Liebespaar, fuhr es ihr durch den Kopf, ich habe ihn bewundert, weltmännisch und exotisch, wie er sich gab. Ich wollte mein Leben mit ihm verbringen.

Ohne es zu bemerken, war Viktoria Schritt um Schritt näher an das Bett herangetreten. Als Humberto nun hustend aus seinem Dämmer hochfuhr und gleich darauf eine milchig wässrige Flüssigkeit in eine bereitstehende Metallschale spie, fuhr sie wieder zurück. Eine Frau, bisher von Viktoria unbemerkt, kam heran und tauschte die Schale ruhig gegen eine neue aus, als mache sie seit Tagen nichts anderes. Humberto sank, gleich nachdem er sich übergeben hatte, in seine Kissen zurück. Er hatte Viktoria wohl bemerkt, aber es schien ihm nicht gelingen zu wollen, sie zu fokussieren.

Dann lächelte er müde. »Guten Tag, Viktoria. Ich war mir nicht sicher, ob du kommen würdest.«

Seine Stimme war seltsam tonlos. Viktoria schauderte. Sie hatte schon von der sogenannten *Vox cholerica* gehört, mit der man jenen apathischen Tonfall bezeichnete, in dem die Cholerakranken sprachen.

»Und dann war ich mir auch unsicher, ob ich noch so lange leben würde. Ich habe länger ausgehalten als viele andere.«

Trotz seiner apathischen Stimme klang Humberto fast ein

wenig stolz. Gleich darauf hatte er mit Muskelkrämpfen zu kämpfen, dann gelang es ihm, sie anzuschauen.

»Es tut mir leid, das alles hier ist wahrhaft kein schöner Anblick. Man hat Krämpfe, erbricht sich und scheißt sich die Eingeweide aus dem Leib. Ich sag's ehrlich, wie es ist, Viktoria. Wenn man stirbt, sollte man ehrlich sein.«

Sie sah, wie er die Zähne aufeinanderbiss, sich erneut in Krämpfen wand, bevor sich ein entsetzlicher Gestank zwischen die Lysoldämpfe mischte. Offenbar hatte Humberto sich eingekotet. Viktoria versuchte, durch den Mund zu atmen. Die Pflegerin kam herbei, zog die Decke vom Körper des Kranken, wieder so ruhig und sicher, als hätte sie diese Bewegungen schon vielfach ausgeführt.

Viktoria drehte sich mit dem Rücken zum Bett.

So will und kann ich Humberto nicht sehen, was auch immer einmal zwischen uns war.

Als sich die Pflegerin räusperte, drehte sie sich wieder um. Jetzt erkannte sie die Frau. Es war Humbertos Kinderfrau – sie musste mittlerweile weit jenseits der achtzig sein. Viktoria berührte es zu sehen, dass sie Humberto offenbar nicht vergessen hatte, aber sie musste auch auf der Hut bleiben. Sie spürte schon jetzt deutlich, dass die Situation sie überforderte.

»Warum«, fragte sie also, »hast du mich wirklich gerufen?«

Humberto seufzte. »Nun, machen wir es kurz«, sagte er. »Ich weiß nicht, wie lange ich noch lebe, und ich wollte meine Sachen gern regeln, bevor alles zu spät ist. Estella ist meine Tochter, hörst du, ich würde sie niemals verleugnen. Was auch immer ihr von mir denken mögt.«

Viktoria verkniff sich die Bemerkung, dass Humberto sich in seinem Leben bis auf wenige Ausnahmen kaum um seine Tochter gekümmert hatte. Auch jetzt fragte er nicht direkt nach ihr.

»Es gibt hier also einige Unterlagen, die ich dir gern mitgeben würde. Ich habe sie nicht geschickt, weil ich mich hier auf niemanden wirklich verlassen kann ...«

»Warum der Sinneswandel?«

»Ich werde sterben, Viktoria, ich muss meinen Frieden mit Gott und der Welt machen. Reicht das nicht als Erklärung?«

»Meinst du, Gott wird auf deinen Kuhhandel eingehen?«, platzte es jetzt doch aus Viktoria heraus. Im nächsten Moment biss sie sich auf die Lippen.

Humberto schaute sie nur an. Viktoria bemerkte, dass ihn das Sprechen mehr geschwächt hatte, als erwartet.

»Wenn ich tot bin«, fuhr er nach einiger Zeit langsamer fort, »und das wird nicht mehr lange dauern, nimmst du die Ledermappe an dich, die in der Schublade dort liegt.« Er deutete vage auf einen Tisch, der unter dem einzigen Fenster stand. »Und dann reitest du wie der Teufel zurück nach Tucumán. Ich weiß, dass du das kannst. Du wartest nicht, du reitest sofort los. Den Sanchez ist nicht zu trauen.«

»Es ist deine Familie, und du traust ihr nicht?«

»Nein. Es ist wichtig, dass du entkommst, ja? Wie sollte mein Kuhhandel denn sonst funktionieren?«

Humberto versuchte zu grinsen. Scheinbar hatte er seinen alten Humor doch noch nicht ganz verloren ...

Es gab Zeiten, da haben wir wirklich miteinander gelacht, damals in Paris und ...

Humbertos Stimme unterbrach Viktorias Gedanken jäh. »Ich habe Salta immer geliebt«, sagte er, »aber hier ändert sich nie etwas. Man geht zur Messe, macht seinen Abendspaziergang auf der Plaza. Später versammeln sich die Männer zum Billardspiel, schauen beim Hahnenkampf zu oder spielen Karten. Seit eh und je geht das so. Hier wird sich niemals etwas ändern, und es sind immer dieselben Familien, die das Leben kontrollieren.«

»Deine Familie«, bemerkte Viktoria leise.

»Ja.«

»Unser gemeinsames Leben hätte anders verlaufen können, wenn ...«

»Ja, wenn ... wenn wir in Paris geblieben wären, meinst du?«

Humberto sah sie nachdenklich an. War es der nahe Tod, der ihn anders denken ließ? Konnte sie sich jetzt wirklich auf ihn verlassen?

»Denkst du denn manchmal noch an die Zeit in Paris?«, fragte sie.

»Ich habe irgendwann wieder angefangen, daran zu denken. Wenn ... Wenn sie nicht gewesen wäre ...«

Er musste den Namen seiner Mutter nicht aussprechen, Viktoria wusste, dass er an sie dachte.

Selbstgerechter, feiger Trottel, fuhr es ihr durch den Kopf, du hättest dein eigenes Leben führen können. Im nächsten Moment ermahnte sie sich wieder. Er stirbt, dachte sie, sei nicht so streng mit ihm.

Eines gab es allerdings noch, das Viktoria brennend interessierte. »Wie ist Don Ricardo damals eigentlich wirklich zu Tode gekommen?«

Humberto sah sie einen Moment lang ausdruckslos an. »Ich möchte darüber nicht reden«, sagte er dann. »Lass dir gesagt sein, dass ich meinen Frieden mit Gott gemacht habe.«

»Aber ...«

Humberto schloss die Augen und reagierte nicht mehr. Viktoria wartete noch einen Moment, doch offenbar war er eingeschlafen.

Als Humbertos Kinderfrau aus den Schatten des Raumes auf sie zutrat, zuckte Viktoria zusammen. Sie hatte gar nicht bemerkt, wie viel dunkler es inzwischen geworden war.

Eigentlich hatte sie sich vorgestellt, sich nach so vielen Jahren noch rasch ein eigenes Bild von der Lage auf Santa Celia zu machen, doch sie war an Humbertos Bett sitzen geblieben. Natürlich würde sie am kommenden Morgen in aller Frühe aufbrechen müssen – dann blieb also auch keine Zeit mehr –, aber sie brachte es einfach nicht über sich, ihn alleinzulassen.

In der kommenden Nacht starb Humberto. Es war, als hätte er nur noch auf sie gewartet.

Viktoria trauerte nicht, aber sie fühlte ein gewisses Bedauern in sich, auch wenn der Mann, den sie damals in Paris kennen und lieben gelernt hatte, schon lange verloren war. So wie er sie angewiesen hatte, nahm sie die Ledermappe an sich. Nun werde ich niemals erfahren, wer Don Ricardo getötet hat, fuhr es ihr durch den Kopf, während sie die Mappe öffnete. Drei Verträge fanden sich darin, in denen Humberto Estella Santa Celia, Tres Lomas und La Dulce überschrieb. Zumindest einen Teil der Schwierigkeiten hatte er damit aus dem Weg geräumt.

Du musst diesen Ort schnell verlassen. Sie erinnerte sich daran, was Humberto am Abend vorher zu ihr gesagt hatte. Sobald sich die Nachricht von seinem Tod verbreitete, würden sich die Sanchez wie die Geier auf Santa Celia und den restlichen Saltenser Besitz stürzen.

Es gelang Viktoria und ihrem Begleiter tatsächlich, unbeschadet nach Tucumán durchzudringen. Wenige Tage später brach auch dort die Cholera aus. Obwohl viele Einwohner in die Berge flohen, starben bald täglich mehrere hundert Menschen. Jede Ordnung war gestört. Die Geschäfte blieben geschlossen, ebenso die Hotels, Gaststätten und Bäckereien. Es gab nichts mehr zu kaufen, nur mit Mühe konnte man etwas zu essen erwerben. Ein Zug mit Ärzten und Krankenwärtern, der schließlich aus Córdoba eintraf, erreichte einen Ort, der vollkommen verlassen wirkte.

Elftes Kapitel

»Señorita Santos?«

Vor ihr, gespenstisch beleuchtet vom Schein der Laterne, denn es war noch früh am Morgen, stand ein kleines Mädchen, das Estella vage bekannt vorkam. Sie zog die Augenbrauen hoch. Eigentlich hatte sie sich vorgestellt, zu dieser Stunde noch eine Weile allein zu sein. Sie seufzte.

»Wer bist du?«

»Violetta Pessoa, Señorita Santos.«

Ah, Marcos kleine Schwester …

Jetzt erinnerte sie sich.

»Was ist denn, Violetta, kann ich dir helfen?«

Die Kleine blickte Estella aus großen Augen an. »Meine Eltern wollen heute nicht aufstehen.«

»Sie wollen was nicht?«

Estella war einen Moment lang irritiert, dann kam ihr ein schrecklicher Gedanke. O nein, was, wenn die Cholera Los Aboreros, Don Laurentios Estancia, erreicht hatte?

Estella zögerte keinen Moment, warf sich einen Umhang um und folgte Violetta. Die Kleine lief so schnell und kannte den Weg offenbar so gut, dass Estella Mühe hatte, ihr auf den Fersen zu bleiben. Bald hatten sie Los Aboreros erreicht.

Warum hat sie eigentlich nicht einen der hiesigen Arbeiter um Hilfe gebeten?, fuhr es Estella durch den Kopf, während ihr im nächsten Moment auch schon der Gestank auffiel. Danach erst gewahrte sie die gespenstische Stille.

Sie waren alle tot. Estella war so entsetzt, dass sie nicht wusste, ob sie schreien, in Tränen ausbrechen oder einfach nur erstarren wollte. Auf der Veranda des Hauses lagen zwei Leichen. Über eine Tiertränke im Hof gebeugt, kauerte ebenfalls eine Tote. Estella presste sich ein Taschentuch vor den Mund, aber es war zu spät. Im nächsten Moment musste sie sich übergeben. Offenbar waren diejenigen, die nicht erkrankt waren, von der Estancia geflohen. Estella nahm Violetta bei der Hand.

»Wir müssen zurück, wir müssen Hilfe holen«, keuchte sie heiser. Der Gestank war unerträglich.

»Aber *mamá* und *papá* ...«

»Wir kümmern uns um sie. Jetzt müssen wir aber erst einmal weg.«

Estella zerrte Violetta hinter sich her. Der Weg zurück nach Tres Lomas schien ihr so lange zu dauern wie niemals zuvor. Dort angekommen schrie sie wie von Sinnen nach Hilfe.

Viktoria und Pedro eilten herbei.

»Was ist denn, um Gottes willen?«

Jetzt konnte Estella die Tränen nicht mehr zurückhalten. »Auf Los Aboreros sind alle tot, alle sind sie tot!«

Viktoria befahl Estella und Violetta, sofort zu baden, hieß sie, sich danach mit Lysol abzureiben, und verbrannte ihre Kleider. Unterdessen machten sich Pedro und einige Helfer auf den Weg zu Don Laurentios Estancia. Die Leichen der Familie Pessoa lagen in ihrer Hütte, Don Laurentio und seine Frau lagen in ihrem Bett. Weitere Leichen fanden sich im Hof und auch im Haus. Es musste sehr schnell gegangen sein. Pedro und seinen Helfern blieb nichts anderes, als ein Massengrab auszuheben und die Toten so rasch wie möglich zu bestatten. Zur Warnung kennzeichnete Pedro das Tor zur Estancia mit einem weißen Kreuz, dann verließen sie den unheimlichen Ort.

Viktoria bereitete auch den Männern Badewasser und stellte noch mehr Lysol bereit. Abends saßen Pedro und sie erschöpft auf der Veranda.

»Wir müssen Marco schreiben«, sagte Viktoria leise.

Pedro nickte.

Früh am nächsten Morgen wurden Viktoria und Pedro von einer aufgeregten Estella geweckt.

»Violetta atmet so komisch. Bitte, kommt schnell.«

Pedro telegrafierte nach Buenos Aires, während Viktoria und Estella sich um Violetta kümmerten. Es blieb ihnen nichts anderes übrig, als das Mädchen sauber und warm zu halten, und ihm immer wieder Flüssigkeit einzuflößen. Bald war Violetta apathisch. Auch sonst zeigte sie die typischen Symptome der Cholera. Sie übergab sich schwallartig, hatte schwere Durchfälle, ihre Haut verfärbte sich bläulich, und sie verfiel immer wieder in einen komaähnlichen Zustand.

Sechs Tage, fuhr es Viktoria durch den Kopf, die meisten Kranken versterben binnen sechs Tagen. Sie hatten jetzt den dritten Tag erreicht, und sie hatte den Eindruck, dass es schlecht um Violetta stand.

Aber sie irrte sich. Die Kleine war zäh. Am vierten Tag schien sich ihr Zustand erstmals zu stabilisieren. Als Marco zwei Tage später eintraf, saß sie bereits wieder aufrecht im Bett und löffelte Reissuppe.

»Marco«, rief sie und streckte die Arme nach ihrem Bruder aus. Der umfing sie und drückte sein Gesicht in ihr dunkles Haar.

Sie haben nur noch sich, fuhr es Estella durch den Kopf, während sie die beiden beobachtete.

Während der aufregenden letzten Tagen hatte sie kaum an Marco denken können, obgleich sie doch gewusst hatte, dass sie ihm nun bald wieder gegenüberstehen würde. Sie hatten einander nur selten gesehen in den Jahren, seit er fortgegangen war. Gewiss, er hatte seine Familie jedes Jahr zu Weihnachten besucht. Dann waren sie gemeinsam spazieren gegangen und hatten miteinander geredet. Zum Abschied hatten sie sich geliebt, doch kein Leben wollte in Estella heranwachsen. Zurückgelassen und allein hatte sie ihren Schmerz darüber in ihre Kissen geschluchzt. Aber sie hatte nicht aufgeben wollen. Irgendwann würde auch sie ein Kind haben.

Als Marco sie nun ansah, errötete sie. Dann fiel ihr Blick auf sein Handgelenk.

»Meine Kette, du trägst sie immer noch!«

»Was dachtest du denn? Ich nehme sie nie ab, das weißt du doch.«

»Ja«, flüsterte sie.

Sie hatte ihn tatsächlich nicht mehr ohne die Kette gesehen. Darunter zog sich mittlerweile ein feiner, hellerer Streifen über seine Haut.

Marco lächelte jetzt. »Ich habe nachgedacht, Estella. Auf dem Weg hierher hatte ich viel Zeit zum Nachdenken. Das Leben kann so schnell vorbei sein.«

»Es tut mir leid, was mit deinen Eltern geschehen ist.«

»Danke. Danke auch dafür, was du für Violetta getan hast.«

Estella bemerkte, wie Marco einen Moment mit seinem Schmerz rang, dann gab er sich einen Ruck.

»Estella …«

Er fingerte etwas aus seiner Rocktasche hervor. Es war nur ein einfacher Ring, den er ihr im nächsten Augenblick auf seiner flachen Hand darbot, aber für sie war es das schönste Schmuckstück der Welt.

»Willst du meine Frau werden, Estella Santos?«

Estella schossen die Tränen in die Augen. Sie konnte nur nicken. Sie wusste, dass ihr die Stimme versagen würde.

Anfang Februar des Jahres 1887 war die Choleraepidemie endlich vorüber. Sie hatte über sechstausend Menschen den Tod gebracht.

Zwölftes Kapitel

Monica schloss die Augen, während Milo Klavier spielte. Von jeher unterhielt er sie, wenn sie darum bat. Manchmal tranken sie danach noch gemeinsam einen Mate-Tee. Sie wusste, dass es in Buenos Aires Hunderte Schwarzer gab, die vom Klavierspiel lebten.

»Es gibt nicht mehr viele von uns«, sagte sie unvermittelt.

Obwohl Monica eher hellhäutig war, hatte sie sich immer den schwarzen Einwohnern von Buenos Aires zugehörig gefühlt. Ihre Mutter war dunkelhäutig gewesen.

Milo nickte. Die Zahl ihrer schwarzen Brüder und Schwestern hatte in den letzten Jahrzehnten drastisch abgenommen, entweder infolge von äußeren und inneren Kriegen oder durch die Verbindung mit Weißen oder Indios. Menschen mit wirklich dunkler Hautfarbe waren jedenfalls immer seltener auf den Straßen von Buenos Aires zu sehen.

»Ich würde heute gern ausgehen«, fuhr Monica nach kurzer Zeit fort. »Du begleitest mich.«

»Sehr wohl.«

Milo wusste zu jeder Gelegenheit, wie er sich zu benehmen hatte. An diesem Tag hatte Monica entschieden, hinaus in die *arrabales* zu gehen, in die berüchtigten Vorstädte, jene tristen Quartiere der Einwanderer aus Neapel, Marseille und Barcelona. Für viele, die dort gestrandet waren, hatten sich die Träume von einer goldenen Zukunft in der Neuen Welt sehr rasch zerschlagen. Monica hatte von einem neuen Tanz gehört, der dort mittlerweile immer populärer wurde.

Bald saßen Milo und sie in einer schummrigen Spelunke an einem wackligen Holztisch. Auf der Tanzfläche umkreiste sich ein Paar. Traurigkeit und Verlangen lag in ihren Bewegungen.

Mit einem Mal musste Monica an Eduard denken. Sie hatte schon lange nichts mehr von ihm gehört. Sie vermisste ihn.

Dreizehntes Kapitel

Es war Zufall, dass Lorenz an diesem Tag früher nach Hause kam. Er hatte mehrere gute Abschlüsse gemacht und plante, seine Freude darüber mit Maisie zu teilen. Als er entschlossenen Schrittes die Halle und den ersten Patio durchquerte, fiel ihm nichts Ungewöhnliches auf. Dass die Dienerschaft nirgendwo zu sehen war, verwunderte ihn nicht. Vielleicht hatte seine Frau ihnen einen Auftrag gegeben. Maisie hatte stets zahlreiche Aufträge für ihre Bediensteten und nicht nur für diese. Auch Lorenz hatte es immer geliebt, sie zu erfüllen, zeigte sie doch auf diese Weise, dass sie ihn brauchte.

Den Eindruck, dass etwas nicht stimmte, hatte er erst, als er den zweiten Patio betrat. Über einem der Korbsessel ausgebreitet, lag Maisies Hausmantel. Dann hörte er die Stimmen seines Sohnes und der Kinderfrau aus dem dritten Patio. Offenbar war Maisie nicht bei ihnen.

Für einen Moment blieb Lorenz irritiert stehen – und da hörte er es: Stöhnen, zwei flüsternde Stimmen, das gurrende Lachen einer Frau.

Maisies Lachen.

»Maisie«, rief er.

Aus ihrem Zimmer kamen nun andere, angstvolle Laute. Eine Frau jammerte. Eine dunklere Stimme herrschte sie an, still zu sein. Etwas fiel krachend zu Boden. Mit wenigen Schritten war Lorenz an der Tür und riss sie auf. Maisie stand nackt neben ihrem zerwühlten Bett, einen umgestürzten Stuhl in ihrem Rücken, und hielt, ihm unerklärlich, eine Vase in der Hand, die sie gleich darauf fallen ließ, sodass sie klirrend zersprang. Lorenz kümmerte sich nicht darum. Die Tür zum Flur, bemerkte er mit einem Blick, stand offen, der Liebhaber war geflohen, aber Lorenz spürte ihn noch, roch ihn überall in diesem Raum. Seine Freude hatte sich schlagartig verflüchtigt. Wut stieg in ihm auf.

»Lorenz«, sagte Maisie in dem kindlichen Tonfall, der ihn sonst immer in Sicherheit wiegte und beruhigte. »Du bist schon da?«

Es war dieser Moment, in dem Lorenz losbrüllte. Die Wut in ihm war jetzt so ungeheuer groß, dass er alles kurz und klein schlagen wollte. Der alte Lorenz war zurück, der, den er schon vergessen geglaubt hatte. Mit einem Sprung war er an ihrer Seite. Als er seine Hände um Maisies Hals legte, war es, als lenke ihn eine fremde Kraft. Er drückte zu. Zuerst wehrte sie sich heftig, zappelte, würgte, versuchte, ihn zu treten. Irgendwann glitten ihre schmalen Finger von seinen Riesenpranken ab. Irgendwann wurden die tierischen, gurgelnden Geräusche, die sie von sich gab, leiser. Irgendwann erschlaffte ihr Körper.

Lorenz hielt Maisie noch eine Weile fest, dann warf er sie wie eine Puppe auf das Bett, fiel auf die Knie, kroch zur Wand und ließ sich völlig erschöpft dagegensinken.

Lorenz wusste nicht, wie lange er reglos dagesessen hatte, hin- und hergerissen zwischen Entsetzen und Furcht. Maisies Körper war weder kalt noch warm, als er sich ihr wieder näherte. Er sah die roten Flecken, die seine kräftigen Hände an ihrem Hals hinterlassen hatten. Ihr Mund stand leicht offen. Ihre Zähne schimmerten wie eine Reihe weißer Perlen. Lorenz stieß einen tiefen Seufzer aus, raffte sich auf und setzte sich neben seine Frau auf das Bett. Dann nahm er Maisies Kamm vom Nachtschränkchen und ließ ihn durch ihr langes blondes Haar gleiten. Er wollte nicht fortlaufen. Es machte keinen Sinn fortzulaufen.

So blieb er sitzen, bis ein Geräusch an der Tür und ein Laut des Entsetzens ihm sagten, dass man bemerkt hatte, was geschehen war. Die Polizei würde sicher bald kommen und ihn abholen.

Er wusste, dass er ein toter Mann war.

Vierzehntes Kapitel

Er zerstört alles, was ich erreicht habe. Er wird mein Leben zerstören und dann Minas. Annelie saß vor dem Kamin und starrte ins Feuer. Sie hatte gedacht, ihrer Vergangenheit entkommen zu sein, doch die Vergangenheit hatte sie eingeholt. Es gab nichts, was sie dagegen tun konnte. Wollte sie Philipp enttarnen, dann musste sie gestehen, dass sie eine Mörderin war. Und dann?

Sie bemerkte, dass Eduard sie beobachtete. Seit er ihr seine Liebe gestanden hatte und sie fortgelaufen war, hatte er sich ihr nicht wieder erklärt. Manchmal hatte sie sich danach ausgemalt, wie es wohl war, als Frau an seiner Seite zu leben. Aber sie würde sich nur retten können, wenn Philipp einen Fehler machte, ansonsten waren alle Träume vergebens. Doch Philipp machte keinen Fehler.

Seit er auf der Estancia eingetroffen war, lebte er in der alten Hütte eines verstorbenen Schafhirten inmitten eines noch nicht urbar gemachten Teils von La Dulce, die er auf die gleiche Weise in Besitz genommen hatte, wie er alles im Leben stets einfach an sich nahm. Zuerst hatte er Annelie nur gezwungen, Nahrung zu stehlen. Wenig später hatte er Geld verlangt. Inzwischen zwang er sie, ihn zu decken, wenn er Schafe oder Rinder forttrieb. Und er wurde zunehmend dreister.

Es klopfte an der Tür, gleich darauf trat Arthur ein. »Es fehlen schon wieder Tiere auf der Nordweide.«

Eduard sprang auf. »Jetzt reicht es aber.«

Annelie wusste, dass sie nun etwas sagen musste. »Vielleicht sind sie fortgelaufen?« Sie fand selbst, dass ihre Stimme nicht überzeugend klang. »Vielleicht«, setzte sie hinzu, »ist irgendwo ein Loch im Zaun.«

»Nein«, Arthur schüttelte den Kopf, »das habe ich überprüft.«

Eduard lächelte Annelie an. »Ich fürchte, wir haben ein kleines Problem mit Dieben, aber mach dir keine Sorgen. Das passiert nicht zum ersten Mal.«

»N... nein«, stotterte sie, »ganz bestimmt nicht. Ich mache mir keine Sorgen.«

Es wurde immer schwieriger, sich zu Philipp zu schleichen, um ihn zu warnen. Aber es gelang ihr.

»Ich soll mich also ein paar Tage zurückhalten, was?«, lachte er.

Annelie erwiderte nichts. Philipp lachte wieder. Zum ersten Mal fiel ihr auf, dass er wie sein Vater klang.

Auf dem Rückweg lief sie Arthur in die Arme. Erschrocken stellte Annelie fest, dass der junge Wolgadeutsche sie misstrauisch ansah.

Fünfzehntes Kapitel

»Mina«, stöhnte Frank und brach über der jungen Prostituierten zusammen.

Die Frau wartete einen Moment lang, bevor sie unter ihm hervorglitt und sich neben ihn auf den Bettrand setzte.

»Mina? Ich dachte, deine Verlobte heiße Cathy.«

Ja, dachte Frank, Cathy ... Er schwieg. Er stellte sich immer vor, Mina in den Armen zu halten, fiel ihm jetzt auf, niemals Cathy.

Einige Zeit nachdem Cathy und er damals getanzt hatten, hatten sie sich miteinander verlobt, aber sie hatten bisher nicht geheiratet. Immer wieder hatte er einen Rückzieher gemacht, immer wieder hatte er irgendeine Ausrede parat.

Du musst Cathy die Wahrheit sagen, fuhr es ihm durch den Kopf, du hast Mina nicht vergessen, und du wirst es wohl auch nie tun. Du musst sie freigeben oder ...

Er stand auf, nahm seine Kleidung vom Boden und schlüpfte rasch in Hemd, Hose und Schuhe.

Es war wieder so weit. Der Unabhängigkeitstag nahte. Einmal noch wollte er New York für eine Weile verlassen und nach Buenos Aires zu fahren. Endgültig Abschied nehmen vom Traum von einem Leben mit Mina, das es nie geben würde. Dann hatten womöglich auch Cathy und er eine Chance.

Sechzehntes Kapitel

Zwar gelang es Eduard und Arthur nicht, den Dieb oder die Diebe festzusetzen, aber es wurden auch keine neuen Tiere gestohlen. Nach zwei Wochen feierten sie ihren Erfolg mit einem guten Abendessen. Appollonia hatte gekocht, Annelie den Nachtisch beigesteuert – eine *mazamorra*, Maisbrei mit Milch, mit Honig und Zucker gesüßt. Sie tranken Wein aus Mendoza dazu.

Nun war das Essen vorüber. Annelie machte sich mit langsamen Bewegungen daran, das Geschirr vom Tisch zu räumen. Eben noch hatten sie alle hier zusammengesessen. Es war, als hingen das Lachen und Scherzen noch in diesem Raum. Sie hielt inne und horchte. Von draußen waren Eduards, Arthurs und Minas Stimmen zu hören. Man lachte und scherzte immer noch. Annelie konnte sich nicht erinnern, wann sie Eduard und die anderen das letzte Mal in solch fröhlicher Stimmung gesehen hatte. Es klirrte leise, als sie weitere Gläser und Teller auf das Tablett stapelte, das eines der Dienstmädchen schon auf der Anrichte bereitgestellt hatte.

Wäre Eduard jetzt hier, fuhr es ihr durch den Kopf, würde er mir sagen, dass dies nicht meine Aufgabe ist. Er würde sagen: Komm mit uns auf die Veranda und genieße den letzten Sonnenschein. Annelie schluckte heftig an den Tränen, die ihr nun unaufhaltsam die Kehle hinaufsteigen wollten.

Ich habe die falschen Entscheidungen getroffen, fuhr es ihr durch den Kopf, ich habe wieder einmal alles falsch gemacht. Sie spürte, wie ihr die ersten Tränen über die Wangen rannen.

Sie fingen sich in den Mundwinkeln, ließen sie Salz schmecken, verloren sich auf dem Kinn und in der Halsbeuge.

Aber Mina soll doch nicht wissen, dass ich eine Mörderin bin. Das will ich ihr doch ersparen, nachdem ich so lange gelogen habe …

Annelie seufzte.

Sie hatte nie etwas für sich gefordert. Sie hatte alles immer nur für Mina gewollt. Doch nicht einmal für sie hatte sie etwas erreichen können. Eduard liebte ihre Tochter nicht. Eduard liebte sie, Annelie, die Falsche …

Das Zittern, gegen das sie ankämpfte, wollte ihr jetzt auch die Kehle zuschnüren. Annelie japste wie eine Ertrinkende nach Luft. Dann wurde ihr schwarz vor Augen, und sie stürzte zu Boden.

Das Nächste, was Annelie mitbekam, war, dass jemand ihren Kopf im Schoß gebettet hielt und ihr das verschwitzte Haar aus der Stirn strich, während eine männliche Stimme immer und immer wieder fragte: »Annelie, was ist mit dir? Annelie, was ist passiert?«

»Eduard …«, hauchte sie und schloss die Augen. Sie musste es ihm sagen, jetzt … Sie musste.

»Du weinst, Annelie? Aber warum? Habe ich irgendetwas getan? Wir müssen jetzt endlich reden, Annelie. Ich wollte …«

»Nein, nein …«

Eduard durfte nicht weitersprechen. Er musste aufhören damit. Jetzt schien er einen Moment zu überlegen. Seine Lippen bewegten sich.

»Hilfst du mir hoch, bitte?«, bat sie leise.

Er tat, wie ihm geheißen. Wenige Atemzüge hielten sie sich aneinander fest.

Es wäre so schön, dachte Annelie, wenn ich so stehen bleiben könnte. Es wäre schön, wenn wir die Zeit zurückdrehen könnten. Es wäre so schön, wenn es Xaver und Philipp Amborn nie gegeben hätte.

Sie machte sich von Eduard los und strich sich über den Rock. »Ich muss mit dir sprechen«, sagte sie dann. »Es ist dringend.«

Arthur, der die ganze Zeit über die Arme vor der Brust verschränkt gehalten und Annelie wütend angeblickt hatte, sprach als Erstes.

»Sie ist hier also der faule Apfel. Dann muss *sie* diese Ratte auch in eine Falle locken.«

Eduard runzelte die Stirn. Es hatte Zeiten gegeben, da hatte er solche Entscheidungen innerhalb eines Lidschlags getroffen. Doch seine Entscheidungen hatten nie die Frau betroffen, die er liebte. Er sah Paulino und Appollonia, die er ebenfalls ins Vertrauen gezogen hatte, fragend an.

»Was meint ihr?«

Paulino hob die Schultern und ließ sie wieder sinken. »Es ist gefährlich, aber der Plan könnte gelingen.«

Eduard zögerte einen Moment und suchte dann Annelies Blick. Die kämpfte gegen ein Zittern an.

»Ich möchte es doch auch wiedergutmachen.« Sie schluckte heftig, weil ihre Stimme so sehr bebte. »Bitte, lasst mich helfen. Vielleicht kann ich helfen, ihn in flagranti zu erwischen …«

Siebzehntes Kapitel

Als Annelie Philipp am nächsten Tag aufsuchte, war ihr übel vor Angst. Philipp sah unwillig auf, als sie sich näherte. Sein Gesicht war verquollen und gerötet. Offenbar hatte er am Vortag dem Alkohol zugesprochen.

»Was machst du denn hier?«, bellte er heiser.

Hinter ihm, an der Wand der Hütte, lehnte ein Gewehr, das er offenbar gerade gereinigt hatte. Annelie bemerkte eine Schachtel mit Patronen. Sie schluckte mehrmals, weil ihr Mund plötzlich staubtrocken war. Dann entschied sie sich, ihm den Beutel hinzuhalten, den Eduard und Arthur für sie präpariert hatten.

»Was ist das?«, blaffte er.

»Das ist Geld und etwas Schmuck. Ich möchte, dass du La Dulce verlässt.«

»Wie bitte?« Philipp starrte sie perplex an. »Hast du einen Hitzschlag erlitten, liebste Stiefmutter?«

»N… nein«, stammelte Annelie. »Ich … ich denke nur, dass es besser ist … Die … die Gefahr, dass du erwischt wirst, wird jeden Tag größer. Nimm das Geld, und fang ein neues Leben an, irgendwo, weit weg von hier.«

Philipp spie aus. »Du hast wohl tatsächlich zu lange in der Sonne gesessen.«

Er schüttelte den Kopf, als Annelie ihm nochmals den Beutel hinhielt. Sie konnte erkennen, dass etwas in ihm arbeitete.

»So leicht kriegst du mich nicht. Willst du mich etwa verraten?«

Sie schüttelte den Kopf.

»Es wäre jammerschade, wenn du mich verraten würdest ... mich und ... dich ...«

Annelie nickte. Auf ihre Stimme konnte sie sich in diesem Moment nicht verlassen. Philipp kam plötzlich näher und strich ihr sanft über den Arm, dann gab er ihr unvermittelt einen solchen Stoß, dass sie fast gestürzt wäre. Sie konnte sich gerade noch fangen, straffte den Rücken, auch wenn sie sich unglaublich elend fühlte. Mit einem Ruck entriss er ihr jetzt den Beutel, sah hinein und pfiff durch die Zähne. Dann grinste er.

»Wieso sollte ich eigentlich gehen, wenn du es schaffst, mir solche Schätze zu bringen?«

Sie standen jetzt so, dass der Schatten der Hütte auf einen Teil seines Gesichts fiel. Der Wechsel zwischen Licht und Schatten ließ sein grausam zerstörtes Gesicht noch Furcht erregender wirken. Obwohl sie sich Mühe gegeben hatte, nicht zu starren, bemerkte er ihren Blick.

»Ja, schau hin, Annelie, schau hin«, zischte er und hielt ihren Kiefer kurz so fest umklammert, dass sie der Schmerz sprachlos machte. »Ja, schau dir genau an, was du mit mir gemacht hast. Du willst also, dass ich gehe? Aber da ist etwas, das du noch nicht weißt: Wenn ich mich genügend bereichert habe, werde ich dich töten. Und dann ist der Weg zu Mina endgültig frei.«

Annelie schaute Philipp an, unfähig, sich zu rühren. Doch, sie hatte immer gewusst, dass sie ihm nicht entkommen würde. Sie hatte es gewusst an dem Tag, als sie ihren zweiten Mann getötet hatte. Gott ließ einen nicht mit einem Mord davonkommen.

Sie drehte sich von Philipp weg und schloss die Augen. Sie kommen zu spät, dachte sie. Ich werde heute sterben.

Da zerriss lautes Gebrüll die Luft.

Arthur Weißmüller hielt mit seinem Pferd direkt auf Philipp Amborn zu, Paulino und Eduard kamen brüllend von den Seiten heran, doch es lief nicht so, wie sie es geplant hatten. Bevor sie Philipp und Annelie erreicht hatten, hatte Philipp sein Gewehr gegriffen und hielt es Annelie unter das Kinn. Eduard gab ein Handzeichen, den Angriff sofort zu stoppen.

»Lass das Gewehr fallen, Amborn«, sagte er dann mit kräftiger Stimme.

Philipp lachte. »Hältst du mich für dämlich? Ihr bleibt schön, wo ihr seid, bis auf den lieben Blondschopf da«, er deutete auf Arthur, »der mir sein Pferd geben wird.«

Eduard schüttelte den Kopf. »Jetzt hältst offenbar *du* mich für dämlich, Philipp Amborn.«

»Und, was willst du dagegen tun?« Philipp stieß das Gewehr härter gegen Annelies Hals. »Gebt mir das Pferd. Wenn ich in Sicherheit bin, lasse ich das Weibsstück frei.«

»Das wird er niemals tun«, flüsterte Paulino Eduard zu.

Trotzdem stiegen sie jetzt alle von ihren Pferden. Paulinos Finger spielten mit dem Knauf seiner Pistole.

»Ich könnte es versuchen, ich bin ein guter Schütze«, murmelte er mit unterdrückter Stimme.

Eduard schüttelte den Kopf. Seine Gedanken rasten. Er würde auch nicht schießen können. Seit Gustavs Tod war es ihm unmöglich, auf Menschen zu zielen. Was also blieb ihnen zu tun? Mit einem Kopfnicken bedeutete er Arthur, sein Pferd etwas näher an Philipp Amborn heranzuführen.

Und dann ging alles ganz schnell. Philipp ließ Annelie los und stürzte auf das Pferd zu. Er schwang sich in den Sattel, riss das Tier herum, richtete den Lauf seines Gewehres auf Annelie und schoss.

»Nein«, brüllte Eduard. Fassungslos musste er ansehen, wie Annelie zusammenbrach.

Eduard bemerkte nicht mehr, dass Paulino Philipp mit einem gezielten Pistolenschuss vom Pferd holte – der Mann war tot, bevor er den Boden berührte –, denn er kniete schon neben Annelie, während die Tränen über sein Gesicht zu laufen begannen. Der Schuss hatte Annelies Schulter zerfetzt. Unaufhaltsam quoll das Blut aus der großen Wunde hervor. Eduard wusste, dass er ihr dieses Mal nicht würde helfen können.

Plötzlich riss Annelie die Augen weit auf. Ihre Lippen bewegten sich. Ihre Stimme war so leise, so schwach. Er beugte sich über sie und nahm sie in die Arme.

»Es … es tut mir leid«, brachte sie mit letzter Kraft hervor. »Sag Mina … Frank lebt.«

Das Haus war still an diesem Abend. Nachdem sie sich gemeinsam von Annelie verabschiedet hatten – sie würden in dieser Nacht abwechselnd an ihrer Bahre Wache halten –, waren keine Stimmen mehr zu hören. La Dulce war wie ausgestorben. Irgendwann, Paulino hatte gerade die Totenwache übernommen, trat Eduard auf die Veranda. Tief atmete er durch. Die Nachtluft strich über sein erhitztes Gesicht. Dann bemerkte er Mina.

»Du kannst auch nicht schlafen?«

»Nein.« Sie schüttelte den Kopf, ihr Gesicht war tränennass.

Er bemerkte, dass sie die goldene Uhr, die sie bei Philipps Leiche gefunden hatten, an ihrer Kette hin- und herschwingen ließ. Sie hatte ihm gesagt, dass sie einem Claudius Liebkind gehört hatte, der vor nunmehr elf Jahren von Phillip getötet worden war. Und er hatte Annelies letzte Bitte erfüllt und ihr gesagt, dass Frank noch lebe.

»Was wirst du jetzt tun?«, fragte er.

»Ich werde nach Esperanza reisen und Claudius' Eltern die goldene Uhr zurückbringen. Und dann werde ich Franks Eltern aufsuchen. Ich muss mich jetzt nicht mehr verstecken, und die Uhr zeigt, dass sich auch Frank nicht mehr verstecken muss. Ich hoffe, sie wissen, wo er ist. Wenn nicht, werde ich ihn in Buenos Aires suchen, bis ich ihn wiedersehe.« Mina runzelte die Stirn. »Der nächste Unabhängigkeitstag«, fügte sie dann nachdenklich an, »jährt sich ja bereits in zwei Wochen. Dann werde ich zuerst nach Buenos Aires reisen.«

Arthur zog die Tür lautlos wieder zu, als er Mina und Eduard in ein ernstes Gespräch vertieft auf der Veranda bemerkte. Irgendwie hatte er den Eindruck, es sei besser, die beiden in diesem Moment allein zu lassen. Auch er selbst wollte lieber allein sein. Annelies Tod hatte die Erinnerungen an Olga wieder hervorgerufen, so klar und deutlich wie seit Jahren nicht mehr. Eduard hatte Annelie heute unwiderruflich verloren, aber er ... Was, wenn Olga noch lebte? Sollte er sie nicht suchen, bis er endlich Gewissheit darüber hatte? Eduard hatte sicher nichts dagegen, wenn er sein Stück Pachtland vorübergehend einem Knecht übergab.

Ich könnte in den großen Städten anfangen, überlegte Arthur, in Buenos Aires natürlich, in Santa Fe, in Córdoba oder Rosario ... Er könnte auch Casimir besuchen. Vielleicht hörte Olga irgendwie von den Ansiedlungen der Wolgadeutschen dort, und sie fanden sich in Entre Ríos wieder ...

Drei Tage nach Annelies Beerdigung fuhren Eduard und Mina nach Buenos Aires.

Achtzehntes Kapitel

Dieses Mal begleitete Eduard Mina zur Plaza de la Victoria. Mina wollte sich keinen Moment von der Siegessäule entfernen. Eduard verstand sie und bemühte sich darum, sie aufzumuntern.

»Mina, er wird nicht nur einmal am Obelisken vorbeikommen und dann sofort wieder gehen. Wir können uns gewiss etwas zu essen holen.«

Mina schüttelte den Kopf. »Ich habe ohnehin keinen Hunger.«

»Durst? Du wirst noch in Ohnmacht fallen, wenn du weder etwas trinkst noch etwas isst.«

»Nein, nein, ich brauche nichts.«

Nach einer Weile ließ Eduard Mina in Ruhe und kaufte einfach ein paar Orangen, schälte eine und bot Mina davon an.

»Hier, iss wenigstens ein wenig Obst.«

Mina nahm abwesend eine Orangenspalte und fuhr fort, den Obelisken anzustarren, die tropfende Frucht in der Hand.

»War es, als du das letzte Mal hier warst, auch so laut?«, erkundigte sich Eduard. »Ich habe den Eindruck, auf dieser Feier geht es immer ausgelassener zu.«

Mina zuckte die Achseln.

»Vielleicht liegt es auch daran, dass ich älter werde«, sinnierte er.

»Ich weiß nicht. Ich erinnere mich nicht mehr daran«, gab

Mina zurück. »Ich …« Sie brach ab. »Da«, rief sie im nächsten Moment heiser, »da ist … Er ist da!«

Und dann rannte sie los.

Franks Schiff war an diesem Tag wegen des widrigen Wetters später eingetroffen, aber er hatte sich sofort nach der Ankunft zur Plaza aufgemacht. Er konnte nicht sagen, was er erwartete, nur, dass es ihm wichtig war, diesen Ort an diesem Tag aufzusuchen. In all den Jahren hatte er immer wieder in Erwägung gezogen, dass Annelie ihm tatsächlich die Wahrheit gesagt hatte. Demnach wäre Mina tot, gestorben an der Cholera. Aber er hatte sich nicht damit abfinden können.

Und dann sah er sie plötzlich: Mina.

Seine Mina.

Er erkannte sie sofort, obwohl sie sich gut zehn Jahre nicht gesehen hatten. Menschen veränderten sich. Aber das dort war Mina, ganz unzweifelhaft seine Mina.

Als sie sich dem gut situierten Kerl im Anzug an ihrer Seite zuwandte, wollte Frank sterben. Sie war also verheiratet, es war zu spät. Vielleicht hatte Annelie ihn schonen wollen. Er hatte verloren.

Verloren, verloren, verloren …

Frank machte auf dem Fuß kehrt.

Nur weg, nur weg von diesem Ort.

»Frank!«

Ihre Stimme …

Er kämpfte noch mit der Entscheidung, ob er stehen bleiben oder weiterlaufen sollte, da hatte Mina ihn schon erreicht. Beinahe willenlos ließ er sich von ihr herumziehen.

»Frank«, sagte sie noch einmal.

Einen Moment starrte er sie nur an. »Du … du bist so

schön«, stammelte er dann heiser. »Ich habe immer daran gedacht, wie schön du bist, aber du bist noch viel schöner.«

Er wollte fragen, wie es ihr ergangen war, aber sie schlang einfach die Arme um ihn, presste sich an ihn und beraubte ihn aller Worte. »Mina, ich ...« Er löste sich sanft von ihr und nahm allen Mut und alle Kraft zusammen. »Stellst du mich deinem Mann vor?«

»Meinem was?«

Frank nickte zu Eduard hin. »Deinem Mann, Mina. Ich mache dir keinen Vorwurf ... Zehn Jahre sind eine lange Zeit.«

»Meinem Mann?« Zum ersten Mal an diesem Tag lachte Mina hell auf. »Das ist doch nicht mein Mann. Das ist Eduard, ein sehr guter Freund.«

Frank hörte ihre letzten Worte kaum mehr. »Nicht dein Mann?«, echote er.

»Nein«, sagte Mina. »Du bist mein Mann. Ich habe die ganzen Jahre nur auf dich gewartet.« Sie hob ihm ihr Gesicht entgegen. »Küss mich, bitte, küss mich.«

Frank kam ihrer Aufforderung nach, und es war, als würde die Welt um sie herum versinken.

Epilog

Buenos Aires, 1890

Ein wunderbarer Tag ging zu Ende. Marlena und John, die zwei Jahre zuvor geheiratet hatten, waren zu Besuch gekommen, um Anna und Julius die schöne Nachricht zu übermitteln, dass sie beide erneut Großeltern wurden. Nachdem John einige Zeit in Annas Fuhrunternehmen gearbeitet hatte, verdiente er sein Geld nun wieder vorwiegend als Journalist. Heute übernachtete die kleine Familie im Haus der Meyer-Weinbrenners in Belgrano, bevor sie am nächsten Tag mit dem Zug nach Tres Lomas weiterfahren wollte. John plante, Leben und Arbeitsumstände der Zuckerrohrschneider genauer kennenzulernen – an seinen Interessen hatte sich nichts geändert. Marlena freute sich auf Estella, die den Besuch der Freundin kaum erwarten konnte, denn es gab viel zu erzählen. Vor wenigen Monaten erst waren Marlena und John von einer Reise durchs südliche Argentinien, die sie bis nach Feuerland geführt hatte, zurückgekehrt.

Irgendwo auf dieser Reise, fuhr es Anna in diesem Moment durch den Kopf, musste das Kind gezeugt worden sein. Ob es wohl ein ebensolcher Vagabund werden würde wie seine Eltern?

Eigentlich hoffe ich ja auf ruhigere Zeiten, andererseits …

Ach, in den letzten Jahren war so viel passiert. Estella und Marco, die ebenfalls geheiratet hatten, lebten auf Tres Lomas und standen Viktoria und Pedro beim Führen der Estancia zur Seite. Pacos Eltern hatten nach Humbertos Tod endlich heiraten können. Im Sterben liegend und im Willen, sich mit Gott zu versöhnen, hatte Humberto seiner Tochter Estella La Dulce, Santa Celia und Tres Lomas vererbt. In diesem Jahr hatte ein Gericht Estella Santa Celia endgültig zugesprochen. Wutschnaubend war die Familie Sanchez sofort nach der Gerichtsverhandlung abgereist.

Seit Anfang des Jahres arbeiteten Mina und Frank in Annas Fuhrunternehmen. Frank hatte seine New Yorker Verlobung gelöst, einer Hochzeit mit Mina stand jetzt nichts mehr im Wege. Er arbeitete in den Stallungen und überall, wo Not am Mann war. Mina unterstützte Anna bei der Arbeit im Büro. Die junge Frau machte ihre Sache gut, und Anna versöhnte sich langsam mit dem Gedanken, dass ihre eigene Tochter wohl niemals Interesse am Unternehmen ihrer Mutter zeigen würde.

Die Nachrichten aus La Dulce waren jedoch nicht alle gut. Arthur Weißmüller hatte seine Frau trotz intensiver Suche bislang nicht wiedergefunden. Olga blieb unauffindbar. Trotzdem war Arthur entschlossen, die Hoffnung nicht aufzugeben.

Worüber sich Anna aber besonders freute, war, dass ihr Bruder Eduard nach langer Trauer um Annelie endlich sein persönliches Glück gefunden hatte. Er lebte nun mit seiner vertrauten Gefährtin Monica de la Fressange auf La Dulce. Irgendwann hatte er ihr erzählt, wie es dazu gekommen war.

»Vermisst du mich eigentlich, wenn ich auf La Dulce bin?«, hatte er Monica bei einem Besuch in Buenos Aires gefragt.

Monica hatte gelächelt. »Es gibt keinen Tag, an dem ich dich nicht vermisse, Eduard.«

»Dann komm mit mir nach La Dulce«, hatte Eduard geantwortet. »Was hält dich denn noch in Buenos Aires? Du arbeitest doch nicht mehr!«

Monica hatte nachgedacht, und ihr Gesicht hatte Wehmut widergespiegelt, aber Eduard erkannte auch Sehnsucht.

»La Dulce, ja?« Ein Lächeln schwang in ihrer Stimme mit.

Eduard sah sie hoffnungsfroh an. »Ja, komm einfach nach Hause.«

Danksagung

Dies ist meine zweite Reise nach Argentinien. Sie hat mich Neues lernen lassen, mich zum Lachen gebracht und mich berührt, ganz wie mein erster Romanausflug ins »Land des Korallenbaums«.

An der Entstehung eines Buches und an seinem Weg in die Buchläden sind viele Menschen beteiligt. Ihnen möchte ich hier ebenso danken wie meinem Agenten Bastian Schlück, meiner Lektorin Melanie Blank-Schröder und meiner Textredakteurin Margit von Cossart. Ihr habt meine Geschichte zu einer besseren gemacht! Danken möchte ich aber auch meinen Leserinnen und Lesern für Lob, Kritik, wichtige Hinweise, fürs Mitfühlen und für so vieles mehr: Letztendlich bringen Sie eine Geschichte erst zum Leben!

Sofia Caspari

Werde Teil der Bastei Lübbe Welt
You Tube
www.luebbe.de
Lesen, rezensieren, Bücher gewinnen
Lerne Autoren, Verlagsmitarbeiter und andere Leser kennen